FATAL CONSEQUENCES – HALT MICH FEST

FATAL SERIE 3

MARIE FORCE

Die Fatal Serie
One Night With You – Wie alles begann (Fatal Serie Novelle)
Fatal Affair – Nur mit dir (Fatal Serie 1)
Fatal Justice – Wenn du mich liebst (Fatal Serie 2)
Fatal Consequences – Halt mich fest (Fatal Serie 3)
Fatal Destiny – Die Liebe in uns (Fatal Serie 3.5)
Fatal Flaw – Für immer die Deine (Fatal Serie 4)
Fatal Deception – Verlasse mich nicht (Fatal Serie 5)
Fatal Mistake – Dein und mein Herz (Fatal Serie 6)
Fatal Jeopardy – Lass mich nicht los (Fatal Serie 7)
Fatal Scandal – Du an meiner Seite (Fatal Serie 8)
Fatal Frenzy – Liebe mich jetzt (Fatal Serie 9)

DANKSAGUNG

Zuerst und vor allem meiner Familie: Dan, Emily and Jake, der sich mit meinem Schreiben arrangiert und mein verrücktes Gemurmel ignoriert, und meinem Dad, der alle meine Aufs und Abs mitmacht. Meinen The-Lair-Gefährtinnen: Kendra, Cindy, Cheryl und Linda – ihr sorgt dafür, dass ich bei Verstand bleibe und bringt mich zum Lachen. Ich danke euch! Danke auch allen Freunden bei Facebook, die mich anfeuerten, während ich dieses Buch schrieb – das erste übrigens, das ich mit einer Deadline geschrieben habe. Eure Unterstützung und Ermutigung haben mir sehr geholfen. Dank an Mitchell Waldman für seinen Rat in Sorgerechtsfragen. Christopher Burnette beantwortete scharfsinnig meine Fragen zur Forensik und Labortestzeiten. Lieutenant Russel Hayes vom Newport Police Department, Rhode Island, mein Experte für alle Polizeifragen, der immer eine Antwort für mich hat, die mich auf neue Ideen bringt. Danke Russ! Ich habe einen denkwürdigen Abend damit verbracht, mir in Washington gemeinsam mit meinen Freundinnen Christina Camara und Julie Cupp sowie meinem Cousin Steven Lopes Hochzeitslokalitäten anzuschauen. Danke, Leute, es hat Spaß gemacht, so zu tun als ob, und ich bin froh über das, was wir für Sam und Nick ausgesucht haben. Ich bin entzückt – und glücklich –, drei Testleserinnen zu haben, die Sam und Nick so sehr lieben wie ich: Alyson Hackett, Ronlyn Howe und Kara Conrad. Ihr Ladys seid die besten, und ich kann euch gar nicht genug danken für die klugen Anmerkungen und Gedanken. Meine Lektorin Jessica Schulte war die führende Hand hinter dieser Serie, und ich bedanke mich dafür, wie liebevoll sie sich um Sam, Nick und mich gekümmert hat. Allen bei Carina Press und Harlequin – eure Unterstützung der Fatal Series bedeutet mir unendlich viel. Ich kann euch gar nicht genug danken.

1

———

„Ich wette, beim Valentinstag-Massaker gab es weniger Rot",
sagte Lieutenant Sam Holland, die im Türrahmen des Saals
der Fraternal Order of Police stand, des Berufsverbandes
amerikanischer Polizisten, und die Szene vor sich
betrachtete.

„Wow." Senator Nick Cappuano schaute sich ausgiebig
in dem großen Raum um. „*Wow.*"

Sams Schwester Tracy trat zu ihnen. „Ach. Du. Liebe.
Zeit. Celia und ihre Freundinnen sind komplett
durchgedreht, was die Herzen und Blumen betrifft."

Jeder Quadratzentimeter des großen Saals war mit roten
Blumen, Ballons und Luftschlangen geschmückt.

„Ich habe Morde gesehen, die weniger blutig waren als
diese Feier", meinte Sam.

„Es ist ihre erste Hochzeit", erinnerte Nick sie. „Da hat
sie das Recht, zu übertreiben."

Sam fragte sich, ob er erwartete, dass seine erste
Hochzeit genauso aufwendig ausfiel. Sie hatte das alles
schon hinter sich und keine Lust, es noch einmal zu
machen. Für ihn jedoch ... nun, für ihn würde sie nahezu

alles tun. Bei Herzen und Blumen zog sie allerdings die Grenze. Schließlich hatte sie einen Ruf zu verteidigen.

„Heiliger Strohsack", meinte Sams Schwester Angela, die sich zu ihnen gesellte. „Seht euch die Eisskulptur an. Jesus."

„Das ist ein Amor, nicht Jesus", sagte Nick und lächelte über die entsetzten Mienen der Schwestern. „Seid nett, Leute. Celia ist so aufgeregt."

„Ich hatte keine Ahnung, dass sie zu so etwas fähig ist." Sam kämpfte sich zwischen den Luftschlangen und Ballonbändern durch, um zur Bar zu gelangen. Sie brauchte einen Drink, und zwar sofort.

„Du bist gut beraten, sie von deiner Hochzeit möglichst fernzuhalten", meinte Tracy.

„Was du nicht sagst." Sam trank ein Glas Pinot Grigio und gab dem Bartender ein Zeichen, dass sie noch eines wollte. „Was glaubt ihr, wie viel Dad hiervon weiß?"

„Gar nichts", antwortete Angela grinsend.

„Er ist ein kluger Mann", sagte Nick. „Ich bin mir sicher, er hat ihr gesagt, sie solle tun, was immer sie will."

„Macht ein kluger Mann das so?" Sam hob eine Braue.

„Nicht *dieser* kluge Mann. Hätte ich das organisiert, säßen wir mit Bier und Erdnüssen bei O'Leary's."

„Und warum wäre das schlecht?"

Nick küsste sie. „Wir können es besser."

Bevor Sam ihm erklären konnte, sie wolle gar nichts Besseres als O'Leary's, wurden sie unterbrochen durch die Ankunft der Braut und des Bräutigams. Sam konnte nicht leugnen, dass ihr Vater und seine neue Frau überglücklich wirkten. Wie könnte Sam einer Frau, die ihren gelähmten Vater heiratete, ihre Traumhochzeit missgönnen? Ihre eigene Hochzeit, schwor Sam sich, würde so bescheiden wie irgend möglich ausfallen. Einfach durchzubrennen kam ihr langsam sehr verlockend vor.

In ihren Brautjungfernkleidern aus roter Seide blieben Celias neue Stieftöchter treu an ihrer Seite, während sie den herzförmigen roten Samtkuchen anschnitt und ihren Bräutigam mit einem Stückchen fütterte. Die Brautjungfern erduldeten die Reden und Toasts und lächelten für nicht weniger als tausend Fotografen. Die ultimative Demütigung kam jedoch erst noch.

„Das kann sie nicht von uns verlangen", sagte Tracy, als der DJ die Schwestern aufforderte, zusammen mit ihren Ehemännern oder Verlobten auf die Tanzfläche zu kommen.

„Dad schon", meinte Angela. „Er hat noch immer diesen *Blick*. Ihr wisst schon, welchen ich meine."

„Ich habe mich noch nie mehr danach gesehnt, an einen Tatort gerufen zu werden", sagte Sam mit zusammengebissenen Zähnen.

„Ladys", sagte Nick mit jenem charmanten Lächeln, das er schon den ganzen Tag einsetzte, um mit ihnen fertigzuwerden, „es ist doch nur ein Tanz für euch, danach seid ihr entlassen."

„Ich weiß, dass ich für meine Schwestern spreche, wenn ich dich auffordere, den Mund zu halten und damit aufzuhören, Valentinstag-Brautzilla zu verteidigen", erklärte Sam.

Nick lachte über ihre entsetzten Mienen, als die ersten Klänge von Bette Midlers „The Rose" aus den Lautsprecherboxen kamen.

„Ich kotz gleich auf meine Schuhe", murmelte Angela.

Seit dreieinhalb Monaten schwanger mit dem zweiten Kind, war sie seit Wochen grün im Gesicht.

„Das sind *meine* Jimmy Choos", erinnerte Sam sie. „Und wenn du dich auf die übergibst, bringe ich dich um."

Angela warf ihr einen finsteren Blick zu. „Soll ich lieber auf die da kotzen?" Sie zeigte auf die Manolos, die Nick für Sam zu ihrem Verlobungsabend gekauft hatte.

Sam schaute herunter auf die kostbaren Schuhe. „Denk nicht mal dran."

„Meine sind vom Schuhdiscounter", meldete Tracy sich zu Wort. „Kotz ruhig los."

Nick nahm Sams Hand, während Angelas Mann Spencer und Tracys Mann Mike dasselbe mit ihren widerstrebenden Frauen machten. Die drei Männer gaben ein gutaussehendes Trio ab in ihren Smokings, die sie als Skips Trauzeugen trugen.

Auf der anderen Seite des Saals lachten Sams Partner, Detective Freddie Cruz, Detective Tommy „Gonzo" Gonzales und ein paar andere Detectives – ganz offensichtlich amüsierten sie sich köstlich über Sam. Sie würde sich etwas ausdenken, wie sie sich bei der nächsten Schicht dafür revanchieren konnte. Ihr entging nicht, dass Freddie seine Freundin, Elin Svendsen, mitgebracht hatte, und dass Gonzo zusammen mit Nicks Stabschefin Christina Billings da war. Sam hieß weder die eine noch die andere Beziehung gut, doch niemand hatte sie um ihre Meinung gebeten.

Als sie einsah, dass Nick sie vor diesem Pflichttanz nicht weglaufen lassen würde, gab Sam ihren Widerstand auf. Außerdem war eng an seine Brust geschmiegt zu sein einer ihrer Lieblingsplätze, also konnte sie diese Pflicht auch genießen.

Mit einer Größe von einem Meter zweiundneunzig

gehörte er zu den wenigen Menschen in ihrem Leben, die sie überragten. Diese breiten Schultern, die schokoladenbraunen Haare, deren Spitzen sich ringelten, diese erstaunlichen braunen Augen, die glatte, olivfarbene Haut ... Sam war nie einem aufregenderen Mann begegnet. Apropos aufregend ...

„Na?", erkundigte Nick sich, der ihre Kapitulation spürte. „Ist das nicht viel besser?"

„Ich bin immer noch wütend auf dich."

„Du kannst mich später bestrafen." Dann flüsterte er ihr ins Ohr: „Die ganze Nacht lang."

Sam lächelte über seine leise gesprochenen Worte. Eigentlich wollte sie das nicht, denn er zwang sie, zum kitschigsten, abgedroschensten Song zu tanzen, den ihre Stiefmutter sich hatte aussuchen können. Andererseits tanzte sie eng umschlungen mit Nick, und das machte sie Sache erheblich besser.

Nicks wundervolle Brust ruinierte den Moment, indem sie anfing, an ihrer Wange zu vibrieren.

„Ignoriere es", sagte er und meinte das Handy in seiner Brusttasche. „Heute keine Telefone."

„Da widerspreche ich bestimmt nicht." Es war ihnen immer noch nicht gelungen, einen ganzen Tag zusammen freizunehmen in den fast zwei Monaten, seit sie nach dem Mord an U.S.-Senator John O'Connor kurz vor Weihnachten wieder zusammengekommen waren. Sechs Jahre nach einem denkwürdigen One-Night-Stand machten sie genau dort weiter, wo sie aufgehört hatten. Nick war gedrängt worden, das letzte Jahr von Johns Legislaturperiode im Senat zu beenden, und steckte nun mitten im Wahlkampf, um den Sitz im November aus eigener Kraft zu gewinnen. Auf diesen freien Tag hatten sie sich seit Wochen gefreut und entsprechend große Pläne für eine romantische frühe Valentintagsfeier nach der Hochzeit gemacht.

Erneut vibrierte Nicks Handy. „Ignoriere es", wiederholte er, diesmal nachdrücklicher.

„Und wenn es dein Dad ist oder irgendeine Katastrophe in Virginia passiert ist? Du kannst es nicht einfach ignorieren."

„Doch, kann ich." Wegen des intensiven Wahlkampfes in letzter Zeit brauchte er den freien Tag sogar noch dringender als sie. Doch wenn es eines gab, was Sam nicht ertragen konnte, dann ein klingelndes Telefon.

„Nick."

„Sam."

Sie griff in seine Jacketttasche, um das summende Handy herauszuholen. „Henry Lightfeather", las sie den Namen vom Display ab. Selbst sie wusste, dass es sich um den Senior Senator aus Arizona handelte.

„Eben. Arbeit." Nick schloss die Arme fester um sie. „Der kann bis Montag warten."

„Er hat schon zweimal angerufen."

„Er kann *warten*."

„Da ist eine Voicemail-Nachricht. Bist du nicht neugierig?"

„Na schön, jetzt ist es offiziell – du bist ein noch schlimmerer Workaholic als ich."

„Unmöglich. He, er hat eine Nachricht geschickt – *Ruf mich an, Nick. 911.*"

Nick hörte auf zu tanzen und nahm ihr das Telefon aus der Hand. „Nun hast du es geschafft."

„Was geschafft?"

„Wenn du es ignoriert hättest, hätte ich niemals diese Nachricht gesehen. Nun bleibt mir keine andere Wahl, als ihn anzurufen."

Sie grinste. „Dann können wir wenigstens diesen Albtraumtanz beenden."

Das Telefon schon am Ohr, ging Nick von der Tanzfläche. Auf halbem Weg durch den Saal blieb er unvermittelt stehen, drehte sich zu Sam um und machte ihr ein Zeichen.

Neugierig kam sie näher.

„Er sucht eigentlich dich, Lieutenant." Nick übergab ihr das Telefon und ging zu Skip und Celia, um mit ihnen zu sprechen.

„Senator", sagte Sam, „hier spricht Sam Holland. Was kann ich für Sie tun?"

„Sie müssen herkommen", erwiderte Lightfeather. Er klang sehr aufgeregt und durcheinander. „Sofort. Ich glaube, sie ist tot. Ich brauche Sie. Nur Sie. Keine anderen Cops."

„Wer ist tot?"

„Regina." Seine Stimme brach. „Die wunderschöne Regina."

„Woher wissen Sie, dass sie tot ist?"

„Da ist so viel Blut, und sie ist kalt."

„Wo sind Sie, Senator?"

Er nannte eine Adresse in Columbia Heights, eine multikulturelle Gegend in der nordwestlichsten Ecke der Stadt.

„Ich bin unterwegs. Rühren Sie sie nicht an. Fassen Sie überhaupt nichts an. Haben Sie verstanden?"

„Ja", sagte er mit brüchiger Stimme. „Beeilen Sie sich."

Nach einem kurzen Stopp bei Nicks Haus, damit Sam diese rote Monstrosität von einem Brautjungfernkleid gegen Jeans eintauschen konnte, fuhr Nick sie von Capitol Hill nach Columbia Heights. Während er den BMW geschickt durch den Verkehr lenkte, fragte Sam sich, wann er angefangen hatte, wie ein Cop zu fahren, und warum es ihr bisher nicht aufgefallen war.

„Was weißt du über ihn?", fragte sie.

„Er ist ein Freund – einer der Ersten, die mich im Senat willkommen geheißen haben, der Erste, der mir erklärt hat, was ich wirklich wissen musste, der Erste, der mir seine Hilfe angeboten hat."

„Und?"

„Und was?"

„Was weißt du außerdem noch, wovon du nicht sicher bist, ob du es mir in Anbetracht der jüngsten Ereignisse erzählen solltest?"

„Manchmal ist es ziemlich ärgerlich, dass du mich so gut kennst."

„Geht mir genauso. Los, rede."

Er sah sie an. „Ich glaube, er hat in seinem Büro gewohnt."

„Warum glaubst du das?"

„Ich habe ihn dort zu seltsamen Zeiten in Jogginghose und T-Shirt gesehen. Er duscht auch im Fitnessstudio, aber ich habe ihn nie trainieren sehen."

„Wenn du zu ungewöhnlichen Zeiten da bist, warum kann er das dann nicht auch?"

„Er schien eben nicht wirklich zu arbeiten, verstehst du? Ich habe nicht groß darüber nachgedacht, um ehrlich zu sein. Bis jetzt."

„Und warum sollte er in seinem Büro wohnen?"

„Viele Leute im Kongress haben Schwierigkeiten, zwei Wohnungen zu bezahlen – eine in ihrem Heimatstaat und eine hier. Wie wir beide wissen, ist es nicht gerade billig, hier zu wohnen, und entgegen der allgemeinen Überzeugung ist nicht jeder Politiker reich."

„Hat er Familie?"

„Eine Frau und fünf Kinder in Sedona, alle adoptiert, einige davon mit besonderem Förderbedarf."

„Das könnte der Grund dafür sein, weshalb er kein Geld für eine Wohnung in Washington hat."

„Würde mich jedenfalls nicht wundern."

„Hört sich an, als sei er ein netter Kerl."

„Ist er."

„Was macht er dann mit einer toten Frau in Columbia Heights?"

„Ich habe keine Ahnung."

Henry erwartete sie blutbesudelt auf dem Treppenabsatz vor Reginas Wohnung im dritten Stock. Sam begutachtete rasch den Senator: von mittlerer Größe, dunkle Haut, schwarze Haare und Augen. Er war jünger, als er im Fernsehen wirkte, Ende vierzig, höchstens Anfang fünfzig.

„Schnell", sagte er, als er sie kommen sah. „Hier entlang." Henry zerrte Sam halb in die schäbige Wohnung hinein. Sie ließ sich nur deshalb von ihm führen, weil er Nicks Freund war. Jeder andere hätte inzwischen eine gebrochene Hand. „Im Schlafzimmer."

Regina lag nackt auf dem Boden, in zwei Blutlachen, die eine um ihren Kopf herum, die andere zwischen ihren Beinen. Ihr Hals war von einem Ohr zum anderen aufgeschlitzt. Sie hatte langes dunkles Haar, eine schlanke Figur, kleine, aber feste Brüste und eine glatte Haut, die lediglich am Bauch einige Dehnungsstreifen aufwies, die darauf schließen ließen, dass sie mindestens ein Kind geboren oder enorm viel

Gewicht verloren hatte. Sam tippte auf das Baby. Sie schätzte das Opfer auf Mitte dreißig und konnte trotz des vielen Blutes erkennen, dass es sich um eine sehr schöne Frau handelte.

Als Nick die blutige Szene sah, schnappte er hörbar nach Luft, aber wenigstens wurde er nicht ohnmächtig wie bei vorangegangenen Tatorten. Je länger er mit Sam zusammen war, desto mehr schien er sich an solche Dinge zu gewöhnen. Sam war sich nicht sicher, ob das gut oder schlecht war.

Neben ihr brach Henry zusammen, während er die tote Frau betrachtete.

„Woher kennen Sie sie, Senator?", wollte Sam von ihm wissen.

Er weinte so heftig, dass er kaum antworten konnte.

„Sie arbeitet für die Firma, die das Capitol reinigt", erklärte Nick und klang geschockt. Diesen Ton hatte Sam viel zu oft gehört nach den Morden an Nicks Freunden John O'Connor und Julian Sinclair.

„Kanntest du sie?", wollte Sam von Nick wissen.

„Nur vom Sehen."

Sie merkte, dass das nicht alles war, entschied sich jedoch, zu warten, bis sie allein waren, ehe sie weiter nachforschte. Zu Henry sagte sie: „Senator, ich muss das melden."

„Ich muss los", verkündete er panisch. „Ich darf nicht hier sein, wenn die Polizei kommt."

„Ich fürchte, Sie müssen bleiben, Sir. Sie sind mindestens ein wichtiger Zeuge." Sie musterte sein blutbeflecktes Hemd, dann sah sie ihm in die Augen.

„Mindestens? Was bedeutet das?"

Sam war sich sehr wohl der Macht bewusst, die dieser Mann in Capitol Hill hatte, deshalb schluckte sie. „Ich habe ohne weitere Ermittlungen keine Gewissheit darüber, ob Sie für diese Tat verantwortlich sind."

In den Kummer des Senators mischte sich Zorn. „Ich habe Sie angerufen, weil ich dachte, Sie können mir helfen! Wir müssen denjenigen finden, der ihr das angetan hat!" Er sah Nick flehend an. „Sag es ihr. Du kennst mich, Nick. Du weißt, dass ich so etwas nicht getan haben kann."

Sam musste Nick zugutehalten, dass er schwieg.

„Ich fasse es nicht! Du glaubst tatsächlich, ich hätte ihr das antun können?" Der Senator wischte sich grimmig die Tränen aus dem Gesicht.

Sam richtete den Blick erneut auf sein blutbesudeltes Hemd. „Ich muss Sie als Verdächtigen ausschließen. Dabei können Sie mir entweder helfen oder mich behindern. Auf jeden Fall werden Sie nirgendwo hingehen, Senator. Haben Sie das verstanden?"

„Ja", sagte er bitter. „Ich habe verstanden."

„Ich möchte, dass Sie beide jetzt hinaus auf den Flur gehen." Nachdem die Männer den Raum verlassen hatten, nahm Sam ihr Handy. „Hier spricht Lieutenant Holland. Ich muss einen Mord in Columbia Heights melden."

2

———

„Ich würde beim Todeszeitpunkt auf etwa fünf Uhr tippen", meinte Dr. Lindsey McNamara, die leitende Gerichtsmedizinerin. Wegen der möglichen Verwicklung des Senators hatte Sam sie zum Tatort rufen lassen. Wieder einmal hatte sie ein Pulverfass von einem Fall, da wollte Sam nichts dem Zufall überlassen.

Sie schaute auf ihre Uhr. Jetzt war es neun, und vor ihnen lag eine lange Nacht – das war ganz und gar nicht der romantische Abend, den sie und Nick geplant hatten. Sam fühlte Bedauern. Ihnen blieb so wenig gemeinsame Zeit, dass sie es hasste, auch nur eine Minute davon zu opfern. Doch wenn sie die auf dem Boden liegende Regina Argueta de Castro betrachtete, wurde sie daran erinnert, dass es wichtigere Dinge gab.

„Sexuelle Gewalt", meinte Lindsey, während sie die Leiche umdrehte. An Rücken und Gesäß waren Hämatome zu sehen. „Er war sehr grob zu ihr. Armes Ding."

Lindseys mitfühlendes Wesen war ein weiterer Grund, weshalb Sam sie bei diesem Fall dabeihaben wollte. Regina würde von Lindsey viel mehr Mitgefühl bekommen als von einigen anderen Gerichtsmedizinern.

Solange Lindsey noch mit der ersten Untersuchung beschäftigt war, machte Sam Fotos, bevor sie das Feld für die Detectives von der Spurensicherung räumte, die jeden Gegenstand in dem spärlich eingerichteten Apartment untersuchen würden. Sam wies die zuständigen Polizisten an, sich in der Nachbarschaft umzuhören, ob jemand früher am Abend irgendetwas Verdächtiges aus dem Apartment 3B gehört hatte.

Als sie ihre Anweisungen gegeben hatte, ging sie zu Nick und Henry im Flur. Nick lehnte an der Wand, Henry saß auf dem Fußboden, den Kopf in den Händen und mit vor Kummer und Erschöpfung hängenden Schultern. Sam empfand Nicks Gegenwart als tröstlich. Was auch immer getan werden musste, er würde bei ihr sein. Als eine Frau, die den überwiegenden Teil ihres Lebens extrem unabhängig gewesen war, staunte sie nach wie vor darüber, wie abhängig von ihm sie innerhalb kürzester Zeit geworden war.

„Senator", wandte sie sich an Henry. „Ich habe ein paar Fragen an Sie, und ich würde das Gespräch gern in der Stadt führen."

Seine Miene drückte Verzweiflung aus. „Bin ich verhaftet?"

„Vorerst nicht. Dennoch müssen wir einige Dinge klären, und bis dahin müssen wir Sie in Gewahrsam nehmen."

„Brauche ich einen Anwalt?"

„Das liegt ganz bei Ihnen. Allerdings empfehle ich, möglichst kooperativ zu sein, damit wir herausfinden können, was mit Regina geschehen ist. Ich habe die Befugnis, Sie vierundzwanzig Stunden ohne Anklage festzuhalten. Innerhalb dieser Zeit muss ich genügend Beweise finden, um Sie eines Verbrechens anklagen zu können. Gelingt mir das nicht, lasse ich Sie frei. Haben Sie verstanden?"

Er nickte und fuhr sich mit zitternder Hand durch die seidigen dunklen Haare. „Ich will denjenigen finden, der ihr das angetan hat. Werden die Medien berichten, dass Sie mich in Gewahrsam genommen haben?"

„Wir werden unser Bestes tun, um es fürs Erste unter Verschluss zu halten. Aber mein Einfluss ist da begrenzt. Die Medien werden mit ziemlicher Sicherheit Wind von Ihrer Verwicklung in die Sache bekommen. Selbst wenn wir keine Anklage erheben, bleibt doch die Tatsache, dass Sie die Frau, die in Ihrem Büro putzt, tot in ihrer eigenen Wohnung gefunden haben."

Sam sah zu Nick. Sein attraktives Gesicht zeigte einen kaum zu deutenden Ausdruck, doch sie war sich ziemlich sicher, dass er gerade den schlimmsten Tag seines Lebens noch einmal durchlebte – als er seinen Chef und besten Freund tot in dessen Wohnung aufgefunden hatte.

Resigniert seufzend stand Henry auf. „Wäre es wohl möglich, meine Frau zu benachrichtigen? Ich muss mit ihr sprechen, bevor es in den Medien verbreitet wird."

„Zuerst muss ich Ihre Aussage zu Protokoll nehmen, aber danach werde ich sehen, was ich tun kann."

Aus Rücksicht auf seine Position und seine Freundschaft mit Nick legte Sam Senator Lightfeather keine Handschellen an, obwohl sie äußerst selten jemanden ohne transportierte. Sobald Henry auf dem Rücksitz des Wagens saß, legte Nick Sam die Hand auf den Arm, damit sie innehielt. Er wirkte besorgt.

„Was ist denn?"

„Vielleicht ist es überhaupt nicht wichtig."

„Oder sehr wichtig. Sag es mir einfach, dann werde ich entscheiden, ob es von Bedeutung ist."

„Ich glaube, die zwei könnten zusammen gewesen sein."

„Wie kommst du darauf?"

„Erinnerst du dich daran, dass ich dir erzählt habe, ich hätte ihn zu ungewöhnlichen Zeiten sehr entspannt und in Freizeitkleidung in seinem Büro gesehen?"

Sam nickte.

„Einmal, es ist noch nicht lange her, war sie dort bei ihm. Ich schaute auf dem Weg nach Hause spät in seinem Büro vorbei. Da tranken die zwei ein Glas Wein zusammen. Sie trug die Uniform des Reinigungspersonals, aber sie saß auf seinem Sofa und hatte die Füße hochgelegt. Sie schienen sich gut zu amüsieren. Als ich hereinkam, hatte sie diesen schuldbewussten Gesichtsausdruck und verschwand eilig, als hätte ich die beiden nackt erwischt oder so was."

„Was hat er gesagt?"

„Er tat es ab und meinte, sie habe einfach ausgesehen, als könnte sie einen Drink gebrauchen."

„Kam er dir vor wie jemand, der bei etwas ertappt wurde, was er nicht hätte tun sollen?"

Nick dachte einen Moment darüber nach. „Nein, er war wie immer, sachlich und gefasst."

„Warum glaubst du dann, dass die beiden etwas miteinander hatten?"

„Ich habe sie kurz gesehen, als sie sich unbeobachtet wähnten, und da war etwas. Es ging nicht nur um ein Glas Wein, da bin ich mir sicher."

„Möglicherweise brauche ich deine formelle Aussage über das, was du an jenem Abend beobachtet hast. Wärst du dazu bereit?"

Er verzog das Gesicht. „Können wir erst mal abwarten, ob du die wirklich brauchst?"

Sam betrachtete das ernste, attraktive Gesicht, das sie so liebte. Er hatte in letzter Zeit einiges durchgemacht, da zwei enge Freunde innerhalb weniger Wochen ermordet worden waren. Sie würde alles in ihrer Macht Stehende tun, um ihm weiteren Schmerz zu ersparen. „Ja, können wir. Soll ich dich zu Hause absetzen, bevor ich ins Hauptquartier fahre? Es könnte eine lange Nacht werden."

„Ich bleibe bei dir, für den Fall, dass du mich brauchst."

Sam lächelte. „Ich brauche dich immer."

„Deshalb bleibe ich ja auch bei dir." Er gab ihr einen flüchtigen Kuss und lachte über ihre Reaktion. Sie hasste diese öffentlichen Zuneigungsbekundungen, besonders wenn andere Cops in der Nähe waren – was natürlich genau der Grund dafür war, warum er das gerne machte.

„Gib mir eine Minute, um Malone Bericht zu erstatten." Sie zog ihr Handy aus ihrer Manteltasche. Ihr Atem dampfte in der kalten Luft, als sie auf dem Gehsteig auf und ab lief und darauf wartete, dass ihr Mentor Detective Captain Malone sich meldete.

„Lieutenant", sagte er und klang nicht ganz nüchtern. „Was hat Sie dazu veranlasst, die Hochzeit Ihres Vaters so eilig zu verlassen?"

„Eine Kleinigkeit namens Mord."

Sie konnte sich gut ausmalen, wie er unvermittelt Haltung annahm. „Was haben Sie?"

Sam berichtete ihm, was sie bis jetzt wusste, und erklärte, sie habe den Senator vorläufig in Gewahrsam genommen.

„Was ist denn in letzter Zeit bloß los? All diese mächtigen Leute, die in Morde verwickelt sind."

„Ich wünschte, ich wüsste es. Das wird jedenfalls ein weiteres heißes Eisen."

„Zumindest ist diesmal Ihr Privatleben nicht betroffen."

„Na ja", sagte Sam ein wenig gequält. „Könnte sein, dass es doch so ist. Lightfeather ist ein Freund von Nick."

„Natürlich ist er das", meinte Malone.

Sam lachte. „Ja, wer nicht?"

„Im Ernst. Der Kerl hat verdammt gute Verbindungen. Soll ich jemanden vom A-Team schicken?"

„Nein, die habe ich nicht informiert, weil ich weiß, dass die den ganzen Tag gefeiert haben. Die sollen ihren freien Abend genießen. Ich tue heute Nacht, was ich kann, und morgen gehen wir dann richtig zur Sache."

„Hört sich gut an. Ich werde denen Bescheid geben, dass es für sie eine Sperrstunde gibt."

„Da werden sie sich aber freuen. Wie hält sich der Bräutigam?"

„Seine Braut hat ihn vor ungefähr einer Stunde nach Hause gebracht. Er wurde allmählich müde, aber es war ein guter Tag für ihn. Tat gut, ihn so glücklich zu sehen."

„Ja." Nach allem, was ihr Vater durchgemacht hatte – ihre Mutter hatte ihn für einen anderen Mann verlassen, und nach einer Schießerei war er querschnittsgelähmt –, konnte Sam ihm nur zustimmen.

„Sie und Cruz ermitteln nach wie vor anhand des Materials, das Sie in Reese' Haus gefunden haben, oder?"

„Wir versuchen es." Jedes Mal, wenn sie eine Spur hatten in dem ungelösten Fall, der die Schüsse auf Sams Vater vor zwei Jahren betraf, stießen sie auf neue Hindernisse. „Wir suchen immer noch nach dem Typen, der das Haus vor Reese gemietet hatte. Wir können den Vermieter nicht ausfindig machen und haben nicht mal einen Namen. Die Nachbarn behaupten, sich nicht daran erinnern zu können, wer vor Reese dort gewohnt hat, aber ich glaube, die mauern aus irgendeinem Grund."

„Geben Sie nicht auf", meinte Malone. „Wenn Sie weiter

Fragen stellen, werden Sie irgendwann auch Antworten erhalten."

„Ich hoffe wirklich, Sie haben recht." Nachdem Clarence Reese seine Familie ermordet hatte, hatten die Detectives Zeitungsausschnitte und Fotos entdeckt, die von den Schüssen auf Skip Holland berichteten. Reese hatte behauptet, die Schachtel mit den Zeitungsausschnitten gehöre dem Vormieter, der einige Dinge einfach zurückgelassen habe. Tja, wenn sie nur herausbekommen könnten, wer dieser Vormieter war. Sam konnte die Frustration darüber, den wichtigsten Fall ihrer Karriere nicht lösen zu können, kaum ertragen. Es half auch nicht gerade, dass ein heikler Mordfall nach dem anderen ihre gesamte Zeit in Anspruch nahm, die sie gern für den Fall ihres Vaters investiert hätte.

„Halten Sie mich auf dem Laufenden über den Senator und die tote Frau."

„Ich werde ihn mindestens bis morgen früh dabehalten, um mir sein Alibi bestätigen zu lassen. Sie wollen daher vielleicht den Chief darüber informieren, dass der Senator von Arizona heute Nacht unser Gast im Stadtgefängnis ist."

Malone kicherte über ihre Wortwahl. „Mach ich."

Detective Freddie Cruz half seiner Freundin Elin Svendsen in seinen zerbeulten Mustang und erhaschte einen Blick auf ihre langen, muskulösen Beine, als sie einstieg. Bei der Vorstellung, wie diese Beine sich um ihn schlangen, zuckte sein Penis vor Vorfreude. Doch als er sich an seine Mutter erinnerte, die zu Hause mit Grippe im Bett lag, beschloss er, noch bei ihr vorbeizuschauen, ehe er sich den dringenderen Dingen zuwandte.

Kaum hatte er auf dem Fahrersitz Platz genommen, war

Elins Zunge in seinem Mund und ihre Hand in seinem Schritt. Freddie schlang die Arme um sie und gab sich diesem sinnlichen Kuss ein paar heiße Minuten lang hin. Sie hatte ihn bis an den Rand eines raschen, peinlichen Höhepunkts gebracht, als ihm seine kranke Mutter wieder einfiel.

Mit einem frustrierten Stöhnen befreite er sich aus Elins Umarmung. „Ich muss noch zu meiner Mutter, bevor wir nach Hause fahren."

„Warum?" Sie fuhr mit den Fingern an der Innenseite seines Oberschenkels auf und ab. Er hielt ihre Hand fest. „Wir waren doch vor der Hochzeitsfeier erst da."

„Das ist Stunden her, und sie ist sehr krank."

Elin machte ein Schmollgesicht. „Hat sie denn keine Freundinnen, die nach ihr schauen können?"

„Natürlich hat sie die, aber sie hat nur einen Sohn."

„Der ein totales Muttersöhnchen ist."

„Bekenne mich schuldig. Sie hat mein ganzes Leben lang alles für mich getan, und es gibt nichts, was ich nicht für sie tun würde. Gewöhn dich lieber dran." Die Animosität zwischen seiner Mutter und Elin war in den letzten Wochen eskaliert, was der einzige Makel in dieser ansonsten sehr befriedigen Zeit in Freddies Leben war. Nach neunundzwanzig langen Jahren des Zölibats genoss er in vollen Zügen seine erste sexuelle Beziehung – bis auf die Tatsache, dass seine geliebte Mutter seine neue Freundin hasste und aus ihrer Verachtung keinen Hehl machte.

Als er Elin früher am Abend abgeholt und ihr schwarzes Kleid gesehen hatte, dessen tiefer Ausschnitt ihr Amor-Tattoo auf der linken Brust herausblitzen ließ, wusste er, dass sämtliche Cops auf Skips Hochzeit ihn beneiden würden. Und tatsächlich bekam er reichlich Augenzwinkern und Ellbogenstöße von den Typen, die kein großes Geheimnis daraus machten, dass sie scharf auf *seine* Freundin waren. Freddie war glücklich, dass sie ihm gehörte und nur ihm allein. Wenn er nur seine Mutter davon überzeugen könnte, Elin eine Chance zu geben. Das war das Einzige, was ihm zum Glück noch fehlte. Nun, das und die Tatsache, dass seine Partnerin Sam Elin auch kaum tolerierte. Zwei der wichtigsten Frauen in seinem Leben hielten nichts von der dritten, und ihre Missbilligung trübte seine Freude über die Beziehung. Wie sehr er sich wünschte, er wäre einer von der Sorte, die seiner Mutter und Sam einfach erklärten, sie könnten ihn mal. Aber so war er nun einmal nicht. Es ließ ihn nicht kalt, dass sie Elin ablehnten, und er hasste sich dafür.

Er hielt vor dem Apartmentgebäude, in dem seine Mutter wohnte, nur wenige Meilen von seiner Wohnung entfernt.

„Lass den Motor laufen", sagte Elin. „Da sie beim letzten Mal so reizend war, werde ich diesmal hier warten."

Freddie lehnte sich zu ihr herüber und gab ihr einen Kuss. „Ich beeile mich."

„Solltest du auch. Bald bin ich nicht mehr in Stimmung."

Freddie lachte. „Wann warst du je nicht in Stimmung?"

„Falls du dich nicht beeilst, wirst du es herausfinden."

„Ich gehe ja schon. Verriegle die Türen." Er wartete, bis er das Klicken der Türen hörte, bevor er in das Gebäude lief. Da es schneller ging, als auf den Fahrstuhl zu warten, rannte er die vier Treppen hoch, zwei Stufen auf einmal nehmend. Seine noch immer nicht ganz genesende Schulter protestierte über das Tempo. Freddie ignorierte es, fragte sich jedoch, wie lange es eigentlich dauerte, bis eine Schusswunde vollständig ausgeheilt war.

Er schloss mit seinem Schlüssel auf und betrat die

ordentliche, hübsche Wohnung seiner Mutter. Er fand sie mit einer Tasse Tee im Bett sitzend vor.

„Na hallo." Obwohl sie noch krank klang, brachte sie ein Lächeln für ihr einziges Kind zustande. „Ich habe gar nicht damit gerechnet, dich heute Abend noch einmal zu sehen."

„Ich konnte doch nicht nach Hause fahren, ohne mich zu vergewissern, dass du zurechtkommst."

„Du bist so ein guter Junge."

Er setzte sich auf die Bettkante und küsste ihre warme Stirn. Mit Anfang fünfzig war Juliette Cruz immer noch eine schöne Frau. „Ich wurde schon Muttersöhnchen genannt."

Juliettes Miene verhärtete sich. „Zweifellos von deiner Freundin."

Freddie tat es mit einem Schulterzucken ab. „Ist ja nicht so, als stimme es nicht."

„Früher war das nie ein Problem."

„Ist es nach wie vor nicht."

Seine Mutter stellte ihre Teetasse ab und nahm seine Hand. „Sie ist nicht die Richtige für dich, Freddie."

„Hast du schon gesagt. Ein paarmal, um genau zu sein."

„Ich begreife einfach nicht, was du an ihr findest."

Er lachte. „Wirklich? Du weißt es nicht? Die anderen Jungs auf der Hochzeit hatten kein Problem damit, zu verstehen, was ich an ihr finde."

Die Miene seiner Mutter verdüsterte sich. „Du hast dir früher nie den Kopf von einem hübschen Gesicht und einem tollen Körper verdrehen lassen. Sie hat etwas Hartes an sich, was mir nicht gefällt."

„Das weiß ich, Mom. Glaub mir, das weiß ich."

„Ich hoffe, du bist vorsichtig ... und schützt dich."

Er starrte sie ungläubig an. „Führen wir tatsächlich diese Unterhaltung? Ich bin neunundzwanzig Jahre alt!"

„Glaub nicht, du könntest mich für dumm verkaufen, Frederico Cruz."

„Ich würde mir niemals herausnehmen, dich für dumm zu verkaufen." Er hob ihre Hand an seine Lippen und küsste ihren Handrücken. „Mach dir meinetwegen keine Sorgen. Ich bin ein großer Junge und kann auf mich aufpassen."

„Du glaubst, dass du es kannst. Aber du hast überhaupt keine Erfahrung mit Leuten wie ihr."

Na schön, das schmerzte. Vergaß sie etwa, womit er seinen Lebensunterhalt verdiente? Er ließ ihre Hand los, stand auf und rang um Beherrschung. Sie hatte ihm alles gegeben, alles für ihn geopfert, und er zweifelte nicht im Geringsten daran, dass ihre Sorge bedingungsloser Liebe entsprang. Doch er war ein erwachsener Mann. Natürlich auch ein Muttersöhnchen, aber dennoch ein Mann.

„Ich bin froh, dass es dir immerhin schon gut genug geht, um mir einen Vortrag zu halten, Mom, aber ich mag sie, und ich bitte dich darum, mich meine eigenen Entscheidungen treffen zu lassen. Diese Schuldgefühle, die du in mir zu wecken versuchst, machen mich verrückt. Du hast ihr überhaupt keine Chance gegeben, sondern gleich beschlossen, dass du sie nicht magst. So hast du mich nicht erzogen, und ich muss sagen, dass ich enttäuscht darüber bin, dass du dich einer Freundin von mir gegenüber so verhältst – einer netten Frau, bei der du dir nicht mal die Mühe gemacht hast, sie näher kennenzulernen, bevor du dir eine Meinung über sie gebildet hast."

Juliette wirkte untypisch verdrossen.

„Hasse sie nicht, nur weil du wütend darüber bist, dass ich den Schwur gebrochen habe", sagte er mit sanfter Stimme. „Denn darum geht es doch im Grunde, und das weißt du auch."

Sie sah ihn an, auf ihrem Gesicht lag ein schmerzlicher

Ausdruck. „Zum Teil ja. Ich will dich nicht belügen. Ich bin enttäuscht deswegen."

Als strenggläubiger Christ erzogen, hatte er sich mit fünfzehn dem Zölibat verpflichtet und sich vierzehn lange Jahre daran gehalten – bis er im Zuge der Ermittlungen im Fall O'Connor Elin kennengelernt hatte.

„Okay, dann sind wir eben beide enttäuscht. Es würde mir sehr viel bedeuten, wenn du ihr eine Chance gibst. Das ist alles, worum ich dich bitte."

Juliette sah ihn eingehend an. „Ich werde es versuchen."

„Danke", sagte Freddie. Zum jetzigen Zeitpunkt würde er nehmen, was immer sie anzubieten bereit war, um den Frieden zu wahren. „Ruf mich an, falls du dich in der Nacht schlechter fühlen solltest."

„Ich komme zurecht, mach dir keine Sorgen."

„Ich mache mir ständig Sorgen." Er küsste sie ein letztes Mal auf die Stirn. „Das macht mich zu einem guten Muttersöhnchen."

„Du bist ein sehr guter Junge, Freddie. Lass dir von niemandem etwas anderes einreden."

„Werde ich nicht. Schlaf gut."

„Du auch."

An der Tür grinste er noch einmal und zwinkerte. „Na, ich hoffe, dass ich nicht allzu gut schlafen werde."

Sie warf mit einem Kissen nach ihm und verfehlte nur knapp seinen Kopf.

Er warf es zurück und hauchte ihr einen letzten Handkuss zu. Erfreut darüber, dass es ihm endlich einmal gelungen war, das letzte Wort zu haben, schloss er die Tür ab und eilte zurück zu Elin.

3

„Ich wünschte, du würdest mir sagen, was dir schon den ganzen Tag zu schaffen macht", meinte Christina.

Metro Detective Tommy „Gonzo" Gonzales warf ihr vom Fahrersitz aus einen Blick zu, ehe er wieder auf die Straße sah.

Christina seufzte tief. Seit sie sich auf Sams und Nicks Silvester- und Beförderungsparty kennengelernt hatten, hatte sie diese verschlossene, unzugängliche Seite von Tommy noch nicht erlebt. Sie kannte Gerüchte, er sei in der Vergangenheit ein ziemlicher Playboy gewesen und fragte sich daher, ob er ihrer monogamen Beziehung schon überdrüssig sei. Dieser Gedanke machte sie traurig. Hier war endlich ein Mann, mit dem sie sich nicht nur im Bett verstand, sondern in anderen Bereichen auch. Sie wollte nicht, dass es vorbei war zwischen ihnen. Noch nicht.

Sie holte tief Luft und schluckte ihre mühsam erworbene Selbstachtung herunter. „Habe ich dich irgendwie verärgert?"

Er nahm ihre Hand. Die Wärme seiner Haut an ihrer erfüllte sie mit dem Gefühl, dass dies hier richtig war, wie sie es noch nie empfunden hatte. „Es hat nichts mit dir zu tun. Das versichere ich dir."

Christina verschränkte ihre Finger mit seinen und umschloss seine Hand mit ihren Händen. „Hast du Ärger bei der Arbeit?"

„Nein."

„Was ist es dann?"

Obwohl sie sehen konnte, dass er es ihr sagen wollte, behielt er sein eisernes Schweigen bei, das schon den ganzen Tag geprägt hatte.

Frustriert und verwirrt schaute Christina aus dem Fenster in die Winternacht.

Kurze Zeit später hielten sie vor ihrem Reihenhaus in dem mondänen Stadtteil Georgetown. Tommy stellte den Motor aus und starrte durch die Windschutzscheibe.

Widerstrebend ließ Christina seine Hand los. „Tja, dann sehen wir uns wohl irgendwann wieder." Wenn sie eines in den vergangenen sechs Wochen gelernt hatte, dann, dass eine Beziehung zu einem Cop unberechenbar war.

„Warte", sagte er.

Die Art und Weise, wie er dieses einzelne Wort aussprach, rührte etwas in ihrem Herzen an. Er klang so gequält, dass sie nur noch seinen Schmerz lindern wollte. „Was ist denn los, Tommy? Du kannst mit mir reden. Was immer es ist, wir finden einen Weg."

Er lachte bitter. „Ich hoffe, du meinst das ernst."

„Du weißt, dass ich es ernst meine." Sie nahm erneut seine Hand. „Komm mit rein und erzähl mir, was dich beschäftigt."

Er stieg aus und folgte ihr ins Haus, wobei er den ganzen Weg über seine Hand an ihrem Ellbogen ließ, für den Fall, dass der Gehsteig vereist sein sollte. Genau durch diese Art von Gesten hatte er sie von Anfang an für sich eingenommen. Unter diesem sexy kubanischen Aussehen verbarg sich ein wahrer Gentleman.

Sie hängten ihre Mäntel an den Garderobenständer. „Möchtest du vielleicht etwas trinken?"

„Ja", sagte er und ließ sich auf das Sofa fallen. „Das wäre gut."

Sie schenkte ihm einen Scotch ein, den sie nur für ihn dahatte, und gab ihm das Glas.

„Nichts für dich?"

Christina schüttelte den Kopf. Sie war viel zu aufgewühlt, um einen Drink genießen zu können. Nach dem vielen Champagner, den sie auf der Hochzeit getrunken hatte, würde der Whisky ihr nur zu Kopf steigen.

Er streckte den Arm aus, um ihr zu signalisieren, sie solle sich näher zu ihm setzen.

Christina rutschte herüber und legte den Kopf an seine Brust. Sie atmete seinen Duft ein, während er den Arm um sie legte.

Er küsste sie auf die Stirn, und sie empfand Erleichterung. Was immer ihn beschäftigte, es schien nichts mit ihr zu tun zu haben.

„Tut mir leid, dass ich den ganzen Tag ein solcher Idiot war."

„Du warst kein Idiot. Du warst still, was untypisch ist für dich." Sie neigte den Kopf, um ihn ansehen zu können, während er seinen Scotch trank.

„Du kennst mich so gut."

„Manchmal habe ich das Gefühl, dich überhaupt nicht zu kennen. Aber ich will dich. Ich will dich kennen."

Er legte ihr den Finger unters Kinn und strich mit seinen Lippen über ihre, ein verlockendes Versprechen künftigen Glücks – falls es ihm gelang, ihr zu erzählen, was ihn bedrückte.

„Du bist gut für mich, Christina. Deinetwegen möchte ich ein besserer Mann sein, als ich es in der Vergangenheit gewesen bin."

Sie strich sanft über seine frischen Bartstoppeln. Er war so unglaublich sexy, dass sie sich manchmal kneifen musste, um zu begreifen, dass sie wirklich mit einem solchen Mann zusammen war. All die Jahre unglücklicher Liebe zu Senator John O'Connor kamen ihr vor wie ein schlechter Traum, seit sie Tommy kennengelernt hatte. „Sag es mir."

Er stellte das Glas ab und fuhr sich durch die dunklen Haare. „Gestern Abend habe ich eine Nachricht von einer Frau erhalten, mit der ich ein paarmal ausgegangen bin. Das muss etwa ein Jahr her sein. Seither habe ich sie nicht mehr gesehen."

„Will sie dich zurückhaben?" *Wer könnte es ihr verübeln?*

„Nicht direkt. Sie wollte mir von meinem Sohn berichten."

Christina hielt den Atem an und setzte sich auf. „Du hast einen Sohn."

„Das behauptet sie zumindest, obwohl ich mir nicht sicher bin, ob ich ihr glauben kann. Wer weiß denn schon, ob es meiner ist oder nicht?"

„Du hast mit ihr geschlafen?"

Er nickte, es wirkte verschämt. „Ein paarmal, aber ich habe Kondome benutzt. Du kennst meine Einstellung zu diesen Dingen."

„Kondome können versagen."

„Das hat sie auch gesagt. Sie schwört bei Gott, dass er mein Sohn ist. Den ganzen Tag heute habe ich darüber nachgedacht, was ich tun soll."

Christina schlüpfte in den Modus der Stabschefin. „Als Erstes musst du in Erfahrung bringen, ob er tatsächlich dein Sohn ist. Verlange einen DNA-Test."

„Und wenn sie das nicht will?"

„Ich nehme an, sie möchte Unterhalt für das Kind."

„Das hat sie nicht direkt gesagt, aber darauf lief es hinaus."

„Wenn sie dein Geld will, hast du das Recht, einen Beweis für deine Vaterschaft zu verlangen."

„Du hast recht, und das werde ich auch morgen tun." Er richtete den Blick zu Boden, dann sah er sie wieder an. „Was bedeutet das für uns?"

„Was bedeutet was?"

„Ich würde verstehen, wenn dir das zu viel ist. Wir sind noch nicht allzu lange zusammen ..."

Christina legte ihre Hände auf sein Gesicht und küsste die Worte von seinen Lippen. „Wir sind lange genug zusammen, dass dein Problem auch mein Problem ist und wir es gemeinsam lösen."

„Wirklich?" Er wirkte dermaßen erleichtert, dass sie gelacht hätte, wenn die Situation nicht so ernst gewesen wäre. Und sie hatte sich den ganzen Tag über Sorgen gemacht, er könnte genug von ihr haben.

„Wirklich." Sie fuhr ihm durch die Haare und führte seinen Mund wieder zu ihrem. Indem sie mit der Zunge über seine Unterlippe fuhr, animierte sie ihn, den Kuss zu erwidern.

Ein tiefes Stöhnen entrang sich seiner Kehle. „Ich dachte, du würdest sauer sein. Ich hatte Angst, es dir zu erzählen."

„Es ist schon ein Jahr her, also hat es nichts mit mir oder mit uns zu tun."

„Und wenn ich einen Sohn habe?"

„Dann müssen wir wohl zwei Kinderbetten anschaffen – eines für deine Wohnung und eines für meine."

Er lag jetzt über ihr auf dem Sofa und betrachtete sie

erleichtert und voller Verlangen. Trotz seiner Größe und Kraft war er zu ihr stets behutsam und sanft gewesen.

„Es tut mir leid, dass du dich deswegen den ganzen Tag gequält hast." Sie massierte ihm den verspannten Nacken und die Schultern. „Wenn dich das nächste Mal etwas bedrückt, erzählst du es mir dann gleich, damit wir es klären können, statt schweigend vor dich hinzugrübeln?"

„Ich bin es nicht gewohnt, jemanden zu haben, der Dinge gemeinsam mit mir löst."

„Tja, jetzt hast du jemanden, also gewöhn dich lieber dran."

Sein sexy Lächeln mit den Grübchen erschien, für das er alles von ihr bekommen würde. „Ich mag es, wenn du mich herumkommandierst."

„Ach ja?", fragte sie mit einem schüchternen Grinsen, das normalerweise die gleiche Wirkung auf ihn hatte.

„Das weißt du."

Sie zog seinen Kopf zu sich hinunter und flüsterte ihm einen aus zwei Worten bestehenden Befehl ins Ohr.

Seine Augen weiteten sich vor Überraschung und Begierde. Dann küsste er sie leidenschaftlich, und als sie die Arme um ihn schlang, hätte sie am liebsten vor Erleichterung und Freude geweint, dass er sich ihr anvertraut hatte. Sie spürte seine Lippen an ihrem Hals, während sich gleichzeitig seine Finger um eine ihrer Brustwarzen schlossen. In diesem Moment hörte sie auf zu denken.

Lindsey McNamara gesellte sich vor dem Verhörraum zu Sam.

„Was haben Sie?", fragte Sam die hübsche rothaarige Gerichtsmedizinerin.

„Noch nichts Konkretes. Sobald wir hier fertig sind, werde ich mit der Autopsie beginnen."

„Ich werde ihn dazu überreden, eine DNA-Probe abzugeben. Haben Sie dabei, was Sie dafür benötigen?"

Lindsey hielt ein langes Wattestäbchen hoch, mit dem ein Abstrich von der Wangeninnenseite genommen wurde. „Ich bin bereit."

Sam schaute auf ihre Uhr. Halb elf. Nick schaute aus dem Beobachtungsraum zu und sie hoffte immer noch, einen Rest ihres romantischen Abends retten zu können. „Bringen wir es hinter uns."

Im Verhörraum schrak Senator Lightfeather hoch, als die beiden Frauen eintraten. „Senator, dies ist die leitende Gerichtsmedizinerin Dr. Lindsey McNamara. Habe ich Ihre Erlaubnis, dieses Gespräch aufzuzeichnen?"

Er nickte und wedelte zustimmend mit der Hand.

„Ehe wir beginnen, muss ich Sie über Ihre Rechte belehren." Sam erläuterte sie ihm. „Haben Sie alles verstanden?"

„Ja", sagte er und klang dabei gebrochen und niedergeschlagen.

„Ich möchte klarstellen, dass wir Sie jederzeit dafür belangen können, dass Sie den Mord an Regina nicht gleich der Polizei gemeldet haben. Dass Sie Ihren Kollegen benachrichtigt haben, dessen Verlobte zufällig Polizistin ist, riecht nach dem Versuch, Ihren Hals zu retten. Wenn Sie uns bei unseren Ermittlungen unterstützen, werde ich mit dem stellvertretenden Staatsanwalt aushandeln, keine Anklage deswegen zu erheben. Haben Sie verstanden?"

Lightfeather nickte schwach. „Hab ich."

Sam schob ihm ein Stück Papier, das sie vorbereitet hatte, über den Tisch zu. „Wir möchten Ihr Einverständnis für eine DNA-Probe."

Er schien geschockt zu sein von dieser Bitte. „Wozu?"

„Um herauszufinden, ob und welche Art von Kontakt Sie mit dem Opfer hatten."

„Kann ich Ihnen das nicht einfach sagen?"

„Wir hätten gern beides."

Er schaute von Sam zu Lindsey, nahm einen Stift aus seiner Hemdtasche und unterschrieb. Dann schob er das Blatt Papier wieder zurück.

Sam nickte Lindsey zu, die dem Senator die Prozedur erklärte, bevor sie einen Abstrich von der Innenseite seiner Wange nahm.

„Danke, Dr. McNamara", sagte Sam. „Bitte schicken Sie Detective McBride herein." Sie hatten vorher entschieden, dass drei Polizisten im Raum einer zu viel wäre. Denn Sam wollte auf keinen Fall, dass der Senator zumachte und einen Anwalt verlangte, bevor sie herausfinden konnte, was er über das Opfer wusste und was mit der Frau geschehen war.

Detective Jeannie McBride betrat den Raum, und Sam stellte sie dem Senator vor. „Senator, erzählen Sie uns, wenn möglich, woher Sie Regina Argueta de Castro kennen."

„Wie Senator Cappuano bereits erwähnt hat, arbeitet sie für die Firma, die das Hart Senate Office Building reinigt."

Sam bemerkte, dass er von Regina nach wie vor in der Gegenwartsform sprach, als hätte er ihren Tod noch nicht akzeptiert. „Und wann haben Sie sie kennengelernt?"

„Vor zwei Jahren, vielleicht ist es auch schon etwas länger her." Er nahm sich einen Moment, um seine Gedanken zu sammeln. „Ich arbeite abends oft lange, und sie war dann zum Putzen eingeteilt. Wir kamen ins Gespräch und wurden im Lauf der Zeit so etwas wie Freunde."

„Was verbindet einen U.S.-Senator denn mit einer Putzfrau?", wollte Sam wissen.

Auf seinem Gesicht erschien ein Lächeln, das jedoch seine Augen nicht erreichte. „Mehr, als Sie glauben. Wir leben beide von unseren Familien getrennt, vermissen unsere Kinder, arbeiten hart, um ihnen ein besseres Leben zu ermöglichen. Wir verstanden uns."

„Wo sind ihre Kinder?"

„In Guatemala. Sie leben dort bei Reginas Mutter. Roberto ist sieben und Isabella ist fünf. Sie hatte gehofft, die Kinder eines Tages hierherholen zu können. Sie redete die ganze Zeit davon, wie glücklich sie sein würde, wenn sie erst alle wieder zusammen wären." Eine Träne lief ihm die Wange hinunter. „Ich würde gern derjenige sein, der den Kindern beibringt, dass sie tot ist."

„Ich werde morgen sehen, was ich da arrangieren kann."

„Ich habe die Nummer in meinem Büro."

„Ich komme nicht umhin, mich zu fragen, warum Sie die Nummer der Familie der Putzfrau in Guatemala haben."

Die Miene des Senators war schwer zu deuten. „Sie hat sie mir gegeben. Für den Fall, dass ihr etwas zustoßen sollte."

„War sie um ihre Sicherheit besorgt?"

„Sie hat nie etwas gesagt, doch irgendetwas bereitete ihr Sorge. In den letzten Wochen war sie anders, als laste das Gewicht der Welt auf ihren zerbrechlichen Schultern. Noch mehr als sonst."

„Fällt Ihnen jemand ein, der ihr etwas hätte antun wollen?"

„Als sie in dieses Land kam, war sie kurz verheiratet. Aber sie hat mir nie seinen Namen genannt oder sonst irgendetwas über ihn erzählt. Ich hatte den Eindruck, die Beziehung endete nicht im Guten."

„Erwähnte sie mal, dass sie sich durch ihn bedroht fühlte oder dergleichen?"

„Mir gegenüber nicht."

Sam nahm sich vor, Reginas kurze Ehe unter die Lupe zu nehmen. „Hatten Sie eine Liebesbeziehung mit ihr, Senator?"

Weitere Tränen liefen ihm übers Gesicht. Er wischte sie mit zitternder Hand fort. „Ich wollte das nicht. Das schwöre ich. Ich liebe meine Frau und meine Kinder, aber manchmal ist es so einsam, wochenlang von ihnen getrennt zu sein. Regina wusste, wie das war. Wir waren lange befreundet, bevor etwas zwischen uns passiert ist."

„Was genau ist denn passiert?"

Er ließ die Schultern hängen und wirkte so niedergeschlagen, als würde ihm auf einmal bewusst werden, dass sein ganzes Leben aus der Bahn geraten war. „Es war am Geburtstag ihrer Tochter. Sie war so traurig, dass sie den verpasste. Ich habe ihr mein Handy für Auslandsgespräche gegeben, damit sie zu Hause anrufen konnte, und sie war glücklich und dankbar, nachdem sie mit ihren Kindern gesprochen hatte. Wir tranken ein Glas Wein und setzten uns aufs Sofa. Wir unterhielten uns über Isabella und über die vielen kleinen Dinge, die wir an unseren Kindern vermissen – Momente, die einem unwiederbringlich entgehen. Es war alles sehr unschuldig. Bis ich sie küsste." Jammervolle Schluchzer schüttelten ihn. „Ich wollte nie ..."

Sam gab ihm ein paar Minuten, um seine Fassung zurückzugewinnen.

„Es sollte nur ein Trost zwischen Freunden sein", sagte er schließlich.

„Aber es war dann mehr als das?"

Er nickte. „Wir schliefen in meinem Büro miteinander, wo jeder uns hätte erwischen können. Ich habe nicht einmal die Tür abgeschlossen. Hinterher konnte ich nicht fassen, dass das passiert war. Dass ich meine Familie, mein Amt aufs Spiel gesetzt hatte, noch dazu mit Regina, meiner liebsten Freundin. Ich war meiner Frau nie zuvor untreu. Ich war buchstäblich krank vor Schuldgefühlen."

„Es passierte also nicht wieder?"

Der Senator atmete lange aus. „Wir waren beide dermaßen geschockt davon, dass es so mit uns durchgegangen war, dass wir in der darauffolgenden Zeit erst einmal jeden Kontakt mieden. Eine andere Frau reinigte mein Büro, und viele Wochen sah ich Regina nicht mehr."

„Und wie lange ist das her?"

„Drei Monate."

„Haben Sie sie dann wiedergesehen?"

„Ihre Aufenthaltserlaubnis drohte abzulaufen. Sie hatte sich für eine Greencard beworben, als sie verheiratet war, aber offenbar wurde die Ehe als verdächtig angesehen und der Antrag abgelehnt. Ihr Arbeitsvisum lief aus, daher kam sie zu mir und fragte, ob ich ihr irgendwie helfen könne. Sie hatte selbst schon einen Antrag auf dauerhaftes Bleiberecht gestellt, aber auch der war abgelehnt worden. Die einzige Möglichkeit jedoch, ihre Familie angemessen zu unterstützen, war, in den Vereinigten Staaten zu bleiben, und es war ihr wichtig, legal hier zu sein. Sie verzweifelte langsam, weil das Visum ablief."

„Waren Sie in der Lage, ihr zu helfen?"

„Ich machte ein paar Anrufe, aber ich musste vorsichtig sein, weil sie nicht zu meinem Wahlkreis gehörte. Es gelang uns, eine dreimonatige Verlängerung zu bekommen, und ich legte bei der Einwanderungsbehörde ein gutes Wort für sie ein. Ich bat, ihren Antrag noch einmal zu prüfen. Das war alles, was ich tun konnte, ohne Verdacht zu erregen."

„War sie dankbar für Ihre Hilfe?"

„Ja, sehr."

„Ließen Sie Ihre romantische Beziehung wiederaufleben?"

Ein gequälter Ausdruck erschien auf seinem Gesicht. „Sie müssen verstehen ... meine Familie bedeutet mir alles. Aber wenn ich mit Regina zusammen war, war es, als würde ich jemand anderes sein. Ich konnte ihr nicht widerstehen."

„Wie oft waren Sie mit ihr intim?"

„Zu oft."

„Zehnmal? Zwanzigmal? Dreißig? Öfter?"

„Dreißigmal oder mehr, schätze ich. Im letzten Monat waren wir fast jeden Tag zusammen."

„Wo fanden diese Liaisons statt?"

„Meistens in ihrer Wohnung, einige Male aber auch in meinem Büro, diesmal bei verschlossener Tür."

„Warum nicht in Ihrer Wohnung?"

„Mit Frau und Kindern in Sedona konnte ich mir hier keine leisten", sagte er und wirkte verlegen. „Ich habe auf dem Sofa in meinem Büro geschlafen."

Nicks Vermutung war also richtig gewesen. „War sie noch mit jemand anderem zusammen?"

Lightfeathers Augen weiteten sich. „Natürlich nicht. Sie war nicht promiskuitiv."

„Sind Sie sich da sicher?"

„Ja, bin ich!"

„Wann waren Sie zuletzt mit Regina intim?"

„Heute, früher am Tag. Ich war zum Mittagessen da, und hinterher haben wir miteinander geschlafen. Ich habe mich einige Stunden bei ihr aufgehalten, ehe ich zur Arbeit in mein Büro zurückfuhr. Etwas später habe ich versucht, sie auf dem Handy anzurufen, das ich ihr gegeben habe. Als sie sich nicht meldete, habe ich mir Sorgen gemacht und bin wieder zu ihrer Wohnung gefahren. Da war so viel Blut.

Zuerst begriff ich gar nicht, was geschehen war, aber als ich sie dann auf dem Boden liegen sah ... ich schrie um Hilfe, aber niemand kam. Dann rief ich Nick an. Ich wusste nicht, was ich sonst tun sollte."

„Sie hätten die Polizei anrufen können."

Er sah sie an. „Ich bin ein verheirateter U.S.-Senator, der gerade seine ermordete Geliebte in ihrer Wohnung gefunden hatte. Hätten Sie an meiner Stelle die Polizei gerufen oder lieber einen Freund, dessen Verlobte bei der Mordkommission ist?"

„Sie waren also nicht zu geschockt vom Tod Ihrer Geliebten, dass Sie nicht noch an Ihre Familie und Ihre Karriere denken konnten, ehe Sie für die Frau Hilfe riefen?"

Er schlug mit der flachen Hand auf den Tisch und erschreckte Sam damit. „Ich war entsetzt darüber, dass irgendwer dieser schönen, wundervollen Frau das angetan hat, und ich wollte den besten Cop der Stadt, um herauszufinden, wer das getan hat. Ihr galten und *gelten* jedoch zuerst meine Gedanken."

Die Art, wie er das sagte, löste eine Erkenntnis bei Sam aus. „Sie haben sie geliebt."

„Ja", gestand er und brach erneut zusammen. „Gott steh mir bei, aber ich habe sie geliebt. Und ich habe keine Ahnung, wie ich ohne sie leben soll."

4

„Komm zum Capitol und bring mir jemanden vom Sicherheitsdienst mit oder einen jungen Polizisten, irgendwen, der Senator Lightfeather am Spätnachmittag in dieses Gebäude bringen kann", sagte Sam zu Detective McBride. „Dort wimmelt es von Kameras, also bring mir ein Video, das seine Bewegungen gestern aufgezeichnet hat, und trag auf unserer Mordtafel den zeitlichen Ablauf ein. Ich will außerdem, dass Reginas sowie Lightfeathers Handydaten ausgewertet werden."

„Wird gemacht, Lieutenant", erwiderte Jeannie und gab ihrem Partner, Detective Will Tyrone, ein Zeichen.

Nachdem sie das Kommissariat verlassen hatten, kehrte Sam in ihr Büro zurück, wo sie sich durch die Haare fuhr, die noch klebrig waren von dem Zeug, das die Stylistin vor der Hochzeit aufgetragen hatte. Sie schaute zu ihrem Schreibtisch und erschrak, wie sauber und aufgeräumt er war.

Nick erschien hinter ihr, legte ihr die Hände auf die Schultern und massierte die verspannten Stellen. Er wusste genau, wo sich bei ihr der Stress sammelte, deshalb stand

Sam nur still da, während seine geschickten Finger die richtigen Stellen fanden. „Es wird spät, Schatz."

„Hast du etwa schon wieder meinen Schreibtisch aufgeräumt?"

„Schon möglich."

„Das ist eine Krankheit. Du hast eine Krankheit."

„Bekenne mich schuldig." Er lachte leise und küsste sie zärtlich auf den Nacken. Begierde durchflutete sie. Sie war durch ihn so leicht erregbar, und das wusste er genau. „Wie läuft es mit Henry?"

Die Fakten des Falles liefen wie ein Stummfilm durch ihre Gedanken. „Ich komme nicht weiter, bis ich Lindseys Bericht habe."

„Dann lass uns nach Hause fahren."

Früher hätte Sam die ganze Nacht gewartet, bis der Autopsiebericht und die Laborberichte vorlagen. Jetzt hatte sie jedoch einen guten Grund, nach Hause zu fahren. „Tut mir leid, dass mir an unserem freien Tag Arbeit dazwischengekommen ist. Vielleicht schaffen wir es ja irgendwann tatsächlich mal, einen ganzen Tag frei zu haben."

„Träumen darf man ja."

Sie ließ sich von ihm in den Mantel helfen und aus dem Büro führen. „Ich weiß, dass du die Pause dringend gebraucht hättest."

„Ist nicht deine Schuld, und außerdem habe ich einen Tag vom Wahlkampf freibekommen, also ist alles gut."

„Wir haben unseren vorgezogenen Valentinstag nicht gehabt", klagte sie, als sie im Auto saßen.

Er nahm ihre Hand und verschränkte seine Finger mit ihren. „Jeder Tag mit dir ist ein Valentinstag."

Sie lächelte. „Selbst wenn wir in diesem Fall plötzlich auf verschiedenen Seiten stehen?"

„Wir mögen zwar nicht immer derselben Meinung sein, aber wir stehen immer auf derselben Seite."

Sie lehnte sich in den beheizten Ledersitz zurück und genoss das folgende freundschaftliche Schweigen. Das gehörte zu den Dingen mit Nick, die ihr am besten gefielen: selbst in den Gesprächspausen war sie stets im Einklang mit ihm. In der Vergangenheit war sie unglücklich mit einem manipulativen Mann verheiratet gewesen, der jeden ihrer Gedanken hatte kontrollieren wollen. Oft hatte sie sich einsam gefühlt, wenn er neben ihr auf dem Sofa saß oder neben ihr im Bett lag. Dieses Gefühl hatte sie mit Nick noch nie gehabt.

„Was denkst du?", erkundigte er sich.

„Ich denke über uns nach."

„Und was?"

„Kann ich dich etwas fragen, und wirst du mir ehrlich antworten?"

Er sah sie an. „Natürlich kannst du, und natürlich werde ich ehrlich antworten."

„Wenn wir zusammen sind, fühlst du dich dann einsam?"

„Einsam?" Er lachte kurz auf. „Das ist gut."

Nick parkte in der Ninth Street am Bordstein, stellte den Motor ab und streichelte Sams Wange. „Um was geht es eigentlich?"

„Manchmal, na ja ... als ich mit Peter zusammen war, fühlte ich mich dauernd einsam, auch wenn er da war. Ich habe gerade daran gedacht, dass ich mit dir dieses Gefühl nie habe, und ich habe gehofft, dass es dir auch so geht."

„Ich habe mich nie einsam mit dir gefühlt, und ich bin froh, dass das auf dich auch nicht zutrifft." Er beugte sich zu ihr herüber, und sie lehnte sich in seine Umarmung. „Wenn du dich jemals einsam fühlst, sagst du es mir dann?"

Sie nickte. „Und du?"

„Ich verspreche es."

„Ich bezweifle allerdings, dass das je ein Thema zwischen uns sein wird. Alles an dieser Beziehung ist anders."

„Ja", bestätigte er und küsste sie. „Das stimmt. Komm, gehen wir rein."

Drinnen hängte Nick ihre Mäntel auf.

„Es wäre schneller gegangen, wenn du sie einfach aufs Sofa geworfen hättest", meinte Sam. Sie liebte es, ihn mit seiner Ordnungsliebe aufzuziehen.

„Da gehören sie aber nicht hin." Er folgte ihr nach oben und nutzte die Gelegenheit, um ihr einen Klaps auf den Po zu geben.

Sam lachte und rannte los, in der Gewissheit, dass er ihr nachjagen würde. Im Schlafzimmer hatte er sie eingeholt, und zusammen fielen sie aufs Bett. „Du kannst rennen", sagte er mit gespielt bedrohlichem Blick, „aber du entkommst mir nicht."

„Wetten?"

„Hm." Er küsste sie lange und sinnlich.

Sam versuchte sich aus der festen Umarmung zu befreien. „Lass mich los, ich will dich anfassen."

Nick ließ ihre Hände los und zog ihr den Pullover aus.

Sam erschauerte in der kühlen Luft, die auf ihre warme Haut traf.

„Ist dir kalt?", erkundigte er sich.

„Nein." Sie entfernte die Onyxknöpfe seines Hemdes, ließ sie aufs Bett fallen und streifte ihm das Hemd von den breiten Schultern. „Zu viele Sachen", beschwerte sie sich und zupfte an seinem Unterhemd.

Nick lachte und zog es aus. „Besser?"

Sam strich über seine muskulöse Brust. „Viel besser."

Er schloss sie wieder fest in die Arme und wiegte sie hin und her.

Sie streichelte seinen Rücken. „Was?"

Nick seufzte leise und küsste ihren Hals. „Heirate mich, Samantha."

„Ich glaube, ich habe schon Ja gesagt. Erinnerst du dich an den Rosengarten?"

Er sah ihr in die Augen. „Bald. Ich will nicht warten."

Sie fuhr ihm durch die Haare. „Ich dachte, du willst eine schöne Hochzeit."

„Können wir die nicht auch möglichst bald haben?"

„Über wie bald reden wir hier?"

„Ich weiß nicht. Ein Monat?"

Sam lachte. „Haben wir darüber nicht schon bei einem anderen komplizierten Fall gesprochen? Wie soll ich denn eine Hochzeit planen, wenn ich gleichzeitig in einem solchen Fall ermittle?"

„Dann werde ich sie planen. Überlass alles mir."

So gern sie das getan hätte, die Hochzeit war ihr zu wichtig, um an der Planung überhaupt nicht beteiligt zu sein. „Ich dachte, wir planen sie gemeinsam."

„Ist es das, was du willst?"

„Ich dachte, *du* willst es so."

„Ich will heiraten, alles andere ist mir egal."

„Das hast du aber nicht gesagt, als meine Schwestern dich darüber ausgefragt haben, was für eine Hochzeit du dir vorstellst. Da hast du von einer Hochzeit mit allem Pipapo geredet. Was hat sich geändert?"

Er umfasste ihr Gesicht mit beiden Händen und küsste sie.

„Nick? Was ist los? Warum plötzlich die Eile?"

„Es ist nur ... als ich Henry über Regina sprechen gehört habe, konnte ich gut nachvollziehen, wie er empfunden hat. Es muss schrecklich sein, was er jetzt durchmacht.“

„Du bist dir sehr sicher, dass er nicht der Mörder ist.“

„Du hast ihn doch gehört, Sam.“ Nick küsste sie auf die Nasenspitze, beide Wangen und ihre Lippen. „Er hat sie geliebt und weiß überhaupt nicht, wie er ohne sie weiterleben soll. Ich verstehe, wie er sich fühlt.“

Sie schlang die Beine um seine. „Mir wird schon nichts passieren. Es gibt keinen Grund, unsere Hochzeit zu beschleunigen. Du wirst das nur einmal machen, oder?“

„Das ist der Plan.“

„Dann solltest du es richtig machen. Auf die Art, wie du es willst.“

„Was ist mit deinen Vorstellungen?“

„Ich hatte das alles schon. Diesmal geht es ausschließlich um das, was du dir wünschst.“

„Nein, Baby“, sagte er. „Diesmal geht es darum, was *wir* uns wünschen.“

Die Vorstellung, eine weitere pompöse Hochzeit zu planen, löste leichtes Unbehagen bei Sam aus. Für ihn würde sie es tun, aber wenn es nach ihr ginge, wäre sie auch mit einem Jawort vor dem Standesbeamten zufrieden. „Was ich im Augenblick will“, sagte sie mit einem frechen Grinsen, „hat nichts mit Hochzeitstorten oder Blumen zu tun.“ Sie griff nach unten, um seinen Gürtel und den Reißverschluss seiner Hose zu öffnen.

Nick sog scharf die Luft ein, als sie die Finger um seine Erektion schloss. Er hielt ihre Hand fest. „Ich biete dir einen Deal an.“

„Wozu brauchen wir einen Deal? Falls du es noch nicht mitbekommen hast, ich bin dir sicher.“

Er lachte und stöhnte, als sie ihn streichelte. „Willst du hören, wie der Deal lautet, oder nicht?“

„Na schön." Sie lockerte ihren Griff. „Schieß los."

Er beugte sich über sie und küsste ihren Bauch, ehe er ihr mit diesen intensiven Augen ins Gesicht schaute. „Wenn es mir gelingt, dich innerhalb der nächsten halben Stunde dreimal zum Höhepunkt zu bringen, lässt du mich ein Datum festlegen – egal welches."

Sam hob skeptisch eine Braue. „Und wenn du es nicht schaffst?"

„Dann warte ich, bis du ein Datum wählst."

„Du wirst es nicht mehr erwähnen?"

„Erst, wenn du es tust."

Sie war noch nie dreimal gekommen. Nie. „Einverstanden. Die Wette gilt. Gib dein Bestes."

Ein raubtierhaftes Lächeln erschien auf seinem Gesicht, und er begann, sich mit sinnlichen kleinen Küssen an ihrem Körper abwärts zu bewegen.

Achtundzwanzig Minuten später stand Sam kurz vor dem dritten Orgasmus, während Nick sie von hinten nahm. Entschlossen, nicht zu kommen, erschrak sie, als sie plötzlich seine geschickten Finger spürte. Gegen diese Kombination war sie machtlos, und das wusste er genau. Lektion gelernt: Mach niemals einen Deal mit dem Mann, der dich besser als alle anderen kennt. Er reizte ihren sensibelsten Punkt, wobei er gleichzeitig immer wieder tief in sie eindrang und ihr damit den nächsten Höhepunkt bescherte.

Diesmal kam er mit ihr zusammen, und als es vorbei war, sanken sie übereinander auf das Bett. Er küsste ihren Rücken und ihre Schultern, dann flüsterte er ihr ins Ohr: „Sechsundzwanzigster März."

· · ·

Sams erster Gedanke am nächsten Morgen galt nicht dem Mordfall, in dem sie ermitteln musste, sondern dem Deal, den sie mit dem Teufel persönlich geschlossen hatte. Wie sollte sie denn eine Hochzeit planen, wenn sie mitten in einem weiteren komplexen Fall steckte? Und Nick im Wahlkampf. Sie seufzte. Dann erinnerte sie sich daran, wie er sein neues Haus innerhalb einer Woche renoviert hatte, rechtzeitig, um seinen für den Obersten Gerichtshof nominierten Freund empfangen zu können. Wenn jemand es schaffte, in etwas mehr als einem Monat eine stilvolle Hochzeit zu organisieren, dann ihr Verlobter.

Sie betrachtete ihn, während er schlief, ein Arm über dem Kopf. Die frischen Bartstoppeln an seinen sonst glatt rasierten Wangen machten ihn für sie noch anziehender. Schon in anderthalb verrückten Monaten würde er ihr Ehemann sein, und sie beide würden den Rest ihres Lebens miteinander verbringen. Und dafür lohnte es sich doch schließlich, durchzustehen, was immer in den nächsten Wochen vor ihr lag. Oder?

Er drehte sich auf die Seite und streckte im Schlaf die Hand nach ihr aus.

Sam schmiegte sich an ihn. Nein, sie fühlte sich nicht mehr einsam. Selbst wenn er schlief, war er da. Und er liebte sie aufrichtig, daran hatte sie keinen Zweifel mehr.

Er drückte sie an sich. „Woran hast du gedacht?", murmelte er.

„An unsere Hochzeit." Sie drehte sich auf den Rücken, um ihn ansehen zu können. „Was soll ich machen?"

„Du kannst dich um die Kleider für dich und deine Schwestern kümmern, um die Blumen und die Torte." Seine Augen waren nach wie vor geschlossen. „Ich werde mich um alles andere kümmern."

„Ich bin endlich dahintergekommen, wie du es schaffst,

so viel zu erledigen. Du arbeitest auch im Schlaf. Das ist die einzige mögliche Erklärung."

Er lachte leise. „Schön wär's." Sein Knie stieß gegen ihr Bein. „Du musst los."

„Ich weiß." Bevor sie aufstand, drehte sie sich ganz zu ihm um und atmete seinen angenehmen Duft ein. „Sobald ich diesen Fall abgeschlossen habe, nehmen wir uns einen Tag frei. Ist mir egal, was wir da machen, aber wir kriegen unseren Tag."

„Sechsundzwanzigster März." Er machte die Augen auf und küsste sie. „An dem Tag nehmen wir uns ganz bestimmt frei – und die ganze anschließende Woche. Der Senat pausiert bis Mitte April."

„Musst du nicht Wahlkampf machen?"

„Ich werde Christina sagen, dass ich in der Woche nicht verfügbar bin, sondern in den Flitterwochen."

„Und wo wird das sein?"

„Das habe ich noch nicht entschieden. Wohin möchtest du denn?"

„Irgendwohin, wo nicht der District of Columbia ist – also raus aus der Stadt", erklärte Sam. „Weißt du, der sechsundzwanzigste März, da sind wir gerade erst seit drei Monaten wieder zusammen."

Er blickte skeptisch. „Brauchst du mehr Zeit, um dir sicher zu sein, dass du das Richtige tust?"

Sam dachte an die sechs Jahre, die sie damit zugebracht hatte, ihn nach einer unvergesslichen Nacht zu vermissen. „Nein."

Er wickelte sich ihre Haare um die Finger. „Ich auch nicht. Dann steht das Datum? Sechsundzwanzigster März?"

„Ja", sagte sie und küsste ihn. „Das Datum steht."

· · ·

„Tja, das ist neu." Sam klappte ihr Handy zu und schob es zurück in die Gesäßtasche ihrer Jeans.

„Was denn?", erkundigte Nick sich, der vor dem Schlafzimmerspiegel stand und seine Krawatte band.

„Gonzo hat angerufen und sich einen Tag, nachdem wir einen heißen Fall auf den Tisch bekommen haben, krankgemeldet."

Nick drehte sich zu ihr um. „Das ist merkwürdig. Christina hat auch angerufen. Eigentlich sollte sie heute mit mir nach Richmond fahren, aber sie meinte, ihr sei etwas dazwischengekommen."

Sams Miene verdüsterte sich. „Die lümmeln wahrscheinlich im Bett herum, während wir einen weiteren Sonntag mit Arbeit verbringen."

„Vielleicht sind sie wirklich krank."

„Wahrscheinlicher ist ein Kater. Der hat gestern ganz schön Scotch gebechert."

Nick ging zu ihr und küsste sie auf die Stirn. „Wir haben gestern alle getrunken. Sei nicht so hart zu ihm."

„Es ist nur völlig untypisch für ihn."

„Vermutlich würde er über dich auch sagen, dass es ganz untypisch für dich ist, länger als nötig zu Hause zu bleiben, um mit deinem Verlobten noch zu frühstücken, während in der Gerichtsmedizin eine Leiche im Kühlfach liegt."

Sam reagierte mit einem weiteren düsteren Blick.

Nick lachte und umfasste ihr Kinn. „Ich meine ja nur. Menschen ändern sich. Dinge passieren. Und niemand, nicht einmal du und ich, kann immer arbeiten."

„In letzter Zeit haben wir das getan."

„Bald kommt eine freie Woche. Kannst du dir die ganze Woche freinehmen?"

„Ich habe noch ungefähr acht Wochen Urlaub vom letzten Jahr, das sollte also kein Problem sein."

„Vergiss bloß nicht, rechtzeitig zu fragen."

Sie verdrehte die Augen, obwohl die Vorstellung, eine ganze Woche allein mit ihm zu verbringen, ihr Herz vor Vorfreude schneller schlagen ließ. „Ja, Schatz. Was gibt's denn heute in Richmond?"

„Eine Kundgebung in der VCU", antwortete er und meinte damit die Virginia Commonwealth University. „Ein Besuch eines staatlichen Kinderheimes sowie ein Wohltätigkeitsdinner. Ich werde erst spät zu Hause sein."

Sie stellte sich auf Zehenspitzen, um ihn zu küssen. „Ich auch, also erwische ich dich eben, wenn ich dich erwische."

Als sie sich von ihm lösen wollte, zog er sie an sich, um sie richtig zu küssen. „Mm", meinte er einige Minuten später. „Das müsste mich aufrecht halten, bis wir uns wiedersehen."

Sie tätschelte seine frisch rasierte Wange und gab ihm noch einen Kuss. „Bis dann."

„Hey."

Sam drehte sich zu ihm um.

„Sei vorsichtig heute."

„Bin ich immer."

5

————

„Bist du dir sicher, dass es eine gute Idee ist, ohne Ankündigung einfach aufzutauchen?“, fragte Gonzo Christina und betrachtete das unscheinbare weiße Stadthaus, in dem ein Junge wohnte, der möglicherweise sein Sohn war.

„Ja, bin ich. Auf diese Weise kann sie sich nicht herausreden. Sie erwartet dich nicht, dadurch bist du im Vorteil.“

Er sah zu ihr. Selbst nach der fast schlaflos verbrachten Nacht sah sie frisch und strahlend aus. Manchmal fragte er sich, was eine Klassefrau wie sie in einem raubeinigen Kerl wie ihm sah. „Deshalb bist du so gut in deinem Job.“

„Das nennt man Strategie“, erklärte sie, über das Kompliment lächelnd. „Du musst eine haben.“ Sie beugte sich zu ihm herüber, um sein Kinngrübchen zu küssen, das sie, wie sie ihm einmal gestanden hatte, unglaublich sexy fand. „Denk dran, du willst ihr nur sagen, dass du das Baby sehen und mit ihr darüber sprechen willst, wie du ihr helfen kannst. Sei ganz freundlich. Das mit dem DNA-Test lassen wir den Anwalt mit ihr klären. Es ist besser, wenn das nicht von dir kommt.“

„Okay.“ Er atmete tief durch. „Auf geht's.“

Christina drückte seinen Arm. „Es wird schon klappen. Du hast nichts Falsches getan, vergiss das nicht, Tommy.“

Dankbar für ihre beruhigende Gegenwart, nickte er und legte die Hand auf den Türgriff. Noch einmal drehte er sich zu ihr um. „Komm mit.“

„Ich dachte, wir seien uns einig gewesen, dass es besser ist, wenn ich hier warte.“

„Ist mir egal, worüber wir uns einig waren. Ich will dich bei mir haben, wenn ich ihn zum ersten Mal sehe. Es ist ja nicht so, als hätte ich eine lange Beziehung zu der Frau gehabt, da kann sie schlecht sauer sein, dass ich jetzt mit einer anderen zusammen bin.“

„Wer weiß?“

„Ich werde mich besser fühlen, wenn du dabei bist.“ Ihm wurde klar, dass das die Wahrheit war. Er fühlte sich stets besser, wenn er mit ihr zusammen war.

„Dann lass uns gehen.“

Auf der kleinen Veranda vor dem Haus stehend, drückte er auf den Klingelknopf. Würde er auf der Stelle wissen, dass es sich um sein Kind handelte? Würde er fähig sein, ein Kind zu lieben, von dem er nichts gewusst hatte? Was, wenn er das Baby nicht lieben konnte, obwohl es von ihm war?

Die Tür ging auf, und Lori erschrak sichtlich, als sie ihn sah. Ihre braunen Haare sahen aus, als seien sie seit Tagen nicht gewaschen worden, und ihr zu großes T-Shirt war fleckig, offenbar von Muttermilch. Gonzo versuchte sich daran zu erinnern, was er mal an ihr gefunden hatte, doch sie sah inzwischen so verändert aus, dass er sie kaum wiedererkannte.

Sie stieß die Außentür auf. „Tommy? Was machst du hier?"

Er schluckte. „Ich bin hier, um meinen Sohn zu sehen."

Lori schaute zu Christina, dann wieder zu ihm.

„Dies ist, äh, meine Freundin Christina." Er war erstaunt, dass er sich nicht an einem Wort verschluckte, das er für gewöhnlich unter allen Umständen zu vermeiden versuchte. „Christina, das ist Lori."

Die beiden Frauen musterten sich, dann sagte Christina: „Freut mich, Sie kennenzulernen."

Das Schreien eines Babys drinnen beendete den Moment der Verlegenheit. „Kommt rein." Lori winkte sie in einen Raum, in dem überall verstreut Babysachen und Schmutzwäschestapel herumlagen.

Gonzo betrachtete entsetzt den überquellenden Aschenbecher auf dem Couchtisch. Überall stank es nach Qualm.

„Ich hole ihn rasch", meinte Lori und verschwand aus dem Zimmer.

Als sie allein waren, nahm Christina Gonzos Hand.

„Wie kann sie hier drin atmen?", flüsterte er.

„Das habe ich mich auch gerade gefragt."

Als sie Loris Schritte auf der Treppe hörten, ließ Gonzo Christinas Hand wieder los.

Lori kam mit dem Baby auf dem Arm herein. Als Erstes fielen ihm die dunklen Haare des Babys auf. Er kannte sich zwar nicht besonders gut aus mit Säuglingen, aber es schien eine Menge Haar auf dem Kopf zu haben. Gonzos Neffe Joey war mit ähnlich vielen Haaren geboren worden. Und als Lori ihm das Baby gab, wurde ihm flau.

Gonzo und Christina stutzten beide, als sie das deutliche Kinngrübchen sahen.

Er betrachtete das schrumplige kleine Gesicht und

verliebte sich auf der Stelle. Große Augen sahen zu ihm hoch, voller Vertrauen, und Gonzo musste die Tränen zurückhalten. Die sofort in ihm aufwallende Liebe machte ihn völlig wehrlos.

Christina legte ihm die Hand auf den Rücken, und als er sie ansah, wirkte sie ebenso überwältigt wie er.

„Wie heißt er?", erkundigte Gonzo sich.

„Ich habe ihm noch keinen Namen gegeben."

„Aber er ist schon einige Monate alt!", sagte er erschrocken.

„Glaub mir, ich weiß, wie alt er ist."

„Du musst ihm einen Namen geben."

„Ach, so läuft das? Du kommst in mein Haus und erzählst mir, wie ich mein Kind großzuziehen habe?"

„Du hast mich angerufen", erinnerte er sie. „Ich wüsste nichts von seiner Existenz, wenn du dich nicht bei mir gemeldet hättest. Erwartest du, dass ich einfach tue, als wäre nichts? Als hätte ich nie von ihm erfahren?"

„Tu doch nicht, als hättest du Interesse an ihm."

„Selbstverständlich habe ich Interesse an ihm. Er ist mein Sohn."

„Hör mal, es ist wirklich nett, dass du den ganzen Weg hergekommen bist, um ihn zu sehen. Aber das Einzige, was ich von dir brauche, ist ein bisschen Geld für Windeln und den Kindergarten. Mehr erwarte ich nicht."

„Ich will aber mehr als das."

Die Haustür flog auf, und ein Schwall kalter Luft wehte herein. Das Baby fing an zu weinen.

Obwohl Gonzo kaum Erfahrung mit Babys hatte, tätschelte er ihm behutsam den Rücken.

„Ich nehme ihn", sagte Lori und streckte die Hände nach dem Kind aus.

„Es macht mir nichts aus, dass er weint", sagte Gonzo.

„Die Lady möchte ihr Baby zurückhaben", war eine tiefe Stimme aus dem Flur zu hören.

Gonzo drehte sich um und entdeckte einen riesigen Mann, der ihn finster anstarrte. Er trug ein rotes Kopftuch um die langen Haare und war am Hals und an den Armen tätowiert.

„Bleib ruhig, Rex", meinte Lori. „Er ist ein Cop."

„Gibt ihm nicht das Recht, dein Kind festzuhalten, wenn du es zurückhaben willst."

„Es ist auch mein Kind", informierte Gonzo ihn und setzte seinen besten Polizistenblick auf.

Rex starrte ihn perplex an. „Ist das so?"

Lori nickte.

Rex' Miene wurde finster.

„Du musst jetzt wirklich gehen", wandte Lori sich an Gonzo, und diesmal gab er ihr das Baby zurück, als sie erneut die Hände danach ausstreckte.

„Ich werde gehen", sagte er. „Aber ich komme zurück. Schon sehr bald." Mit einem letzten Blick auf seinen Sohn bugsierte er Christina zur Haustür hinaus. Sobald sie draußen waren, atmete er tief die frische Luft ein. Ihre Kleidung stank nach Zigarettenrauch. „Sie hat ihm nicht einmal einen Namen gegeben", sagte er verzweifelt.

Christina zog ihr Handy aus der Manteltasche.

„Wen rufst du an?", fragte Gonzo.

„Nicks Freund Andy, der ist Anwalt und spezialisiert auf Familienrecht."

„Ich sollte erst mit Sam sprechen. Sie mag es vielleicht nicht besonders, dass wir uns an einen Freund von Nick wenden, ohne sie vorher zu fragen."

„Ich bin sicher, Sam würde wollen, dass du alles für deinen Sohn tust, was du kannst."

Er hoffte, dass Christina recht hatte. „Wie kann er ihr

bloß so gleichgültig sein, dass sie dem Jungen nicht mal einen Namen gibt?“

Christina drückte seinen Arm. „Mach dir keine Sorgen. Wir werden uns um ihn kümmern, ja?“

Gonzo nickte. Seine ganze Welt war durch den Anblick eines winzigen Kinngrübchens aus den Fugen geraten, daher empfand er Dankbarkeit für Christinas Gefasstheit und Kompetenz.

„Geben Sie mir etwas, irgendetwas“, sagte Sam zu Dr. McNamara. Regina Argueta de Castro lag auf dem Tisch im Schein der grellen Lampen.

„In der zwölften Woche schwanger“, sagte Lindsey.

„Nun, das ist interessant. Wann wissen Sie, ob die DNA des Fötus mit der von Senator Lightfeather übereinstimmt?“

„In einigen Tagen. Ich mache gerade den Test.“

„Sonst noch etwas?“

„Ich habe einen unvollständigen Fingerabdruck von den Prellungen an ihrem Hinterteil nehmen können und durch das AFIS laufen lassen“, erklärte sie und meinte damit das Automated Fingerprint Identification System, eine Datei zur automatischen Erkennung von Fingerabdrücken. „Kein Treffer. Ich habe außerdem Sperma von zwei verschiedenen Männern in ihrer Vagina gefunden.“

„Natürlich gab es da zwei“, meinte Sam und war frustriert, weil der eindeutige Verdacht gegen Senator Lightfeather wohl nicht mehr aufrechtzuerhalten war. „Lassen Sie mich wissen, was die DNA-Analyse ergeben hat.“

„Mach ich. Wie geht es mit der Hochzeitsplanung voran?“

„Ganz gut, glaube ich.“ Bei dem Gedanken an die

Hochzeit in sechs Wochen bekam sie ein flaues Gefühl im Magen.

„Ein Heiratsantrag im Rosengarten des Weißen Hauses." Lindsey seufzte. „Wie romantisch."

„Ja, er hat seine Momente", räumte Sam ein. „Bringen Sie mir Informationen, Doc."

„Ich arbeite dran."

Sam verließ das Leichenschauhaus und machte sich auf den Weg ins Kommissariat, wo sie Freddie antraf, der gerade Pillen einwarf. „Bist du etwa auch verkatert?"

Erschrocken sah er auf, und ein schuldbewusster Ausdruck breitete sich in seinem attraktiven Gesicht aus. „Was? Nein. Du?"

„Ich nicht, aber Gonzo. Hat sich heute krankgemeldet."

„So viel hat er gar nicht getrunken, weil er doch heute arbeiten musste."

„Was ist deine Entschuldigung?"

„Ich habe Kopfschmerzen, wenn du es unbedingt wissen musst. Und nicht vom Trinken. Ich habe schlecht geschlafen."

„Erspar mir die Details." Sam war erstaunt, als er nicht mit einer der üblichen Bemerkungen konterte. „Was ist denn los?"

„Nichts." Er nahm einige Unterlagen von seinem Schreibtisch. „Ich habe McBrides Bericht der vergangenen Nacht. Sie hat mit mehreren Security-Leuten im Capitol gesprochen, die aussagten, sie hätten Senator Lightfeather dort gestern Nachmittag und am frühen Abend gesehen. Einer meinte, er habe gesehen, wie der Senator gegen sechs ging, und dass er es ziemlich eilig gehabt habe."

Wie er gesagt hat, dachte Sam. „Wir haben eine DNA-Übereinstimmung mit seinem Sperma, aber es gab einen weiteren Mann. Lindsey überprüft das gerade."

„McBride meint, sie hätten die Daten des Schlosses seiner Bürotür ausgewertet, und die Benutzung seiner Schlüsselkarte passt genau in den zeitlichen Rahmen."

„Verhören wir ihn noch einmal, um alles abzuklopfen, bevor wir ihn gehen lassen."

„Wird gemacht, Boss. Eines noch – wir haben mehrere Anfragen von den Medien bekommen. Die wollen bestätigt haben, dass wir Lightfeather im Zusammenhang mit dem Mord an einer Mitarbeiterin des für das Capitol zuständigen Reinigungspersonals festhalten."

„Vorläufig kein Kommentar."

„Dachte mir, dass du das sagen würdest."

Sam nickte. „Geh und hol ihn."

„Bin schon unterwegs."

Sam schaute ihm hinterher und bemerkte, dass er die Schultern ein wenig hängen ließ. Ja, etwas beschäftigte ihren Partner. Ehe der Tag vorbei war, würde sie es aus ihm herausbekommen haben.

Einige Minuten später gesellte sie sich zu Freddie und dem Senator in einem der Verhörräume. Lightfeathers Nacht im Gefängnis schien ihn geschwächt zu haben.

„Wussten Sie, dass Regina schwanger war?", fragte Sam.

Lightfeathers Hände zitterten. „Ja."

„War das Kind von Ihnen?"

Er nickte.

„Sind Sie sich da sicher?"

„Natürlich bin ich das."

„Und sind Sie sicher, dass sie mit niemand anderem zusammen war?"

„Wir haben die meisten Nächte miteinander verbracht, also kann ich mir schwer vorstellen, wie sie noch Zeit für jemand anderen gehabt haben soll."

„Hat sie abends nicht als Reinigungskraft im Capitol gearbeitet?"

„An fünf Abenden in der Woche, von vier Uhr nachmittags bis Mitternacht."

„Sie erwähnten aber, sie seien an den meisten Abenden zusammen gewesen. Was hat sie an den Abenden gemacht, an denen sie nicht mit Ihnen zusammen war?"

„Das weiß ich nicht. Sie hat es mir nie erzählt."

„Haben Sie gefragt?"

Er bejahte. „Es war ein … Streitpunkt zwischen uns."

„Hatte sie Freundinnen? Irgendwen, dem sie sich hätte anvertrauen können?"

„Sie verstand sich mit mehreren Kolleginnen recht gut, aber ich weiß nicht, ob sie denen vertraut hat. Ich bin mir sicher, dass sie niemandem von unserer Beziehung erzählt hat. Sie wusste, was auf dem Spiel stand."

„Für Sie oder für Regina?"

„Für uns beide. Sie konnte es nicht riskieren, ihren Job zu verlieren."

„Was war mit dem, was für Sie selbst auf dem Spiel stand?"

„Offenbar war sie sich dessen ebenfalls bewusst."

„Hat sie Sie unter Druck gesetzt, weil sie mehr wollte? Sie war schwanger von Ihnen und musste mit Abschiebung rechnen. Ich kann mir vorstellen, dass sie sehr verzweifelt Sicherheit gesucht hat."

„Sie wusste, dass ich mich um sie und das Baby kümmern würde, aber sie hat mich nicht unter Druck gesetzt. Sie war sich meines Familienstandes schmerzlich bewusst."

„Wie wollten Sie sich um sie und das Baby kümmern, wo Sie doch nicht einmal genug Geld haben, um sich ein Apartment in Washington zu leisten?"

Lightfeather sackte auf seinem Stuhl zusammen. „Ich wollte alles für sie tun, was ich tun konnte."

„Was nicht viel gewesen wäre, habe ich recht?"

Er zuckte die Schultern.

„Sie muss sehr verzweifelt gewesen sein. Ein weiteres Maul zu stopfen, Kindergarten, Windeln. Wie wollte sie all das bewältigen, wo sie doch schon ihre Familie daheim unterstützte?"

„Wir haben nicht viel darüber gesprochen. Wir wollten einfach irgendeine Lösung finden. Ich habe ihr gesagt, sie solle sich keine Sorgen machen. Ich würde Geld auftreiben, irgendwie."

Freddie machte Sam ein Zeichen, und sie nickte.

„Senator", sagte er. „Ist Ihnen der Begriff ‚Ankerbaby' vertraut?"

Lightfeather richtete sich ein wenig auf. „Ja."

„Mir nicht", sagte Sam. „Klären Sie mich mal auf."

„Wenn illegale Einwanderer Babys bekommen, ‚verankern' diese ihre Mütter in den Vereinigten Staaten, weil der vierzehnte Verfassungszusatz automatisch die Staatsbürgerschaft all denen garantiert, die in diesem Land geboren werden", erklärte Lightfeather.

„Ah", machte Sam, die verstand, worauf Freddie hinauswollte. Stolz auf seine Initiative gab sie ihm ein Zeichen, dass sie ihm das Parkett überließ.

„Da Reginas Aufenthaltsstatus gefährdet war, frage ich mich, ob ihre Schwangerschaft nicht geplant war."

„Die war definitiv nicht geplant."

„Wie ist es dann passiert? Ich nehme an, Sie beide wussten, wie man eine ungewollte Schwangerschaft verhindert."

Sam bemerkte, dass die Hände des Senators wieder zitterten.

„Wir glauben, es ist beim ersten Mal passiert, in meinem Büro.“

„Da haben Sie nicht verhütet?“, fragte Freddie.

„Sie hat behauptet, sie nehme die Pille, und ich habe ihr geglaubt.“

„Aber sie nahm sie nicht?“

„Doch. Ich habe die Packung später in ihrer Handtasche gesehen.“

„Nahm sie die Pille auch wirklich?“

„Sie hat geschworen, dass sie es täte. Als sie von ihrer Schwangerschaft erfuhr, war sie wütend, dass die Pille versagt hatte.“

„Oder“, wandte Sam ein, „sie funktionierte exakt so, wie es beabsichtigt war.“

Lightfeather kniff die dunklen Augen zusammen. „Was wollen Sie damit andeuten?“

„Dass man Sie möglicherweise hereingelegt hat, Senator. Verführt von einer Frau, die ganz genau wusste, was sie tat, als sie sich von einem Senator der Vereinigten Staaten von Amerika schwängern ließ.“

„Wie können Sie es wagen, etwas Derartiges über sie zu sagen? Wir haben uns geliebt! Nachdem ich ihr versichert habe, dass ich mich um sie und das Baby kümmern würde, war sie überglücklich, schwanger zu sein.“

„Sie war überglücklich, ein Baby in den Vereinigten Staaten zu bekommen“, sagte Sam. „Ein zusätzliches Plus war, dass es sich dabei um das Kind eines hochrangigen Politikers handelte.“

„Ich kann nicht glauben, dass Sie das über eine wundervolle Frau sagen, die brutal ermordet wurde. Ihnen ist sie völlig egal. Ich hätte Sie niemals anrufen sollen.“

Sam schlug mit der flachen Hand auf den Tisch. Der

Senator erschrak. „Erzählen Sie mir nicht, was mir egal ist und was nicht. Ich werde herausfinden, wer sie umgebracht hat, und ich werde dafür sorgen, dass der Mörder bezahlt für das, was er ihr angetan hat."

Lightfeather brach zusammen. „Es tut mir leid. Ich weiß, dass Sie das tun werden. Ich bin nur ... ich kann immer noch nicht fassen, was passiert ist." Er sah Sam mit Tränen in den Augen an. „Darf ich bitte meine Frau anrufen? Ich kann nicht zulassen, dass sie von all dem durch die Medien erfährt."

Sam sah zu Freddie. „Vielleicht hat sie es schon gehört. Wir haben zahlreiche Anrufe von Reportern erhalten, die wussten, dass wir Sie in Gewahrsam genommen haben."

Der Senator stöhnte und ließ den Kopf in die Hände sinken.

„Detective, bitte ermöglichen Sie dem Senator ein Telefonat", wandte Sam sich an Freddie.

„Jawohl, Lieutenant."

Sam stand auf. „Wir geben Ihnen einen Moment, um den Anruf zu machen. Bitte bedenken Sie, dass wir mithören."

Freddie brachte ein Telefon herein und stöpselte es ein. Dann reichte er dem Senator den Hörer und drückte den Knopf für einen Amtsanschluss.

Sam und Freddie ließen ihn allein und gingen in den Beobachtungsraum, wo Captain Malone und Chief Farnsworth sie erwarteten.

„Was haben Sie bis jetzt, Lieutenant?", wollte Farnsworth wissen.

„Nicht genug, um ihn anzuklagen", antwortete sie frustriert. „Hören wir ihm mal zu."

„Annette", sagte Lightfeather gerade, den Kopf auf die

freie Hand gestützt. „Es ist etwas passiert." Er fing an zu weinen, als er seiner Frau von der Beziehung zu Regina erzählte. „Du musst herkommen. Kannst du kommen?" Er lauschte einen Moment. „Ich weiß, Liebling, aber ich brauche dich wirklich. Ich habe einen schrecklichen Fehler begangen."

Sam fragte sich, ob er das ernst meinte. Nach allem, was sie gesehen hatte, betrachtete er die Affäre mit Regina kaum als Fehler. Am liebsten hätte sie Annette Lightfeather selber angerufen, um ihr zu sagen, sie solle in Arizona bleiben. Sam hasste es, wenn Politikerfrauen zu ihren miesen Gatten standen, nachdem diese die Familie in einen Skandal hineingezogen hatten.

Als das Gespräch endete, schlussfolgerte Sam, dass Annette noch an diesem Tag in Washington eintreffen würde. Sie wandte sich an den Chief. „Ich werde ihn gehen lassen, mit der Auflage, in der Stadt zu bleiben, bis wir den Fall gelöst haben. Obwohl es für ihn Motive genug gab, ist sein Alibi für die Tatzeit wasserdicht." Zu Freddie sagte sie: „Erzähl mir mehr von diesem ‚Ankerbaby'-Ding."

„Ich habe letztes Jahr darüber in der Zeitung gelesen. Die Zahlen waren erschreckend – etwa acht oder neun Prozent aller 2008 in den USA geborenen Babys waren Ankerbabys. Es gab eine Diskussion darüber, dieses Schlupfloch im Einwanderungsgesetz, das es durch den vierzehnten Verfassungszusatz gab, zu schließen."

„Wurde nicht ein neues Einwanderungsgesetz beschlossen?", fragte Sam und dachte an das Connor-Martin-Gesetz, an dem Nick als John O'Connors Stabschef so hart gearbeitet hatte. Dieses Gesetz durchzubringen war Nicks vorrangiges Ziel als Senator gewesen.

„Ja", bestätigte Freddie. „Aber dieses Problem hat es nicht gelöst."

Sam nahm sich vor, den Verfassungszusatz nachzulesen und Nicks Ansichten zu dem Ankerbaby-Thema zu hören. „Es wird Zeit, sich Reginas Leben mal genauer anzuschauen", sagte sie.

„Einverstanden", sagte Malone.

„Lassen Sie den Senator laufen", meinte Farnsworth. „Aber nehmen Sie auch sein Leben genau unter die Lupe. Er hatte zweifellos ein Motiv."

„Wir sind dabei", erwiderte Sam. „Cruz, lassen wir ihn auch Reginas Familie anrufen, bevor wir ihn freilassen."

„Eines noch, Lieutenant", sagte Freddie. „McBride hat mich darüber informiert, dass der Mobilfunkanbieter mauert. Die sind nicht bereit, Reginas oder Lightfeathers Daten ohne richterlichen Beschluss preiszugeben."

„Hat McBride denen erzählt, dass Regina ermordet wurde?"

Freddie bejahte das. „Das Originalzitat lautete etwa wie folgt: ‚Wir geben die privaten Mobilfunkdaten eines U.S.-Senators nicht ohne richterlichen Beschluss heraus. Es ist uns egal, welcher Tat er verdächtigt wird.' Vergiss nicht – ihr Handy lief auf seinen Namen. Sie bekam es von ihm, und er hat dafür bezahlt, also sind beide auf seinen Namen registriert."

„Tja, dann besorg eben den richterlichen Beschluss. Ich will diese Daten so schnell wie möglich."

„Wird gemacht", sagte Freddie auf dem Weg hinaus.

„Ich begreife diese mächtigen Typen nicht, die alles aufs Spiel setzen und glauben, sie würden nie erwischt werden", meinte Malone.

„Und ich werde nie diese passiven Politikerfrauen verstehen, die zu ihren Männern halten", erklärte Sam. „Würde mein Mann mich betrügen, könnte er mich nie und nimmer dazu bringen, brav neben ihm zu stehen, während er der Öffentlichkeit seine Fehltritte zu erläutern versucht.“ Ihr entging nicht der amüsierte Blick, den die beiden Männer miteinander wechselten. „Was?“

„Darüber haben Sie sich aber einige Gedanken gemacht, was?“, bemerkte Farnsworth.

„Wohl kaum.“ Sam gab einen verächtlichen Laut von sich. „Mein zukünftiger Mann weiß, dass ich ihn eher erschießen würde, wenn er mich betrügt, als dass ich die liebe, kleine, gedemütigte Ehefrau gebe.“

Die beiden Männer lachten.

„Sie glauben, ich scherze?“

„Oh, wir wissen, dass Sie nicht scherzen“, versicherte Malone ihr und gab sich Mühe, dabei ein ernstes Gesicht zu machen, allerdings vergeblich. „Armer Nick. Jemand sollte ihn wirklich warnen.“

„Den braucht niemand zu warnen“, sagte Farnsworth. „Er weiß, dass er das Beste vom Besten zu Hause hat. Warum sollte er sich jemals anderswo umschauen?“

Verlegen durch dieses Kompliment, lächelte Sam den Mann an, den sie als Kind „Onkel Joe“ genannt hatte. „Danke.“

„Ich sage nur die Wahrheit.“ Er ging zur Tür, gefolgt von Malone. „Halten Sie uns auf dem Laufenden.“

„Mach ich.“ Nachdem die zwei gegangen waren, arbeitete Sam an ihrer Schautafel, auf der linken Seite beginnend mit den Tatortfotos. Sie hielt eine Spalte frei für Informationen über Lightfeather.

Freddie kam wieder herein. „Äh, Boss, wir haben da ein kleines Problem.“

„Und welches?“

„Das Gebäude wird von der Presse belagert. Die wissen, dass wir Lightfeather hier festhalten, und sie verlangen, die ganze Geschichte zu erfahren.“

Sam überlegte einen Moment. „Wir machen Folgendes …"

6

―――――

Nick setzte sich auf den Rücksitz der Limousine und schloss rasch die Tür. „Meine Güte", wandte er sich an Tony, seinen Fahrer. „Das war der reinste Irrsinn."

Tony lachte in sich hinein. „Sie sind populärer denn je, Senator. Ich habe noch nie erlebt, dass jemand auf Wahlkampftour solche Massen anzieht."

„Zu Senator O'Connors Veranstaltungen kamen ähnliche viele Leute."

„Aber nicht so viele wie hier." Tony schaute in den Rückspiegel. „Bereit für den nächsten Stopp?"

„Ja." Nick lehnte sich zurück. „Danke." Er sah, wie der Campus der VCU vorbeizog. „Was glauben Sie denn, woran es liegt?"

„Sir?"

„Dass die Leute so zahlreich kommen."

Wieder lachte Tony. „Sie sind jung, gutaussehend, geben Hoffnung, sind bescheiden. Die Leute identifizieren sich mit Ihnen und Ihrer Geschichte."

„Senator O'Connor besaß all diese Eigenschaften auch."

„Aber er hatte nicht dieses ... wie heißt das Wort, das ich meine? Dieses ... Charisma.“

„Es liegt nur daran, dass ich nach seinem Tod seinen Platz eingenommen habe.“

„Da stellen Sie Ihr Licht aber unter den Scheffel, wenn Sie glauben, dass es nur das ist. Sie haben etwas, auf das die Leute anspringen.“

„Ja, auf mein Liebesleben. Darauf sind sie ganz scharf.“

„Schadet jedenfalls nicht“, meinte Tony und lächelte in den Rückspiegel. „Es ist eine Kombination all dieser Dinge. Sie waren der richtige Mann zur richtigen Zeit.“

„Vermutlich.“ Nick dachte über das nach, was Tony gesagt hatte. Er kannte den Mann schon lange, da er seit Jahren Johns Fahrer gewesen war. Da Tony ebenso wie er nahe dem Staat lebte, den er repräsentierte, ließ er sich von Tony – wie vor ihm auch John – zu den Wahlkampfveranstaltungen fahren, die mit dem Auto erreichbar waren.

Normalerweise nutzte Nick die Zeit im Auto zum Arbeiten. Diesmal aber dachte er nach. Mehr als hunderttausend Menschen waren zu seiner Rede in der VCU erschienen, viermal so viel wie ursprünglich erwartet. Trotz der Kälte hatte die Zahl der Besucher es notwendig gemacht, die Veranstaltung draußen im Monroe Park stattfinden zu lassen.

„Ich habe gehört, es stehen viertausend auf der Warteliste für die Wohltätigkeitsveranstaltung heute Abend“, meinte Tony. „Da kommt Geld rein.“

Seit Nick seine Kandidatur bekannt gegeben hatte, waren Millionen in seinen Wahlkampf geflossen. „All diese reichen Leute, die nicht wissen, wohin mit ihrem Geld.“

„Genießen Sie es, solange es andauert. Irgendwann werden Sie es schon vermasseln.“

Nick musste über diese trockene Bemerkung lachen.

„Na vielen Dank."

„Ich mache nur Spaß. Sie haben eine glückliche Hand. Wenn es in diesem Tempo weitergeht, spült die Welle Sie direkt ins Weiße Haus."

Das Democratic National Committee hatte bereits Interesse signalisiert, ihn in drei Jahren bei den Vorwahlen zu unterstützen. Präsident Nelson hatte vielversprechend begonnen, doch seine Umfragewerte waren in den vergangenen Monaten stark gesunken, weshalb die Partei ihre Optionen überdachte, für den Fall, dass der Amtsinhaber sich nicht zur Wiederwahl stellen sollte. Nick konnte kaum glauben, dass sein Name in diesem Zusammenhang auftauchte. Er war erst seit anderthalb Monaten im Senat und befand sich nun mitten in seinem ersten Wahlkampf. Die Vorstellung, für das Amt des Präsidenten zu kandidieren, war beinahe lachhaft. Aber dann erinnerte er sich an das Meer aus Menschen bei der letzten Veranstaltung, die alle seinen Namen gerufen hatten und ihm die Hand schütteln oder ein Autogramm hatten haben wollen. Das Ganze kam ihm immer noch unwirklich vor. Sein bester Freund und Boss war von seinem zwanzigjährigen Sohn ermordet worden, den John selbst vor seinem engsten Vertrauten geheim gehalten hatte. Auch wenn Johns Tod Nick zahlreiche Türen geöffnet hatte, würde er gern darauf verzichten, um seinen Freund zurückzubekommen.

Tony hielt vor einem unauffälligen roten Backsteinhaus in der Innenstadt von Richmond. „Da wären wir, Senator."

Dieser Halt stand nicht im offiziellen Terminplan für diesen Tag, und Nick stellte erleichtert fest, dass die mit ihm reisenden Reporter ihm nicht hierher gefolgt waren. „Bis gleich", sagte er zu Tony und stieg aus.

Im Haus begrüßte ihn Irene Littlefield, Leiterin des

staatlichen Kinderheimes. Sie hatte sich an sein Büro gewandt, um weiterhin finanzielle Unterstützung zu bekommen, auf die diese Einrichtung angewiesen war. Nick schätzte sie auf Anfang sechzig. „Senator", sagte sie und schüttelte ihm die Hand. „Es ist eine solche Ehre, Sie hier empfangen zu dürfen. Die Kinder haben sich auf Ihren Besuch gefreut."

„Es ist großartig, hier zu sein. Ich habe wunderbare Dinge über Ihr Programm gehört."

„Es ist nett von Ihnen, das zu sagen. Wir tun, was wir können, mit den uns zur Verfügung stehenden Ressourcen. Lassen Sie mich Ihnen die Kinder vorstellen."

„Das wäre großartig." Er folgte ihr durch steril wirkende Flure des ehemaligen Wohnheims der Universität in einen gemütlichen aussehenden Bereich mit Sofas, einem Großbildschirm, Spielen und Büchern. Etwa dreißig schick gemachte Kinder warteten geduldig darauf, Hallo zu sagen. In der nächsten halben Stunde sprach Nick mit jedem von ihnen und staunte über ihre ausgezeichneten Manieren und ihre Begeisterung.

„Wir haben Scotty gebeten, Sie durch die Einrichtung zu führen", erklärte Mrs. Littlefield, nachdem jedes Kind die Gelegenheit bekommen hatte, mit Nick zu sprechen. Ihre Hände lagen auf den Schultern eines Jungen, der elf oder zwölf sein mochte. Sein dunkles Haar sah aus, als sei es extra für diesen Anlass mit einer Bürste gebändigt worden. Er trug einen adretten dunkelblauen Pullover, dazu eine khakifarbene Hose.

Der Junge grinste verschmitzt. „Ich bin am längsten hier, deshalb hab ich das kurze Streichholz gezogen."

Nick lachte. „Ich werde versuchen, nicht zu viele Fragen zu stellen."

Scotty grinste weiter. „Hier entlang, Senator."

Während Nick ihm durch die Flure folgte, plapperte Scotty unentwegt. Er zeigte Nick die Küche und den Speisesaal und berichtete über das Essen, das offenbar von toll bis schrecklich rangierte, je nach Laune des Kochs.

„Was ist denn dein Lieblingsessen?", fragte Nick ihn.

„Spaghetti", antwortete Scotty prompt.

„Ah, ein Mann nach meinem Geschmack."

„Ist das auch Ihr Lieblingsessen?"

„Na klar. Ein guter italienischer Junge wie ich braucht mindestens einmal pro Woche seine Nudeln."

„Ich hab keine Ahnung, ob ich Italiener bin, aber wenn ich könnte, würde ich jeden Tag Spaghetti essen."

Nick empfand Mitgefühl für den Jungen. „Was magst du denn sonst noch?"

„Baseball", erklärte Scotty.

„Welches Team?"

„Die Red Sox."

„Ach was", sagte Nick lachend. „Das sagst du doch nur, um mich zu beeindrucken."

„Nein, tu ich nicht! Ich fand die Sox schon immer toll."

„Ich bin nördlich von Boston aufgewachsen und schon mein ganzes Leben Sox-Fan."

Scotty bekam große Augen. „Waren Sie schon mal im Fenway Park?"

„Schon oft." Er verschwieg, dass er vierundzwanzig gewesen war, als er sich zum ersten Mal ein Ticket für ein Baseballspiel in dem berühmten Stadion hatte leisten können.

„Oh, Sie Glücklicher! Ich würde alles geben, um mir ein Spiel dort von einem der Monsterplätze anzusehen. Ich habe jedes Buch, das ich kriegen konnte, über die Red Sox und Fenway Park gelesen. Haben Sie den Film ‚Fever Pitch' gesehen? Das ist mein Lieblingsfilm."

Nick wünschte, er könnte sich und Scotty ins Stadion zaubern, auf die Sitze über dem sogenannten Green Monster, der über elf Meter hohen Wand auf der linken Spielfeldseite im Stadion der Red Sox, und dort mit ihm Hot Dogs essen. „Ich habe diesen Film geliebt. Du wirst bestimmt eines Tages ein Spiel im Fenway Park anschauen.“

„Sobald ich Geld habe, werde ich das als Erstes machen.“

„Wie bist du zum Fan geworden?“

„Mein Großvater war aus Boston. Der redete ständig von den Red Sox. Ted Williams war sein Lieblingsspieler. Haben Sie den mal spielen sehen?“

Nick zuckte zusammen. „Was glaubst du eigentlich, wie alt ich bin?“

„Oh, Verzeihung.“

Nick wuschelte ihm durch die Haare. „Ist schon gut. War nur Spaß. Lebt dein Großvater noch?“

Scotty schüttelte den Kopf. „Er hatte einen Herzinfarkt, da war ich sechs. Einen Monat später starb meine Mom. Deshalb kam ich hierher.“ Er schob Nick in ein kleines Zimmer. „Aber es ist gar nicht so schlecht.“

Nick brach es das Herz bei dem Gedanken an den kleinen sechsjährigen Scotty, der erst seinen Großvater und dann die Mutter verloren hatte. „Hast du keine anderen Familienangehörigen?“

„Nein. Meine Mutter hatte noch Schwestern, aber überhaupt keinen Kompakt zu ihnen.“

„Du meinst Kontakt.“

„Ja, genau. Die haben nicht mehr mit ihr geredet wegen ihrer Drogenprobleme.“

„Was ist denn mit deinem Dad?“

„Den kenn ich nicht.“ Der Junge wühlte auf seinem

Schreibtisch herum. „Da, schauen Sie mal – eine Dustin-Pedroia-Rookie-Karte."

Nick betrachtete die in Zellophan eingeschweißte Baseballkarte. „Wow. Na sieh mal an. Auf die solltest du wirklich gut aufpassen. Die wird eines Tages sehr viel Geld wert sein."

„Das hat Mr. Sanchez auch gesagt. Der war letztes Jahr mein Mathelehrer. Er ist Feds-Fan", erklärte Scotty und meinte damit die Washington Federals. „Er hat mich mit zu einem Interleague-Spiel genommen, als die Feds gegen die Sox spielten. Da war ich zum ersten Mal in einem echten Baseballstadium und bekam gleich die Sox zu sehen. Der beste Tag meines Lebens."

„Ich bin auch zu einem dieser Spiele gegangen."

„Das, was ich gesehen habe, haben die Sox drei zu zwei gewonnen."

„Dann bin ich bei dem gleichen Spiel gewesen!"

„Hey, das ist cool."

Nick setzte sich auf das Bett und schaute sich in dem spärlich eingerichteten Raum um. „Du brauchst ein paar Poster an den Wänden. Wer ist denn dein Lieblingsspieler? Ich schicke dir ein Poster von ihm."

„Das ist echt nett von Ihnen, aber wir dürfen nichts an die Wände hängen. Die Betreuerin meint, vom Klebeband geht die Farbe ab."

Nicks düstere Miene brachte den Jungen zum Lachen.

„Regeln sind Regeln", sagte Scotty schulterzuckend.

„Wenn wir die Regeln mal für einen Moment brechen würden, welchen hättest du dann gern an deiner Wand?"

„Das ist leicht – Big Papi. Der ist der Hammer."

Nick lächelte. „Sein Schlag ist der Hammer."

„Deshalb liebe ich ihn." Scotty setzte sich neben Nick auf das Bett. „Und Sie sind wirklich Senator?"

Obwohl es ihm selbst manchmal schwerfiel, das zu glauben, antwortete Nick: „Ja, bin ich wirklich."

„Ist das nicht ein langweiliger Job?"

Nick musste laut lachen. „Kann es sein. Man muss sehr viel lesen."

Scotty verzog angewidert das Gesicht. „Das würde mir nicht gefallen. Ich hasse lesen."

„Früher habe ich es auch gehasst, aber jetzt ist es leichter. Treibst du irgendwelchen Sport?"

„Nur Baseball mit einigen anderen Kindern hier. Es gibt nicht genug Geld, um in der Little League oder so mitzuspielen."

Nick schmerzte es, wie leicht der Junge sein Schicksal akzeptierte. Das Gespräch mit Scotty brachte Erinnerungen an seine eigene einsame Kindheit zurück, die er mit seiner Großmutter verbracht hatte. Die ihm bei jeder Gelegenheit erklärt hatte, es gäbe eine Menge Dinge, die sie lieber täte, als das Kind ihres Sohnes großzuziehen.

„Spielen Sie irgendwas?", erkundigte Scotty sich.

„Hier und da mal ein spontanes Basketballspiel in der Sporthalle. Früher habe ich viel Hockey gespielt. Ich war ziemlich gut."

„Ich liebe Hockey, aber es ist sehr teuer."

„Ja, das stimmt." Nick erinnerte sich daran, wie dankbar er gewesen war in dem Jahr, als sein Vater ihm genug Geld geschickt hatte, dass er spielen konnte. „Dies hier scheint ein angenehmer Ort zum Leben zu sein."

„Es ist ganz okay. Ein Kind aus meiner Klasse ist bei einer Pflegefamilie und muss ständig umziehen. Das würde mir nicht gefallen."

„Wahrscheinlich hast du hier größere Chancen, adoptiert zu werden."

„Nee, alle wollen nur Babys. Die gehen schnell weg. Wir

anderen haben uns. Das ist, als hätte man dreißig Brüder und Schwestern zum Zanken."

Er schilderte das so sachlich, als hätte er jede Hoffnung, dass sich noch irgendetwas ändern würde, längst aufgegeben.

Mrs. Littlefield erschien im Türrahmen. „Ich nehme an, Sie verstehen, warum wir Scotty ‚Bürgermeister' nennen, Senator", meinte sie lächelnd. „Er ist freundlich und offen zu jedem und allen."

„Er ist ein ausgezeichneter Fremdenführer", sagte Nick, und der Junge strahlte. „Was hältst du davon, wenn ich uns Tickets besorge für das nächste Spiel der Sox in Baltimore oder Washington?"

Scottys Augen weiteten sich. „Echt?"

„Klar doch. Ich würde mir gern ein Spiel mit einem anderen Sox-Fan ansehen."

„Aber wie soll ich da hinkommen?"

„Das lass mal meine Sorge sein. Kümmere du dich nur weiter darum, dass du gut in der Schule bist."

„Okay! Danke!"

Nick stand auf und schüttelte dem Jungen die Hand. „Es war toll, dich kennenzulernen, Scotty."

„Hat mich auch gefreut, Senator. Danke für Ihren Besuch."

„Es war mir ein Vergnügen." Es war, wie Nick sich eingestehen musste, die angenehmste halbe Stunde Arbeit gewesen, seit er den Eid geleistet hatte. Mit einem letzten Lächeln für den Jungen folgte er Mrs. Littlefield aus dem Zimmer. „Was für ein reizender Junge."

„Er ist das Herz und die Seele unserer Einrichtung. Die anderen Kinder folgen ihm bedingungslos. Ich weiß nicht, was wir ohne ihn machen würden."

„Besteht wirklich keine Chance, dass er adoptiert wird?"

Mrs. Littlefield seufzte. „Unglücklicherweise sinken die Chancen, je älter er wird. Aber keine Sorge, wir werden uns gut um ihn kümmern bis zu seiner Volljährigkeit."

„Und was geschieht dann? Wer kümmert sich dann um ihn?"

„Ich fürchte, ich verstehe Ihre Frage nicht, Senator. Er ist dann erwachsen."

„Verzeihen Sie meinen Ton. Ich war mit achtzehn auf mich allein gestellt und fand, dass die Welt ein ziemlich rauer Ort ist für einen ‚Erwachsenen'."

„Ich weiß, was Sie meinen, und ich kann Ihnen versichern, dass Scotty genug Erwachsene haben wird, an die er sich wenden kann, falls er Schwierigkeiten hat. Meine Mitarbeiter und ich haben ihn sehr ins Herz geschlossen."

„Ich möchte ihm gern etwas schicken. Wäre es möglich, seinen Nachnamen und die Adresse hier zu bekommen?"

Sie schrieb die gewünschte Information auf die Rückseite ihrer Visitenkarte und gab sie ihm. „Bitte sehr."

„Danke."

Sie erreichten den Ausgang, wo Nick ihr die Hand schüttelte. „Ich bin Ihnen dankbar, dass Sie sich heute Zeit genommen haben, Mrs. Littlefield. Ich werde mit den Leuten reden, die für Ihre Zuschüsse zuständig sind, und mal schauen, was ich tun kann."

„Wir sind für alles dankbar, was Sie versuchen, Senator."

„Ich melde mich", versprach Nick auf dem Weg hinaus.

Tony hielt ihm die Wagentür auf. Nachdem er eingestiegen war, schaute Nick noch einmal zurück zu dem Gebäude. Von einem der oberen Fenster sah Scotty ihm hinterher. Nick blickte auf die Visitenkarte in seiner Hand. Scotty Dunlap. Er nahm sein Handy und machte sich daran, ein Trikot von David „Big Papi" Ortiz zu bestellen.

Sam drückte die Mithörtaste und tippte die Nummer von Reginas Mutter in Guatemala ein. Die Familien von Opfern anzurufen war das, was sie an ihrem Job am meisten hasste, daher überließ sie das gern Senator Lightfeather. Freddie, der Spanisch sprach, hielt sich bereit, um Notizen zu dem Gespräch zu machen.

Eine Frau meldete sich am anderen Ende der Leitung mit einem fröhlichen *„Hola."*

Lightfeather blickte wie erstarrt auf das Telefon. Sam zweifelte nicht daran, dass dieser Anruf noch schwerer für ihn war als der bei seiner Frau. „Senator?", drängte sie ihn sanft.

Er erschrak und schien erst jetzt zu begreifen, dass alle auf ihn warteten.

„Hola?", wiederholte die Frau.

„Señora Argueta?", fragte er mit belegter Stimme. *„Yo estoy Senator Lightfeather."*

Sams begrenzte Spanischkenntnisse erlaubten ihr immerhin darauf zu schließen, dass Mrs. Argueta den

Namen des Senators kannte und wusste, dass er ein Freund ihrer Tochter war.

Er sprach einen Moment leise mit der Frau, dann war ein verzweifeltes Jammern von ihr zu hören.

Sams Magen zog sich zusammen. Sie würde niemals verstehen, wie jemand es überstehen konnte, zu erfahren, dass sein Kind ermordet worden war. Diese Augenblicke waren die einzigen, in denen sie froh war, keine Kinder zu haben.

Tränen liefen über das gebräunte Gesicht des Senators. Er wischte sie weg und sprach weiter sanft mit der Frau am Telefon.

Sam warf einen Blick auf Freddies Notizen. *Verspricht, dafür zu sorgen, dass der Leichnam so bald wie möglich in die Heimat geschickt wird*, hatte Freddie geschrieben. *Verspricht, sie und Reginas Kinder weiter zu unterstützen.* Keine Erwähnung des Babys, das Regina erwartet hatte.

Lightfeather beendete das Telefonat und legte den Kopf auf seine verschränkten Armen. Er wurde von Schluchzern geschüttelt.

Sam gab Freddie ein Zeichen, dass sie den Mann für eine Weile in Ruhe lassen sollten. Freddie folgte ihr hinaus.

„Schwer mitanzusehen“, bemerkte er leise.

„Ja.“

„Er hat sie ohne Frage geliebt.“

„Oder er hat es sich eingeredet“, sagte Sam.

„Kann auch sein. Wie willst du ihn hier herausbringen?“

„Durch die Leichenhalle. Wir werden ihn in einem Hotel unterbringen, damit wir ihn im Auge behalten können. Stellt zwei Cops an die Tür und informiert sie, dass seine Frau heute irgendwann auftauchen wird.“

„Verstanden. Was ist mit den Medien?“

„Um die kümmere ich mich.“ Sam überließ ihm den

Senator und ging in ihr Büro, wo ihr Erzfeind, Lieutenant Stahl, sie erwartete. „Was wollen Sie?"

„Freut mich ebenfalls, Sie zu sehen, Lieutenant", sagte Stahl mit einem kriecherischen Grinsen.

„Ich habe zu tun."

„Ah, ja, ein weiterer Mord, der irgendwie mit Ihrem Freund zu tun hat. Hübsche Erfolgsbilanz in letzter Zeit."

„Er hat nichts damit zu tun, ebenso wenig mit dem Mord an John O'Connor oder dem an Julian Sinclair, wie Sie sehr wohl wissen. Übrigens ist er inzwischen mein Verlobter."

„Ihr Verlobter kannte alle Opfer."

„Und das beweist was genau?"

„Dass seine Bekanntschaft schlecht für die Gesundheit sein kann", meinte Stahl und lachte über seinen eigenen Scherz.

„Sie drohen mir doch nicht – wieder einmal –, Lieutenant?"

„Sind Sie aber empfindlich. Ganz Frau in der Hinsicht."

Wie stets in seiner Gegenwart musste Sam sich beherrschen, um den Mann nicht mit der Faust ins fette Gesicht zu schlagen. „So entzückend diese Unterhaltung auch gewesen sein mag, ich habe noch Arbeit zu erledigen. Wenn die Internen Ermittlungen Sie nicht genug auf Trab halten, Lieutenant, findet Captain Malone bestimmt etwas, womit Sie sich in Ihrer üppigen freien Zeit beschäftigen können."

Seine Wangen wabbelten, als er sie finster ansah. „Mir ist heute ein interessantes Gerücht zu Ohren gekommen."

„Schön für Sie."

„Über Ihren Ex."

Damit hatte er Sams Aufmerksamkeit. „Was ist mit ihm?"

„Die Klage gegen ihn scheint nicht so hieb- und stichfest zu sein, wie Sie geglaubt haben."

Sam schob die Hände in die Taschen, um nicht auf ihn loszugehen. „Der Fall ist wasserdicht. Dafür habe ich persönlich gesorgt."

„Nicht ganz." Auf dem Weg zur Tür sagte er: „Einen schönen Tag noch, Lieutenant."

Mit zitternden Händen griff sie nach dem Telefon, um Malone anzurufen. „Was wissen Sie über Peter?"

Auf diese Frage folgte zunächst Schweigen, was Sams Herz zum Pochen brachte. „Sagen Sie es mir. Sofort."

Unter normalen Umständen würde sie niemals in diesem Ton mit ihrem Vorgesetzten sprechen. Doch alles, was mit Peter zu tun hatte, ließ sie die üblichen Regeln vergessen.

„Sein Anwalt hat um eine Anhörung gebeten, um zu klären, ob die Beweise aus Peters Wohnung vor Gericht verwendet werden dürfen."

Sams Blut schien zu Eis zu gefrieren, als sie das hörte. Wenn Freddie, Gonzo und Arnold die Beweise für den Bombenbau in der Wohnung nicht korrekt sichergestellt hatten, war die ganze Klage in Gefahr.

„Wir haben seine Fingerabdrücke auf einer der Bomben", erinnerte sie Malone. „Und zwar auf der, die an Nicks Wagen befestigt war. Die, die nicht explodiert ist."

„Es ist nur das Fragment eines Abdrucks, Sam. Nicht genug, damit die Anklage auf sicheren Füßen steht. Wir brauchen das Zeug aus seiner Wohnung."

Die Vorstellung, Peter könnte auf freien Fuß kommen, nachdem er sie und Nick umzubringen versucht hatte, machte sie ganz krank.

„Noch besteht kein Grund zur Panik", meinte Malone. „Sein Anwalt muss erst mal den Richter überzeugen."

„Worauf begründet der Anwalt die Zweifel an den Beweisen?"

„Damit, dass die Polizisten seine Tür eingetreten haben, auf Ihren bloßen Verdacht hin und ohne jeglichen Beweis, dass er mit den Bomben zu tun hat."

„Aber hatte er doch!"

„Wir alle wissen, dass es so war, Sam. Lediglich der Zeitrahmen, innerhalb dessen wir gehandelt haben, wird untersucht. Die Kollegen hätten auf den Durchsuchungsbeschluss warten müssen, bevor sie in sein Apartment eingedrungen sind."

„Aber sie hatten einen begründeten Verdacht, dass sich Material zum Bau von Bomben dort befand! Hätten sie vielleicht warten sollen, bis das ganze Gebäude in die Luft fliegt, ehe sie handeln?"

„Die Kollegen standen unter Adrenalin und waren aufgewühlt, nachdem Sie beinahe getötet worden waren."

Sam setzte sich in ihren Bürosessel. „Er kann nicht freigelassen werden. Das geht einfach nicht."

„Wir werden dagegen kämpfen. Versuchen Sie, sich keine Sorgen zu machen."

„Sie sind selbst besorgt, das höre ich."

„Die Ereigniskette macht mir Sorge. Schon die ganze Zeit."

Sam gab ein leises Stöhnen von sich. „Verdammt. *Verdammt.*"

„Die Medien stehen vor der Tür und verlangen Informationen über Lightfeather. Soll ich mich darum kümmern?"

„Nein", antwortete Sam und nahm sich zusammen. „Das mache ich."

„Wir tun alles, was wir können, damit Gibson dort bleibt, wo er hingehört."

„Darauf verlasse ich mich. Halten Sie mich auf dem Laufenden."

„Mach ich."

Sie legte auf und versuchte trotz der Bauchschmerzen gleichmäßig zu atmen. Da Nicks Freund, der Arzt Harry, ihr geraten hatte, keine Cola mehr zu trinken, waren ihre Magenschmerzen deutlich seltener geworden. Doch die Nachricht, Peter könnte eventuell aus dem Gefängnis entlassen werden, brachte den Schmerz in heftigen Wellen zurück. Sam zwang sich zu atmen – einatmen durch die Nase, ausatmen durch den Mund. Immer wieder.

Einige Minuten später stand sie mit wackligen Beinen auf und nahm ihren Mantel. Sie hatte einen Job zu erledigen, und nicht einmal die drohende Gefängnisentlassung ihres bösartigen Exmannes konnte sie davon abhalten, zu tun, was in Reginas Namen getan werden musste. Die Familie der Toten verließ sich darauf, dass Sam ihnen Antworten brachte, und die würde sie ihnen bringen, was auch immer in ihrem eigenen Leben passieren mochte.

Angetrieben von ihrer Entschlossenheit, machte Sam sich auf den Weg in die Lobby.

Chief Farnsworth hielt sie auf, bevor sie draußen war. „Lieutenant." Seine freundlichen grauen Augen musterten sie mit Besorgnis.

„Chief."

„Sie haben die Neuigkeiten über Gibson gehört."

„Lieutenant Stahl hatte das außerordentliche Vergnügen, sie mir zu überbringen."

„Tut mir leid. Ich war gerade auf dem Weg zu Ihnen, aber ich wurde abgelenkt. Geht es Ihnen gut?"

Sie nickte. „Ich arbeite an dem Fall de Castro. Tue, was ich kann."

„Wir setzen alle verfügbaren Kräfte daran, dafür zu sorgen, dass Gibson dort bleibt, wo er hingehört."

„Das hoffe ich. Nun, die Presse will unbedingt etwas aus mir herausbekommen, und Sie wissen ja, wie ungern ich die warten lasse."

Der Chief lachte. „Erlauben Sie mir, Ihnen Deckung zu geben", sagte er, zur Tür deutend.

Kaum waren sie durch die Doppeltür hinausgetreten, bestürmten die Reporter sie.

„Ist Senator Lightfeather wegen Mordes verhaftet worden?"

„Woher kannte er die Tote?"

„Hatten die beiden eine Affäre?"

„Ist er in Gewahrsam?"

Der Chief hob die Hände, um die Fragenflut zu stoppen. „Wenn Sie Lieutenant Holland die Chance geben zu antworten, wird sie ein kurzes Statement abgeben, das einige Ihrer Fragen klären dürfte."

Sam trat vor und vergrub sich tiefer in ihrem Mantel. Der Februartag war kalt und stürmisch geworden. „Senator Lightfeather fand Regina Argueta de Castro gestern Abend tot in ihrem Apartment in Columbia Heights."

„Woher kannte er sie?"

„Sie arbeitete für die Firma, die die Büros im Capitol reinigt. Im Verlauf dieser Nacht verhielt der Senator sich kooperativ bei unseren Bemühungen, sein Alibi zu bestätigen, was inzwischen geschehen ist. Er wurde entlassen unter der Bedingung, in der Hauptstadt zu bleiben, bis wir den Fall abgeschlossen haben. Ms. Argueta de Castro stammt aus Guatemala und hielt sich legal in unserem Land auf. Sie hinterlässt ihre Mutter sowie zwei Kinder in Guatemala. Sie sind über ihren Tod informiert worden. Das ist alles, was ich zum jetzigen Zeitpunkt sagen werde. Wir werden Sie über die weitere Entwicklung unterrichten."

„Hatten die beiden eine Liebesbeziehung?"

„Kein Kommentar."

„Wie finden Sie es, dass Ihr Ex aus dem Gefängnis entlassen wird?"

„Absolut kein Kommentar."

Während Chief Farnsworth sie wieder zurück ins Gebäude schob, wurde ihr klar: Wenn die Presse schon von Peter wusste, war es nur eine Frage der Zeit, bis Nick davon erfuhr.

„Ich muss telefonieren", erklärte sie dem Chief.

„Nur zu."

Sam wollte gehen, drehte sich jedoch noch einmal um, als er ihr etwas hinterherrief.

„Wenn der entlassen wird", erklärte der Chief, „werden wir ihm dermaßen im Nacken sitzen, dass er nicht mal furzen kann, ohne dass wir davon wissen."

„Danke." Sam wagte nicht, noch mehr zu sagen, um ihre berühmte Selbstbeherrschung nicht zu verlieren. Sie wusste, dass er sie nur zu trösten versuchte, doch allein der Gedanke, dass dieses Ungeheuer wieder auf freiem Fuß sein könnte, nahm sie mit. Dieser Mann hatte versucht, sie in die Luft zu jagen! Und das nur, weil sie mit Nick zusammengekommen war – sechs Jahre, nachdem Peter sich alle Mühe gegeben hatte, um sie auseinanderzubringen.

Zurück im Kommissariat schloss sie die Tür ihres Büros, sank in ihren Schreibtischsessel und rief Nick an.

„He, Süße", meldete er sich. „Wie sieht's aus bei dir?"

Seine gutgelaunte Stimme wirkte sofort beruhigend auf ihre angegriffenen Nerven. „Hatte schon bessere Tage. Und bei dir?"

„Was ist denn los? Und behaupte bloß nicht, es sei nichts."

„Diesmal ist es auch nicht nichts." Sie berichtete ihm, dass die Anklage gegen Peter womöglich auseinanderbrach.

„Das soll wohl ein beschissener Witz sein."

Dass er fluchte, zeigte ihr, wie aufgebracht er war. Nick fluchte nie. Das war *ihre* Spezialität. „Ich wünschte, es wäre einer."

„Wir müssen etwas unternehmen. Was können wir tun?"

„Es wird eine Anhörung geben, und da können wir nur hoffen, dass der Richter bei Verstand ist."

„Wenn er entlassen wird, wird er erneut versuchen, dir etwas anzutun."

„Vielleicht hat ihn der Gefängnisaufenthalt zur Vernunft gebracht."

„Das glaubst du genauso wenig wie ich. Der ist vollkommen besessen von dir, und jetzt dürfte er noch wütender sein als vorher."

„Malone und Farnsworth haben mir versichert, sie würden alles tun, damit er im Gefängnis bleibt."

„Hat er eine Chance bei dieser Anhörung?"

„Möglicherweise", räumte Sam widerwillig ein und erläuterte Nick das Problem mit dem fehlenden Durchsuchungsbeschluss. „Wenn die in seiner Wohnung sichergestellten Beweise vor Gericht nicht zugelassen werden, bricht der ganze Fall auseinander. Ein teilweiser Fingerabdruck reicht nicht für eine Anklage."

„Das ist ein solcher Mist! Er wurde praktisch auf frischer Tat ertappt!"

„Tut mir leid, dir das zumuten zu müssen, wo du selbst gerade so viel um die Ohren hast."

„Für dich bin ich nie zu beschäftigt, Babe. Und du musst dir keine Sorgen machen. Du bist in diesem Fall das Opfer."

„Wir beide." Er war schwerer verletzt worden bei dem Bombenanschlag als sie und hatte eine Gehirnerschütterung sowie eine Platzwunde über dem Auge davongetragen, die genäht werden musste und eine Narbe hinterlassen hatte.

„Ich werde ein paar Anrufe tätigen", versprach er. „Mal sehen, was ich in Erfahrung bringen kann."

„Tu nichts politisch Riskantes, Nick. Das würde ihm doch nur in die Karten spielen."

„Nur Anrufe, mehr nicht."

Sie hegte keinerlei Zweifel daran, dass einer dieser Anrufe direkt dem U.S. Attorney, dem obersten Strafverfolger, gelten würde. Ihr Verlobter verfügte in Washington über ziemlich gute Kontakte.

„Ist alles in Ordnung mit dir?", erkundigte er sich in sanftem Ton.

„Mir wird es besser gehen, wenn du heute Abend nach Hause kommst."

„Ich werde da sein, sobald ich mich von dieser Wohltätigkeitsveranstaltung loseisen kann."

„Viel Glück dabei."

„Danke. Wie geht es Henry?"

„Vorläufig befindet er sich auf freiem Fuß. Seine Frau ist von Arizona unterwegs hierher."

„Oje. Um diese Konfrontation beneide ich ihn nicht."

„Hätte er seinen Hosenstall zugelassen, gäbe es keine Konfrontation."

„Stimmt auch wieder", meinte Nick, in sich hineinlachend.

„Dir ist klar, dass ich dich umbringen müsste, oder?"

„Weswegen solltest du mich umbringen? Was habe ich denn getan?"

„Solltest du jemals fremdgehen", stellte sie klar, bereute

aber dieses Thema sofort. Nervös erwartete sie seine Reaktion.

„Samantha", sagte er tadelnd. „Das will ich nicht gehört haben."

„Hast du nicht, ich habe ja gar nichts gesagt. Ich weiß, dass ich mir keine Sorgen zu machen brauche, selbst wenn dir deine Macht als Senator zu Kopf steigen sollte."

„Sie könnte mir tatsächlich zu Kopf steigen, aber das hätte keinen Einfluss darauf, ob mein Hosenstall zu bleibt."

Sam lachte. Er wusste stets genau, wie er mit ihr reden musste.

„Dann sehen wir uns zu Hause."

„Ja, und dann werden wir uns mal eingehender darüber unterhalten, wer Zugang zu meinem Hosenstall bekommt – und wer nicht."

„Darauf freue ich mich schon, Senator."

„Solltest du auch. Hab dich lieb, Babe. Danke für deinen Anruf und die Informationen über Peter."

Sie hatte schmerzlich lernen müssen, dass es besser war, ihm nichts vorzuenthalten. Und sie war dankbar dafür, dass er ihre Fortschritte auf dem Gebiet anerkannte. „Ich liebe dich auch. Bis bald."

Sam legte auf und nahm sich einen Moment, um sich zu sammeln, ehe sie ihren nächsten Schritt im Fall Regina bedachte. Sie ging gerade den wenig aufschlussreichen Bericht der Spurensicherung durch sowie den Grundriss des Wohngebäudes, als Freddie mit grimmiger Miene ihr Büro betrat.

„Was ist los?"

8
______

„Nichts", antwortete Freddie, erschrocken über die Frage. „Ich bin doch eben erst zur Tür herein. Wieso glaubst du, dass etwas ist?"

„Ich kenne dich und sehe dir an, dass irgendetwas nicht stimmt. Du stehst schon den ganzen Vormittag neben dir."

„Zusätzlich zu all deinen famosen Fähigkeiten besitzt du nun auch noch übersinnliche Talente?"

„Setz dich", forderte sie ihn auf und zeigte auf den Besucherstuhl vor ihrem Schreibtisch.

Skeptisch schloss er die Tür und setzte sich. „Was?"

„Erzähl mir, was los ist."

„Es hat nichts mit der Arbeit oder dem Fall zu tun. Lightfeather ist im Washington Hilton untergebracht, mit zwei Wachen, genau wie du es wolltest. Niemand ist uns gefolgt, und ich habe ihn unter dem Namen Jim Dalton eingecheckt. Kann ich jetzt wieder zurück an die Arbeit gehen?"

„Nicht bevor du mir verraten hast, warum du schon den ganzen Tag die Schultern hängen lässt und mit diesem Gesicht herumläufst."

„Ich bin müde, und wir arbeiten an einer Vergewaltigung und einem Mord. Soll ich da vielleicht ein fröhliches Lied vor mich hinpfeifen? Mir war nicht klar, dass das neuerdings zum Job gehört."

„Sei ruhig sarkastisch, aber du verlässt dieses Büro nicht eher, bis du mir gesagt hast, was dich wurmt."

„Nur weil wir uns in der Vergangenheit über private Dinge unterhalten haben, muss ich noch lange nicht jeden Gedanken mit dir teilen."

Wow, der hatte aber wirklich eine Laune. Sam hob lediglich eine Braue, um ihm zu signalisieren, dass er ihren Fängen nicht entkommen würde.

„Tut mir leid", murmelte er und sackte in sich zusammen. „Ich sollte nicht so mit dir reden."

„Wenn wir unter uns sind und die Tür geschlossen ist, solltest du mit mir reden, wie es dir angemessen erscheint." So nah war sie noch nie dran gewesen, ihm zu verstehen zu geben, dass sie seine Freundschaft ebenso sehr schätzte wie ihre berufliche Beziehung.

Offenbar überrascht meinte er: „Dann ist es okay, wenn ich dir sage, dass du neugierig bist und dich aus meinen Privatangelegenheiten heraushalten sollst?"

„Na klar, aber das heißt nicht, dass ich das auch tun werde."

„Mann, bist du eine Nervensäge."

Sie grinste. Nick sagte das auch oft zu ihr, und sie betrachtete es jedes Mal als Kompliment. „Ich bin nur hartnäckig."

„Das auch", maulte Freddie. „Na schön! Wenn du es unbedingt wissen musst – meine Mutter macht mich wahnsinnig."

Damit hatte Sam nicht gerechnet. „Weswegen?"

Freddie sah sie mit einem Du-weißt-schon-Blick an.

„Ah, jetzt verstehe ich. Mama Cruz mag deine Freundin nicht, richtig?"

„Nein", bestätigte er elend. „Sie will Elin nicht mal eine Chance geben. Wir hatten gestern Abend ein gutes Gespräch, und ich dachte, es würde besser werden. Aber als ich heute Morgen vor der Arbeit nach ihr geschaut habe, ging es schon wieder los. Keine Ahnung, ob es am Fieber liegt oder was, aber sie macht mich irre!"

Sam stand auf, klemmte sich ihr Funkgerät an den Gürtel und nahm den Wagenschlüssel. „Lass uns unterwegs darüber reden."

Er stand ebenfalls auf. „Wohin fahren wir?"

„Zuerst sprechen wir mit Reginas Boss und dann hoffentlich mit einigen ihrer Kolleginnen."

„Bin dabei, Chefin."

Sam wartete, während er seinen Trenchcoat holte, in dem er sich laut eigener Aussage fühlte wie Columbo, dann gingen sie gemeinsam zu ihrem Wagen. Nachdem sie den Motor angelassen hatte, dachte sie über Freddies Zwickmühle nach. „Ich kann verstehen, was Mama beschäftigt."

„Na fabelhaft", erwiderte er spöttisch. „Vielen Dank für die Unterstützung. Das weiß ich wirklich zu schätzen."

„Warte doch und hör mir erst mal zu. Ehrlich gesagt habe ich auch eher gedacht, zu dir würde eine sanftere Frau passen, keine wie Elin."

„Ach, und was ich dabei denke, interessiert niemanden? Was ich glaube, wer zu mir passt?"

„Tja", sagte Sam. „Wie drücke ich das jetzt taktvoll aus?"

„Du meine Güte, raus damit. Seit wann gibst du dir Mühe, taktvoll zu sein?"

„Also, hm, wenn man dich mit Elin sieht, könnte man

den Eindruck gewinnen, dass … dass du deinem kleinen besten Freund das Denken überlassen hast."

Aus dem Augenwinkel sah sie, wie er sie anstarrte. „Das ist nicht der Fall."

„Bist du dir da sicher?"

„Ich mag sie! Warum hält das niemand für möglich?"

„Na gut, dann kaufe ich dir das mal ab. Was magst du an ihr?"

„Sie ist witzig und nett und süß."

„Aha. Was noch?"

„Wie meinst du das, was noch? Reicht das denn nicht?"

„Nein. Lustig und nett und süß genügt nicht, um darauf eine Beziehung aufzubauen."

„Das ist mehr als das, womit Nick angefangen hat. Du hast nämlich nichts Nettes oder Süßes an dir."

Sam prustete los. „Nicht schlecht."

„Danke. Ich gebe mir Mühe."

„Worüber redet ihr, abgesehen von ‚zu dir oder zu mir'?"

„Wir reden über Sport, unsere Freunde, unsere Arbeit. Das Übliche."

„Wenn ihr drei Stunden zusammen seid, wie viele davon redet ihr?"

„Keine Ahnung. Ich stoppe die Zeit nicht."

„Ungefähr."

Er wand sich auf dem Beifahrersitz. „Eine Stunde oder so."

„Aha, eine Stunde reden, zwei Stunden vögeln. Begreifst du, warum deine Mutter besorgt ist?"

„Nein! Sie weiß es ja nicht!"

„Komm schon, Freddie. Natürlich weiß sie es. Du sabberst doch praktisch, sobald Elin in deiner Nähe ist. Jeder kann sehen, wie scharf du auf sie bist."

„Dann frage ich noch mal – na und? Warum interessiert sich jeder dafür, dass ich auf sie scharf bin?"

„Weil es untypisch für dich ist, dermaßen ... mit den Gedanken woanders zu sein."

„Ich habe lange darauf gewartet, Sam. Ich wünschte, alle würden sich verdammt noch mal da heraushalten und mich mein eigenes Leben führen lassen."

„Wir machen uns doch nur Sorgen um dich, das ist alles."

„Nun, das müsst ihr nicht. Ich bin ein großer Junge und kann auf mich selbst aufpassen. Ich kann es nicht gebrauchen, dass du und meine Mutter euch miteinander verschwört, um mir ständig ins Gewissen zu reden. Ich bin glücklich mit Elin. Kann dir das nicht genügen?"

„Du bist bestimmt sehr glücklich mit ihr, wenn ihr zusammen im Bett seid. Ich mache mir eher Gedanken um die übrige Zeit."

„Du weißt ja nicht, wovon du redest, und ehrlich gesagt, geht es dich auch gar nichts an. Das gilt auch für meine Mutter."

„Das stimmt, also werde ich mich ab jetzt heraushalten."

„Gut."

„Fein."

Den Rest des Weges zu Capitol Cleaning Services herrschte unbehagliches – und unübliches – Schweigen. Im Gebäude des Hauptsitzes der Firma wurden sie ins Büro der Besitzerin JoAnn Smithson geführt.

Mrs. Smithson schien Ende fünfzig, Anfang sechzig zu sein, und ihrem abgehärmten Aussehen nach zu urteilen, hatte sie letzte Nacht nicht gut geschlafen.

Nachdem sie ihnen die Erlaubnis gegeben hatte, das Gespräch aufzuzeichnen, legte Mrs. Smithson ihre Hände gefaltet auf ihren unaufgeräumten Schreibtisch. „Wie kann ich Ihnen dabei helfen, die Person zu finden, die Regina das angetan hat?"

„Wie lange war sie bei Ihnen beschäftigt?", fragte Sam.

„Knapp über zwei Jahre." Mrs. Smithson nahm eine Akte vom Stapel auf ihrem Schreibtisch und reichte sie ihnen. „Das ist ihre Personalakte. Wie Sie sehen können, besaß sie alle nötigen Dokumente."

Freddie nahm die Mappe entgegen und blätterte darin.

„Wenn wir uns die übrigen Akten ansehen, würden wir dann feststellen, dass die Papiere all Ihrer Angestellten in Ordnung sind?", wollte Sam wissen.

Mrs. Smithson versteifte sich. „Wir stellen keine Leute ohne die notwendigen Papiere ein. Wir arbeiten für den Kongress, Lieutenant. Was glauben Sie wohl, wie lange wir diesen Vertrag noch hätten, wenn da illegale Arbeiter durch das Capitol marschieren?"

„Nicht mehr lange, könnte ich mir vorstellen. Wie gut kannten Sie Regina?"

„Ziemlich gut. Es ist mir wichtig, sämtliche meiner Angestellten persönlich zu kennen." Sie sank ein wenig in ihrem Bürosessel zurück. „Ihre arme Mutter und die Kinder. Wurden die schon über ihren Tod unterrichtet?"

„Ja. Wussten Sie von Reginas Beziehung mit Senator Lightfeather?"

Sofort richtete Mrs. Smithson sich wieder auf. „Beziehung? Was für eine Beziehung hatte sie zu einem Senator? Sie hat sein Büro geputzt."

„Laut Aussage des Senators unterhielten die beiden eine Liebesbeziehung."

Die Farbe wich aus Mrs. Smithsons Gesicht. „Das ist nicht möglich", stammelte sie. „Wir haben Vorschriften … strikte Vorschriften zu Anstand und Benehmen. Sie hätte nicht …" Sie verstummte und blickte Sam und Freddie an.

Ihre Mienen bestätigten offenbar die Wahrheit. Mrs. Smithson sackte in sich zusammen. „Ich kann es nicht fassen."

„Wie viel haben Sie ihr bezahlt?"

„Siebzehn Dollar die Stunde plus Sozialabgaben."

„Wir würden gern mit einigen ihrer Freundinnen oder Kolleginnen sprechen, jemand, der möglicherweise wusste, was zwischen Regina und dem Senator war. Wir wüssten auch gern mehr über ihr sonstiges Privatleben. Was sie außerhalb der Arbeit machte."

„Maria Espanosa", sagte Mrs. Smithson. „Sie waren eng befreundet."

„Wo können wir sie finden?"

Mrs. Smithson schrieb eine Adresse auf und gab sie Sam. „Sie ist gestern Abend nicht zur Arbeit erschienen, und niemand hat etwas von ihr gehört. Ich wollte nach ihr sehen, wenn ich das Büro verlasse."

Sam bekam ein ungutes Gefühl. „Kommt es vor, dass sie nicht zur Arbeit erscheint?"

„Sie hat noch keine einzige Schicht gefehlt."

Sam sah zu Freddie und spürte, dass er das Gleiche dachte.

Mrs. Smithson beobachtete die stumme Kommunikation zwischen den beiden. „Sie glauben doch nicht ..."

„Wir schauen nach ihr und melden uns dann bei Ihnen."

„Wird es in den Medien erwähnt werden, dass Regina ein Verhältnis mit einem Senator hatte?"

„Diese Information haben wir vor der Presse noch nicht bestätigt", erklärte Sam. „Aber es ist nur eine Frage der Zeit, bis es an die Öffentlichkeit gelangt."

„Gütiger Himmel." Mrs. Smithson massierte sich die

Schläfen, während Tränen in ihre bereits geröteten Augen traten. „Alles, wofür ich gearbeitet habe ... all die Jahre. Wir haben Vorschriften ..."

„Vielleicht wäre es sinnvoll, ein auf Krisenkommunikation spezialisiertes Unternehmen zu engagieren", schlug Freddie vor. „Dann wären Sie darauf vorbereitet, sich mit den Medien auseinanderzusetzen."

„Ja." Mrs. Smithsons Miene hellte sich auf. „Das ist eine gute Idee. Danke."

„Wir melden uns wieder, falls wir noch weitere Informationen benötigen."

„Das würde ich begrüßen", erwiderte Mrs. Smithson, während sie die beiden unter den misstrauischen Blicken einiger Mitarbeiter zum Ausgang begleitete. „Bitte lassen Sie mich wissen, wenn Sie Maria gefunden haben."

„Machen wir", versprach Freddie.

„Wenn wir schon hier sind", wandte Sam sich an Freddie, sobald sie draußen waren, „sollten wir mal einen Blick in das Büro des Senators werfen."

Als Antwort kam nur ein Grunzen.

Sam blieb stehen. „Ich weiß, du bist sauer auf mich, und das ist dein gutes Recht. Aber versuch doch bitte nicht zu vergessen, dass ich das alles nur deshalb gesagt habe, weil ich nicht will, dass die Geschichte für dich mit einem gebrochenen Herzen endet. Glaub mir, das ist nämlich überhaupt nicht lustig."

„Ich habe verstanden, was du gesagt hast, und auch alles, was meine Mutter gesagt hat. Und jetzt wäre ich euch beiden wirklich dankbar, wenn ihr Ruhe geben könntet und mich mein eigenes Leben führen lassen würdet."

„Klar doch", entgegnete sie, obwohl sie sich fragte, wie sie tatenlos dabei zusehen sollte, wie eine Frau mit ihren Stilettos über sein empfindsames Herz marschierte. „Ich weiß ja nicht, wie es dir geht, aber ich würde mir gern das berühmte Sofa ansehen, auf dem der Senator die Putzfrau gebumst hat."

Freddie verdrehte die Augen über ihre derbe Ausdrucksweise, und Sam hoffte, dass damit zwischen ihnen alles wieder in Ordnung war.

Gonzo saß ganz still und versuchte sich auf das zu konzentrieren, was der Anwalt, Andy, auf Christinas zahlreiche Fragen antwortete. Die Worte flogen an ihm vorbei: DNA-Test, Prüfung des Sorgerechts, Sozialarbeiter. Er musste ständig an das winzige Kinngrübchen denken. Er brauchte keinen DNA-Test, um zu wissen, dass er heute seinen Sohn kennengelernt hatte – dem die Kindesmutter bis jetzt nicht einmal einen Namen gegeben hatte.

„Er kann in diesem Haus nicht atmen", unterbrach Gonzo die beiden und hielt die Erinnerung an die Bedingungen, unter denen sein Sohn lebte, kaum aus. „Wir müssen ihn da rausholen."

„Wir werden so rasch wie möglich das Sorgerecht beantragen", versicherte Andy ihm. Blond und gutaussehend, war er der typische in Yale ausgebildete Anwalt. „Allerdings können wir nichts unternehmen, solange die Vaterschaft nicht geklärt ist."

„Er sieht aus wie ich", sagte Gonzo. „Er hat mein Kinngrübchen."

„Ich freue mich, dass Sie eine grundsätzliche Ähnlichkeit bemerkt haben", meinte Andy lächelnd. „Das gibt Ihnen Sicherheit, mit der Beantragung des Sorgerechts das Richtige zu tun."

„Ich würde ihn auch da herausholen wollen, wenn er nicht mein Kind wäre. Sie hat ihm nicht einmal einen

Namen gegeben." Gonzo konnte das immer noch nicht fassen.

„Ich weiß, Detective", sagte Andy. „Das ist unverzeihlich. Ich habe selbst ein Baby und kann mir nicht vorstellen, wie es namenlos in einer völlig verqualmten Umgebung lebt. Wie dem auch sei, ich muss Sie warnen, dass Sorgerechtsklagen oft ein harter Kampf sind für die Väter. Selbst wenn der Vater beweisen kann, dass er dem Kind ein besseres zu Hause bieten kann als die Mutter, entscheidet das Gericht oft zugunsten der Mutter."

Gonzo konnte kaum glauben, was er da hörte. „Selbst wenn sie seine kleinen Lungen mit Rauch füllt?"

„Unglücklicherweise muss etwas Schlimmeres vorliegen, damit das Gericht sich damit beschäftigt – Missbrauch, Drogen, kriminelle Aktivitäten innerhalb des Zuhauses. Zigarettenqualm allein wird da nicht ausreichen."

„Ich verwette meine Polizeimarke darauf, dass Zigarettenqualm nicht das Einzige ist, was dort vor sich geht." Gonzo schaute vorsichtig zu Christina. „Sie feierte ziemlich gern, als ich mit ihr zusammen war."

„Jede Information, über die Sie ‚zufällig stolpern‘ und die vor Gericht gegen sie verwendet werden könnte, ist nützlich. Wenn Sie verstehen, was ich meine."

Gonzo registrierte den nachdrücklichen Blick, den Andy ihm sandte, und er nickte, zum Zeichen dafür, dass er verstanden hatte.

„Ich werde tun, was ich für Sie tun kann, nur muss Ihnen bewusst sein, dass die Chancen schlecht stehen", erklärte Andy. „Und diese Angelegenheiten können sehr, sehr kostspielig werden."

„Ich frage nur äußerst ungern, denn ich werde zahlen, was immer es kostet – nur, über wie viel reden wir hier?"

„Zehntausende.“

Gonzo zuckte zusammen. Er besaß ein wenig Geld, aber so viel nicht. Egal. Er würde einen Weg finden, um seinen Sohn zu schützen, und wenn er dafür bei seinen Eltern vorsprechen musste.

„Mach dir wegen des Geldes keine Sorgen“, sagte Christina und warf ihm einen unbehaglichen Blick zu. Ehe er fragen konnte, wie sie das meinte, stand sie auf und reichte Andy die Hand. „Vielen Dank dafür, dass Sie an einem Sonntag ins Büro gekommen sind.“

„Jeder Freund des Senators ist auch mein Freund.“ Er schüttelte Gonzo die Hand. „Ich werde das Sozialamt informieren, damit die nach dem Jungen sehen, und dann beantrage ich den DNA-Test des Babys. Sollte die Dame an Ihrem Geld interessiert sein, muss sie in den Test einwilligen. Geben Sie mir einen oder zwei Tage Zeit, dann melde ich mich wieder.“

„Danke“, sagte Gonzo. „Ich weiß Ihre Hilfe zu schätzen.“

Benommen ließ Gonzo sich von Christina hinaus zum Wagen führen. Erst dort fragte er: „Was meintest du da drinnen? Wegen des Geldes?“

„Ich habe welches. Wenn es nötig ist.“

Kopfschüttelnd meinte er: „Auf keinen Fall. Ich nehme kein Geld von dir.“

„Du hast gehört, was er gesagt hat, Tommy.“ Sie legte ihm die Hände auf die Brust, und er fragte sich, ob sie das Pochen seines Herzens spüren konnte. „Diese Sache könnte richtig teuer werden. Was ist, wenn dir das Geld ausgeht, bevor du das Sorgerecht hast?“

„Dann leihe ich mir welches. Von dir werde ich es jedenfalls nicht nehmen.“

„Ich habe nicht nur ein bisschen“, erwiderte sie zögernd. „Ich besitze sehr viel. Meine Eltern ... meine Familie ist, nun, wir haben Geld. Es wäre leicht für mich, dir zu helfen, wenn du es brauchst."

„Ich weiß dein Angebot wirklich zu schätzen, aber ich bin mir sicher, dass es dazu nicht kommen wird." Er löste sich aus ihrer Umarmung und hielt ihr die Wagentür auf. Unterwegs zu ihrer Wohnung versuchte Gonzo zu verarbeiten, was geschehen war.

„Wird das alles zwischen uns ändern?", fragte Christina nach langem Schweigen.

„Was? Das Baby?"

„Das Geld." Ihre leise Stimme verriet ihm, dass es in der Vergangenheit oft alles verändert hatte.

„Warum sollte es?"

„Du wärst überrascht, wie sehr es Dinge ändern kann." Eine Hand an ihrer Jeans reibend, fügte sie hinzu: „Wie dem auch sei, ich lebe jedenfalls von dem, was ich verdiene. Ich habe nie zugelassen, dass Geld eine große Rolle für mich spielt."

„Das ist ja auch leicht, wenn man immer reichlich davon hat." Kaum hatte er diese Worte ausgesprochen, bedauerte er sie schon. Christinas geschockte Miene verriet ihre Betroffenheit. Er nahm ihre Hand. „Tut mir leid. Ich meinte es nicht so, wie es klang. Ich weiß dein Angebot wirklich zu schätzen, aber ich hoffe, dass es nicht dazu kommt."

„Das hoffe ich auch. Falls doch, steht mein Angebot."

Gonzo drückte ihre Hand. Sein Verstand arbeitete weiter auf Hochtouren. Der Gedanke an das Baby – seinen Sohn – in dem verqualmten Haus ... und dass er möglicherweise nichts tun konnte ... das ließ ihn erschauern.

„Komm mit rein", forderte Christina ihn auf, als sie ihr Haus erreichten. „Du solltest heute Nacht nicht allein sein."

„Mir ist nicht nach Gesellschaft."

„Tu das nicht. Stoß mich nicht weg."

„Christina …“

Sie presste ihre Lippen auf seine.

Als er zurückzuweichen versuchte, krallte sie die Finger in seine Haare und hielt ihn fest. „Geh nicht.“

„Ich bin aufgewühlt.“

„Dann sei mit mir zusammen aufgewühlt. Wir finden einen Weg in dieser Sache, das verspreche ich.“

Er legte die Stirn an ihre. „Bist du dir sicher, dass du dir das alles zumuten willst? Ich würde es dir nicht übelnehmen, wenn …“

Sie legte ihm den Zeigefinger auf die Lippen. „Lass uns hineingehen.“

Als Gonzo ausstieg und ihr folgte, musste er sich eingestehen, dass er ganz froh war, diese Nacht nicht allein mit seinen Gedanken verbringen zu müssen.

9

———

In Henry Lightfeathers Büro studierte Sam die Familienfotos auf der Anrichte. Wie Henry schien auch seine Frau Annette indianische Vorfahren zu haben. Ihre fünf adoptierten Kinder waren unterschiedlicher ethnischer Herkunft. Eines saß im Rollstuhl. Sie schienen auf vielen Fotos eine glückliche, lächelnde Familie zu sein. Außer den Gruppenfotos gab es Porträtaufnahmen aller Kinder sowie eine gerahmte Auswahl ihrer Kunstwerke.

„Ich hätte mich dabei gefühlt, als würden sie mich beobachten", bemerkte Sam.

„Beobachten wobei?", fragte Freddie.

„Bei dem, was ich mit der Reinigungsfrau auf dem Sofa mache. Wegen all der Fotos hier hätte ich das Gefühl gehabt, dass meine ganze Familie mir dabei zuschaut."

Freddie gab einen verächtlichen Laut von sich. „Ich wette, das war das Letzte, woran er gedacht hat, wenn er es mit der Reinigungsfrau auf dem Sofa trieb." Er öffnete eine Tür. „Wir haben einen begehbaren Kleiderschrank voller Anzüge und persönlicher Sachen. Rasierzeug, Laufschuhe, Jogginghose."

Sam öffnete die Bürotür, um mit dem Capitol Police Officer zu sprechen, der sie zum Büro geführt hatte. „Wussten Sie, dass er in seinem Büro wohnt?"

„Wir wissen alles, was in diesen Gebäuden vor sich geht."

„Gibt es Vorschriften, was das Bewohnen des Büros durch Senatsmitglieder angeht?"

„Es ist verpönt, kommt aber durchaus vor. Die Mieten in der Stadt sind exorbitant. Viele Senatsmitglieder haben Schwierigkeiten, zwei Wohnsitze zu unterhalten."

„Das haben wir auch gehört." Sam schaute sich ein weiteres Mal in dem geräumigen Büro um. „Wir sind fürs Erste hier fertig, aber wir kommen vielleicht noch einmal wieder. Tun Sie uns einen Gefallen und sorgen Sie dafür, dass niemand das Büro betritt, bis wir unser Okay geben."

„Schließt das den Senator mit ein?"

„Das schließt jeden mit ein."

Er nickte.

„Danke für Ihr Entgegenkommen", sagte Sam.

Lindsey McNamara rief an, als sie auf dem Weg zu Maria Espanosas Wohnung in Columbia Heights waren. „Was haben Sie für uns, Doc?"

„Die zweite Spermaprobe ergab keinerlei Übereinstimmung in unserer Datei", berichtete Lindsey. „Und dass die andere von Lightfeather ist, dürfte keine Überraschung sein."

„Nein, damit haben wir gerechnet." Sam schlug mit der flachen Hand auf das Lenkrad. „Warum kann der andere Kerl nicht in Ihrem System sein?"

„Weil keiner von uns einen Job hätte, wenn es so einfach wäre", witzelte Lindsey.

„Ja, ja. Sie gleichen die DNA des Fötus ab?"

„Der Abgleich läuft gerade. Eine weitere interessante

Sache ist, dass die Haut, die wir unter ihren Nägeln gefunden haben, zu dem mysteriösen Sperma passt. Damit können wir bestätigen, dass der zweite Mann derjenige war, der sie misshandelt hat, und nicht der Senator."

„Das ist wenigstens etwas. Sie hat sich gewehrt."

„Der Hautmenge nach zu urteilen, die wir gefunden haben, muss sie ihn heftig gekratzt haben."

„Danke für die Informationen, Lindsey. Halten Sie mich auf dem Laufenden, was den Fötus angeht."

„Mach ich."

Sam drückte die Lautsprechertaste des Telefons, um die Mithörfunktion auszuschalten. „Was meinst du bis jetzt?", fragte sie Freddie.

„Ich versuche mir vorzustellen, wie eine Putzfrau die Geliebte eines U.S.-Senators wird."

„Na ja, wenn eine Polizistin das kann ..."

Freddie lachte.

„Sorry, blöder Scherz. Bitte fahr fort."

„Anscheinend hat Lightfeather den Mord nicht begangen, doch muss das nicht unbedingt heißen, dass ihre Affäre nichts damit zu tun hat."

„Da stimme ich dir zu. Es wäre für beide ziemlich heikel geworden, wenn irgendwer es herausgefunden hätte."

„Wobei er am meisten zu verlieren hatte."

„Das nehmen wir an. Möglicherweise stand für sie noch mehr auf dem Spiel."

„Ihr Aufenthaltsstatus wäre in Gefahr gewesen, wenn sie ihren Job verloren hätte, und ihre Familie hat sich auf ihre Unterstützung verlassen", meinte Freddie.

„Es stand also für beide viel auf dem Spiel."

„Man fragt sich ohnehin, was die sich beim ersten Mal gedacht haben."

„Wir können wohl getrost davon ausgehen, dass da nicht allzu viel Nachdenken im Spiel war."

„Dann eben hinterher, als die Realität sich wieder meldete."

„Die werden geschockt gewesen sein", sagte Sam. „Alle beide."

„Was, wenn jemand dahintergekommen ist? Jemand, der wütend geworden ist oder eifersüchtig oder der sich bedroht gefühlt hat?"

„Glaubst du, sie hat es jemandem erzählt?"

„Nein", sagte Freddie überzeugt. „Absolut nicht."

„Nicht einmal ihren engsten Freundinnen?"

„Ich frage mich, ob sie hier enge Freundinnen hatte."

„Reden wir mit Maria Espanosa und finden es heraus", schlug Sam vor.

Maria lebte in einer Kellerwohnung, ungefähr vier Blocks von Reginas Wohnung entfernt. Sie klopften an die Tür und warteten.

„Hier riecht es", stellte Freddie fest.

„Die is nich da", rief eine junge Stimme von der Straße ihnen zu.

Sie drehten sich um und entdeckten einen Jungen, den Sam auf zehn oder elf schätzte.

„Eine Ahnung, wo sie sein könnte?", fragte Sam.

Der Junge zuckte die Schultern. „Nee, weiß ich nich. Hab se schon 'n paar Tage nich mehr gesehen."

Sam und Freddie wechselten einen Blick.

„Seid ihr Cops?", wollte der Junge wissen.

„Stimmt", bestätigte Freddie.

„Cool. Kann ich zugucken?"

„Diesmal nicht, Kumpel." Freddie ging die Stufen halb hinauf zu dem Jungen, um mit ihm zu sprechen, während Sam der Zentrale ihren Standort durchgab.

„Möglicherweise Leichenfund", erklärte sie der Zentrale. Dann rief sie dem Jungen zu: „Hast du eine Idee, wo wir den Hausmeister finden können?"

„Klar. Das ist mein Opa. Ich hol ihn für euch."

„Danke, Mann", sagte Freddie. „Sag ihm, er soll seine Schlüssel mitbringen."

Der Junge rannte los, und Freddie kam die Stufen wieder herunter zu Sam. „Der Gestank plus seit ein paar Tagen verschwunden ergibt Mord."

„Das denke ich auch."

„Wer könnte denn Streit mit zwei Mitarbeiterinnen von Capitol Cleaning Services gehabt haben?"

„Da bin ich mir noch nicht sicher, aber du kannst darauf wetten, dass wir es herausfinden werden."

Der Hausmeister traf einige Minuten später mit einem dicken Schlüsselbund ein. Sein Enkel folgte ihm auf den Fersen.

„Es wäre vielleicht besser, Sie bringen den Jungen weg von hier", schlug Sam vor.

„Mario", raunzte der alte Mann das Kind an. „Verschwinde!"

„Ach, Gramps, komm schon!"

„Verschwinde, sagte ich!"

„Hier passiert nie was Spannendes, und wenn doch ..." Das Nörgeln wurde leiser, während er sich entfernte.

Der alte Mann schloss die Tür auf. „Heiliger Strohsack, was ist das für ein Gestank?"

„Höchstwahrscheinlich eine Leiche", sagte Sam und schob sich an ihm vorbei.

Der Mann erschrak. „He, das hier is nich so'n Haus! Ich halte hier alles ordentlich und sauber."

Sam ignorierte ihn und folgte dem Geruch ins Schlafzimmer, wo sie Marias nackte, blutige Leiche auf dem

Bett fand. „Gib es durch", sagte sie zu Freddie, während sie näher herantrat, um sich die offene Wunde an Marias Hals genauer anzusehen. Eine Blutlache zwischen ihren Beinen deutete auf brutale sexuelle Gewalt hin. „Das Gleiche wie bei Regina."

„Abwehrverletzungen an ihren Händen", bemerkte Freddie.

„Sieht aus, als hätte sie das Messer festgehalten, bevor es ihren Hals fand."

Er schüttelte bestürzt den Kopf. „Armes Ding."

„Fang schon mal an, dich in der Nachbarschaft umzuhören. Vielleicht kannst du herausfinden, wann sie das letzte Mal lebend gesehen wurde."

„Dem Geruch und dem Zustand der Leiche nach zu urteilen muss es bestimmt sechsunddreißig Stunden oder mehr her sein."

„Glaube ich auch. Was jedoch bedeutet, dass der Täter sie vor Regina getötet hat. Und das bringt mich auf die Frage, ob es noch weitere gibt, die darauf warten, von uns gefunden zu werden."

„Ich werde mit der Befragung beginnen", sagte Freddie. „Ich nehme an, du willst die Daten ihres Handys haben?"

Sam bejahte. „Um was wollen wir wetten, dass es sich um das gleiche Unternehmen handelt? Besorg dir einen richterlichen Beschluss und erklär denen, dass sie vom Generalbundesanwalt persönlich hören werden, falls sie weiter mauern."

„Verstanden."

Als sie mit der toten Frau allein war, betrachtete Sam die gerahmten Fotos auf dem Nachtschrank. Mehrere kleine Kinder und eine Aufnahme von Maria mit einem Paar, bei dem es sich anscheinend um ihre Eltern handelte. Sie fragte sich, ob Maria, genau wie Regina, auch Kinder im Ausland hatte. Das Ein-Zimmer-Apartment, in dem sie umgebracht worden war, war nur mit Bett und Kommode sehr spärlich möbliert. Ein kleiner Fernseher stand auf dieser Kommode. Sam schloss daraus, dass Maria hier lediglich geschlafen und geduscht hatte. Für etwas anderes war auch kaum Platz.

Während sie auf die Kollegen von der Spurensicherung wartete, sah Sam Papiere durch, die sie in der Nachtschrankschublade gefunden hatte. Neben einem Pass aus Belize fand sie Dokumente, die Maria berechtigten, in den Vereinigten Staaten zu arbeiten, außerdem Karten und Briefe von ihrer Familie daheim. Sam zog ihr Notizbuch aus der Gesäßtasche und notierte sich den Absender, der auf den meisten Karten und Briefen stand. Sie erwartete ein weiteres jener gefürchteten Telefongespräche.

Lindsey McNamara kam die kurze Treppe hinunter in die Wohnung. „Was haben Sie, Sam?"

„Gleiche Vorgehensweise wie bei Regina, bis hin zur Vergewaltigung."

„Jemand hat es auf junge Einwanderinnen abgesehen." Lindsey zog sich Latexhandschuhe an und ließ das Gummi knallen.

„Sieht allmählich ganz danach aus. Abgesehen vom Job hatten sie auch das gemeinsam. Aber was ist das Motiv? Könnte es sein, dass sie durch ihre Arbeit auf etwas gestoßen sind, was sie nicht wissen sollen?"

„Ich kann mir nicht vorstellen, dass Kongressabgeordnete heikle Informationen in ihren Büros herumliegen lassen und das Reinigungspersonal sie zu sehen bekommt."

„Es sei denn, sie sollten nach etwas Bestimmtem suchen", überlegte Sam.

„Das wäre natürlich möglich."

Kurz darauf trafen die Detectives von der Spurensicherung in dem kleinen Apartment ein.

„Schicken Sie mir so schnell wie möglich einen Bericht, Doc", sagte Sam auf dem Weg hinaus.

„Mach ich", versprach Lindsey.

Sam nahm die Treppe, die auf Straßenniveau hinaufführte. Auf dem Gehsteig hatte sich eine Menschenmenge versammelt, die offenbar einen Blick auf die Leiche der ermordeten Frau zu erhaschen hoffte. Sam atmete mehrmals tief ein und aus, um den Leichengeruch aus der Nase zu bekommen, und dachte, dass die Leute sicher nicht so neugierig wären, wenn sie nur ein Bruchteil dessen sähen, was Sam jeden Tag zu sehen bekam.

Freddie kam angejoggt. „Zuletzt wurde sie gestern Morgen gesehen", berichtete er, in seine Notizen schauend. „Der Besitzer des Coffeeshops an der Ecke meint, dass sie nach ihrem Morgenlauf wie immer ihren Café latte mit Sojamilch bestellt hat. Laut Aussage der Nachbarn arbeitete sie nachts, lief nach dem Ende ihrer Schicht fünf Meilen, kaufte ihren Kaffee und ging nach Hause, um zu schlafen. Wich nie von ihrer Routine ab. Sieben Tage die Woche."

„Also hat jemand sie entweder beobachtet oder kannte ihre Routine, sodass er auf sie warten konnte, als sie in ihre Wohnung zurückkehrte. Möglicherweise hat er sie überrascht oder sie mit dem Messer bedroht, um Einlass in ihre Wohnung zu bekommen."

„Niemand, mit dem ich gesprochen habe, kann sich an einen Fremden erinnern, der hier herumgelungert hat."

„Mrs. Smithson sagte, dass die Frauen fünf Nächte in der Woche das Capitol reinigen, richtig?"

„Ja."

„Und Lightfeather meinte, Regina habe die ‚meisten'

Nächte nach der Arbeit bei ihm verbracht. Doch sie stritten darüber, wo sie sich in den anderen Nächten aufhielt."

„Richtig."

„Ich will wissen, wo die beiden Frauen sich in den restlichen Nächten aufgehalten haben." Sam sah auf ihre Uhr. Fast sieben. „Lassen wir von der zweiten Schicht die Befragung der Nachbarschaft fortsetzen und machen morgen weiter. Wir treffen uns um sieben im Hauptquartier und bringen alle auf Hochtouren mit dem, was wir bis dahin haben. Ich werde mit Malone über eine Warnung an Einwanderinnen in der Stadt beratschlagen, nur für den Fall, dass die Morde nichts mit ihrem Arbeitsplatz zu tun haben."

„Aber du glaubst nicht, dass es da keine Verbindung gibt, oder?"

Sam legte die Hände auf die Hüften. „Ich tendiere dazu, an einen Zusammenhang zu glauben. Doch ich habe gelernt, keine voreiligen Schlüsse zu ziehen, bis wir mehr wissen."

„Wir werden uns morgen ins Zeug legen", sagte Freddie.

„Darauf kannst du wetten." Sie gab ihm den Zettel mit den Kontaktinformationen zu Marias Familie. „Und vorher musst du einen Anruf machen."

Freddie schaute auf den Zettel. „Ah, muss ich wirklich?"

„Jemand muss es tun, und das Los fällt auf dich, weil sie eventuell kein Englisch sprechen. Wenn du schon dabei bist, ruf doch auch gleich JoAnn Smithson an und informiere sie über Maria."

„Wow, ich Glückspilz." Er wedelte mit dem Blatt Papier. „Ich hasse solche Anrufe."

„Tun wir das nicht alle, Detective?"

. . .

Sam verbrachte eine Stunde im Hauptquartier damit, ihre Schautafel über die Morde auf den neuesten Stand zu bringen und sich Notizen über das zu machen, was sie bisher über die Opfer wusste. Was nicht viel war. Regina war dreißig, Maria achtundzwanzig. Beide waren seit ungefähr zwei Jahren im Land, und beide hatten sich um die amerikanische Staatsbürgerschaft beworben. Sam wusste, dass Reginas Bewerbung abgelehnt worden war, Marias Status hingegen war unklar. Sie fragte sich, ob Senator Lightfeather etwas darüber wusste und beschloss, ihm auf dem Heimweg einen Besuch abzustatten.

Nach der Beratung mit Captain Malone gab sie eine Meldung an die Medien weiter, junge Einwanderinnen in der Stadt zu erhöhter Wachsamkeit an ihren Wohnorten aufzufordern. Sam erwähnte die Parallelen zwischen den beiden Fällen nicht, um in der Stadt keine Hysterie auszulösen. Hoffentlich schnappten sie den Mörder, bevor das nötig wurde.

Auf dem Weg zum Washington Hilton in der Connecticut Avenue erhielt sie einen Anruf von Darren Tabor.

„Kein Kommentar", lautete ihre Antwort, nachdem sie den Lautsprecher ihres Handys aktiviert hatte.

„Ich habe ja noch gar keine Frage gestellt."

„Nur weil Nick und ich Ihnen ein Exklusivinterview gegeben haben, heißt das noch lange nicht, dass Sie mich nach Belieben jederzeit anrufen können." Nur sehr widerwillig hatte Sam sich nach ihrer Verlobung zu einem gemeinsamen Interview bereiterklärt. Sie hatten es Tabor gewährt, weil er ihnen verraten hatte, dass die Klatschzeitung *Reporter* vorhatte, eine Story über Sams viele Jahre zurückliegende Beinahe-Abtreibung zu bringen. Er fand, dafür waren sie ihm einen Gefallen schuldig. Mittlerweile waren sie quitt, zumindest, was Sam betraf.

„Ich habe Sie sehr gut dastehen lassen in dem Artikel", fand Tabor.

Sam gab einen verächtlichen Laut von sich. „Ich brauche Ihre Hilfe nicht, um gut dazustehen."

Lachend meinte Tabor: „Vielleicht sollten Sie an Ihrem Selbstwertgefühl arbeiten, Lieutenant. Ich hasse es, Sie so selbstkritisch zu sehen."

Sam musste sich ein Lachen verkneifen; die Genugtuung gönnte sie ihm nicht.

„Habe gerade Ihre Warnung an die jungen Einwanderinnen gesehen", sagte Tabor. „Was können Sie mir sonst noch darüber erzählen?"

„Noch nichts."

„Gibt es ein zweites Opfer?"

„Vielleicht, vielleicht auch nicht."

„Muss es geben, wenn Sie eine Warnung für notwendig hielten."

„Wagen Sie nicht, das zu schreiben, Darren. Ich bestätige jedenfalls gar nichts."

„Ist schon okay. Ich kann die Protokolle einsehen. Die werden mir erzählen, was ich von Ihnen nicht erfahre."

„Sie dürfen gern Ihre eigenen Schlüsse ziehen."

„Wie ist der Stand bei Lightfeather?"

„Ich habe schon alles dazu gesagt – er steht nicht unter dem Verdacht, mit dem Mord an Regina Argueta de Castro etwas zu tun zu haben."

„Können Sie Ihrem Lieblingsreporter nicht den Gefallen tun und bestätigen, dass die beiden zusammen waren?"

„Geben Sie Ruhe, Darren. Ich muss Schluss machen." Sie beendete das Gespräch und hielt wenige Minuten später vor dem Washington Hilton. Sie zeigte dem Hotelpagen, der ihr entgegenkam, ihre Polizeimarke. „Ich brauche nicht lange."

„Die Person, die Sie zweifellos besuchen wollen, befindet sich im siebten Stock."

„Danke." Warum konnte nicht jeder auf diese Weise mit der Polizei kooperieren?

Sam nahm den Fahrstuhl in den siebten Stock und ging zu dem Zimmer am Ende des Flurs, das von zwei Kollegen bewacht wurde. „Wie läuft es?", erkundigte sie sich.

„Alles ruhig, Lieutenant."

„Ist die Ehefrau schon da?"

„Vor etwa dreißig Minuten eingetroffen."

„Feuerwerk?"

Die beiden jungen Männer grinsten.

„So könnte man es auch bezeichnen. Sie ist jedenfalls nicht gerade entzückt von ihm."

„Mit gutem Grund", bemerkte Sam und klopfte an die Tür.

Annette Lightfeather öffnete und erbleichte, als sie Sams Polizeimarke sah. „Ja?"

„Mrs. Lightfeather, ich bin Detective Lieutenant Sam Holland. Ich möchte mich gern mit Ihrem Mann unterhalten."

„Ich dachte, er steht nicht mehr unter Verdacht in dem … in …"

„Im Mordfall Regina Argueta de Castro."

Die attraktive Frau schluckte hart. „Ja." Ihre Augen waren gerötet, als hätte sie den ganzen Weg quer durchs Land geweint. Und Sam konnte es ihr nachfühlen. Sam würde wahrscheinlich nie mehr aufhören zu weinen.

„Ich habe nur noch ein paar Fragen, die ich ihm gern stellen würde."

Annette winkte sie herein.

Henry saß auf dem Sofa, den Kopf auf die Hände gestützt.

„Senator", sagte Sam.

Er sah erschrocken auf. „Lieutenant. Haben Sie die Person gefunden, die Regina getötet hat?"

Annette presste die Lippen zusammen. Der Ausdruck von Wut und Bestürzung verwandelte ihr schönes Gesicht völlig.

„Ich fürchte nicht", antwortete Sam. „Um ehrlich zu sein, es gibt einen zweiten Mord. Kannten Sie Reginas Freundin Maria Espanosa?"

Henry starrte sie geschockt an. „Nicht auch noch Maria!"

„Hast du mit der auch geschlafen?" Annettes Stimme signalisierte, dass sie kurz davor stand, zu kreischen.

„Selbstverständlich nicht", behauptete Henry zögernd. „Sie war eine enge Freundin von Regina."

„Wie war Marias Einwanderungsstatus?"

Er sah kurz zu seiner Frau, ehe er sich wieder an Sam wandte. „Der gleiche wie bei Regina. Sie hatte sich um die Staatsbürgerschaft beworben, war jedoch abgewiesen worden."

„Haben Sie sich auch für sie eingesetzt?", hakte Sam nach.

Während Annette zuhörte, veränderte sich ihr Gesichtsausdruck von Entsetzen zu Fassungslosigkeit. „Hast du dich für sie an die Einwanderungsbehörde gewandt?", wollte sie wissen.

„Ich habe ein paar Anrufe getätigt", erklärte Henry. „Mehr nicht. Bloß ein paar Anrufe."

„Für deine Geliebte", zischte Annette. „Hat sie dir das Gefühl gegeben, ein großer mächtiger Mann zu sein?"

„Mrs. Lightfeather." Sam wünschte, der Boden würde

sich auftun und sie verschlucken. Sie wäre an jedem anderen Ort der Erde lieber gewesen als hier in dieser ehelichen Kernschmelze. „Ich verstehe, dass Sie aufgebracht sind ...“

„Aufgebracht? Sie denken, ich sei *aufgebracht*? Während ich zu Hause unsere *fünf* Kinder großziehe, bumst er die Putzfrau *in seinem Büro*! Nein, Lieutenant, ich bin nicht aufgebracht. Ich bin *außer mir!*“

„Annette ...“

„Halt den Mund, Henry. Halt einfach den Mund.“ Sie stürmte aus dem Wohnzimmer der Suite und warf die Schlafzimmertür hinter sich zu.

Sam ließ einen Moment des Unbehagens verstreichen, ehe sie sich erneut an Henry wandte. Der Mann sah schrecklich aus. Normalerweise fühlte sie mit jemandem mit, der einen geliebten Menschen durch einen gewaltsamen Tod verloren hatte. In diesem Fall fiel es ihr jedoch schwer, das übliche Maß an Mitgefühl aufzubringen.

„Ich weiß, dass Sie eine, hm, schwierige Zeit durchmachen, Senator, aber ich hoffe, Sie sind bereit, noch einige weitere Fragen zu beantworten.“

Seufzend bedeutete er ihr, die Fragen zu stellen.

Sam setzte sich in einen Lehnsessel ihm gegenüber. „Wie gut kannten Sie Maria?“

„Ich bin ihr ein paarmal begegnet. Als Regina und ich eine Pause von unserer Beziehung machten, hat Maria mein Büro gereinigt. Ich verstehe einfach nicht, warum jemand den beiden etwas hat antun wollen. Sie waren hart arbeitende Frauen, die nur ein besseres Leben für sich und ihre Familien wollten. Was kann jemand gegen sie gehabt haben?“

„Das weiß ich auch noch nicht, aber wir werden es herausfinden. Wie war Marias Aufenthaltsstatus?“

„Ähnlich wie bei Regina. Die Staatsbürgerschaft wurde ihr verwehrt, und wir haben Widerspruch dagegen eingelegt."

„Hat Regina Sie darum gebeten?"

Er nickte. „Ich musste erneut darauf achten, mich nicht zu sehr einzusetzen, weil keine der beiden aus meinem Wahlkreis war. Trotzdem habe ich einige Anrufe gemacht, um herauszufinden, ob ich etwas erreichen kann. Das Letzte, was ich hörte, war, dass beide Anträge noch einmal bearbeitet werden. Wir haben natürlich auf ein positives Ergebnis gehofft."

„Sie haben Ihrer Frau gesagt, zwischen Ihnen und Maria sei nichts gewesen." Sam räusperte sich. „Ist das die Wahrheit?"

Henry starrte sie entsetzt an. „Ja! Ich schwöre es bei Gott, da war nur Regina."

„Haben Sie noch weiteren ihrer Freundinnen bei deren Aufenthaltsstatus geholfen?"

Er verneinte. „Nur Maria."

„Wissen Sie, ob Maria Freundinnen oder einen Freund hatte?"

„Ich glaube, sie war vor allem mit Regina befreundet. Die zwei verließen sich aufeinander und blieben meistens für sich."

Da sie bekommen hatte, was sie wollte, stand Sam auf. „Ich danke Ihnen für die zusätzlichen Informationen. Ich muss Sie daran erinnern, in der Stadt zu bleiben, bis wir den Fall gelöst haben."

„Die Medien haben Wind von der Affäre bekommen. Glauben Sie mir, ich gehe nirgendwohin." Er brachte Sam zur Tür. „Ich weiß, was Sie von mir denken müssen, Lieutenant."

Sam drehte sich zu ihm um. „Was ich von Ihnen denke,

hat keinen Einfluss darauf, dass ich meinen Job erledigen werde, damit zwei Frauen, die in dieser Stadt getötet wurden, Gerechtigkeit widerfährt."

„Ich bin kein schlechter Mensch. Ich habe nur einen schlimmen Fehler gemacht."

„Sie sind also der Ansicht, sich in Regina zu verlieben, sei ein Fehler gewesen?" Aus irgendeinem Grund fand sie ein perverses Vergnügen daran, immer wieder Salz in die Wunde zu streuen. „Letzte Nacht haben Sie etwas anderes gesagt."

Er warf einen Blick über die Schulter, als wollte er abschätzen, ob seine Frau ihn hören konnte. „Ich habe sie wirklich geliebt", flüsterte er. „Und das bedaure ich nicht. Allerdings bedaure ich den Schmerz, den ich meiner Frau und meiner Familie durch meinen Fehltritt bereitet habe. Das bereue ich zutiefst."

„Davon bin ich überzeugt", sagte Sam. „Ich melde mich wieder."

10

———

Sam kam nach Hause, als Nicks Fahrer ihn gerade absetzte. Aus ihrem Wagen beobachtete sie, wie er der Limousine entstieg, noch im Smoking von der Wohltätigkeitsveranstaltung. Er beugte sich noch einmal herunter, um etwas zu dem Fahrer zu sagen, und als er die Tür zuwarf, entdeckte er sie. Seine Miene hellte sich auf.

Sam stieg aus ihrem Wagen, und sie trafen sich auf dem Gehsteig.

Er hatte Mantel, Kleidersack und Aktenkoffer in der Hand, schaffte es aber dennoch, den Arm um sie zu legen und sie auf die Stirn zu küssen.

Sam schmiegte sich an ihn und atmete seinen vertrauten Duft ein.

„Langer Tag, was?", fragte er.

„Für uns beide."

Gemeinsam gingen sie ins Haus und hängten ihre Mäntel auf. Auf dem Weg in die Küche band Nick seine Krawatte ab und öffnete den obersten Hemdknopf. „Wie wäre es mit einem Glas Wein?"

Sam setzte sich aufs Sofa und legte die Füße auf den Couchtisch. „Ja, bitte."

„Kommt sofort." Einige Minuten später kam er mit zwei Gläsern Pinot Grigio zurück, die er auf den Tisch stellte. „Eins nach dem anderen." Er setzte sich neben sie und küsste sie zärtlich. „So", sagte er, noch dicht vor ihren Lippen. „Danach sehne ich mich schon seit Stunden."

Sam strich über seine frischen Bartstoppeln und drängte ihn zu einem weiteren Kuss. Während aus einem Kuss zwei, dann drei wurden, legte er sich auf sie. Sams Finger waren in seinen Haaren, als er ihr Gesicht und ihren Hals mit Küssen bedeckte.

„Du hast mir gefehlt heute", flüsterte er und erzeugte damit sinnliche Schauer in ihr.

Sie hob das Becken und presste sich gegen seine Erektion, was ihm ein scharfes Luftholen entlockte. „Das merke ich."

„Ich hatte eigentlich nicht vor, gleich über dich herzufallen, sobald wir die Tür hinter uns zugemacht haben."

„Hast du doch auch nicht. Du hast bloß Hallo gesagt."

Sein Lächeln hatte so eine mächtige Wirkung auf sie. Sie fragte sich, ob er ahnte, was er damit bei ihr auslöste.

„Ganz genau", bestätigte er. „Wie wär's jetzt mit dem Wein?" Er half ihr, sich aufzusetzen, und reichte ihr ein Glas.

Sam zog sie Beine unter sich und beobachtete das Spiel seiner Arm- und Brustmuskeln, als er sein Jackett auszog und nach seinem Glas griff. „Wie lief die Wohltätigkeitsveranstaltung?"

„Eins komma fünf Millionen. Judson schien glücklich zu sein", berichtete er und meinte damit den Vorsitzenden der Demokratischen Partei Virginias.

„Wow, das ist beeindruckend!"

„Du hättest mal sehen sollen, wie viele Leute sich auf dem Universitätsgelände versammelt haben. Die Veranstaltung musste in den Monroe Park verlegt werden. Trotz der Kälte war der Park voll."

„Du bist schwer angesagt, Senator. Ich bin so stolz."

Er tat das Kompliment mit einem Schulterzucken ab. „Wie geht es mit deinem Fall voran?"

„Doppelt kompliziert. Wir haben ein zweites Opfer. Gleiches Muster. Eine Kollegin von Regina."

„Wer ist es?"

„Maria Espanosa."

„O nein! Nicht Maria." Er sank in die Polster. „Sie ist so lieb. Sie reinigt unser Büro."

Sam war erstaunt über seine Reaktion. „Kanntest du sie gut?"

„Nur vom Grüßen. Sie war sehr still und zurückhaltend, machte aber ausgezeichnete Arbeit. Wie jemand ihr etwas antun kann ... es ist schwer zu glauben."

Obwohl sie kaum als Freundin zu bezeichnen war, bedeutete ihr Tod doch einen weiteren Verlust, zusätzlich zu den vielen anderen, die er in jüngster Zeit hatte verkraften müssen. Sam streichelte sein Gesicht. „Tut mir leid, dass ich es dir auf diese Weise beibringen muss. Ich habe nicht damit gerechnet, dass du sie kennst."

„Es ist wirklich traurig."

„Erzähl mir von Ankerbabys."

Verblüfft fragte er: „Was ist mit denen?"

„Regina war schwanger."

„Von Henry?"

„Er behauptet, es sei sein Kind gewesen."

„Verdammt. Was für ein Schlamassel."

„Freddie hat mir von den sogenannten Ankerbabys erzählt. Ich hatte noch nie davon gehört.“

„Es ist ein ziemliches Problem. Die Zahlen sind in den vergangenen Jahren explodiert. Viele einwanderungswillige Frauen haben Zuflucht in einer Schwangerschaft gesucht, um im Land bleiben zu können. In den USA geborene Babys sind automatisch amerikanische Staatsbürger und ‚verankern‘ auf diese Weise ihre Mütter im Land.“

„Ich verstehe.“

„Das Gesetz kann nicht ohne Verfassungsergänzung geändert werden. Es gab einige Diskussion darüber, dieses Schlupfloch im vierzehnten Verfassungszusatz zu schließen, als es um den Gesetzesentwurf von O’Connor und Martin ging, aber es wurde nichts daraus.“

„Reginas Baby hätte also dafür gesorgt, dass sie im Land bleiben kann?“

„Höchstwahrscheinlich. Die Einwanderungsbehörde ist nicht darauf aus, Babys von ihren Müttern zu trennen. Das Land hat kein Interesse an solchen Zwangsmaßnahmen.“

„Ich wette, sie ist vorsätzlich schwanger geworden. Sie hat Henry erzählt, sie nehme die Pille, und er sagte, er habe die auch in ihrer Handtasche gesehen. Aber ich frage mich, ob sie sie wirklich genommen hat.“

„Du denkst, er ist hereingelegt worden?“

„Schwer zu sagen. Die Gefühle könnten echt gewesen sein, aber sie bekam auf dem Sofa von ihm genau das, was sie wollte.“

„Wow. Was hat er sich dabei gedacht?“

„Nicht viel, nehme ich an.“ Sam bemerkte seine Müdigkeit und Erschöpfung, die er stets vor ihr zu verbergen versuchte. „Sie brauchen Schlaf, Senator.“

„Werden wir darüber reden?“

„Worüber?“

Er hob eine Braue.

„Oh. Peter." Für eine ganze Weile hatte sie das fast vergessen. Aber nur fast. Sam wollte Nick beruhigen. Sie wollte ihm sagen, es gebe nichts, worüber sie sich Sorgen machen müssten. Vor einigen Wochen hätte sie auch genau das getan. Doch sie arbeitete daran, nichts mehr vor ihm geheim zu halten, und dazu gehörten auch ihre Sorgen.

„Sprich mit mir, Sam. Du musst deswegen außer dir sein."

„Ich versuche so lange nicht daran zu denken, bis es unbedingt sein muss."

„Wie kam es überhaupt dazu, dass über seine Entlassung verhandelt wird? Immerhin hat er versucht, dich umzubringen."

„Das stellt auch niemand infrage. Die Sicherung der Beweise hingegen schon." Sam knetete ihre Finger. „Wenn das durchkommt, wird es Cruz, Gonzo und Arnold fertigmachen. Wenn sie voreilig gehandelt haben, dann nur, weil Peter es auf mich abgesehen hatte."

Nick nahm ihre Hand und verschränkte seine Finger mit ihren. „Ich will nicht, dass du dir Sorgen machst. Wenn es tatsächlich passiert, werden wir uns gemeinsam etwas überlegen."

„Das macht es erträglich." Sie lehnte den Kopf an seine Schulter. „Die Vorstellung, dass er wieder auf freiem Fuß ist, macht mir Angst. Und dass er mich und dich erneut verfolgen könnte."

„Der wird nicht mehr in deine Nähe kommen." Ein Schauer überlief ihn. „Der bloße Gedanke, er könnte in Freiheit sein, macht mich verrückt. Ich werde alles in meiner Macht Stehende tun, um das zu verhindern."

„Ich habe es bereits gesagt, aber tu meinetwegen nichts Törichtes."

„Für wen sollte ich denn sonst törichte Dinge tun?"

„Mach keine Witze darüber."

„Ich mache keine Witze, Sam. Ich weiß, dass du sehr gut auf dich selbst aufpassen kannst, aber du kannst unmöglich von mir erwarten, dass ich tatenlos zusehe, wie dieser Wahnsinnige erneut hinter dir her ist."

Allein die Vorstellung machte Sam ganz krank. „Lass uns über etwas anderes reden, egal was."

Nachdem er einen Schluck Wein getrunken hatte, stellte er das Glas auf den Tisch. „Ich habe heute einen wirklich netten Jungen kennengelernt." Er erzählte ihr von Scotty und der spontanen Sympathie zwischen ihnen.

„Warum siehst du traurig aus, wenn du von ihm sprichst?"

„Tue ich das?" Er schien überrascht zu sein.

Sie nickte.

Nick zögerte. „Ihn kennenzulernen hat viele Erinnerungen zurückgebracht." Er fuhr durch ihre langen Haare, nachdem er die Klammer daraus gelöst hatte, mit der sie sie während der Arbeit zusammenhielt. „Und nicht alle waren gut."

Seine schwierige Kindheit war etwas, worüber er nicht oft sprach.

Sam stellte ihr Weinglas ebenfalls ab und zog seinen Kopf an ihre Brust.

„Würde es dir etwas ausmachen, wenn ich mich mit einem Zwölfjährigen anfreunde? Ich weiß, unser Leben ist chaotisch und es passiert viel, aber seit ich ihn kennengelernt habe, kann ich ihn einfach nicht vergessen."

„Natürlich würde es mir nichts ausmachen. Er scheint doch ein toller Junge zu sein."

„Ist er auch. Ich möchte, dass du ihn kennenlernst."

„Gern." Sie strich über sein Haar und küsste ihn auf die Stirn. „Was meinst du, wollen wir ein bisschen schlafen?"

„Mmm."

„Oben."

„Mmm hmm."

„Nick …"

„Nur ein paar Minuten, Schatz. Gib mir ein paar Minuten hier."

Da er an Schlaflosigkeit litt, nahm sie ihn fester in den Arm und gab ihm, was er brauchte.

Sam wachte auf, als Nick sie die Treppe hinauf nach oben trug. „Wie spät ist es?"

„Halb vier."

„Lass mich runter, ich bin zu schwer."

„Nein, bist du nicht."

Sie betrachtete sein Gesicht. „Hast du geschlafen?"

„Wie ein Stein."

„Wirst du wieder einschlafen können?"

Im Schlafzimmer stellte er sie auf die Füße und schaltete die Nachttischlampe an. „Hoffe ich." Als sie ihren Pullover ausziehen wollte, stoppte er sie. „Lass mich das machen."

Sam zwang sich stillzustehen, während er sie entkleidete und strategische Küsse auf jedes bisschen frisch entblößte Haut presste. „Bin ich an der Reihe?", fragte sie, als er fertig war.

„Klar", antwortete er und streckte die Hände nach ihr aus. „Da du die Einzige bist, die sich an meinem Reißverschluss zu schaffen machen darf, nur zu."

Sie gab ihm einen Klaps auf die Finger und befreite ihn rasch von der restlichen Kleidung. „Ich hätte diese

Bemerkung nicht machen sollen. Es ist nämlich nichts, weshalb ich mir ernsthaft Sorgen mache. Es hatte nur mit diesem Fall und der Situation mit Henry zu tun ..."

Er legte ihr den Zeigefinger unter das Kinn, damit sie ihn ansah. „Du wirst dir deshalb niemals Sorgen machen müssen. Das verspreche ich dir."

Sie schlang ihm die Arme um den Nacken und stellte sich auf Zehenspitzen, um ihn zu küssen. „Ich weiß."

„Komm." Er führte sie zum Bett.

Sam schmiegte sich in seine Umarmung.

„Hm, perfekt", sagte er, als sie auf ihm lag und er ihr die verspannten Schultern massierte.

„Du brauchst Schlaf", erinnerte sie ihn, die Massage genießend.

„Ich schlafe."

„Ein bestimmter Teil deines Körpers schläft definitiv nicht."

„Solange der wach ist ..." Er hob das Becken und umfasste ihren Po.

„Der ist immer wach."

„Nur, wenn du nackt neben mir im Bett liegst. Oder wenn du im selben Zimmer bist wie ich. Oder unter der Dusche. Oder im Auto. Oder ..."

Lachend brachte sie ihn mit einem Kuss zum Schweigen. „Da ich möchte, dass du schläfst, kümmere ich mich mal lieber um ihn."

„Ja, das wird wohl das Beste sein", meinte er mit einer ernsten Miene, die sie erneut zum Lachen brachte.

Sie stemmte sich hoch, setzte sich rittlings auf ihn und glitt mit ihrer warmen Feuchtigkeit über ihn.

Nick stöhnte und packte ihre Hüften, um sie zu ermutigen, ihn in sich aufzunehmen.

Sam fuhr jedoch fort, ihn zu reizen und genoss den

Ausdruck von Anspannung auf seinem Gesicht, während sie ihm verwehrte, was er heftig begehrte.

Plötzlich warf er sich mit ihr herum und drang tief und geschmeidig in sie ein.

Sam schrie auf und bog sich ihm entgegen, als er sich aus ihr zurückzog und gleich darauf wieder tief in sie eindrang.

Er schaute auf sie herunter und küsste sie.

„Nick …“

„Was, Liebes?“ Er bewegte das Becken, und Sam explodierte. Sie fest an sich gedrückt haltend, kam er mit ihr zusammen.

„Du meine Güte“, flüsterte sie. „Was war das denn?“

Er lachte und küsste sie noch einmal, bevor er von ihr herunterrollte. „Ich liebe dich, Samantha.“

Sie streckte den Arm über ihn hinweg aus, um das Licht auszuschalten. „Ich liebe dich auch.“

„Wann wirst du offiziell bei mir einziehen?“

„Ich schlafe jede Nacht hier. Ist das nicht offiziell genug?“

„Nicht, solange deine Sachen noch woanders wohnen.“

„Bist du dir sicher, dass du schon bereit bist für alles, was ich mitbringe?“

„Da bin ich mir sehr sicher.“

„Vergiss das nicht, wenn du, pingelig wie du bist, über mein Zeug stolperst und über mich fluchst.“

„Ich werde nie über dich fluchen.“

Sie spürte, wie er sich entspannte und kurz vor dem Einschlafen war. „Das sagst du jetzt. Habe ich denn schon die weiteren fünfzig Paar Schuhe erwähnt, die ich besitze?“

„Macht mir keine Angst.“

Sie küsste seine Brust und grinste. Er hatte ja keine Ahnung. Überhaupt keine Ahnung.

. . .

Sam ging die Rampe hinauf zum Haus ihres Vaters, der nur drei Türen entfernt von Nicks Haus in der Ninth Street wohnte. Auf dem Treppenabsatz überlegte sie einen Moment, ehe sie klopfte.

Celia öffnete und schien überrascht zu sein. „Warum klopfst du an?", wollte sie wissen und winkte ihre Stieftochter herein.

„Ihr beiden Verrückten seid doch noch in den Flitterwochen, da wollte ich nicht stören."

Celias gutmütiges Gesicht rötete sich. „Sei nicht albern. Und klopf nie wieder an diese Tür. Hast du verstanden?"

„Ja, Ma'am." Sam war froh über das herzliche Willkommen ihrer neuen Stiefmutter. Sie nahm an, dass sich wenig zwischen ihnen ändern würde, nachdem Skips Pflegerin seine Frau geworden war. Zunächst war Sam geschockt gewesen, als sie vor einigen Monaten erfahren hatte, dass Celia und ihr Dad bereits eine heimliche Beziehung unterhielten, als er angeschossen worden war. Sofort hatte Celia sich um seine häusliche Pflege gekümmert und war auf diese Weise schnell unverzichtbar für die Familie geworden, zu der sie inzwischen gehörte. „Wie geht's dem Bräutigam?"

„Ganz gut. Er war ein bisschen müde gestern, aber heute scheint es ihm besser zu gehen. Wir wollten uns einen ruhigen Tag machen. Wie geht es dir?"

„Hab während der Hochzeit einen Mord reinbekommen. Tut mir leid, dass wir früh weg mussten."

„Wenn die Pflicht ruft, musst du eben los. Das wissen wir."

„Die Pflicht hat in letzter Zeit ein bisschen zu oft

gerufen." Sie schluckte und hoffte, es richtig formulieren zu können. „Es war eine, äh, schöne Hochzeit."

„Ach, Schätzchen, wie nett von dir, das zu sagen." In Celias grüne Augen trat ein übermütiger Ausdruck. „Und jetzt verrate mir mal – hatte der Senator was mit der Putzfrau?"

Sam folgte Celia in die Küche. „Ich kann weder bestätigen noch bestreiten, dass ..."

„Wusste ich's doch! Seine arme Frau in Arizona, mit all den Kindern."

„Wehe, du sprichst mit jemandem darüber", warnte Sam sie. „Wir haben den Medien gegenüber die Affäre noch nicht bestätigt."

„Meine Lippen sind versiegelt", versicherte Celia ihr.

„Hast dir ein weiteres heißes Eisen eingefangen", bemerkte Metro Deputy Chief im Ruhestand Skip Holland. Sein Rollstuhl stand am Küchentisch, wohin Celia ihn geschoben hatte, damit er die *Washington Post* lesen konnte. Sein braunes, von Silber durchzogenes Haar war noch feucht vom Waschen, und seine scharfen blauen Augen waren auf seine jüngste Tochter gerichtet.

Sam gab ihm einen Kuss auf die Wange, setzte sich an den Tisch und nahm die Tasse Kaffee entgegen, die Celia ihr gab. Viel lieber wäre ihr eine Cola light gewesen, nach der sie sich morgens immer noch sehnte. Dr. Harry hatte ihr jedoch erst kürzlich eröffnet, die Kohlensäure zerstöre ihren Magen. Der Typ war die reinste Spaßbremse. „Es ist heiß und wird immer heißer", bestätigte Sam die Vermutung ihres Vaters.

Dann berichtete sie ihm von Reginas Schwangerschaft durch Lightfeather, vom Auffinden der Leiche von Maria Espanosa sowie ihrer Befürchtung, ein Serienmörder könnte es auf junge Einwanderinnen in der Stadt abgesehen haben. „Sie haben nichts gemeinsam, zumindest konnten wir bisher keine auffälligen Gemeinsamkeiten finden, abgesehen von ihrem Arbeitgeber."

„Ihr müsst mit den Kollegen reden", meinte Skip. „Vielleicht gab es doch eine Verbindung zwischen den beiden."

„Das steht für heute auf dem Programm." Sie drehte ihre Tasse zwischen den Fingern, ehe sie sagte: „Gestern habe ich gehört, dass Peter möglicherweise entlassen wird."

Ihr Vater und Celia erschraken.

„Das kann nicht dein Ernst sein", meinte Celia.

Sam erzählte ihnen, was sie wusste, obwohl es ihr äußerst unangenehm war, die beiden zu beunruhigen. Das gehörte zu ihren Bemühungen, neuerdings gegenüber denjenigen, die sie liebte, offener zu sein. „Nick wird mit Forrester sprechen", erklärte sie, auf den Bundesanwalt anspielend. „Aber ich habe ihm gesagt, er soll sich lieber nicht zu weit aus dem Fenster lehnen. Er muss an seinen Wahlkampf denken."

„Er muss ein paar Anrufe machen", meinte Skip mitfühlend. „Vielleicht kann er irgendwie dazu beitragen, dass dieser Wahnsinn aufhört."

„Seit wann hältst du denn etwas davon, Kontakte zu einflussreichen Freunden zu nutzen?", fragte Sam, um die Stimmung ein wenig aufzuhellen.

„Seit das Monster, das mein kleines Mädchen umzubringen versucht hat, möglicherweise aus der Haft entlassen wird."

„Versuchen wir, uns erst damit zu befassen, wenn wir müssen", sagte Sam und war ganz gerührt von seinen scharfen Worten. „Ich versuche es jedenfalls."

Celia tätschelte ihr die Schulter. „Das ist vermutlich leichter gesagt als getan, Schätzchen."

„Ich bin sicher, Farnsworth und Malone tun alles in ihrer Macht Stehende", meinte Skip.

„Ja, das tun sie." Sam wollte diese Diskussion über das unliebsame Thema möglichst schnell wieder beenden, deshalb stand sie auf und beugte sich zu ihrem Vater herunter, um ihn auf die Stirn zu küssen. „Ich muss los."

„Lass mich wissen, wenn ich irgendwie helfen kann."

„Ich schaue wahrscheinlich später noch mal rein und gehe alles mit dir durch. Jetzt weiß ich noch nicht genug."

„Ich werde da sein."

Sam lächelte. „Ich verlass mich drauf." Sie sah sich in der gemütlichen Küche um und war sehr erleichtert, dass ihr schwer verletzter Vater jemanden hatte, der ihn aufrichtig liebte und sich um ihn kümmerte. Das gab ihr die Freiheit, ihr eigenes Leben zu führen. Zum ersten Mal in den zwei Jahren, seit ihr Vater von einem unbekannten Täter bei einer Routine-Straßenkontrolle angeschossen worden war, konnte Sam aufhören, sich permanent Sorgen um ihn zu machen. „Nick drängelt übrigens, wann ich denn endlich offiziell bei ihm einziehe."

„Wird ja wohl auch Zeit", brummte Skip.

„Vermutlich hast du recht. Besonders da wir einen Hochzeitstermin haben." Sam konnte immer noch nicht ganz glauben, dass sie eingewilligt hatte.

„Ach ja?" Celia klatschte begeistert in die Hände. „Wann denn?"

„Äh, sechsundzwanzigster März."

Dieses Jahr?", fragten Skip und Celia gleichzeitig.

„Das war alles seine Idee. Er ist überzeugt davon, es hinzubekommen."

„Ach du liebe Güte!", rief Celia aus. „Wir müssen uns sofort an die Arbeit machen!"

„Nick wollte jemanden engagieren, der sich um die

Details kümmert." Sam hoffte, dass die beiden diese dreiste Lüge nicht gleich durchschauten. So sehr sie ihre Stiefmutter auch mochte, unter gar keinen Umständen würde sie Celia die Organisation ihrer Hochzeit überlassen. Niemals. „Wahrscheinlich machen wir es auf diese Weise." Nick kannte bestimmt jemanden, der sich um alles kümmern würde. Sie fragte sich, weshalb sie nicht schon früher darauf gekommen war. „Tja, ich muss los. Wir sehen uns."

„Sag Bescheid, wenn wir dir bei der Hochzeit helfen sollen", rief Celia ihr nach.

„Ganz bestimmt", rief Sam zurück und verschwand mitsamt ihrem schlechten Gewissen.

11

Sam betrachtete die Gesichter der Detectives, die sich im Konferenzraum versammelt hatten, um die Fakten der Fälle de Castro und Espanosa durchzugehen. Einige sahen aus, als litten sie an der Montagmorgenkrankheit, besonders Cruz, der ständig gähnte. Und Gonzales schien mit seinen Gedanken ganz woanders zu sein. Es war Sam unangenehm, ihren drei treuen Detectives die Situation mit Peter Gibson beibringen zu müssen, doch sie musste dafür sorgen, dass sie es nicht aus der Gerüchteküche erfuhren, die sicher längst brodelte.

Nachdem sie also die bereits bekannten Fakten durchgegangen war, verteilte Sam die anstehenden Aufgaben und schickte die anderen los. „Detectives Cruz, Gonzales und Arnold", sagte sie. „Kann ich euch einen Moment sprechen?"

Die drei blieben stehen und warteten, bis die anderen den Raum verlassen hatten.

„Macht die Tür zu", forderte Sam sie auf.

„Was ist denn los, Lieutenant?", wollte Cruz wissen.

„Gestern habe ich erfahren, dass Peter Gibsons Anwalt

eine Haftprüfung beantragt hat, um zu klären, ob die in Gibsons Wohnung sichergestellten Beweise vor Gericht zugelassen werden können, weil sie ohne richterlichen Durchsuchungsbeschluss gesammelt wurden."

Wie nicht anders zu erwarten war, brach ein Proteststurm los.

Sam hob die Hände, um sie zu beschwichtigen. „Ich weiß genau, was schiefgelaufen ist, aber ich hätte es ganz genauso gemacht. Wir hatten schließlich allen Grund zu der Annahme, dass er es war."

„Nur gab es zum fraglichen Zeitpunkt lediglich einen Verdacht", sagte Gonzo. „Keine echten Beweise."

„Ja." Sam war nicht überrascht, dass er als Erster darauf gekommen war, welche Argumente der Gibson-Anwalt bei der bevorstehenden Anhörung anbringen würde. „Ich möchte eines klarstellen – ganz egal, was passiert, ich gebe euch keine Schuld. Und ich will nicht, dass ihr euch selbst die Schuld gebt. Wir standen alle unter Adrenalin und enormer Anspannung an jenem Tag. Ich bin immer noch dankbar dafür, wie schnell ihr alle gearbeitet habt, um ihn zu finden und zu verhaften."

„Tja, anscheinend haben wir ein bisschen zu schnell gearbeitet", brummte Cruz, sichtlich betroffen von der Neuigkeit.

„Kann schon sein, aber warten wir erst mal ab, was der Richter zu sagen hat, bevor wir voreilige Schlüsse ziehen. In der Zwischenzeit gibt es zwei Mordopfer, die jetzt unsere ganze Aufmerksamkeit brauchen. Also richten wir unsere Konzentration dorthin, wo sie benötigt wird."

Unter zustimmendem Gemurmel gingen sie zur Tür, allerdings mit hängenden Schultern und gesenkten Köpfen. Sam tat es leid, ihre Kollegen so zu sehen. „Detective Gonzales, einen Moment noch, ja?"

Nachdem Cruz und Arnold den Raum verlassen hatten, musterte Sam erneut Gonzales' Gesicht und war besorgt über seine untypische Blässe. „Geht es dir heute besser?"

„Ja. Sorry wegen gestern. Mir ist was dazwischengekommen, um das ich mich kümmern musste."

„Aber jetzt ist alles wieder in Ordnung?"

Er zögerte. „Es wird in Ordnung kommen. Hoffe ich."

„Kann ich etwas tun?"

Erneut zögerte er, und sie begriff, dass ihn irgendetwas quälte. „Gonzo, was ist los?" Sie hoffte inständig, dass er nicht antworten würde, mit Christina laufe es nicht gut. Sam wollte nichts über die Einzelheiten ihrer Liebesbeziehung wissen, da sie mit Freddies Beziehungsproblemen schon genug zu tun hatte.

Gonzos Miene war so gequält, dass Sam Angst bekam. „Setz dich." Sie deutete auf einen Stuhl und nahm neben ihrem Kollegen Platz. „Rede."

Er ließ sich auf den Stuhl fallen und seufzte dramatisch. „Anscheinend habe ich einen Sohn."

Sie starrte ihn an. „Wow."

„Das habe ich auch gesagt." Er berichtete ihr, was er wusste und welche Schritte er unternehmen würde hinsichtlich des Vaterschaftsnachweises und des Sorgerechts. „Ich hoffe, es ist okay, dass Christina den Kontakt hergestellt hat zu Nicks Freund und Anwalt Andy. Der ist auf Familienrecht spezialisiert. Mir ist klar, dass ich dich vorher hätte anrufen sollen."

„Natürlich ist das okay", versicherte Sam ihm. „Du hast absolut richtig gehandelt. Was wissen wir über die Mutter und ihren Freund?"

„Über ihn nichts, nur dass er wie ein Biker aussieht. Tattoos überall, Lederklamotten und so. Macht ihn noch nicht zum Kriminellen, aber er hat schlechte Schwingungen ausgesandt."

„An deiner Stelle würde ich mir mal den Nachnamen von dem Kerl besorgen und beide überprüfen, ob sie Vorstrafen haben."

„Nur darf ich keine polizeilichen Quellen für private Angelegenheiten nutzen."

„Deine Vorgesetzte hat das auch nie vorgeschlagen, und du hast ihr gegenüber nicht erwähnt, dass du Polizeimittel für Privatangelegenheiten nutzen willst."

„Natürlich nicht." Die Andeutung eines Lächelns huschte über sein Gesicht. „Diese Sache wird meine Arbeit nicht beeinträchtigen. Keine Sorge."

„Kam mir auch nie in den Sinn, dass das passieren könnte. Lass mich wissen, wie ich dir helfen kann."

„Danke. Ich wäre dir dankbar, wenn das vorerst unter uns bleiben könnte. Bis ich weiß, ob es mein Sohn ist ..."

„Ich verstehe."

Er stand auf und wirkte erleichtert, diese Last mit jemandem geteilt zu haben. „Danke, Lieutenant."

„Jederzeit."

„Diese Sache mit Gibson ... falls er rauskommt, ist es meine Schuld. Ich hätte es besser wissen müssen."

„Nicht", warnte Sam ihn. Da er der dienstälteste Detective war, hatte sie keine andere Reaktion von ihm erwartet als genau das, was er an jenem Abend in Gibsons Wohnung getan hatte. „Nimm es nicht allein auf deine Kappe. Ihr wart zu dritt, und ich wusste doch, was ihr tun würdet. Selbst meinem Dad und Malone war das klar. Jeder von uns hätte euch stoppen können, genauso leicht, wie ihr es hättet stoppen können. Wir können die Geschichte jetzt nicht mehr umschreiben, sondern müssen nach vorne schauen."

„Wie kannst du nur so ruhig bleiben?“

„Innere Abschottung. Solltest du mal versuchen.“

„Die Idee ist wohl so gut wie jede andere. Ich kann immer noch nicht fassen, was an diesem Wochenende alles passiert ist.“

„Bleib dran und sag mir Bescheid, ob und wie ich dir helfen kann.“

„Danke.“

Auf dem Weg zur erneuten Befragung von JoAnn Smithson rief Sam Nick an. „Du kannst mich gern verrückt nennen“, sagte sie, als er sich meldete. „Aber ich hatte heute Morgen meine wohl brillanteste Idee aller Zeiten.“

Er klang amüsiert. „Na, ich kann es kaum erwarten, die zu hören.“

„Du wirst nicht mehr lachen, wenn du meine Idee gehört hast, sondern dich in meiner Brillanz sonnen.“

Freddie auf dem Beifahrersitz gab Laute von sich, als müsste er sich übergeben.

Sam warf ihm einen finsteren Blick zu.

„Mir stockt der Atem vor Spannung“, meinte Nick.

„Gut. Das gefällt mir. Was hältst du davon, wenn wir jemanden engagieren, der sich um den ganzen Hochzeitskram kümmert?“

„Jemanden engagieren? Um *unsere* Hochzeit zu planen?“

„Ja, genau. Die können sich um das Wo und Wie kümmern. Wir kümmern uns um die Einladungen, die Kleidung und persönliche Dinge.“

„Ich weiß nicht, Sam. Wie können wir etwas so Wichtiges und Persönliches einem völlig fremden Menschen überlassen?“

„Wie wäre es, wenn wir die Planung unseres wichtigsten

Tages einem ausgebildeten Profi überlassen, der uns exakt sagt, was wir tun müssen, damit wir absolut stressfrei heiraten können, ohne uns selbst um alles kümmern zu müssen?"

„Na ja, wenn du es so formulierst ... kennst du denn jemanden, der auf magische Weise Hochzeiten ermöglicht?"

„Nein, aber du bestimmt."

„Ich kann dir versichern, dass ich niemanden kenne. Du erinnerst dich vielleicht daran, dass dies mein erstes Rodeo ist."

„Ach komm schon. Bei deinen Kontakten, da kennt doch bestimmt jemand jemanden, der jemanden kennt. Hör dich um, und am Ende des Tages hast du ein Dutzend Leute zusammen, die das machen wollen."

„Du schlägst doch nicht ernsthaft vor, dass ich unsere neue Berühmtheit ausnutzen soll?"

„Vielleicht doch. Die könnte uns endlich mal nützlich sein."

„Na schön. Wenn du dir sicher bist, dass du das willst, kümmere ich mich darum."

„Gut. Danke. Ich verspreche dir, es wird verhindern, dass wir in den kommenden sechs Wochen den Verstand verlieren."

„Apropos Verstand verlieren, ich habe gerade mit Forrester telefoniert."

Bei der Erwähnung des Bundesanwaltes verschwand Sams gute Laune. „Und?"

„Nachdem er mich dafür getadelt hat, mein Amt zu missbrauchen, hat er mich darüber informiert, dass er nicht geneigt sei, der Polizei einen Gefallen zu tun."

„Ist er nicht Republikaner?"

„He, wie bist du denn darauf gekommen?"

„Tja, danke jedenfalls, dass du es probiert hast."

„Ich habe noch einige andere Eisen im Feuer.“

„Im Ernst, Nick, handle dir keinen Ärger ein wegen dieser Sache. Er ist es nicht wert.“

„Mach dir um mich keine Gedanken, Samantha.“

„Ich bin aber nun mal besorgt, dass du meinetwegen etwas unternimmst, das dich in politische Schwierigkeiten bringt. Das können wir nicht auch noch gebrauchen.“

„Ich verstehe dich, Schatz, aber jetzt muss ich mich sputen. Ausschusssitzung in zehn Minuten.“

„Bis später.“

„Pass auf dich auf da draußen.“

„Mach ich immer.“ Sam fuhr auf den Parkplatz vor der Verwaltung von Capitol Cleaning Services und stellte den Motor aus.

„Die Idee mit dem Hochzeitsplaner ist gut“, meinte Freddie.

„Freut mich, dass du mir zustimmst. Und ich habe noch eine brillante Idee, die ich dir verraten wollte.“

„Ach, und welche?“

„Lade deine Mutter und Elin zum Abendessen ein. Gib ihnen die Chance, ein wenig Zeit in einer entspannten Umgebung miteinander zu verbringen.“

„Hilfst du mir wirklich bei meinem Problem, obwohl ich dir ein Riesenproblem eingebrockt habe?“

„Wie kommst du darauf? Welches Problem meinst du?“

„Hallo? Gibson? Ich kann verdammt noch mal nicht glauben, dass der unter Umständen freikommt.“

„Ich sage dir das Gleiche, was ich auch zu Gonzo gesagt habe – es ist nicht deine Schuld. Mir war klar, was ihr macht, mein Dad und Malone wussten es auch. Niemand von uns hat euch aufgehalten.“

„Wir hätten auf den Durchsuchungsbeschluss warten müssen.“

„Mag sein, aber ihr hattet guten Grund zu der Annahme, dass er Material zum Bau einer Bombe in seiner Wohnung hat. Ich hätte auch nicht gewartet."

„Sam, wenn der rauskommt …"

Sie hob die Hand, damit er verstummte. „*Falls* er rauskommt, werde ich mich damit auseinandersetzen. Jetzt muss ich das noch nicht."

„Tut mir leid", meinte er und wirkte nach wie vor bestürzt und bedauernd. „Ich fühle mich schrecklich wegen dieser Sache. Ich wollte ihn damals unbedingt hinter Gitter bringen."

„Das wollten wir alle. Aber reden wir über das Abendessen, zu dem du deine Mutter und Elin einladen wirst."

Sie konnte sehen, wie er sich sammelte, um die möglicherweise bevorstehende Entlassung Gibsons zu vergessen. „Ich dachte, du magst sie ebenso wenig, wie meine Mutter sie mag."

„Ich lehne sie nicht ab. Ich frage mich nur, ob sie die Richtige für dich ist."

„Aber du bietest mir nach wie vor deinen Rat an?"

„Du sagst, sie sei das, was du willst. Das versuche ich zu respektieren." Sam stieg aus. „Mach das mit dem Abendessen oder lass es."

„Hm, es ist keine schlechte Idee."

„Wow, danke."

„Wir stecken tief in unseren Ermittlungen. Was schlägst du vor, wann ich die beiden zum Essen einladen soll?"

„Heute ist Montag", überlegte Sam laut. „Peil mal Freitag an. Bis dahin müssten wir den Fall gelöst haben."

Er folgte ihr in das Gebäude. „Und wenn nicht?"

„Dann gebe ich dir trotzdem einen Abend frei."

„Und den Abend davor zur Vorbereitung?"

Sam warf ihm einen finsteren Blick zu. „Na schön, den Abend vorher auch."

„Dann probiere ich es mit deiner Idee und der freien Zeit."

„Wieso bin ich die Dumme dabei?", beschwerte sich Sam.

Freddie lachte. „Ich habe von der Besten gelernt."

Sam und Freddie trafen JoAnn Smithson im Vorzimmer ihres Büros mit mehreren Kolleginnen. Alle waren in Tränen aufgelöst.

„Oh", rief Mrs. Smithson, als sie die beiden entdeckte. „Detectives! Irgendwer bringt meine Angestellten um! Ich verstehe das nicht."

„Versuchen Sie sich zu beruhigen, Mrs. Smithson", forderte Sam sie auf. „Wir tun alles, was wir können, um den Mörder zu finden." Sie führte sie ein Stück weg von den anderen Frauen und erklärte: „Ich benötige eine Liste all Ihrer Angestellten – ihre Namen, ihre Adressen, ihren Aufenthaltsstatus und sonstige Informationen, die für uns von Bedeutung sein könnten."

„Ich kann Ihnen keine persönlichen Informationen über meine Angestellten geben."

„Können Sie es mit Ihrem Gewissen vereinbaren, wenn eine weitere Mitarbeiterin getötet wird?"

Mrs. Smithson wischte sich die Tränen von den Wangen. „Natürlich nicht."

„Dann helfen Sie uns bei unseren Ermittlungen, damit wir dafür sorgen können, dass niemand mehr zu Schaden kommt."

„Ich brauche ein paar Minuten, um die Liste für Sie auszudrucken."

„Wir warten."

Sie eilte davon.

„Ich habe mir überlegt", meinte Freddie, „dass wir diese Liste abgleichen sollten mit den Büros, die sie gereinigt haben, um herauszufinden, ob es da ein Muster gibt."

„Das ist ein guter Vorschlag. Sag Mrs. Smithson, dass wir diese Information auch gern hätten."

„Mach ich, Boss."

Da Sam einige Minuten zu überbrücken hatte, rief sie Lindsey an. „Was haben Sie für uns, Doc?"

„Ein weiteres schwangeres Opfer."

„Was Sie nicht sagen."

„Fünfzehnte Woche."

„Entsetzlich. Was zur Hölle geht da vor sich?"

„Ich habe keine Ahnung", erwiderte Lindsey. „Aber ich bin überzeugt davon, dass wir es herausfinden werden."

„Was haben Sie sonst noch in Erfahrung bringen können?"

„Diesmal haben wir nur Sperma von einem Mann gefunden. Allerdings habe ich den Eindruck, dass es sich um einen ziemlich arroganten Kerl handeln muss."

„Wie kommen Sie darauf?"

„Haben Sie einen Moment?"

Sam schaute zu dem Büro, wo Freddie mit den Kolleginnen der Toten sprach. „Ja."

„Wäre ich ein Mann, der Frauen vergewaltigt und ermordet, würde ich doch dafür sorgen, auf keinen Fall Spuren zu hinterlassen. Schon gar nicht meine Visitenkarte. Ich tippe also darauf, dass wir nach jemandem suchen, der überzeugt davon ist, niemals geschnappt zu werden. Als stünde er über solch niedrigen Dingen wie der Strafjustiz."

„Das ist eine gute Theorie", räumte Sam ein. „Ich brauche jetzt von Ihnen die Bestätigung, dass die bei Maria gefundene DNA mit der des zweiten Mannes bei Regina übereinstimmt."

„Prüfe ich gerade. Sobald ich Gewissheit habe, melde ich mich wieder."

„Großartig, danke." Sam beendete das Gespräch, als Freddie zu ihr kam und die von Mrs. Smithson erbetene Liste mitbrachte. „Halten wir beim Rathaus und finden wir heraus, mit wem Regina verheiratet war. Wenn wir uns mit dem Mann unterhalten haben, nehmen wir uns die Einwanderinnen vor und schauen, was wir finden. Aus irgendeinem Grund hat der Täter es auf sie abgesehen."

„Einverstanden, Boss."

Sam wartete ungeduldig darauf, dass die Rathausangestellte Reginas amtliche Heiratserlaubnis fand. „Man sollte meinen, die haben das heute alles im Computer", flüsterte sie Freddie zu.

„Ja, sollte man eigentlich meinen."

Die Angestellte kehrte einige Minuten später zurück und hatte einen Ordner bei sich. „Da haben wir es." Sie legte den Ordner auf den Tresen und drehte ihn, damit Sam und Freddie die Heiratserlaubnis lesen konnten.

„Aidan O'Hurley", las Freddie vor, während Sam den Namen schon aufschrieb.

„Gib ihn durch. Mal sehen, ob wir ihn in unseren Dateien haben."

Freddie telefonierte auf dem Rückweg zum Wagen. „Treffer", verkündete er. „Eine Anklage wegen Einbruch vor vier Jahren. Er ist auf Bewährung."

„Na, endlich eine Spur", sagte Sam. Ein Anruf bei O'Hurleys Bewährungshelfer ergab den Arbeitsplatz des Gesuchten, ein Restaurant in der Massachusetts Avenue. „Fahren wir."

Sie parkten in zweiter Reihe vor dem Restaurant und zeigten drinnen ihre Polizeimarken. Eine der Kellnerinnen zeigte zur Küche, wo Aidan am Grill arbeitete. Er war von mittlerer Größe und Statur, hatte rote Haare und blaue Augen.

„Ach du Schande", meinte er, als sie ihm ihre Marken vor die Nase hielten. „Was ist denn jetzt schon wieder? Ich hab doch erst gestern mit meinem Bewährungshelfer gesprochen. Um was es auch geht, ich war's nicht."

„Wann haben Sie Regina das letzte Mal gesehen?", wollte Sam von ihm wissen.

„Wen?"

„Ihre Exfrau, Arschloch."

„Shit, diese Schlampe?" Er wendete Burger und briet Zwiebeln an, während er redete. „Ist über ein Jahr her, dass ich sie gesehen habe. Größter Fehler, den ich je begangen hab. Die wollte bloß 'ne Greencard von mir. Hat mich benutzt."

„Warum sagen Sie das?"

„Weil sie weg war, sobald sie die Arbeitserlaubnis hatte. Ich dachte, sie wär zu Hause, um ihre Mutter zu besuchen. Aber dann kriegte ich die Scheidungspapiere. Zu dumm, dass die Einwanderungsbehörde misstrauisch wurde, als sie die Scheidung einreichte."

„Die haben ihre Arbeitserlaubnis aufgehoben?"

Er nickte. „Sie hat nur noch ein Arbeitsvisum bekommen, aber das war zeitlich begrenzt."

„Sie haben sie nie wiedergesehen?"

„Nö. Die brauchte mich nicht mehr, und ich hatte ihr nichts mehr zu sagen."

„Wie lange waren Sie verheiratet?"

„Alles in allem vielleicht fünfzehn Monate. Zehn davon waren wir zusammen."

„Und während der ganzen Zeit haben Sie absolut nicht geahnt, dass sie Sie nur benutzt?", fragte Freddie.

„Ich habe den Fehler gemacht, mich in sie zu verlieben." Für einen Moment schien er den Erinnerungen nachzuhängen, aber dann fiel ihm offenbar der Schmerz wieder ein. „Worum geht es denn überhaupt? Steckt sie in Schwierigkeiten? Würde mich nicht überraschen."

„Sie wurde Samstagnacht getötet", informierte Sam ihn.

Er hielt mit dem Wenden der Burger inne. „Getötet? Was ist denn passiert?"

„Sie wurde in ihrer Wohnung ermordet."

„O Mann, das kann ich nicht glauben."

„Wo waren Sie Samstagnacht?"

Seine Augen traten hervor. „Sie glauben doch nicht … ich habe sie gehasst für das, was sie mit mir gemacht hat, aber ich hätte ihr niemals etwas angetan."

„Wo waren Sie?"

„Hier. Von zwei bis Mitternacht."

„Sie waren die ganze Zeit hier?"

„Bis zum Ende meiner Schicht."

„Kann das jemand hier bestätigen?"

„Klar, der Manager. Der ist vorn."

Nachdem sie sich Aidans Alibi hatten bestätigen lassen, verließen Sam und Freddie das Restaurant.

„Eine weitere Sackgasse", stellte Sam fest.

Gonzo klopfte an die Tür der Wohnung über Marias Apartment und wartete ungeduldig. Er hatte Sam versichert, seine private Situation habe keinen Einfluss auf seine Arbeit, aber das war leicht gesagt. Er vibrierte förmlich vor innerer Anspannung, während er darauf wartete, irgendetwas von Andy zu hören.

Die Tür wurde geöffnet, und eine Frau mittleren Alters begrüßte ihn sowie seine Polizeimarke mit einem mürrischen Grunzen. „Geht's um Maria?", wollte sie wissen.

„Detective Gonzales, Metro Police. Dürfte ich wohl einen Moment Ihrer Zeit beanspruchen?"

Sie musterte ihn gründlich, ehe sie ihn in ihre Wohnung ließ.

„Würde es Ihnen etwas ausmachen, mir Ihren Namen zu nennen?"

„Debbie Hopkins."

„Wohnen Sie schon lange hier?"

„Sechs Jahre."

„Und Maria?"

„Ein paar Jahre, nehme ich an. Ich kannte sie nicht sehr gut."

„Es wäre sehr hilfreich, wenn Sie mir alles erzählen würden, was Sie über sie wussten."

„Sie sprach nicht viel, war aber nicht unfreundlich. Einfach nur still."

„Traf sie sich mit jemandem?"

„Nicht dass ich wüsste, aber sie hielt sich auch nicht oft hier auf. Sie hat viel gearbeitet."

„Arbeitete sie ausschließlich für die Reinigungsfirma?"

„Das weiß ich nicht. Es schien, als arbeite sie jeden Abend. Morgens hörte ich ihre Dusche, weil die Rohre klappern."

Gonzos Handy klingelte. „Entschuldigen Sie mich, ich muss das entgegennehmen."

Sie bedeutete ihm, es ruhig zu tun.

Sein Herz schien kurz auszusetzen, als er Loris Nummer auf dem Display erkannte. „Hallo?"

„Musstest du beschissene Sozialarbeiter vorbeischicken? Willst du mich vielleicht verarschen?"

„Warte mal …“

„Nein, *du* wartest. Ich bereue es, dass ich dich jemals angerufen habe. Du kannst dein Geld behalten und deine Sozialarbeiter und deinen DNA-Test. Halt dich bloß scheiße nochmal fern von uns.“

„Ich werde mich von meinem Sohn nicht fernhalten, Lori. Das Geld und alles andere ist mir egal. Ich will mein Kind.“

„Dann sehen wir uns vor Gericht, denn solange ich etwas zu sagen habe, kommst du nicht die Nähe meines Sohnes!“

Bevor er darauf etwas erwidern konnte, war die Leitung tot. Seine Hände zitterten, als er das Telefon wieder einsteckte. Er brauchte einen Moment, bis er sich wieder gefasst hatte und die Befragung fortsetzen konnte. „Verzeihen Sie die Unterbrechung“, sagte er und bemühte sich um einen ruhigen Ton, obwohl er am liebsten laut losgeschrien hätte. Er zog eine Visitenkarte aus der Tasche und reichte sie Debbie. „Falls Ihnen noch etwas einfällt, was uns bei den Ermittlungen weiterhelfen könnte, rufen Sie mich bitte an.“

„Reden Sie mal mit Mrs. Ellison in 4B. Ich glaube, die verstanden sich ganz gut.“

„Danke“, sagte Gonzo und war froh, das luftleere Apartment verlassen zu können.

Draußen setzte er sich auf die Treppenstufen und atmete tief die frische Luft ein. Als er sich etwas beruhigt hatte, rief er Andy an.

Der Anwalt meldete sich, und Gonzo erklärte: „Wir haben ein Problem.“

. . .

Sam klopfte an die Tür von Selina Rameriz' Apartment. Die Angestelltenliste der Nicht-Einwanderer hatten McBride und Tyrone bekommen. „Miss Rameriz", rief Sam und klopfte weiter. „Metro Police. Wir müssen mit Ihnen über Regina und Maria sprechen."

„Ich habe Ihnen nichts zu sagen", kam es mit leiser Stimme aus der Wohnung. Ihr Englisch war gut, aber nicht ohne Akzent. Von Mrs. Smithson wussten sie, dass Selina Kolumbianerin war.

„Miss Rameriz, bitte öffnen Sie die Tür. Wir wollen uns nur mit Ihnen unterhalten. Sie bekommen keinen Ärger."

„Zeigen Sie mir Ihren Ausweis."

Sam und Freddie hielten die Ausweise vor den Spion.

Eine weitere Minute verging, ehe von innen die Schlösser entriegelt wurden. Die Tür ging auf, und zum Vorschein kam eine zierliche junge Frau mit dunklen Haaren und dunkler Haut. Sie hatte die Arme schützend um sich gelegt. „Was wollen Sie?" Ihre Augen waren gerötet, und sie sah erst Sam und Freddie an, dann an ihnen vorbei in den Flur.

„Sind Sie bedroht worden, Miss Rameriz?", erkundigte Sam sich.

Sie schüttelte den Kopf. „Jemand bringt Leute um, mit denen ich zusammenarbeite. Ich habe Angst."

„Wissen Sie von jemandem, mit dem die beiden zu tun hatten und der ihnen möglicherweise etwas antun wollte?"

Sie schüttelte erneut den Kopf.

„Haben Sie mit einer der beiden gelegentlich Ihre Freizeit verbracht?"

„Nein."

„Können Sie uns irgendetwas über Freunde der beiden erzählen? Trafen sie sich mit irgendwelchen Männern?"

„Nein, tut mir leid. Davon weiß ich nichts."

Sam sah zu Freddie.

Er gab Selina seine Karte. „Wenn Ihnen noch etwas einfällt, was uns bei den Ermittlungen weiterhelfen könnte, rufen Sie mich bitte an."

Sie nahm die Karte, machte die Tür wieder zu und verriegelte sie mehrfach von innen. „Das arme Mädchen hat schreckliche Angst", meinte Freddie, als sie wieder draußen standen.

„Ich werde das Gefühl nicht los, dass sie mehr wusste, als sie gesagt hat."

„Geht mir genauso. Behalten wir sie auf unserer Liste und reden später noch mal mit ihr, falls wir mit den anderen nicht weiterkommen. Möglicherweise erreichen wir etwas, wenn wir sie mit ins Hauptquartier nehmen. Wer ist der Nächste?"

12

Nachdem sie mit fünf weiteren Angestellten von Capitol Cleaning Services gesprochen hatten, was zu ähnlichen Ergebnissen führte, kehrten Sam und Freddie am Ende ihrer Schicht ins Hauptquartier zurück. Frustriert von der Verschlossenheit der Frauen, mit denen sie geredet hatten, versammelte Sam die anderen mit dem Fall betrauten Detectives im Konferenzraum, um alle über den neuesten Stand zu informieren.

„Jemand erzählt mir jetzt bitte, dass er irgendetwas hat, womit wir arbeiten können", sagte Sam. „Dieser Fall geht mir allmählich auf die Nerven."

„Ich habe etwas Interessantes gefunden", verkündete Jeannie McBride.

„Wo kommst du eigentlich her?", fragte Sam den weiblichen Detective von der dritten Schicht. „Solltest du nicht schlafen?"

Jeannie grinste verlegen. „Ich konnte nicht schlafen, deshalb bin ich zurückgekommen."

„Hört ihr das, Jungs?", wandte Sam sich an die anderen. „Seht euch diese Hingabe für den Job an." In den düsteren

Blicken der Kollegen und dem strahlenden Gesicht von Jeannie badend, bedeutete Sam der Kollegin, fortzufahren mit ihrem Bericht.

„Ich habe mir Reginas und Marias Finanzen mal genauer angesehen. Beide haben vor Kurzem ihren Familien daheim größere Summen überwiesen. Maria hat siebeneinhalbtausend Dollar geschickt, Regina fünftausend."

Sam stieß einen leisen Pfiff aus. „Woher bekommen Reinigungsfrauen, die siebzehn Dollar die Stunde verdienen, so viel Geld?"

„Die haben nebenbei etwas verdient – mit Drogen, Glücksspiel, Prostitution", meinte Freddie. „Irgendetwas, das viel Geld bringt."

„Wären sie ein solches Risiko eingegangen, wo sie doch verzweifelt versucht haben, im Land zu bleiben?", gab Gonzo zu bedenken. „Wenn man sie geschnappt hätte, wären sie automatisch abgeschoben worden."

„Wenn sie und ihre Familien das Geld dringend gebraucht haben, dann könnten sie ein solches Risiko eingegangen sein", vermutete Jeannie.

„Und die Babys waren doch ihre Versicherung, hierbleiben zu können, falls alles andere scheitert", sagte Sam und sah, wie sich die Puzzleteile zusammenfügten. „Ich wüsste wirklich gern, wer Maria geschwängert hat."

„Ihre Nachbarin, Mrs. Ellison, verstand sich ganz gut mit Maria", berichtete Gonzo. „Aber sie hat sie nie mit einem Mann gesehen oder sie davon reden hören, dass sie mit jemandem zusammen ist."

„Überprüf mal ihren Reisestatus", bat Sam Cruz. „Finde heraus, ob sie kürzlich in ihrer Heimat war. Der Vater des Babys könnte von dort stammen. Sieh dir die Familie genau an, vielleicht gab es da einen Mann, der als Vater infrage kommt."

Cruz machte sich Notizen zu ihren Anweisungen.

„Ich würde außerdem gern erfahren, was den beiden Familien über die Herkunft des Geldes gesagt wurde. Es werden Lügen gewesen sein, trotzdem will ich wissen, wie die Frauen das Geld begründet haben."

Freddie fügte das seiner Liste hinzu.

„Irgendetwas über die Büros, die sie geputzt haben?", fragte Sam.

„Sie haben beide im Hart Building gearbeitet", berichtete Detective Arnold. „Außer bei Lightfeather putzte Regina auch noch in Ackermans und Cooks Büro."

„Ah, unser alter Freund Senator Cook", bemerkte Sam und sah zu Freddie. Wegen einiger aufrührerischer Aussagen, die der Senior Senator aus Virginia in Nicks Beisein über Julian Sinclair gemacht hatte, hatten Sam und Freddie Cook nach dem Mord an dem Kandidaten für den obersten Gerichtshof befragt. Zu behaupten, Cook sei nicht gerade freundlich gewesen, drückte es noch milde aus.

„Maria reinigte Lewis', Cappuanos, Trents und Stenhouse' Büro", fuhr Arnold fort und warf ihr bei der Erwähnung von Nicks Namen einen nervösen Blick zu.

„Noch eine unangenehme Begegnung mit der Vergangenheit", stellte Sam fest. Der Mehrheitsführer im Senat, William Stenhouse, war ein erbitterter Feind des ehemaligen Senators Graham O'Connors gewesen, dem Vater von John O'Connor. Sam hatte Stenhouse im Zuge der Ermittlungen im Mordfall John O'Connor befragt, und wie sein Kollege Cook war Stenhouse empört und zornig gewesen über die Annahme, er könnte möglicherweise irgendetwas mit einem Mord zu tun haben. „Sehr interessant. Übrigens hat Nick erwähnt, dass er Maria gekannt hat und sie sein Büro gereinigt hat."

Diese Bemerkung wurde mit anerkennendem Gemurmel bedacht. Sie hasste es, wenn ihre beiden Welten auf diese Weise miteinander kollidierten.

„Ich möchte, dass jemand Selina einen Tag oder länger beobachtet", entschied Sam. „Sie hat heute etwas verheimlicht, als ich mich mit ihr unterhalten habe. Ich will wissen, was das ist."

„Tyrone und ich übernehmen heute Abend die erste Schicht", bot Jeannie an.

„Ausgezeichnet", lobte Sam sie. „Die Streifenpolizei soll die Fotos der beiden Toten noch einmal in den Läden, Supermärkten und Restaurants herumzeigen. Wir müssen noch weitere Leute finden, die sie gekannt haben. Ich brauche Spuren."

„Wird gemacht", erwiderte Jeannie.

„Die anderen sehe ich morgen früh wieder", sagte Sam.

Während alle den Konferenzraum verließen, gab Gonzo Cruz ein Zeichen, ihm ein Stück den Flur entlang zu folgen.

„Was ist los, Mann?", wollte Cruz wissen, sobald sie allein waren.

„Diese Sache mit Gibson ..."

Cruz stöhnte. „Ich kann es nicht fassen. Wir haben es total vermasselt, und wenn er entlassen wird ..."

„Mich macht es auch völlig fertig."

„Ich gehe es in Gedanken wieder und wieder durch. Wieso haben wir nicht auf den Durchsuchungsbeschluss gewartet?"

„Weil wir wussten, dass wir ihn haben. Wir wollten ihn drankriegen für das, was er mit Sam gemacht hat."

„Ja“, meinte Cruz bedauernd. „Ich wünschte, wir könnten es noch einmal machen.“

„Geht leider nicht, aber ich finde, wir sind ihr etwas schuldig.“

„Na klar.“

„Also sollten wir uns mal ernsthaft dahinterklemmen, den Vormieter von Reese' Haus zu finden. Die Leute, die früher da gewohnt haben, wissen zweifellos etwas über die Schüsse auf Sams Vater. Ist mir egal, was wir dafür tun müssen ...“

„Ich bin dabei. Was immer nötig sein wird.“

„Ich denke mal über den nächsten Schritt nach und melde mich dann wieder bei dir.“

„Ich werde mir auch etwas überlegen.“

„Gut.“

„Ist alles in Ordnung bei dir?“, erkundigte Freddie sich. „Ich hatte heute den Eindruck, dass dich irgendetwas beschäftigt.“

„Ja“, antwortete Gonzo, erschrocken über die Frage. Trotz seiner Bemühungen merkte man ihm offenbar seine innere Unruhe an. „Alles in Ordnung. Wir sehen uns morgen.“

„Bis später.“

Nachdem Cruz gegangen war, rief Gonzo Christina an. „Kannst du schon Feierabend machen?“

„Bin gerade am Gehen. Warum? Was ist denn los?“

„Kein guter Tag. Ich brauche dich.“

Verblüfft von seiner Offenheit, entgegnete sie: „Ich bin hier. Was kann ich tun?“

„Treffen wir uns in einer Stunde bei mir?“

„Ich werde da sein.“

„Danke.“

„Du musst mir nicht danken. Ich wäre nirgendwo lieber."

Überwältigt von seinen Emotionen, schloss Gonzo die Augen und lehnte die Stirn gegen die Wand. „Geht mir genauso."

Nachdem er das Gespräch beendet hatte, brauchte er einen Moment, um über die Veränderungen in seinem Leben nachzudenken. Er konnte sich nicht daran erinnern, jemals die Worte „Ich brauche dich" gegenüber einer Frau benutzt zu haben. Auch hatte er niemals in Erwägung gezogen, sich auf ein Baby einzustellen, noch dazu eines, von dessen Existenz er bis vor drei Tagen nicht einmal gewusst hatte. Die Wahrheit lautete jedoch, dass er Christina mehr brauchte als irgendjemanden zuvor. Und es gab nichts, was er nicht tun würde, um das Sorgerecht für seinen Sohn zu bekommen.

Mit dieser Erkenntnis im Hinterkopf machte er einen weiteren Anruf, und zwar bei dem Freund, der ihn damals mit Lori bekannt gemacht hatte.

„Hey, Mann", meldete sein Kumpel Mark sich. „Lange nichts von dir gehört."

„Zu lange. Wie geht's dir?"

„Ganz okay. Und dir?"

„Ich habe ein kleines Problem und hatte gehofft, du könntest mir helfen."

„Was ist denn los?"

„Erinnerst du dich an Lori Phillips?"

„Sicher. Was ist mit ihr?"

„Weißt du von ihrem Baby?"

„Hab Gerüchte gehört. Wieso?"

„Sie behauptet, es sei mein Kind."

„Heilige Scheiße! Echt jetzt?"

„Ich habe das Baby gestern gesehen. Sieht aus wie ich. Hat mein Kinngrübchen."

„Wow. Ich wusste gar nicht, dass ihr richtig zusammen wart."

„Waren wir auch nicht. Eigentlich. Aber anscheinend reichte das bisschen schon."

Mark lachte nervös. „Tja, vermutlich."

„Die Sache ist die – mir gefallen die Lebensumstände der beiden nicht. Weißt du irgendetwas über diesen Typen Rex, mit dem sie zusammen ist?"

Mark stieß einen leisen Pfiff aus. „Rex Connolly?"

Bingo. Gonzo merkte sich den Namen. „Den Nachnamen kenne ich nicht."

„Viele Tattoos? Hart aussehender Bursche?"

„Genau der. Was weißt du über den?"

„Bin mir nicht ganz sicher, aber Sara meint, es sei ernst mit dem." Marks Schwester Sara war eng mit Lori befreundet. „Ich dachte, das Kind ist von ihm."

„Dann sind sie also schon eine Weile zusammen?"

„Vielleicht seit einem Jahr. Was ist mit dem Kind? Was wirst du unternehmen?"

„Darüber denke ich gerade nach", antwortete Gonzo absichtlich ausweichend. Er hatte vor Jahren mit Mark in der Softballliga gespielt und betrachtete ihn als Freund. Aber Lori musste nicht unbedingt jetzt schon erfahren, dass er um das Sorgerecht kämpfen wollte. „Tu mir einen Gefallen und erwähne Sara oder Lori gegenüber nicht, dass du mit mir gesprochen hast, ja?"

„Kein Problem. Lass mich wissen, falls du irgendetwas brauchst."

„Mach ich." Er hatte, was er brauchte. „Danke."

Gonzo beendete das Gespräch und kehrte ins Kommissariat zurück, gerade als Sam ihr Büro verließ.

„Bist du immer noch da?“, fragte sie.

Gonzo warf einen Blick in das überfüllte Kommissariat, in dem gerade der Schichtwechsel stattfand. „Würde es dir etwas ausmachen, wenn ich mir mal für eine Minute dein Büro leihe?“

Sie betrachtete ihn einen langen Moment. „Nein, nur zu. Schließ ab, wenn du fertig bist.“

„Mach ich. Danke.“

„Bis morgen.“

Gonzo war erleichtert darüber, dass sie ging, ohne Fragen zu stellen. Er betrat ihr Büro und machte die Tür hinter sich zu. Während er darauf wartete, dass der Rechner hochfuhr, dachte er daran, dass Andy ihn aufgefordert hatte, ihm alle Informationen zu beschaffen, die sie vor Gericht verwenden konnten, um zu beweisen, dass das Baby bei Gonzo besser aufgehoben war als bei seiner Mutter. Vorerst hatte Andy den DNA-Test beantragt.

Gonzo tippte Rex' Namen ein und stellte überrascht fest, dass es gleich fünf Rex Connollys im System gab. Er betrachtete die Täterfotos und hoffte einerseits auf das bekannte Gesicht, andererseits nicht. Das fünfte Bild zeigte seinen Mann. Mit klopfendem Herzen klickte Gonzo das Strafregister an.

Mehrfach verhaftet wegen Drogendelikten – Besitz und Handel –, eine Anklage wegen Einbruch, die später fallengelassen worden war, außerdem abgebüßte Jugendstrafen. Äußerst beunruhigt druckte Gonzo die Liste aus. Da er ohnehin schon dabei war, Dinge zu tun, für die er gefeuert werden konnte, gab er auch Loris Namen ein und musste zu seinem Entsetzen feststellen, dass auch sie erst kürzlich wegen eines Drogendelikts angeklagt worden war. Vor sechs Monaten hatte ein Gericht sie wegen Drogenbesitzes zu fünf Jahren auf Bewährung verurteilt.

„Volltreffer", murmelte er und druckte beide Vorstrafenregister aus.

Als letzte der Taten, die ihm die Kündigung einbringen konnten, faxte er die Informationen an Andys Kanzlei. Er stand vor dem Faxgerät und schaute zu, bis alle sieben Seiten gesendet worden waren. Dann sammelte er sie ein und wollte gehen.

„Überstunden, Detective?", erkundigte sich Lieutenant Stahl.

Gonzo fuhr erschrocken zusammen. „Ach, ich musste noch ein bisschen Papierkram erledigen, Lieutenant."

„Sie sind ziemlich schreckhaft."

„Bin ich?" Gonzo wollte nur schnell weg, und es gab keinen, mit dem er weniger gern gesprochen hätte als mit diesem unerfreulichen Mann, der früher sein Vorgesetzter gewesen war. „Ich habe nur nicht erwartet, dass jemand sich anschleicht."

„Ich habe mich nicht angeschlichen", schnaubte Stahl empört, was seine vielen Kinne zum Schwabbeln brachte.

„Kann ich Ihnen denn irgendwie helfen, Lieutenant?"

„Nein."

„Dann mache ich mich mal auf den Weg", sagte Gonzo und spürte Stahls Blick beinahe körperlich auf seinem Rücken, als er, die ausgedruckten Strafregister fest unter den Arm geklemmt, seinen Mantel schnappte und schleunigst verschwand. Erst als er im Auto saß und auf dem Heimweg war, wagte er tief durchzuatmen. Kurz bevor er zu Hause war, rief er Sam an.

„Was gibt's?", fragte sie.

„Ich wollte dir nur sagen, dass Stahl heute Abend im Kommissariat herumgeschlichen ist."

„Was wollte er?"

„Damit ist er nicht herausgerückt, aber er hat sich wie

immer komisch benommen. Dachte nur, ich geb dir lieber Bescheid."

„Danke", erwiderte sie. „Ich wünschte, der würde bei den Internen Ermittlungen bleiben, wo er hingehört." In diese Abteilung war Stahl versetzt worden, nachdem Sam seinen Posten erhalten hatte.

„Das wäre nicht schlecht."

„Ich wette, er hat etwas mit dieser neuen Gibson-Situation zu tun."

„Glaubst du wirklich?", fragte Gonzo.

„Zutrauen würde ich es ihm."

„Der ist echt fies. Wieso können die ihn nicht loswerden?"

„Das versuchen sie sicher. Bist du mit deinem Problem weitergekommen?"

„Ich habe, was ich brauchte."

„Gut."

„Danke für die Hilfe."

„Gern."

Gonzo beendete das Gespräch und legte den Kopf auf das Lenkrad, um die Angst in den Griff zu bekommen. Sein ganzes Leben geriet gerade außer Kontrolle, und er fühlte sich hilflos ausgeliefert und machtlos. Ein Klopfen an der Scheibe riss ihn aus seinen Gedanken. Als er aufschaute, entdeckte er Christina.

Er zog den Schlüssel ab und stieg aus dem Wagen.

Christina bot ihm ihre Hand an.

Gonzo verschränkte seine Finger mit ihren, und auf einmal schien alles wieder in Ordnung zu sein. Er sah sie an, benommen und verblüfft. „Ich liebe dich", flüsterte er.

Sie erschrak. „Du ... du ..."

Er merkte, dass er das nicht richtig machte. Er steckte seinen Autoschlüssel ein und umfasste mit beiden Händen ihr Gesicht, um sie zärtlich auf die Lippen zu küssen. „Ich liebe dich."

Tränen füllten ihre blauen Augen. „Wirklich?"

Er nickte und küsste sie erneut. „Hat mich auch völlig überrascht."

Christina lachte und schmiegte sich an ihn, während er sie ins Haus führte. Er hatte keine Ahnung, ob er überhaupt aufgeräumt hatte, aber vermutlich war ihr das ohnehin egal.

Drinnen stellte sie sich vor ihn und nahm seine Hände in ihre. Mit einem schüchternen Lächeln auf ihren sinnlichen Lippen erklärte sie: „Ich liebe dich auch."

Es war genau das, was er jetzt brauchte und niemals zu finden geglaubt hatte. Gonzo legte seine Stirn an ihre.

„Was ist heute passiert?", wollte sie wissen.

Er streifte ihr den Mantel von den Schultern und ließ ihn zu Boden gleiten. „Später", sagte er und küsste sie entschlossener. „Das erzähle ich dir später."

Sie schlang ihm die Arme um den Nacken und gab sich dem Kuss hin.

13

Nick wandte sich bei der Suche nach einem erstklassigen Hochzeitsplaner an den Menschen, auf den er stets zählen konnte – seine Ersatzmutter Laine O'Connor.

„Senator!", sagte sie am Telefon. „Was für eine reizende Überraschung."

Nick musste über diese überschwängliche Begrüßung grinsen. Gleich als John ihn zum ersten Mal während ihres ersten Harvard-Semesters mit nach Hause gebracht hatte, hatten Laine und ihr Mann Graham Nick in die Familie aufgenommen. Nach Johns Tod hatten sie alles getan, damit Nick wusste, dass sich nichts ändern und er immer ein Ehren-O'Connor bleiben würde.

„Wie geht es dir, mein Lieber?", erkundigte sie sich.

„Gut. Und dir?"

„Ach, weißt du", antwortete sie seufzend. „Es gibt gute Tage und schlechte Tage."

Der Schmerz in ihrer Stimme ließ Nick mit ihr und der ganzen Familie mitfühlen. „Ich vermisse ihn. Manchmal vergesse ich, dass er nicht mehr da ist, und dann kommt alles wieder zurück ..."

„Er wäre sehr stolz auf dich, Nick. Ich habe deine Versammlung in der VCU im Fernsehen gesehen. Die Leute in Virginia lieben dich!“

„Ich bin mir nicht sicher, was ich getan habe, um solche Zuschauermengen zu verdienen.“

„Du bist eingesprungen, als man dich brauchte.“ Ihre Stimme versagte. „Du bist eingesprungen, als *wir* dich brauchten.“

„Tja, jetzt brauche ich jedenfalls dich“, sagte er, die Unterhaltung in eine angenehmere Richtung lenkend, ehe er von Emotionen überwältigt werden konnte. Es fiel ihm immer noch schwer, über den gewaltsamen Tod seines Freundes zu sprechen, und er wusste, dass es ihr genauso erging.

„Was kann ich für dich tun?“

„Sam und ich suchen einen Hochzeitsplaner. Jemand, der sich in Washington gut auskennt und weiß, wie die tausend Details zu handhaben sind. Jemand, der uns die ganze Arbeit abnimmt. Kennst du jemanden?“

„Ihr braucht Shelby Faircloth.“

„Wen?“

„Lizbeths Freundin aus Georgetown“, erklärte sie. Lizbeth war ihre Tochter. „Sie ist die Top-Adresse für Hochzeiten in Washington.“

„Meinst du, sie hat Interesse, sich um unsere zu kümmern?“

Laine gluckste vor Lachen. „Ist das dein Ernst? Ihr zwei seid *das* angesagte Paar des Jahrzehnts. Die würde glatt töten für die Chance, eure Hochzeit zu organisieren.“

„Ich will nicht, dass sie irgendwen tötet. Ich hoffe die ganze Zeit, dass Sam mal einen Tag frei bekommt, da kann sie eine weitere Leiche bestimmt nicht gebrauchen.“ Nick zuckte innerlich zusammen, denn es war noch zu früh, um über Morde Scherze zu machen, besonders Johns Mutter gegenüber. „Tut mir leid. Das hätte ich nicht sagen sollen."

„Entschuldige dich nicht dafür, dass du einen Witz gemacht hast, mein Lieber. Wir könnten tatsächlich alle ein bisschen mehr Leichtigkeit in unserem Leben gebrauchen. Soll ich mal Kontakt aufnehmen zu Shelby?"

„Das wäre großartig. Bitte sie, um neun bei mir vorbeizukommen."

„Heute Abend?"

„Richte ihr aus, wenn sie den Job will, hat sie dreißig Minuten, um uns davon zu überzeugen, sie zu engagieren."

„Ich werde es an sie weitergeben."

„Und merk dir den sechsundzwanzigsten März."

„*Dieses Jahr?*"

„Warum sagt das jeder? Einschließlich der Braut."

Und wieder gluckste Laine vor Lachen. „Wenn es jemanden gibt, der das möglich machen kann, Nick Cappuano, dann bist du es."

„Das werden wir wohl herausfinden. Wie geht es übrigens Graham?"

„Oh, mein Lieber, manchmal frage ich mich, ob er jemals wieder derselbe sein wird wie vorher. Der Doppelschlag, den er durch Johns Tod und kurz darauf Julians Verlust erlitten hat ... ich weiß nicht."

„Ich muss ihn unbedingt besuchen."

„Darüber würde er sich freuen. Komm doch mit Sam am Sonntag zum Abendessen."

Nick zog seinen Kalender zu Rate und überlegte bereits, wie er seine Termine ändern konnte, um es zum wöchentlichen Familiendinner am Sonntag zu schaffen. Seit Beginn des Wahlkampfes war er bei keinem einzigen mehr gewesen. „Ich kann, aber ich bin mir nicht sicher, ob

Sam es auch schafft. Sie hat schon wieder einen heiklen Fall.“

„Die Sache mit Henry, nicht wahr?“

„Ja.“

„Was hat er sich nur dabei gedacht? Die arme Annette.“

„Kennst du sie gut?“

„Wir sind seit Jahren befreundet. Sie muss am Boden zerstört sein. In den Nachrichten wird darüber spekuliert, dass er zurücktritt. Hast du etwas gehört?“

„Nichts Konkretes, aber es wird einiges gemunkelt.“

„Ist vielleicht das Beste – für Annette und die Kinder.“

„Kann sein.“

„Ich bin sicher, du wirst noch von ihm hören, aber Terry kommt diese Woche nach Hause. Ich glaube, die zusätzlichen zwei Wochen hat er auch gebraucht. Es war wirklich nett von dir, dass du ihm den Job freigehalten hast.“

„Ich freue mich darauf, wieder mit ihm zu arbeiten.“ Nick hatte Johns älterem Bruder Terry den Posten des stellvertretenden Stabschefs angeboten, vorausgesetzt, dass er mindestens dreißig Tage in einer Entzugsklinik seine Alkoholsucht behandeln ließ. Terry hatte aus eigener Initiative zwei Wochen drangehängt, was Nick als gutes Zeichen deutete für Terrys Entschlossenheit, nüchtern zu bleiben. „Nun, ich will dich nicht länger aufhalten. Danke für die Informationen über die Hochzeitsplanerin.“

„Freut mich, dass ich dir helfen konnte. Sag mir Bescheid, wenn ich noch etwas für dich tun kann.“

„Mach ich bestimmt. Grüß Graham ganz lieb von mir. Ich werde Sonntag da sein.“

„Bis dann.“

Nick legte auf und nahm das gerahmte Foto, das ihn und John zeigte, aus dem Regal. Blond, attraktiv und äußerst charmant, hatte John einfach alles gehabt – bis sein zwanzigjähriger Sohn ihn in einem Wutanfall ermordete. Während Nick seinen Bruder im Herzen betrachtete, fiel ihm ein, dass ihm durch Johns Tod noch etwas fehlte, was er schon bald brauchen würde: einen Trauzeugen.

Sam verbrachte den Abend online auf den Webseiten von Senatoren, deren Büros von den getöteten Frauen gereinigt worden waren. Lightfeather, Ackerman, Stenhouse, Trent, Lewis, Cook und schließlich Cappuano. Sam hatte Nicks Seite nicht mehr besucht, seit er im Senat saß, und war sofort fasziniert von seinem Foto. „Wow", sagte sie. „Nun sieh sich das einer an." Groß, gutaussehend und kultiviert, in dunklem Anzug und seriös lächelnd, verströmte er eine Aura ruhiger Autorität, die etwas in ihr auslöste.

„Was siehst du dir denn an?", fragte Nick, als er ins Arbeitszimmer kam.

Verlegen, weil sie das Foto ihres Verlobten angestarrt hatte, wirbelte Sam in ihrem Bürosessel herum. „Dich, um genau zu sein."

Er schien verwirrt. „Was ist mit mir?"

Sam drehte sich wieder um, sodass er einen Blick auf den Bildschirm werfen konnte. „Ich liebe dieses Foto."

„Ehrlich? Ich fand es ein bisschen dämlich."

„O nein, ganz sicher nicht."

„Meinst du?"

„Kein Wunder, dass die Frauen des Commonwealth inzwischen Stadien füllen bei deinen Wahlkampfveranstaltungen."

„Nun mach aber mal halblang", meinte er verunsichert. „Was suchst du überhaupt auf meiner Website?"

„Da war etwas, was mein Vater erwähnt hat. Ich habe nach der Arbeit bei ihm vorbeigeschaut."

„Was hat er denn gesagt?"

„Dass Leute ihre ‚Helfer' nur dann töten, wenn sie zu viel wissen."

„Was hat das mit meiner Website zu tun?"

„Ich habe mir alle Seiten derjenigen Senatoren angesehen, für die sie gearbeitet haben – deine allerdings mehr aus Neugier."

„Und wonach suchst du?"

„Da bin ich mir noch nicht sicher. Nach irgendeiner Verbindung zwischen euch sieben."

„Wer sind die anderen sechs?"

Sam nannte ihm die Namen.

Nick setzte sich in einen der Sessel in dem gemütlichen Büro. „Da sind ein paar einflussreiche Namen auf der Liste."

„Was haben sie gemeinsam?"

„Ackerman, Cook, Lightfeather und ich sind Demokraten. Stenhouse, Lewis und Trent sind Republikaner. Ackerman und Stenhouse sind Parteiführer. Cook und Lewis sitzen seit über dreißig Jahren im Senat, Trent ist jedoch noch relativ neu. Der Gouverneur von Oregon hat ihn ernannt, nachdem Tornquist wegen seines Skandals erledigt war. Trent wurde später gewählt. Er ist noch in seiner ersten Amtsperiode."

„Einige sind in denselben Ausschüssen. Gibt es Krach zwischen irgendwem, eine Fehde, wie zwischen Graham und Stenhouse?"

„Ich könnte da mal nachforschen", bot Nick an.

„Halt dich vorerst zurück. Im Augenblick sollen sie nicht einmal wissen, dass ich sie unter die Lupe nehme."

„Glaubst du wirklich, es ist einer von denen?", fragte Nick skeptisch.

„Ich habe nicht die leiseste Ahnung. Diese Ermittlung tritt beinahe auf der Stelle. Wir haben zwei tote Einwanderinnen, beide schwanger und angestellt bei einer Firma, die im Dienst des Kongresses steht. Eine von ihnen hatte eine Affäre mit einem Senator, war schwanger von ihm, und ihre Aufenthaltsgenehmigung wurde geprüft. Trotz Lightfeathers wasserdichtem Alibi frage ich mich, wie es möglich ist, dass er mit ihrer Ermordung überhaupt nichts zu tun hat. Für ihn stand sehr viel auf dem Spiel."

„Aber du konzentrierst dich nicht ausschließlich auf ihn, oder?"

„Momentan nicht. Ich werde bloß das Gefühl nicht los, dass mir hier irgendetwas entgeht – etwas Wichtiges, das direkt vor meiner Nase liegt."

Er nahm ihre Hand, zog Sam aus dem Sessel und auf seinen Schoß. „Was du brauchst", sagte er, ihre verspannten Schultern massierend, „ist eine Pause von diesem Fall, außerdem Liebe und tiefen Schlaf."

„Mm", machte Sam seufzend. „Das kannst du gut. Falls es für dich im Senat nicht mehr läuft, könntest du Arbeit als Masseur finden."

Nick lachte und gab ihr einen Kuss auf den Kopf. „Erinnerst du dich, wie du Julians Fall gelöst hast? Wie sich alles zusammengefügt hat, während du geschlafen hast?"

„Im Krankenhaus, mit Kopfschmerzen nach einer Gehirnerschütterung und brennender Kopfhaut, nachdem ich mit vierzig Stichen genäht worden war." Sie waren beide bei einem Autounfall verletzt worden, nachdem ein Gangmitglied auf sie geschossen hatte. „Vielleicht solltest du mir lieber eins über den Schädel geben, statt mich zu massieren."

„Der Punkt ist doch, dass du ein bisschen Abstand brauchst, um klarer zu sehen."

Seine talentierten Finger entlockten ihr ein Stöhnen. „Also doch keinen Schlag auf den Kopf?"

„Nein."

Es klingelte an der Tür, und das holte Sam in die Realität zurück.

„Das wird unsere Hochzeitsplanerin sein", meinte Nick.

Sie stöhnte erneut. „Ich muss das wirklich jetzt machen?"

Er schob sie von seinem Schoß herunter und stand auf. „Vergiss nicht, dass das deine tolle Idee war."

„Ich hasse sie jetzt schon."

„Und mir tut sie jetzt schon leid."

„Jaja, ich liebe dich auch."

Lachend bugsierte er sie Richtung Tür.

Draußen stand die zierlichste, feenhafteste Frau, die Sam je gesehen hatte.

Die Fee streckte ihre Hand aus. „Shelby Faircloth, zu Ihren Diensten", sagte sie mit charmantem Südstaatenakzent. Obwohl sie schon Anfang vierzig sein musste, wäre sie auch für fünfundzwanzig durchgegangen.

Neben kleinen, perfekten Blondinen wie Shelby und Christina Billings kam Sam sich immer wie eine Amazone vor.

„Kommen Sie herein", forderte Nick die Frau auf. „Kann ich Ihnen etwas anbieten? Vielleicht ein Glas Wein?"

„Oh, gern", erwiderte Shelby. „Es war wirklich ein langer Tag."

Während er ging, um den Wein zu holen, nahm Sam sich einen Moment, um Tinkerbell in Ruhe zu betrachten. Sie trug ein pinkfarbenes Kostüm und himmelhohe pinkfarbene Stilettopumps, die Sam an diejenigen erinnerte, die die stellvertretende Staatsanwältin Charity Miller favorisierte. Bei einer anderen Frau hätte das viele

Pink vermutlich lächerlich ausgesehen, bei Shelby Faircloth aber passte es einfach gut.

„Ich kann gar nicht glauben, dass wir uns noch nie begegnet sind", meinte Nick und reichte Shelby ein Glas Pinot Grigio.

„Ich komme nicht oft auf die Farm", entgegnete sie, auf das Zuhause der O'Connors in Leesburg anspielend. „Aber ich sehe Lizbeth und Royce bei gesellschaftlichen Anlässen und habe gelegentlich das Vergnügen, ihren Eltern zu begegnen. Ich weiß, dass ich nichts sagen kann, um Ihren Kummer zu lindern, aber Johns Tod hat mich unendlich traurig gemacht."

„Danke", sagte Nick. „Es war für uns alle ein schrecklicher Verlust."

„Ich ahne es nicht einmal annähernd." Shelby trank noch einen Schluck Wein, dann stellte sie das Glas auf den Tisch. „Nun, Sie haben mir nur dreißig Minuten eingeräumt, um Sie davon zu überzeugen, mich zu engagieren, daher verschwende ich lieber keine Zeit. Also, wenn es nach mir ginge und ich für sie beide tun könnte, was ich will, würde ich die Trauung in der St. John's stattfinden lassen, der Kirche der Präsidenten, mit anschließender Feier im neu renovierten Hay-Adams. Ich kann mir Sie beide sehr gut vorstellen, Hand in Hand, wie Sie über die H Street rauschen, mit dem Weißen Haus im Hintergrund." Sie lehnte sich zurück, seufzend und ganz fasziniert von ihrer Vision. „Altes Washington, klassisch, zeitlos. Genau wie Sie beide."

Sam und Nick wechselten einen Blick. Während Sam einerseits Shelby wegen dieser Charakterisierung am liebsten angeblafft hätte, musste sie andererseits zugeben, dass sie die Hochzeit genau so vor sich sehen konnte, wie

Shelby sie gerade beschrieben hatte. Und das Bild war nicht abstoßend.

„Was meinen Sie?", fragte Shelby.

„Ich bin fasziniert", gestand Nick. „Können Sie diese klassische, zeitlose Hochzeit in sechs Wochen möglich machen?"

„Oh, absolut. Die ganze Stadt wird wild darauf sein."

„Und Sie würden uns die Neugier der Leute vom Leib halten?", fragte Sam.

„So weit das möglich ist. Dafür engagieren Sie mich."

„Wie viel müssten wir denn bezahlen, damit Sie uns den Rücken freihalten?", wollte Sam wissen.

„Das spielt keine Rolle", mischte Nick sich ein. „Was auch immer es kosten wird, damit es stressfrei und perfekt wird, werde ich bezahlen."

Sam fragte sich, ob er den Verstand verloren hatte. „Warte mal eine Sekunde ..."

Er lehnte sich zu ihr herüber und brachte sie einfach mit einem Kuss zum Schweigen. „Darüber diskutieren wir später."

„Ooh", kam es von Shelby. „Sie beide sind ja in Wirklichkeit noch süßer als im Fernsehen."

Das brachte ihr einen finsteren Blick von Sam ein.

„Zu erwähnen, wie süß wir sind, bringt Ihnen bei der Braut keine Punkte ein", warnte Nick sie lächelnd.

Shelby unternahm einen schwachen Versuch, ihr Grinsen zu unterdrücken, und stand auf. „Ich nehme es zur Kenntnis. Ich möchte Ihre Gastfreundschaft nicht überbeanspruchen. Soll ich Ihnen einen Kostenvoranschlag schicken, zusammen mit einem Vorschlag für Blumen und andere Details, die mir bereits vorschweben? In der Zwischenzeit können Sie sich meine Webseite ansehen, dort finden Sie Fotos von anderen Hochzeiten, die ich organisiert habe, außerdem Kommentare, Referenzen und dergleichen.“

Sie und Nick tauschten Visitenkarten aus.

„Hört sich gut an“, sagte er. „Danke.“

„Sind die beiden Veranstaltungsorte, die Ihnen vorschweben, barrierefrei?“, erkundigte Sam sich.

„Absolut. Sonst hätte ich es Ihnen gar nicht vorgeschlagen.“

„Würde es Sie stören, wenn ich Sie Tinkerbell nenne?“

Shelby lachte. „Nein, kein Problem. Ich halte mich ja selbst für eine Art Zauberin.“

„Das ist genau das, was wir jetzt brauchen.“

Shelby schüttelte Sam und Nick die Hand. „Es war wunderbar, Sie beide kennenzulernen. Ich versichere Ihnen, wenn Sie mich engagieren, werden Sie eine Hochzeit bekommen, von der man noch in Jahren sprechen wird.“

Sam war sich nicht ganz sicher, wie sie dazu stand.

Nick brachte Shelby zur Tür und setzte sich anschließend zu Sam auf das Sofa. „Und? Was meinst du?“

„Ich kann es immer noch nicht ganz fassen, dass du Tinkerbell bekommen hast, um unsere Hochzeit zu planen.“

Nick umfasste ihr Kinn. „Wie wäre es mit St. John’s und dem Hay?“

„Willst du nicht in einer katholischen Kirche heiraten?“ Bei Johns Beerdigung hatte sie überrascht festgestellt, dass Nick offenbar häufig die Kirche besuchte.

„Da du nicht katholisch bist, wäre es in der St. John’s mit anschließender Feier im Hay am wenigsten kompliziert“, erklärte er. „Ich kann mir jedenfalls nicht vorstellen, dass du die Hochzeitsprozedur der Katholiken durchstehen willst.“

Sam verzog das Gesicht. „Ich wette, sogar die Katholiken

würden für den schneidigen Senator Cappuano eine Ausnahme machen."

„Kann sein, aber mir ist St. John's ganz recht. Episkopal ist nah genug dran."

„Ich mache mir Sorgen wegen des Medienrummels."

„Damit kommen wir schon klar. Ich bin sicher, Shelby ist Expertin in diesen Dingen."

„Mir hat gefallen, was sie über die Barrierefreiheit von Kirche und Hotel gesagt hat. Das zeigt, dass sie ihre Hausaufgaben gemacht hat."

„Das fand ich auch, aber wir müssen ja nichts sofort entscheiden. Wir können noch mit anderen Hochzeitsplanern sprechen, ehe wir einen engagieren."

„Uns bleiben bloß sechs Wochen", erinnerte sie ihn. „Was schlägst du denn vor, wie viel Zeit davon wir mit der Wahl eines Hochzeitsplaners verplempern wollen?"

„Dann sollten wir sie einfach nehmen?"

„Ich will erst wissen, was es kostet."

„Das ist mir egal, und ich will nicht, dass du dir deswegen Gedanken machst."

„Du bezahlst auf keinen Fall alles alleine. Wir teilen uns die Kosten."

„Ich bezahle, und wir teilen gar nichts."

„Wow, Höhlenmensch! Halt mal kurz die Luft an!"

„John hat mir all das Geld hinterlassen", sagte er, auf die Zwei-Millionen-Lebensversicherung anspielend, die Nick zu seiner Verblüffung zugedacht worden war. „Ich kann mir keinen besseren Verwendungszweck für einen Teil davon vorstellen, als meiner Liebsten eine Traumhochzeit zu bezahlen, die sie vergessen lässt, dass sie jemals vorher verheiratet war."

Das nahm Sam allen Wind aus den Segeln. „Ich weiß nicht, wie du das machst."

„Was denn?“

„Ich bin voll auf Streit aus, aber dann sagst du so etwas, und ich will dich nur noch küssen.“

Sein triumphierendes Grinsen hätte sie auch wütend machen sollen, doch sie liebte ihn einfach zu sehr. „Lass dich nicht aufhalten.“

Sie lehnte sich zu ihm herüber, um ihm einen Kuss zu geben, den er nie vergessen würde.

14

Mit vor Anstrengung pochendem Herzen und brennenden Lungen ließ Freddie sich auf den Rücken fallen und zog Elin mit sich. Er wischte sich den Schweiß von der Stirn.

„Es ist offiziell", sagte er, als er wieder sprechen konnte.

Sie stupste einen seiner Nippel mit der Fingerspitze an. „Was denn?"

„Ich bin offiziell süchtig nach dir." Er drehte sich auf die Seite und umfasste ihre Brüste, wobei er fasziniert beobachtete, wie ihre gepiercten Brustwarzen hart wurden. „Kann nicht genug kriegen von dir." In Wahrheit wurde Sex mit ihr allmählich zu einer Obsession, die ihm Sorgen bereitete – dank seiner Mutter und Sam, die alle möglichen Zweifel in ihm gesät hatten. Vielleicht hatten sie recht. Wenn er sich daran zu erinnern versuchte, wie er seine Zeit verbracht hatte, bevor er jede Nacht die Bettlaken mit Elin in Flammen setzte, fiel ihm nichts mehr ein.

„Ich muss auch nach dir süchtig sein, weil ich nicht genug von dir bekommen kann", erwiderte sie und küsste ihn von der Brust bis hinunter zu seinem Bauch.

Freddie sog scharf die Luft ein, als er ihre Absicht

durchschaute. Gerade eben noch hatte er geglaubt, sie seien fertig für diese Nacht. Doch seine erst kürzlich befriedigte Lust erwachte von Neuem, als Elin ihre talentierten Lippen um seinen Penis schloss.

Er krallte die Finger ins Laken und überließ sich Elin ganz. Sie saugte und setzte die Zunge in genau dem richtigen Maß ein. Dann massierte sie seine Hoden und brachte ihn damit fast erneut zum Orgasmus. Allerdings überraschte sie ihn, indem sie sich plötzlich rittlings auf ihn setzte und ihn in sich aufnahm.

Während das letzte Mal wild und ungestüm gewesen war, ging sie es diesmal langsam an, indem sie ihn neckte und ihm süße Qualen bereitete, bis er kurz davor stand, sie anzuflehen. Er packte ihre Hüften, hielt sie fest und kam mit einem heiseren Aufschrei.

Sie sank auf ihn herab, und er schlang die Arme um sie.

Den ganzen Abend lang hatte er sich nicht getraut, den Vorschlag eines gemeinsamen Abendessens mit seiner Mutter zur Sprache zu bringen. Aber nun, da er merkte, dass Elin gleich einschlafen würde, konnte er es nicht länger aufschieben. „Ich habe mir überlegt ...“

„Ja?“

„Dich und meine Mom mal zusammenzubringen, damit ihr euch besser kennenlernen könnt.“

Er fühlte ihre Anspannung schon, bevor sie sich von ihm losmachte.

„Was ist denn?“, wollte er wissen.

Sie zog die Decke hoch. „Lieber nicht.“

„Warum nicht?“

„Warum kann es nicht bleiben, was es ist?“ Sie deutete auf das Bett.

„Was? Sex, Sex und wieder Sex?“

„Und was ist daran verkehrt? Haben wir etwa keinen

Spaß zusammen? Wieso müssen andere Leute damit zu tun haben?"

„Darum. Sie ist meine Mutter, und du bist meine ... na ja, Freundin. Ich möchte, dass ihr euch versteht."

„Ich bin wohl kaum deine Freundin, Freddie."

„Doch, bist du." Erneut pochte sein Herz, doch diesmal aus seltsamer Furcht, die sich in ihm ausbreitete. „Warum sagst du das?"

„Hm, vielleicht, weil wir, seit wir angefangen haben zu ficken, nichts anderes gemacht haben und nie irgendwo waren. Wir haben bloß gevögelt, das ist alles. Das macht mich eher zu deiner Bettgenossin als zu deiner Freundin."

Verstört von ihrer rüden Ausdrucksweise, setzte er sich im Bett auf. „Das stimmt nicht! Ich habe dich zu Skips Hochzeit mitgenommen. Ich habe dir angeboten, dich zum Essen auszuführen ..."

Sie legte ihm den Zeigefinger auf die Lippen. „Wir beide tun genau das, was wir tun wollen. Mach es nicht zu etwas, das es nicht ist."

Er stand auf und begab sich auf die Suche nach seiner Jeans.

„Was tust du?"

Er bemühte sich, seinen Zorn zu zügeln, während er die Hose anzog und den Reißverschluss zumachte. Den Knopf ließ er offen.

„Freddie, komm schon. Geh nicht."

„Ich will keine Bettgenossin", sagte er und bemühte sich um einen ruhigen Ton. „Ich will eine Freundin, eine echte Freundin. Und das hier will ich auch." Er deutete auf das Bett. „Aber das ist nicht alles, was ich will. Wenn du also tatsächlich nicht mehr willst als das hier, bin ich raus." Noch während er die Worte aussprach, fragte er sich, ob er wirklich ohne den Sex auskommen würde. Schließlich war er nach eigenem Eingeständnis süchtig.

„Das ist nicht dein Ernst.“

Er schluckte hart. „Doch, ist es.“

Während er sein T-Shirt anzog, sah er zu ihr und sagte: „Freitagabend koche ich, und ich habe meine Mutter bereits eingeladen. Wenn du an einer echten Beziehung interessiert bist, komm zum Essen. Falls nicht, tja dann, es war nett, aber es ist vorbei.“

Zorn blitzte in ihren blauen Augen auf. „Du stellst mir also ein Ultimatum? Triff dich zum Abendessen mit meiner Mutter oder es ist aus zwischen uns?“

Er setzte sich aufs Bett, ergriff ihre Hand und verschränkte seine Finger mit ihren. „Es geht nicht um meine Mutter, Elin. Es geht darum, dass ich mehr will als nur eine Sexbeziehung. Vielleicht funktioniert das für dich, aber das bin einfach nicht ich.“ Ihm wurde plötzlich klar, dass es im Grunde genau das war, was seine Mutter und Sam ihm verständlich zu machen versucht hatten.

„Die haben dich weich gekriegt“, meinte Elin, die offenbar seine Gedanken ahnte. „Darum geht es hier.“

Er schüttelte den Kopf und beugte sich zu ihr, um sie zu küssen. „Du bist mir wichtig. Ich bin gern mit dir zusammen, aber ich brauche mehr als das, was wir jetzt haben.“

„Du kannst nicht einfach mittendrin die Regeln ändern. Das ist mir gegenüber unfair.“

„Ja, du hast recht, es ist ziemlich unfair.“ Er drückte ein letztes Mal ihre Hand, dann ließ er sie los, um aufzustehen und seine Stiefel zu suchen. „Ich hoffe, ich sehe dich Freitagabend. Jederzeit ab sieben.“

„Ich werde nicht kommen.“

Es tat ihm unendlich leid, trotzdem zweifelte er nicht

daran, das Richtige für sich zu tun. „Das ist deine Entscheidung. Du würdest mir fehlen, wenn ich dich nie wiedersehe."

„Du würdest den Sex vermissen", murmelte sie.

„Ich würde alles vermissen", sagte er und zog seinen Mantel an. Nach einem letzten langen Blick zu ihr ließ er sie schmollend im Bett zurück und ging aus der Wohnung – möglicherweise zum letzten Mal. Jeder Mann, den er kannte, würde ihn für verrückt halten, weil er eine Frau wie Elin, die nur eine Sexbeziehung wollte, einfach verließ. Aber Freddie war nicht wie die anderen. Das wusste er genau.

Wie würde er es ohne den Sex aushalten, nach dem er sich inzwischen sehnte? Nun, das war ein anderes Thema.

Nachdem er erst einmal angefangen hatte zu erzählen, hörte er nicht mehr auf. Seit über einer Stunde sprach der für gewöhnlich eher schweigsame Tommy Gonzales mit Christina über seine große Angst, dass Gibson aus dem Gefängnis entlassen werden und es erneut auf Sam abgesehen haben könnte. Er redete darüber, wie er und Detective Cruz ihre Bemühungen verdoppeln wollten bei der Suche nach der Person, die auf Sams Vater geschossen hatte. Er erzählte von seinem kleinen Sohn, den er Alejandro nennen wollte, nach dem Großvater des Kindes, und dass er ihn Alex rufen würde. Ein in Amerika aufwachsendes Kind sollte einen amerikanischen Namen haben.

Christina lag derweil neben ihm im Bett, hielt seine Hand zwischen ihren Händen und hörte ihm zu, ohne ihn zu unterbrechen.

Irgendwann schienen ihm die Worte auszugehen, und

er drehte den Kopf, um sie anzusehen. Er wirkte verlegen und süß. „Ich quatsche dich ganz schön voll.“

„Das macht mir nichts aus.“ Ihr Liebesspiel von vorhin wirkte noch auf angenehme Weise nach. Am liebsten hätte sie sich selbst gekniffen, um sicherzugehen, dass dies auch wirklich passierte. Jahrelang hatte sie für John O'Connor geschwärmt, der sie kaum zur Kenntnis genommen hatte – außer als gute Freundin und engagierte Mitarbeiterin.

Und jetzt das ... trotz ihrer sehr unterschiedlichen Herkunft, trotz des Babys, das nun auf einmal in sein Leben getreten war, trotz ihrer anstrengenden, unberechenbaren Jobs hatten sie und Tommy einander gefunden. Christina war nie zuvor so glücklich gewesen und so sicher, den Richtigen zu haben.

Seine wunderschönen braunen Augen waren sehr ernst. Vor dem Anruf von Lori hatte Christina diese Augen nie mit diesem Ausdruck gesehen. „Was denkst du?“

„Ich werde um ihn kämpfen müssen, weißt du?“

„Natürlich musst du das.“

„Ich mache mir nur Gedanken darüber, was ich tun werde, falls ich gewinne.“

Sie stützte sich auf den Ellbogen. „Wie meinst du das?“

„Als ich sagte, ich wüsste nichts über Babys, meinte ich das auch so. Vielleicht ist der Kleine bei ihr besser aufgehoben.“

„Du weißt, dass das nicht stimmt.“ Sie fuhr ihm mit den Fingern durch die Haare. „Wie alle, die gerade Eltern geworden sind, wirst du herausfinden, was du wissen musst.“

„Aber wenn ich ihn aus Versehen zerbreche oder so was? Gestern, als sie ihn mir gegeben hat ...“

Mit bebenden Lippen nickte Christina.

„Das war das erste Mal, dass ich ein Baby im Arm

gehalten habe, seit der Geburt meines Neffen, und das ist Jahre her."

Christina verkniff sich ein Lachen und legte ihre Hände um sein Gesicht. „Tommy, Liebling, du wirst ihn nicht zerbrechen." Sie küsste ihn zärtlich auf die Lippen. „Du wirst ihm ein großartiger Vater sein, da bin ich mir sicher."

„Und wenn ich diese Chance nie bekomme? Lori ist stocksauer, weil die Sozialarbeiterin bei ihr aufgetaucht ist."

„Du bist der Vater des Kindes. Du hast Rechte, genau wie sie."

„Was ist, wenn ich nun doch nicht der Vater bin? Solange das Ergebnis des DNA-Tests nicht vorliegt, habe ich keine Gewissheit."

Christina berührte mit der Fingerspitze sein Kinngrübchen und küsste ihn dort. „Der Beweis liegt in dem Grübchen."

Er zog sie zu sich herunter, sodass sie auf ihm lag. „Ich tue doch das Richtige, oder?"

Die Verletzlichkeit in seiner Stimme und in seinem Gesicht rührte ihr Herz. „Nichts anderes würde ich von dir erwarten."

Er fuhr ihr durch die Haare und betrachtete Christina eingehend. „Ohne dich könnte ich das alles nicht durchstehen."

„Doch, das könntest du."

„Ich bin jedenfalls froh, dass ich das nicht muss."

Christina legte den Kopf auf seine Brust und lauschte dem kraftvollen Schlagen seines Herzens, noch immer begeistert, dass er es ihr geschenkt hatte.

Seine Hände glitten von ihren Schultern über ihren Rücken hinunter zu ihrem Po.

Ihr ganzer Körper kribbelte vor sinnlicher Erwartung.

Niemand hatte je zuvor derartige Empfindungen in ihr ausgelöst. „Tommy", flüsterte sie.

„Hm?"

„Liebst du mich wirklich?"

Er schloss sie fester in die Arme. „Ja, wirklich. Liebst *du* mich denn wirklich?"

„Ja."

„Du bist das Beste, was mir seit sehr langer Zeit passiert ist. Vielleicht sogar überhaupt ..."

Christina seufzte. „Geht mir genauso."

Er hob ihr Kinn und küsste sie.

Sie war schon halb eingeschlummert, wurde aber sofort wieder hellwach. „Du musst morgen früh arbeiten."

„Ich weiß", sagte er.

Er begann ihren Hals zu küssen, was ihr am ganzen Körper eine Gänsehaut bescherte. „*Tommy!*"

Lachend machte er weiter, bis ihr gemeinsames Lachen sich in Stöhnen verwandelte.

Zum ersten Mal, seit sie ihre Cola-light-Sucht aufgegeben hatte, hatte Sam an diesem Morgen nicht das Gefühl, durch Treibsand zu waten. Das war vermutlich ein Fortschritt. Im Hauptquartier fand sie im Kommissariat ein ziemliches Chaos vor.

„He, Leute", rief sie der lärmenden Gruppe von Detectives zu, die sich vor ihrem Büro versammelt hatte. „He!"

Alle Blicke richteten sich auf sie.

„Was zum Geier ist hier los?"

„McBride ist verschwunden", antwortete Freddie leise und seine Miene verriet, dass das stimmte.

Sam fühlte Angst in sich hochkriechen, gleichzeitig

spürte sie das Adrenalin in ihren Adern. Sie wandte sich an William Tyrone, McBrides Partner. „Definiere *verschwunden*."

Tyrone schluckte. Seine übliche Gefasstheit war nackter Panik gewichen, was Sams Angst nur verstärkte. „Wir haben getan, was du gesagt hast – wir sind Selina gestern Abend gefolgt. Sie ging zur Arbeit, kam nach Hause, das war's. Nichts Besonderes. Also trennten Jeannie – ich meine Detective McBride – und ich uns. Ich sagte ihr, ich würde den Bericht zu Hause schreiben und ihn per E-Mail schicken. Zu Hause hatte ich eine Frage, deshalb rief ich sie an, aber niemand meldete sich."

„Vielleicht schläft sie noch?"

Er schüttelte den Kopf. „Sie nimmt sonst immer meine Anrufe entgegen. Immer. Selbst wenn sie schläft oder mit Michael zusammen ist." Sam konnte das verstehen, denn sie und Cruz hatten eine ähnliche Vereinbarung.

„Bist du zu ihr gefahren?"

Tyrone bejahte. „Und zu Michael auch. Da habe ich mir dann langsam Sorgen gemacht. Sie geht jeden Morgen im Anschluss an die Nachtschichten dorthin, um ihn zu sehen, bevor er zur Arbeit muss. Aber da war sie diesmal nicht, und er hat ebenfalls versucht, sie anzurufen. Auf keinen Fall würde sie Anrufe von uns beiden ignorieren. Das sieht ihr überhaupt nicht ähnlich. Da ist etwas passiert, Lieutenant. Ich weiß es."

Sams Magen schmerzte, wie er es nicht mehr getan hatte, seit sie das Colatrinken aufgegeben hatte. Die anderen Detectives sahen sie erwartungsvoll an. Sie unterdrückte die Furcht und konzentrierte sich. „Ruft die zweite und die dritte Schicht zurück. Gebt eine Fahndung nach ihr und ihrem Wagen heraus. Ich will, dass alle verfügbaren Kräfte sich auf die Suche nach ihr machen."

Während die anderen auseinandergingen, um Sams Befehle in die Tat umzusetzen, betrat sie ihr Büro und rief Captain Malone und Chief Farnsworth an, um sie zu informieren. Beide waren innerhalb von Minuten im Kommissariat.

„Was wissen Sie?", fragte Farnsworth mit einem besorgten und gestressten Ausdruck in den grauen Augen. Nachdem Sam ihn auf den Stand der Dinge gebracht hatte, verlangte er, dass Tyrone seine Geschichte ein weiteres Mal erzählte. Als er damit fertig war, sah Sam dem jungen Detective an, wie aufgelöst er inzwischen war.

„Cruz", sagte sie, „nimm Tyrone mit in die Cafeteria und besorg ihm etwas zu essen."

„Ich kann nichts essen, Lieutenant. Ich kann einfach nicht. Gib mir etwas zu tun, irgendwas."

Sam überlegte einen Moment. „Analysiere die Daten ihres Handys und des Handys ihres Freundes."

„Der hat nichts damit zu tun", meinte Tyrone mitfühlend. „Er ist verrückt nach ihr."

„Tu es trotzdem, Detective."

„Ja, mach ich, Lieutenant", murmelte er im Davongehen.

„Was kann ich tun?", fragte Freddie.

„Fahr mit Gonzo und Arnold nach Columbia Heights. Dort wurde sie zuletzt gesehen. Nehmt Fotos von ihr mit und hört euch um."

„Glaubst du, das hat etwas mit unserem Fall zu tun?", fragte er zögernd.

Sam dachte an Maria und Regina und die blutigen Tatorte in ihren Wohnungen. Und dann dachte sie an Jeannie – die wunderschöne, kluge, witzige Jeannie. Ihr Magen schmerzte. „Ich hoffe verdammt nochmal, dass es nicht so ist."

„Aber?"

„Ist es nur Zufall, dass sie verschwunden ist, nachdem sie die ganze Nacht eine der Freundinnen der Opfer observiert hat?“

Freddie atmete schwer aus, als ihm die möglichen Szenarien klar wurden.

„Hört euch um und berichtet alle halbe Stunde.“

Er versprach es und verschwand eilig.

Der Chief betrat ihr Büro.

„Ich habe alle Kräfte des Departments autorisiert, sich auf die Suche nach McBride zu konzentrieren“, erklärte Sam. „Allerdings ist mir durchaus klar, dass ich nicht über die Autorität verfüge ...“

„In einem Fall wie diesem schon. Absolut.“

„Ich weiß, ich sollte ruhig bleiben und das Kommando übernehmen ...“ Wenn nur ihre Hände aufhören würden zu zittern.

„Nehmen Sie sich eine Minute, und dann tun Sie genau das.“

„Wenn ihr irgendetwas zugestoßen ist ...“

„In diesem Job passieren nun mal Dinge, Lieutenant. Das wissen Sie ebenso gut wie jeder andere.“

Seine Worte wirkten wie ein Schwall kaltes Wasser, den sie gebraucht hatte. „Ich werde eine Kommandozentrale im Konferenzraum einrichten und Sie über jede neue Entwicklung auf dem Laufenden halten.“

„Malone und ich werden in der Kommandozentrale sitzen. Sie sind effektiver draußen in den Straßen.“

„Da wär ich auch lieber.“ Sam schnappte sich ein Funkgerät. „Sobald ich etwas in Erfahrung gebracht habe, melde ich mich.“

„Lieutenant“, sagte Gonzo im Türrahmen. „Jeannies Freund ist hier.“

„Bring ihn rein.“

Gonzo führte einen großen schwarzen Mann im eleganten Anzug ins Büro, und Sam fand, dass er und die ebenfalls große, attraktive Jeannie ein hinreißendes Paar abgaben.

„Danke", entließ sie Gonzo. „Ich komme in Kürze nach."

„Michael Wilkinson", sagte der Mann und gab ihr die Hand.

„Sam Holland. Ich habe schon viel von Ihnen gehört."

„Ich auch von Ihnen. Können Sie mir sagen, was getan wird, um Jeannie zu finden?" Seine Stimme war ruhig, doch Sam hörte die Hysterie heraus, die direkt unter der Oberfläche lauerte.

„Wir haben jeden aus diesem Department mit der Suche beauftragt. Wann wurde Ihnen klar, dass etwas nicht stimmt?"

„Kurz nach sieben. Wenn sie Nachtschicht hat, kommt sie nach Feierabend immer vorbei, damit wir noch ein bisschen Zeit füreinander haben, bevor ich gegen neun zur Arbeit muss. Wir arbeiten zu völlig unterschiedlichen Zeiten, deshalb nutzen wir das bisschen gemeinsame freie Zeit. Wenn sie verhindert ist, ruft sie an. Als sie diesmal nicht auftauchte, nicht anrief und auch nicht ans Telefon ging, machte ich mir Sorgen. Da ich weiß, wie es in ihrem Job laufen kann, dachte ich mir zuerst nicht viel dabei. Dann kam Will vorbei, und da wusste ich, dass etwas nicht stimmt, denn er wirkte sehr aufgewühlt."

Sam verstand die Partnerschaft zwischen McBride und Tyrone jetzt besser. Er schrieb die Berichte, damit sie eine Stunde mit ihrem Freund verbringen konnte. So, wie sie Jeannie kannte, revanchierte sie sich bei anderer Gelegenheit für diese nette Geste.

„Mr. Wilkinson, ich muss Sie fragen, wo Sie in der vergangenen Nacht waren."

Er wirkte erst verblüfft, dann geschockt. „Das kann nicht Ihr Ernst sein.“

„Ich muss das fragen.“

Die Hände auf den Hüften, erwiderte er frustriert: „Da Jeannie gestern sehr früh ihre Schicht angetreten hat, habe ich Überstunden gemacht und mir dann auf dem Heimweg etwas zu essen gekauft. Gegen neun war ich zu Hause. Ich habe eine Alarmanlage in meinem Haus, die sich automatisch einschaltet, sobald ich daheim bin. Das können Sie gern überprüfen.“

„Ich weiß Ihre Offenheit zu schätzen, und es tut mir leid, dass ich fragen musste.“

„Ich liebe sie, Lieutenant“, sagte er sanft. „Sie ist *diejenige* für mich. Ich könnte ihr niemals etwas antun. Tatsächlich hatte ich vor, ihr an diesem Wochenende einen Heiratsantrag zu machen.“ Er zog eine kleine Box aus seiner Jacketttasche und zeigte ihr den Ring.

„Der ist wunderschön“, sagte Sam aufrichtig. „Sie wird begeistert sein.“

„Wir müssen sie finden“, erklärte er. „Wir müssen einfach.“

„Das werden wir auch.“ Sam malte sich verschiedene Szenarien aus, die alle einem Horrorfilm glichen. „Wir werden sie finden.“

15

Sie suchten den ganzen Tag nach ihr. Kurz nach sieben am Abend stand Sam auf einem Gehsteig in Columbia Heights und nahm einen weiteren Anruf von Jeannies Mutter entgegen, die außer sich war vor Sorge. Sam tat ihr Bestes, um die Frau zu beruhigen, während sie gleichzeitig wünschte, jemand täte das auch für sie. Kaum hatte sie das gedacht, rief Nick an.

„Hey", sagte Sam.

„Schon irgendein Zeichen von ihr?"

„Nur ihr Auto. Wir haben es in der Capitol Mall vor einer Stunde entdeckt. Die Spurensicherung ist dran, hat aber bisher nichts gefunden, was uns bei der Suche nach ihr weiterhelfen würde."

„Shit."

„Ja."

„Was kann ich für dich tun, Liebes? Sag es einfach, und ich mache es."

„Mir fällt nichts mehr ein, was wir noch tun könnten. Malone hat vor einer Stunde das FBI eingeschaltet." Unter normalen Umständen hätte Sam etwas dagegen, dass das

FBI sich in einen ihrer Fälle einmischte, doch in diesem Fall würde sie jede Hilfe annehmen, die sie bekommen konnte.

„Wie geht es dir?“

Sein zärtlicher Ton trieb ihr Tränen in die Augen. Sie blinzelte dagegen an, denn wenn sie ihnen freien Lauf ließ, würde sie vermutlich nicht mehr aufhören zu weinen. „Ich hatte schon bessere Tage.“

„Liebes“, sagte er gequält. „Ich wünschte, ich könnte dir irgendwie helfen.“

„Es hilft schon, deine Stimme zu hören“, erwiderte sie. „Ich muss los.“

„Ich bin hier, falls du mich brauchst. Egal wofür.“

„Ich weiß.“

„Halte durch und pass auf dich auf.“

„Mach ich.“ Sie beendete das Gespräch und hielt das Telefon noch eine ganze Weile fest, als klammerte sie sich an ihn und seine Kraft. Dann räusperte sie sich und wollte die Straße zurückgehen, als sie Lieutenant Stahl praktisch in die Arme lief – die letzte Person, die sie jetzt sehen wollte.

„Haben Sie Probleme damit, Ihre Leute im Auge zu behalten, Lieutenant?“, erkundigte er sich, und sein fieses Grinsen war nach den Stunden der Anspannung einfach zu viel.

„Macht Ihnen das etwa Spaß? Was ist denn bloß los mit Ihnen? Ein ausgezeichneter Officer ist verschwunden, und Sie haben noch Zeit, mich zu piesacken? Setzen Sie Ihren fetten Arsch in Bewegung und helfen Sie bei der Suche nach ihr!“

Sie ließ ihn stotternd stehen und marschierte los, um Cruz und Gonzo zu finden. Einen halben Block weiter traf sie Captain Malone, der Chief Farnsworth die Kommandozentrale überlassen hatte, um sich nach den Fortschritten zu erkundigen.

„Und?", fragte er und sah müde und angespannt aus.

Sie schüttelte den Kopf. Ihr Magen schmerzte noch immer, und das Adrenalin, das sie den ganzen Tag angetrieben hatte, wich allmählich bleierner Müdigkeit. „Was können wir denn noch ausrichten? Es muss doch etwas geben."

„Wir tun, was wir können."

Sie schaute auf die Uhr. „Wir müssen einige Leute nach Hause schicken, damit sie schlafen."

„Das können Sie ja versuchen, aber die werden nicht gehen."

„War es schon in den Nachrichten?"

Er bejahte.

„Wir können ebenso gut verkünden, dass heute der beste Tag für ein Verbrechen in der Hauptstadt ist."

„Ich weiß."

Plötzlich knisterten ihre Funkgeräte. Sie blieben stehen und lauschten, wie die Zentrale einen Notruf weitergab. Es ging um eine farbige nackte Frau, die sechs Blocks von Sams und Malones Standort gefunden worden war. Sam rannte los, dicht gefolgt vom Captain.

„Lebt sie?", schrie Sam ins Funkgerät. Ihr Herz hämmerte wie Donner in ihren Ohren und machte es wegen des schweren Atems zusätzlich schwierig, irgendetwas zu verstehen.

„Über den Zustand des Opfers ist nichts bekannt", meldete sich die Zentrale. „Krankenwagen ist unterwegs."

Die Detectives Arnold und Gonzales meldeten sich kurz darauf vom Fundort und berichteten, bei der Frau handle es sich tatsächlich um Detective McBride. Sie lebe, sei jedoch bewusstlos, schwer misshandelt und blute.

Vor Erleichterung gaben Sams Knie beinahe nach, weshalb sie einen Moment stehen blieb, bevor sie weiterlief.

„Dem Himmel sei Dank“, hörte sie Malone sagen.

Sie sahen den Krankenwagen um die Ecke fahren, praktisch auf zwei Rädern, mit Blaulicht und Sirenen. Sam und Malone trafen nur Sekunden vor dem Krankenwagen am Tatort ein.

Gonzo hatte McBride seinen Mantel umgelegt, sodass Sam ihre Verletzungen nicht beurteilen konnte. Allerdings wies ihr hübsches Gesicht Prellungen auf, die sie fast bis zur Unkenntlichkeit entstellten. Sam erschrak heftig, als sie den Schnitt in ihrem Hals entdeckte. „Jesus.“

Cruz und Gonzo schauten mit grimmigen Mienen zu ihr auf.

Als die Sanitäter sich einen Weg durch die Menge bahnten, die sich in der Gasse versammelt hatte, traten sie alle zurück.

„Schafft die Leute hier weg“, befahl Sam. „Ich bleibe bei ihr. Ruft Tyrone an, damit er ihre Familie informiert.“

Cruz und Gonzo schickten die Schaulustigen weg. Malone nahm einen Anruf auf seinem Handy entgegen und folgte ihnen.

Sam ging neben Jeannies Kopf in die Hocke, während die Sanitäter schnell und konzentriert arbeiteten, um sie für den Transport zu stabilisieren.

„Kennen Sie ihre Blutgruppe?“, erkundigte sich einer der Sanitäter.

„Nein, aber die wird in ihrer Akte stehen.“ Sie rief in der Zentrale an und bat um die Information. Die Sanitäter hoben Jeannie unterdessen auf die Bahre und deckten sie zu. „Können Sie mir schon etwas sagen?“, fragte Sam die Sanitäter und gab sich Mühe, professionell zu bleiben, obwohl sie sich am liebsten auf jemanden gestürzt hätte.

Benommen nahm sie die Worte auf, während sie den Sanitätern hinterherlief. „Hoher Blutverlust durch den

Schnitt, auch wenn er nur oberflächlich war. Vermutlich Vergewaltigung, möglicherweise gebrochenes Handgelenk, Schürfwunden und zahlreiche Prellungen."

„Wird sie durchkommen?", wollte Sam wissen und fühlte sich elend bei der Vorstellung, was ihrer Freundin und Kollegin widerfahren war.

Einer der Sanitäter sah sie an. „Die Herzfrequenz ist stabil, der Blutdruck niedrig, allerdings nicht gefährlich."

Sam wusste, dass sie ihr keine Zusicherungen geben konnten, aber es klang doch, als sei Jeannies Zustand zwar ernst, aber nicht lebensbedrohlich. Sam winkte Freddie und Gonzo zu sich. „Lasst die Spurensicherung kommen und sucht jeden Zentimeter dieser Straße ab. Startet eine Befragung. Jemand muss gesehen haben, wie er sie hier abgelegt hat. Bringt mir Informationen, irgendwas."

Die beiden machten sich an die Arbeit, und die Zentrale gab Jeannies Blutgruppe durch. „AB positiv."

Sam gab das an die Sanitäter weiter und kletterte hinten in den Krankenwagen, um die nach wie vor bewusstlose Jeannie zu begleiten. Sam war froh, dass es Jeannie erspart blieb, das traumatische Ereignis erneut zu durchleben. Zumindest vorläufig. Diese Pause währte jedoch nicht lange, denn auf halbem Weg zum Krankenhaus fing Jeannie an zu stöhnen.

Sam legte ihr die Hand auf die Schulter. „Ganz ruhig. Alles wird gut."

Als Tränen aus Jeannies Augen liefen, wischte Sam sie fort. „Tut weh", flüsterte Jeannie.

„Können Sie ihr etwas gegen die Schmerzen geben?", bat Sam den Sanitäter.

Er nickte und rief die Notaufnahme an, um Instruktionen zu erhalten.

Jeannie leckte ihre übel geschwollenen Lippen und

zuckte zusammen. „Hat mich betäubt. Etwas hat mich in den Hals gestochen.“

So hatte er sie also erwischt.

„Entspann dich einfach.“ Sam widerstand dem Impuls, in den Vernehmungsmodus zu wechseln. „Wir können später darüber reden, was passiert ist, sobald es dir besser geht.“

„Ich habe mich gewehrt.“ Sie gab einen Schluchzer von sich. „So heftig ich konnte.“

„Ich weiß. Das hast du gut gemacht.“

„Hab ihn nicht kommen sehen. Ich war auf dem Weg zu Michael.“ Sie sah Sam an. „Lass nicht zu, dass er mich so sieht. Bitte.“

„Er ist außer sich vor Sorge.“

Ihr Weinen wurde zu einem Wimmern, das Sam das Herz brach. „Halt ihn zurück.“

„Was immer du möchtest. Beruhige dich und konzentriere dich auf deine Genesung.“

„Er sagte ...“ Sie schloss die geschwollenen Augen wieder.

„Was? Was hat er gesagt, Jeannie?“

„Soll dir ausrichten, dich rauszuhalten, sonst bist du die Nächste.“

Sam erschrak, als ihr klar wurde, was Jeannie da sagte. Der Mann, nach dem sie suchten, hatte sich Jeannie geschnappt, gequält und vergewaltigt, um sie anschließend mit einer Botschaft zurückzuschicken. Nur deswegen hatte er sie am Leben gelassen. Sam tätschelte ihrer Kollegin die Schulter. „Wir werden ihn erwischen. Für dich und Maria und Regina und jede andere Frau, die dieser kranke Dreckskerl angegriffen hat.“ Sie zweifelte inzwischen nicht mehr daran, dass es noch weitere Frauen gab, die sich nur nicht gemeldet hatten.

„Lieutenant", sagte der Sanitäter. „Wir sind gleich da."

Sam nahm eine aufrechte Haltung auf ihrer Bank ein, damit sie nicht im Weg war, während die Bahre aus dem Wagen gehoben wurde. Sie folgte den Sanitätern und Jeannie in die Notaufnahme des Washington Hospital Center, wo die meisten Detectives bereits warteten.

Kaum war Jeannie in einem Schockraum verschwunden, wurde Sam mit Fragen bestürmt. Sie hob die Hände, um die anderen zu stoppen. „Sie ist bei Bewusstsein und spricht, hat aber viel Blut verloren. Sie ist dankbar dafür, dass ihr alle hier seid, aber ihr müsst jetzt unbedingt nach Hause gehen und schlafen, damit wir morgen früh richtig loslegen können. Bitte geht alle nach Hause. Ihr habt heute gute Arbeit geleistet."

Unter reichlich Gemurmel und Gemurre zogen die meisten Detectives ab. Cruz, Gonzo, Arnold, Tyrone und Malone blieben.

„Ich dachte, ihr führt die Befragung der Nachbarschaft durch", wandte Sam sich an Cruz und Gonzo.

„Die zweite Schicht bestand darauf, das zu übernehmen, weil Jeannie unsere Freundin ist", erklärte Cruz.

„Okay", meinte Sam.

Eine Krankenschwester kam durch aufschwingende Doppeltür. „Lieutenant Holland? Detective McBride fragt nach Ihnen."

Sam sagte zu Malone: „Gehen Sie nicht weg. Ich muss mit Ihnen sprechen." Sie folgte der Krankenschwester den Flur entlang zu Jeannies Zimmer, in dem ein Ärzteteam fieberhaft an ihr arbeitete.

Sam fühlte einen Kloß im Hals. Da sie keine Ahnung hatte, was sie sagen sollte, nahm sie einfach Jeannies Hand und hielt sie, während der Chirurg den üblen Schnitt an ihrem Hals nähte.

„Die machen einen Spurensicherungstest für Sexualdelikte", flüsterte Jeannie mit Tränen in den Augen. „Bleibst du bei mir?"

„Selbstverständlich, aber hättest du nicht lieber deine Mutter ..."

„Nein!"

„Okay." Sam war ein bisschen erschrocken über diese Vehemenz. „Wie du möchtest. Ich muss den anderen Bescheid sagen, aber ich bin gleich wieder da."

Sam kehrte ins Wartezimmer zurück und winkte Cruz und Gonzo zu sich. „Ihr könnt heute Abend nichts mehr tun, also geht nach Hause. Ich will, dass ihr morgen früh alle ausgeruht seid."

„Ruf an, falls du irgendetwas brauchst", meinte Gonzo. „Dann komme ich umgehend zurück."

„Ich auch", sagte Cruz.

Sam versprach es und schickte sie fort. Dann wandte sie sich an Malone und wiederholte die Botschaft, die der Täter ihr gesandt hatte.

„Um Himmels willen." Die Hände auf den Hüften, musterte er sie. „Ich nehme nicht an, dass Sie mir gestatten werden, Ihnen zwei Officer zur Seite zu stellen, bis diese Geschichte vorbei ist."

„Ich bitte Sie."

„Der Kerl ist gut, Sam. Er hat eine erfahrene Polizistin am helllichten Tag auf offener Straße entführt. Behaupten Sie bloß nicht, das könnte Ihnen nicht passieren."

„Der wird mich nicht kriegen."

„Ich, äh, erinnere Sie nur ungern daran, was erst vor Kurzem mit Reese passiert ist." Clarence Reese hatte Sam überrumpelt, indem er auf den Rücksitz ihres Wagens gesprungen war und ihr eine Pistole an den Kopf gehalten hatte.

„Das war Pech. Ich war nicht auf dem Damm. Aber das bin ich jetzt vollkommen, das kann ich Ihnen versichern.“

„Sie sind erschöpft und wütend. Das sind wir alle. Ich kann es nicht gebrauchen, dass mir ein weiterer Officer von diesem Kerl weggeschnappt wird.“

„Er wird es nicht wieder tun“, erklärte Sam.

„Da scheinen Sie sich ja sehr sicher zu sein.“

„Er hat sich Jeannie nur geschnappt, um die Botschaft an uns zu übermitteln. Wir sind ihm bei unseren Ermittlungen schon zu nah gekommen.“

„Er ist unfassbar dreist. Hinterlässt überall DNA-Spuren, als glaubte er, er stünde über dem Gesetz und könnte niemals gefasst werden.“

„Lindsey hat dasselbe gesagt. Was glauben Sie, passiert, wenn ich DNA-Tests von den Senatoren verlange, für die die beiden Frauen gearbeitet haben?“

Malone gab ein harsches Lachen von sich. „Viel Glück dabei.“

„Aufgrund der Vorgehensweise fange ich langsam an zu glauben, dass es einer von ihnen war. Also einer von fünf. Wir wissen, dass es nicht Lightfeather war, und wir wissen auch, dass Nick es nicht war.“

„Sie bitten mich ernsthaft darum, Sie zu autorisieren, von fünf U.S.-Senatoren DNA-Proben einzufordern?“

„Genau.“ Für Sam nahm diese Idee immer mehr Gestalt an. „Ich schätze schon.“

„Sie sind mein Sargnagel, Holland. Der absolute Nagel zu meinem Sarg.“

Zum ersten Mal an diesem Tag lächelte sie. „Versuchen Sie Ihr Glück und sagen Sie mir Bescheid.“

„Ich werde mich darum kümmern.“

„Sie sind der Beste.“

Vor sich hinmurmelnd verließ er den Raum.

Sam wandte sich an Tyrone, den einzigen noch anwesenden Detective. „Du solltest auch nach Hause gehen, Will. Es gibt nichts mehr, was du heute noch für sie tun könntest."

„Wenn du nichts dagegen hast, würde ich lieber bleiben."

Sam merkte, dass es keinen Sinn hätte, mit ihm darüber zu diskutieren. „Ich weiß, du machst dir Vorwürfe, aber du hättest es nicht verhindern können."

„Das sage ich mir auch die ganze Zeit. Und trotzdem ..."

Michael Wilkinson kam hereingestürmt, Arm in Arm mit einer älteren Frau, die Jeannies Mutter sein musste. Die zwei sahen aus, als hätten sie die Hölle durchgemacht.

„Lieutenant!", schrie Michael, während Jeannies Mutter Tyrone umarmte. „Wo ist sie? Ich will sie sehen. Wird man uns zu ihr lassen?"

„Sie wurde übel zugerichtet", erklärte Sam. „Aber sie ist bei Bewusstsein. Momentan kann sie keinen Besuch empfangen." Sie hatte keine Ahnung, wie sie ihm beibringen sollte, was mit Jeannie passiert war oder dass sie ihn nicht sehen wollte.

„Jemand sollte bei ihr sein", sagte er.

„Ich gehe gleich wieder zu ihr, um mit ihr über das zu sprechen, was passiert ist", sagte Sam. „Sobald ich mehr weiß, komme ich zurück." Sie musste mit Jeannie dringend klären, was die anderen über den Überfall wissen sollten.

„Richten Sie ihr bitte aus, dass wir hier sind und sie lieb haben", meldete Mrs. McBride sich zu Wort.

„Mach ich."

Als Sam den Schockraum betrat, erläuterte eine Krankenschwester gerade die Notwendigkeit eines HIV-Tests sowie vorbeugender Medikamente und die

Verhütungspille danach. Schluchzend unterschrieb Jeannie die Einverständniserklärung.

„Deine Mom und Michael sind im Wartezimmer", informierte Sam sie. „Sie lassen dir ausrichten, wie lieb sie dich haben. Ich habe ihnen gesagt, dass die Ärzte vorläufig keinen Besuch erlauben."

„Danke." Jeannie zuckte zusammen, als sie sich die Tränen aus dem geschwollenen Gesicht wischte.

„Sie würden dich wirklich gern sehen."

„Ich kann nicht", flüsterte sie. „Ich kann einfach nicht."

Ein mobiles Röntgengerät wurde hereingerollt, um ihr Handgelenk zu röntgen.

Sam versuchte, nicht im Weg zu sein, während sie nah bei Jeannie blieb. In der nächsten halben Stunde kamen und gingen Ärzte sowie Krankenschwestern. Eine speziell für die Untersuchung von Opfern von Sexualdelikten ausgebildete Krankenschwester erläuterte Jeannie den Ablauf, obwohl der weibliche Detective viele Vergewaltigungsfälle bearbeitet hatte und die Prozedur kannte.

Sam stand neben ihr und sprach tröstende Worte, während die Krankenschwester Fotos von Jeannies Verletzungen machte, einschließlich der Abschürfungen durch das Seil, mit dem ihre Handgelenke und Fußknöchel gefesselt worden waren. Die Schwester schnitt ihr die Fingernägel, nahm Haarproben vom Kopf und aus dem Schambereich, identifizierte und sammelte Sperma von ihren Beinen und aus ihrer Vagina, machte einen Abstrich für die DNA-Analyse und nahm eine Unterleibsuntersuchung vor. Die gesamte Prozedur dauerte fast drei Stunden, doch Sam blieb die ganze Zeit bei ihr. Jeannie weinte ununterbrochen.

Als es vorbei war, fühlte Sam sich ebenfalls wie

misshandelt. Sie konnte sich kaum vorstellen, wie Jeannie sich fühlen musste. Ein Orthopäde erschien und behandelte ihr gebrochenes Handgelenk, eine weitere quälende Angelegenheit. Erst als Jeannie in eines der Zimmer in den oberen Stockwerken verlegt werden sollte, hörte sie auf zu weinen.

„Soll ich dir noch irgendetwas besorgen?", erkundigte Sam sich.

„Nein. Danke, dass du bei mir geblieben bist. Ich weiß das wirklich zu schätzen, aber jetzt hast du es bestimmt eilig, endlich nach Hause zu kommen." Dass sie jetzt unheimlich ruhig und gefasst wirkte, war für Sam beinahe noch schwerer zu ertragen als ihr Weinen. Denn das war wenigstens nachvollziehbar gewesen.

„Es hat mir nichts ausgemacht, bei dir zu bleiben. Die schicken dir einen auf Vergewaltigungsopfer spezialisierten Psychologen rauf, mit dem du sprechen kannst."

„Das wird nicht nötig sein."

„Jeannie, du musst mit jemandem reden ..."

„Bitte sag denen, sie sollen mir keinen Psychologen schicken. Ich muss schlafen, nicht reden."

„Was soll ich deiner Mutter und Michael sagen?"

„Du kannst sie nachher zu mir auf mein Zimmer schicken, sobald ich oben bin."

„Bist du wirklich bereit, sie zu sehen?"

Jeannie nickte. „Aber ich will ihnen gegenüber nichts von der Vergewaltigung erzählen. Verstehst du das?"

„Natürlich." Sam zögerte und fügte dann hinzu: „Irgendwann wirst du es ihnen erzählen müssen ..."

„Aber das muss nicht jetzt sein."

„Na schön, ich werde sie zu dir nach oben schicken."

„Und dann möchte ich, dass du nach Hause fährst. Ich komme hier klar, und du brauchst Schlaf, damit du fit bist für die Jagd nach diesem Ungeheuer, das mir und Regina und Maria das angetan hat. Wir brauchen dich, Lieutenant."

Nachdem sie stundenlang geweint hatte, war Jeannie nun beängstigend gefasst. Sam drückte ihr die nicht eingegipste Hand. „Ich werde alles geben."

„Daran habe ich nicht den geringsten Zweifel." Jeannies sonst lebhafte Augen waren matt. „Ich werde nie vergessen, was du heute für mich getan hast."

„Ich habe nur meinen Job gemacht."

„Du hast viel mehr getan als das, und das werde ich nicht vergessen."

„Ich wünschte, es wäre mehr gewesen und dass wir dich hätten finden können, bevor …"

Jeannie schüttelte den Kopf. „Was geschehen ist, ist geschehen. Wir müssen uns nicht wieder und wieder damit befassen."

„Allerdings müssen wir morgen über die Einzelheiten sprechen. Woran du dich erinnerst, wohin er dich gebracht hat …"

„Ich verstehe."

„Ich hole deine Mom und Michael und sehe dich dann oben."

16

Nick kehrte von einer weiteren Wohltätigkeitsgala nur äußerst ungern in das leere Haus zurück, zumal Sam im Krankenhaus bei Jeannie war. Er war so erleichtert gewesen, den kryptischen Text von Sam zu erhalten, in dem sie andeutete, McBride sei verletzt, aber lebend gefunden worden. Statt den restlichen Abend nervös auf weitere Nachrichten von Sam zu warten, nutzte er die Ruhe, die übrigen achtunddreißig Nachrichten auf seiner Voicemail durchzugehen. Nummer vierundzwanzig war Scotty.

„Ähm, Senator Cappuano, hier ist Scotty Dunlap." Nick musste über den stammelnden Anfang grinsen. „Mrs. Littlefield meinte, es ist okay, wenn ich Sie anrufe und Ihnen sage, dass ich total begeistert bin von dem Trikot, das Sie mir geschickt haben. Das war das Netteste seit Langem, was jemand für mich getan hat. Wenn Sie mich, äh, zurückrufen wollen – ich darf bis neun angerufen werden." Der Junge nannte die Nummer. „Okay, ähm, und Tschüss."

Nick schaute auf seine Uhr. Zwanzig vor neun. Er wählte die Nummer, die Scotty ihm gegeben hatte, fragte nach dem

Jungen und wartete, während die Frau, die sich am Telefon gemeldet hatte, ihn suchen ging.

„Hallo", hörte er Scottys atemlose Stimme einige Minuten später.

„Hallo, du. Ich bin es, Nick Cappuano."

„Oh. Senator."

„Du kannst mich Nick nennen, wenn du möchtest."

„Echt?"

„Klar. Ich finde es öde, wenn alle mich nur Senator nennen. Das ist ja schließlich nicht mein Name."

Scotty kicherte.

„Das Trikot hat dir also gefallen?"

„Ich liebe es. Die anderen waren alle neidisch."

„Vielleicht sollte ich denen auch T-Shirts schicken."

„Nee, die sollen ruhig neidisch sein."

Nick lachte. „Pass mal auf. Am Sonntag haben wir ein Abendessen mit der Familie. Ich habe mich gefragt, ob du vielleicht Lust hast, mitzukommen."

„Zu *Ihrer* Familie?"

„Meiner Adoptivfamilie."

„Sie sind adoptiert?"

„Na ja, nicht offiziell. Ihr Sohn John war mein bester Freund, und als er mich während unserer gemeinsamen Collegezeit nach Hause mitgebracht hat, haben seine Eltern mich praktisch in die Familie aufgenommen."

„Was ist denn mit Ihrer eigenen Familie?"

„Ich habe nicht viele Angehörige."

„Genau wie bei mir."

„Ja."

„Sie haben gesagt, er *war* Ihr bester Freund. Ist er das nicht mehr?"

Der plötzliche Schmerz erwischte Nick völlig

unvorbereitet. Eigentlich hätte er sich mittlerweile daran gewöhnt haben müssen. „Er ist vor einigen Monaten gestorben."

„Das tut mir leid. Sie müssen sehr traurig gewesen sein."

„Ja. Bin ich immer noch."

„Es dauerte lange nach dem Tod meines Grandpas und meiner Mom, bis ich nicht mehr jeden Tag traurig war."

Nick räusperte sich, weil er einen Kloß im Hals hatte. „Tatsächlich? Wie lange hat es denn gedauert?"

„Ein Jahr oder so. Vielleicht auch ein bisschen länger."

„Es muss hart gewesen sein für dich ganz allein."

„War es auch. Aber Sie sind nicht allein, oder?"

„Nein, Kumpel. Ich habe meine Verlobte, viele gute Freunde und Johns Familie. Die helfen mir, damit klarzukommen."

„Da haben Sie Glück."

„Ich weiß."

„Mrs. Littlefield hat gesagt, Ihre Verlobte ist Police Officer."

„Sie ist sogar Detective."

„Das ist ja echt cool."

„Cooler als Senator?"

„Äh, och ..., ja!"

Nicks Lächeln verschwand, als ihm Sams verzweifelte Suche nach Jeannie McBride wieder einfiel. „Manchmal trifft das auch zu. An manchen Tagen kann es auch sehr stressig sein. Ich habe ihr übrigens von dir erzählt, und sie freut sich schon darauf, dich kennenzulernen."

„Wirklich?"

„Ja klar", versicherte Nick ihm. „Also, was meinst du? Abendessen am Sonntag?"

„Wie komme ich denn dort hin?"

„Ich habe morgens eine Wahlkampfveranstaltung. Hinterher fahre ich nach Richmond und hole dich ab, und dann fahren wir zur Farm."

„Die leben auf einer *Farm*?"

„Auf einer Pferdefarm."

„Das ist ja stark!"

Nick musste über Scottys Begeisterung grinsen. „Bist du schon mal auf einem Pferd geritten?"

„Nein."

„Das könnten wir am Sonntag vielleicht mal probieren."

„Ja, gern."

„Dann hole ich dich gegen Mittag ab. Einverstanden?"

„Was soll ich denn anziehen?"

„Jeans und ein anständiges Hemd. Ist das in Ordnung?"

„Krieg ich hin."

„Ich freue mich darauf, dich Sonntag zu sehen."

„Ich auch. Ich meine, ich freue mich auch auf Sonntag. Vielen Dank für die Einladung."

Der Junge war süß und dankbar und wirkte gleichzeitig schon reif. „Ich habe das Gefühl, es wird mir ein Vergnügen sein. Bis bald."

Nick beendete das Gespräch und lehnte sich auf dem Sofa zurück. Er würde den Großteil des Tages unterwegs sein, aber das machte nichts. Er konnte es kaum erwarten, Scotty wiederzusehen.

Bestürzt über Jeannies plötzliche Ruhe, machte Sam sich auf den Weg zum Wartezimmer. Natürlich war sie froh, dass Jeannie aufgehört hatte zu weinen, doch fand sie die nun folgende Ruhe ihrer Kollegin im Lichte dessen, was Jeannie hatte durchmachen müssen, verstörend. Als Sam das Wartezimmer betrat, sprang Michael auf.

„Lieutenant, wie geht es ihr? Können wir sie schon sehen?"

„Sie wird jetzt nach oben verlegt, und ich bringe Sie hin. Aber Sie sollten wissen, dass ihr Gesicht geschwollen ist von den Prellungen."

Ein Wangenmuskel zuckte im Gesicht des Mannes, und er sah aus, als könnte er jemanden umbringen für das, was man Jeannie angetan hatte. Sam konnte das gut nachvollziehen, da sie sich die meiste Zeit des Tages genauso gefühlt hatte. Mrs. McBride weinte leise, während sie dem Gespräch lauschte.

„Ich werde Sie jetzt nach oben bringen", erklärte Sam.

Detective Tyrone folgte ihnen in den Fahrstuhl, der sie in den vierten Stock brachte. Sam führte sie zu der Zimmernummer, die man ihr genannt hatte, und ließ die anderen zuerst eintreten. Michael und Tyrone hielten sich zunächst zurück, da Jeannies Mutter sofort an das Bett ihrer Tochter eilte.

Jeannie umarmte ihre schluchzende Mutter und versicherte ihr, jetzt sei alles wieder in Ordnung. Sie hielt ihre Mutter, bis diese sich beruhigt hatte. Dann trat Tyrone vor, umarmte seine Partnerin und strich ihr über die Haare.

„Du hast mir eine Scheißangst eingejagt."

„Tut mir leid."

„Dir muss überhaupt nichts leidtun. Wir werden uns diesen Dreckskerl schnappen."

„Das weiß ich", erwiderte Jeannie. „Aber fahr jetzt nach Hause und schlaf. Es ist in Ordnung."

„Bist du dir sicher?"

Jeannie brachte ein Lächeln für ihn zustande. „Absolut."

„Ich werde bei ihr sein", versicherte Michael ihm.

Der Detective ging zu Sam, die im Türrahmen wartete. „Ich werde früh da sein."

„Nimm dir die Zeit, wenn du sie brauchst", sagte Sam.

„Ich will helfen."

„Dann sehen wir uns morgen früh."

Tyrone ging, und Sam wandte sich wieder der Szene zu, die sich in Jeannies Krankenzimmer abspielte. Michael nahm Jeannie fest in die Arme, und seine breiten Schultern bebten, als er endlich zusammenbrach.

„Ich dachte, ich sehe dich nie wieder, Liebes", stieß er zwischen den Schluchzern hervor.

„Ich bin hier." Sie streichelte seinen Rücken. „Ich bin hier bei dir."

Dieser emotionale Austausch war nach diesem strapaziösen Tag beinahe zu viel. Über Michaels Schulter hinweg stellte sie Blickkontakt mit Jeannie her und erschrak über ihre unbeteiligte Miene. Etwas in ihr war offenbar zerbrochen, und Sam fragte sich, ob sie jemals wieder dieselbe sein würde. Sam wollte gehen, damit die beiden ungestört waren, doch Jeannie rief sie zurück.

„Du willst doch bestimmt so schnell wie möglich zu Nick", meinte Jeannie.

„Ich kann bleiben, solange du mich brauchst."

„Ich werde bei ihr bleiben", erklärte Michael.

„Fahr nach Hause, Lieutenant", sagte Jeannie. „Ich komme zurecht."

„Morgen früh müssen wir uns ein wenig ausführlicher unterhalten."

Jeannie meinte nur resigniert: „Ich weiß."

„Also, bis dann."

„Sam?"

Sam drehte sich noch einmal um.

„Danke noch mal. Für alles."

Sam winkte und ließ die Kollegin in den Händen ihres

hingebungsvollen Freundes zurück. Mit müden Schritten verließ sie das Krankenhaus und spürte sämtliche Knochen. Die Erschöpfung hing an ihr wie ein nasses Laken. Die frische kalte Luft weckte sie wieder ein wenig auf und vertrieb die seit Stunden anhaltende Benommenheit. Allerdings meldeten sich gleichzeitig die bisher unterdrückten Ängste, die Emotionen und das Entsetzen dieses langen Tages, sodass ihre Hände zu zittern anfingen. Sie fragte sich, wie sie damit Auto fahren sollte, aber dann fiel ihr ein, dass ihr Wagen ja irgendwo in Columbia Heights stand, weshalb sie Nick anrief.

„Hey, Liebes." Er klang verschlafen. „Wie geht es ihr?"

„Den Umständen entsprechend." Sam schaute zum sternenklaren Himmel hinauf, und ihr Atem erzeugte weiße Dampfwölkchen in der Luft. „Ich tue das nur ungern, weil es schon spät ist, aber meinst du, du könntest mich hier abholen? Anscheinend sitze ich hier am Washington Hospital Center fest."

„Ich bin in ein paar Minuten da."

„Danke."

Während sie auf ihn wartete, schickte Sam ihrer gesamten Einheit eine Nachricht, in der sie alle um sieben ins Hauptquartier beorderte. Fünfzehn Minuten später bog Nicks schwarzer BMW auf den Krankenhausparkplatz ein. Nick hielt vor ihr und öffnete die Tür von innen.

Sam stieg rasch ein und seufzte zufrieden, als ihr erschöpfter Körper in den beheizten Sitz sank. „Oh, das fühlt sich gut an." Sie beugte sich herüber, um Nick zu küssen, und strich ihm die zerwühlten Haare glatt. „Ich habe dich aus dem Bett geholt. Sorry."

„Ich habe nicht geschlafen." Er legte den Automatikhebel auf „Drive". „Ich hatte gehofft, du kommst endlich nach Hause." Sie fuhren eine Weile schweigend, dann meinte er: „Geht es ihr wirklich einigermaßen?"

„Sie wird wieder", antwortete Sam trotz ihrer nicht geringen Zweifel. „Irgendwann."

„Was ist passiert?"

Sam saß zurückgelehnt und drehte den Kopf, um ihn anzusehen. „Nimmst du es mir sehr übel, wenn ich das nicht noch mal alles durchgehen kann? Jedenfalls nicht heute Abend."

„So schlimm, was?"

„Ja."

Er legte die Hand auf ihr Bein.

Sam hätte gern ihre Hand auf seine gelegt, aber er sollte nicht merken, wie sehr sie zitterte, deshalb ließ sie sie in den Manteltaschen.

Zu Hause ging Sam direkt unter die Dusche und blieb lange unter dem Wasserstrahl stehen, während sie darüber nachdachte, was passiert war, was hätte passieren können und was nun weiter passieren musste. Außerdem dachte sie an die Drohung, die Jeannie mitgebracht hatte.

Sam hatte gehofft, durch die Dusche würde das Zittern aufhören, aber dadurch wurde es nur schlimmer. Mit ihren zitternden Händen kämpfend, zog sie eine Jogginghose und ein langärmeliges T-Shirt an, bevor sie sich zu Nick ins Bett legte.

„Willst du irgendwo Ski laufen?", fragte er, legte den Arm um sie und zog sie an sich. Genau wie er trug sie normalerweise zum Schlafen so wenig wie möglich.

„Ich friere", murmelte sie und hoffte, er würde ihr diese Erklärung für das Zittern abnehmen.

„Dann lass mich dich wärmen."

Sam klammerte sich an ihn, atmete seinen Duft ein und

versuchte, den Horror zu vergessen. Ihr war klar, dass sie ihm von der Drohung gegen sie erzählen musste. Sie hatte hart an sich gearbeitet, um ihm gegenüber offener und aufrichtiger zu sein, doch angesichts der gefährlich nah an der Oberfläche brodelnden Emotionen befürchtete sie, die Selbstbeherrschung völlig zu verlieren, wenn sie anfing zu reden.

„Warum zitterst du immer noch wie Espenlaub?", wollte er nach etlichen Minuten wissen.

„Weiß nicht."

„Samantha." Er küsste sie auf den Kopf, dann auf die Stirn. „Du bist bei mir, sicher in meinen Armen. Es ist vorbei. Du bist in Sicherheit, und Jeannie ist ebenfalls in Sicherheit. Es wird alles wieder gut."

Sie hätte das Zittern überwunden und alles wäre kein Problem gewesen, wenn er nicht genau erkannt hätte, was es verursacht hatte. Seine liebevollen Worte ließen sie aufschluchzen. Und dann flossen die Tränen, als sei ein Damm gebrochen. Sie durchnässten ihre Haare und seine Brust.

Nick hielt sie fest in den Armen, sagte jedoch nichts. Er streichelte ihren Rücken und bot ihr die richtige Menge Trost. Erneut kam ihr in den Sinn, dass sie früher, bevor sie zusammengekommen waren, nie ihre Gefühle herausgelassen hätte. Sie hätte sie schlicht unterdrückt und irgendeinen Weg gefunden, den Albtraum durchzustehen. Seine verlässliche Gegenwart erinnerte sie daran, dass sie das nun nicht mehr musste.

Nick wischte ihr die Tränen aus dem Gesicht und fuhr ihr durch die Haare.

Irgendwann merkte Sam, dass das Zittern aufgehört hatte, und sie seufzte erleichtert. Die Krise war vorbei.

„Fühlst du dich besser?", erkundigte er sich.

Plötzlich verlegen wegen des Ausbruchs, versuchte sie von ihm wegzurücken. „Ja."

„Nicht, Sam."

„Nicht was?"

„Du sollst dich nicht dafür schämen, dass du, wie wir anderen, auch nur ein Mensch bist."

Aus irgendeinem Grund brachte sie das zum Lachen. Sie sah ihn an, und es kümmerte sie nicht einmal, dass er ihr tränennasses Gesicht sah. „Du bist genau richtig für mich, und ich liebe dich."

„Tja", sagte er, offenbar ein wenig überrumpelt, „das trifft sich ja gut, denn du bist auch genau richtig für mich. Und ich liebe dich auch."

Sie kuschelte sich wieder an seine Brust. „Wir sollten heiraten oder so was."

„Oder so was."

„Hast du heute von Tinkerbell gehört?"

„Sie hat ihren Kostenvoranschlag geschickt."

„Und?"

Er nannte eine Zahl, bei der Sam sich erschrocken aufsetzte.

„Du willst mich wohl auf den Arm nehmen."

„Das ist der Gesamtpreis – für sie, die Feier im Hay, die Kirche, die Blumen, die Autos, die Torte. Alles außer den Kleidern und Smokings."

„Das ist unerhört! Mit so viel Geld könnten wir ein Jahr lang ein Entwicklungsland unterstützen!"

„Wir können immer noch durchbrennen – fliegen wir nach Las Vegas und bringen die ganze Sache hinter uns."

So verlockend diese Idee war, Sam durfte ihm nicht die Hochzeit verweigern, die er sich wünschte, selbst wenn er bereit war, ihr zuliebe darauf zu verzichten. „Wir fliegen nicht nach Las Vegas." Ihr war klar, wie mürrisch das klang.

„Bist du dir sicher?"

Das war die letzte Chance, um die große Hochzeit in Weiß herumzukommen. Sobald sie den Vertrag mit Tinkerbell unterschrieben hatten, würde die Sache nicht mehr in ihren Händen liegen. „Ja, ich bin mir sicher."

Er beugte sich über sie und schaute auf sie herunter. „Das klingt nicht überzeugend."

Sam betrachtete sein attraktives Gesicht, und die aufsteigenden Gefühle signalisierten ihr, dass es absolut nichts gab, was sie nicht tun würde, um ihn glücklich zu machen. Sie legte ihm die Arme um den Nacken. „Es ist *so* viel Geld."

Er gab ihr einen zärtlichen Kuss. „Mach dir deswegen keine Gedanken. Das ist kein Problem. Ich habe selbst auch ein bisschen Geld." Er meinte zusätzlich zu dem, was John ihm hinterlassen hatte. „Ich habe früher immer nur gearbeitet, und wenn man sich nichts gönnt, häuft man das Geld eben an."

„Bist du dir denn wirklich sicher, dass du es dafür ausgeben willst?"

Ein sinnliches Lächeln umspielte seine sexy Lippen. „Da bin ich mir sehr sicher, aber nur, wenn du es auch willst."

„Ich werde es dir unter einer Bedingung gestatten."

„Ich kann's nicht erwarten, die zu hören."

„Ich bezahle für die Flitterwochen."

„Du musst nicht ..."

Sam zog ihn zu sich herunter und küsste ihn. „Das ist mein letztes Angebot."

Er legte seine Stirn an ihre. „Du bist eine harte Verhandlerin. Aber na schön, ich werde es dir erlauben."

„Du wirst es mir *erlauben*?" Als Sam anfing, mit ihm zu

ringen, was zweifellos ins Liebesspiel übergehen würde, merkte sie, dass sich die Wolke der Traurigkeit und Verzweiflung gelichtet hatte. Nick war der einzige Mann, der so etwas schaffte, und deshalb konnte sie ihm eine Hochzeit zugestehen, die keiner von ihnen je vergessen würde.

17

Noch lange, nachdem Sam eingeschlafen war, lag Nick wach und betrachtete sie. Sie war stets stark und beherrscht. Sie einmal anders zu erleben, war beunruhigend, obwohl der Zusammenbruch durchaus verständlich war. Die lange Suche nach Jeannie, sie schwer verletzt aufzufinden – und wer wusste schon, was sie alles hatte erdulden müssen –, würde jeden unter dem Druck zusammenbrechen lassen. Selbst seine coole, kompetente Samantha.

Er fuhr mit den Fingern durch ihre langen karamellfarbenen Locken und war froh, dass sie es bei ihm herausgelassen hatte und dass er für sie da sein konnte. Er wollte immer für sie da sein, wenn sie ihn brauchte. Wenn es nach ihm ging, konnte die Hochzeit gar nicht schnell genug stattfinden. Sam dagegen wäre es lieber, wenn sie einfach durchbrannten. Das wusste er. Aber Shelby würde schon dafür sorgen, dass es für sie beide ein unvergesslicher Tag wurde, und so wollte Nick es auch.

Sein Handy klingelte, was ihn vor Schreck zusammenzucken ließ, denn sein Telefon war normalerweise nicht dasjenige, das mitten in der Nacht klingelte. Nick meldete sich und hoffte, Sam dadurch nicht aufzuwecken. „Hallo?", flüsterte er.

„Senator Cappuano? Hier spricht Dr. Manchester aus dem Huron Hospital in Cleveland."

Verblüfft zog Nick eine Sportshorts an und verließ das Zimmer, wobei er die Tür hinter sich schloss. „Was kann ich für Sie tun?"

„Ich wollte Sie darüber informieren, dass Ihre Mutter heute Nacht in die Notaufnahme eingeliefert wurde. Sie ist eine Treppe hinuntergestürzt."

„Wie ... wie geht es ihr?" Nick fragte sich, warum der Arzt ihn angerufen hatte. Er hatte seine Mutter seit über fünf Jahren nicht mehr gesehen.

„Sie hat einige Prellungen und Abschürfungen davongetragen, aber nichts gebrochen. Wir haben ein CT gemacht, um eine Kopfverletzung auszuschließen, und nichts gefunden."

„Okay." Nick schluckte. „Was kann ich tun?"

„Sie möchte, dass Sie kommen, falls das überhaupt möglich ist."

Nick hatte keine Ahnung, was er sagen sollte, während die vertraute alte Hoffnung in ihm keimte. Er hatte die zahllosen Male nicht vergessen, bei denen seine Mutter versprochen hatte, zu kommen, und dann doch nicht aufgetaucht war.

„Senator?"

„Will sie wirklich, dass ich vorbeikomme?" Nick fühlte sich wieder ein wenig wie der verwirrte Zehnjährige mit dem wehmütigen Unterton in der Stimme.

„Sie meinte, sie habe sonst niemanden."

Nick ließ für einen Moment den Kopf hängen, holte tief Luft und fragte sich, was aus dem Kerl geworden war, den sie bei ihrer letzten Begegnung geheiratet hatte. Ehe ihm all die Gründe einfallen konnten, weshalb es eine schlechte Idee war, zu ihr zu fahren, sagte er: „Ich werde morgen früh da sein. Können Sie ihr das ausrichten?"

„Ja, natürlich."

Er ging nach unten in die Küche, auf der Suche nach einem Stift. „Haben Sie eine Telefonnummer für mich, unter der ich mich nach ihr erkundigen kann, bevor ich aufbreche?"

Der Arzt nannte ihm die Nummer des Stationszimmers. „Dann sehe ich Sie morgen."

„Ja, bis dann", verabschiedete Nick sich. Er lehnte eine Minute an der Arbeitsfläche, dann ging er ins Arbeitszimmer, um sich online ein Flugticket zu kaufen.

Als er ins Schlafzimmer zurückkam, setzte Sam sich gerade im Bett auf und schaltete die Nachttischlampe ein. „Wer war das am Telefon?"

Es tat ihm leid, dass er sie geweckt hatte. „Niemand, Liebes. Schlaf weiter."

„Nach niemand klang das aber nicht."

Noch immer das Telefon in der Hand, setzte er sich auf das Bett. „Meine Mutter ist die Treppe heruntergefallen. Sie ist im Krankenhaus."

„Oh. Wow. Und sie hat dich angerufen?"

„Der Arzt. Sie hat ihm gesagt, dass sie sonst niemanden hat."

Sam rutschte zu ihm, bis sie hinter ihm war. Sie legte ihm die Arme um die Schultern und das Kinn auf seinen Kopf. „Was wirst du tun?"

„Ich fliege morgen hin."

„Ich kenne nicht einmal den Namen deiner Mutter."

„Nicoletta Bernadino. Das war ihr Mädchenname. Ich habe keine Ahnung, welchen Namen sie heute trägt."

„Wann hast du sie denn zuletzt gesehen?"

„Vor fünf Jahren."

„Und wann hast du zuletzt mit ihr gesprochen?"

„Vor zwei oder drei Jahren."

„Hm."

„Was?"

„Nichts. Lass uns wieder schlafen." Sie versuchte, ihn ins Bett zu locken.

Er drehte sich zu ihr um. „Was wolltest du sagen?"

„Nichts", versicherte sie ihm, doch er glaubte ihr nicht. Er sah die Fragen in ihren kühlen blauen Augen.

„Samantha ..."

„Ich, hm, finde das Timing nur interessant."

„Inwiefern?"

„Du bist vor Kurzem zu viel Geld gekommen. Ich hoffe nicht, dass es darum geht."

Jetzt fing Nick an, sich Sorgen zu machen, denn dieser Verdacht war nicht völlig abwegig. Seine Mutter hatte meist ein Leben von der Hand in den Mund geführt, das von zahlreichen Ehen und Scheidungen geprägt war.

„Tut mir leid", meinte Sam nach langem Schweigen. „Das hätte ich nicht sagen sollen."

„Es ist in Ordnung." Er kam zurück ins Bett und machte das Licht aus. „Ist mir auch schon in den Sinn gekommen."

„Aber du hoffst, dass sie einfach nur ihren Sohn sehen will, während sie im Krankenhaus liegt."

Er zuckte die Schultern. Bei Sam konnte man sich darauf verlassen, dass sie stets ins Schwarze traf.

Sam legte sich auf ihn und küsste seine Brust. „Ich will nicht, dass jemand dir wehtut, Nick. Das würde mir auch wehtun."

Seufzend legte er die Arme um sie.

„Lass dir nicht von ihr wehtun, ja?", flüsterte sie.

Er drückte sie sanft und küsste sie auf den Kopf. „Das

werde ich nicht." Doch insgeheim fragte er sich, ob er seiner Mutter gegenübertreten konnte, ohne auf irgendetwas zu hoffen. Auch mit sechsunddreißig noch.

Sam setzte Nick um kurz nach sechs am Reagan National Airport ab. Er sah sehr gut aus in seiner schwarzen Lederjacke und der ausgewaschenen Jeans. In seinen braunen Augen entdeckte sie jedoch Angst und Verletzlichkeit, und das beunruhigte sie.

„Ruf mich an, sobald du da bist", bat sie und küsste ihn am Bordstein.

„Mach ich." Er tippte ihr mit dem Zeigefinger auf die Nase. „Mach dir um mich keine Sorgen."

„Zu spät."

Er nahm sie noch einmal in den Arm und flüsterte: „Ich liebe dich, Schatz."

„Ich liebe dich auch, Senator."

Ein Blitz zuckte und beendete diesen Moment.

Sam schnauzte den Fotografen an, der sie beide fotografiert hatte.

„Wohin geht's denn, Senator?", wollte der wissen.

Sam erkannte, dass er vom *The Washington Star* war. „Das geht Sie nichts an", erklärte sie und wandte sich an Nick. „Geh lieber, sonst wirst du noch Zeuge eines Mordes."

Nick lachte. „Benimm dich. Ich bin heute Abend wieder da."

„Ich werde auf dich warten."

„Pass auf dich auf heute."

Statt ihrer üblichen Antwort entgegnete sie diesmal: „Du auch." Beklommen schaute sie ihm hinterher und winkte noch einmal, als er sich an der Eingangstür des Terminals umdrehte. Sie wünschte, sie hätte ihn begleiten können, um ihn vor einem möglichen Aufruhr der Emotionen, der ihn in Cleveland vielleicht erwartete, beschützen zu können.

„Was ist gestern mit McBride passiert?", ließ der neugierige Fotograf nicht locker.

Sam hatte schon ganz vergessen, dass er da war. „Das geht Sie ebenfalls nichts an."

„Hat das etwas mit den toten Einwanderinnen zu tun?"

Sie ging um ihren Wagen, um einzusteigen. „Kein Kommentar."

„Sie sind ja vielleicht charmant heute", maulte der Fotograf.

Sam genoss es, ihm beim Losfahren den Finger zu zeigen. Sie war unterwegs zu dem Meeting, das sie im Hauptquartier einberufen hatte. Als ihr wieder einfiel, was sie den Detectives mitteilen musste über das, was ihrer Kollegin zugestoßen war, fühlte sie sich elend.

Um sieben fand sie eine ernste Gruppe im Konferenzraum versammelt. Aus ihrer Erfahrung im Überbringen schlimmer Nachrichten an die Familien von Opfern wusste sie, dass man es in solchen Situationen am besten kurz machte und gleich zur Sache kam. Als sie gerade anfangen wollte, betraten Captain Malone und Chief Farnsworth den Raum, blieben jedoch im hinteren Teil.

Sam nickte ihnen zu und richtete ihre Aufmerksamkeit wieder auf die grimmigen Gesichter der Detectives, die darauf warteten, dass Sam das Kommando übernahm und ihre Fragen beantwortete. Ja, sie würden Antworten bekommen, über Jeannie, Regina und Maria und jede andere Frau, die diese Bestie angefallen hatte. Daran hatte Sam nicht den geringsten Zweifel.

„Wie ihr alle wisst, wurde Detective Jeannie McBride gestern Morgen zwischen sieben Uhr und sieben Uhr dreißig in der Eye Street in Foggy Bottom entführt. Vierzehn Stunden später wurde sie in einer kleinen Gasse im Stadtviertel Adams Morgan gefunden. Sie wurde verprügelt und sexuell missbraucht."

Ein erschrockenes Raunen ging durch den Raum. Detective Tyrone schlug die Hände vors Gesicht. Freddie legte ihm tröstend die Hand auf die Schulter.

„Sie ist mit einer Botschaft von ihrem Angreifer zurückgekehrt", berichtete Sam weiter. „Laut Detective McBride trug er ihr auf, mir auszurichten, ich solle mich von dem Fall fernhalten, sonst wäre ich die Nächste."

Sie schaute zu Malone und Farnsworth. Die beiden würden nach dem Meeting alles daransetzen, um sie zu beschützen.

„Ich werde heute Morgen mit Detective McBride ausführlich über die Entführung und die Gewalt, die ihr angetan wurde, sprechen. Ich möchte euch darüber informieren, dass sie darum gebeten hat, ihrer Familie den Aspekt der sexuellen Gewalt vorerst zu verschweigen, bis sie sich selbst imstande fühlt, es ihnen zu erzählen. Es versteht sich von selbst, dass niemand mit der Presse oder sonst wem über die Einzelheiten der Entführung spricht. Außer im Notfall ist jeder Urlaub gestrichen, bis wir diesen Kerl gefasst haben."

„Was können wir tun, Lieutenant?", wollte Cruz wissen, der angespannt und zornig wirkte.

„Wie weit sind wir mit den Handydaten?"

„Ich habe gerade mit der Telefongesellschaft gesprochen", erklärte Gonzo. „Die haben die Daten für etwa zehn Uhr versprochen."

„Richte denen aus, dass ich mich eine Minute nach zehn an Forrester wende", sagte sie. „Das ist Bullshit. Wir haben zwei tote Frauen, und die Telefongesellschaft ist besorgt wegen der Privatsphäre?“ Sam versuchte ihre Wut zu beherrschen und legte die Hände auf die Hüften. „Tyrone, finde heraus, was das Labor uns über Jeannies Wagen sagen kann.“

Er schien froh zu sein, etwas zu tun zu haben. „Mach ich.“

„Ich will sämtliches verfügbares Personal um neun in der Eye Street haben. Wir suchen nach einer Überwachungskamera oder einem Zeugen, der die Entführung gesehen hat.“

„Ich genehmige Überstunden“, meldete Farnsworth sich zu Wort.

„Danke, Chief. Cruz, ruf Reginas Mutter an“, bat Sam ihn. Ihr Verstand arbeitete auf Hochtouren. „Lass es wie einen Höflichkeitsanruf aussehen, als wolltest du dich nur erkundigen, wie es ihr geht. Versuche, etwas über Reginas Leben hier in Erfahrung zu bringen. Vielleicht hat sie ihrer Mutter irgendetwas erzählt, über Männer oder Hobbys.“

„Soll ich Marias Familie auch anrufen?“, wollte Freddie wissen.

Da sie wusste, wie schwierig diese Anrufe für ihren sensiblen Kollegen waren, war sie ihm umso dankbarer für das Angebot. „Das wäre großartig. Berichte mir anschließend, was du herausgefunden hast.“ Zu den anderen sagte sie: „Eine von uns wurde betäubt, gekidnappt und verprügelt. Zeigen wir diesem Dreckskerl die ganze Macht des MPD. Das wäre alles.“

Mit angespannten, entschlossenen Gesichtern verließen die Detectives den Raum, um das zu tun, was sie am besten konnten.

. . .

„Ich weiß, was Sie sagen werden", meinte Sam, als sie mit Malone und Farnsworth allein im Raum war. „Also sparen Sie sich das mit dem sicheren Versteck und versuchen Sie gar nicht erst, mich aus dem Verkehr zu ziehen. Einer meiner Detectives wurde angegriffen. Auf keinen Fall ziehen Sie mich von dieser Sache ab."

„Na schön." Farnsworth sah sie durchdringend an. Seine Wangenmuskeln zuckten vor Anspannung. „Dann erläutern Sie mir mal, wie Sie dafür sorgen wollen, dass der Kerl, der es geschafft hat, am helllichten Tag eine kluge Polizistin mitten in der Stadt zu entführen, mit Ihnen nicht dasselbe macht."

„Weil ich Ausschau nach ihm halten werde. Ich rechne mit ihm. Das hat McBride nicht getan."

„Haben Sie neuerdings Augen im Hinterkopf?", konterte Malone.

„Eine meiner vielen Gaben."

„Der Kerl ist dreist, Lieutenant", meldete Farnsworth sich zu Wort. „Der wird nicht zögern, Sie zu schnappen, wenn er Sie als Bedrohung für seine Freiheit empfindet."

„Ich werde wachsam sein."

„Sie bekommen im Dienst jemanden, der Sie bewacht."

„Unter keinen Umständen! Nein!"

„Entweder das oder Sie sind den Fall los", erklärte Farnsworth.

„Ich brauche keinen Bewacher! Das ist eine alberne Verschwendung unserer Ressourcen."

„Es sind meine Ressourcen. Spielen Sie mit oder lassen Sie es."

Sam kochte innerlich, doch er hielt ihrem wütenden Blick stand, ohne auch nur einmal zu blinzeln. Der alte Gauner konnte immer noch ziemlich furchteinflößend dreinblicken. „Also gut. Wie Sie wollen. Aber richten Sie denen aus, die sollen mir bloß nicht in die Quere kommen."

„Vielleicht sollten Sie denen Gefahrenzulage zahlen, Chief", schlug Malone grinsend vor und deutete auf Sam. „Seit sie keine Cola light mehr trinken darf, ist sie ein wenig … übellaunig."

Sie warf ihm einen finsteren Blick zu.

„Bevor Sie aufbrechen, müssen Sie mit der Presse sprechen", sagte Farnsworth.

„Dieser Tag wird ja immer besser", murrte Sam. Was würde sie jetzt für eine Cola geben. Vielleicht durfte sie sich trotz Dr. Harrys Rat eine genehmigen. Eine konnte doch nicht schaden, oder?

„Die lechzen nach Informationen über Detective McBrides Entführung."

„Ich werde denen gar nichts sagen."

„Das müssen Sie auch nicht", meinte Farnsworth. „Sie müssen bloß da rausgehen und denen erzählen, dass wir einen Verdächtigen im Visier haben. Halten Sie sie nur ein paar weitere Stunden davon ab, das Gebäude zu stürmen."

„Wir haben nicht mal annähernd einen Verdächtigen. Genau genommen haben wir nichts." Frustration stieg in ihr auf. „Wie weit sind wir mit der DNA der Senatoren, in deren Büros Maria und Regina gearbeitet haben?"

„Keine Chance", antwortete Farnsworth. „Ich bin in dieser Sache bis zum Bürgermeister gegangen, und er meinte, das sei nicht drin. Nicht ohne hinreichenden Verdacht."

„Der Verdacht ergibt sich aus der Tatsache, dass die toten Frauen für diese Männer gearbeitet haben, sie regelmäßig Kontakt mit ihnen hatten und wir es vermutlich mit einem Killer zu tun haben, der glaubt, niemals gefasst zu werden. Und eben das führt uns zu dem Verdacht, dass es sich um einen mächtigen Mann handelt – oder einen, der in seiner eigenen Vorstellung von Macht gefangen ist."

„Nur haben wir absolut nichts Konkretes gegen irgendeinen der Senatoren, das ihn mit den Verbrechen in Verbindung bringt", erinnerte Farnsworth sie. „Und solange wir das nicht haben, gibt's auch keinen DNA-Test."

„Wenn sich herausstellt, dass es doch einer von ihnen war, werden wir eine Menge Zeit vergeuden, während er weiterhin Frauen vergewaltigt und ermordet."

„Da könnten Sie Recht haben, aber wir werden ganz sicher in Capitol Hill keine Hexenjagd veranstalten."

„Wir werden ihn fassen, mit oder ohne DNA", versprach Sam.

„Daran habe ich keinen Zweifel", erwiderte der Chief. „Wollen wir uns der Presse stellen?"

„Wenn ich muss", murrte Sam und folgte ihm aus dem Konferenzraum. Nachdem sie rasch den Mantel aus ihrem Büro geholt hatte, trat sie zu Farnsworth hinaus vor den Eingang des Gebäudes, wo die Medienvertreter sich versammelt hatten und darauf warteten, sie erneut mit Fragen zu bedrängen. „Da wären wir ja wieder", sagte sie.

Und schon ging der Ansturm los.

„Steht Detective McBrides Entführung im Zusammenhang mit den toten Reinigungsfrauen?"

„Wurde sie ebenfalls vergewaltigt?"

„Ist es derselbe Täter?"

„Wie konnte er eine Polizistin am helllichten Tag entführen?"

„Gibt es schon einen Verdächtigen?"

Sam hob beschwichtigend die Hände. Dann berichtete sie, was sie über die Entführung wusste, unter Auslassung der sexuellen Gewalt. Natürlich gaben sie keine Ruhe.

„Wurde sie vergewaltigt?"

„Ich werde, solange die Ermittlungen noch laufen, nicht über die Einzelheiten der Entführung sprechen. Sollte Detective McBride sich entschließen, öffentlich über den Vorfall zu reden, ist das ihre Sache. Das ist alles, was ich dazu zu sagen habe – jetzt und in Zukunft."

„Ist es derselbe Täter, der die anderen Frauen getötet hat?", wollte Darren Tabor wissen.

„Wir warten noch auf die Laborergebnisse, um diese Frage beantworten zu können."

„Dann hat er bei Detective McBride also DNA hinterlassen?"

„Kein Kommentar."

„Was meinen Sie mit ,Kein Kommentar'? Entweder hat er DNA hinterlassen oder nicht. Was denn nun?"

Sam sah ihn mit frostigem Blick an. „Kein. Kommentar. Soll ich es Ihnen buchstabieren, Darren?"

„Wie weit sind Sie bezüglich eines Verdächtigen?", fragte ein anderer Reporter.

„Nicht so weit, wie ich es gern wäre. Aber wir verfolgen jede Spur, und eine davon wird zur Lösung des Falles führen, so viel ist sicher."

„Wohin ist Senator Cappuano so früh heute Morgen geflogen?", fragte Tabor.

„Das wär's", erklärte Sam. „Wir sind fertig."

18

———

Kurze Zeit später betrat Sam Jeannies Zimmer und fand sie schlafend vor. Ihr Gesicht war geschwollen, und die Prellungen hatten sich über Nacht zu einem dunklen Violett verfärbt.

Michael stand am Fenster und sah hinaus. Als Sam eintrat, drehte er sich um. Müdigkeit, Besorgnis und Traurigkeit zeichneten sich auf seinem Gesicht ab.

„Wie geht es ihr?", erkundigte Sam sich.

„Sie haben ihr vor einigen Stunden ein Beruhigungsmittel gegeben, und seitdem schläft sie."

„Wenn Sie sich etwas zu essen besorgen möchten, ich werde eine Weile hier sein."

Offenbar unentschlossen, schaute er zum Bett und dann zu Sam.

„Sie werden ihr keine Hilfe sein, wenn Sie krank sind", sagte Sam.

„Ich spüre, dass mir etwas über diesen Angriff verschwiegen wird."

Sam ließ sich nichts anmerken. „Jetzt kommt es erst

einmal darauf an, sie wieder auf die Beine und hier herauszubekommen."

„Würden Sie es mir erzählen? Wenn da noch mehr wäre als die Entführung und die Prügel?"

„Nein."

Er brauchte einen Moment, um das zu verdauen. „Tja, ich schätze, das kann ich verstehen." Er sah zu Jeannie und meinte: „Ich hoffe nur, sie weiß, dass ich sie liebe und alles für sie tun würde."

„Ich habe keinen Zweifel daran, dass genau das ihr sehr hilft. Los, gehen Sie und holen Sie sich etwas zu essen. Ich werde mich zu ihr setzen."

„Sie spricht in den höchsten Tönen von Ihnen. Ich begreife langsam, warum."

„Danke", sagte Sam, ein wenig perplex wegen des Kompliments. „Das ist schön zu hören."

„Ich bin gleich wieder da."

„Ich werde hier sein."

Michael beugte sich herunter und küsste Jeannie auf die Stirn, dann verließ er das Zimmer.

Sam trat ans Bett.

„Danke", flüsterte Jeannie, die Augen noch immer geschlossen. „Dafür, dass du es ihm nicht gesagt hast."

„Ist nicht meine Sache, ihm irgendwas zu erzählen. Das ist deine Angelegenheit."

Tränen liefen aus Jeannies geschlossenen Augen. „Ich kann mir nicht vorstellen, es ihm zu sagen. Es überhaupt jemandem zu sagen ..."

„Darüber brauchst du dir jetzt auch noch keine Gedanken zu machen." Sam legte tröstend die Hand auf ihre. „Kann ich etwas für dich tun?"

„Ich hätte gern ein bisschen Wasser."

Sam schenkte etwas aus dem Krug auf dem Nachttisch

in ein Glas und hielt den Strohhalm an Jeannies rissige Lippen.

Diese zuckte zusammen, als sie trank. „Heute tut alles weh.“

„Das glaube ich.“

„Du musst wissen, was passiert ist. Deshalb bist du hier.“

„Das ist nicht der einzige Grund, weshalb ich hier bin.“

„Du musst es wissen, um in dem Fall weiterzukommen.“

„Aber nur, wenn du dich in der Lage fühlst, es mir zu erzählen.“

Der Schmerz spiegelte sich in Jeannies Gesicht wider, als sie sich aufzusetzen versuchte.

Sam drückte den Knopf am Krankenhausbett, und das erinnerte sie an die schlimmen Tage nach den Schüssen auf ihren Vater und an die vielen Stunden, die sie an seinem Bett ausgeharrt hatte. „Geht es so besser?“

„Ja“, erwiderte Jeannie. Mit schmerzverzerrtem Gesicht griff sie nach einem Gerät, das am Bettgitter befestigt war, und drückte einen großen roten Knopf. „Schmerzmedikamente.“

„Wir können das später machen, wenn du willst.“

„Ich würde es gern hinter mich bringen.“

Sam versuchte, ihr Notizbuch möglichst beiläufig aus ihrer Gesäßtasche zu ziehen. „Du hast erwähnt, das Letzte, woran du dich erinnerst, sei ein Stich in den Hals gewesen.“

„Ja. Ich war noch ungefähr zwei Blocks von Michaels Haus entfernt.“ Sie nannte Sam die Adresse im Stadtviertel Foggy Bottom. „Man kriegt einfach nie einen Parkplatz in der Nähe der Eye Street, deshalb gehe ich das kurze Stück immer zu Fuß.“

„Erinnerst du dich an jemanden, der außer dir unterwegs war?“

Jeannie schüttelte den Kopf. „Ich hatte es eilig, denn Michael hat nicht viel Zeit, bevor er zur Arbeit muss. Um ehrlich zu sein, ich habe nicht darauf geachtet. Ich habe nur daran gedacht, ihn zu sehen.“

„Das kann ich verstehen. Er scheint sehr an dir zu hängen.“

„Das tut er“, bestätigte sie mit sanfter Stimme. „Obwohl, nach all dem …“

„Jeannie, er liebt dich. Was passiert ist, wird für ihn nichts ändern.“

Neue Tränen rannen ihr die Wangen hinunter. „Wir werden sehen.“ Vorsichtig wischte sie ihr verletztes Gesicht ab und schien ihre Kräfte zu sammeln, um die Geschichte weiter zu erzählen. „Das Letzte, woran ich mich erinnere, ist, wie jemand mich von hinten angerempelt hat, und dann spürte ich die Nadel im Nacken. Alles wurde dunkel.“

„Und als du wieder zu dir kamst? Kannst du beschreiben, wo du warst?“

Jeannie schloss die Augen. „In einem Raum, in dem sich nur ein Bett befand. Die Wände waren gelb, und es gab ein kleines Fenster. Sie hatten … er hatte … meine Kleidung. Sie war fort, und ich war ans Bett gefesselt. Ich zitterte so heftig, und ich erinnere mich, dass ich ganz dringend pinkeln musste. Ich fing an zu schreien. Ich schrie, bis mein Hals wehtat, aber lange kam niemand.“

Sam fragte sich, ob ihr Entführer unterwegs gewesen war, um ihren Wagen von Foggy Bottom in die Gegend um die Capitol Mall zu fahren. „Was glaubst du, wie lange du bei Bewusstsein warst, bis er auftauchte?“

„Eine Stunde, vielleicht zwei. Es war wirklich kalt in dem Raum, und ohne Kleidung fror ich. Deshalb und wegen der Angst zitterte ich wie Espenlaub.“

Sam hatte in ihrer zwölfjährigen Karriere viele Aussagen

von Opfern aufgenommen, aber diese war wohl eine der quälendsten. Sie zwang sich, konzentriert zu bleiben, damit Jeannie es so schnell wie möglich hinter sich bringen konnte. „Was geschah dann?"

„Ich habe einen Schlüssel in der Tür gehört."

„Hörte es sich an wie ein Vorhängeschloss, wie ein Türriegel oder wie etwas anderes?"

„Wie ein Türriegel, eindeutig. Er ..." Sie holte tief Luft. „Als er hereinkam, trug er eine Skimaske über dem Gesicht, aber ich konnte seine Augen sehen." Sie erschauerte bei der Erinnerung und atmete schneller. „Es waren dunkle und böse Augen. Ich konnte in den Augenwinkeln Falten entdecken, also glaube ich nicht, dass er jung war."

„Kannst du seine Statur beschreiben?"

„Groß, über eins achtzig, breite Schultern. Ziemlich muskulös, als verbringe er viel Zeit im Fitnessstudio."

„Wie steht's mit der Rasse?"

„Weiß."

„Hat er irgendetwas gesagt?"

„Nein", flüsterte Jeannie. „Er fing nur an, sich auszuziehen. Ich weinte und flehte ihn an, mich gehen zu lassen. Aber er sagte kein Wort, während er alles auszog bis auf die Skimaske."

„Kannst du seinen Körper beschreiben? Hatte er Narben, Tätowierungen, besondere Merkmale?"

„Es war viel Grau in seinen Brusthaaren, und er hatte Kratzer am Hals. Aber viel mehr ist mir nicht aufgefallen."

„Was passierte als Nächstes?"

Jeannie wischte sich neue Tränen fort. „Er ... er stieg aufs Bett." Sie wurde von Schluchzern geschüttelt.

Sam wollte aufstehen, doch Jeannie hob die Hand, um sie aufzuhalten. Sie brauchte einen Moment, bis sie sich wieder im Griff hatte. „Ich fragte ihn, warum er das tue. Was ich ihm getan hätte. Er lachte nur." Schniefend und sich hektisch das Gesicht wischend, richtete sie den Blick auf einen Punkt an der Wand. „Und dann ... dann fing er an, mich zu vergewaltigen. Ich schrie, er solle aufhören, und er schlug mir ins Gesicht. Zweimal. Ich glaube, ich verlor für kurze Zeit das Bewusstsein. Als ich wieder zu mir kam, war er ... in mir. Ich versuchte mich zu wehren, aber ich konnte mich nicht bewegen, weil ich ans Bett gefesselt war. Ich biss ihn in die Schulter, und er schlug mich erneut."

„Gönn dir eine Pause", sagte Sam, deren Hände inzwischen auch zitterten.

„Nachdem er ... fertig war, packte er meine Kehle und fing an zuzudrücken. Er näherte sein Gesicht meinem Ohr und meinte: ,Richte deiner Chefin aus, sie soll sich von den toten Huren fernhalten, oder sie wird die Nächste sein.'"

Ein Schauer überlief Sam. Dieser Fall erschütterte sie wie selten einer.

„Ich glaube wirklich, er meinte es ernst, Lieutenant. Du musst auf der Hut sein."

„Mach dir meinetwegen keine Sorgen. Kümmere dich jetzt ganz um dich." Sam klopfte mit dem Stift auf ihr Notizbuch. „Hatte er einen Akzent oder Dialekt?"

„Ist mir nicht aufgefallen."

„Was geschah, nachdem er das gesagt hat?"

„Er vergewaltigte mich ein weiteres Mal. Es schien ewig zu dauern. Ich weinte und schrie die ganze Zeit. Ich dachte, es hört nie mehr auf. An irgendeinem Punkt verlor ich wieder das Bewusstsein. Vielleicht hat er mir erneut etwas verabreicht."

„An eine Spritze kannst du dich aber nicht erinnern?"

Jeannie schüttelte den Kopf. „Das Nächste, was ich weiß, ist, dass ich mit dir zusammen im Krankenwagen war."

„Wie hast du dir das Handgelenk gebrochen?"

„Ich nehme an, als er mich in der Gasse hinauswarf. In dem Raum war es jedenfalls noch nicht gebrochen."

„Was ist mit deinem Hals?"

„Ich weiß nicht, wann das passiert ist. Vermutlich, nachdem ich das Bewusstsein verloren hatte, denn ich habe nichts davon gespürt."

Sam drückte sanft den Arm der Kollegin. „Du hast dich großartig gehalten und mir viele Anhaltspunkte geliefert."

„So viel war das doch gar nicht."

„Es könnte uns aber auf die entscheidende Spur bringen."

„Und wenn wir ihn nie fassen? Wie werde ich je wieder eine Straße entlanggehen können, ohne Angst zu haben, wer gerade hinter mir ist?"

„Wir kriegen ihn", versprach Sam ihr. „Das ganze Department ist auf der Suche nach dem Täter. Ich möchte jetzt nicht in seiner Haut stecken."

„Es wird ihn nicht interessieren, dass wir alle nach ihm suchen", meinte Jeannie.

„Warum sagst du das?"

„Er glaubt, dass er über dem Gesetz steht. Das ist der einzige Grund, weshalb er so dreist ist und sich eine Polizistin schnappt."

„Lindsey ist derselben Ansicht." Sams Handy meldete sich. Eine Nachricht von Gonzo informierte sie darüber, dass die Handydaten nun vorlägen. Sie gab das an Jeannie weiter.

„Hat ja auch lange genug gedauert", bemerkte Jeannie.

„Allerdings. Ich hatte gehofft, es sei Nick, der sich meldet. Er ist heute Morgen nach Cleveland geflogen. Ich wüsste gern, ob er heil angekommen ist."

Erstaunlicherweise kicherte Jeannie. „Deine Flugangst überträgst du auch auf andere Leute?"

„Ja", gab Sam zerknirscht zu, fand Jeannies humorvolle Bemerkung jedoch ermutigend.

„Was ist denn in Cleveland?"

„Seine schmarotzende Mutter. Die liegt im Krankenhaus und hat irgendwie niemanden, den sie anrufen kann, außer den Sohn, den sie seit fünf Jahren nicht mehr gesehen hat, der aber kürzlich zu einem Haufen Geld gekommen ist."

Jeannie verzog das Gesicht. „Autsch."

„Ich mache mir Sorgen, dass das übel für ihn laufen wird. Nach all dem mit John und Julian ..."

„Mehr kann er momentan wirklich nicht gebrauchen."

„Nein", stimmte Sam ihr zu. „Sorry, ich sollte meine Sorgen nicht ausgerechnet bei dir abladen."

„Es muss dir nicht leidtun. Es ist ganz angenehm, mal an etwas anderes zu denken als an meine eigenen Probleme. Außerdem habe ich das Gefühl, dass wir nach allem, was wir gestern durchgemacht haben, von guten Kollegen zu guten Freundinnen geworden sind."

Sam beugte sich über das Bett, um Jeannie behutsam zu umarmen. „Absolut", flüsterte sie, ein wenig überrumpelt von ihren eigenen Emotionen. „Ruf mich an, wenn du dich noch an irgendetwas anderes erinnerst oder falls du etwas brauchst. Jederzeit, Tag und Nacht."

„Mach ich. Danke."

„Wir helfen dir, mit dieser Geschichte klarzukommen, Jeannie. Das verspreche ich dir."

Jeannies Augen verschwammen hinter Tränen, als sie nickte.

„Ich komme später wieder."

„Ich werde hier sein – mindestens noch bis morgen, hat der Arzt gesagt."

Sam trat auf den Flur hinaus, wo Michael an der Wand lehnte.

Als er sie sah, richtete er sich auf. „Ich dachte mir, dass ihr zwei für eine Weile Cops sein müsst."

„Stimmt. Danke."

„Ich will wissen, was mit ihr passiert ist, aber ich bin mir nicht sicher, ob ich es ertrage. Verstehen Sie?"

„Fürs Erste reicht es ihr zu wissen, dass Sie da sind und sie lieben, und dass sich nichts zwischen Ihnen ändern wird."

„Das wird es nicht."

„Versichern Sie ihr das immer wieder, denn genau das muss sie im Augenblick hören."

„Okay. Und danke." Er schien seine Kräfte zu sammeln, ehe er wieder in Jeannies Zimmer ging.

Sam beneidete die zwei nicht um den langen Weg, den sie vor sich hatten, während Jeannie sich von dem traumatischen Überfall erholte. Doch Sam war heute Morgen optimistischer als gestern Abend, dass Jeannie es schaffen würde.

Eines Tages.

Kaum hatte das Flugzeug auf der Landebahn aufgesetzt, schaltete Nick sein Handy wieder ein, um Sam eine Nachricht zu schicken. Er wusste, wie ängstlich sie war, wenn irgendjemand flog, den sie liebte. Noch ehe er seinen Text geschrieben hatte, kündigte ein Piepen eine eingehende Nachricht an.

Sagen Sie Ihrer Freundin, sie soll sich zurückziehen, bevor sie verletzt wird.

Nick setzte sich in seinem Sitz auf und suchte die Nummer des Absenders, die jedoch unterdrückt war. Er rief umgehend Sam an.

„Hey", meldete sie sich. „Bist du gut angekommen?"

„Liebes.“ Er war erleichtert, ihre Stimme zu hören. „Ich habe eine Nachricht erhalten.“ Er wiederholte sie.

„Verdammt“, murmelte Sam. „Wie ist er an deine Nummer gekommen? Es sei denn, es handelt sich um jemanden, den du kennst und der die Nummer deshalb schon hatte.“

„Sam! Es ist mir völlig egal, wie der an meine Nummer gelangt ist! Was wirst du wegen dieser Drohung gegen dich unternehmen?“

„Mir wurden Bewacher zugeteilt, also keine Sorge.“

„Das bedeutet, es war nicht die erste Drohung.“ Er knirschte mit den Zähnen. „Rede lieber, Lieutenant. Und zwar sofort.“

„Du hast heute genug mit deiner Mom um die Ohren. Ich erzähle dir davon, wenn du zurück bist.“

„Samantha, ich beende dieses Gespräch nicht eher, bis du mir erzählt hast, was zum Geier los ist.“

„McBride kam mit einer Botschaft für mich zurück. Sie lautete ähnlich wie die, die du bekommen hast.“

Nick schloss die Augen und lehnte sich zurück, während das Flugzeug zum Gate rollte. „Ich wäre nie hierher geflogen, wenn ich das gewusst hätte.“

„Du kannst nichts unternehmen, was nicht ohnehin unternommen wird. Wie schon erwähnt, Farnsworth hat mir Bewacher zur Seite gestellt.“

„Wogegen du garantiert protestiert hast.“

„Es ist doch auch lächerlich! Ich brauche keine zwei Streifenpolizisten, die mir überallhin folgen, als käme ich nicht allein zurecht.“

„Samantha, ich schwöre bei Gott, du wirst exakt das tun, was sie dir sagen, oder du bekommst es mit mir zu tun.“

„O Mann, ich liebe es, wenn du mich so herumkommandierst. Macht mich heiß.“

„Das ist kein Scherz!" Er redete inzwischen laut genug, dass seine Sitznachbarn ihn ansahen. Er senkte die Stimme. „Das ist nicht witzig. Er hat schon eine von deinen Detectives entführt und ihr weiß der Himmel was angetan. Sei bloß nicht so vermessen, zu glauben, er käme nicht auch an dich heran."

„Ich bin nicht vermessen, keine Sorge."

„Ich soll mir keine Sorgen machen. Na klar."

„Bekomme ich die Erlaubnis, deine Handydaten auszuwerten? Möglicherweise können wir den Absender der Nachricht zurückverfolgen."

„Was immer du tun musst."

„Versuch doch bitte, dir keine Sorgen zu machen. Wir treffen jede Vorsichtsmaßnahme."

Er musste unwillkürlich an jenen Tag in der noch nicht lange zurückliegenden Vergangenheit denken, an dem er geglaubt hatte, sie sei in Reese' Haus erschossen worden. Tatsächlich war Freddie derjenige gewesen, der angeschossen worden war. Doch die Erinnerung saß noch tief. „Nicht *jede* Vorsichtsmaßnahme. Wenn es nach mir ginge, würdest du irgendwo weggesperrt, bis der Irre gefasst ist."

„Ich komme klar, Nick, und das werde ich auch weiterhin. Konzentriere dich jetzt auf deine Mutter und weshalb du heute dort bist. Ich werde auf dich warten, wenn du heute Abend nach Hause kommst."

„Versprochen?"

„Versprochen."

„Ich werde dir nicht mal sagen, dass du vorsichtig sein sollst."

„Bin ich immer. Das weißt du."

„Ich verlass mich darauf."

„Halt mich auf dem Laufenden, wie es mit deiner Mutter läuft."

„Ich rufe dich an, sobald ich wieder am Flughafen bin."

„Ich werde darauf warten."

„Pass auf, dass meiner Verlobten nichts zustößt", sagte er mit rauer Stimme. „Ich liebe sie sehr."

„Sie liebt dich auch. Wir reden später."

Nick folgte dem Strom der Leute, die das Flugzeug verließen. Vom Terminal aus rief er Skip Holland an. Als Celia das Telefon weiterreichte, sagte Nick: „Ich fand, du solltest wissen, dass der Kerl, der sich McBride geschnappt hat, Sam bedroht."

Sam würde stinksauer auf ihn sein, weil er ihren Vater informiert hatte. Doch Nick zweifelte nicht daran, dass Skip dafür sorgen würde, dass die Cops ihr Bestes geben würden, um sie zu beschützen.

19

Im Taxi, das ihn zum Krankenhaus brachte, versuchte Nick, sich für das Wiedersehen mit seiner Mutter zu wappnen. Er wollte nicht darauf hoffen, dass sich seit ihrer letzten Begegnung irgendetwas geändert hatte, sondern einfach akzeptieren, dass sie nie die Mutter sein würde, nach der er sich sein ganzes Leben lang gesehnt hatte. Er hasste es, dass die Gedanken an sie ihn sofort wieder an das winzige Apartment erinnerten, das er mit seiner Großmutter bewohnt hatte, die verbittert war wegen der ungewollten Verantwortung, das Kind ihres Sohnes großzuziehen. Immer wieder gern rief sie ihm ins Gedächtnis, was für eine nutzlose Schlampe ihn zur Welt gebracht hatte, weshalb sie ihn jetzt am Hals habe.

Und wie viele Male hatte seine Mutter angerufen, um Besuche zu vereinbaren, die dann doch nie zustande kamen. Doch so oft sie ihn auch enttäuscht hatte, die Hoffnung, sie könne sich eines Tages ändern, erlosch nie. Dabei gab sie ihm nur äußerst selten Grund zu dieser Hoffnung. Er hatte lange und hart daran gearbeitet, sich ein eigenes Leben aufzubauen, das nicht auf Bitterkeit und

Enttäuschung fußte. Seine Mutter zu treffen, warf ihn zurück, wie nichts anderes es vermochte. Das war ihm schon früher passiert, und es würde wieder passieren, wenn er nicht aufpasste.

Diesmal war er entschlossen, sich nicht verletzen zu lassen. Er war ein erwachsener Mann, der demnächst die Liebe seines Lebens heiraten würde und dadurch eine neue Familie bekam, deren Mitglieder er alle sehr schätzte und respektierte. Außerdem hatte er großartige Freunde und Kollegen, stand seinem Vater näher denn je und hatte überdies auch noch Johns Familie, die ihn als einen der ihren betrachtete. Mit all diesen positiven Dingen im Kopf betrat Nick den Fahrstuhl.

Als er sich ihrem Zimmer näherte, kam gerade der Arzt heraus. „Senator Cappuano?"

„Ja", bestätigte Nick und schüttelte ihm die Hand. „Wie geht es ihr?"

„Freut sich auf Ihren Besuch. Ich habe ihr gesagt, dass Sie unterwegs sind."

Zu hören, dass sie sich freute, machte Nick gleich wachsam. Seines Wissens hatte sie sich sein ganzes Leben lang noch nicht darauf gefreut, ihn zu sehen. Zumindest konnte er sich nicht daran erinnern. Er war gewarnt und sollte lieber auf der Hut sein.

„Wann kann sie nach Hause?", erkundigte er sich bei dem Arzt.

„Wir warten noch auf die Ergebnisse verschiedener Tests. Vorausgesetzt, dass alles in Ordnung ist, kann sie heute Nachmittag gehen."

„Okay, danke."

Der Arzt ging davon, und Nick stand vor der Zimmertür. Er verspürte ein flaues Gefühl im Magen, wie früher, als er einen ganzen Samstag am Fenster gesessen und auf seine

Mutter gewartet hatte, die dann doch nicht kam. Ein letztes Mal tief einatmend, öffnete er die Tür und trat ein.

„Oh! Da ist er! Sehen Sie ihn sich an", forderte Nicoletta die Krankenschwester auf, die die Monitore überprüfte. „Mein Sohn, ein Senator der Vereinigten Staaten!" Sie streckte die Arme aus. „Komm her, mein Liebling. Umarme deine Mutter."

Nicoletta war oft mit Sophia Loren verglichen worden, wegen ihrer kastanienbraunen Haare, der makellosen Haut und dem strahlenden Lächeln. Als er jetzt zu ihr ging, um sie zu umarmen, bemerkte er Falten in ihrem Gesicht, die beim letzten Mal noch nicht dagewesen waren.

Seine Mutter drückte ihn an sich, und Nick atmete ihren vertrauten Duft ein. Dann ließ sie ihn los, hielt jedoch sein Gesicht mit beiden Händen umfasst. „Sieht er nicht fabelhaft aus, Roberta? Hab ich's Ihnen nicht gesagt?"

„Ja, das tut er, und Sie haben es gesagt", erwiderte die Krankenschwester. „Ich lasse Sie beide allein. Klingeln Sie, falls Sie irgendetwas brauchen, Nicoletta."

„Danke." Zu Nick sagte sie: „Nun sieh dich an. So groß und gutaussehend. Danke, dass du gekommen bist, Liebling."

Trotz aller Warnungen, die er vor diesem Besuch im Stillen ausgesprochen hatte, wirkten diese Komplimente und das Kosewort wie Nahrung für einen Verhungernden. „Hm, kein Problem."

Sie ließ die Hände sinken. „Ich weiß, wie viel du um die Ohren haben musst. Als ich gehört habe, du seist Senator geworden ... tja, da konnte ich es kaum glauben!"

„Ich dachte, ich höre mal von dir." Nick ärgerte sich darüber, dass er sich wie ein kleiner trauriger Junge anhörte, der noch Mutters Anerkennung brauchte.

„Ich wollte wirklich anrufen, aber dann hab ich es

immer wieder aufgeschoben. Ich wollte dich nicht behelligen."

Er setzte sich auf einen Stuhl neben ihrem Bett. „Schade, dass du nicht angerufen hast. Du hättest vielleicht zur Vereidigung kommen können. Der Präsident und die First Lady waren da." Nick tadelte sich im Stillen für diese alberne Angeberei.

„Was du nicht sagst! Ich würde den Präsidenten gern einmal kennenlernen. Was für ein Glück du hast!"

„In letzter Zeit hatte ich viel Glück. Ich weiß nicht, ob du schon gehört hast, dass ich verlobt bin."

„Ich habe es in der Zeitung gelesen. Herzlichen Glückwunsch."

„Es wurde *hier draußen* über unsere Verlobung berichtet?"

„Ich habe online eine Zeitung aus Washington gelesen", meinte sie bekümmert. „Ich war so neugierig, nachdem ich erfahren hatte, dass du das Amt angetreten hast."

Sams Warnungen kamen ihm in den Sinn, beharrlicher denn je. Wenn seine Mutter von der Verlobung gelesen hatte, wusste sie mit Sicherheit auch von der Zwei-Millionen-Dollar-Lebensversicherung. „Ihr Name ist Samantha, aber sie wird Sam genannt. Sie ist Detective bei der Mordkommission in Washington."

„Und du bist glücklich mit ihr, Nicky?"

Der Kosename war ein Volltreffer ins Herz. Seine Eltern waren die einzigen Menschen, die ihn je so genannt hatten. „Ich war nie glücklicher in meinem Leben."

„Ich freue mich für dich." Das klang aufrichtig. „Du verdienst es, glücklich zu sein."

„Ja, bestimmt."

Nicoletta senkte den Blick auf ihre Hände im Schoß, dann sah sie ihm wieder ins Gesicht. „Ich weiß, ich habe kein Recht, dich zu behelligen und hierherzubitten. Es ist sicher nicht mir zu verdanken, dass aus dir ein Mann geworden ist, der zu seiner Mutter eilt, wenn sie ihn braucht, wo sie das doch für dich nie getan hat."

Dem konnte Nick nicht widersprechen, daher schwieg er.

„Es ist nur, na ja, dass ich gerade schwierige Zeiten durchmache. Und dann war da noch dieser Unfall ..."

Jetzt kommt es, dachte Nick. „Was ist denn aus Mel geworden?" Das war der Mann, den sie bei seinem letzten Besuch geheiratet hatte. Es war die dritte Hochzeit, bei der sie sich weigerte, ihn als ihren Sohn vorzustellen. Es ging doch nichts darüber, das wandelnde Symbol der jugendlichen Unbesonnenheit eines anderen Menschen zu sein.

„Der ist schon seit einer Weile weg."

„Was willst du von mir, Nicoletta?" Sie hatte ihn auf der Hochzeit gebeten, sie so zu nennen. Offenbar fiel es ihr leichter, ihn als alten Freund vorzustellen und nicht als den Sohn, den sie nie gewollt hatte.

Wie aufs Stichwort kullerten ihr dicke Tränen die makellosen Wangen hinunter. „Mel hat alles mitgenommen. Eine Weile hatte ich einen Job, aber dann wurde ich entlassen, und jetzt bekomme ich keine Sozialleistungen mehr. Ich wusste nicht, an wen ich mich sonst wenden sollte."

„Du dachtest dir also, dies sei eine gute Zeit, dich die Treppe hinunterzustürzen?"

Ihre Augen weiteten sich angesichts seines kalten Tons. „Sei nicht albern! Ich hätte sterben können! Ich bin über den Läufer gestolpert." Sie hob beide Arme, damit er die Prellungen sehen konnte, die sie sich bei dem Sturz zugezogen hatte. Erneut sah sie ihn mit diesen intensiven, von Tränen schimmernden Augen an. „Du wirst mir doch helfen, Nick, oder?"

Nick hoffte, dass sein Gesicht völlig ausdruckslos blieb. „Wie viel brauchst du?"

Gonzo ging die Telefondaten durch, die die Telefongesellschaft endlich bereitgestellt hatte, und unterstrich die Nummern, die sowohl bei Regina als auch bei Maria auftauchten. Es waren drei, immerhin ein Hinweis, dem Sam nachgehen konnte. Er wollte ihr gerade davon berichten, als sein Handy klingelte.

„Tommy, hier spricht Andy", sagte der Anwalt. „Ich hatte eben ein Telefongespräch mit einer Vertreterin des Jugendamtes, die den Hausbesuch gemacht hat."

„Und?"

„Anscheinend waren die Zustände dort dermaßen übel, dass sie das Kind gleich herausgenommen hat."

Gonzo horchte auf. „Wo ist der Junge?"

„Momentan bei einer Pflegefamilie, aber es gibt gute Neuigkeiten – ein Familiengericht ist bereit, Ihren Sorgerechtsanspruch zu prüfen. Und zwar heute."

„Auf welcher Grundlage? Wir konnten sie ja bisher nicht einmal dazu bewegen, dem DNA-Test zuzustimmen, um meine Vaterschaft zu klären."

„Das müssen wir nicht mehr", erklärte Andy und klang geradezu überschwänglich.

„Okay, das verstehe ich nicht."

„Tommy, sie hat Sie als Vater in der Geburtsurkunde eingetragen!"

Gonzo stieß geräuschvoll die Luft aus. „Im Ernst?"

„Ja. Normalerweise gibt es eine schriftliche Vorladung

zur Anhörung, aber der Richter hat in diesem Fall darauf verzichtet."

„Wer ist es denn?", wollte Gonzo wissen, obwohl er es ahnte.

„Morton. Kennen Sie ihn?"

„Ich habe vor zwei Jahren den Mörder seiner Schwester gefasst. Hab den Burschen lebenslänglich hinter Gitter gebracht, ohne Aussicht auf vorzeitige Entlassung."

„Nun, das erklärt es. Wenn er im Gericht nichts sagt, erwähnen Sie es auch nicht. Sollte er Ihnen einen Gefallen tun, müssen wir es ja nicht gleich an die große Glocke hängen."

„Keine Sorge, ich sage kein Wort."

„Natürlich wird der Richter einen offiziellen Vaterschaftstest anordnen, doch sollte der Entscheidung, Ihnen heute das vorläufige Sorgerecht zuzusprechen, nichts im Wege stehen. Können Sie in einer Stunde im Gericht sein?"

Gonzo dachte an den Fall, an dem sie arbeiteten, und an Sams Anordnung, jeglicher Urlaub sei bis auf Weiteres gestrichen. Aber dies ging doch sicher als Notfall durch, oder?

„Ich werde da sein", erklärte er.

„Ich will nicht voreilig sein, aber ich hoffe doch, zu Ihnen *Herzlichen Glückwunsch, Dad* sagen zu können, bevor dieser Tag zu Ende geht. Also, bis gleich."

Dad. Das Wort löste alle möglichen Gefühle in ihm aus. Freude kämpfte mit Furcht, weil er doch überhaupt nichts über Babys wusste. Vermutlich würde er das lernen. Wenn es bedeutete, dass er seinen Sohn nach Hause holen konnte, würde er alles möglich machen, was dazu nötig war. Er rief Sam an.

Sie meldete sich mit den Worten: „Gib mir etwas, irgendwas.“

Er grinste über den vertrauten Spruch und informierte sie über das, was er bei der Auswertung der Handydaten herausgefunden hatte. „Ich prüfe jetzt die gemeinsamen Nummern und schaue mal, was wir finden.“

„Ausgezeichnete Arbeit. Danke.“

„Wie geht es McBride?“ Bei dem Gedanken daran, was der Freundin und Kollegin passiert war, sah Gonzo rot. Er wollte bei der Jagd auf dieses Ungeheuer dabei sein, doch heute hatte er noch etwas anderes zu tun.

„Ein wenig besser. Es wird ein langer Weg werden.“

„Ja. Also, Lieutenant, es hat sich etwas ergeben, und deshalb müsste ich mal weg. Es ist eine Art Notfall.“

Am anderen Ende der Leitung herrschte Schweigen.

Mit hastigen Worten berichtete Gonzo von Andys Anruf. „Ich weiß, es ist das denkbar ungünstigste Timing, und du hast sämtlichen Urlaub gestrichen. Aber wenn ich das Sorgerecht bekommen soll, muss ich vor Gericht erscheinen. Der Richter muss sich ein Bild davon machen, dass ich ein geeigneter Vater bin und ...“

„Gonzo! *Gonzo!* Selbstverständlich musst du dort sein, überhaupt keine Frage.“

„Aber der Fall ...“

„Wir schaffen das. Geh und kümmere dich um dein Kind.“

„Jeannie ...“

„Würde dir dasselbe sagen.“

„Na schön“, sagte er und atmete erleichtert auf. „Sam ...“

„Ja?“

„Was um alles in der Welt mache ich denn mit einem Baby? Meine Eltern verbringen den Winter in Arizona, und meine Schwestern wohnen mehrere Autostunden von hier entfernt. Was mach ich denn bloß?"

Lachend antwortete sie: „Ich werde meine Schwestern anrufen. Die werden dir alles beibringen, was du wissen musst. Überlass das nur ihnen."

„Das kann ich nicht von ihnen verlangen – oder von dir."

„Tust du ja auch gar nicht. Ich habe es dir angeboten, und glaub mir, die lieben es, sich in die Angelegenheiten anderer Leute einzumischen. Die haben dir in Nullkommanichts geholfen."

„Wow, danke. Ernsthaft."

„Ich tue es nicht für dich, sondern für das arme Kind."

Gonzo lachte. „Und dafür wird es dir auch ewig dankbar sein."

„Wie heißt er denn eigentlich?", erkundigte sie sich.

„Ich werde ihn Alejandro nennen, nach meinem Vater. Aber wir werden ihn Alex rufen."

„Das ist ein wundervoller Name."

Nach einer langen Pause sagte er: „Glaubst du wirklich, ich bekomme das hin?"

„Absolut. Ich habe nicht den geringsten Zweifel daran, dass du großartig sein wirst. Erzähl mir nachher, wie es für dich vor Gericht gelaufen ist. Ich rufe meine Schwestern an und gebe ihnen deine Nummer."

„Vielen, vielen Dank – dafür und für die Flexibilität."

„Geh und kümmere dich um deine Familie. Und halte mich auf dem Laufenden."

Seine Familie. Die ganze Geschichte warf ihn einfach um. „Mach ich." Er beendete das Gespräch mit ihr und rief Christina an, um sie auf den neuesten Stand zu bringen. „Kannst du zum Gericht kommen? Ich bin hier gerade echt in Panik."

„Ich kann leider nicht", erwiderte sie mit einem langgezogenen klagenden Ton. „Nick musste heute wegen eines Notfalls in der Familie weg, und ich habe alle Hände voll zu tun damit, seine Termine und Meetings auf morgen zu verschieben. Es ist das reinste Irrenhaus, und mein Stellvertreter ist immer noch nicht aus seiner Reha zurück. Ich kann nicht glauben, dass ich diesen Termin verpasse."

Und Gonzo konnte nicht glauben, dass er das alles ohne sie durchstehen musste. „Ich wünschte, du könntest da sein."

„Ich doch auch", jammerte sie. „Ich werde sterben vor Ungeduld, während ich darauf warte, etwas von dir zu hören."

„Ich rufe dich an, sobald ich kann."

„Ich liebe dich, Tommy. Ich freue mich schrecklich für dich."

Diese Worte waren immer noch so neu, dass er jedes Mal wieder überrascht war. „Ich liebe dich auch. Danke für deine Unterstützung. Ohne dich hätte ich das alles nicht durchstehen können."

„Es ist nett von dir, das zu sagen. Aber das Sorgerecht zu bekommen, wird sich möglicherweise noch als der leichte Teil erweisen", meinte sie amüsiert.

„Was du nicht sagst. Ich ruf dich an."

„Viel Glück."

Sobald Sam das Telefonat mit Gonzo beendet hatte, rief ihr Vater an. „Hey, Skippy, was gibt's?" Sie sah ihn vor sich in der Küche mit dem Headset, das ihm das Telefonieren ermöglichte.

„Ich wollte nur mal hören, wie es meiner Tochter geht, die wieder einmal bedroht wird."

„Woher weißt du das?" Weder Malone noch Farnsworth hätten gewollt, dass er sich deshalb Sorgen machte. Blieb also nur noch ... „Nick. Ah, den knöpfe ich mir vor."

„Er macht sich Sorgen, Sam, und das zu Recht. Wenn dieser Kerl sich McBride schnappen konnte, was sollte ihn dann davon abhalten ...“

„Ist ja schon gut. Farnsworth hat mir Bewacher zur Seite gestellt. Die sind hier neben mir." Sam schaute zu den beiden jungen Polizisten, die ihr zuwinkten. Als sie ihnen einen finsteren Blick zuwarf, besaßen sie immerhin so viel Anstand, woanders hinzuschauen. Grünschnäbel, frisch von der Akademie. Aber wenigstens waren sie bewaffnet.

„Sollte mir zu Ohren kommen, dass du sie abhängst oder irgendetwas anderes tust als das, was deine Vorgesetzten dir sagen, bekommst du Ärger mit mir. Verstanden?"

„Dir ist schon klar, dass ich inzwischen vierunddreißig bin und nicht mehr tun muss, was du mir sagst, oder?"

„Du wirst tun, was ich dir sage, solange ich noch atme, Fräulein."

Sam lachte. „Hast du mich wirklich gerade ,Fräulein' genannt? Das habe ich seit der Schule nicht mehr gehört."

„Du hast mich mit deiner Unverfrorenheit dazu getrieben."

„Ich entschuldige mich für meine Unverfrorenheit und verspreche zu gehorchen. Jetzt zufrieden?"

„Ich werde erst zufrieden sein, wenn du diesen Bastard fängst."

„Das werde ich", versicherte sie ihm seufzend. „Glaub mir."

„Komm vorbei, wenn ich helfen kann."

„Freddie und ich schauen später rein, um ein paar Dinge mit dir zu besprechen."

„Ich bin da."

„Ich verlass mich drauf."

„Gleichfalls. Pass auf dich auf."

Gonzo saß im Gerichtssaal und wünschte, er hätte noch Zeit gehabt, nach Hause zu fahren und sich umzuziehen. In einem Raum voller Anzugträger fühlte er sich schwer underdressed in Jeans und Pullover, seiner Arbeitskleidung. Obwohl es warm war im Saal, behielt er seine schwarze Lederjacke an, weil er sich dadurch ein wenig besser gekleidet fühlte. Allerdings hatte er den Reißverschluss geöffnet, sodass die an den Gürtel geklemmte goldene Polizeimarke sichtbar war. Das musste doch etwas zählen, oder?

Andy kam gehetzt aussehend herein und setzte sich neben Gonzo in die vordere Sitzreihe. Lori und Rex tauchten eine Minute später auf, und Lori bedachte Gonzo mit einem vernichtenden Blick. Rex hatte sich extra für das Gericht schick gemacht, indem er sein Bandana weggelassen hatte. Gonzo schenkte ihnen danach keine Beachtung mehr. Lori war nicht sein Problem. Stattdessen galt seine ganze Aufmerksamkeit dem Baby, das von einer Frau in einem Kostüm hereingetragen wurde. Die Frau hatte eine Aktenmappe unter den Arm geklemmt, und über der Schulter trug sie eine gelbe Wickeltasche.

Lori schrie beim Anblick des Babys auf, und Rex hielt sie zurück. während sie in Tränen ausbrach.

Gonzo rieb die feuchten Handflächen an der Jeans.

Kurze Zeit später trat der Richter ein und rief das Gericht zur Ordnung. Gonzo kam sich vor, als würde er einen Film sehen, statt einer Szene aus seinem eigenen Leben beizuwohnen. Er verfolgte den Gang der Dinge mit einer eigenartigen Distanziertheit. Bestimmt verstand jemand alle juristischen Formulierungen und Ausdrücke, die hier über Kompetenz und die Interessen des Kindes fielen, ihm jedoch blieb vieles unverständlich. Der Richter befragte ausgiebig die Sozialarbeiterin über die Zustände in Loris Wohnung, außerdem über ihr und Rex' Strafregister.

Loris Anwalt erhob sich. „Euer Ehren, darf ich etwas sagen?"

„Nein. Setzen Sie sich."

Jetzt stand Andy auf. „Euer Ehren, Andrew Simone, ich vertrete Detective Thomas Gonzales, den Vater des Kindes."

„Detective, bitte treten Sie vor." Der Richter ließ sich nicht anmerken, dass sie sich kannten.

Andy nickte Gonzo zu, er solle nach vorn gehen, und folgte ihm.

„Nach meinem Kenntnisstand wussten Sie bis zum vergangenen Wochenende nichts von dem Kind", wandte sich der Richter an Gonzo. „Stimmt das?"

„Ja, Euer Ehren."

Der Richter sah zu Lori, die leise weinte, während Rex den Arm um sie gelegt hatte.

„Und Sie glauben, Sie können dem Kind ein liebevolles Zuhause bieten?"

„Ja, das glaube ich, Euer Ehren."

„Besitzen Sie ein Kinderbett, einen Kindersitz fürs Auto und andere notwendige Dinge?"

„Das alles wird, während wir sprechen, von zwei erfahrenen Müttern für mich besorgt. Die eine wird jeden Moment den Kindersitz vorbeibringen."

„Haben Sie sich schon jemals um einen Säugling gekümmert?"

Gonzo schluckte. „Nein, Euer Ehren. Aber ich lerne schnell, und ich habe Freunde, die mir zeigen können, was ich wissen muss. Meine Eltern werden auch kommen. Es gibt nichts, was ich nicht tun würde, um dem Baby ein sicheres, sauberes und behagliches Zuhause zu bieten."

Der Richter sah angewidert zu Lori. „Und werden Sie es für angemessen halten, ihm einen Namen zu geben?"

„Ja, Euer Ehren. Er wird Alejandro heißen, nach meinem Vater, und Alex gerufen werden."

Der Richter schien zufrieden zu sein mit dieser Antwort. „Ich übertrage das Sorgerecht vorübergehend auf Detective Gonzales. Miss Avery", wandte er sich an die Sozialarbeiterin, „bitte statten Sie Detective Gonzales wöchentlich einen Besuch ab und berichten Sie dem Gericht. Wir werden uns in dreißig Tagen wieder zusammenfinden, um zu klären, wie das Arrangement funktioniert."

Noch während er die Worte des Richters zu verarbeiten versuchte, konnte Gonzo nicht fassen, dass das alles wirklich geschah. Er glaubte, jeden Moment aufzuwachen und festzustellen, dass er das alles nur geträumt hatte.

Erneut stand Loris Anwalt auf. „Euer Ehren, wird es der Mutter gestattet sein, das Baby zu sehen?"

„Zwei Stunden pro Woche, unter Aufsicht", erklärte der Richter. „Arbeiten Sie einen Besuchsplan aus, der Detective Gonzales und Miss Avery passt."

„Das können Sie nicht machen!", kreischte Lori. „Er ist *mein* Baby! Sie geben ihn nur dem Vater, weil der ein Cop ist!"

Der Richter kniff äußerst missvergnügt die Augen zu schmalen Schlitzen zusammen. „Wenn Sie nicht ein paar Nächte im Stadtgefängnis verbringen wollen, schlage ich vor, Sie unterlassen derartige Ausbrüche in meinem Gerichtssaal. Haben Sie mich verstanden?"

Lori nickte schluchzend.

„Ich übergebe dem Vater das Kind, weil Ihr Zuhause ein Schweinestall ist, in dem Kriminelle verkehren."

Rex zog sie wieder herunter auf ihren Platz.

„Zwei Stunden pro Woche. Akzeptieren Sie oder lassen Sie es." Der Richter ließ den Hammer heruntersausen. „Nächster Fall."

Einfach so war es vorbei, und Miss Avery übergab Gonzo seinen Sohn. Das Baby sah mit großen runden, vertrauensvollen Augen zu ihm auf und kräuselte die Lippen auf die gleiche süße Weise wie neulich, als Gonzo ihn gesehen hatte. Er hielt den winzigen Körper an seine Brust geschmiegt, erfüllt von ehrfürchtigem Staunen darüber, wie klein er war. War das Baby neulich auch schon so klein gewesen? Oder kam es ihm kleiner vor, weil Gonzo jetzt die Verantwortung hatte? Die Bedeutung dieses Augenblicks wurde ihm mit voller Wucht bewusst.

Um Himmels willen, dachte er, *wie, um alles in der Welt, soll ich das hinbekommen?*

20

„Was hast du aus den Müttern herausbekommen?", fragte Sam ihren Kollegen Freddie Cruz am Telefon, nachdem sie ihr Team mit der Befragung der Anwohner in Foggy Bottom, wo Jeannie entführt worden war, hatte beginnen lassen.

„Leider nicht viel. Keine der Frauen hat mit ihrer Mutter über etwas anderes als die Familie gesprochen, über die Arbeit und den Einwanderungsstatus, wenn sie zu Hause anriefen."

„Verdammter Mist", sagte Sam. „Wie haben sie das Geld erklärt?"

„Reginas Mutter meinte, ihre Tochter habe ihren Lohn von der Reinigungsfirma gespart – zumindest hat Regina das behauptet."

„Nie und nimmer hat eine Putzfrau, die für siebzehn Dollar die Stunde arbeitet, fünf Riesen irgendwo herumliegen. Schon gar nicht, wenn sie in dieser Stadt wohnt. Was hat Marias Mutter über das Geld gesagt?"

„Sie meinte, sie wisse nicht, woher es kommt. Sie hat gar nicht daran gedacht, zu fragen, weil doch jeder in den USA reich ist. Das scheint sie jedenfalls zu glauben. Und was jetzt?"

„Gonzo hat die Telefonnummern überprüft, die sowohl auf Reginas als auch auf Marias Handy zu finden waren. Hast du diesen Bericht erhalten?"

„Noch nicht. Die Computer-Typen hängen ein bisschen hinterher. Sie haben es bis zum Ende des Tages versprochen."

Am liebsten hätte Sam frustriert geschrien. War diesen Leuten denn nicht klar, dass sie hier in einem Mordfall ermittelte? „Ich wünschte wirklich, Farnsworth ließe mich die DNA der Senatoren überprüfen."

„Das wird nicht passieren", sagte Freddie. „Zumindest nicht ohne hinreichenden Verdacht."

„Dann lass uns einen finden."

„Definiere ‚finden'."

„Es ist vielleicht an der Zeit, die Senatoren mal genauer unter die Lupe zu nehmen."

„Muss ich?"

„Ja, musst du. Wir reden mit Skip darüber. Vielleicht kann er uns helfen, einen Weg zu finden, wie wir das anstellen, ohne den Job dabei zu verlieren."

„Das wäre mir auch lieber. Wir treffen uns dort."

„Ist wegen Nicks Telefon schon was rausgekommen?"

„Noch nicht."

„Hast du Druck gemacht?"

„Na klar."

Sam seufzte. Weitere Verzögerungen. „Na schön, dann sehen wir uns bei Skip."

Auf dem Weg zum Haus ihres Vaters überlegte sie, ob sie Nick anrufen sollte. Sie wollte gern wissen, wie es in Cleveland lief – und ihm sagen, was sie davon hielt, dass er ihrem Vater von der Drohung gegen sie erzählt hatte. Doch jedes Mal, wenn sie sich vorstellte, dass Nicks Mutter von ihm lediglich sein Geld wollte, fühlte sie mit ihm. Natürlich hoffte sie inständig, sich zu irren, doch ihr Instinkt sagte ihr, dass ihre Sorge berechtigt war. Am Ende beschloss sie, ihn nicht anzurufen. Sie würde warten, bis er zu Hause war, obwohl sie es vor Ungeduld kaum aushalten konnte.

Sie ignorierte den Streifenwagen, der ihr folgte, parkte in der Ninth Street und lief die Rampe zum Haus ihres Vaters hinauf. Nach kurzem Klopfen betrat sie das Wohnzimmer, wo sie Celia und Skip vor dem Fernseher fand.

„Was habe ich dir über das Anklopfen gesagt?", meinte Celia, ohne den Blick vom Fernseher zu lösen.

„Nächstes Mal mache ich es besser", versprach Sam. „Was ist denn los?"

„Senator Lightfeather tritt zurück", erklärte Skip.

„O Mann", sagte Sam.

„... und daher habe ich beschlossen", sagte Lightfeather im Fernsehen, „dass ich so viel Zeit wie möglich mit meiner Familie verbringen muss, um den Schaden wiedergutzumachen, den ich angerichtet habe." Neben ihm stand seine Frau mit schmallippiger Miene. Das Podium trug das Washington-Hilton-Logo, also hatte er zumindest nicht das Gebäude verlassen, in dem er nach Sams Anordnung bleiben sollte. „Deshalb gebe ich heute meinen Rücktritt bekannt als Senator der Vereinigten Staaten von Amerika. Ich habe jeden Moment genossen in all den Jahren, in denen ich die Menschen des wunderbaren Bundesstaates Arizona vertreten durfte. Ich danke den Bürgern für ihr Vertrauen in mich, und ich werde für den Rest meines Lebens daran arbeiten, eines Tages wieder dieses Vertrauen zu verdienen. Ich bitte darum, das

Bedürfnis meiner Familie nach Privatsphäre in dieser schwierigen Zeit zu respektieren."

Kaum hatte er das Podest verlassen, begannen der Moderator und der politische Analytiker über Lightfeathers Verbindung zu den beiden ermordeten Frauen von Capitol Cleaning Services zu spekulieren. „Eine verlässliche Polizeiquelle berichtete gegenüber Capitol News, dass Regina Argueta de Castro ein Baby von Lightfeather erwartete", sagte der Analytiker.

Sam stieß einen Schrei aus. „Woher zur Hölle wissen die das? Verdammt noch mal!" Sie nahm ihr Telefon und rief sofort im Hauptquartier an. „Lieutenant Holland hier. Verbinden Sie mich umgehend mit dem Chief." Als man sie darüber informierte, er sei in einer Besprechung, erwiderte sie nur: „Dann unterbrechen Sie die."

Eine Minute später war der Chief am Apparat. „Lieutenant."

„Tut mir leid, Ihre Besprechung zu stören, aber wir haben ein Leck." Sie berichtete ihm, was sie von dem Reporter gehört hatte. „Ich garantiere Ihnen, dass keiner meiner Leute auch nur ein Wort gegenüber der Presse fallengelassen hat. Ich will also wissen, wer diese ‚verlässliche Polizeiquelle' ist."

„Ich auch."

„Vielleicht wollen Sie mit Stahl anfangen."

„Er mag es ja auf Sie persönlich abgesehen haben, aber der würde nie bei der Presse petzen gehen."

„Sind Sie sich da sicher?"

„Nicht so sehr, wie ich es gern wäre. Haben Sie Detective McBride heute schon besucht?"

„Ja, sie hält tapfer durch."

„Ich möchte sie besuchen oder ihr etwas schicken, aber ich war unsicher, ob ich sie tatsächlich aufsuchen sollte ..."

Unsicherheit war ganz untypisch für ihn. „In diesem Fall scheint es mir das Beste zu sein, Blumen zu schicken. Ein Besuch vom Chief wäre möglicherweise mehr, als sie momentan verkraftet."

„Gut, dann werde ich das machen. Halten Sie mich weiterhin über die Ermittlungen auf dem Laufenden."

„Finden Sie den Maulwurf", erwiderte Sam.

„Bin dran."

Sam steckte das Handy wieder in die Manteltasche und wandte sich an ihren Vater und ihre Stiefmutter.

„Wie geht es Jeannie?", erkundigte sich Celia mit einem besorgten Ausdruck auf dem hübschen Gesicht.

„Den Umständen entsprechend."

„Hat er …?"

Sie wussten, dass Sam ihnen keine Einzelheiten verraten konnte, und würden das auch nie von ihr verlangen. Aber ihr Schweigen sprach für sich.

„Um Himmels willen", hauchte Celia. „Ich hatte gehofft …"

„Ich auch."

„Wie ist der Stand der Ermittlungen?", wollte Skip wissen, und Sam merkte seinem Ton an, dass ihn zutiefst berührte, was McBride zugestoßen war. Auch als behinderter Pensionär war er einer von ihnen. Dafür sorgte Sam ebenso wie Farnsworth, Malone und Skips zahlreiche Freunde innerhalb des Departments.

„Wir treten auf der Stelle", antwortete Sam und ließ sich aufs Sofa fallen. „Ich bin überzeugt davon, dass wir einen Senator suchen oder jemanden mit ähnlich viel Macht. Aber Farnsworth lässt mich ohne hinreichenden Verdacht keine DNA-Probe anordnen."

„Dann wirst du dir einen Verdacht basteln", meinte Skip.

„Das ist der Plan."

„Du musst sehr vorsichtig sein.“

„Das weiß ich selbst. Was schlägst du vor, wie ich es angehen soll?“

Bevor er antworten konnte, klingelte Sams Handy erneut. Sie kannte die 202-Vorwahl nicht, nahm den Anruf aber trotzdem entgegen.

„Holland.“

„Darren Tabor.“

Sam unterdrückte ein Stöhnen. „Ich habe zu tun, Darren.“

„Ich habe Detective Gonzales mit einem Baby auf dem Arm aus dem Gerichtsgebäude kommen sehen. Ich dachte, der hätte keine Kinder, deshalb wittere ich da eine Story.“

Während Sam sich für Gonzo freute, der vor Gericht offenbar gesiegt hatte, verhieß die Tatsache, dass Darren davon wusste, nichts Gutes. „Lassen Sie das, Darren. Bitte. Ich bitte Sie darum als persönlichen Gefallen.“

„Dann sind Sie mir was schuldig.“

Sam verzog das Gesicht. „Was wollen Sie?“

„Sagen Sie mir, dass es eine Verbindung gibt zwischen McBrides Entführung und den toten Putzfrauen.“

„Es gibt eine Verbindung, aber mehr kann ich im Augenblick nicht dazu sagen.“

„Und wann können Sie etwas sagen?“

„Ich werde an Sie denken.“

„Ausgezeichnet.“

„Und Sie vergessen diese Sache mit Gonzales?“

„Welche Sache?“

Sam seufzte erleichtert. „Danke. Wo ich Sie gerade am Apparat habe – Sie könnten mir noch einen Gefallen tun.“

„Damit stehen Sie aber ganz schön in der Kreide bei mir“, meinte er, doch er klang belustigt.

„Das dürfte sich lohnen, wenn es Ihnen gelingt, das Leck

zu finden, aus dem die Information über Reginas Baby gesickert ist."

„Stimmt es denn? Ist es Lightfeathers?"

„Vielleicht, vielleicht auch nicht. Wie dem auch sein mag, ich wüsste gern, wie die Medien an diese Information gelangt sind."

„Ich höre mich mal um. Mal schauen, was ich herausbekomme."

„Behalten Sie für sich, dass Sie das in meinem Auftrag machen."

„Lieutenant, ich bin die personifizierte Diskretion."

„Na klar", sagte Sam lachend. „Geben Sie mir Bescheid, wenn Sie etwas Erfahrung gebracht haben."

„Vielleicht sollten Sie meine Nummer speichern, damit Sie sie gleich parat haben, wenn Sie mich in Zukunft brauchen."

„Ich mache jetzt Schluss."

„Wohin ist Nick heute geflogen?", fragte Darren.

Sam klappte ihr Handy zu.

„Wenn ich es nicht besser wüsste", meinte Skip, „könnte man glatt meinen, dir machen diese kleinen Scharmützel mit dem Jungen Spaß."

„Er ist nicht so übel wie viele andere von denen."

„Nach Johnson hat er dir ziemlich zugesetzt."

Sam erschauerte bei der Erinnerung an das Kind, das bei einer Schießerei in einem Crack-Haus, für die sie verantwortlich war, getötet worden war. „Er hat uns gewarnt, als dieser *Reporter* uns fertigmachen wollte", erinnerte sie ihren Vater.

„Das stimmt", räumte Skip ein.

Sam bereitete es immer noch extremes Unbehagen, dass die Stadt damals von ihrer Beinahe-Abtreibung erfahren hatte – eine Abtreibung, die sie auf dem College machen lassen wollte und die nur durch eine Fehlgeburt verhindert worden war. Eine Angestellte des Frauenarztes, der sie behandelt hatte, hatte Sams neue Berühmtheit zu Geld machen wollen. Doch sie waren ihr zuvorgekommen und hatten ihr ein juristisches Verfahren angehängt, das sie noch die nächsten Jahre beschäftigen würde.

„Du möchtest also wissen, wie man diese hochrangigen Typen zum Reden bringt?", fragte Skip.

Da sie sich dringend von diesem viele Jahre zurückliegenden Albtraum ablenken wollte, der zu ihren heutigen Empfängnisproblemen geführt hatte, wie sie glaubte, nickte Sam. „Ja, verrate mir, was du tun würdest."

Sam und Freddie nahmen das Esszimmer in Nicks Haus in Beschlag und benutzten ihre Laptops, um im Internet jedes Detail über das Leben der Senatoren zu recherchieren, die regelmäßig Kontakt zu Regina und Maria gehabt hatten. Die den ganzen Tag andauernde Befragung in Foggy Bottom hatte zwei Überwachungskameras ergeben, die nur schemenhafte Bilder lieferten. Ansonsten gab es keinen einzigen Zeugen, der die Entführung gesehen hatte. Die gründliche Untersuchung der Gasse, in der Jeannie abgelegt worden war, hatte ebenfalls keine brauchbaren Ergebnisse gebracht. Sam stand kurz davor, sich frustriert die Haare zu raufen.

„Hör dir das an", sagte Freddie. „Trent war in seinem letzten Jahr auf der Highschool in einen Autounfall verwickelt."

„Tote?"

„Zwei, beides Mädchen. Er fuhr, und seine Hose war offen, als die Cops ihn aus dem Wagen zogen."

„Betrunken?"

„High. Man fand Marihuana im Wagen.“

„Moment mal – wieso hat die Presse nie darüber berichtet?“

„Haben sie.“ Freddie drehte den Laptop so, dass sie sich das Video ansehen konnte, das er gefunden hatte. Es handelte sich um ein Interview mit Trent und Oprah Winfrey, in dem er die volle Verantwortung für das übernahm, was er einen „jugendlichen Fehler“ nannte. Die Wähler in Montana hatten ihm seine Geschichte abgekauft und ihn vor zehn Jahren nach Washington geschickt, als Nachfolger eines Senators, der nach einem Skandal zum Rücktritt gezwungen gewesen war. Bei der letzten Wahl hatte er es aus eigener Kraft geschafft, den Sitz im Senat zu bekommen.

„Wieder einmal steht die brave kleine Ehefrau loyal an der Seite ihres Gatten, während er gesteht, ein Mistkerl zu sein“, bemerkte Sam zu dem Oprah-Video, das Trent und seine Frau zeigte.

„Damit hast du ein echtes Problem, was?“

„Ich verstehe diese Frauen einfach nicht, die ein dermaßen geringes Selbstwertgefühl haben müssen, dass sie bedingungslos zu diesen Typen halten.“

„Was würdest du denn tun, wenn die Presse dahinterkäme, dass Nick in seiner Jugend eine Dummheit begangen hat? Käme es zu einem Medienrummel, würdest du da nicht auch zu ihm halten?“

„Nick macht keine Dummheiten.“

„Jeder macht an irgendeinem Punkt in seinem Leben Dummheiten.“

„Nick hat nie welche gemacht.“ Sam kaute auf ihrem Kugelschreiber und fragte sich zum wiederholten Mal, wie es mit Nick und seiner Mutter lief. „Er ist unter schwierigen Bedingungen aufgewachsen, da gab es für ihn nicht viele

Gelegenheiten für Dummheiten." Tatsächlich war sie sich ziemlich sicher, dass er so sehr auf Hockey, die Schule und sein großes Ziel, mit einem Stipendium in Harvard zu studieren, fokussiert gewesen war, dass ihm überhaupt keine Zeit für jugendlichen Blödsinn geblieben war.

„Warum machst du so ein besorgtes Gesicht?"

„Mach ich?"

Freddie nickte.

Sam berichtete ihm, wo Nick sich aufhielt und mit wem er zu tun hatte. Sie erzählte ihm auch von ihrer Sorge, Nicks Mutter könnte es nur auf sein Geld abgesehen haben.

„Wow", meinte Freddie. „Eine solche Mutter zu haben, das ist unvorstellbar."

„Apropos Mutter – findet dein geplantes Abendessen statt?"

„Ich weiß nicht, ob ich das wirklich machen soll. Da ist unser Fall und die Sache mit McBride ..."

„Du musst dieses Problem ein für alle Mal lösen und darfst nicht länger zwischen deiner Mutter und Elin stehen, wie du es momentan tust."

„Wir werden sehen, was der Freitag bringt. Ich habe beide gebeten, sich den Abend freizuhalten, aber ich weiß nicht, ob Elin auftaucht. Sie war nicht allzu begeistert von der Idee. Falls sie tatsächlich kommt, führe ich die beiden vielleicht lieber zum Essen aus, statt selber zu kochen. An einem öffentlichen Ort können sie sich nicht gegenseitig die Augen auskratzen."

„Stimmt." Sam konzentrierte sich wieder auf den Fall und klopfte mit dem Kugelschreiber auf die Tischplatte, während sie fieberhaft nachdachte.

„Was überlegst du?"

„Mir geht etwas nicht aus dem Kopf, das Jeannie heute zu mir gesagt hat."

„Und was war das?"

„Die Nachricht, die er ihr mitgegeben hat – ‚Richte deiner Chefin aus, sie soll sich von den toten Huren fernhalten, oder sie wird die Nächste sein.'"

„Was ist denn damit?"

„Er nannte sie Huren."

„Und?"

„Nichts in unseren bisherigen Ermittlungen deutet auf Promiskuität hin. Obwohl beide schwanger waren und Regina ein Verhältnis mit Lightfeather hatte, haben wir keinen anderen Mann gefunden, der mit einer der beiden etwas gehabt hätte."

„War es nur so dahingesagt?"

„Möglicherweise", räumte Sam ein. „Aber mir geht das Geld nicht aus dem Kopf, das sie nach Hause geschickt haben. Woher hatten die das? Du meintest, mit Drogen, Glücksspiel oder Prostitution verdient. Erinnerst du dich?"

„Ja. Also glaubst du, sie haben nebenbei angeschafft?"

„Gonzo hat mit Marias Nachbarin gesprochen, die erwähnte, sie hätte stets dieselbe Routine gehabt, sieben Tage die Woche. Sie kam von der Arbeit und duschte. Die Frau über ihr hörte jeden Morgen die Rohre klappern."

„Okay ..."

„JoAnn Smithson erzählte uns, dass die Frauen an fünf Abenden in der Woche arbeiten, von Montag bis Freitag. Was also hat Maria an den anderen beiden Abenden gemacht?"

„Gute Frage."

„Eine, die wir ihrer Freundin Selina stellen sollten. Wir können auch bei Lightfeather noch mal nachhaken wegen Reginas Wochenenden. Bis dahin lass uns die Recherche über die Senatoren zu Ende bringen. Zu gern würde ich eine Leiche in Stenhouse' oder Cooks Keller finden."

„Wenn es da eine gibt, werden wir sie finden."

Gegen elf hatten Sam und Freddie alles gelesen, was sie über die fünf Senatoren finden konnten, ohne auf etwas Skandalöses zu stoßen. „Ich schlage vor, wir fangen morgen früh mit Trent an", sagte Sam.

„Hört sich gut an. Soll ich dich hier abholen?"

„Wir treffen uns erst mal im Hauptquartier, um zu hören, ob die von der dritten Schicht heute Abend schon etwas herausgefunden haben. Ich will außerdem wissen, ob es endlich DNA-Ergebnisse bei Maria gibt. Schaust du mal nach, ob da inzwischen ein Bericht über Nicks Handy vorliegt?"

„Ich logge mich gerade ein." Er scrollte durch die E-Mails. „Noch nicht."

„Warum brauchen die denn so lange? Alles dauert bei diesem Fall eine Ewigkeit!"

„Zwei tote Putzfrauen erzeugen eben nicht dieselbe Dringlichkeit wie ein toter Senator oder ein Kandidat für den Obersten Gerichtshof."

„Für mich sind diese Fälle genauso wichtig."

„Das macht dich ja auch zu einer außergewöhnlichen Frau, Lieutenant."

Sie verzog das Gesicht, obwohl sie wie immer amüsiert war über seine Schmeichelei.

Beim Geräusch der Haustür, die auf und zu ging, packte Freddie seinen Laptop ein. „Wir sehen uns morgen früh im Hauptquartier."

Voller Sorge folgte Sam ihm ins Wohnzimmer. Nick hängte gerade seinen Mantel auf. Ein Blick auf das attraktive, aber müde Gesicht, und Sam wusste, dass er keinen guten Tag gehabt hatte.

Freddie sagte kurz Hallo und verschwand.

Sam ging zu Nick, legte die Arme um ihn und schmiegte sich an seine Brust. Zuerst fühlte sie seine Anspannung, aber dann lockerte sich seine Rückenmuskulatur, und er schloss sie in die Arme.

„Du hattest recht", sagte er nach langem Schweigen.

Sam fühlte mit ihm, als sie den Schmerz in seiner Stimme hörte. „Das tut mir leid." Sie hätte gern gefragt, was ihn dieser Tagesausflug denn letztlich gekostet hatte, aber sie ließ es, um ihn nicht in Verlegenheit zu bringen.

„Ich hätte es wissen sollen." Der bittere Ton war ganz untypisch für ihn. „Leute wie sie ändern sich nicht."

Sam sah ihn an und legte die Hände an sein Gesicht. „Wir brauchen sie nicht. *Du* brauchst sie nicht."

Er nickte zustimmend.

„Sie weiß nicht, was ihr entgeht. Sie wird diesen wundervollen, freundlichen, liebenden, großzügigen Mann, den ich kenne, nie kennenlernen, einfach weil sie viel zu selbstsüchtig ist."

Seine Hände lagen nun auf ihren Hüften, und er hielt Sam nah bei sich. „Ich konnte es nicht erwarten, zu dir nach Hause zu kommen. Den ganzen Tag habe ich mich nur darauf konzentriert, und es hat mir geholfen, das alles zu überstehen. *Du* hast mir geholfen."

„Ich habe mich so hilflos gefühlt und wollte unbedingt irgendetwas für dich tun", erklärte sie und umarmte ihn erneut.

„Das hast du, Liebes. Indem du hier auf mich gewartet hast." Er küsste sie. „Ich habe genug von diesem Tag. Gehen wir ins Bett."

21

Gonzo stand vor dem Kinderbettchen und betrachtete seinen schlafenden Sohn. An nur einem einzigen erstaunlichen Abend hatte er gelernt, ein Baby zu füttern, anzuziehen und es zu baden, es außerdem richtig zu halten und zu trösten. Er hatte erfahren, dass ein Lächeln in diesem Alter meistens bedeutete, dass das Baby pupsen musste. Sams Schwestern, Angela und Tracy, hatten Stunden damit zugebracht, das freie zweite Zimmer in ein Kinderzimmer zu verwandeln. Sie hatten ihm alles beigebracht, was er wissen musste, um für den kleinen Alex zu sorgen.

Jetzt beobachtete Gonzo fasziniert, wie sich der kleine Brustkorb bei jedem Atemzug hob und senkte. Die kleinen Händchen lagen über dem Kopf, und wenn er eines berührte, schlossen sich die winzigen Finger erstaunlich fest um seinen Finger. Sein Herz zog sich zusammen. Seit Miss Avery ihm den Jungen in die Arme gelegt hatte, war er innerlich aufgewühlt.

Christina trat hinter ihn und schlang ihm die Arme um

die Taille. „Du solltest auch schlafen, wenn er schläft“, flüsterte sie. „In ein paar Stunden wird er schon wieder wach sein und Hunger haben.“

„Ich habe Angst, ihn allein zu lassen. Was ist, wenn er aufhört zu atmen oder so was?“

„Das wird er nicht“, beruhigte sie ihn. „Das verspreche ich.“

Gonzo betrachtete das Baby noch eine weitere Minute, ehe er seinen Finger aus Alex’ Griff löste und sich von Christina aus dem Zimmer führen ließ.

Obwohl sein Schlafzimmer gleich gegenüber lag, überprüfte Gonzo vorsichtshalber das Babyfon, das Tracy angeschlossen hatte. Als er sich umdrehte, beobachtete Christina ihn belustigt.

„Sind alle Eltern mit neuem Nachwuchs dermaßen durch den Wind?“, fragte er, während er sein T-Shirt auszog.

„Wahrscheinlich. Allerdings haben die meisten neun Monate Zeit, um sich auf alles vorzubereiten. Dir sind nur ein paar Tage geblieben.“

„Was hältst du von Angelas Angebot, auf ihn aufzupassen, während ich arbeite?“

„Hört sich für mich ideal an. Du vertraust ihr, und sie weiß, was sie tut.“

Er setzte sich neben sie auf das Bett und ergriff ihre Hand. „Ich kann nicht glauben, wie sich alles zum Guten gewendet hat. Vor einer Woche wusste ich nicht einmal von seiner Existenz. Und jetzt ...“

Christina legte den Kopf an seine Schulter. „Und jetzt kannst du dir ein Leben ohne ihn nicht mehr vorstellen.“

„Ja, genau.“ Er drückte ihre Hand, dankbar dafür, dass sie offenbar Verständnis für seine Gefühle hatte. „Ich muss einen Weg finden, meinen Eltern von dieser Sache zu erzählen, und zwar möglichst bald.“

„Die werden sich bestimmt für dich freuen und das nächste Flugzeug von Arizona hierher nehmen."

„Ich hoffe nur, sie sind nicht enttäuscht darüber, wie es passiert ist. War keine Sternstunde von mir."

„Aber sieh doch nur, was daraus entstanden ist – ein wundervoller Sohn."

„Das ist wahr."

„Deine Eltern sind vielleicht anfangs verstört vom Zustandekommen des Kindes, aber sobald sie es sehen, mit diesem Kinngrübchen, werden sie es in ihr Herz schließen."

„Ich hoffe, du behältst recht."

„Komm." Sie zog ihn Richtung Bett. „Du brauchst Schlaf."

„Sollte ich nicht lieber noch einmal nach ihm sehen?"

Sie lachte. „Dem geht's gut."

Widerstrebend ließ er sich zum Bett führen. Wenn Christina nicht wäre, würde er vermutlich die ganze Nacht vor dem Kinderbettchen stehen. Nachdem sie das Licht gelöscht hatte, streckte er die Hand nach ihr aus. Als sie ihre übliche Position eingenommen hatte – den Kopf an seine Brust geschmiegt, den Arm über seinem Bach und ein Bein unter seines geschoben –, atmete er zufrieden aus. So fühlt es sich also an, eine Familie zu haben, dachte er. Eine Frau, die für ihn unverzichtbar geworden war, und ein Baby, das er auf den ersten Blick ins Herz geschlossen hatte.

Er war nicht auf die herkömmliche Weise Vater geworden, was seiner Mutter zweifellos lieber gewesen wäre. Aber irgendwie war es eben passiert.

„Woran denkst du?", wollte sie wissen.

„Dass ich das mag – dich hier bei mir zu haben, während er nebenan schläft."

„Du klingst überrascht."

„Das bin ich wohl auch ein bisschen. Ich habe nie für

möglich gehalten, dass mein Leben sich in diese Richtung entwickelt."

„Und welche Richtung ist das?"

„Richtung Familiengründung."

„Ist das denn schlecht?"

Er hörte die Verletzlichkeit aus ihrer Frage und wollte sie beruhigen. Also küsste er sie auf den Kopf und sagte: „Nein, das ist gut. Sehr gut sogar. Ich weiß, es ist ein bisschen viel für dich, Christina. Du hattest keinen Mann mit Baby auf dem Schirm ..."

„Ich hatte dich auf dem Schirm, und Alex gehört nun einfach dazu. Mach dir meinetwegen bloß keine Gedanken." Sie legte die Finger auf seine Lippen. „Blende das alles für eine Weile aus und schlaf ein wenig. Du wirst es brauchen."

Er versuchte, seine durcheinander wirbelnden Gedanken abzustellen, denn Christina hatte recht. Das Baby würde wach sein, ehe die Nacht vorbei war, und er musste die Chance auf Schlaf nutzen. Noch lange, nachdem sie eingeschlafen war, starrte er in die Dunkelheit. Als er sicher war, dass sie schlief, befreite er sich aus ihrer Umarmung, um aufzustehen und sich eine Boxershorts anzuziehen. Dann schlich er über den Flur. Er musste einfach nachschauen, ob sein Sohn noch atmete.

Sam wachte auf und stellte fest, dass Nick an die Decke starrte. Sie drehte sich auf die Seite und legte die Hand auf seine Brust. „Hast du geschlafen?"

„Ein bisschen."

Das bedeutete: nicht viel. „Möchtest du darüber reden?"

„Nein." Zu ihrer Verblüffung stand er unvermittelt auf und ging unter die Dusche.

„Hm", sagte Sam ins leere Zimmer. Da sie nicht wusste, wie sie mit dieser Situation umgehen sollte, lag sie nachdenklich noch einige Minuten da. Dann stand sie ebenfalls auf und ging ins Badezimmer. Sie machte die Duschkabinentür auf. „Möchtest du Gesellschaft?"

„Klar."

Diese einsilbigen Antworten gingen ihr auf die Nerven, doch sie sagte nichts, sondern fing an, ihre Haare zu waschen. Normalerweise tat er das gern für sie, doch heute bot er es nicht an, und sie bat ihn nicht darum. Nach dem Mord an Julian Sinclair hatte sie gelernt, ihn manchmal in Ruhe zu lassen, weil er mit einigen Dingen allein fertig werden musste. Doch Sam war besorgt, weil er einen weiteren Nackenschlag hatte einstecken müssen, wo er noch immer um seine Freunde trauerte.

„Ich frage mich, wie es Gonzo mit dem Baby geht", sagte Sam, da sie annahm, dass er lieber über etwas anderes reden würde als über das, was ihn beschäftigte.

„Hat er das Sorgerecht bekommen?", fragte Nick.

Immerhin wurden die Sätze schon länger. Das war ein Fortschritt. „Ja." Sam berichtete ihm, was am Tag zuvor geschehen war.

„Wow. Das ist ja erstaunlich. Gut für ihn."

„Heftiges Timing, mitten in einem Fall."

„Kann ich mir vorstellen."

Unter normalen Umständen hätte Sam wohl versucht, mit ihm über ihre gemischten Gefühle zu sprechen, die sie beschäftigten, seit sie erfahren hatte, dass Gonzo das Sorgerecht für den Sohn zugesprochen worden war, den er erst seit einigen Tagen kannte. Denn sie wünschte sich sehnlichst ein Baby und konnte höchstwahrscheinlich keines bekommen. Dafür war ihrem Freund und Kollegen eines in die Arme gefallen. Natürlich freute sie sich aufrichtig für Gonzo, aber eine gewisse Eifersucht ließ sich einfach nicht leugnen. Aber da Nick gerade mit eigenen Problemen rang, war es der falsche Zeitpunkt, ihre zur Sprache zu bringen.

Sie absolvierten die morgendliche Routine aus anziehen und frühstücken ein wenig mechanisch, und Nick blieb die ganze Zeit still und in sich gekehrt.

Sam räumte ihre Müslischale in die Spülmaschine und beobachtete anschließend Nick. Er schien versunken zu sein in die Lektüre der *Washington Post*, aber sie fragte sich, ob er tatsächlich las oder die Zeitung benutzte, um nicht mit ihr reden zu müssen. Sie ging zu ihm, legte ihm die Hände auf die Schultern und beugte sich für einen Kuss auf seine glatt rasierten Wangen herunter. „Darf ich etwas sagen?"

Widerstrebend, zumindest kam es ihr so vor, nickte er.

„Ich weiß, dass du früher diese Dinge immer mit dir selbst ausgemacht hast, weil da niemand war, mit dem du reden konntest. Aber jetzt gibt es jemanden. Du brauchst mit dieser Sache oder mit irgendeiner anderen nicht allein fertig werden."

Er nahm ihre Hand und führte sie an die Lippen. „Ich bin dir dankbar, dass du mir helfen willst, Liebling, und sobald ich herausgefunden habe, was ich brauche, wirst du es als Erste erfahren. Einverstanden?"

„Klar, ist okay. Ich kann dich nur nicht still leiden sehen."

Nick drehte sich ein wenig, zog sie auf seinen Schoß herunter und legte die Arme um sie. Sie saßen lange einfach nur da, bis Sam sein Gesicht streichelte und ihn küsste. „Ich liebe dich. Ich wünschte, ich hätte die Zeit, um nach Cleveland zu fliegen und ihr zu sagen, was ich von ihr halte."

Das entlockte ihm ein kurzes Lachen. „Die wüsste gar nicht, wie ihr geschieht.“

„Vielleicht wäre es genau das, was sie braucht.“

„Keine Frage, aber das würde auch nichts ändern. Die Dinge sind nun einmal, wie sie sind.“

„Kommst du zurecht heute?“

„Ich habe einen weiteren langen Tag vor mir und abends ein Essen mit Richard und Judson im Old Ebbitt“, erklärte er und meinte damit die Führung der Demokratischen Partei Virginias.

Bei der Erinnerung daran, dass John O'Connor am letzten Abend seines Lebens genau dasselbe getan hatte, erschauerte Sam.

„Was?“

„So hat John seinen letzten Abend verbracht.“

„Ja.“

Die Traurigkeit in seinem Gesicht ließ sie bereuen, dass sie es erwähnt hatte, besonders da ihn ohnehin schon etwas anderes traurig machte.

„Das Leben geht weiter“, sagte er. „Selbst wenn man glaubt, dass es das nicht tut.“

Bei diesen Worten musste sie an die Zeit nach ihrer Eileiterschwangerschaft während ihrer Ehe mit Peter denken, die sie fast das Leben und den Verstand gekostet hatte. „Ich bin hier, falls du mich heute brauchst.“ Sie stand von seinem Schoß auf. „Ruf ruhig an. Für dich bin ich nie zu beschäftigt.“

„Du bist extra rücksichtsvoll, nicht wahr?“

„Ich werde bewacht.“ Mit skeptischer Miene schaute sie auf ihre Uhr. „Mein Trupp müsste eigentlich jeden Moment hier sein.“ Wie aufs Stichwort klingelte es an der Tür. Sam zwang sich zu einem Lächeln. „Pünktlich.“

Nick stand auf und umarmte sie. „Ich weiß, du hasst es,

aber denk einfach dran, dass es nur vorübergehend ist. Je schneller du den Mörder findest, umso eher wirst du deine Bewacher wieder los."

„Ich weiß, ich weiß. Ich frage mich nur, ob die auch auf Bewacher bestanden hätten, wenn ein männlicher Kollege bedroht worden wäre."

„Wahrscheinlich schon."

„Na klar doch ..."

„Ich habe nicht vergessen, dass ich dir versprochen habe, mich mal wegen der Senatoren umzuhören, für die Regina und Maria geputzt haben. Das mache ich heute."

„Danke. Wenn du dabei bist, frag doch mal, ob Christina in dieser Woche irgendwem deine Handynummer gegeben hat."

„Sei vorsichtig heute, Sam."

„Bin ich immer." Sie umfasste sein Gesicht mit beiden Händen und verließ ihn nach einem letzten Kuss. „Lass dich nicht unterkriegen, Senator."

„Nie."

„Sagen Sie mir, dass Sie *irgendetwas* für mich haben", bat Sam Lindsey McNamara.

„Nur Sachen, die Sie erwartet haben – die bei Maria sichergestellte DNA entspricht der des zweiten Mannes bei Regina, und er ist nicht in unserer Datei. Reginas Baby war definitiv von Lightfeather."

„Na schön. Ich habe die Bestätigung gebraucht, obwohl wir es längst wussten. Also danke dafür. Wie lange wird es dauern, bis wir sicher sein können, dass Mann Nummer zwei Jeannie entführt hat?"

„Ich analysiere es gerade." In Lindseys grüne Augen trat ein mitfühlender Ausdruck. „Wie geht es ihr?"

„Nicht gut", gestand Sam. „Es war eine besonders bösartige und brutale Vergewaltigung. Wahrscheinlich, weil sie Polizistin ist."

Lindsey schüttelte angewidert den Kopf. „Unglaublich. Sagen Sie mir Bescheid, wenn ich noch etwas tun kann, um dieses Schwein zu fassen."

„Bestimmt. Danke, Doc."

Malone kam herein, als Lindsey ging.

„Was gibt's?", fragte Sam ihn.

„Wir hatten kein Glück bei der Suche nach dem Maulwurf."

„Haben Sie mit Stahl gesprochen?"

„Er bestritt es vehement und war ‚zutiefst beleidigt', dass Sie ihm das zutrauen."

„Ja, ja, was auch immer."

„Es gibt einen Termin für Peters Anhörung."

Sam wappnete sich. „Wann?"

„Morgen."

„Ich kann nicht glauben, dass die das wirklich machen."

„Das kann niemand hier verstehen, aber Sie müssen sich vorbereiten, Sam."

„Wie bereite ich mich denn darauf vor, dass mein Exmann, der mich und meinen Verlobten versucht hat umzubringen, wieder auf freiem Fuß ist?"

„Wenn er einmal versagt hat, kann es ihm noch einmal passieren. Und dann haben wir ihn."

„Bevor oder nachdem er mich oder Nick umgebracht hat?" Bei der Erinnerung an die gewaltige Explosion und wie Sam durch die Luft und in die Büsche vor Nicks ehemaligen Haus in Virginia geschleudert worden war, der Erinnerung an die Gerüche, das Blut auf Nicks Gesicht, das zersplitterte Glas, das Klingeln in ihren Ohren, überlief sie eine Gänsehaut.

„Wir werden ihn jedenfalls im Auge behalten, Lieutenant. Verlassen Sie sich darauf.“

„Tja, da mein Leben und auch Nicks vermutlich davon abhängt, verlasse ich mich wirklich drauf, dass wir den im Auge behalten.“ Sie sah zu ihm auf. „Sie glauben, dass er freikommt.“

Er nickte kurz. „Leider ja.“

„Manchmal ist unser Rechtssystem einfach Mist.“

„Ist es, aber wir haben kein anderes. Ich fühle mich, als hätten wir gründlich versagt.“

Sam schüttelte den Kopf. „Nein, haben Sie nicht. Ich war ebenso verantwortlich für das, was in jener Nacht passiert ist. Ich hätte es besser wissen müssen.“

„Werden Sie morgen zur Anhörung gehen?“

Sam dachte für eine Minute darüber nach. „Nein, ich glaube nicht. Warum sollte ich ihm die Befriedigung verschaffen, dass er glaubt, er sei in irgendeiner Weise wichtig für mich? Sie werden dort sein, oder?“

„Darauf können Sie wetten.“

„Sorgen Sie wenigstens dafür, dass er ein dickes richterliches Verbot aufgebrummt bekommt und sich weit genug von mir, Nick und meiner Familie fernhalten muss. Ich will jedes Mitglied meiner Familie auf diesem richterlichen Beschluss sehen.“

„Immerhin das kann ich wohl tun für Sie“, versprach er, schon auf dem Weg hinaus.

Allein die Vorstellung, dass Peter wieder auf freiem Fuß war, machte sie ganz krank. Sam brauchte einen Moment, um wieder einen klaren Gedanken fassen zu können.

Einige Minuten später kam Freddie herein.

„Ist ja der reinste Bahnhof hier heute Morgen“, bemerkte Sam.

„Was ist denn los mit dir? Du bist ja bleich wie ein Gespenst."

„Peters Anhörung ist morgen."

„Verdammt."

„Ja", sagte sie und schüttelte es ab. Zeit, wieder an die Arbeit zu gehen. Sie weigerte sich, diesem Dreckskerl noch ein weiteres Quäntchen ihrer Energie zu geben. Er hatte schon zu viel bekommen. „Was ist los?"

„Da ist jemand, der dich sprechen möchte, Boss."

„Wer?"

„Patricia Donaldson", flüsterte er.

Sam staunte. Patricia war die Mutter von John O'Connors Sohn – der, der seinen Vater und mehrere andere Menschen umgebracht hatte. „Was will sie?"

„Mit dir reden. Mehr hat sie nicht gesagt."

„Puh, das hat mir heute noch gefehlt. Während ich mich mit ihr unterhalte, besorgst du mir die Namen und Adressen zu den auf beiden Handys der toten Frauen auftauchenden Nummern. Richte Archie aus, dass er dreißig Minuten hat, mir die Datenauswertung von Lightfeathers und Nicks Handy zu beschaffen." Damit meinte sie Lieutenant Archelotta, der die IT-Abteilung leitete. „Ist mir egal, wie viel er um die Ohren hat."

„Ich wollte dir gerade sagen, dass die Telefongesellschaft eine Vollmacht für Nicks Handy will."

„Dann sollen die doch ihn anrufen, damit er es ihnen genehmigen kann. Jesus."

Freddie warf ihr einen tadelnden Blick zu, weil sie den Namen des Herrn benutzt hatte. „Soll ich Patricia hereinbitten?"

Sam stöhnte. „Wenn es sein muss ..."

Eine gut gekleidete blonde Frau betrat eine Minute

später den Raum. Sie wirkte nervös und fehl am Platz. „Ich danke Ihnen sehr, dass Sie mich empfangen, Lieutenant."

„Keine Ursache. Bitte nehmen Sie doch Platz."

Sie setzte sich auf die äußerste Kante des Sessels vor Sams Schreibtisch. „Soweit ich weiß, waren Sie der Detective, der in Johns Fall ermittelt hat."

„Das war ich, stimmt."

„Ich wollte mich bei Ihnen für die schnelle Arbeit bedanken, damit John Gerechtigkeit widerfährt. Obwohl ich natürlich wünschte, die Wege der Justiz hätten nicht zu meinem Sohn geführt."

„Miss Donaldson ..."

Sie nestelte an einem Taschentuch herum, das sie ihrer Handtasche entnommen hatte. „Es ist nur ... ich habe mich gefragt, ob Sie sich absolut sicher sind, dass es mein Thomas war, der seinen Vater getötet hat."

Um Himmels willen, dachte Sam. Oh Gottogott.

„Die beiden standen sich nah, deshalb kann ich mir nur schwer vorstellen, dass mein Sohn die schrecklichen Dinge getan hat, derer man ihn bezichtigt. Ich nehme an, Sie würden mir die Wahrheit sagen. Ich weiß nicht mehr, wem ich glauben soll."

„Ich bin mir absolut sicher, dass es Thomas war", bestätigte Sam. „Es tut mir leid, wenn es nicht das ist, was Sie hören wollen, aber die Beweise sind unwiderlegbar. Zusätzlich zu diesen Beweisen hat er es auch noch in meinem, Senator O'Connors sowie Senator Cappuanos Beisein gestanden. Ich fürchte, die Anschuldigungen sind absolut fundiert."

Ihre Augen füllten sich mit Tränen. „Er muss eine Art Nervenzusammenbruch erlitten und nicht gewusst haben, was er tat. Der Junge, den ich großgezogen habe, würde niemals jemandem wehtun, schon gar nicht seinem Vater oder anderen Menschen, die er nicht einmal kannte." Zwei Exliebhaberinnen seines Vaters sowie der Ehemann der einen hatten zu Thomas' Opfern gehört.

„Ich bin mir sicher, sein Anwalt wird das berücksichtigen", erklärte Sam. Sie wollte dieses unerträgliche Gespräch dringend beenden. „Zu erfahren, dass sein Vater Ihnen untreu war, hat etwas in ihm ausgelöst."

„Wie Sie inzwischen sicher wissen, erwägt man, auf Unzurechnungsfähigkeit zu plädieren."

„Davon habe ich gehört."

„Tut mir leid, dass ich Ihre Zeit in Anspruch genommen habe. Ich war nur auf der Suche nach Antworten."

„Ich wünschte, ich hätte Ihnen mehr helfen können." Sam fiel etwas ein. „Ich kenne jemanden, mit dem Sie reden könnten und der versteht, was Sie gerade durchmachen."

Patricia horchte hoffnungsvoll auf. „Wer?"

„Laine O'Connor."

Patricias Hoffnung wich augenblicklich Verzweiflung. „Die wird nicht mit mir reden. Sie glauben, ich hätte Johns Leben zerstört, indem ich schwanger wurde. Bestimmt geben die mir auch die Schuld an seinem Tod."

„Das tun sie nicht", versicherte Sam ihr. „Die beiden machen sich höchstens selbst Vorwürfe, weil sie John dazu gezwungen haben, ein Doppelleben zu führen. Ich habe sie in den vergangenen Monaten recht gut kennengelernt und bin daher sehr zuversichtlich, dass Laine die Möglichkeit willkommen heißen würde, sich mit Ihnen auszusöhnen." Zumindest hoffte Sam das. Sie redete über Dinge, in die sie kein Recht hatte, sich einzumischen. Das böse Blut zwischen den O'Connors und Patricia reichte Jahrzehnte zurück. „Möchten Sie, dass ich sie anrufe?"

„Wenn Sie überzeugt davon sind, dass es ihr nichts ausmacht?"

„Bin ich."

22

„Das war gut, was du da gemacht hast“, meinte Freddie, als er und Sam im Wagen saßen.

„Was denn?“

„Patricia mit Laine zusammenzubringen – zwei trauernde Mütter, zwei Frauen, die John O'Connor geliebt haben. Das war eine gute Sache.“

„Das hoffe ich“, sagte Sam. „Ich rechne halbwegs mit einem Beschwerde-Anruf von Nick.“

„Unsinn.“ Freddie biss in den ersten der drei Sahnedonuts, die er am Stand direkt vor dem Hauptquartier gekauft hatte. „Er wird es gutheißen. Ich sage es nur ungern, Lieutenant, aber du wirst sensibel auf deine alten Tage. Dass du verliebt bist, hat dich weich gemacht.“

„Leck mich.“

Er prustete und verschlang den zweiten Donut.

Beim Duft von Zucker und Sahne lief Sam das Wasser im Mund zusammen. „Wenn du damit fertig bist, dich vollzustopfen, verrate mir, was wir über Bradford Tillinghast wissen.“

„Das ist ein Lobbyist des Unternehmens Tillinghast-

Young. Die repräsentieren die Interessen von Ölfirmen im Kongress."

„Was hat seine Nummer in den Handydaten unserer beiden toten Reinigungsfrauen zu suchen?"

„Das ist tatsächlich eine sehr gute Frage."

Sam grinste. „Ich habe das Gefühl, diese Befragung wird das Highlight dieses Tages." Sensibel. Wie auch immer. Nichts mochte sie lieber, als zu erleben, wie selbstgerechte, arrogante, mächtige Leute – oder solche, die sich für mächtig hielten – aus der Fassung gerieten, sobald sie im Fokus einer Mordermittlung standen.

„Was ist mit unserem Plan, zuerst mit Senator Trent zu sprechen?", wollte Freddie wissen.

„Zu dem kommen wir noch. Wird ein langer Tag."

Im schön eingerichteten Bürogebäude von Tillinghast-Young in der K Street wurde Sam und Freddie mitgeteilt, Mr. Tillinghast befinde sich in einer Sitzung und könne nicht gestört werden.

„Ich liebe diese Antwort", sagte Sam zu Freddie. „Liebst du diese Antwort nicht auch?"

„Ist eine von meinen Lieblingsantworten", bestätigte er.

Die hübsche Rezeptionistin schaute die beiden abwechselnd an, und Sam bemerkte ein leichtes Zittern ihrer manikürten Hände.

Sam lehnte sich auf den Empfangstresen und brachte ihr Gesicht nah an das der Frau. „Passen Sie mal auf – Sie gehen jetzt los und informieren Mr. Tillinghast, dass hier zwei Detectives von der Mordkommission des MPD sind und ihn sprechen wollen. Sagen Sie ihm, dass wir das entweder hier machen können, in seinem gemütlichen Büro, oder wir verhaften ihn und unterhalten uns in einem der weitaus weniger gemütlichen Verhörräume. Verstanden?"

Die Rezeptionistin eilte einen langen Flur hinunter, als stünde sie in Flammen.

„Böse und beängstigend", meinte Freddie.

„Von wegen weich und sensibel."

„Du und sensibel? Wer kommt denn auf die Idee?"

Sie warf ihm einen düsteren Blick zu. „Halt den Rand, sonst zeig ich dir gleich, wie sensibel ich sein kann."

„Jawohl, Ma'am." Er grinste.

„Du bist ja in einer guten Stimmung für einen Mann, der momentan nicht zum Zug kommt."

Sein Grinsen verschwand. „Nach dem morgigen Abend sitze ich wieder im Sattel."

„Bist du dir sicher, dass Elin auftauchen wird?"

„Natürlich wird sie. Sie ist nicht bloß am Sex interessiert."

„Auch da bist du dir sicher?"

„Ja", lautete seine Antwort, aber ganz überzeugt klang er nicht. „Sie wird auftauchen."

„Hm, das hoffe ich."

„Ach ja? Hoffst du das wirklich?"

Bevor Sam antworten konnte, kehrte die Rezeptionistin zurück und winkte ihnen, ihr zu folgen.

„Mit dieser Art von Kooperation gewinnt man schon viel eher die Gunst des MPD", sagte Sam zu Freddie, der nur die Augen verdrehte.

Bradford Tillinghast war exakt, wie Sam ihn erwartet hatte: groß, blond, gebaut wie ein ehemaliger College-Footballspieler und gekleidet in einen dunkelblauen Nadelstreifenanzug, der für ihn maßgeschneidert worden war. Das luxuriöse Büro vervollständigte das Bild der typisch amerikanischen Erfolgsstory.

„Was kann ich für euch tun, Leute?", erkundigte er sich mit Texas-Akzent.

„Sie können uns verraten, wie gut Sie Regina Argueta de Castro und Maria Espanosa kannten.“

Für einen kurzen Moment wirkte er perplex, dann wurde seine Miene wieder ausdruckslos. Sam registrierte jedoch einen Anflug von Furcht.

„Wen?“

„Verarschen Sie uns nicht, Mr. Tillinghast. Wir haben Ihre Nummer auf den Handys der Frauen gefunden. Falls Sie dieses Gespräch nicht im Polizeigebäude fortsetzen möchten, bleiben Ihnen genau fünf Sekunden, um mir zu erklären, wie gut Sie die beiden kannten.“

Sein Adamsapfel hüpfte auf und ab.

„Ich würde gern mit meinem Anwalt sprechen.“

„Großartig“, erklärte Sam. „Er soll ins MPD-Hauptquartier kommen und Sie dort treffen.“ Sie gab Freddie ein Zeichen, der prompt die Handschellen herausholte.

„Warten Sie.“ Tillinghast schaute vorsichtig zu den Kollegen, die so taten, als beobachteten sie nicht genau, was hinter den Glasscheiben dieses Büros vor sich ging. „Sind Handschellen denn wirklich nötig?“

„Wir transportieren grundsätzlich niemanden ohne Handschellen.“

Als er sich mit zitternder Hand durch die wohlfrisierten Haare fuhr, sah Sam einen Ehering aufblitzen.

„Was denn nun?“, drängte sie. „Hier oder dort?“

Er atmete tief ein und wieder aus. Die Hände auf den Hüften, richtete er den Blick auf die Wand, an der seine Trophäen und gerahmten Urkunden ausgestellt waren. Das Leben hatte es gut gemeint mit Bradford Tillinghast. Bis heute.

„Ich habe sie für Sex bezahlt“, stieß er hastig hervor. „Ich wusste weder ihren Nachnamen noch sonst irgendetwas über sie. Und ich habe jede von ihnen nur zweimal getroffen."

Innerlich triumphierend über den ersten echten Durchbruch in diesem Fall, sagte Sam: „Wo haben Sie sich getroffen?"

„Im Ambassador." Das war ein Vier-Sterne-Hotel in der Innenstadt Washingtons.

„Wie kam es zu dem Kontakt mit den Frauen?"

Zögernd richtete er den Blick zum Fenster. „Ich würde jetzt wirklich gern mit meinem Anwalt reden."

Offenbar bereitete es ihm mehr Sorge, die Information darüber preiszugeben, wie der Kontakt zu Regina und Maria entstanden war, als in Handschellen aus dem Büro abgeführt zu werden. Interessant. Sam gab Freddie ein Zeichen, ihm Handschellen anzulegen.

Freddie ließ die Metallfesseln um Tillinghasts Handgelenke zuschnappen und erklärte ihm seine Rechte. Tillinghast hielt den Kopf gesenkt, als sie an den geschockten Mitarbeitern vorbeigingen.

Sam wollte nicht moralisch urteilen, doch sie fand, dass dieser schmachvolle Gang das Mindeste war, was ein verheirateter Mann dafür verdiente, dass er gegen Geld Sex mit anderen Frauen gehabt hatte. Sie fragte sich, wie lange es wohl dauern würde, bis sich Tillinghasts Verhaftung in Washington herumgesprochen hatte.

Genau in dem Moment, als sie diesen Gedanken hatte, klingelte ihr Telefon. Auf dem Display erschien Nicks Nummer. Sie hoffte, dass er nicht verärgert war, weil sie Laine gebeten hatte, sich mit Patricia zu treffen.

„Hey", meldete sie sich.

„Hast du wirklich gerade Brad Tillinghast verhaftet?"

„Du meine Güte. Das ging ja schnell. Woher weißt du das?"

„Trevor hat es auf Twitter gelesen", erwiderte er und meinte damit den Leiter seiner Kommunikationsabteilung.

„Na klasse." Tillinghasts Mitarbeiter hatten keine Zeit verschwendet bei der Verbreitung der Neuigkeit.

„Du bist ziemlich mutig, Holland. Was hat er denn getan?"

„Den Mund nicht aufgemacht. Mehr kann ich dir momentan nicht verraten."

„Die Nachricht hat das Regierungsviertel in Aufruhr versetzt."

„Warte ab, bis du den Rest der Geschichte hörst."

„Darauf freue ich mich schon."

„Hm, übrigens kann es sein, dass Laine sich heute bei dir meldet."

„Hat sie bereits."

„Ist sie sauer? Die Idee war ausgesprochen, bevor ich nachdenken konnte ..."

„Sie findet die Idee großartig, Schatz. Sie meint, hätte sie es schon Jahre früher getan, wäre ihr Sohn noch am Leben."

„Oh, na ja, ich bin jedenfalls froh, dass sie nicht wütend ist. Ich dachte mir nur, dass sie sich vielleicht gegenseitig helfen können, weil sie doch beide John geliebt haben."

„Das hast du gut gemacht, Samantha."

Das Lob abschüttelnd fragte sie: „Wie geht es dir?"

„Ganz okay."

Sam stand in der K Street und beobachtete, wie Freddie den verhafteten Tillinghast auf den Rücksitz ihres Wagens verfrachtete. „Wirklich? Oder sagst du das nur?"

„Für gewöhnlich brauche ich etwa eine Woche, um über eine Begegnung mit ihr hinwegzukommen." Er gab ein bitter klingendes Lachen von sich. „Man sollte meinen, ich hätte inzwischen gelernt, meine Hoffnungen nicht zu hoch zu schrauben."

Sam schloss die Augen. Der Schmerz, den sie aus seiner Stimme heraushörte, war für sie unerträglich. „Ich möchte, dass du sie nicht mehr siehst. Ab einem bestimmten Punkt musst du ihr sagen, dass es reicht."

„Ich glaube, dieses Mal bin ich möglicherweise an diesem Punkt angelangt."

„Gut", sagte sie. „Hm, nicht gut, natürlich, aber du weißt, was ich meine."

„Ja, Schatz, ich weiß, was du meinst."

„Wir haben jetzt uns. Wir brauchen niemanden, der uns runterzieht." Sie dachte an Peter, der aus der Haft entlassen werden würde –möglicherweise schon morgen –, und wusste, dass sie es ihm erzählen musste. „Ich hasse es, noch mehr Ärger anzuhäufen, aber ich habe erfahren, dass morgen Peters Anhörung ist. Aus Malones Mund klang es nicht so, als gäbe es irgendeine Chance, dass Peter nicht freikommt."

„Verdammter Mist", murmelte Nick. „Ich weiß, dass ich das schon gesagt habe, aber das soll wohl ein Witz sein. Immerhin hat der Kerl versucht, uns umzubringen!"

„Ich weiß, Liebling. Glaub mir, ich weiß." Es tat ihr leid, ihn zusätzlich zu allem anderen, was ihn belastete, so aufgewühlt zu erleben. „Wir werden ihn keine Sekunde aus den Augen lassen. Der wird nicht so dumm sein, etwas Derartiges wie das mit den Bomben erneut zu versuchen."

„Das hoffst du."

„Ich sage es nur ungern, aber ich muss los."

„Du versuchst nicht, deinen Bewachern zu entkommen, oder?"

Der Gedanke war ihr natürlich auch schon gekommen – mehr als einmal –, aber das würde sie ihm nie verraten. „Ich benehme mich so ordentlich wie möglich."

Das entlockte ihm ein kurzes Lachen. „Das möchte ich erleben. Bis später. Sei vorsichtig da draußen."

„Immer." Sam beendete das Gespräch und stieg in den Wagen. Ein wenig ängstlich fragte sie sich, was er wohl unternehmen würde, damit Peter im Gefängnis blieb.

„Hier ist Senator Nick Cappuano. Ich würde gern mit Mr. Forrester sprechen."

„Einen Moment bitte, Senator."

Obwohl Nick wusste, dass dieser Anruf weder vom politischen noch vom persönlichen Standpunkt betrachtet eine gute Idee war, musste er doch wenigstens diese letzte Bemühung unternehmen, damit dieser Verbrecher Gibson im Gefängnis blieb, wo er hingehörte.

„Senator", meldete Forrester sich mit seinem nasalen New Yorker Akzent. „Was kann ich für Sie tun? Oder weiß ich es schon?"

„Sie können mir versichern, dass Sie alles in Ihrer Macht Stehende tun werden, damit dieser Bastard Gibson im Gefängnis bleibt."

Der Bundesanwalt räusperte sich. „Wie ich bereits bei unserem letzten Gespräch über dieses Thema erwähnt habe, fehlen mir die nötigen Beweise, um Mr. Gibson weiterhin in Haft zu behalten."

„Das ist doch Schwachsinn, und das wissen Sie auch."

„Senator, diese Unterhaltung liegt so weit außerhalb dessen, was angemessen ist, dass sich das Ethikkomitee des Senats dafür interessieren könnte."

„Nur zu, melden Sie mich. Aber ich an Ihrer Stelle würde mir mehr Sorgen darüber machen, dass Sie einen Mörder entlassen, der es zweifellos wieder auf meine zukünftige Frau abgesehen haben wird."

„Ich darf Sie daran erinnern, dass Mr. Gibson nur wegen *versuchten* Mordes angeklagt wurde. Ihre zukünftige Frau und deren Team haben sich nicht an die Regeln gehalten, Senator, und das ist der einzige Grund, weshalb wir diese Unterhaltung führen. Wenn die mir etwas anderes bringen, was einen Zusammenhang zwischen Gibson und den in seiner Wohnung gefundenen Gegenständen herstellt, werde ich selbstverständlich erneut Klage erheben. Bis dahin gibt es nichts, worüber wir reden könnten.“

„Wenn ihr etwas zustößt, Forrester, werden Sie hoffentlich damit leben können.“

„Mein Gewissen ist rein, Senator. Ihre Verlobte und deren Team hatten Gibson doch schon bei den Eiern. Die brauchten doch nur noch auf den Durchsuchungsbeschluss zu warten. Aber sie haben sich entschieden, es nicht zu tun, und genau deshalb sind mir jetzt die Hände gebunden.“

„Sie könnten einen Weg finden, um seine Freilassung hinauszuzögern, damit sie mehr Zeit haben, um Beweise vorzulegen.“

„Wenn es mehr Beweise gäbe, hätte ich die inzwischen. Das wissen Sie so gut wie ich.“

„Es muss doch etwas geben, was Sie tun können …“

„Ich muss wieder an die Arbeit, und Sie gewiss auch. Ich wünsche Ihnen noch einen angenehmen Tag, Senator.“

Bevor Nick etwas erwidern konnte, war die Leitung tot. Wütend schleuderte Nick sein Handy durch den Raum und beobachtete zufrieden, wie es gegen die Wand krachte und zersplitterte.

Christina betrat das Büro, betrachtete die Überreste des Telefons und sah schließlich ihn an. „Ist alles in Ordnung hier drin, Senator?“

„Nein.“ Er nahm sein Jackett und ging zur Tür. „Überhaupt nichts ist in Ordnung.“

Nick marschierte aus seinem Büro im Hart Building und eilte durch die unterirdischen Tunnel, die zum Kapitol führten. In einem der Gänge interviewte ein Nachrichtenreporter einen seiner Kollegen. Er wartete, bis sie fertig waren, dann winkte er den Kameramann und den Reporter zu sich. „Ich würde gern eine Erklärung abgeben."

Da Nick nur selten Interviews gewährte, obwohl es Anfragen genug gab, war der Reporter entsprechend angetan.

Als der Kameramann sich positioniert hatte, versuchte Nick, nicht an die politischen Folgen seiner Erklärung zu denken. „Wie viele von Ihnen inzwischen sicher wissen, hat Peter Gibson, der Exmann meiner Verlobten, Lieutenant Sam Holland, im Dezember an ihrem und meinem Wagen Bomben angebracht. Als der an ihrem Wagen angebrachte Sprengsatz detonierte, wurden wir beide verletzt. Später an diesem Tag drangen Polizisten in Gibsons Wohnung ein, weil man bei ihm Material zum Bau einer Bombe vermutete. Die Officer warteten nicht erst auf einen Durchsuchungsbeschluss. Tatsächlich entdeckten sie Sprengstoff, mit dem nicht nur Gibsons Wohngebäude in die Luft hätte gesprengt werden können, sondern die umliegenden ebenfalls. Obwohl sogar ein teilweiser Fingerabdruck auf der Bombe an meinem Wagen gefunden wurde, könnte die Klage gegen Gibson fallen gelassen werden, weil die Officer ohne Durchsuchungsbeschluss in seine Wohnung eingedrungen sind. Bundesanwalt Forrester erklärte mir, er könne nichts dagegen unternehmen. Morgen um diese Zeit könnte Peter Gibson frei sein und das Bombenbasteln fortsetzen. Daher hielt ich es für wichtig, die Bürger der Stadt darüber zu informieren, damit sie auf der Hut sein können. Das ist alles, was ich zu sagen habe."

Kameramann und Reporter starrten ihn perplex an.

Nick wandte sich einfach ab und stellte dabei fest, dass Christina und der Leiter der Kommunikationsabteilung ihn ebenfalls anstarrten.

„Du hast Forrester deswegen angerufen?", rief Christina, deren Stimme eine ganze Oktave höher war als sonst.

„Ja, das habe ich verdammt noch mal getan. Gibson hat versucht, uns umzubringen. Bist du wirklich der Meinung, er sollte aus dem Gefängnis entlassen werden?"

„Ich ... äh ... wow."

„Vergiss es", meinte Nick. Er musste hier raus. „Ich gehe ins Fitnessstudio. Richte Richard und Judson aus, dass ich mich heute Abend nicht mit ihnen treffen kann. Wir sehen uns morgen." Er ließ Mantel und Unterlagen im Büro und verließ das Kapitol durch den Südeingang. Auf dem Weg hinaus versuchten mehrere Reporter ihn aufzuhalten, doch er winkte ab. Er hatte ihnen nichts mehr zu sagen.

23

Als Sam und Freddie den Verhörraum betraten, nahm Bradford Tillinghast Haltung an. Sein Anwalt, ein älterer Mann mit schlohweißem Haar, saß neben ihm.

„Dürfte ich bitte einen Anruf tätigen?", bat Tillinghast.

„Irgendwann sicher", erwiderte Sam.

„Ich muss mit meiner Frau sprechen, bevor sie es von jemand anderem erfährt."

So schnell, wie Nick es erfahren hatte, war es dafür vermutlich schon zu spät, aber das würde sie Tillinghast nicht sagen. Interessant, dass er jetzt an seine Frau dachte.

„Geben Sie uns Ihr Einverständnis, dieses Gespräch aufzuzeichnen?", fragte sie.

Der Anwalt gab seine Zustimmung. „Was ist mit dem Anruf?"

„Später."

Tillinghast gab ein gequältes Seufzen von sich, als ihm anscheinend klar wurde, dass seine Frau von seiner Verhaftung wohl nicht durch ihn erfahren würde.

„Ich wüsste gern, wie es zu dem Kontakt zwischen Ihnen und Regina sowie Maria kam", erklärte Sam.

„Ich möchte diese Information nicht preisgeben", antwortete Tillinghast, plötzlich rot im Gesicht.

Sam warf dem Anwalt einen Blick zu, der seinem Mandanten zweifellos zu dieser Antwort geraten hatte. Dann wandte sie sich wieder an Tillinghast. „Werden Sie Details der verschiedenen Begegnungen mit den beiden Frauen preisgeben?"

Er sah zu seinem Anwalt, der nickte.

Ein Schweißtropfen rann Tillinghasts Gesicht hinunter. „Ich, äh … habe zuerst Maria kennengelernt. Wir … Ich, ähm, habe ‚Bedürfnisse', die meine Frau abstoßend findet." Kaum hatte er den Schweißtropfen weggewischt, erschien schon der nächste.

„Und Maria? Fand Sie Ihre ‚Bedürfnisse' auch abstoßend?"

„Falls ja, hat sie es jedenfalls nie gesagt."

„Wie viel haben Sie ihr gezahlt für die Befriedigung Ihrer perversen Gelüste?"

Seine Augen funkelten wütend. „Ich bin nicht pervers! Ich mag nur einfach bestimmte Dinge …"

„Wie viel?"

„Zweitausend."

„Und wie viel Zeit für die Befriedigung Ihrer ‚Bedürfnisse' konnten sie damit kaufen?"

„Vier Stunden", murmelte er.

„Dann sahen Sie sie also zweimal?"

Er nickte.

„Ich möchte das Datum dieser beiden Treffen wissen."

Tillinghast schaute erneut zu seinem Anwalt.

„Erinnern Sie sich daran?", erkundigte sich der Anwalt.

„Nicht aus dem Kopf."

„Wo könnten die Termine stehen?", fragte Sam.

„In meinem Kalender im Büro."

Wie blöd kann man sein?, fragte sie sich. „Und wo genau?"

„In meiner obersten Schreibtischlade."

Sie sah zu Freddie, der ihr zunickte. Er verließ kurz den Raum, um jemanden damit zu beauftragen, den Kalender zu holen. Eine Minute später kehrte er mit einer Einverständniserklärung für Tillinghast zurück, die es ihnen gestattete, den Kalender zu holen und als Beweisstück sicherzustellen.

„Hatten Sie Kontakt zu den beiden außerhalb der Organisation, für die sie gearbeitet haben?"

Er schaute auf seine Hände.

„Mr. Tillinghast?"

„Ich habe ihnen doppelt so viel geboten wie über den dortigen Service, und zwar bar, um mich ein zweites Mal zu treffen."

„Daher hatten Sie ihre Handynummern."

„Ja."

Sam fragte sich, ob die „freiberufliche" Tätigkeit der beiden ein Mordmotiv war. „Wo waren Sie letzten Freitag und Samstag?"

„Bei einer Hochzeit innerhalb der Familie in Long Island. Meine Frau und meine Kinder können das ebenso bestätigen wie andere Familienmitglieder, die dort waren und mich gesehen haben."

„Besteht die Möglichkeit, dass Maria von Ihnen schwanger war?", fragte Sam

Nun wechselte Tillinghasts Gesichtsfarbe von rot zu kalkweiß.

„Schwanger?", krächzte er.

„Ganz recht."

„Nein. Auf keinen Fall."

„Und woher wissen Sie das?"

„Weil ich Kondome benutzt habe."

„Ihre eigenen oder Marias?"

Diese Frage schien ihn stutzig werden zu lassen. „Ihre. Sie bestand darauf."

Sam sah ihn durchdringend an und wartete darauf, dass er begriff.

„Um Himmels willen", sagte er so leise, dass Sam Bedenken hatte, ob es vom Aufnahmegerät erfasst wurde. „Wollen Sie damit andeuten ..."

„Sie war zum Zeitpunkt ihres Todes schwanger."

„Und Sie glauben, das Kind war von mir?"

„Ich habe keine Ahnung, wer der Vater ist." Sam fragte sich, ob Maria es gewusst hatte. Aber dieses Sinnbild typisch amerikanischer Männlichkeit war ganz sicher ein interessanter Kandidat gewesen für eine Frau, die sich in diesem Land verankern wollte. „Würden Sie einem DNA-Test zustimmen?"

In Panik wandte Tillinghast sich an seinen Anwalt.

„Wenn die DNA meines Klienten mit der von Marias Fötus übereinstimmt, mit welchen Anschuldigungen sähe er sich dann konfrontiert?"

„Mit gar keinen – es sei denn, es gäbe eine Übereinstimmung mit der DNA des Mannes, der sie vergewaltigt und ermordet hat."

„Ich habe sie nicht ermordet!", schrie Tillinghast. „Ich habe sie nur zweimal getroffen. Wir hatten Sex, ich habe sie dafür bezahlt und bin wieder gegangen. Danach habe ich sie nie wieder gesehen! Ich habe mich nicht einmal in der Stadt aufgehalten, als sie getötet wurde!"

„Wenn das zutrifft, sollten Sie einen DNA-Test doch begrüßen."

Nach einem Moment des Schweigens meinte der Anwalt: „Wir willigen ein."

„Detective Cruz, bitten Sie Dr. McNamara, zu uns zu kommen." Nachdem Freddie den Raum verlassen hatte, sagte Sam: „Wie lange nach Ihrer Liaison mit Maria trafen Sie Regina?"

„Ein paar Wochen später."

„Warum haben Sie zu einer anderen Frau gewechselt?"

„Maria wollte mich nicht mehr sehen nach dem zweiten Mal."

„Warum nicht?"

„Müssen wir wirklich ins Detail gehen?"

„Ja, müssen wir wirklich."

Seufzend presste er seine gefalteten Hände zusammen, bis die Fingerknöchel weiß hervortraten. „Ich war ihr zu grob."

„Aber Regina machte das nichts aus?"

„Nach dem zweiten Mal wollte sie mich auch nicht mehr treffen."

„Sie sind ja ein Herzchen, Mr. Tillinghast."

„Hören Sie, ich kann nichts dafür ..."

„Sparen Sie sich das. Gab es noch andere Frauen?"

„Nur eine."

„Ihr Name?"

„Ich kenne ihren Nachnamen nicht."

„Und der Vorname?"

„Selina."

Sam ließ sich den Schreck nicht anmerken. „Wann haben Sie sie zuletzt gesehen?"

„Gestern Abend", gestand er widerstrebend.

Wieder fügten sich Teile des Puzzles wunderbar zusammen. „Ich muss wissen, wie Sie diese Frauen überhaupt gefunden haben."

„Ich bin nicht bereit, Ihnen das zu verraten." Seine

frühere zur Schau gestellte Überlegenheit war offenbar Furcht gewichen.

„Was hat man Ihnen gesagt, was geschehen würde, wenn Sie in eine Situation wie diese geraten?"

„Ich bin nicht bereit, Ihnen das zu sagen."

„Bis Sie bereit dazu sind, werden Sie unser Gast im Stadtgefängnis sein."

Er schoss von seinem Stuhl hoch. „Das können Sie nicht machen! Ich habe diese Frauen nicht umgebracht! Ich habe ein Alibi!"

„Sie verweigern Informationen, die für die Ermittlungen in einem Mordfall von Bedeutung sein können. Damit machen Sie sich zu einem Komplizen bei einem Mord."

Tillinghast wandte sich an seinen Anwalt. „Tun Sie doch was!"

„Sagen Sie ihm", wandte Sam sich ihrerseits an den Anwalt, „dass Sie nichts tun können."

„Ich kann nichts tun", erklärte der Anwalt tatsächlich und zupfte seinen Klienten am Ärmel, damit er sich wieder hinsetzte.

Tillinghast ließ sich auf seinen Platz sinken. Seine einst gesunde Gesichtsfarbe war im Licht der Neonlampen des Hauptquartiers verschwunden. Er sah jetzt blass und teigig aus.

Sam grinste. „Sehen Sie? Habe ich Ihnen doch gesagt."

Freddie kehrte mit Lindsey McNamara zurück.

„Er gehört Ihnen, Doc." Sam rief Detective Arnold aus dem Kommissariat zu sich. „Sobald Dr. McNamara mit Mr. Tillinghast fertig ist, bringen Sie ihn in Untersuchungshaft. Cruz, du kommst mit mir."

„Wohin fahren wir, Lieutenant?"

„Unsere alte Freundin Selina Rameriz abholen. Unser

neuer Freund Tillinghast hat sich gestern Abend mit ihr getroffen.“

„Nicht möglich.“

„Doch.“ Da sie besorgt war, Tillinghasts Verhaftung könne sich herumsprechen, benutzte Sam ihr Funkgerät, um so schnell wie möglich Polizisten zu Selinas Apartment zu schicken. In ihrem Wagen schaltete Sam das Blaulicht und die Sirene ein und beeilte sich, nach Columbia Heights zu kommen.

Zwei Streifenwagen parkten vor dem Gebäude, in dem sich Selinas Wohnung befand. Beklommen fragte Sam sich, ob sie eine Zeugin oder ein weiteres Opfer antreffen würden. Freddies angespannte Miene verriet, dass er das Gleiche dachte.

Zu Sams Erleichterung sah sie Selina aus dem Gebäude kommen, in Begleitung zweier Streifenpolizisten. Die junge Frau weinte und wehrte die Versuche ab, sie zur Straße zu geleiten. Aber sie lebte. Sam beobachtete die Menge, die sich versammelt hatte, und war überzeugt davon, dass der Killer Selina erwischt hätte, wenn die Polizei nicht so schnell gewesen wäre. Sobald sie im Hauptquartier mit ihr gesprochen hatten, wollte Sam sie in einem geheimen Unterschlupf unterbringen, bis sie den Kerl geschnappt hatten.

Obwohl Tillinghast zu beiden ermordeten Frauen Kontakt gehabt hatte, glaubte Sam ihm, dass er sie nicht getötet hatte. Außerdem hatte er blaue Augen, und Jeannie hatte die Augen des Täters als dunkel und bösartig beschrieben. Die DNA würde es beweisen, genau wie das Alibi, das Freddie sich später von Tillinghasts Frau bestätigen lassen sollte.

„Warum verhaften Sie mich?“, schrie Selina. „Ich habe nichts getan!“

Sam trat zu der Frau in Handschellen. „Kundenanwerbung und Prostitution. Klingelt's da bei Ihnen, Miss Rameriz?"

„Ich weiß nicht, wovon Sie sprechen", erwiderte Selina, obwohl gleichzeitig sämtliche Farbe aus ihrem Gesicht wich.

„Sie wissen genau, wovon ich spreche." Sie gab Freddie ein Zeichen. „Fahren wir zum Hauptquartier mit ihr."

„Bitte", jammerte Selina mit tränenüberströmtem Gesicht. „Bitte tun Sie das nicht. Ich habe das Geld gebraucht. Ich war verzweifelt."

„Wenn Sie mit uns bei den Ermittlungen zu den Morden an Ihren beiden Kolleginnen kooperieren, bin ich unter Umständen bereit, mit dem stellvertretenden Staatsanwalt über Straferlass für Sie zu sprechen."

„Was muss ich dafür tun?", fragte sie misstrauisch.

„Reden wir im Hauptquartier darüber."

Vor dem Polizeigebäude wurde Sam von der üblichen Meute Reporter empfangen, die sie mit Fragen bombardierten.

„Lieutenant, was halten Sie vom öffentlichen Statement des Senators?"

„Haben Sie ihn dazu gebracht, Forrester wegen Gibson anzurufen?"

„Warum haben Sie Brad Tillinghast verhaftet?"

Sam schob sich an ihnen vorbei und wies Freddie an, Selina in einen Verhörraum zu bringen, während sie in ihr Büro ging, wo Captain Malone sie bereits erwartete.

„Was hat Nick getan?", wollte sie wissen.

„Er hat sich an Forrester und an die Medien gewandt wegen Gibson. Hat ein interessantes Statement abgegeben."

„Shit", murmelte Sam. „Das hätte er nicht tun dürfen."

„Er scheint aber in der Stadt einen Nerv getroffen zu haben. Wir werden mit Anrufen überhäuft."

„Na klasse." Sam fragte sich, was Nick sich dabei gedacht hatte.

„Die Leute rufen auch Forrester an", fuhr Malone fort, „und *der* ist gar nicht begeistert."

„Es wird nicht verhindern, dass Gibson entlassen wird, und Nick hat sich jetzt eine ganze Menge politischen Ärger eingehandelt." Genau deswegen hatte sie Bedenken gehabt, als die Demokraten Virginias Nick gebeten hatten, John O'Connors Amtszeit zu Ende zu führen – nämlich, dass Sams Probleme plötzlich zu seinen wurden und ihm Schwierigkeiten bescherten.

„Das ist allein seine Sache, Sam. Sie haben ihn schließlich nicht darum gebeten, Forrester anzurufen." Malone zögerte. „Oder etwa doch?"

„Nein! Sie wissen genau, dass ich diesen kumpelhaften Netzwerk-Mist hasse, der in dieser Stadt üblich ist." Frustriert löste sie ihre Haarklammer und schüttelte die schulterlangen Haare. „Er hatte gestern eine unangenehme Begegnung mit seiner schnorrenden Mutter, deshalb ist er heute in keiner guten Verfassung. Ich habe keine Ahnung, warum er dieses Statement abgegeben hat. Er muss doch wissen, dass sich die Medien auf uns stürzen."

„Vielleicht hilft es ja."

„Wir werden sehen." Sam bezweifelte allerdings, dass es Nick mehr einbringen würde als politischen Ärger. Es würde Peter zudem freuen, dass Nick sich über seine Entlassung dermaßen aufregte. Mal abgesehen davon, dass es ihr vollkommen egal war, was Peter dachte.

Bevor sie zu Freddie in den Verhörraum ging, versuchte sie Nick anzurufen, doch der Anruf wurde sofort auf seine

Voicemail umgeleitet. Sie fragte sich, ob er es wegen des Medienansturms ausgeschaltet hatte oder wegen ihres Anrufs, mit dem er sicher rechnete.

Als Sam den Verhörraum betrat, erschrak Selina und wischte sich die Tränen aus dem Gesicht – eine nutzlose Geste, da sie unablässig weiterströmten.

„Werden Sie mich der Einwanderungsbehörde melden?", fragte sie mit leichtem Akzent.

„Das hängt davon ab, ob Sie mit uns kooperieren."

„Was wollen Sie wissen?" Sie schaute nervös zwischen Freddie und Sam hin und her.

„Gestatten Sie, dass ich dieses Gespräch aufzeichne?", fragte Sam.

Selina starrte eine Weile das Aufnahmegerät an, ehe sie nickte.

„Verraten Sie uns, wie es dazu kam, dass Sie für Geld Sex verkauften", forderte Sam sie auf.

„Sie müssen verstehen – wenn ich nicht verzweifelt gewesen wäre, hätte ich das nie, niemals getan."

„Wir sind nicht hier, um Sie moralisch zu verurteilen, Miss Rameriz", sagte Sam. „Wir versuchen nur herauszubekommen, wer Ihre Kolleginnen umgebracht hat. Also, wie kam es dazu, dass Sie käuflichen Sex anboten?"

„Es war während einer Pause bei der Arbeit", begann sie mit leiser Stimme. „Ich erwähnte, dass meine Mutter eine Operation benötigt und wir nicht genug Geld dafür hätten. Regina meinte, sie könnte mir vielleicht helfen."

Das warf Fragen auf, doch Sam blieb still und gab Selina die Gelegenheit, ihre Gedanken zu ordnen.

„Regina meinte, sie kenne jemanden, der Frauen wie uns hilft, die schnell Geld bräuchten."

„Wer war diese Person, von der sie sprach?"

„Ich weiß es nicht", antwortete Selina. „Regina gab mir

eine Telefonnummer und sagte, ich solle dort anrufen, falls ich interessiert sei. Sie meinte, ich könnte Tausende Dollar in einer einzigen Nacht verdienen."

„Wussten Sie, was Sie erwartete, als Sie diese Nummer anriefen?"

Selina schüttelte den Kopf. „Man hat mich in dem Glauben gelassen, wir seien Begleiterinnen für Männer, die eine Veranstaltung nicht allein besuchen wollten. Ich dachte, das wäre alles. Offenbar bekommt eine Frau einen Bonus, wenn sie einer anderen Frau die Organisation empfiehlt. Das habe ich später herausgefunden."

„Welche Informationen wollte man von Ihnen, bevor man Sie nahm?"

„Ich musste ein Foto schicken, ein Gesundheitsattest, persönliche Angaben machen. Solche Sachen."

Sam konnte nicht glauben, dass Selina das Gesundheitsattest nicht klar gemacht hatte, worauf diese Männer aus waren. „Wie fanden Sie heraus, dass es um mehr ging als um Party-Begleitung?"

„Als ich zum ersten Mal anrief, war die Frau, mit der ich sprach, sehr nett. Sie meinte, ein Mann wünsche eine Begleitung zu einer Gala und sei bereit, für eine schöne Frau zu zahlen. Ich müsse mich nur schick anziehen und den Mann auf der Veranstaltung treffen."

„Die wo stattfand?"

„Im Reagan Building in der Innenstadt. Ich wurde angewiesen, das Gebäude durch den Eingang in der 14th Street zu betreten und auf ihn innerhalb des Sicherheitsbereiches zu warten."

„Und wann war das?"

„Am achtzehnten Januar."

„Hat Ihr Kontakt Ihnen den Namen des Mannes genannt, den Sie treffen sollten?"

Sie schüttelte den Kopf. „Man sagte mir, er würde mich finden. Kurz nach meiner Ankunft kam er an den Sicherheitsleuten vorbei zu mir."

„Wie sah er aus?"

„Älter, beginnende Glatze, übergewichtig." Die zierliche Selina erschauerte.

„Er nannte Ihnen seinen Namen nicht?"

„Er stellte sich als John vor und bat mich, mit niemandem zu sprechen, höchstens zu grüßen."

Sam musste beinahe lachen über die Absurdität, dass dieser Mann den Namen John benutzt hatte. „Sie gingen dann mit ihm auf die Veranstaltung?"

„Wir zeigten uns kurz, begrüßten einige Leute, doch es war offensichtlich, dass er dort nicht sein wollte. Ich konnte nicht verstehen, warum er diesen Aufwand betrieb und diese Kosten für mich aufbrachte, wenn er gar nicht zu der Party wollte. Wie dem auch sei, ich hielt ihn für jemand Wichtiges. Die Leute gaben sich ihm gegenüber sehr beflissen." Sie trank einen Schluck aus dem Glas, das Freddie ihr besorgt hatte.

„Wie lange waren Sie auf der Veranstaltung?"

„Keine Stunde."

„Was geschah, nachdem Sie von dort weggegangen waren?"

Selinas Hände zitterten jetzt so heftig, dass sie das Wasser im Glas zu verschütten drohte. „Ein Wagen wartete bereits auf ihn, und er meinte, er bringe mich nach Hause. Nur fuhr der Wagen dann nicht zu der Adresse, die ich ihm genannt hatte. Ich fragte ihn, wohin wir fahren, aber er gab mir keine Antwort. Noch im Wagen begann er, mich anzufassen." Ihre Stimme war leise geworden und fast nur noch ein Flüstern.

„Was taten Sie?"

„Ich bat ihn, damit aufzuhören. Ich erklärte ihn, das sei nicht das, wozu ich eingewilligt hätte, doch er lachte nur. Er sagte, er liebe es, wenn die Frauen sich zierten. Wir fuhren eine Weile, bis der Wagen schließlich vor einem Hotel außerhalb der Stadt hielt. Ich wusste nicht, wo wir uns befanden. Da bekam ich richtig Angst. Ich konnte nicht glauben, dass Regina mir so etwas angetan hatte." Sie trank noch einen Schluck Wasser. „Er sagte, wenn ich nicht will, dass man mir wehtut, soll ich genau das machen, was mir gesagt wird. Dann entließ er den Fahrer und schleppte mich buchstäblich ins Hotel."

„Meldete er sich an der Rezeption an?"

„Nein, er hatte schon einen Zimmerschlüssel."

„Mussten Sie durch eine Lobby oder befanden sich die Zimmer außen?"

„Außen."

Dieses Hotel hat er bewusst ausgewählt, dachte Sam, damit niemand sieht, wie er eine Frau, die Widerstand leistet, in ein Zimmer zerrt.

„Was geschah dann in dem Zimmer?"

Selina sah erst zu Freddie, dann wandte sie sich mit flehendem Blick an Sam.

„Detective Cruz", sagte Sam. „Würden es Ihnen etwas ausmachen, mich einige Minuten mit Miss Rameriz allein zu lassen?"

„Überhaupt nicht", erwiderte Freddie.

In ihren Notizblock schrieb Sam: *Besorg Info über die Veranstaltung am 18. Jan. im Reagan. Video. Zeugen, die sie mit Kahlkopf gesehen haben.*

Er nickte, stand auf und verließ den Raum.

„Was passierte im Hotel, Selina?"

„Er ... er befahl mir, mich auszuziehen. Ich bettelte, er möge mich nicht anfassen. Ich bot ihm an, er könne sein

Geld zurückbekommen und dass ich es niemandem erzählen würde, wenn er mich gehen ließe. Er lachte mich aus, und als ich zur Tür stürmte, packte er mich und zerrte mich zurück. Er schlug mich so hart, dass ich Sterne sah. Danach war ich benommen, aber ich bekam mit, wie er mich auszog und anfasste." Ihre Stimme stockte, und sie schluchzte. „Ich flehte ihn weiterhin an, aufzuhören, aber das tat er nicht. Er sagte, er habe für Sex bezahlt und deshalb würde er nicht eher gehen, bis er bekommen habe, wofür er bezahlt hat." Inzwischen weinte sie so heftig, dass sie kaum noch sprechen konnte.

Sam gab ihr ein paar Minuten, damit sie ihre Fassung wiedergewann. „Hatten Sie Sex mit ihm, Selina?"

Sie bejahte. „Er tat mir weh. Ich schrie und weinte, daher hielt er mir den Mund zu. Ich konnte nicht atmen. Ich glaube, eine Weile war ich nicht bei Bewusstsein. Als ich zu mir kam ... Er war ... Ich lag mit dem Gesicht nach unten auf dem Bett, und er war ... es tat so schrecklich weh. Nie habe ich solchen Schmerz gespürt."

Sam ergriff ihre Hand. „Er hat Sie vergewaltigt, Selina. Anal. Ganz gleich, wofür er bezahlt hat – in dem Augenblick, wo Sie Nein sagten, wurde es zu einer Vergewaltigung."

„Ich war so dumm", stieß sie zwischen den Schluchzern hervor. „Wie konnte ich nur so naiv sein? Natürlich war es das, was er wollte. Niemand bezahlt Tausende von Dollar für eine Partybegleitung."

„Wie lange waren Sie mit ihm in diesem Zimmer?"

„Die ganze Nacht", flüsterte sie. „Es ging immer weiter. Ich verlor immer wieder das Bewusstsein. Jedes Mal, wenn ich zu mir kam, war er auf mir und in mir. Ich dachte, es würde nie aufhören." Sie wischte sich die Tränen weg. „Irgendwann wachte ich auf, und er war fort."

„Sie haben ihn nie wiedergesehen?"

Sie schüttelte den Kopf. „Ich habe endlos lange geduscht und mich angezogen. Dann rannte ich hinaus und winkte ein Taxi heran, das mich nach Hause brachte."

„Haben Sie das Kleid noch, das Sie an jenem Abend getragen haben?"

Selina wirkte erschrocken. „Das befindet sich ganz hinten in meinem Schrank in einem Koffer, zusammen mit den anderen Sachen, die ich an dem Abend getragen habe."

Sam triumphierte im Stillen. „Was hat Sie veranlasst, diese Sachen zu behalten?"

„Ich erinnerte mich an diese Praktikantin, die mit dem Präsidenten geschlafen hat ... niemand glaubte ihr, bis sie das Kleid präsentierte. Ich dachte mir, ich behalte es vorsichtshalber, für den Fall, dass sich die Chance ergibt, ihn zu bestrafen für das, was er mir angetan hat."

„Das war eine sehr gute Überlegung. Bekommen wir die Erlaubnis, es zu holen?"

„Ja, selbstverständlich." Selina faltete die Hände auf dem Tisch, und Sam bemerkte, dass sie immer noch zitterten.

Sam stand auf und ging zur Tür, um jemanden zu finden, der den Koffer aus Selinas Wohnung holen konnte. „Bringen Sie die Sachen direkt ins Labor", wies sie den Officer an, nachdem Selina eine Einverständniserklärung für eine Durchsuchung unterschrieben hatte. Dann setzte sie sich wieder an den Tisch und ermutigte Selina, ihre Geschichte weiter zu erzählen.

„Am nächsten Tag wurden dreitausend Dollar auf mein Konto überwiesen. Das war genug, um eine Anzahlung für die Operation zu leisten, die meine Mutter dringend brauchte."

„Haben Sie sich medizinisch versorgen lassen?“, wollte Sam wissen, doch sie kannte die Antwort bereits.

Selina verneinte. „Ich habe keine Krankenversicherung, und das ganze Geld habe ich an meine Familie überwiesen.“

„Waren Ihre Verletzungen schlimm genug, dass Sie medizinische Versorgung benötigt hätten?“

„Wahrscheinlich. Alles ... da unten ... tat weh. Ich hatte überall Prellungen und konnte mich tagelang kaum bewegen. Zum ersten Mal, seit ich bei der Reinigungsfirma arbeitete, musste ich mich krankschreiben lassen.“

„Was haben Sie zu Regina gesagt bei Ihrer nächsten Begegnung?“

„Ich habe sie gefragt, wie sie mich in dem Glauben lassen konnte, es handle sich nur um ein Date. Sie schien geschockt zu sein darüber, dass ich anscheinend nicht wusste, was ‚Date‘ bedeutet, wenn Tausende von Dollar im Spiel waren. Sie entschuldigte sich vielmals und meinte, was mir passiert sei, habe sie nie erlebt. Ich glaube, sie hat den Kerl gemeldet.“

„Wem?“

„Den Leuten, die den Service leiten.“

„Und wer ist das?“

„Das weiß ich nicht. Ich habe nur eine Telefonnummer erhalten, um das erste Date zu vereinbaren.“

„Haben Sie diese Nummer noch?“

„Die ändert sich ständig.“

„Wie erfahren Sie von einer Änderung?“

„Ich erhalte eine Textnachricht von einer nicht erreichbaren Nummer.“

„Wie kam es dazu, dass Sie zu einem weiteren ‚Date‘ gingen?“

Selina ließ die Schultern hängen. „Ich brauchte mehr

Geld. Die Operation meiner Mutter kostet vierzigtausend Dollar."

„Es fällt mir schwer zu glauben, dass Sie sich dazu überwinden konnten, nach dem, was Ihnen beim ersten Mal widerfahren ist."

„Ich hatte schreckliche Angst. Aber noch mehr Angst hatte ich davor, dass der Krebs meine Mutter umbringen würde, bevor sie sich der Operation unterziehen konnte, von der die Ärzte meinen, dass sie ihr das Leben retten würde."

„Sie waren also in der Lage ... es zu tun, trotz Ihrer Angst?"

Selina senkte kurz den Blick, ehe sie Sam wieder ansah. „Die Angst ... die Angst schien sie anzumachen. Seitdem weiß ich, dass Angst ein Fetisch ist."

Sam nahm sich zusammen, um nicht zu erschauern. Dabei hatte sie geglaubt, in ihrem Beruf schon alles erlebt zu haben. „Wie viele andere Männer gab es denn?"

„Achtzehn", gestand Selina kummervoll. „Nach der vergangenen Nacht habe ich das Geld, das ich brauche. Ich bin fertig damit."

Brad Tillinghast ist also der Letzte gewesen, dachte Sam. „Aufzuhören ist eine Option?"

Selina schien überrascht zu sein von dieser Frage. „Wie meinen Sie das?"

„Die Leute, die diesen ... Service leiten, erlauben den Frauen, einfach aufzuhören?"

„Natürlich tun sie das. Warum sollten sie nicht?"

„Nun, ich frage mich, ob Maria und Regina vielleicht aufhören wollten."

Selinas Augen weiteten sich. „Sie meinen, die wurden umgebracht, weil sie aufhören wollten?"

„Das wäre eine Möglichkeit."

Selina legte ihre Hand aufs Herz. „Um Himmels willen!"

„Haben Sie irgendwem erzählt, dass Sie nach der vergangenen Nacht aufhören wollen?"

„Noch nicht."

Das hatte ihr möglicherweise das Leben gerettet. Sam fragte: „Was hat man Ihnen über Diskretion gesagt?"

„Dass ich auf keinen Fall mit irgendwem über diese Liaisons reden darf. Hätte ich sowieso nicht getan." Sie biss sich auf die Lippen, als müsste sie ein Schluchzen zurückhalten. „Ich schämte mich viel zu sehr. Wenn meine Eltern auch nur ahnen würden, woher dieses Geld stammt ..."

„Was glauben die denn, woher Sie es haben?"

„Ich habe ihnen erzählt, ich hätte einen lieben, wohlhabenden Mann kennengelernt, der mir das Geld gegeben hat."

„Und das haben sie Ihnen geglaubt?"

Selina nickte. „Meine Mutter ist sehr krank."

„Gab es für Ihre Familie keine andere Methode, um das Geld aufzutreiben?"

„Wir haben alles versucht, selbst den Verkauf des Hauses in Santa Elena, konnten jedoch keinen Käufer finden. Und meine Mutter wurde immer kränker. Wir brauchten das Geld, und wir brauchten es schnell."

„Ich muss die Einzelheiten jedes Zusammentreffens wissen. Namen, Alter, Beschreibung, wo es stattfand, welche Art von Sex Sie mit den Männern hatten und was Ihnen sonst noch aufgefallen ist."

Selina starrte sie an. „Das kann nicht Ihr Ernst sein."

„Und ob es mein Ernst ist. Wenn Sie wollen, dass ich diesen Kerl erwische, bevor er Sie zu seinem nächsten Opfer macht, erzählen Sie mir alles, was Sie über diese

Männer wissen sowie über den Service, der Sie mit ihnen zusammengebracht hat."

„Aber das habe ich Ihnen doch schon erzählt! Ich weiß überhaupt nichts über den Service. Ich kenne nur die jeweils aktuelle Nummer."

„Dann fangen wir damit an."

„Und wenn ich die Zusammenarbeit verweigere?"

„Dann lasse ich Sie einfach gehen."

Selinas Miene hellte sich angesichts dieser Möglichkeit auf.

„Ich hoffe nur, Sie haben Ihre Angelegenheiten geregelt, da Sie höchstwahrscheinlich nicht mehr lange zu leben haben, sobald Sie hier raus sind."

„Sie wollen mir doch nur Angst machen, damit ich kooperiere."

„Sie sollten auch Angst haben. Dieser Kerl hat bereits zwei Ihrer ‚Kolleginnen' brutal vergewaltigt und ermordet. Außerdem hat er eine *meiner* Kolleginnen vergewaltigt. Wenn Sie glauben, dass Sie nach dem Gespräch mit mir verschont bleiben, sind Sie naiver, als ich dachte."

„Sie könnten mich beschützen! Sie könnten mir Polizisten zur Seite stellen, die auf mich aufpassen!"

„Warum sollte ich das tun, wenn Sie mir nicht helfen wollen?"

„Ich habe Ihnen alles erzählt, was ich weiß!"

„Nein, haben Sie nicht, und solange Sie das nicht getan haben, werde ich leider nichts für Sie tun können." Sam hoffte inständig, dass der Bluff funktionierte. Unter gar keinen Umständen würde sie Selina aus dem Polizeigebäude gehen lassen, mit oder ohne Bewacher. Aber das wusste Selina nicht.

„Ich kenne ihre Namen nicht. Die haben Nummern. Mehr habe ich nicht erfahren. Die meisten nannten mir einen Namen, mit dem ich sie ansprechen sollte, wenn wir zusammen waren. Aber ihre richtigen Namen kannte ich nicht."

„Ich nehme, was immer Sie mir anbieten können, einschließlich der aktuellen Telefonnummer."

Selina starrte eine ganze Weile an die gegenüberliegende Wand, während sie zweifellos ihre Möglichkeiten abwägte – und keine davon besonders verlockend fand.

„Also, was kriege ich?", drängte Sam.

Nach weiterem sich in die Länge ziehenden Schweigen sah Selina schließlich wieder Sam an. „Könnte ich Papier und Stift bekommen?"

24

————

„Heute kaufe ich dir eine Nutte“, versprach Sam ihrem Partner Freddie, als sie sich vor den Schautafeln zum Fall trafen, die er aktualisiert hatte, während sie bei Selina war.

Er fragte sich, ob sie nun endgültig den Verstand verloren hatte. „So verzweifelt bin ich nicht. Noch nicht.“

Sam lachte und wedelte ihm mit einem Blatt Papier vor dem Gesicht herum. „Die Telefonnummer, die Selina benutzt, um mit dem Callgirl-Ring in Kontakt zu treten.“

„Lass mich raten – ich werde diese Nummer anrufen und ein Date vereinbaren.“

„Du hast es erfasst. Archie richtet uns eine sichere Leitung ein. Das Ziel ist es, so lange wie möglich in der Leitung zu bleiben, um den Anruf zurückverfolgen zu können. Du wirst eine lange Liste mit Vorlieben haben, die alle befriedigt werden müssen.“

Ein entsetzlicher Gedanke kam ihm. „Ich muss doch nicht wirklich Sex mit dieser Frau haben, oder?“

„Na, Freddie, würde ich dir das antun?“

„Da bin ich mir nicht sicher.“

Sie zog ein Gesicht. „Du musst nur das Treffen

arrangieren und die Verabredung auch einhalten. Um den Rest kümmern wir uns. Wenn wir noch eine Frau zum Reden bringen, kommen wir den Freiern vielleicht auf die Spur. Und die werden uns zur Organisation führen."

„Das hoffst du."

„Ja, das hoffe ich."

„Was ist mit deinem komischen Verdacht gegen die Senatoren?"

„Ich bin mir nach wie vor ziemlich sicher, dass einer von ihnen oder gleich mehrere in die Sache verwickelt sind. Überleg doch mal – die kamen an all diese Frauen heran. Alle Frauen steckten in finanziellen Schwierigkeiten, ihre dauerhafte Aufenthaltserlaubnis war in Gefahr, und daheim waren Menschen von ihnen abhängig. Jemand, der wusste, dass sie leichte Ziele sind, hat sie angeworben. Und es wird sich herausstellen, dass dieser Jemand einer von Nicks Kollegen war. Merk dir meine Worte. Wenn wir nicht direkt an sie herankommen, dann eben durch die Frauen."

„Hast du mit Nick gesprochen, seit er dieses Statement abgegeben hat?"

„Er geht nicht ans Telefon."

Ihr Telefon summte; offenbar eine neue Nachricht. „Vielleicht ist er das endlich." Sie schaute auf das Display und las: *Halt dich raus, Schlampe, oder du bist tot.* „Er war's nicht", sagte sie und zeigte Freddie den Text.

„Wie kommen die an deine Nummer?"

„Das ist eine sehr gute Frage."

„Soll ich Archie mal darauf ansetzen und eine Fangschaltung installieren lassen?"

„Du kannst es ja versuchen, aber ich wette, es handelt sich um ein weiteres Wegwerftelefon."

„Vielleicht können wir den Funkturm orten."

„Ist einen Versuch wert. Ich will außerdem per

Computerprogramm Phantombilder einiger Freier anfertigen lassen. Kannst du Officer Jackson dafür so schnell wie möglich hierher beordern? Mir gefällt seine Arbeit."

„Mach ich."

„In der Zwischenzeit werde ich noch einmal mit Tillinghast reden. Hoffentlich kann ich ihn dazu bringen, mir zu verraten, ob es da einen Code oder so etwas gibt, den er nennen muss, wenn er ein Date wünscht."

„Viel Glück dabei."

„Von meinem Erfolg hängen deine Pläne für den Abend ab."

Freddie schaute ihr hinterher und wusste nicht recht, ob er sich wünschen sollte, dass sie bei Tillinghast weiterkam. Möglicherweise würde seine Mutter Elin sympathischer finden, wenn sie erfuhr, dass er sich mit einem Callgirl verabreden wollte. Während er über diese absurde Idee lachte, klingelte sein Handy. Freddie nahm den Anruf von Gonzo entgegen.

„Hey Mann, wie geht's?" Im Hintergrund hörte Freddie Geschrei. „Ist das ein Baby?" Was hatte das zu bedeuten?

„Das ist mein Sohn Alex", erklärte Gonzo.

„*Dein Sohn?* Was redest du da?"

„Ich rede von meinem Sohn, von dessen Existenz ich bis zum letzten Wochenende nichts wusste."

„Und jetzt lebt er bei dir?"

„Vorläufig. Ich hoffe, dass es dauerhaft wird."

„Wow. Ich weiß gar nicht, was ich sagen soll."

„Eine Gratulation reicht."

„Na klar. Ja. Ich gratuliere dir! Kein Wunder, dass du weg bist."

„Glaub mir, nichts anderes hätte mich nach dem, was McBride passiert ist, von der Arbeit abhalten können. Ich werde Montag wieder da sein. Ich brauche nur ein paar Tage, damit er sich eingewöhnt. Aber ich rufe an, weil ich heute Morgen herumtelefoniert habe, um mehr Informationen über den Besitzer von Reese' Haus zu sammeln."

„Hast du was erreicht?"

„Ich habe einen Namen. Bin mir nicht sicher, ob es der richtige Name ist, aber es wäre ein Anfang. Kannst du ihn für mich überprüfen? Ich habe meinen Laptop nicht."

„Klar, mach ich."

„Gerald Price."

Als Freddie den Namen in das System eingab, klopfte sein Herz vor Hoffnung und Erwartung. Könnte das der Mann sein, nach dem sie suchten, seit vor zwei Jahren eine Kugel Skip Holland getroffen und querschnittsgelähmt zurückgelassen hatte? „Na schön, auf geht's." Freddie überflog die Informationen über Price' lange kriminelle Vorgeschichte am Bildschirm. „Sechsundfünfzig Jahre alt, langes Vorstrafenregister. Sitzt in Jessup", las Freddie vor und meinte damit das Staatsgefängnis in Maryland. „Hauptsächlich Drogendelikte."

„Wie lange sitzt er schon?"

„Vierzehn Monate, sechs hat er noch. Das bedeutet, zum Zeitpunkt der Schüsse war er draußen."

„Verdammt", meinte Gonzo. „Ich kann da im Augenblick nicht hinfahren."

„Ich auch nicht. Sam will, dass ich mich mit Prostituierten verabrede."

„Wie bitte?"

„Du hast richtig gehört."

„Wow, da hab ich mir ja die falsche Woche ausgesucht, um Dad zu werden."

„Da kann ich dir nicht widersprechen. Du wärst viel

besser geeignet als ich.“

Gonzo prustete los. „Bin mir nicht sicher, ob ich das als Beleidigung oder als Kompliment auffassen soll.“

„Wahrscheinlich beides.“

„Sobald dieser Fall abgeschlossen ist, fahren wir mal nach Jessup. Was hältst du davon?“

„Ich bin dabei.“

„Sag Sam, dass ich angerufen habe. Aber das mit Price bleibt unter uns, bis wir mehr wissen.“

„Einverstanden. Hast du schon gehört, dass Gibsons Anhörung morgen stattfindet? Malone hat Sam gesagt, dass er mit hoher Wahrscheinlichkeit entlassen wird.“

„Mann, das haben wir echt vermasselt.“

„Und wie.“

„Ich darf gar nicht dran denken.“

„Geht mir genauso.“

„Vielleicht können wir es ein bisschen wiedergutmachen, wenn diese Price-Spur irgendwo hinführt.“

„Mann, wie gern würde ich Skips Fall endlich lösen – für Sam genauso wie für ihn.“

„Ja, ich auch. Viel Glück bei den Nutten. Wir sehen uns Montag.“

„Noch mal herzlichen Glückwunsch zum Baby.“

„Danke, Mann.“

Im Stadtgefängnis bat Sam den Officer am Empfang, Tillinghast in einen Raum führen zu lassen.

„Sofort, Lieutenant.“

Als Sam einige Minuten später den Raum betrat, traf sie einen ganz anderen Bradford Tillinghast an als den K-Street-Star, der er vor wenigen Stunden noch gewesen war.

Mittlerweile trug er einen Overall statt seines handgenähten Anzugs. Seine teure Golduhr und der Ehering waren verschwunden. Im Gefängnis-Orange sah er aus wie jeder durchschnittliche Weiße.

„Scheiße noch mal, ich musste eine Leibesvisitation über mich ergehen lassen! Die haben mich wie einen beschissenen Kriminellen behandelt!"

„Beihilfe zum Mord ist ein schweres Verbrechen, Mr. Tillinghast."

„Ich hatte nichts zu tun mit diesen Morden, und das wissen Sie."

„Sie verfügen über Informationen, die zu einer Verhaftung führen könnten. Sind Sie immer noch nicht bereit, diese Informationen mit uns zu teilen?"

Er schüttelte den Kopf. „Nein."

„Womit hat man Ihnen gedroht? Dass man Ihrer Frau etwas antun würde und Ihren Kindern, falls Sie je erwischt werden?"

Er geriet sichtlich in Panik.

„Das ist es, habe ich recht?"

„Ich kann nicht zulassen, dass die meiner Familie etwas antun. Dieses Risiko kann ich nicht eingehen."

„Ich nehme sie in Schutzhaft." Das würde Sam ohnehin machen, auch wenn er nicht kooperierte. Solange er hier war, war seine Familie in Gefahr. „Verraten Sie mir, wer diese Leute sind, Brad. Ich kann Ihnen nicht helfen, wenn Sie mir nicht helfen."

Er blieb stur. „Ich werde dieses Risiko nicht eingehen."

„Sie mussten doch schon bei Ihrem ersten Anruf bei diesem Escortservice gewusst haben, was Sie riskieren."

„Ich hatte keine Ahnung", erwiderte er und nahm sich gleich wieder zusammen. Der unvorsichtige Moment verschwand so rasch, wie er gekommen war.

„Wie funktioniert das, wenn man sich eine Frau bestellt? Können Sie mir wenigstens das schildern?"

Er zögerte, dann stand er auf, um hin und her zu gehen. „Werden Sie sich um meine Familie kümmern? Ich habe versucht, meine Frau zu erreichen, aber sie nimmt meine Anrufe nicht entgegen. Ich muss wissen, dass meine Familie in Sicherheit ist."

„Ich werde mich um Ihre Familie kümmern."

„Ich habe zwei Mädchen, fünf und sieben. Ich kann nicht zulassen, dass ihnen etwas geschieht."

„Ich werde alles in meiner Macht Stehende tun, aber je länger ich hier bei Ihnen bin, umso größer wird die Gefahr für sie. Die Nachricht von Ihrer Verhaftung hat sich in der ganzen Stadt verbreitet. Die Leute, deretwegen Sie in Sorge sind, wissen mit Sicherheit längst, wo Sie sich befinden."

Er fuhr sich mit unsanfter Geste durch die blonden Haare. „Verdammt, was habe ich mir nur dabei gedacht! Ich hätte niemals ..."

Sam schlug mit der flachen Hand auf den Tisch. „Brad! Sagen Sie mir endlich, was ich wissen muss, damit ich mich um Ihre Familie kümmern kann!"

Er erschrak und starrte sie an. Dann begann er zu erzählen. „Wenn ich anrufe, tippe ich meine Nummer ein. Die haben eine Datei mit Männern und ihren Vorlieben, damit die passende Frau gefunden werden kann. Ich tippe das Datum ein, wann ich die Frau treffen will, sowie die Postleitzahl des Ortes, an dem das Treffen stattfinden soll. Um alles andere kümmern die sich."

„Sie reden also nie persönlich mit jemandem?"

Er schüttelte den Kopf.

„Wissen Sie, wer hinter der Organisation steckt?"

„Ich habe Gerüchte gehört."

„Und diese Leute sind mächtig?"

„Sehr."

„Wie haben Sie von diesem Service erfahren?"

„Durch einen Kollegen. Er schwor, es sei absolut sicher und vollkommen anonym. Sicher und anonym, von wegen."

„Wie haben Sie bezahlt?"

„Ich habe eine extra Kreditkarte nur für diesen Zweck."

„Wissen Sie die Nummer?"

Er seufzte und sagte sie auf.

Sam ging zur Tür. „Reden Sie weiter, dann sorge ich vielleicht dafür, dass die Klage gegen Sie fallengelassen wird."

„Lieutenant."

Sie kam zurück.

„Sie müssen äußerst vorsichtig sein. Wenn die Gerüchte stimmen, reicht das bis in die allerhöchsten Regierungskreise. Ist Ihnen klar, was das bedeutet?"

Sam bekam Herzklopfen. „Über welche allerhöchsten Regierungskreise reden wir? Die legislativen, exekutiven oder juristischen?"

„Alle." Er drehte ihr den Rücken zu. „Und das ist alles, was ich sage, bis Sie mir beweisen können, dass meine Familie sicher ist."

„Ich komme wieder."

Sam ging ins Kommissariat, riss die Seite aus ihrem Notizbuch, auf der Brad Tillinghasts Kreditkartennummer stand, und reichte sie Freddie. „Er benutzt diese Karte, um für die Callgirls zu bezahlen. Prüfe sie und schau, was du findest. Aber vorher schick die U.S. Marshals zu Tillinghasts Haus in Potomac. Ich will, dass seine Frau und seine Kinder umgehend in Schutzhaft genommen werden."

„Verstanden. Gonzo hat angerufen. Er kommt Montag

wieder.“

„Okay, gut.“ Sie schaute auf ihre Uhr. Fast sechs, und noch keine Nachricht von Nick.

„Äh, dann weißt du von seinem Baby?“

„Er hat es mir erzählt, als er um freie Tage wegen eines Notfalls gebeten hat.“

„Warum hast du es mir nicht erzählt?“

„Das ist nicht meine Sache. Ich muss telefonieren, und dann werde ich mich noch mal mit Lightfeather unterhalten.“

„Worüber?“

„Über etwas, was Tillinghast eben gesagt hat. Ich frage mich, ob dieser Callgirl-Ring möglicherweise das am schlechtesten gehütete Geheimnis Washingtons ist.“ Zu gern hätte sie gewusst, ob Nick jemals Gerüchte darüber zu Ohren gekommen waren – wenn er nur an sein verdammtes Telefon gehen würde.

„Diesmal war Tillinghast also ein bisschen entgegenkommender?“

„Die Leibesvisitation und der Gefängnisoverall scheinen seine Einstellung ein wenig geändert zu haben.“

„Ja, diese Wirkung haben solche Dinge häufig.“

„Sag mir Bescheid, was bei der Überprüfung der Karte herauskommt.“ Sam ging in ihr Büro und schloss die Tür, um Gonzo anzurufen. „Hey“, begrüßte sie ihn, als er sich meldete. „Wie läuft es bei dir?“

„Langsam, aber sicher kriege ich den Bogen raus. Hat Cruz dir gesagt, dass ich angerufen habe?“

„Ja, danke, dass du dich erkundigt hast. Hör mal, du könntest mir einen Gefallen tun.“ Sie kniff sich in den Nasenrücken und hoffte, die sich ankündigenden Kopfschmerzen noch zurückhalten zu können. „Ist Christina zufällig da?“

„Ja, warum?"

„Ich kann Nick nicht erreichen, und ich mache mir allmählich Sorgen. Es sieht ihm gar nicht ähnlich, stundenlang nicht erreichbar zu sein. Und nach seiner ‚Vorstellung' heute Nachmittag mache ich mir erst recht Sorgen."

„Warte, ich hole sie eben."

Kurz darauf war Christina am Apparat. „Hallo, Sam."

„Hallo." Sam lief inzwischen in ihrem Büro auf und ab. Es war ihr unangenehm, Nicks Stabschefin anzurufen wie eine klammernde, nörgelnde Freundin. „Ich nehme an, Gonzo hat dir schon erzählt, dass ich Nick zu erreichen versuche."

„Sein Handy ist kaputt." Christina berichtete ihr von dem Vorfall in seinem Büro. „Danach ist er wütend hinausmarschiert, um den Reporter zu finden. Den Rest kennst du wohl."

Sam seufzte. „Ich kann nicht glauben, dass er vor laufender Kamera die Beherrschung verloren hat."

„Oder dass er Forrester angerufen hat. Er kann von Glück sagen, wenn sich die Ethikkommission des Senats nicht mit dieser Sache befasst."

„Verdammt. Was hat er sich nur dabei gedacht?"

„Ich nehme an, er hat an den Kerl gedacht, der aus der Haft entlassen wird, obwohl er euch beide umzubringen versucht hat."

„Hast du eine Ahnung, wo er sein könnte?"

„Er meinte, er gehe ins Fitnessstudio. Bestimmt hat er dort Freunde getroffen, ein bisschen Basketball gespielt und ist dann noch mit ihnen auf ein paar Bierchen losgezogen. Wahrscheinlich ist er jetzt längst zu Hause."

Sie hatten keinen Festnetzanschluss in der Ninth Street legen lassen, da sie beide Handys besaßen, deshalb konnte

Sam ihn dort nicht anrufen. Aber sie konnte ihre Stiefmutter kontaktieren und sie bitten, einmal nachzuschauen, ob er zu Hause war. „Danke für die Informationen, Christina. Vielen Dank."

„Ich hoffe, es geht ihm gut. Er war wirklich aufgebracht heute."

„Ich bin sicher, es ist alles in Ordnung. Ich melde mich später noch mal." Sie beendete das Gespräch und rief Celias Nummer mittels Schnellwahlfunktion auf. Nachdem Sam ihr erklärt hatte, was los war, bat sie Celia, zu Nicks Haus zu gehen und nachzuschauen, ob er da war.

„Ich mache mich gleich auf den Weg. Hast du ihn heute im Fernsehen erlebt? So wütend habe ich ihn noch nie gesehen."

„Nein, ich habe es nicht gesehen, aber davon gehört." Der Kopfschmerz setzte sich inzwischen durch, trotz aller Bemühungen, ihn aufzuhalten.

„Das Haus ist dunkel, und es macht niemand auf."

„Dann ist er wohl doch noch nicht zu Hause. Ich werde irgendwann auch da sein. Danke, dass du nachgesehen hast, Celia."

„Du machst dir Sorgen, das höre ich an deiner Stimme."

„Es ist ganz untypisch für ihn, sich nicht zu melden."

„Wie lief es denn mit seiner Mutter gestern?"

„Wie ich es erwartet habe. Sie wollte nicht ihn, sondern sein Geld."

Celia seufzte. „Armer Kerl. Das und Peter, der möglicherweise aus dem Gefängnis kommt ..."

„Ja. Nicht gut."

„Melde dich, falls du heute Abend irgendetwas brauchst, Schätzchen. Ich werde da sein."

Das war tröstlich, wie Sam sich eingestehen musste. „Mach ich. Danke."

25

Kaum hatte Sam das Telefonat mit Celia beendet, klopfte Lieutenant Archelotta an ihre Tür.

„Hey Archie. Hast du das präparierte Handy?", fragte Sam den großen, dunkelhaarigen und gutaussehenden Officer, wobei sie wieder einmal zu vergessen versuchte, dass sie ihn schon mal nackt gesehen hatte. Sie hatten eine kurze Affäre nach ihrer Trennung von Peter gehabt, und bei jeder Begegnung fragte sie sich, ob er sie sich nackt vorstellte.

Er gab ihr ein Handy. „Sag vorher Bescheid, wenn du den Anruf machen willst, dann starten wir die Anrufverfolgung."

„Können wir gleich loslegen?"

„Klar." Er nahm sein eigenes Telefon und rief seine Abteilung an. „Lieutenant Holland ist bereit für den Anruf. Alles fertig?" Er machte eine Pause und nickte. „Gut. Standby." Zu Sam sagte er: „Du kannst loslegen. Wir können allerdings höchstens die Signale des Funkturmes orten und somit die Gegend eingrenzen, in der sich der Angerufene befindet."

„Ich nehme, was immer ihr mir anbieten könnt." Da Tillinghast ihr erklärt hatte, das System sei automatisiert, rief Sam selbst an und gab Brads Zugangscode ein. „Guten Abend", meldete sich die Stimme vom Band. „Danke für Ihren Anruf. Bitte geben Sie ein Datum ein, wann Sie den Service wünschen." Sam tippte das Datum des heutigen Tages ein. „Bitte geben Sie Ihre Postleitzahl ein." Sam gab die Zahlenkombination für Downtown ein. „Vielen Dank. Ihr Date wird Sie um neun Uhr heute Abend im Ambassador Hotel, Zimmer 482, treffen. Ihr Schlüssel wird an der Rezeption für Sie bereitliegen. Soll die registrierte Kreditkarte belastet werden? Falls ja, drücken Sie die Rautetaste. Möchten Sie eine andere Kreditkartennummer eingeben, drücken Sie die Sterntaste." Sam drückte die Rautetaste. „Benötigen Sie einen besonderen Service heute Abend? Wenn ja, drücken Sie die Rautetaste für die Auswahl."

Sam sah zu Archie, der sie mit einem kaum verhohlenen Funkeln in den Augen beobachtete. „Das ist so widerlich", sagte sie.

„Hast du dir noch nie ein Callgirl bestellt, Lieutenant?"

Sie verdrehte die Augen, drückte die Rautetaste und machte sich innerlich bereit, sich die Auswahl anzuhören.

„Für Domination drücken Sie bitte die Eins. Für Zwang drücken Sie die Zwei. Für Tiere drücken Sie bitte die Drei."

„Ach du Schande", flüsterte Sam. „Mir wird schlecht."

Archie kicherte.

„Für Analverkehr drücken Sie bitte die Vier. Für Autoerotische Asphyxie drücken Sie bitte die Fünf. Für Peitschen, Ketten und SM drücken Sie bitte die Sechs."

Sam entschied, dass sie mehr als genug gehört hatte, und drückte die Eins.

„Vielen Dank für Ihre Wahl. Ihr Date wird bereit sein,

jede Fantasie mit Ihnen auszuleben. Bitte rufen Sie bald wieder an. Auf Wiedersehen."

Sam legte auf und sah zu Archie. „Ich brauche eine Dusche."

Er lachte und nahm ihr das Telefon ab. „Wer ist der glückliche Freier?"

„Cruz. Der kann es kaum erwarten."

„Was hast du vor mit ihm?"

„Ach, nur ein bisschen Domination. Ich fand, Tiere sind vielleicht ein bisschen zu viel für ihn."

Archie verzog das Gesicht. „Ah, eklig."

„Absolut."

„Ich gehe mal nachfragen, was wir vom Funkturm erwischt haben."

„Danke."

„He, Sam, diese Sache mit Gibson stinkt zum Himmel."

„Tja, kann man nichts machen. Ich komme schon irgendwie klar damit."

„Du weißt hoffentlich, dass jeder Cop in dieser Stadt den Kerl im Auge behalten wird. Der wird es nicht wagen, noch mal aus der Reihe zu tanzen."

„Ja, wahrscheinlich. Und wenn wir ihn das nächste Mal festnageln, dann aber richtig."

„Darauf kannst du dich verlassen."

„Danke für eure Unterstützung."

„Ich hatte noch gar keine Gelegenheit, dir zur Verlobung zu gratulieren. Hast dir anscheinend einen guten Mann geangelt."

Sie lächelte. „Ja, danke, ich mag ihn."

„Du verdienst es jedenfalls, glücklich zu sein, nach allem, was du durchgemacht hast."

Sam erinnerte sich daran, dass sie Archie in einem

schwachen Moment von den Fehlgeburten während der Ehe mit Peter erzählt hatte. „Danke."

„Ich melde mich, sobald ich mehr über die Gesprächsortung weiß." Er winkte zum Abschied, und Sam schaute ihm hinterher. Er war der einzige Kollege, mit dem sie je etwas gehabt hatte. Keiner der anderen Kollegen hatte davon etwas mitbekommen. Sie war froh, dass die zurückliegende Beziehung heute das kollegiale Verhältnis nicht belastete.

Sam nahm ein Funkgerät von ihrem Schreibtisch und holte ihren Mantel. Im Kommissariat fand sie Freddie, der gerade telefonierte. Als er auflegte, sagte sie: „Neun Uhr im Ambassador. Sag allen von der zweiten Schicht, dass ich sie zur Unterstützung brauche."

„Was hast du denn für mich bestellt? Oder will ich das lieber nicht wissen?"

„Ist wahrscheinlich besser, wenn du es nicht weißt. Wie läuft es mit Selina und Jackson?"

„Zäh. Er hat Schwierigkeiten, sie dazu zu bringen, sich zu konzentrieren."

„Schick mir eine Nachricht, sobald ihr ein Bild habt. Nick kennt jeden in dieser Stadt, also könnte er den Kerl möglicherweise identifizieren."

„Hast du von ihm gehört?"

„Noch nicht. Ich bin auf dem Weg zu Lightfeather. Wir sehen uns dann gegen halb neun in der Lobby des Ambassador."

„Ich werde dort sein."

„Ruf mich an, falls du bis dahin etwas herausfindest."

„Sam?"

Sie drehte sich noch einmal um.

„Gehst du morgen zum Gericht? Zu Peters Anhörung?"

„Zur Hölle, nein."

„Warum nicht?"

„Ich werde ihm die Befriedigung nicht verschaffen, zu glauben, er sei mir wichtig genug, um einen Teil meines Tages seinetwegen zu vergeuden." Nick hätte von ihr die gleiche Antwort bekommen, wenn er sie gefragt hätte, ehe er vor laufender Kamera den Verstand verlor.

„Ich habe mir Sorgen gemacht, wie du es wohl aufnehmen würdest."

„Er hat vier lange Jahre versucht, mein Leben zu dominieren. Der kriegt keine einzige Minute mehr von mir."

„Es könnte Nick helfen, dich das sagen zu hören."

„Da hast du wahrscheinlich recht. Ich werde es ihm sagen, wenn ich ihn finden kann."

„Falls du Hilfe bei der Suche brauchst, weißt du ja, wo du mich findest. Ansonsten sehen wir uns in einigen Stunden."

Unterwegs zu Lightfeather dachte sie an das, was Freddie gesagt hatte. Sie wünschte, sie wüsste, wo Nick sich aufhielt. Dann würde sie gleich im Anschluss an Lightfeather zu ihm fahren. Hoffentlich war er bis dahin zu Hause.

Sams Handy klingelte, und in der Hoffnung, dass er es war, nahm sie den Anruf über die Lautsprechertaste an. „Holland."

„Sam, hier ist Shelby Faircloth. Passt es gerade nicht?"

„Tinkerbell", begrüßte Sam sie, „in meiner Welt passt es nie so richtig. Deshalb brauche ich Sie ja auch."

Shelbys mädchenhaftes Kichern entlockte Sam ein Lächeln. „Stets zu Diensten. Ich habe heute einen Anruf von Vera Wang erhalten."

„*Die* Vera Wang?"

„Genau die. Sie hat Fotos von Ihnen gesehen, auf denen Sie bei einem Besuch im Weißen Haus eines ihrer Kleider trugen. Deshalb lässt sie fragen, ob sie ein Kleid für Sie entwerfen darf."

Jetzt musste Sam ein mädchenhaftes Kichern unterdrücken. „Vera Wang – *die Vera Wang* – will für *mich* ein Kleid entwerfen?"

„Sie haben richtig verstanden. Ich dachte mir, dass Sie einverstanden sein würden, deshalb schickt Sie per Nachtexpress ein paar Vorschläge. Könnte ich die morgen nach der Arbeit vorbeibringen?"

„Sicher, nur stecke ich mitten in einer Mordermittlung. Ich kann Ihnen also nicht versprechen, dass ich zu einer bestimmten Zeit da bin."

„Das macht nichts. Ich werde mit einer Anprobe für Ihre Schwestern beginnen und dann zu Ihnen kommen, sobald Sie sich losmachen können. Wäre halb acht in Ordnung?"

„Ich werde dafür sorgen, dass die zwei da sind, und dann so schnell wie möglich nachkommen."

„Vielleicht sollten Sie außerdem dafür sorgen, dass der Bräutigam andere Pläne hat."

„Oh, ja, gute Idee."

„Bis dann."

Nachdem Sam einen höchst unpolizeihaften Jubelschrei ausgestoßen hatte, rief sie ihre Schwestern an, um ihnen die Neuigkeit mitzuteilen. Angela und Tracy erklärten sich bereit, nachdem sie ebenfalls Jubelschreie ausgestoßen hatten, sich mit Shelby in Nicks Haus zu treffen. Tracy versprach, ihre Töchter Brooke und Abby mitzubringen, die Sams Junior-Brautjungfern sein würden. Sie konnte es kaum erwarten, Nick zu erzählen, dass sie tatsächlich während eines langen Arbeitstages ein paar Hochzeitsangelegenheiten organisiert hatte.

. . .

Im siebten Stock des Hotels traf Sam wieder auf die gleichen zwei Polizisten wie letztes Mal, die Lightfeathers Tür bewachten. „Irgendetwas Besonderes?", erkundigte sie sich.

„Die haben sich gestritten", berichtete der eine.

„Ging den ganzen Tag so", ergänzte der andere. „Was meinen Sie, wie lange müssen wir noch hierbleiben?"

„Hoffentlich nicht mehr lange." Sam klopfte an die Tür.

„Gott sei Dank", murmelten die beiden Polizisten.

Annette Lightfeather machte auf und verzog das Gesicht, als sie Sam sah, die ihre Polizeimarke hochhielt. „Was ist denn jetzt schon wieder?"

„Dürfte ich bitte mit Ihrem Mann sprechen?"

Annette trat zur Seite, um Sam hereinzulassen. Auf dem Boden stand ein Koffer.

„Wollen Sie weg?", fragte Sam.

„Nach Hause zu meinen Kindern."

„Lieutenant", begrüßte Henry sie. „Was kann ich für Sie tun?"

Er sah aus, als hätte er seit Tagen nicht mehr geschlafen. Er trug ein Poloshirt und eine zerknitterte Khakihose. Seine Augen waren gerötet, und das Rasieren schien er aufgegeben zu haben.

Während Sam auf ihn zuging, hörte sie Annettes Koffer über die Fliesen rollen. Die Zimmertür wurde geöffnet, und dann schnappte das Schloss hinter Annette leise zu.

„Tja", meinte Henry. „Ich schätze, das war's."

„Sir?"

„Sie will die Scheidung."

„Das tut mir leid."

„Kein Job, keine Frau und wahrscheinlich auch keine Kinder, da sie geschworen hat, um das Sorgerecht zu kämpfen. Und das Beste ist, dass ich nur mir selbst die Schuld an allem geben kann."

Da Sam nicht wusste, was sie dazu sagen sollte, setzte sie sich in den gleichen Sessel wie bei ihrem letzten Besuch. „Ich fürchte, ich habe ein paar Neuigkeiten, die Ihre Stimmung nicht gerade verbessern werden." Er schien sich innerlich auf weitere Katastrophen einzustellen. „Regina gehörte zu einem Callgirl-Ring."

Seine Kinnlade klappte herunter, dann machte er den Mund wieder zu. „Das kann nicht wahr sein."

Sam hatte gelernt, in solchen Momenten zu schweigen. Die Leute mussten zu ihren eigenen Schlüssen kommen und die Zeit dafür haben, die sie benötigten. Es ein zweites Mal zu sagen, machte die Sache nicht besser.

„Sind Sie sicher?", fragte er schließlich.

„Ja."

Henry stand auf und ging zum Fenster. Er hatte die Hände in den Taschen und ließ die Schultern hängen. „Wissen Sie, was mich in dieser ganzen Woche, in der mein Leben den Bach runterging, aufrecht gehalten hat?" Er drehte sich zu Sam um. „Das Wissen, dass sie mich geliebt hat. *Geliebt.*"

„Sie brauchte das Geld. Das bedeutet nicht, dass sie Sie nicht geliebt hat."

Er nahm ein Glas und rollte es zwischen den Händen. Plötzlich holte er aus und schleuderte das Glas quer durch den Raum. Es zersplitterte beim Aufprall auf die Wand. Sam fragte sich, ob Nick ebenso wütend ausgesehen hatte, als er sein Handy an die Wand geworfen hatte.

„Ich habe *alles* für sie aufgegeben, und sie hat mit anderen Männern gevögelt, während sie mich gevögelt hat?"

Sam verkniff sich eine Antwort und gab ihm Gelegenheit, diesen nächsten Schlag zu verdauen.

Ihm kam ein weiterer Gedanke: „Das Baby …"

„War von Ihnen. Das hat die DNA-Analyse bestätigt."

Er hatte an die Wand gestarrt, jetzt richtete er den Blick auf sie. „Warum erzählen Sie mir das alles?"

„Ich glaube, es gibt einen hochkarätigen Callgirl-Ring in der Stadt. Jeder weiß davon, nur die Polizei nicht."

Er kehrte zum Sofa zurück und setzte sich. „Ich weiß auch nichts davon."

„Ihnen sind nie Gerüchte zu Ohren gekommen? Andeutungen? Gerede? Irgendetwas?"

„Ich bin im Regierungsviertel als Familienmensch bekannt – zumindest war ich das. Da redeten meine Kollegen wohl kaum in meiner Gegenwart über Nutten."

„Wir glauben, dass Regina, Maria und deren Kollegin Selina Rameriz von einem Ihrer Kollegen für diese Organisation angeworben wurden."

Lightfeather wirkte perplex. „Sie meinen einen von meinen Senatoren-Kollegen?"

Sam nickte. „Jemand, dessen Büro im Hart Building ist. Alle drei Frauen haben dort gearbeitet."

„Viele Leute arbeiten im Hart Building. Einige der leitenden Angestellten üben hinter den Kulissen ebenso viel Macht aus wie die Senatoren selbst."

„Wir werden jeden überprüfen, der in dem Gebäude arbeitet. Aber ich verwette meine Polizeimarke darauf, dass es niemand aus einem Mitarbeiterstab ist. Alles, was Sie mir erzählen, könnte uns bei der Suche nach Reginas Mörder weiterhelfen."

„Nachdem ich gerade erfahren habe, dass sie herumgemacht hat, soll es mich noch interessieren, wer sie umgebracht hat?"

„Je eher wir den Killer finden, umso eher dürfen Sie dieses Hotelzimmer verlassen. Dann können Sie möglicherweise versuchen, Ihr Leben wieder in Ordnung zu bringen."

Lightfeather fuhr sich durch die Haare. „Reden Sie mit Bob Cook", sagte er und meinte damit den Senior Senator aus Virginia. „Im Regierungsviertel geschieht nichts, wovon er nichts erfährt."

„Was ist mit Trent?", wollte Sam wissen.

„Abgesehen von einem Autounfall in seiner Jugend ist der absolut sauber. Zumindest soweit ich informiert bin." Er lachte kurz auf. „Bis vor einer Woche hätten die Leute über mich noch das Gleiche behauptet."

Sam stand auf. „Danke für Ihre Offenheit, Senator."

„Ich bin kein Senator mehr."

„Ich bin Ihnen trotzdem dankbar für Ihre Offenheit. Melden Sie sich, falls Ihnen noch etwas einfällt, was uns bei unseren Ermittlungen weiterhelfen könnte."

26

———

Freddie rief an, als Sam auf dem Heimweg war. „Tillinghasts Frau weigert sich, in Schutzhaft genommen zu werden."

„Ach du Schande. Die Marshals sollen mich anrufen, damit ich mit ihr reden kann."

„Geht klar."

Sam klappte ihr Handy zu und wartete auf den Rückruf. Als der kam, sagte sie: „Geben Sie sie mir."

„Hier ist sie, Lieutenant."

„Ich weiß, was Sie sagen werden, aber ..."

„Halten Sie den Mund und hören Sie mir zu", knurrte Sam sie in bester Cop-Manier an. „Der Mann, vor dem wir Sie und Ihre Töchter beschützen, hat zwei Frauen brutal vergewaltigt und ermordet, und er hat eine meiner Kolleginnen vergewaltigt. Ich will, dass Sie jetzt Ihre Sachen packen und zusammen mit den Marshals in den verdammten Wagen steigen. Habe ich mich klar genug ausgedrückt?"

„Ja." Die Frau am anderen Ende der Leitung klang schon

ein wenig kleinlauter. „Na gut. Was ist mit meinem zwielichtigen Mann?"

„Der ist im Gefängnis wahrscheinlich sicherer als bei Ihnen."

„Keine Frage."

„Kooperieren Sie mit den Marshals, damit wir Sie und Ihre Mädchen in Sicherheit bringen können. Kein Gezicke mehr."

„Und wie lange?"

„So lange es eben nötig ist. Und verraten Sie niemandem, wohin Sie fahren."

„Überall ist es besser als hier. Draußen verstopfen die TV-Übertragungswagen die Straße."

„Dann machen Sie, dass Sie von dort wegkommen."

Als Sam kurze Zeit später in der Ninth Street parkte, war sie sofort besorgt, weil das Haus immer noch dunkel und Nicks Wagen weit und breit nicht zu sehen war. „Wo steckt er nur?" Für einen kurzen schrecklichen Moment malte sie sich aus, wie der kranke Irre, den sie jagte, ihn geschnappt hatte, um an sie heranzukommen. „Nein", flüsterte sie und weigerte sich schlicht, diese Möglichkeit in Betracht zu ziehen. Er war irgendwo mit seinen Freunden unterwegs, und weil er wusste, dass sie mit dem Fall schwer beschäftigt war, hatte er es nicht eilig, nach Hause zu kommen.

Da ihr noch neunzig Minuten blieben, bis sie sich mit Freddie und den anderen im Ambassador treffen würde, nahm sie ihr Funkgerät und ging hinein. Sie hoffte, dass Nick vielleicht doch noch auftauchte, bevor sie wieder losmusste. In der Küche überlegte sie, ob sie sich etwas zu essen machen sollte, aber beim Gedanken ans Essen drehte sich ihr der Magen um. Sam ging ins Wohnzimmer. Die Vorstellung, Nick könnte doch etwas Unvorhergesehenes zugestoßen sein, ließ sie einfach nicht los. „Vielleicht sollte ich mich auf die Suche nach ihm machen", sagte sie zu sich selbst. Aber wo mit der Suche beginnen? Sie wusste ja nicht einmal, in welchem Fitnessstudio er trainierte.

Gerade als sie Freddie anrufen wollte, um ihn zu fragen, ob er fand, sie sollten nach Nick suchen, klingelte es an der Tür. Sam lief hin, riss die Tür auf und sah zu ihrer grenzenlosen Erleichterung Nick und seinen Freund, den Arzt Harry. Nach der gründlichen Untersuchung durch Harry vor Kurzem war Sam ein wenig befangen und konnte ihm kaum in die Augen sehen.

„Ich glaube, das hier gehört Ihnen", meinte Harry, dessen sündhaft attraktives Gesicht noch anziehender wurde, sobald er lächelte.

Nick trat ins Licht und Sam erschrak, als sie ein Veilchen unter seinem rechten Auge bemerkte. „Was ist passiert? Bist du etwa in eine Schlägerei geraten?" Sie war so froh, ihn zu sehen, dass es ihr egal war, ob er sich geprügelt hatte.

„So etwas Dramatisches war es nicht, Liebes", erwiderte er etwas schleppend. „Ein Ellbogen auf dem Basketballfeld."

Sam ließ die beiden herein, und Harry führte Nick zum Sofa. Sobald Nick darauf saß, lehnte er sich zurück und schloss die Augen. Sein weißes Hemd war schmutzig, seine Krawatte locker und schief. Sam hatte ihn nie auch nur beschwipst erlebt, deshalb war sie sehr erstaunt, ihn jetzt so betrunken und zerzaust zu sehen.

„Ich bin erst nach der Happy Hour zu ihnen gestoßen", erklärte Harry leise. „Deshalb habe ich es nicht mehr geschafft, mich genauso zu betrinken."

„Hat irgendwer ihn in diesem Zustand gesehen?" Sam fragte sich, wie die Medien das aufgreifen würden, nachdem er heute schon vor laufender Kamera die Beherrschung verloren hatte.

„Nur seine engsten Freunde. Wir passen schon auf uns auf, Lieutenant."

Da Nick zu schlafen schien, sagte Sam: „Er hat harte Tage hinter sich."

„Er hat erwähnt, dass er gestern seine Mutter gesehen hat, aber das hatten wir uns bereits gedacht, weil er sich nur nach solchen Begegnungen betrinkt."

„Das ist also schon mal vorgekommen?"

„Einige Male in den vergangenen Jahren. Nach ihrer letzten Hochzeit war er eine Woche lang betrunken. Später fanden wir heraus, dass sie ihn nicht als ihren Sohn vorstellen wollte, weil sie ihren neuen Mann über ihr Alter belogen hatte. Sie wissen vermutlich, dass dieses jüngste Treffen ihn fünfundzwanzig Riesen gekostet hat. Jetzt, wo sie weiß, dass er Geld hat, wird sie sicher noch mehr haben wollen."

„Was für ein Miststück." Sam hatte damit gerechnet, dass Nick seiner Mutter Geld gegeben hatte, aber nicht so viel. „Mit der möchte ich mal zwei Minuten allein sein, um ihr die Meinung zu sagen."

„Sie und jeder andere, der ihn gern hat. Vor Jahren, in einem schwachen Moment, hat er mir mal erzählt, dass er schon beim Duft ihres Parfums zusammenbricht. Ich glaube, er meinte, es sei Chanel No. 5 oder irgendein billiges Imitat. Jedes Mal, wenn er es riecht, wirft es ihn aus der Bahn. Er erzählte, als Kind konnte er sie nach einem Besuch noch tagelang riechen, bis seine Großmutter ihn zwang, ein Bad zu nehmen."

Sam fühlte mit dem kleinen Jungen, der sich nach der Liebe und Aufmerksamkeit der Mutter sehnte und beides nie bekam, und ihr Herz brach. „Wird er danach klarkommen?"

„Normalerweise braucht er eine oder zwei Wochen, um

drüber hinwegzukommen. Aber da Ihr Exmann auch noch aus der Haft entlassen werden soll, könnte es diesmal länger dauern. Das nimmt ihn nämlich auch ziemlich mit."

Während sie Nicks Freund zuhörte, wurde ihr klar, dass sie nach wie vor viel über den Mann, den sie liebte, zu lernen hatte. „Danke, dass Sie ihn nach Hause gebracht haben, Harry."

„Kein Problem." Er ging zur Tür. „Zwischen uns beiden ist längst eine kleine Unterhaltung angebracht."

„Ach ja?"

„Stellen Sie sich nicht dumm, Lieutenant."

Sam grinste und dachte daran, wie sehr sie seinen Humor bei ihrer ersten Begegnung – auf dem Untersuchungstisch – gemocht hatte.

„Wie geht's denn mit dem Cola-Entzug?", erkundigte er sich.

„Bin mächtig gereizt, aber dem Magen geht es besser."

„Ist ja ein Ding! Tja, vielleicht waren die drei Liter Cola light am Tag tatsächlich der Grund für die Magenschmerzen. Könnte doch sein, was?"

„Lehren die euch diesen Sarkasmus beim Medizinstudium?"

„Der ist angeboren. Was ist mit der anderen Sache, die ich erwähnt hatte?"

Sams Lächeln erstarb, und ihr Herz klopfte.

„Drüber nachgedacht?"

Sie warf ihm einen vernichtenden Blick zu. „Was glauben Sie wohl?"

„Und?"

„Ich bin ... überfällig." Sie war bisher nicht einmal imstande gewesen, über diese Möglichkeit, die sie in ihrem Unterbewusstsein beschäftigte, nachzudenken. Geschweige denn, es laut auszusprechen.

Harry musterte sie ernst, was ihn von einem Moment zum anderen wieder in den seriösen Arzt verwandelte. „Definieren Sie ‚überfällig‘."

„Eine Woche, vielleicht zwei. Ich kontrolliere das nicht genau, weil meine Periode unberechenbar ist. Aber ich müsste sie wohl längst bekommen haben." Sie räusperte sich. „Inzwischen."

„Ich habe Ihnen gesagt, dass es möglich wäre, wenn alle Organe ..."

Sie packte seinen Arm. „Ich kann nicht schwanger sein, Harry. Das geht einfach nicht."

Lachend nötigte er sie sanft, sich in einen Sessel zu setzen, und ging vor ihr in die Hocke. „Natürlich können Sie."

Sam schüttelte den Kopf. „Ich kann das nicht noch einmal durchmachen. Ich kann kein weiteres Baby verlieren." Lieber würde sie in den Lauf einer geladenen Schusswaffe blicken, als noch einmal durch diese Hölle zu gehen.

„Passen Sie mal auf – morgen habe ich frei, also kommen Sie Montag in meine Praxis. Dann machen wir einen Test und vergewissern uns. Okay?"

„Nein, es ist nicht okay." Kein anderes Thema weckte derart viele und heftige Emotionen in ihr, gegen die sie völlig machtlos war.

Er nahm ihre Hände in seine und drückte sie. „Es wird alles gut, das verspreche ich. Sollten Sie ..." Klugerweise vermied er das Wort „schwanger" in diesem Moment. „Eine Freundin von mir ist eine ausgezeichnete Gynäkologin und Geburtshelferin, an die werde ich Sie überweisen." Mit einem schiefen Lächeln fügte er hinzu: „Um ehrlich zu sein, wir sind seit einer Weile zusammen, nur habe ich das den

Jungs noch nicht gesagt. Behalten Sie mein Geheimnis für sich?"

„Wenn Sie meines nicht verraten. Zumindest bis wir Gewissheit haben ... Nick ist mit seiner Mutter und allem anderen schon genug belastet."

„Meine Lippen sind versiegelt. Geben Sie mir mal Ihr Handy."

„Wozu?"

„Nun geben Sie schon her."

Verwirrt zog sie es aus der Tasche, legte es in seine ausgestreckte Hand und schaute zu, wie er seine Telefonnummer in ihr Adressbuch eingab. „Sollte irgendetwas sein, rufen Sie mich an. Tag und Nacht."

„Das ist nett von Ihnen. Danke."

Er stand auf und half ihr aus dem Sessel. Dann umarmte er sie kurz und gab ihr einen Kuss auf die Wange. „Passen Sie gut auf meinen Kumpel auf", meinte er mit Blick auf Nick.

„Mach ich."

„Und versuchen Sie, sich keine Sorgen zu machen. Es wird alles gut."

„Ich hoffe, Sie haben recht."

Er ließ sein charmantes Grübchen-Lächeln aufblitzen, das ihn so hinreißend machte. „Ich hatte recht mit der Cola, oder?"

„O Mann. Das werde ich mir ewig anhören müssen, was?"

„Vermutlich. Schlafen Sie gut."

Nachdem sie Harry hinausbegleitet hatte, betrachtete sie ihren schlafenden Verlobten. Die Vorstellung, dass er sich betrank, weil er Kummer hatte, schockierte sie. Der Nick, den sie kannte, hatte gern alles unter Kontrolle. Nur wenn seine Mutter, die Versagerin, auf der Bildfläche erschien, änderte sich das offenbar. Sam durfte ihn jetzt nicht zusätzlich belasten, indem sie ihm anvertraute, dass sie möglicherweise schwanger war – und „möglicherweise" war hier das entscheidende Wort. Sie lehnte sich mit dem Rücken gegen die geschlossene Haustür und rief Freddie an.

„Was ist los, Boss?"

„Mir ist was dazwischengekommen, ich kann heute Abend nicht dort sein. Schafft ihr das allein? Ihr kennt ja die Prozedur – verhaftet das Mädchen wegen Anstiftung und Prostitution. Bietet ihr einen Deal an, wenn sie ihr Wissen über die Organisation preisgibt. Informiert Malone." Das hätte sie selbst machen müssen, doch sie war noch nicht dazu gekommen.

„Wir kommen klar. Ich habe gerade von Archie erfahren, dass die Fangschaltung erfolglos war. Die Signale waren alle blockiert."

„Verdammter Mist. Eine weitere Sackgasse."

„Der Ansagetext kam von einem Wegwerfhandy, wie wir vermutet haben. Wir versuchen es zurückzuverfolgen."

„Damit kommen wir auch nicht weiter."

„Ich weiß. Ist alles in Ordnung? Hast du Nick gefunden?"

„Ja, habe ich, aber ich kann ihn im Augenblick nicht allein lassen." Sie zweifelte nicht daran, dass er sie unter ähnlichen Umständen ebenfalls nicht sich selbst überlassen würde. Nichts, auch ihr alles abverlangender Job nicht, war wichtiger als er. Und wenn es je eine Zeit gegeben hatte, es zu beweisen, dann jetzt. „Ich erzähle dir morgen davon. Ruf mich an, sobald alles gelaufen ist, ja?"

„Mach ich."

„Sorgt für Rückendeckung und seid vorsichtig."

„Machen wir."

Sam beendete das Gespräch, steckte das Telefon ein und

schickte ihre beiden Bewacher nach Hause. Dann setzte sie sich zu Nick.

„Wie spät ist es?", murmelte Nick.

Sam stellte ihren Laptop zur Seite. „Fast neun."

„Wie bin ich hierhergekommen?"

„Du erinnerst dich nicht? Harry hat dich nach Hause gebracht."

„Oh, ach ja, stimmt." Er rieb sich das Gesicht und zuckte zusammen, als er das Veilchen berührte. „Andys Ellbogen. Wusstest du, dass er Gonzo mit dem Baby geholfen hat?"

„Ich habe davon gehört."

„Tut mir leid, dass du mich so sehen musstest. Wird nicht wieder vorkommen."

Sam streichelte sein Gesicht. „Du brauchst dich nicht zu entschuldigen. Du musstest eben Dampf ablassen, und ich bin froh, dass du deine Freunde dabei hattest."

„Tja, im Fernsehen habe ich vorher auch schon Dampf abgelassen."

„Das ist mir ebenfalls schon zu Ohren gekommen."

„Bist du sauer?"

„Nein. Ich hatte nie jemanden, der mich vor Peter in Schutz nimmt. Früher musste ich mit ihm und seinen Spielchen allein fertig werden. Also ist es mal eine angenehme Abwechslung, jemanden auf meiner Seite zu haben."

Er nahm ihre Hand und führte sie an seine Lippen. „Ich werde immer auf deiner Seite sein, Liebes. Du musst mit gar nichts mehr allein fertig werden."

„Du auch nicht." Sie legte den Kopf an seine Schulter.

„Es haut mich jedes Mal um, sie zu sehen. Immer schon. Man sollte meinen, nach all den Jahren sei man besser gewappnet, aber ich habe bis heute nicht herausgefunden, wie das funktioniert."

„Ich wünschte, es gäbe etwas, was ich für dich tun kann."

„Tust du doch schon, indem du bei mir bist. Ich möchte duschen. Ich rieche bestimmt wie das Innere einer Whiskyflasche."

„Ich könnte auch eine Dusche gebrauchen. Komm, gehen wir zusammen."

Gemeinsam gingen sie die Treppe hinauf. Im Badezimmer half sie ihm aus seiner Kleidung und in die Dusche, dann folgte sie ihm. Er zog sie fest an sich, während das warme Wasser auf sie herabprasselte.

„Das hilft schon sehr gegen das, was mich plagt", sagte er und gab einen Seufzer von sich, der bereits ein bisschen nach Zufriedenheit klang.

„Gut." Sam schloss die Augen und hielt ihn umschlungen. Sie war froh darüber, dass sie sich entschlossen hatte, bei ihm zu Hause zu bleiben, statt wieder zur Arbeit zu fahren. Nach einer Weile nahm sie seine Shampooflasche und wusch ihm die Haare. Als sie damit fertig war, revanchierte er sich.

Er goss flüssige Seife in seine Hände und ließ sie andächtig über Sams Körper gleiten.

Sam beobachtete ihn dabei und fragte sich, was er dachte.

„Ich habe ihr fünfundzwanzigtausend gegeben", gestand er.

„Harry hat es mir erzählt."

Er sah sie mit einem gequälten Ausdruck in den Augen an. „Bist du entsetzt?"

Sam strich ihm die nassen Haare aus der Stirn.

„Natürlich nicht. Du hast getan, was du für nötig gehalten hast."

„Wenn das weg ist, wird sie wahrscheinlich mehr wollen."

„Ja, vermutlich." Sam stellte das Wasser aus und griff nach den Handtüchern. „Aber nächstes Mal werden wir auf sie vorbereitet sein."

Die Andeutung eines Lächelns huschte über sein Gesicht. „Werden wir?"

„Nächstes Mal wird sie sich mit mir auseinandersetzen müssen", sagte sie und küsste ihn.

Er lachte in sich hinein. „Da tut sie mir fast leid."

Sam wickelte erst ihm und dann sich selbst ein Handtuch um den Körper. „Spar dir dein Mitleid für sie. Die hat es nicht verdient, dass du einen Gedanken an sie verschwendest. Peter übrigens genauso wenig."

„Das ist was anderes."

„Nein, im Grunde nicht. Wir dürfen diesen Menschen keine Macht über uns geben. Denn sobald wir das tun, haben sie gewonnen."

„Dann soll ich mir etwa keine Sorgen darüber machen, was er dir antun könnte, wenn er aus dem Gefängnis heraus ist?"

„Wir werden jede nur denkbare Vorsichtsmaßnahme treffen. Doch es besteht überhaupt kein Grund dafür, ihm die Befriedigung zu verschaffen, dass wir uns mit ihm befassen."

„Wenn das deine Einstellung ist, bist du bestimmt sauer wegen dem, was ich heute getan habe."

„Ich bin eher besorgt darüber, welche politischen Folgen das für dich haben könnte. Aber sauer bin ich deswegen nicht. Von jetzt an sollten wir aber aufhören, ihm diesen Gefallen zu tun, und uns nicht mehr mit ihm beschäftigen."

„Wird ihn das nicht wütend machen?"

„Der ist längst wütend. Was wir tun oder nicht tun, wird daran nichts ändern. Denk dran, es ist uns egal."

„Mir ist es jedenfalls nicht egal, wenn er meiner Frau etwas antun will. Ganz bestimmt nicht."

Sie legte ihm die Hände auf die Brust. „Die kann sehr gut auf sich selbst aufpassen. Vergiss das lieber nicht."

Er legte die Arme um sie. „Das mag schon sein, aber selbst sie hat nicht damit gerechnet, dass er Bomben an unseren Autos befestigt."

„Jetzt weiß sie es besser, und sie wird auf die erstbeste Chance lauern, ihn wieder hinter Gitter zu bringen. Nur wird sie ihn das nicht wissen lassen."

„Bist du dir sicher, dass das die vernünftigste Methode ist, mit der Sache umzugehen?"

„Viel Lärm zu machen, hat uns nirgendwohin gebracht, oder? Damit sind wir nicht weitergekommen, die lassen ihn trotzdem frei."

„Dann halten wir ab jetzt einfach den Mund und lassen es geschehen?"

„Uns bleibt doch keine andere Wahl. Wie wäre es, wenn unser Glück unsere Rache ist? Schließlich will er das, was er nie mehr haben kann. Früher oder später wird er das begreifen."

„Ich habe trotzdem Angst davor, dass er versuchen wird, dir etwas anzutun."

„Und ich habe Angst davor, dass er versuchen wird, *dir* etwas anzutun. In seiner Gedankenwelt bist du das einzige Hindernis zwischen ihm und seinem Ziel. Er hat vergessen, dass wir schon ein Jahr geschieden waren, bevor wir beide wieder zusammengekommen sind. Für ihn bist du die

Wurzel allen Übels, also musst du mindestens genauso auf der Hut sein wie ich."

„Hoffentlich hat ihn sein Gefängnisaufenthalt zur Vernunft gebracht, und er lässt uns in Zukunft in Ruhe."

„Ja, hoffentlich."

„Du glaubst nicht daran, oder?"

„Wer weiß? Wir werden es wohl früh genug herausfinden." Sie sah ihm in die Augen. „Können wir bitte das Thema wechseln?"

„Absolut."

Sam folgte ihm ins Schlafzimmer und berichtete von Shelbys Anruf und dem Termin am nächsten Abend. „Du musst allerdings verschwinden, damit du das Kleid nicht siehst."

„Ich hätte nie gedacht, dass du abergläubisch bist", bemerkte er.

„Bin ich normalerweise auch nicht. Aber ich habe bereits eine gescheiterte Ehe hinter mir. Bei dieser lasse ich es lieber nicht darauf ankommen."

Er setzte sich aufs Bett und streckte die Hand nach ihr aus. „Diese Ehe wird nicht die geringste Ähnlichkeit mit der ersten haben."

Sie nahm seine Hand und setzte sich neben ihn. „Nein, wird sie nicht. Trotzdem bekommst du das Kleid nicht vor dem sechsundzwanzigsten März zu sehen." Sie gab ihm einen Kuss. „Netter Versuch."

Er legte den Arm um sie und zog sie für einen weiteren Kuss an sich. „Hast du es geschafft, etwas zu essen?"

„War nicht hungrig. Und du?"

„Ich hab mit den Jungs Pizza gegessen." Er schmiegte das Gesicht an ihren Hals, knabberte an ihrem Ohrläppchen und zupfte an ihrem Handtuch. „Wollen wir ins Bett?"

„Bald. Ich warte noch auf Nachricht von Freddie. Heute Abend findet ein Einsatz statt."

Nick sah ihr ins Gesicht. „Solltest du nicht dabei sein?"

Sie zuckte die Schultern. „Ich habe es den Kollegen überlassen."

„Samantha ..."

„Was? Es ist keine große Sache. Ich habe es vorgezogen, hier bei dir zu bleiben."

Seine Miene entspannte sich, und er stahl sich einen weiteren Kuss. „Danke."

„Du hättest dasselbe für mich getan."

Er drückte sie und meinte: „Ich liebe dich. Ich glaube, das habe ich dir heute noch nicht gesagt."

„Werde in der Hinsicht bloß nicht nachlässig, bevor wir überhaupt verheiratet sind", warnte sie ihn mit einem neckenden Grinsen.

„Keine Chance", erwiderte er und gab ihr einen Kuss, der jeden anderen Gedanken aus ihrem Kopf vertrieb.

Dass Sam zu Hause geblieben war, um sich um ihn zu kümmern, löste starke Emotionen in Nick aus. Niemand hatte ihn je so geliebt wie sie, und diese Liebe half sehr, den Schmerz zu lindern, den er mit sich herumschleppte, seit er denken konnte.

Er wünschte, er hätte Worte, um ihr zu sagen, was sie ihm bedeutete. Wahrscheinlich würde es ihm nie gelingen, die richtigen Worte dafür zu finden.

Er schloss seine Hand um eine ihrer Brüste und neckte die Brustwarze mit seiner Zunge und seinen Zähnen.

Sam sog scharf die Luft ein und schob ihn von sich.

„Was ist denn?", fragte er überrascht, da sie das normalerweise liebte.

„Nichts", antwortete sie, wirkte dabei jedoch beinahe panisch. Nick wurde stutzig.

„Was ist los, Liebes? Was hast du?" Erschrocken beobachtete er, wie sie gegen die Tränen ankämpfte. Es gab nur ein Thema, das diese mutige, furchtlose Polizistin zuverlässig in Tränen ausbrechen ließ. „Samantha?"

Sie sah ihn mit diesen Augen an, die direkt in seine Seele blickten. „Es kann nicht sein", flüsterte sie, während ihr die Tränen über die Wangen liefen. „Es kann einfach nicht sein."

„Liebes, du machst mir Angst. Wovon redest du?"

Sie verschränkte die Arme vor ihren Brüsten. „Die einzige Zeit, in der sie derart empfindlich waren ..."

Plötzlich begriff er, und es war, als wiche sämtliche Luft auf einmal aus seinen Lungen. „Sam ..."

„Ich weiß es nicht! Sieh mich nicht so an! Die haben mir gesagt, es geht nicht ..." Sie fing an zu schluchzen. „Die haben gesagt, ich kann keine mehr haben. Das haben sie gesagt. Und ich habe ihnen geglaubt!"

Überwältigt von Freude und Aufregung und Angst, legte Nick die Arme um sie. „Wie lange weißt du es schon?", fragte er nach einigen Minuten der Stille.

„Ich weiß es ja gar nicht. Jedenfalls nicht sicher. Mir sind nur ein paar ... Anzeichen aufgefallen. Und gerade eben, als du das gemacht hast ..."

„Das hier?" Er küsste sie vom Hals abwärts bis hinunter zu ihrer Brust, umspielte die Brustwarze mit der Zunge und saugte fest daran.

Sam schrie auf und krallte die Finger in seine Haare. „Nick ..."

„Hm?"

„Ich kann das nicht. Ich kann einfach nicht."

„O Liebes, natürlich kannst du. Da habe ich keine

Zweifel." Er küsste einen Pfad von ihren überempfindlichen Brüsten hinunter zu ihrem Bauch. Allein schon die Möglichkeit, dass sie sein Kind unter dem Herzen tragen könnte, rührte ihn beinahe zu Tränen.

„Neun Monate Angst halte ich nicht aus. Wie soll ich denn arbeiten oder überhaupt etwas anderes machen als Angst haben?"

Er legte das Gesicht auf ihren Bauch und schlang die Arme um sie. Dann hob er den Kopf und sagte: „Du wirst ganz einfach das tun, was du immer tust, und alles Weitere auf dich zukommen lassen."

„Was ist, wenn ich ... und dann ... was ist ..."

„Wenn das Schlimmste eintritt, werden wir beide damit fertig werden müssen und es noch einmal versuchen. Und wir hören erst auf, es zu versuchen, wenn wir es hinbekommen haben."

„Ich habe solche Angst. Ich habe ein paar Anzeichen bemerkt, doch ich hatte Angst, diese Möglichkeit auch nur in Betracht zu ziehen. Die anderen Male ... meine Brüste sind schon seit einer Weile so empfindlich, und das waren sie bisher nur, als ich schwanger war. Es ist fast eine Bestätigung."

Er arbeitete sich küssend wieder hinauf, von ihrem Bauch bis zu ihren Lippen. „Du musst zu Harry."

„Montag." Sie umfasste mit beiden Händen sein Gesicht und zog ihn für einen sanften, zärtlichen Kuss zu sich herunter. Er war vollkommen machtlos und gehörte ganz ihr. Es gab nichts, was er nicht für sie tun würde, nichts, was er ihr nicht geben würde, nichts, was er nicht tun würde, um sie zu beschützen, auch wenn sie seinen Schutz gar nicht wollte. Und jetzt vielleicht auch noch ein Baby ...

„Samantha", flüsterte er dicht vor ihren Lippen, während er in sie eindrang. „Ich liebe dich so sehr."

„Ich dich auch." Sie schlang Arme und Beine um ihn, hielt ihn ganz fest und sah ihn an. In ihren Augen waren immer noch Tränen, aber auch Liebe – für ihn.

Ehe sie in sein Leben zurückgekehrt war, hatte er nicht gewusst, was ihm gefehlt hatte. Jetzt gehörte sie so sehr zu ihm, dass er sich ein Leben ohne sie nicht mehr vorstellen konnte. Da er wusste, was ihr gefiel, wollte er das Tempo beschleunigen, doch er beherrschte sich, um ihr oder dem Baby nicht wehzutun.

„Nick ..."

„Was denn, Liebes?"

„Schneller."

„Wir müssen vorsichtig sein, für alle Fälle."

„Es ist okay." Sie ließ ihre Hände über seinen Rücken gleiten. „Wirklich."

Er packte ihre Hüften, damit sie still hielt, und gab ihr, was sie wollte, indem er immer wieder und in schnellem Tempo tief in sie eindrang. Sein Herz pochte vor Anstrengung und Emotionen, bis er glaubte, es könne ihm aus der Brust springen.

Als Sam aufschrie, bohrte sie ihm die Fingernägel in den Rücken und brachte ihn damit zu einem scheinbar nicht mehr enden wollenden Höhepunkt, der ihn bis in die Tiefen seiner Seele erschütterte. Hinterher rang er nach Atem, während Sam seinen Rücken streichelte.

„Ich kann nicht glauben, dass ich dich gekratzt habe", sagte sie lachend.

Er lag vorsichtig auf ihr, die Lippen an ihren Hals gepresst. „Das macht mir nichts aus."

„Wie gut, dass du zur Arbeit ein Hemd tragen musst."

„Denen habe ich ohnehin schon für eine Weile genug Gesprächsstoff geliefert."

Sie fuhr ihm durch die Haare, eine liebevolle Geste, die

ihn stets aufs Neue berührte. Sie hatte ihm genau das gegeben, was er am meisten gebraucht hatte. Dabei hatte er selbst nicht einmal gewusst, dass er es brauchte. Sie wusste es einfach.

„Wirst du für mich etwas tun?", fragte sie.

„Alles. Sag nur, was es ist."

„Ich muss mich voll auf diesen Fall konzentrieren, bis wir ihn gelöst haben. Können wir über das andere nicht danach reden? Wenn ich mich damit verrückt mache, wird das meine Konzentration beeinträchtigen. Inzwischen bin ich Expertin für Abschottung geworden, damit ich bei der Arbeit funktioniere."

„Natürlich. Das verstehe ich."

Sie stieß einen tiefen, zufriedenen Seufzer aus. „Das tust du immer."

Er küsste sie auf die Stirn. „Ich versuche es."

Bon Jovi unterbrach diesen friedlichen Moment mit dem Song „Livin' on a Prayer".

„Ich muss mich melden", erklärte Sam. „Wahrscheinlich ist es Freddie."

Nick rollte zur Seite, nahm das Telefon vom Nachttisch und gab es ihr.

Während sie den Anruf entgegennahm, verschränkte sie ihre Finger mit seinen, um ihn wissen zu lassen, dass sie nach wie vor ganz bei ihm war.

Gerührt von dieser Geste, betrachtete er sie von der Seite.

„Wie ist es gelaufen?", erkundigte sie sich.

Nick beobachtete, wie sie verarbeitete, was Freddie ihr berichtete.

„Was?", fragte sie lachend. „Die haben nach deinen Vorlieben gefragt. Ich dachte, eine Domina würde dir gefallen. Habe ich mich da etwa geirrt?"

Nick musste ebenfalls lachen, als er sich Freddies Empörung vorstellte.

„Sie wollte absolut nichts über die Organisation preisgeben?" Sam lauschte. „Tja, soll sie über Nacht ein bisschen im Gefängnis schmoren, schließlich haben wir sie immer noch wegen Anwerbung und Prostitution. Vielleicht ist sie morgen früh ein bisschen entgegenkommender. Gute Arbeit, danke."

„Will ich das alles wissen?", fragte Nick, nachdem sie das Gespräch beendet hatte.

„Hast du je etwas über einen hochkarätigen Callgirl-Ring in der Stadt gehört? Wir reden hier über die Beteiligung allerhöchster Kreise."

„Im Lauf der Jahre sind mir immer wieder Gerüchte zu Ohren gekommen, aber nichts Konkretes."

„Was für Gerüchte?"

„Nur dass er existiert, sonst nichts."

Ein wenig verlegen fragte sie: „Warst du jemals in Versuchung, dir eine Frau zu bestellen?"

Er verzog das Gesicht. „Nein!"

Sam grinste über seine Empörung. „Nein, bestimmt nicht, das hattest du nicht nötig. Laut deinem Kumpel Harry hast du die Mädchen magisch angezogen."

Er verdrehte die Augen. „Was auch immer."

„Du sprichst nie über sie."

„Über wen? Meine Freunde?"

„Die Frauen."

„Welche Frauen denn? Du bist die einzige, die mir je etwas bedeutet hat. Das weißt du."

„Dann hast du also in den sechs Jahren zwischen unserer ersten Begegnung und dem Wiedersehen wie ein Mönch gelebt?"

„Absolut. Ich saß zu Hause und dachte an dich."

Sie stieß ihn in die Rippen. „Scherzkeks. Ich hatte wirklich gehofft, du kennst die Wahrheit über die Callgirls."

„Tut mir ja leid, dich enttäuschen zu müssen. Andererseits kann ich nicht glauben, dass du gedacht hast, ich wüsste genau darüber Bescheid. Ich sollte wohl beleidigt sein."

„Hast du denn nie jemanden darüber reden hören? Ich dachte, Männer erzählen sich gern schmutzige Details."

„Männer quatschen über viele Sachen, nur nicht über Nutten, und schon gar nicht in dieser Stadt, wo allein das Wort ‚Prostituierte' das Ende von Macht und Karriere bedeuten kann."

„Ich werde mich morgen wohl oder übel mit Cook unterhalten müssen. Nach unserem letzten freundlichen Plausch hatte ich gehofft, das vermeiden zu können."

„Was hat Cook denn damit zu tun?", wollte Nick erstaunt wissen. Er hatte seine eigene Erfahrung mit dem Senior Senator aus Virginia gemacht.

„Tillinghast meint, wenn jemand etwas weiß, dann Cook. Er meint, Cook kriegt alles mit, was im Regierungsviertel geschieht."

Nick nahm sein Telefon.

Sam gähnte. „Wen rufst du an?"

„Jemanden, der noch besser als Cook über alles Bescheid weiß, was sich im Regierungsviertel tut."

27

„Bist du sicher, dass es ihnen nichts ausmacht, wenn wir so spät noch aufkreuzen?", erkundigte Sam sich, als sie sich dem Zuhause seiner Ersatzeltern Senator Graham O'Connor und dessen Frau Laine in Leesburg näherten.

„Da bin ich mir vollkommen sicher. Die zwei sind Nachteulen."

„Dein Wagen ist jedenfalls deutlich angenehmer zu fahren als meiner", meinte Sam über Nicks BMW, hinter dessen Steuer sie zum ersten Mal saß.

„Das hoffe ich mal."

Sie zog ein Gesicht. „Du bist vielleicht ein Snob."

„Nur bei Autos – und Prostituierten. Da gebe ich mich nur mit dem Besten zufrieden."

„Sehr witzig."

„Erklär mir noch mal schnell, was der Callgirl-Ring mit dem Fall zu tun hat."

„Regina und Maria sowie eine weitere Frau namens Selina Rameriz von Capitol Cleaning Services haben für diesen Ring gearbeitet. Es könnten noch mehr gewesen sein, bis jetzt wissen wir mit Bestimmtheit aber nur von diesen dreien."

„Wow", meinte Nick. „Ich kann mir Maria nicht als Callgirl vorstellen. Sie war so still und bescheiden."

„Es ging nur ums Geld. Die Frauen haben jeden Dollar nach Hause geschickt." Sam bog in die Auffahrt der O'Connors ein. „Unserer Theorie nach wussten sie, dass sie nicht mehr viel Zeit hier haben, weshalb sie auf jede nur erdenkliche Art Geld zusammenbekommen mussten, bevor sie man sie zurückschicken würde. In Selinas Fall brauchte sie das Geld für die Operation ihrer Mutter." Sams Telefon gab einen Signalton von sich, der eine ankommende Nachricht anzeigte. „Schaust du bitte mal für mich nach?" Sie reichte das Handy an Nick weiter.

„Warum lasst ihr Zeichnungen von Jack Bartholomew anfertigen?"

„Wer ist das?"

„Stabschef des Vizepräsidenten."

Sam stieß einen leisen Pfiff aus. „Als Tillinghast von höchsten Regierungskreisen sprach, war das anscheinend nicht übertrieben."

„Soll das etwa heißen, Bartholomew hat etwas mit dem Callgirl-Ring zu tun?"

„Er ist mindestens ein Kunde. Er hat Selina Rameriz angegriffen und vergewaltigt."

„Da habt ihr den Falschen, Sam. Auf keinen Fall hat der was damit zu tun."

„Glaubt man Selina, sieht die Sache anders aus. Sie hat den ganzen Nachmittag mit dem Computerspezialisten für Phantombilder zusammengearbeitet."

Nick lehnte sich perplex zurück. „Ich kann es nicht glauben. Das könnte die gesamte Regierung erschüttern."

Sam hielt vor der Garage. Ihr Verstand arbeitete fieberhaft. „Wie gut kennst du Bartholomew?"

„Gar nicht gut, allerdings habe ich ihn öfter zu Gesicht bekommen, seit ich mein Amt angetreten habe. Der Vizepräsident führt die Bemühungen des Präsidenten um mehr Transparenz und Verantwortlichkeit an, und Bartholomew ist die Speerspitze des Vizepräsidenten. Er hat an einer Reihe von Sitzungen teilgenommen, bei denen ich in den letzten Wochen war."

„Wenn Selinas Aussage stimmt, ist er ein ziemlich kranker Mistkerl."

„Du meinst, er könnte diese Frauen umgebracht haben, um sie zum Schweigen zu bringen?"

„Er passt ins Profil. Wir gehen doch schon die ganze Zeit davon aus, dass es jemand sein muss, der glaubt, niemals gefasst zu werden. Er hat überall seine DNA hinterlassen. Wenn er es also ist, haben wir ihn."

„Was wirst du tun?"

Sam dachte einen Moment darüber nach, dann klappte sie ihr Handy auf und rief Freddie an. „Jack Bartholomew", sagte sie, „Goodings Stabschef."

„Wow. Woher weißt du das?"

„Nick hat ihn erkannt anhand des Phantombildes. Überprüfe ihn und besorg mir seine Adresse."

„Wir werden bei ihm zu Hause mit ihm sprechen?"

„Wir werden ihn bei ihm zu Hause verhaften."

„Heiliger Strohsack", bemerkte Nick.

Manchmal liebte Sam ihren Job wirklich. „Es ist mir egal, wer er ist. Wenn er in meiner Stadt einen Prostituiertenring führt und Frauen tötet, um sich ihr Schweigen zu sichern, verhafte ich ihn."

„Ganz deiner Meinung, Boss."

„Setz jemanden für heute Nacht auf Bartholomew an,

bis wir die Genehmigungen für die DNA-Probe und seine Telefondaten haben. Ich will nicht, dass er in der Zwischenzeit jemanden umbringt. Wir treffen uns um halb sieben im Hauptquartier und fahren gemeinsam hin."

„Verstanden."

„Arbeitet Selina immer noch mit Jackson zusammen, um einige der anderen Kunden zu identifizieren?"

„Er probiert es noch eine weitere Stunde, aber langsam geht ihnen die Puste aus. Ich habe einen Unterschlupf für sie vorbereiten lassen, dorthin kann sie, sobald die beiden fertig sind."

„Fahr danach nach Hause. Morgen haben wir einen weiteren langen Tag vor uns, und du musst dich außerdem auf einen sehr wichtigen Abend vorbereiten."

„Danke, dass du mich daran erinnerst", brummte Freddie.

„Bis morgen." Zu Nick sagte sie: „Mal sehen, was dein Freund Graham weiß."

Graham und Laine führten Sam und Nick ins Wohnzimmer ihres komfortablen Farmhauses, das von einem Kaminfeuer in ein gemütliches bernsteinfarbenes Licht getaucht wurde.

Sam war erstaunt, Terry O'Connor zu sehen, der zur Begrüßung vom Sofa aufsprang. „Senator", begrüßte er Nick und fügte beinahe widerstrebend hinzu: „Lieutenant."

Die beiden Männer schüttelten sich die Hand.

„Du siehst großartig aus, Terry", meinte Nick.

Terry, in Freizeithose und Georgetown-T-Shirt, schien mindestens zehn Kilo verloren zu haben, seit Sam ihn zuletzt gesehen hatte, und seine Augen wirkten klarer – nicht, dass er Sam angesehen hätte. Seit sie ihn als Verdächtigen des Mordes an seinem Bruder verhört hatte, war das Verhältnis zwischen ihnen angespannt. Aber er würde Nicks Stabschef werden, deshalb wollte Sam wenigstens den Versuch unternehmen, freundlich zu sein. „Sie sehen wirklich gut aus", sagte sie daher.

„Danke", erwiderte Terry, bedachte sie jedoch nur mit dem allerkürzesten Blick. Er fuhr sich durch das vorzeitig ergraute Haar, als müsse er irgendetwas mit den Händen tun.

„Was führt euch um diese späte Uhrzeit hierher?", wollte Graham wissen.

„Sam arbeitet an einem Fall, bei dem du uns möglicherweise helfen kannst", erklärte Nick.

„Was immer ich tun kann – jederzeit", sagte Graham und bot den beiden das Zweiersofa an.

„Das weiß ich sehr zu schätzen", sagte Sam. „Bitte verraten Sie mir, was Sie über Luxuscallgirls in Washington wissen."

Laine schnappte nach Luft, und Terry kicherte.

„Nun, äh, ich ...", stammelte Graham.

„Ich bin bei diesem Thema vermutlich versierter als mein lieber alter Dad", meldete Terry sich zu Wort und sah dabei ein wenig bekümmert aus.

Laine bedachte ihr ältestes Kind mit einem abschätzigen Blick. „Also wirklich, Terry."

„Ich bin nicht stolz auf meinen früheren Lebenswandel, Mutter, aber die Wahrheit ist nun einmal, dass ich einige Callgirls kennengelernt habe."

Sam gab ihm ein Blatt Papier. „Ist Ihnen diese Telefonnummer schon irgendwo begegnet?"

„Nein, aber das heißt nichts. Falls es sich um die Organisation handelt, die ich vermute, ändert sich die Nummer ständig."

„Wie bleiben die Kunden in Kontakt?"

„Per Textnachrichten.“

„Haben Sie eine Idee, wer diese Organisation leitet?“

„Nicht direkt, doch es gibt Gerüchte und Spekulationen.“

„Lassen Sie mal hören.“

„Mir ist Goodings Name zu Ohren gekommen“, berichtete er und meinte damit den Vizepräsidenten. „Und Daniels.“

„Der Sprecher des Repräsentantenhauses?“, hakte Nick fassungslos nach.

Adrenalin pumpte durch Sams Adern und beschleunigte ihren Herzschlag.

„Cooks Name ist mir in dem Zusammenhang auch schon begegnet“, warf Graham ein.

Die anderen drei starrten ihn an.

„Das soll wohl ein Witz sein“, meinte Nick.

Graham zuckte die Schultern. „Ich dachte immer, das seien bewusst gestreute Gerüchte der Republikaner.“

„Wenn das, was Sie mir da erzählen, stimmt“, sagte Sam, „dann sind die Republikaner im Vergleich zu den Demokraten vollkommen sauber.“

„Genau das wollen wir hören“, meinte Graham und sah zu Nick. „Das könnte der reinste Albtraum für uns werden.“

Es gefiel Sam immer wieder, dass Graham stets im Präsens über Politik sprach, als würde er nach wie vor mitmischen. Vermutlich traf das durch seinen Protegé Nick in dem Amt, das einst er innegehabt hatte, sogar zu.

„Ich kann nicht glauben, dass Bob Cook etwas mit Callgirls zu tun haben soll“, tat Laine ihre Meinung kund. „Millie wird ihn umbringen.“

„Ich halte es für möglich“, hielt Graham dagegen. „Er ist ein geldgieriges Schwein.“

„Graham!“, rief Laine schockiert. „Er ist ein guter

Freund von uns. Wie kannst du so etwas sagen?"

„Weil es stimmt, Mutter", schlug Terry sich auf die Seite seines Vaters. „Bei den strengen Auflagen, die der Senat den Mitgliedern für Nebeneinkünfte macht, würde es mich nicht wundern, wenn Cook etwas in der Art laufen hätte."

„Etwas, das seine Karriere und seine Ehe ruinieren könnte?", gab Laine zu bedenken.

„Millie genießt den Lebensstandard, den er ihr ermöglicht", sagte Graham. „Und dass er diesen Callgirl-Ring leitet, muss ja nicht zwangsläufig bedeuten, dass er mit seinen Angestellten schläft."

„Na klar doch", spottete Terry. „Als könnte er dieser Versuchung widerstehen."

„Das ist dermaßen schockierend", murmelte Laine.

„Ich muss Ihnen nicht auseinandersetzen, dass es für meine Ermittlungen absolut wichtig ist, dass niemand von Ihnen mit jemandem über diese Unterhaltung spricht", erinnerte Sam die Anwesenden.

„Natürlich reden wir mit niemandem darüber, meine Liebe", versicherte Laine ihr. „Das würden wir einem Mitglied unserer Familie niemals antun."

Nick schenkte Laine ein Lächeln, und sie drückte seine Hand.

„Nun, Sie haben mir einiges zu denken gegeben", erklärte Sam.

„Seien Sie vorsichtig", warnte Terry sie zu ihrem Erstaunen. „Wenn das alles zutrifft, gibt es nichts, was die nicht tun würden, um ihre goldene Gans und ihren Ruf zu verteidigen."

„Die haben schon dafür gemordet", erinnerte Sam ihn.

„Deshalb würden sie auch nicht davor zurückschrecken, eine Polizistin ins Visier zu nehmen. Was hätten sie schon zu verlieren?"

„Ich weiß diese Warnungen zu schätzen, aber ich kann auf mich selbst aufpassen."

„Das höre ich in letzter Zeit dauernd", meinte Nick grinsend. „Sie hält sich für kugelsicher."

Eine weitere halbe Stunde lang unterhielten sie sich über die Hochzeitspläne und Neuigkeiten aus dem Leben der O'Connors.

Als Sam und Nick aufstanden, um zu gehen, schüttelte Terry Nick die Hand.

„Bist du bereit, am Montag anzufangen?", erkundigte Nick sich.

„Ich werde da sein." Terry zögerte, als wollte er noch etwas sagen. „Ich möchte nur, dass du weißt ... Ich habe diese Reha überstanden, weil ich an die Chance denken konnte, die du mir gibst. Das hat mir Halt und die Möglichkeit gegeben, nach vorn zu schauen. Das hatte ich sehr lange nicht." Seine Anklage wegen Trunkenheit am Steuer hatte wenige Wochen, bevor er seine Kandidatur bekanntgeben sollte, eine vielversprechende politische Karriere zerstört und den Weg freigemacht für seinen jüngeren Bruder John, der daraufhin für ein Amt kandidierte, das er gar nicht haben wollte. Seitdem war es mit Terry bergab gegangen – bis vor Kurzem.

„Ich freue mich darauf, dich in meinem Team zu haben", erklärte Nick. „Christina wird froh sein, dass du den Wahlkampf übernimmst, zumal sie und Tommy sich neuerdings um ein Baby kümmern müssen."

„Sie hat ein Baby bekommen?"

„Nein." Nick unterrichtete Terry in kurzen Worten darüber, wie Gonzo zu seinem Sohn gekommen war.

„Das ist ja erstaunlich", meinte Laine. „Er wusste überhaupt nichts von dem Kind?"

„Absolut nichts", antwortete Sam.

„Wir schlafen heute im Ferienhaus", sagte Nick. „Ruft uns an, falls euch noch etwas einfällt, das bei den Ermittlungen weiterhelfen könnte."

„Machen wir", versprach Graham, während er und Laine sie zur Tür begleiteten.

„Ihr seid doch am Sonntag zum Abendessen da, oder?", fragte Laine.

„Das würde ich mir nie entgehen lassen", erwiderte Nick und gab ihr einen Kuss auf die Wange. „Ich hoffe, es ist okay, dass ich einen Freund eingeladen habe. Keine Sorge, der isst nicht viel. Er ist erst zwölf."

Laine lachte. „Du weißt doch, dass du einladen kannst, wen du möchtest. Deine Freunde sind auch unsere Freunde." Sie umarmte ihn und küsste ihn auf die Wange. „Wenn wir uns am Sonntag sehen, kannst du mir erzählen, weshalb du so bekümmert dreinschaust, junger Mann."

„Ja, mach ich." Er war sichtlich verblüfft darüber, dass sie ihn durchschaut hatte.

Laine wandte sich an Sam. „Ich möchte Ihnen dafür danken, dass Sie den Kontakt zwischen mir und Patricia hergestellt haben. Wir hatten eine angenehme Begegnung und fühlten uns beide hinterher besser."

„Freut mich zu hören. Ich war mir nicht sicher, ob ich das Richtige tue."

Laine drückte Sams Arm. „Es war genau das Richtige, und ich bin Ihnen dankbar."

„Ach, gern geschehen", murmelte Sam.

„Wir sehen euch am Sonntag", sagte Graham und umarmte Nick und Sam.

Sam konnte während der kurzen Fahrt zum Ferienhaus, das John seinem Freund Nick hinterlassen hatte, nicht mehr aufhören zu gähnen.

„Bist du jetzt nicht froh, dass ich dich eine Tasche habe packen lassen?", fragte Nick, der auf dem Beifahrersitz saß.

„Doch, Liebling."

„Du solltest dich daran gewöhnen, das zu sagen. Ich habe nämlich vor, die meiste Zeit recht zu haben."

Sie verdrehte die Augen. „Wenn du meinst." Sie nahm ihr Handy und tippte die Schnellwahltaste vier.

„Ich schlafe", meldete sich Malones raue Stimme.

„Ich brauche Sie", erklärte Sam.

„Wollen Sie mir schon wieder Jahre meines Lebens rauben?"

„Na ja, wenn meine Bitte um richterliche Beschlüsse zur Auswertung der Handydaten und für eine DNA-Probe des Vizepräsidenten, seines Stabschefs, des Sprechers des Repräsentantenhauses sowie des Senior Senators Virginias Ihnen kein Sodbrennen verursacht, dann weiß ich es auch nicht."

Malone gab einen gequälten Laut von sich. „Sie nehmen mich auf den Arm."

„Ich wünschte, es wäre so."

„Reden Sie."

Sam berichtete ihm, was sie wusste.

„Weil Rameriz ihn identifiziert hat, ist es gerechtfertigt, dass wir um Bartholomews Handydaten und einen DNA-Test bitten. Bei den anderen nicht", erklärte Malone. „Wir werden aufgrund von Gerüchten nicht gegen den Vizepräsidenten, den Sprecher und einen Senior Senator ermitteln. Bringen Sie uns Bartholomew. Vielleicht können Sie ihn dazu bewegen, die anderen zu belasten, wenn Sie ihm zu verstehen geben, dass sonst nur er zur Rechenschaft gezogen wird."

„Tja, dann begnüge ich mich eben mit dem, was ich

bekommen kann. Warten Sie bis nach sieben, bevor Sie um die Verfügungen bitten. Ich will nicht, dass er gewarnt wird."

„Kann ich sonst noch etwas für Sie tun, Lieutenant?"

„Wir haben heute einen Koffer zum Labor gebracht. Darin befinden sich die Kleidungsstücke von Selina Rameriz, die sie trug, als Jack Bartholomew sie vergewaltigt hat. Sie müssen dafür sorgen, dass wir den Bericht schnellstmöglich bekommen."

„Betrachten Sie es als erledigt."

„Das wäre vorerst alles, Captain. Schlafen Sie gut."

„Sie sind mein Sargnagel, Holland. Im Ernst."

Lachend beendete Sam das Gespräch. Als sie vor dem Ferienhaus hielten, kündigte der Signalton ihres Handys eine neue Nachricht an. *Sie tun nicht das, was man Ihnen gesagt hat. Es wird Zeit, Ihnen eine Lektion zu erteilen.* Sam schluckte und klappte ihr Handy zu.

„Was ist denn?", wollte Nick wissen.

„Nichts." Sam folgte ihm ins Ferienhaus und war plötzlich froh, dass außer den O'Connors niemand ihren Aufenthaltsort kannte.

Nick schaltete das Licht in dem gemütlichen Wohnzimmer ein, in dem sich John O'Connors Sachen befanden. „Ich sollte mal herkommen und Johns Sachen für seine Eltern zusammenpacken."

„Wenn du bereit dafür bist. Es besteht doch kein Grund zur Eile."

Er nahm ein Foto von John und seiner kleinen Nichte sowie dem Neffen in die Hand. „Diese beiden Kinder hat er geliebt." Er betrachtete das Bild eine Weile, dann stellte er es zurück ins Regal und hielt Sam die Hand hin. „Gehen wir ins Bett."

Kurze Zeit später schmiegte Sam sich an ihn und dachte

an die erste Nacht, die sie in dem Ferienhaus verbracht hatten, während der Ermittlungen im Fall O'Connor.

Nick hatte den Arm um sie gelegt und gab ihr einen Kuss auf die Stirn. „Woran denkst du?"

„An die erste Nacht, die wir hier zusammen waren."

„In getrennten Schlafzimmern."

„Damals habe ich versucht, das Richtige zu tun, indem ich dir widerstehe."

„Was natürlich völlig falsch war."

Sam lachte, küsste seine Brust und atmete seinen anziehenden Duft ein. „Total falsch."

„Das denkst du nach wie vor, obwohl du wegen der Beziehung zu mir mitten in einem Fall suspendiert wurdest?"

„Ich habe gelernt, dass es nicht klug ist, dem widerstehen zu wollen, was einem vorherbestimmt ist."

„Sehr tiefgründig, Samantha."

„Und sehr wahr."

„Allerdings." Er drückte sie an sich, und dann schlief Sam ein. Minuten später, zumindest kam es ihr so vor, weckte ihr Handy sie wieder auf. Ein Blick auf den Digitalwecker auf dem Nachtschrank verriet ihr, dass es kurz nach drei war. Sie räusperte sich und griff nach dem Telefon.

„Holland."

„O Sam!" Celia klang, als sei sie außer sich. „Dem Himmel sei Dank, dass ich dich erreiche."

Sam setzte sich im Bett auf. „Ist was mit Dad?"

„Es brennt bei euch! Ihr müsst da raus!"

„Celia, wir sind in Leesburg. Es brennt?"

Jetzt war Nick auch wach und setzte sich ebenfalls auf.

„O, wie gut, dass ihr nicht da seid." Sam hörte, wie Celia Skip berichtete, dass sie gar nicht zu Hause waren. „Ja, euer

Haus steht in Flammen. Wir sind von der Feuerwehr wach geworden."

„Ach du Schande." Zu Nick sagte Sam: „Das Haus in der Ninth Street brennt."

„Heiliger Strohsack." Nick sprang aus dem Bett und zog seine Jeans an, genau wie Sam.

„Wir sind unterwegs", erklärte Sam Celia, und als sie sich an die Textnachricht auf ihrem Handy erinnerte, bekam sie ein flaues Gefühl im Magen.

Minuten später verließen sie das Ferienhaus. Nick saß am Steuer und fuhr so schnell es ging.

„Das ist meine Schuld", sagte Sam nach einigen Minuten angespannten Schweigens.

„Wie kommst du darauf?"

„Ich habe eine Textnachricht erhalten. Darin hieß es, man wolle mir eine Lektion erteilen, weil ich mich nicht aus den Ermittlungen zurückgezogen habe."

Er richtete kurz den Blick auf sie und schaute dann wieder auf die Straße. „Warum hast du nichts gesagt?"

„Nach dem Tag, den du hattest, wollte ich dich nicht zusätzlich belasten."

„Wenn wir im Haus gewesen wären, hätten wir ums Leben kommen können!"

„Das ist mir schon klar."

„Wen rufst du an?"

„Malone. Er muss darüber informiert werden."

„Ach, aber ich nicht?" Er schüttelte den Kopf. „Immer wenn ich denke, wir machen echte Fortschritte, enthältst du mir wieder wichtige Dinge vor."

Nachdem Sam ihrem Vorgesetzten Bericht erstattet hatte, wandte sie sich wieder Nick zu. „Ich wollte es dir morgen früh erzählen, nachdem du dich ausgeschlafen hast."

„Wie gut, dass ich in Leesburg geschlafen habe und nicht in der Ninth Street."

„Es tut mir leid um das Haus", sagte sie.

Er schlug mit dem Handballen auf das Lenkrad. „Das Haus ist mir vollkommen egal, Sam! Das ist versichert. Alles darin kann ersetzt werden. Das muss dir also nicht leid tun."

„Ich gebe mir Mühe." Nach jahrelangem Zusammenleben mit dem besitzergreifenden Peter war Sam ein Profi darin, ihrem Partner Dinge zu verschweigen. „Ich kann mich aber nicht über Nacht ändern. Ich tue mein Bestes."

„Gib dir noch mehr Mühe."

„Verzeih mir, dass ich dachte, du hättest für einen Tag schon genug um die Ohren gehabt."

„Du hättest es mir erzählen sollen."

Sam verkniff sich eine Erwiderung, die ganz sicher diese Meinungsverschiedenheit zu einem handfesten Streit hätte ausufern lassen. Den Rest der Fahrt schwiegen sie.

Einsatzfahrzeuge versperrten die ganze Straße, in der ihr Haus lag. Nick parkte auf dem ersten freien Platz, den er in einer Nebenstraße finden konnte, und rannte los, gefolgt von Sam.

Sie zeigte den Feuerwehrleuten ihre Dienstmarke. „Lieutenant Holland, MPD. Das ist mein Haus. Wissen Sie schon etwas?"

„Da haben Sie Glück gehabt, Lieutenant. Jemand hat die Feuerwehr gerufen, deshalb waren wir hier, bevor sich das Feuer über das erste Zimmer hinaus ausbreiten konnte. Im ersten Stock werden Sie Rauch- und Wasserschäden haben sowie ein zerbrochenes Fenster und eine aufgebrochene Tür. Aber das wäre schon alles."

„Wie ist das Feuer entstanden?", wollte Nick wissen.

Der junge Feuerwehrmann schien erst jetzt zu erkennen, wen er vor sich hatte. Er machte große Augen. „Oh, Senator. Äh, warten Sie, ich hole schnell den Captain."

„So schlimm sieht es nicht aus", bemerkte Sam mit Blick auf das Haus, aus dessen kaputtem Fenster Qualm aufstieg.

Nick betrachtete ebenfalls das Haus, schwieg jedoch.

„Senator, Lieutenant, ich bin Captain Grayson. Unser Ermittler wird bald eintreffen. Es scheint etwas durch das Fenster geflogen zu sein, was den Teppich drinnen in Brand gesetzt hat. Aber ich überlasse es dem Brandursachenermittler, Ihnen den offiziellen Befund zukommen zu lassen."

„Das Fenster wurde also von außen zerstört?", hakte Sam nach.

„Es sieht ganz danach aus. Sie können es sich gern selbst anschauen."

Sie folgten ihm durch einen Pulk aus Polizisten und Feuerwehrleuten sowie neugierigen Nachbarn, die der Kälte trotzten, um das Schauspiel verfolgen zu können. Ein Kamerablitzlicht blendete Nick.

„Verdammt", murmelte er. Die Pressegeier waren zweifellos begeistert über diese neue Story, zusätzlich zu seiner Schimpftirade früher am Tag.

Der Gestank von Rauch und Wasserpfützen empfingen sie drinnen. Die Fußböden, Wände und Decken, die nach vorne hinaus lagen, waren beschädigt. Nick beobachtete, wie Sam das Fenster untersuchte und die vom Feuer geschwärzten Glassplitter auf dem Boden.

„Einiges von dem Glas ist dicker als Fensterglas", stellte sie fest. „Sieht nach einer Flasche aus."

„Ich tippe darauf, dass wir am Flaschenglas Gas oder irgendeinen Brandbeschleuniger finden werden", meinte der Captain. „Haben Sie eine Idee, wer Ihnen einen Molotowcocktail durchs Fenster werfen könnte?"

„Ich ermittle in einem heiklen Fall und habe per Textnachrichten Drohungen erhalten."

„Ich habe ebenfalls eine Drohung erhalten", sagte Nick.

„Wann kam die letzte?", fragte der Captain.

„Vor einigen Stunden. Darin stand, es sei wohl an der Zeit, mir eine Lektion zu erteilen."

„Nun, das ist mal eine Aussage", meldete sich eine neue Stimme zu Wort.

Sam und Nick drehten sich zu Chief Farnsworth um, der im Türrahmen stand.

„Sind Sie beide wohlauf?", erkundigte er sich.

„Ja, Sir", antwortete Sam. „Wir waren nicht hier."

„Was hat es mit diesen Drohungen auf sich?", wollte er mit strenger Miene von Sam wissen.

„Ich habe sie gemeldet", erklärte sie und räusperte sich. „Jedenfalls die meisten. Sir."

„Wo sind Ihre Bewacher?"

„Die habe ich nach Hause geschickt, weil ich nicht mehr loswollte."

„Trotzdem waren Sie nicht hier, als das Feuer in Ihrem Haus ausbrach." Der Chief trat näher und betrachtete das zerbrochene Glas auf dem Boden genauer. „Ich bin zwar seit Jahren kein Detective mehr, Lieutenant, aber wenn Sie nicht hier waren, als das Feuer ausbrach, muss ich zwangsläufig daraus schließen, dass Sie irgendwo hingefahren sind." Er schaute zu Sam auf. „Und zwar ohne die Bewacher, die Ihre Vorgesetzten Ihnen zugewiesen haben, bis der aktuelle Fall abgeschlossen ist. Kann das möglich sein?"

Captain Grayson spürte, dass Ärger im Anmarsch war, und machte sich auf den Weg zur Tür. „Ich warte mal draußen auf den Brandinspektor."

„Ich wollte ja auch gar nicht weg", verteidigte Sam sich. „Aber Nick dachte, Senator O'Connor könnte uns vielleicht bei dem Fall weiterhelfen, also fuhren wir nach Leesburg. Und da wir schon dort waren, blieben wir in Nicks Ferienhaus, statt den ganzen Weg zurück in die Stadt zu fahren. Wie sich gezeigt hat, war das die richtige Entscheidung."

„Das mag sein, und ich weiß Ihr Engagement nach Feierabend zu schätzen. Sollten Sie sich jedoch noch ein einziges Mal ohne Ihre Bewacher irgendwohin begeben – es sei denn, ich sage etwas anderes –, ziehe ich Ihre Dienstmarke ein. Habe ich mich klar genug ausgedrückt?"

„Ja." Erneut musste sie sich räuspern. „Sir."

„Sie werden das Gebäude verlassen müssen, bis der Brandinspektor seine Arbeit getan hat. Ich nehme an, Sie werden sich unterdessen bei Ihrem Vater aufhalten?"

„Ja, Sir."

„Ihre Bewacher werden morgen früh dort sein."

„Danke, Sir."

Als sie dem Chief aus dem Haus folgten, zog Sam eine Grimasse, und Nick musste sich ein Lachen verkneifen. Nach dem, was sie ihm verschwiegen hatte, gefiel ihm die Standpauke, die der Chief ihr gehalten hatte. Allerdings würde er das ihr gegenüber auf keinen Fall zugeben.

Farnsworth überließ den Brandort den Experten und begleitete Nick und Sam zu Skips Haus. Sams Vater und Celia warteten im Wohnzimmer.

„Sind alle wohlauf?", erkundigte Skip sich.

„Uns geht's gut." Sam beugte sich herunter und gab ihm einen Kuss auf die Stirn. „Der Schaden am Haus ist auch nicht allzu schlimm."

„Stimmt das, Joe?", fragte Skip seinen alten Freund, den Chief.

„Ja, es hat den Anschein."

„Celia wollte mich nicht rauslassen, damit ich es mir selbst ansehen kann." Skip warf seiner Frau einen vorwurfsvollen Blick zu.

„Es ist zu kalt draußen", rechtfertigte sie sich. „Das ist nicht gut für deine Lungen."

Skip verdrehte die Augen.

„Ich fahre wieder nach Hause", verkündete Farnsworth und fügte, an Sam gewandt, hinzu: „Wir sehen uns morgen – mit den zu Ihrem Schutz abgestellten Polizisten."

„Ja, Sir."

„Schön, euch beiden frisch Vermählten zu sehen", sagte er zu Skip.

„Freut mich auch, dich zu sehen, Joe. Danke, dass du gekommen bist."

„Jederzeit."

Nachdem der Chief gegangen war, wandte Sam sich an ihren Vater. „Du hast ihn angerufen? Wozu, um alles in der Welt?"

„Wenn jemand einen Brandbeschleuniger ins Haus meiner Tochter wirft, und zwar während der laufenden Ermittlungen in einem Fall, dann muss er informiert werden."

„Deinetwegen habe ich mir einen Vortrag anhören müssen, weil ich ohne meine Bewacher unterwegs war."

„Gut", meinte Skip. „Du solltest nicht ohne sie wegfahren."

Nick verfolgte den Dialog und vermutete, dass Sam überhaupt nicht mehr an ihren Schutz gedacht hatte, als sie nach Leesburg aufgebrochen waren. Keiner von ihnen beiden hatte daran gedacht.

„Was habt ihr denn in Leesburg gemacht?", erkundigte Celia sich.

„Wir haben mit Senator O'Connor wegen einiger Informationen über den Fall gesprochen", antwortete Sam. „Und dann beschlossen, im Ferienhaus zu übernachten."

„Dem Himmel sei Dank", sagte Celia.

„Gibt es noch etwas, das du mir erzählen möchtest?" Skip sah seine Tochter scharf an.

„Der Fall wird langsam richtig heikel", sagte Sam. „Wir haben einen Callgirl-Ring entdeckt, zu dem allerhöchste Regierungskreise Kontakt haben. Morgen früh verhaften wir den Stabschef des Vizepräsidenten."

„Was du nicht sagst", meinte Skip. „Was hat er denn getan?"

„Wir wissen mit Sicherheit, dass er eine Frau vergewaltigt hat, und wir vermuten, dass er einer der Hintermänner der Organisation ist. Sollte sich das als wahr herausstellen, liefert uns das ein starkes Motiv für die Morde."

„Ich frage mich, was er mehr schützen wollen wird", überlegte Skip laut. „Den Callgirl-Ring oder seinen Ruf."

„Eine sehr gute Frage", räumte Sam ein. „Ich hoffe, morgen um diese Zeit eine Antwort darauf zu haben."

„Ich glaube, ihr zwei Kinder könnt einen Schlafplatz für die nächsten Stunden gebrauchen", meinte Skip. „Dein altes Zimmer ist frei, Sam."

„Danke", sagte Nick.

„Ich hole euch ein paar Handtücher", sagte Celia und lief die Treppe hinauf.

Sam schaute auf die Uhr. „Mir bleiben noch ungefähr zwei Stunden."

„Dann geh und mach die Augen zu, solange du kannst", riet Skip ihr. „Morgen wird wahrscheinlich ein höllischer Tag."

28

___

Obwohl Sam dringend Schlaf benötigte, lag sie in ihrem alten Zimmer wach, starrte an die Decke und dachte über jeden Aspekt des Falls nach. Dieser hatte sich von Anfang an nicht stimmig angefühlt, seit dem ersten Verdacht gegen Lightfeather, der ein wasserdichtes Alibi hatte vorweisen können. Seitdem gab es keine Person von Interesse mehr. Da der oder die Verbrecher nicht davor zurückgeschreckt waren, zwei Polizisten anzugreifen, war deutlich, dass sie jeden Schritt der Polizei genau verfolgten.

„Warum schläfst du nicht?", fragte Nick.

Sam drehte sich zu ihm. „Und warum schläfst du nicht?"

„Jemand hat einen Brandsatz durch mein Fenster geworfen, nachdem er meine Verlobte bedroht hat. Solche Dinge können einen schon ein klein wenig beunruhigen."

„Bist du noch immer sauer auf mich?"

„Ja", antwortete er, doch sein Ton verriet ihr, dass sein Zorn schon einigermaßen verraucht war.

Sie seufzte. „Ich dachte halt, noch mehr schlechte Nachrichten kannst du nicht gebrauchen."

„Du solltest mir nichts verschweigen, Sam. Bitte tu das nicht."

„Auch nicht, wenn es möglicherweise besser für dich ist?"

Er nahm ihre Hand und verschränkte seine Finger mit ihren. „Das Beste für mich ist, wenn ich weiß, was mit dir los ist. Selbst wenn es sich um schwer erträgliche Dinge handelt."

„Ich gebe mir wirklich Mühe, dir gegenüber offener zu sein. Aber wie ich schon sagte, ich kann mich nicht über Nacht ändern."

„Ich würde dich niemals ändern wollen. Ich möchte bloß, dass du diese kleine, ärgerliche Angewohnheit ablegst …"

„Ärgerlich, sagtest du?"

„Sehr. Aber zum Glück, auch für dich, bist du wahnsinnig süß und sexy und auf perfekte Weise unperfekt."

Sam lächelte. „Perfekt unperfekt. Das gefällt mir." Sie drehte sich auf die Seite, um ihn erst auf die Brust und dann auf die Lippen zu küssen. „Versuch jetzt ein bisschen zu schlafen."

„Wohin gehst du?"

„Ich kann ohnehin nicht schlafen, also starte ich mal früh in den Tag."

„Aber mit deinen Beschützern."

„Ja, Liebling."

„Ich liebe es, wenn du das sagst."

Lachend zog Sam Jeans und Pullover an. „Bevor dieser Tag zu Ende ist, muss ich vielleicht den verdammten Sprecher des Repräsentantenhauses verhaften. Oder noch besser: den Vizepräsidenten. Nicht gerade ein ereignisloser Arbeitstag."

„Hast du überhaupt ereignislose Arbeitstage?"

Sam gab vor, darüber nachdenken zu müssen. „Hm, nein, aber anders würde ich es auch gar nicht haben wollen." Sie beugte sich über das Bett, um Nick einen letzten Kuss zu geben.

Er griff in ihre Haare. „Sei vorsichtig da draußen."

„Immer."

„Heute noch mehr als sonst."

„Versprochen." Sie küsste ihn noch einmal. „Ich muss los."

Nick begutachtete den Schaden am Haus und hoffte, dass er hineinkonnte, um sich Kleidung für die Arbeit zu holen. Das Tatort-Absperrband war entfernt worden, und übrig geblieben war die verkohlte Fassade sowie die aufgebrochene Tür. Ein Polizist hielt draußen Wache.

„Darf ich hinein?", fragte Nick den Officer.

„Ja, Sir, Senator. Der Brandexperte hat seine Arbeit beendet. Ich soll aufpassen, weil die Tür aufgebrochen ist und wegen der Drohung gegen den Lieutenant."

„Danke dafür." Einige ihrer Lieblingsreporter hätten sicher gern Zugang zum Haus gehabt und dies als günstige Gelegenheit betrachtet.

„Ist anscheinend eine ziemliche Verwüstung, Senator."

Nick drehte sich um und entdeckte einen Mann, den er schon öfter in der Nachbarschaft gesehen hatte. Er war jung, hatte blonde Haare, die einen Frisör gebrauchen konnten, und ein freundliches, einnehmendes Lächeln.

„Craig Lawton", stellte er sich vor und streckte die Hand aus.

„Nick Cappuano. Nett, Sie kennenzulernen."

„Gleichfalls. Was ist passiert?"

„Molotowcocktail. Hieß es zumindest.“

„Es muss furchtbar ärgerlich sein, wenn so etwas passiert.“

Nick lachte. „Solche Dinge passieren leider viel zu oft in unserem Leben.“

„Ja, davon habe ich gelesen. Ich bin mir nicht sicher, ob es helfen würde, aber ich bin Bauunternehmer und könnte Sie gern noch dazwischenschieben.“

„Das wäre großartig. Haben Sie wirklich noch Termine frei?“

Verschmitzt erwiderte Craig: „Dieser Auftrag wäre eine gute Werbung für mich. Dafür werde ich einen Termin freischaufeln.“

Amüsiert meinte Nick: „Kommen Sie, ich zeige Ihnen, was gemacht werden muss.“

Craig folgte ihm ins Haus und staunte, wie die meisten Besucher, über die Größe des Doppelstadthauses. Während sie den Schaden inspizierten und über die nötigen Arbeiten sprachen, holte Craig ein Maßband hervor und machte sich Notizen.

„Hat das vielleicht mit einem Fall zu tun, an dem Ihre Verlobte arbeitet?“

„Unglücklicherweise ja.“

„Ich habe sie ein paarmal gesehen. Ihr Dad ist der gelähmte Mann im Rollstuhl, nicht wahr?“

„Ja.“ Nick betrachtete den beschädigten Türrahmen. „Ich würde gern etwas mit Ihnen besprechen ...“

„Nur zu.“

„Wäre es möglich, dass wir hier eine Rampe anbauen? Ich habe mir überlegt, dass Sam bestimmt mal ihren Vater zu Besuch haben will.“

„Das sollte nicht allzu schwierig sein. Ein Freund von mir arbeitet im Bauamt, dem lege ich Ihren Vorschlag vor.

Es wird sicher keine Probleme geben, wenn ich von Sams Vater erzähle."

„Würde er uns aufgrund unserer Prominenz entgegenkommen?" Solche Dinge weckten nach wie vor Nicks Unbehagen, und er wusste, dass sie auch Sam unangenehm waren. Allerdings würde sie in diesem Fall vermutlich darüber hinwegsehen.

„Ein wenig vielleicht. Aber Skip Holland ist ein Held in dieser Stadt. Die würden alles für ihn tun." Craig deutete zur Tür. „Der ganze Rahmen und der Teil der Veranda müssen ohnehin erneuert werden, deshalb wäre es die ideale Gelegenheit, statt der Eingangsstufen eine Rampe zu bauen."

„Absolut." Nick schüttelte ihm die Hand. „Machen Sie das. Und zwar so bald wie möglich."

„Die Genehmigung vom Bauamt vorausgesetzt, könnte ich die Eingangsstufen schon am Ende des Tages abgebaut haben. Sie werden für eine Weile die Hintertür benutzen müssen."

„Das ist kein Problem."

„Müssen Sie auf Nachricht von der Versicherung warten?"

Nick verneinte. „Fangen Sie einfach an. Ich zahle, was immer es kostet. Ich würde gern vergessen, dass das hier je passiert ist."

„Wird gemacht, Senator. Bin schon dabei."

Sam gönnte sich eine seltene Tasse Kaffee, weil sie nach der schlaflosen Nacht dringend einen Kick brauchte. Sie loggte sich in ihrem E-Mail-Account ein und suchte nach dem Laborbericht über Selinas Kleidung. „Mist", sagte sie. „Noch nichts. Ist in Ordnung, Jack." Sie rief das am Computer erstellte Phantombild von Jack Bartholomew auf. „Eines der Opfer hat dich identifiziert. Wir werden eine Gegenüberstellung arrangieren, und dann haben wir dich. Allerdings habe ich den Verdacht, dass Selina nur die Spitze des Eisbergs ist.“

„Führen Sie Selbstgespräche, Lieutenant?“

Sam entdeckte Lieutenant Stahl im Türrahmen. „Was wollen Sie?“

„Hab gehört, bei Ihnen zu Hause gab's letzte Nacht ein bisschen Aufregung.“

„Wo haben Sie das gehört? Waren Sie etwa dort?“

Angesichts dieser Andeutung kniff er die Augen zu schmalen Schlitzen zusammen. „Das hätten Sie wohl gerne, was?“

„Dass Sie für immer aus meinem Leben verschwinden? Klar, werfen Sie ruhig einen Molotowcocktail durch mein Fenster. Nur zu.“

„Diese Befriedigung würde ich Ihnen niemals verschaffen.“

„Die werde ich dann eben auf andere Weise bekommen, früher oder später.“

„Sieht nicht danach aus, als würden Sie die bei Gibson bekommen.“

„Den schnappe ich mir auch noch. Arschlöcher wie ihr zwei enden immer dort, wo sie hingehören.“

Stahls rundes Gesicht nahm eine ungesunde violette Farbe an, wie so oft bei den Unterhaltungen mit Sam. „Sie können ruhig das letzte Wort haben. Ich habe heute schon bekommen, was ich wollte.“

Was hatte das nun wieder zu bedeuten? „Wie schön für Sie. Im Gegensatz zu euch von der Rattentruppe habe ich echte Arbeit zu erledigen. Wenn es Ihnen also nichts ausmacht …“

„Ich wünsche Ihnen noch einen tollen Tag, Lieutenant." Er verließ ihr Büro nach einem gruseligen Grinsen, das sie erschauern ließ.

„Arsch", flüsterte sie. Sie hatte die ganze Zeit den Verdacht gehabt, dass er etwas mit Peters drohender Entlassung zu tun hatte. Jetzt war sie sich sicher. Sobald sie ein wenig Zeit für sich hatte, würde sie mal genauer unter die Lupe nehmen, welche Rolle ihr Erzfeind in dieser Sache gespielt hatte. Bis dahin aber musste sie erst einmal einen mordenden Vergewaltiger fangen. Darauf konzentriert, druckte sie Fotos des Vizepräsidenten, des Sprechers des Repräsentantenhauses, des Senators Robert Cook sowie von drei weiteren Mitgliedern des Kongresses aus, gegen die ermittelt wurde. Um sicherzustellen, dass ihr Aufgebot an Fotos das Gericht beeindruckte, war sechs die magische Zahl. Sie wollte diese Bilder mit zu dem sicheren Unterschlupf nehmen, in dem Freddie Selina untergebracht hatte.

Auf dem Weg hinaus begegnete sie Freddie. „Du bist früh dran."

„Konnte nicht schlafen."

Das kannte Sam.

„Ich bin froh, dass ich dich erwischt habe", sagte er. „Die Spurensicherung hat etwas zwischen Reginas Sachen gefunden, was dich interessieren wird." Er hielt eine Beweismitteltüte hoch, in der sich eine aufgeklappte Valentinskarte befand. Die Nachricht hatte Regina auf Spanisch geschrieben.

Freddie übersetzte für Sam: „Mein Liebling Henry, welch ein Glück, dass ich dich kennengelernt habe! Ich liebe dich so sehr und kann es kaum erwarten, bis unser Baby da ist. Für immer die Deine, Regina."

Sam dachte daran, wie niedergeschlagen Henry von der

Nachricht gewesen war, dass Regina für einen Callgirl-Ring gearbeitet hatte. Jetzt empfand sie eine seltsame Erleichterung darüber, dass Henry sein Leben nicht allein dafür ruiniert hatte, dass Regina im Land bleiben konnte nach der Geburt des Babys.

„Was soll ich damit machen?", wollte Freddie wissen.

„Bring sie ihm."

„Willst du sie nicht als Beweismittel behalten?"

Sam winkte ab. „Ich werde noch einmal mit Selina sprechen. Ich melde mich hinterher."

„Klingt gut."

Um zwanzig nach fünf morgens waren die Straßen der Stadt noch fast verlassen. Trotzdem schaute Sam immer wieder in den Rückspiegel, um sicherzugehen, dass sie von niemand anderem als ihren beiden Bewachern in der zivilen Limousine verfolgt wurde – als wäre das nicht für jeden, der sie beobachtete, schon verräterisch.

Vor dem Haus hielten zwei Polizisten Wache. Obwohl Sam sie kannte, zeigte sie ihre Dienstmarke vor und gab ihnen einen Moment, um sie genau zu studieren, exakt wie es den Vorschriften entsprach.

„Sie können hinein, Lieutenant."

„Danke."

Sam fand Selina auf dem Sofa im Wohnzimmer, wo sie es sich mit einer Decke und einem Becher Tee gemütlich gemacht hatte.

„Konnten Sie auch nicht schlafen?", erkundigte Selina sich.

„Jemand hat letzte Nacht einen Molotowcocktail durch das Fenster meines Hauses geworfen. Wissen Sie, was das ist?"

Erschrocken nickte Selina. „Wurde jemand verletzt?"

Sam setzte sich ihr gegenüber. „Glücklicherweise waren mein Verlobter und ich nicht zu Hause."

„Das ist gut."

„Wissen Sie, warum ich Ihnen das erzähle?"

Selina schüttelte den Kopf.

„Um Ihnen begreiflich zu machen, dass diese Leute nicht davor zurückschrecken, das Haus einer ranghohen Polizistin und eines U.S.-Senators in Brand zu setzen. Erwähnte ich schon, dass mein Verlobter Senator ist?"

Selina schluckte und schüttelte erneut den Kopf.

Sam legte die sechs Fotos, die sie mitgebracht hatte, auf den Couchtisch. „Hat irgendeiner dieser Männer jemals Ihre sexuellen Dienstleistungen in Anspruch genommen?"

Eine Träne rann über Selinas Wange. Ihren geröteten Augen nach zu urteilen, war das nicht die erste, die sie in dieser langen Nacht vergossen hatte. „Der da", erklärte sie und zeigte auf den Sprecher des Repräsentantenhauses. Die zierliche Frau schüttelte sich. „Und der." Sie zeigte auf Cook und verzog dabei das Gesicht.

„Was ist mit dem hier?"

„Nein, ich hatte keinen Sex mit dem Vizepräsidenten der Vereinigten Staaten."

„Nun", meinte Sam, „da sind wir schon mal erleichtert. Der Sprecher des Repräsentantenhauses sowie der Senior Senator aus Virginia reichen ja auch für einen Morgen."

Selina fuhr erschrocken zusammen. „Du liebe Zeit, das habe ich nicht gewusst! Ich hatte keine Ahnung, wer diese Männer sind!"

„Das weiß ich, Selina, und sie wussten es auch. Genau aus diesem Grund haben sie Einwanderinnen angeworben." Weitere Teile des Puzzles fügten sich zusammen. „Eben weil Sie sie nicht erkennen würden. Darauf verließen die sich.

Obwohl einige der Frauen in Capitol Hill arbeiteten, kümmerten sie sich wahrscheinlich nicht um Politik."

„Was wird jetzt mit mir passieren?"

„Ich brauche Ihre Aussage."

„Das kann ich nicht machen! Meine Familie darf nicht erfahren, wie ich mein Geld wirklich verdient habe. Mit dieser Schande könnte ich nicht leben."

„Könnten Sie denn damit leben, dass eine weitere Frau vergewaltigt und ermordet wird, weil Sie mir nicht geholfen haben, diese Dreckskerle aufzuhalten?"

Tränen liefen über das Gesicht der jungen Frau. „Wie konnte das alles nur passieren? Ich wollte meiner Mutter helfen ... ich wusste doch nicht, was ich sonst tun sollte, um sie zu retten."

„Ich kann Ihnen helfen, Selina. Aber ich muss wissen, dass ich mich auf Ihre Aussage verlassen kann, bevor ich Bartholomew verhafte." Sam ließ ihre Worte erst wirken, ehe sie unerbittlich konkret wurde. „Sie werden Ihn bei einer Gegenüberstellung identifizieren und später vor Gericht aussagen müssen. Sie werden detailliert berichten müssen, was er Ihnen angetan hat."

Mit der Hand vor dem Mund, um ihre Schluchzer zu dämpfen, schüttelte Selina heftig den Kopf.

„Wenn Sie sich weigern, gegen diese Männer auszusagen, wird die Beweislage allein davon abhängen, ob er in der Nacht der Tat DNA-Spuren auf Ihrer Kleidung hinterlassen hat. Aber selbst wenn das der Fall sein sollte, könnte der stellvertretende Generalstaatsanwalt sich weigern, ohne Ihre Aussage Anklage zu erheben. Das bedeutet, er kommt ungestraft davon und kann das erneut jemandem antun. Er kann Frauen weiterhin drangsalieren, während er einen hohen Regierungsjob innehat."

Selinas erstickte Schluchzer hallten in dem stillen Raum wider.

„Ich brauche Sie, Selina. Regina und Maria brauchen Sie.“

„Regina kann zur Hölle fahren! Das ist alles ihre Schuld.“

„Das mag ja sein, aber immerhin hat Sie Ihnen einen Weg gezeigt, wie Sie das Geld für die Operation Ihrer Mutter zusammenbekommen. Und glauben Sie mir ruhig, wenn ich Ihnen sage, dass niemand verdient hat, was ihr angetan wurde. Niemand.“

Sam saß da und ließ Selina über alles nachdenken, während sie weiter bitterlich weinte.

„Ich habe das College besucht, wissen Sie? In Belize. Ich habe Wirtschaft studiert und kam hierher, in der Hoffnung, etwas aus mir zu machen.“ Sie wischte sich das Gesicht mit dem Ärmel ihrer Bluse trocken. „Aber als ich herkam, war alles nur schlimm. Niemand wollte mich einstellen, weil ich keine amerikanische Staatsbürgerin bin oder sie schon jemand Besseren hatten. Ich hatte Glück, den Job in der Reinigungsfirma zu bekommen.“

„Ich bin sicher, dass Sie sehr hart gearbeitet haben“, sagte Sam und versuchte, weiterhin geduldig zu sein.

„Ich habe geschuftet, bis meine Hände wehtaten und ich Blasen an den Fingern hatte. Ich habe Überstunden gemacht und an den Wochenenden gearbeitet, aber es reichte nicht. Wenn meine Mutter nur nicht krank geworden wäre, dann wäre nichts von all dem passiert.“

„Mein Vater wurde vor zwei Jahren angeschossen“, erzählte Sam ihr. „Er war Polizist und führte eine Routine-Verkehrskontrolle durch. Er wurde vom Fahrer eines Wagens angeschossen. Seitdem ist er gelähmt und sitzt im Rollstuhl. Wir wissen bis heute nicht, wer das getan hat.

Manchmal, wenn ich mir vorstelle, dass der Täter irgendwo dort draußen sein Leben weiterführt, während mein Vater an den Rollstuhl gefesselt ist, dann …" Sam hatte plötzlich einen Kloß im Hals. „Ich verstehe also, dass Sie alles für Ihre Mutter tun würden, was möglich ist."

„Selbst wenn es etwas Illegales ist?"

„Was immer Sie tun mussten."

„Werde ich angeklagt?"

„Sobald wir hier fertig sind, spreche ich mit der stellvertretenden Staatsanwältin über Straffreiheit. Doch zuerst muss ich wissen, ob ich mich auf Ihre Aussage verlassen kann. Das wird auch ihre erste Frage sein."

„Wie kann ich vor Gericht den Leuten erzählen, was dieses Tier mir angetan hat? Wie soll ich das schaffen?"

„Wir werden Ihnen jemanden zur Seite stellen, der Ihnen bei jedem Schritt hilft. Wir haben Psychologen, die extra darin geschult sind, Opfern sexueller Gewalt beizustehen und sie auf das Gerichtsverfahren vorzubereiten. Sie bekommen von mir alle Hilfe und Unterstützung, die ich Ihnen geben kann."

„Und wie wollen Sie mich lange genug am Leben erhalten, bis ich die Aussage machen kann?"

„Unser ganzer Fall hängt von Ihnen ab. Also werden wir uns sehr gut um Sie kümmern. Darauf haben Sie mein Wort."

Nach weiterem sich endlos hinziehenden Schweigen lehnte Sam sich nach vorn, die Ellbogen auf die Knie gestützt. „Werden Sie mir helfen, Selina? Soll ich Jack Bartholomew verhaften, damit er bezahlt für das, was er Ihnen und höchstwahrscheinlich anderen Frauen angetan hat?"

„Werden die anderen auch aussagen, damit Ihr Fall nicht nur von mir abhängt?"

„Das können wir nur hoffen. Aber bis dahin dreht sich alles um Sie."

„Wenn ich aussage, versprechen Sie mir dann, dass es nicht umsonst gewesen sein wird? Er ist ein mächtiger Mann. Ich will nicht erleben, dass er freigesprochen wird."

„Ich werde alles in meiner Macht Stehende tun, damit er seine gerechte Strafe erhält." Sie dachte an Peter, der aus dem Gefängnis entlassen wurde, und musste sich eingestehen, dass ihre Macht begrenzt war. „Ich werde Ihnen nichts versprechen, was ich nicht halten kann. Wir werden unser Bestes geben. Mehr kann ich nicht tun."

„Werden Sie die anderen beiden Männer ebenfalls verhaften? Den Sprecher und den Senator?"

„Das weiß ich noch nicht, doch wir werden gegen jeden Anklage erheben, der in diese Organisation verstrickt ist, sei es als Strippenzieher, Serviceanbieter oder Kunde. Und sollten der Sprecher des Repräsentantenhauses oder der Senator dazugehören, dann ist es eben so."

Selina dachte über alles nach.

Sams Herz pochte. Jetzt kam es darauf an. Die ganze Sache hing von einer zierlichen kleinen Frau ab, die mit der Situation vollkommen überfordert war.

„Da ich Sie für mein Überleben genauso dringend brauche wie Sie mich für die Aussage, sind wir wohl oder übel beide aufeinander angewiesen."

„Ganz genau."

„Okay", sagte Selina und schien sich endlich in ihr Schicksal zu fügen. „Ich mache es."

Sam drückte ihre Hand. „Danke."

Sam fühlte sich, als habe sie in der halben Stunde mit Selina bereits die Hälfte ihrer Tagesenergie verbraucht.

Dafür hatte sie bekommen, was sie brauchte, und das allein zählte. Bevor sie sich im Hauptquartier mit Freddie traf, machte sie sich auf den Weg zum Washington Hospital Center. Obwohl es noch früh war, hoffte sie, Jeannie McBride wach anzutreffen.

Michael kam gerade aus Jeannies Zimmer, als Sam sich der Tür näherte.

„Wie geht es ihr?", erkundigte Sam sich.

„Es scheint ihr heute ein bisschen besser zu gehen. Sie wird im Lauf des Tages entlassen."

„Das ist gut."

Er zuckte die Schultern.

„Ist alles in Ordnung mit Ihnen?"

„Sie weigert sich, mit mir über das, was passiert ist, zu reden. Ich versuche, sie nicht zu drängen, aber es ist, na ja, es ist schwer. Nicht zu wissen ..."

Sam legte ihm die Hand auf den Arm. „Versuchen Sie weiter, sie nicht zu drängen. Sie wird es Ihnen erzählen, wenn sie so weit ist. Bis dahin müssen Sie geduldig sein und ihr beistehen. Denn Beistand ist das, was sie im Augenblick von Ihnen braucht."

„Ich weiß."

„Halten Sie durch. Es ist schließlich erst wenige Tage her."

Er schien einsichtig zu sein. „Sie haben recht. Es geht in erster Linie darum, was für sie gut ist."

„Hat sie mit dem Psychologen gesprochen?"

„Den hat sie weggeschickt. Meinte, sie brauche ihn nicht."

Das hörte Sam nur sehr ungern. „Ich hoffe, dass sie es sich noch einmal anders überlegen wird. Vielleicht möchten Sie auch mit dem Psychologen sprechen. Schaden kann es sicher nicht."

„Ich werde darüber nachdenken. Sie ist übrigens wach, falls Sie hineingehen wollen. Ich lasse Sie eine Weile mit ihr allein."

„Danke." Sam trat ein und fand Jeannie im Bett sitzend vor. „Hey, wie fühlst du dich?"

„Ein bisschen besser. Hast du Michael gesehen?"

„Auf dem Flur. Er scheint ein wirklich netter Kerl zu sein."

„Ist er auch." Jeannie seufzte. „Er will, dass ich ihm erzähle, was passiert ist."

„Dazu besteht keine Eile. Du musst nicht darüber reden, solange du dich dafür nicht bereit fühlst."

„Und wenn ich mich nie dazu bereit fühle?"

„Na ja, da wäre eventuell noch die Notwendigkeit deiner Aussage vor Gericht ..."

Jeannie winkte ab, als sei diese Vorstellung momentan einfach zu viel.

„Willst du wirklich nicht mit dem Psychologen sprechen?"

„Nein. Wenigstens ist der HIV-Test negativ ausgefallen – vorläufig. Ich muss mich in drei Monaten noch mal testen lassen."

„Das ist doch schon mal eine riesige Erleichterung."

„Es ist schon mal etwas, und vorläufig muss ich mich damit zufriedengeben."

„Ich frage nur ungern, aber fühlst du dich imstande, dir ein paar Fotos anzusehen?"

Jeannie wirkte sofort misstrauisch. „Fotos wovon?"

„Von möglichen Verdächtigen."

Jeannie hielt die Decke so fest umklammert, dass ihre Fingerknöchel weiß hervortraten. „Muss ich?"

„Ich könnte deine Hilfe wirklich gebrauchen. Wir können mit ziemlicher Sicherheit einem von ihnen

Vergewaltigung nachweisen, die Morde jedoch nicht. Jedenfalls noch nicht."

„Ich habe nur seine Augen gesehen ..."

„Dann werde ich dir auch nur die zeigen. Einverstanden?"

Jeannie biss die Zähne zusammen und nickte.

Sam brauchte einen Moment, bis sie die sechs Fotos so gefaltet hatte, dass nur die Augen der Männer zu sehen waren. Dann legte sie alle nebeneinander auf das Bett. „Lass dir Zeit." Sie beobachtete, wie Jeannie sich innerlich bereit machte, das erste Foto anzusehen. Danach huschte ihr Blick über die anderen Bilder.

„Nein, von denen war es keiner."

„Bist du dir sicher?"

„Ich werde diese Augen niemals vergessen. Nie."

„Danke, dass du dir die Fotos angesehen hast. Ich weiß, es war schwer für dich."

„Mir ist klar, dass du meine Hilfe und meine Aussage brauchst. Ich muss nur einen Weg finden, es vorher Michael zu erzählen."

Sam nahm Jeannies Hand. „Darf ich einen Vorschlag machen?"

„Natürlich."

„Ich habe den Eindruck, dass der Gedanke, es ihm zu erzählen, dich sehr bedrückt. Und das kannst du zu allem anderen nicht auch noch gebrauchen. Wenn du es einfach hinter dich bringst und es ihm sagst, hast du vielleicht eine Sorge weniger."

„Hm, das ist gar kein so schlechter Vorschlag."

Sam grinste. „Na vielen Dank."

Jeannie dachte einen Moment darüber nach. „Ja, ich werde es ihm erzählen und es hinter mich bringen. Er kann es dann meiner Mutter sagen, denn das schaffe ich nicht auch noch."

„Es ist immer hilfreich, einen Plan zu haben. Vergiss nicht, dass er dich liebt – er denkt nur an dich und deine Bedürfnisse."

Jeannie biss sich auf die Lippe. „Er war wundervoll bis jetzt." Sie kämpfte gegen die Tränen. „Er ist mir kaum von der Seite gewichen, seit es passiert ist."

„Wohin wirst du gehen nach deiner Entlassung?"

„Sein Haus ist alarmgesichert, also werde ich wohl dorthin gehen, auch wenn es in der Gegend liegt, in der ... es passiert ist."

„Eine Alarmanlage ist gut, zumindest, bis wir den Kerl geschnappt haben." Sam schaute auf ihre Uhr. „Es tut mir leid, aber ich muss mich sputen. Wir verhaften heute Morgen den Stabschef des Vizepräsidenten."

„Wow! Ich wünschte, ich könnte dabei sein."

Das kurz erwachende Interesse der Kollegin machte Sam Mut. „Du wirst bald wieder bei uns sein, ganz bestimmt. Bis dahin konzentriere dich auf deine Genesung und alles, wodurch es dir besser geht."

„Mir wird es besser gehen, wenn ihr den Kerl gefunden habt, der mir und den anderen das angetan hat."

„Ich werde ihn finden, und dann wird er bezahlen für seine Taten."

„Ich verlasse mich darauf."

Sam drückte die Kollegin. „Ich schaue morgen wieder nach dir."

„Danke. Falls du Michael draußen triffst, sagst du ihm bitte, dass ich mit ihm reden muss?"

„Gern." Sam verließ das Zimmer und fand Michael im Wartezimmer am Ende des langen Flurs. „Ich denke, sie ist jetzt bereit, darüber zu reden ..."

Er sprang auf. „Wirklich?"

„Ich muss Sie warnen ... ich habe schon jede Menge abscheuliche Dinge gehört in den zwölf Jahren, seit ich diesen Job mache. Aber was ihr widerfahren ist, war übel. Stellen Sie sich lieber darauf ein."

Ein Wangenmuskel zuckte vor Anspannung in seinem Gesicht. „Danke für die Warnung."

„Falls einer von Ihnen mich braucht, hat sie meine Nummer."

„Danke für alles."

„Kein Problem."

29

Sams nächster Punkt auf der Tagesordnung war ein Anruf im Büro des Generalstaatsanwaltes auf der Rückfahrt zum Hauptquartier, wo sie sich mit Freddie treffen wollte.

„Was gibt es, Lieutenant?", fragte die stellvertretende Staatsanwältin Faith Miller.

Sam erläuterte die Beweislage gegen Jack Bartholomew. „Ich brauche eine Genehmigung für eine DNA-Probe, die hoffentlich identisch sein wird mit der, die wir möglicherweise auf Selinas Kleidung finden, die sie am betreffenden Abend getragen hat. Unabhängig von dem DNA-Abgleich ist Selina bereit für eine Gegenüberstellung. Sie wird außerdem eine Aussage machen. Daher hoffe ich, dass sich nach seiner Verhaftung weitere Opfer melden werden. Wir kriegen ihn auf jeden Fall wegen Vergewaltigung und Anwerbung von Prostituierten dran."

Faith schwieg eine Weile. „Hat sie sich medizinisch versorgen lassen?"

Mit dieser Frage hatte Sam gerechnet. „Das konnte sie sich nicht leisten. Sie hat alles Geld nach Hause zu ihrer Familie geschickt. Aber sie hat sich einige Tage frei genommen, nachdem es passiert ist. Ich kann die Besitzerin des Reinigungsunternehmens dazu bewegen, das zu bestätigen."

„Sie hat niemandem erzählt, was passiert ist?"

„Nein."

Faith schwieg erneut.

„Kommen Sie, das reicht, und das wissen Sie auch."

„Ich will nicht erleben, dass ein weiterer Fall platzt, bevor wir vor Gericht gehen."

„Das ist eine Anspielung auf Gibson, nicht wahr?"

„Forrester ist nicht gerade begeistert davon. Er hat uns gewarnt, in Zukunft vorsichtiger zu sein und dafür zu sorgen, dass alle Beweise hieb- und stichfest sind, ehe wir handeln."

„Und was heißt das für den Fall Bartholomew?"

„Melden Sie sich wieder, sobald Sie etwas vom Labor gehört haben wegen der Spuren auf Selinas Kleidung. Bis dahin halten Sie sich zurück."

„Sie wollen mich wohl auf den Arm nehmen ..."

„Sam, ich werde keinen Millimeter nachgeben. Wir reden hier vom Topberater des Vizepräsidenten der Vereinigten Staaten. Ich will absolut stichhaltige Beweise, bevor Sie gegen den vorgehen."

„Na schön, Sie wollen stichhaltige Beweise, dann besorge ich Ihnen solche Beweise."

„Ausgezeichnet. Ich bin bereit, sobald Sie es sind."

Sam beendete das Gespräch und stieß einen frustrierten Laut aus. Dann rief sie den Chief an. Seine Sekretärin stellte sie sofort durch.

„Guten Morgen, Lieutenant."

„Ich brauche Ihre Hilfe beim Labor." Sie erläuterte ihm die Dringlichkeit. „Können Sie da Druck machen?"

„Ich werde mal schauen, was ich machen kann."

„Bartholomew ist der Schlüssel zu allem. Wenn ich ihn mir richtig vornehme, kann ich ihn vielleicht zu einer Aussage gegen die anderen bewegen. Der wird nicht allein geradestehen wollen für alles. Nur muss ich jetzt dringend vom Labor wissen, ob es männliche DNA-Spuren auf der Kleidung des Opfers gibt. Die können wir dann mit einer DNA-Probe von ihm abgleichen, sobald wir ihn verhaftet haben."

„Ich werde den Anruf machen. Wo ist Ihr Begleitschutz?"

Sam schaute in den Rückspiegel. „Die hängen mir direkt am Hintern, wo sie hingehören."

„Das klingt ziemlich … unangenehm."

„Kann man wohl sagen."

Prustend vor Lachen legte der Chief auf.

Jetzt konnte Sam nur noch warten – und hoffen, dass der Killer nicht erneut zuschlug, während sie auf die Laborergebnisse warteten.

Nick und Christina befanden sich in einem Meeting mit anderen Wahlkampfhelfern und gingen gerade die Termine der kommenden Woche durch, als eine der Sekretärinnen sie unterbrach.

„Verzeihen Sie die Störung, Senator, aber Judson Knott ist hier, zusammen mit Mitchell Sanborn."

Erschrocken sah Nick zu Christina.

Sie wirkte ebenso verblüfft und zuckte die Schultern.

„Schicken Sie die beiden herein", bat Nick und fügte, an die anderen im Raum gewandt, hinzu: „Würdet ihr uns einen Moment entschuldigen?"

Die Mitarbeiter sammelten ihre Sachen ein und kamen auf ihrem Weg hinaus an Knott und Sanborn vorbei.

„Gentlemen." Nick schüttelte beiden die Hand und forderte sie auf, Platz zu nehmen. „Das ist eine nette Überraschung." Als Nick den Vorsitzenden der nationalen Organisation der Demokratischen Partei zuletzt gesehen hatte, hatte er ihm eröffnet, die Partei sei an einer Kandidatur von Nick für das Weiße Haus in vier Jahren interessiert. Er konnte es immer noch nicht ganz fassen, dass er Teil dieser Unterhaltung gewesen war. „Was kann ich für Sie tun?"

„Wir haben beunruhigende Gerüchte gehört", erklärte Sanborn mit seinem ausgeprägten Kentucky-Akzent. Der ehemalige Gouverneur des Bluegrass State hatte sandfarbenes Haar mit silbernen Strähnen und intensive dunkle Augen. „Dinge, die uns mit ... Sorge erfüllen."

Nick tat erstaunt und sah zu Judson, dem Vorsitzenden der Demokraten. „Was denn für Gerüchte?"

Sanborn kniff die Augen zusammen. „Dass Ihre Freundin ..."

„Verlobte", korrigierte Nick ihn.

„Ich bitte um Entschuldigung", sagte Sanborn. „Dass Ihre Verlobte also gegen Mitglieder unserer Partei ermittelt, weil sie Umgang mit Callgirls gehabt haben sollen. Ich muss Ihnen nicht erst erklären, was das für ein Skandal für die Partei wäre, besonders angesichts der Wahlen in einigen Monaten."

Nick entschied, es sei das Beste, sich dumm zu stellen. „Ich fürchte, Sie sind mir da ein wenig voraus. Davon höre ich nämlich zum ersten Mal." Im Grunde, das wurde ihm klar, hätte er mit dem Besuch der beiden rechnen müssen. Wenn sie wüssten, wen Sam im Visier hatte, würde sie der Schlag treffen. Immerhin hätte das zur Folge, dass sie Nick dann in Ruhe ließen.

„Senator, ich stelle mir immer gern vor, dass wir

Demokraten eine große, glückliche Familie sind", erklärte Sanborn mit charmantem Lächeln, das sein attraktives Gesicht aufhellte. „Sie nicht auch?"

„Ja, doch."

„Und in einer Familie kümmert man sich umeinander, habe ich recht?"

Nicht in meiner Familie, wollte Nick antworten, tat es jedoch nicht. „Mitchell, warum ersparen Sie uns nicht viel Zeit und sagen mir direkt, was Sie von mir wollen?"

„Reden wir lieber erst einmal davon, was ich *für* Sie will, Senator. Ich glaube, Sie erinnern sich an unsere letzte Unterhaltung, in der ich Ihnen zu verstehen gegeben habe, welche hohe Hoffnungen die Partei in Sie als unseren hellsten neuen Stern am Himmel setzt."

Nick ahnte allmählich, worauf das hinauslief. „Sie werden sich Ihrerseits noch daran erinnern, dass ich Ihnen erklärte, ich sei für ein solches Gespräch noch nicht bereit."

„Natürlich erinnere ich mich daran. Doch sollten Sie irgendwann bereit sein, wird die Partei Ihnen die Unterstützung zukommen lassen, die Sie benötigen."

„Im Gegenzug für was?"

Erneut wich jeder liebenswürdige Ausdruck aus Sanborns Gesicht. „Richten Sie Ihrer Verlobten aus, sie soll die Finger von der Sache lassen."

„Moment mal", meldete Knott sich zu Wort und schoss fast aus seinem Sessel. „Das war nicht abgesprochen!" An Nick gewandt, meinte er: „Diese Wortwahl habe ich nicht gebilligt. Er bat mich nur, ihn zu einem Besuch bei Ihnen zu begleiten. Davon war nie die Rede!"

Nick hob die Hand. „Bleiben wir alle doch mal ruhig, Judson. Lassen Sie mich das für uns ganz einfach lösen."

„Das wäre wünschenswert", meinte Sanborn.

„Verschwinden Sie aus meinem Büro."

Sanborn stutzte und lief rot an. „Sie können nicht ... Ich werde nicht ...“

Nick erhob sich zu seiner vollen Größe von über einem Meter neunzig. „Verschwinden Sie, und zwar auf der Stelle.“

Sanborn erhob sich langsam und strich seinen Anzug glatt. „Sie schaffen sich gerade einen mächtigen Feind, junger Mann.“

„Für Sie immer noch Senator. Und wenn ich der Parteiführung von Ihrem Anliegen, das Sie mir eben vortrugen, berichtet habe, wird nicht mehr viel Macht übrig sein. Genießen Sie sie also, solange Sie sie noch haben.“

„Judson“, meinte Sanborn. „Gehen wir.“

„Gehen Sie nur. Mit Ihnen begebe ich mich nirgendwo mehr hin.“

Sanborn machte auf dem Absatz kehrt und marschierte hinaus.

„Da gehen Sie hin, meine Chancen auf die Präsidentschaft“, murmelte Nick amüsiert, um damit die gespannte Atmosphäre ein wenig aufzulockern.

„Es tut mir schrecklich leid, Senator“, erklärte Judson. „Ich hatte wirklich keine Ahnung ...“

Nick legte dem älteren Mann die Hand auf die Schulter. „Machen Sie sich deswegen keine Gedanken.“ Judson und der Rest der Demokratischen Partei Virginias hatten Nick und seine Mitarbeiter voll unterstützt, seit John O'Connors plötzlicher Tod ihr Leben auf den Kopf gestellt hatte.

„Wenn er mir gesagt hätte, was er vorhat, hätte ich ihm gleich erklärt, dass er nur seine Zeit vergeuden wird“, sagte Judson.

„Was hat er Ihnen denn erzählt, was er von mir will?“

„Über den Wahlkampf reden und hören, wie es läuft.“

„Tja, jetzt weiß er, wie es läuft.“

„Und läuft erst mal weg", meldete Christina sich zu Wort.

„Die müssen wirklich Angst haben", sagte Nick, und dann fiel ihm etwas anderes ein. Er zog sein neues Handy aus der Tasche. „Würden Sie mich bitte eine Minute entschuldigen?"

„Selbstverständlich, Senator", erwiderte Judson und verließ gemeinsam mit Christina leise den Raum. Sie schlossen die Tür hinter sich.

Sobald er allein war, wählte er Sams Nummer. „Hallo, Liebes."

„Hey, hallo."

„Was ist los?"

„Woher weißt du, dass etwas los ist?"

„Weil ich dich kenne."

„Die stellvertretende Staatsanwältin will mich nicht gegen Bartholomew vorgehen lassen, bis wir mehr Beweise haben als Selinas Aussage. Jetzt warte ich auf die verdammten Laborergebnisse, und die brauchen da anscheinend den ganzen Tag! Sag mir, dass es bei dir besser läuft."

„Bis vor wenigen Minuten war das tatsächlich der Fall." Er berichtete ihr von Sanborns Besuch und wie wütend der Vorsitzende gewesen war, weil Nick sich nicht in die laufenden Ermittlungen einmischen wollte.

„Wow, du hast mir gerade einen weiteren Verdächtigen geliefert."

„Genau das habe ich auch gedacht."

„Habe ich dir eigentlich in letzter Zeit mal gesagt, dass ich dich liebe?"

„Er grinste. „Ich freue mich immer, es zu hören, egal wann."

„Tut mir leid, dass du jetzt in dieser Lage steckst."

„Das ist ganz sicher nicht deine Schuld."

„Ich hab's dir gesagt", meinte sie.

„Was hast du mir gesagt?"

„Dass unsere beruflichen Probleme sich überlagern würden."

„Ach, ich mag es, wenn sich bei uns beiden was überlagert."

„Puh, wie zweideutig. Ich versuche hier ernsthaft zu bleiben."

„Und ich versuche dir klarzumachen, dass es mir völlig egal ist, wenn unsere beruflichen Probleme sich überlagern. Ich mache den bestmöglichen Job für die Menschen in Virginia. Wenn ich nicht gewählt werde, weil die Leute unzufrieden sind, dann ist es eben so. Ich werde diesem Job jedenfalls nicht die ganze Macht über mein Leben geben."

„Du hast dich ganz schön entwickelt. Wie hast du das angestellt?"

„Dank dir und den Morden an zwei meiner guten Freunde weiß ich, was wirklich zählt im Leben. Und ich weigere mich einfach, Leute wie Sanborn glauben zu lassen, ich sei käuflich."

„Das macht mich echt an."

Nick lachte. „Davon habe ich jetzt auch nichts."

„Du hast Glück, denn es wird vorhalten, bis ich dich sehe."

„Hm, kann es kaum erwarten."

„Danke für die neue Spur und dafür, dass du dich gegen Sanborn zur Wehr gesetzt hast. Ich bin stolz auf dich."

„Dann hat es sich gelohnt", sagte er. „Es hat sich auf jeden Fall gelohnt."

„Wir sehen uns irgendwann."

Kurz überlegte er, ob er ihr von der Rampe an seinem Haus erzählen sollte, beschloss dann aber, dass es eine

Überraschung werden sollte. „Pass auf meine Verlobte auf. Ich liebe sie nämlich über alles.“

„Nick, du bringst mich zum Vibrieren. Das hat noch keiner geschafft. Wie machst du das?“

Zufrieden mit sich, grinste er. „Was soll ich sagen? Es ist Magie. Pass auf dich auf, Schatz.“

Während Sam auf die Laborergebnisse wartete, holte sie Informationen über Mitchell Sanborn ein. Als sein Foto auf dem Computerbildschirm erschien, bekam sie eine Gänsehaut. Diese Augen ... sofort fiel ihr Jeannies Beschreibung des Täters ein. Sam las seine beeindruckende Biografie, zu der ein Studium an einer Eliteuniversität ebenso gehörte wie der anschließende kometenhafte Aufstieg bei den Demokraten. Doch immer wieder kam sie auf das Foto und diese Augen zurück ...

Sie druckte es aus, zusammen mit fünf anderen, zufällig gewählten Männern, und schnappte sich ihr Funkgerät. „Cruz!“

Er tauchte aus seinem Büroabteil auf, einen Klecks Sahne an der Unterlippe. „Bin schon da, Boss.“

„Gehen wir.“

Er holte seinen Trenchcoat und folgte ihr. „Wohin denn?“

„Zuerst zu Jeannie, und anschließend verhaften wir hoffentlich ein paar üble Bastarde.“

„Oh, ich liebe es, wenn wir üble Bastarde verhaften!“

„Würdest du bitte diesen Donut aufessen, damit ich ihn nicht riechen muss?“

„Möchtest du auch einen?“

„Ja, aber mein Hintern wird in einem solch alarmierenden Tempo größer, dass ich mein Hochzeitskleid eher von einem Zeltmacher nähen lassen muss statt von Vera Wang. Also halte die Dinger lieber fern von mir."

„Ach, so groß ist dein Hintern gar nicht. Nicht dass ich hingesehen hätte ..."

Sam warf ihm einen vernichtenden Blick zu.

Er aß den letzten Bissen seines Donuts. „Macht Vera Wang dir wirklich ein Kleid? Selbst ich habe schon von ihr gehört."

„Anscheinend. Da fällt mir etwas ein ..." Sie zog ihr Handy aus der Tasche und schrieb einen Text an Shelby und ihre Schwestern, um das Treffen am Abend in das Haus ihres Vaters zu verlegen, da ihr eigenes vom Feuer beschädigt war.

„Ist mit Nick alles in Ordnung? Ich nehme an, er ist gestern Abend doch noch aufgetaucht."

„Ja. Er ist ein bisschen durch den Wind, nachdem er seine nichtsnutzige Mutter diese Woche gesehen hat. Sie hat fünfundzwanzig Riesen von ihm geschnorrt."

Freddie stieß einen leisen Pfiff aus. „Der arme Kerl. Hat in letzter Zeit wirklich genug einstecken müssen."

„Da muss ich dir recht geben. Was ist mit dir? Alles bereit für den heutigen Abend?"

Seine Laune kippte sofort. „Glaub schon."

„Was von Elin gehört?"

Er schüttelte niedergeschlagen den Kopf. „Nicht mehr seit ich ihr gesagt habe, sie soll heute Abend kommen."

„Bereust du, ihr ein Ultimatum gestellt zu haben?"

„In gewisser Weise. Ich mag sie, und ich will nicht, dass es vorbei ist."

„Du glaubst nicht, dass sie auftaucht?"

„Nein."

„Vielleicht hast du einfach nicht genug Vertrauen in sie."

Er zuckte die Schultern. „Warum sollte sie sich die Abneigung meiner Mutter antun? Sie kann jeden Typen haben, den sie will."

„Mir scheint, sie will dich."

„Tja, das werden wir sehen, oder?"

Über das Dach ihres Wagens hinweg erwiderte Sam: „Es gibt viele Frauen, Freddie. Wenn es mit der nicht klappt, schwimmen noch jede Menge anderer Fische im Meer."

„Ich habe neunundzwanzig Jahre gebraucht, um diesen an Land zu ziehen. Ich bin noch nicht bereit, ihn wieder ins Wasser zu werfen."

Nachdem sie eingestiegen waren, startete Sam den Motor und ließ ihn eine Minute warmlaufen. Ihr Handy klingelte, und sie nahm den Anruf von Captain Malone entgegen.

„Bitte sagen Sie mir, dass Sie Neuigkeiten vom Labor haben", sagte Sam.

„Dazu kommen wir noch. Aber vorher möchte ich Sie darüber informieren, dass Peter Gibson soeben aus der Haft entlassen wurde."

Sam hatte gewusst, dass das passieren würde, doch es jetzt zu hören, verursachte ihr trotzdem Magendrücken. Sie legte die Hand auf den Bauch. „Okay."

„Es tut mir leid, Sam."

„Ist ja nicht Ihre Schuld." Furcht kroch in ihr hoch und drohte sie aus der Fassung zu bringen. „Was haben Sie vom Labor gehört?"

„Man hat Sperma auf der Kleidung gefunden."

„Dem Himmel sei Dank."

„Sie müssen sich bei Bartholomew zurückhalten, bis wir wissen, dass es sich um seine DNA handelt."

„Wir wissen, dass es seine ist."

„Wir wissen lediglich, dass ein Callgirl behauptet, es sei

seine. Bis das Labor es uns bestätigt, müssen Sie ihn als jemanden behandeln, dem unser Interesse gilt, nicht aber als Verdächtigen. Das kommt übrigens direkt von Farnsworth und Forrester."

„Wortklauberei", entgegnete Sam verächtlich. „Haben Sie mir den richterlichen Beschluss besorgt, eine DNA-Probe von ihm zu nehmen?"

„Unterschrieben und fertig."

„Cruz und ich machen uns jetzt auf den Weg Ich muss McBride noch einmal aufsuchen, danach holen wir uns Mr. Bartholomew."

„Was erwarten Sie sich denn von McBride?"

„Bin mir noch nicht sicher. Könnte etwas sein. Oder nichts."

„Melden Sie sich, falls Sie etwas haben."

„Mach ich."

„Wo sind Ihre Bewacher?"

Sam stellte fest, dass sie die beiden Polizisten wieder einmal vergessen hatte, und schaute in den Rückspiegel. „Genau da, wo sie hingehören."

„Ausgezeichnet. Halten Sie mich auf dem Laufenden."

Sam verstaute ihr Telefon wieder in der Tasche und nahm sich einen Moment Zeit, um die Nachricht zu verarbeiten, dass Peter Gibson auf freiem Fuß war. Sie hielt das Lenkrad mit beiden Händen fest, ohne jedoch einen Gang einzulegen.

„Gibson?", erkundigte Freddie sich.

Sie nickte.

Er stieß einen derben Fluch aus, der so untypisch war für ihn, dass Sam lachen musste.

„Er wird wieder Mist bauen, und wenn er das tut, werden wir bereit sein", schwor Freddie.

„Daran zweifle ich nicht."

„Es tut mir leid, Sam.“

„Ist nicht deine Schuld. Wir haben es alle vermasselt, und nun müssen wir mit den Konsequenzen leben. Das Beste, was wir tun können, ist, für Gerechtigkeit für unsere aktuellen Opfer zu sorgen. Die verlassen sich darauf.“

„Ich bewundere die Art, wie du damit umgehst.“

„Was bleibt mir anderes übrig?“

„Nichts, nehme ich an.“

„Mir ist heute Morgen eine wichtige Erkenntnis gekommen, als ich mich mit Selina Rameriz unterhalten habe“, sagte Sam zu Freddie, als sie vom Parkplatz vor dem Polizeigebäude fuhren.

„Und welche?“

„Der Grund, weshalb sie Einwanderinnen für den Callgirl-Ring angeworben haben – damit diese die Mistkerle, die sie für ihre Dienste bezahlen, nicht wiedererkennen. Sicher, den Präsidenten und den Vizepräsidenten würden die auch erkennen. Aber wie viele Amerikaner wüssten genau, wer der Sprecher des Repräsentantenhauses ist? Ganz zu schweigen von den Senatoren Virginias.“

„Na ja, alle Amerikaner kennen Nick.“

„Zum Glück hat der keinen Bedarf an Callgirls“, bemerkte Sam trocken.

„Cook ist ein ziemlich bedeutender Name in der amerikanischen Politik.“

„Leute, die neu ins Land kommen, würden ihn trotzdem nicht kennen.“

„Stimmt auch wieder.“

„Also ist es definitiv schlau von denen gewesen, schöne junge Einwanderinnen zu rekrutieren, die keine Ahnung haben, wem sie zu Diensten sind“, sagte Sam.

„Und deren plötzlicher Tod kein Misstrauen weckt.“

„Die Person, die sie umgebracht hat, dürfte allerdings nicht damit gerechnet haben, dass sich ein Senator in eine dieser Frauen verliebt."

„Er hat außerdem nicht mit uns gerechnet", meinte Freddie. „Die dachten wahrscheinlich, das MPD würde sich nicht groß für ein paar tote Putzfrauen interessieren."

„Da haben sie sich aber geirrt."

„Worauf du deinen Arsch verwetten kannst."

„Was für eine Ausdrucksweise, Lieutenant", sagte Freddie in tadelndem Ton.

Sam zeigte ihm den Finger.

„Jetzt bin ich beleidigt."

„Du wirst es überstehen."

„Weswegen besuchen wir McBride?"

„Ich will ihr ein Foto zeigen. Ist nur so eine Ahnung."

„Deine Ahnungen sind meistens ein Treffer ins Schwarze."

„Wenn das diesmal auch der Fall ist, dann haben wir unseren Killer."

30

Jeannies heftiger Reaktion auf eines der sechs Fotos nach zu urteilen, die Sam ihr zeigte, hatten sie ihren Mann gefunden.

Als Sam die Fotos wegschob, fing Jeannie an zu schluchzen.

Michael, dessen abgehärmtes Gesicht mit den geröteten Augen verriet, wie er die Information über ihre Vergewaltigung aufgenommen hatte, legte sich sofort zu ihr ins Bett und schlang die Arme um sie.

„Wer ist es?", flüsterte Jeannie.

Sam faltete das Foto und steckte es in ihre Manteltasche. „Mitchell Sanborn, Vorsitzender des Democratic National Committee, der nationalen Organisation der Demokratischen Partei."

„Gütiger Himmel, es wird in allen Nachrichten sein."

„Ja."

„Wirst du ihn gleich verhaften?"

„Ich mache mich von hier aus auf den Weg zu ihm." Sam zögerte, aber nur kurz, ehe sie Jeannies Hand nahm. „Wenn es noch jemanden gibt, der von dir selbst hören sollte, was dir passiert ist, wäre dies der geeignete Zeitpunkt."

„Meine Mutter", meinte Jeannie und sah Michael beinahe panisch an. „Meine Familie."

„Ist schon geklärt", sagte Michael. „Ich habe deine Mutter angerufen. Sie bringt deine Schwester mit. Ich werde mit ihnen reden."

„Nicht genug damit, dass das passieren musste, jetzt wird es auch noch in sämtlichen Nachrichten verbreitet", meinte Jeannie, deren Tränen sich in Wut verwandelten.

„Wir stehen das gemeinsam durch", versprach Sam ihr und drückte Jeannies Hand. „Ich hatte da eine Idee, aber ich weiß nicht, ob das Sinn macht ..."

„Was für eine Idee?", fragte Jeannie.

„Erinnerst du dich daran, als *The Reporter* drauf und dran war, eine Story über meine Beinahe-Abtreibung vor Jahren zu bringen?"

„Ja", antwortete Jeannie.

„Nick hat mich damals ermutigt, der Story einfach zuvorzukommen, indem ich alles selbst und in meinen Worten erzähle, bevor die Medien irgendwelche verfälschten Versionen verbreiten konnten."

„Du willst mir nicht wirklich vorschlagen, ich solle mit den Medien reden ..."

„Ich will nur vorschlagen, dass du in Erwägung ziehen solltest, mit *einem* Reporter zu sprechen. Dem erzählst du, dass es dir den Umständen entsprechend gut geht, dass du es überlebt hast und dich auf dem Weg der Besserung befindest. Zeig ihm und dem Rest der Welt, dass der Täter dich nicht kaputtgemacht hat."

„Da bin ich mir noch gar nicht sicher."

„Das müssen die Leute ja nicht wissen."

„Wenn ich das mache, würde das nicht den Ermittlungen schaden?"

„Nur wenn du Dinge preisgibst, die nur ihr, er oder du, wissen könnt. Ich schlage eine anspruchsvolle Story vor, in deinen Worten erzählt, ohne die Ermittlungen zu gefährden. Du weißt selbst am besten, was du erzählen kannst und was nicht."

Jeannie sah zu Michael. „Was meinst du?"

„Es liegt natürlich ganz allein bei dir, aber ich muss Sam zustimmen. Es ist eine Überlegung wert."

„Ich kann mir nicht vorstellen, einem Fremden zu erzählen ..." Ihre Stimme wurde zu einem Flüstern, und ihre Augen füllten sich mit neuen Tränen.

„Deinen persönlichen Schmerz Fremden zu offenbaren ist schwierig", räumte Sam ein. „Aber in meinem Fall hatte Nick recht. Nachdem wir unser Statement abgegeben hatten, haben die Lügen, die *The Reporter* gedruckt hatte, an Bedeutung verloren. Ich bezweifle, dass ich diese Episode so gut überstanden hätte, wenn ich nicht die Chance bekommen hätte, die Geschichte auf meine Weise zu erzählen."

„Kennst du denn jemanden? Einen Reporter, mit dem ich reden könnte?"

„Ich habe sogar genau den Richtigen. Der wird es angemessen bringen. Es ist Darren Tabor vom *Star*. Er hat das gemeinsame Interview mit mir und Nick geführt."

„Ich fand dieses Interview fantastisch. Er hat da einen tollen Job gemacht."

„Es war ganz okay", räumte Sam widerwillig ein. Mit Reportern über ihr Privatleben zu sprechen, würde ihr nie behagen. Sie hatte es für Nick und seinen Wahlkampf getan.

„Würdest du dabei sein?", fragte Jeannie Michael.

„Immer. Ich bin da, solange du mich brauchst."

Jeannie lächelte dankbar und drückte seine Hand fester. „Na schön, ich mache es."

„Ich rufe ihn an und schicke ihn am Nachmittag zu Michaels Haus, wo du dich mit ihm treffen kannst. Auf diese Weise kannst du erst mal nach Hause und hast etwas Zeit für dich."

„Danke, Sam. Ich fühle mich schon besser dadurch, dass ich jetzt weiß, wer das getan hat und dass du ihn verhaften wirst."

„Den werfe ich ins Gefängnis", schwor Sam. „Der wird büßen für das, was er dir und den anderen angetan hat."

„Ich verlasse mich drauf."

Gonzo erwachte und setzte sich mit pochendem Herzen auf. Alex hatte seit Stunden fast ununterbrochen geschrien. Schließlich war das Baby vor knapp einer Stunde erschöpft eingeschlafen. Gonzo und Christina waren ins Bett gefallen, um die Chance auf Schlaf zu nutzen. Durch das Babyfon konnte Gonzo die leisen Laute hören, die das Baby von sich gab, während es schlief, und er beruhigte sich wieder. Sams Schwester hatte ihm versichert, die Furcht um das Baby würde irgendwann verschwinden. Das hoffte er, denn es war anstrengend, in ständiger Angst leben zu müssen.

Gonzo sah zu Christina. Er wollte sie so gern küssen, doch nachdem sie den Großteil der Nacht wach gewesen und ihm mit dem Baby geholfen hatte, wollte er sie nicht stören. Er drehte sich auf die Seite, legte den Arm um sie und zog sie näher an sich. So sehr er das Baby auch liebte, vermisste er doch die ungestörte Zeit mit ihr.

Sie murmelte etwas im Schlaf. Gonzo küsste sie auf den Kopf und atmete ihren wundervollen Duft ein.

„Tommy", flüsterte sie.

„Hm?"

„Warum schläfst du nicht?"

„Ich bin aufgewacht und konnte ihn nicht hören. Da habe ich mir Sorgen gemacht."

„Ihm geht's gut. Dir geht's auch gut. Uns allen geht's gut."

„Tatsächlich?"

Sie sah ihn lächelnd an. „Natürlich."

„Ich liebe dich so sehr, Christina. Ich habe mein ganzes Leben damit zugebracht, eine solche feste Beziehung zu vermeiden. Jetzt, wo ich eine habe, kann ich überhaupt nicht mehr verstehen, warum ich nie eine wollte. Und das sage ich nicht bloß, weil du mir mit dem Baby hilfst."

„Das weiß ich." Sie streichelte sein Gesicht. „Ich liebe dich auch. Ich kann nicht fassen, wie schnell alles gegangen ist und wie zufrieden ich bin."

Er umfasste ihren Nacken und küsste ihre Lippen. Während er sich dem Kuss widmete, begriff Gonzo mit nie gekannter Klarheit, dass sie die Richtige für ihn war – die Frau, auf die er gewartet hatte, ohne sich dessen bewusst gewesen zu sein.

Er legte sich auf sie und genoss es, ihre zarte Haut zu spüren.

Ihre Hände glitten über seinen Rücken, beruhigend und erregend zugleich. Sie hob einladend das Becken, und er drang geschmeidig tief in sie ein. Keine andere Frau hatte je eine solche Wirkung auf ihn gehabt. Anfangs hatte er noch damit gerechnet, ihrer überdrüssig zu werden, wie es bei all den anderen gewesen war. Doch je mehr Zeit er mit ihr verbrachte, desto mehr wollte er sie. Allmählich erkannte er, dass er niemals genug von ihr haben würde. Und das war definitiv noch nie dagewesen.

Er stützte sich auf die Ellbogen, strich ihr die Haare aus

dem Gesicht und küsste sie. „Du bist wunderschön und eine echte Lady."

„Nicht immer", entgegnete sie mit einem neckischen Grinsen und ließ die Hände zu seinem Po hinuntergleiten. Sie packte zu, was ihm ein Stöhnen entlockte.

Sie weckte etwas Primitives in ihm, etwas Besitzergreifendes und völlig Neues, während er sie leidenschaftlich liebte.

Hinterher lag er vorsichtig auf ihr und sorgte sich wie stets darum, dass er so viel größer war als sie. Sie fuhr ihm durch die Haare und strich mit ihrem Fuß an seinem Bein auf und ab.

Gonzo atmete ihren Duft ein und wollte sie erneut, für alle Zeiten. „Heirate mich", sagte er. Die Worte waren heraus, ehe er deren Tragweite bedenken konnte.

Sie erschrak. „Tommy ..."

„Tut mir leid. Ich wollte dich damit nicht überfallen. Ich habe ja noch nicht einmal einen Ring, und eine Klassefrau wie du hat einen romantischen Antrag verdient ..." Beim Anblick ihrer Tränen und ihres Lachens stutzte er. „Was ist denn?"

„Wenn du nicht aufhörst zu reden, ruinierst du noch den romantischsten Augenblick meines Lebens."

Sie verblüffte ihn. „Ja?"

„Ja." Sie zog ihn für einen Kuss an sich, der ihn ganz benommen machte.

„Lass es mich noch einmal versuchen ... Christina Billings, ich liebe dich. Willst du mich bitte heiraten?"

„Ja", antwortete sie lachend, während die Tränen liefen. „Ja, ich will dich heiraten, Tommy Gonzales."

„Ich werde dir einen Ring besorgen. So schnell wie möglich."

„Ich brauche keinen." Sie drückte ihn fest an sich. „Ich habe alles, was ich brauche."

Alex nutzte diesen Moment, um herzhaft zu schreien.

„Und noch mehr", flüsterte Christina und küsste Gonzo erneut.

Sam und Freddie saßen im Wagen vor dem Hauptsitz des Democratic National Committee in der South Capitol Street.

„Wie wollen wir vorgehen?", erkundigte Freddie sich.

„Wir gehen da rein und verhaften Sanborn wegen Kidnapping und Vergewaltigung. Sobald wir ihn im Verhörraum haben, geben wir ihm den Rest."

„Was ist mit Bartholomew?"

„Der kommt als Nächster an die Reihe."

„Ist das dort drüben nicht Sanborn?" Freddie zeigte auf zwei Männer, die eine erhitzte Diskussion zu führen schienen.

„Das ist er! Und Daniels ist bei ihm", erklärte sie und meinte damit den Sprecher des Repräsentantenhauses. „Der ist der Dritte auf meiner Liste. Wow, ich frage mich, worüber die beiden sich streiten."

„Wie wäre es, wenn wir mal hingehen und uns erkundigen?"

Sie stiegen aus dem Wagen und gingen, gefolgt von Sams Bewachern, auf die zwei Männer zu, die sie erst bemerkten, als Sam und Freddie schon fast bei ihnen waren.

Sanborn entdeckte Sam und erbleichte. Dann rannte er los. Daniels stürmte in die andere Richtung davon. „Schnapp ihn dir", rief sie Freddie zu und rannte Sanborn hinterher. „Einer folgt ihm", befahl sie ihrem

Beschützerduo. Dem Cop, der bei ihr blieb, erklärte sie: „Halten Sie sich zurück und überlassen Sie das mir."

„Jawohl, Ma'am."

Sanborn rannte die South Capitol Street entlang, wobei er immer wieder Fußgängern ausweichen musste. Sams Beine und Lunge brannten vor Anstrengung, doch als sie daran dachte, was dieses Ungeheuer Jeannie angetan hatte, brachte ein neuer Adrenalinschub sie bis auf eine Armeslänge an ihre Beute heran. Aus Furcht, er könnte ihr doch noch entkommen, sprang sie ihn von hinten an und brachte ihn hart zu Fall. Der Aufprall machte sie beide für einen Moment benommen. Sam versuchte ihm Handschellen anzulegen, doch er wehrte sich und traf sie mit dem Ellbogen hart in den Unterleib.

„Lassen Sie mich los, Sie verdammte Schlampe! Sie haben ja keine Ahnung, mit wem Sie sich da anlegen."

Der Ellbogenstoß raubte ihr den Atem. „Ich weiß genau, mit wem ich es zu tun habe. Das Vergewaltigen und Ermorden von Frauen ist für Sie vorbei."

„Sie haben den Falschen erwischt, und ich werde dafür sorgen, dass Sie das Ihren Job kostet!"

„Wir werden die DNA die wahre Geschichte erzählen lassen."

Das schien ihn zum Schweigen zu bringen. Sam unterdrückte die aufsteigende Übelkeit und stemmte ihm ihr Knie auf den Rücken. Auf diese Weise gelang es ihr, ihm die Handschellen anzulegen. Sie ließ ihn mit dem Gesicht nach unten auf dem Gehsteig liegen und richtete sich auf, um Verstärkung zu rufen. Ein scharfer Schmerz im Bauch veranlasste sie, sich zu krümmen. Die Hände auf den Knien versuchte sie zu atmen, wie sie es immer bei den Bauchschmerzen getan hatte, die sie vom Colatrinken bekommen hatte. Dieser Schmerz fühlte sich allerdings anders an ...

„Ist alles in Ordnung, Lieutenant?", erkundigte sich der eine ihrer Bewacher.

„Ja, bestens. Ich brauche nur eine Minute."

„Den haben Sie klasse zu Boden geschickt."

„Danke." Ein zweiter, stärkerer Schmerz durchfuhr sie, als sie sich wieder aufzurichten versuchte.

„Sie sehen nicht allzu gut aus, Lieutenant."

„Ich bin okay", brachte sie mühsam heraus.

Innerhalb von Minuten wimmelte es in der Straße von Polizisten und Polizeiwagen. Sam ordnete an, dass Sanborn ins Hauptquartier gebracht werden und dort in einem Verhörraum warten sollte, bis sie eintraf.

„Ich glaube, Lieutenant Holland benötigt ärztliche Versorgung", meinte der junge, zu ihrem Schutz abgestellte Officer.

Sam warf ihm einen tödlichen Blick zu. „Brauche ich nicht. Ich habe doch schon gesagt, es geht mir gut."

„So sehen Sie aber nicht aus."

Sam marschierte in die Richtung, in der sie geparkt hatten und hoffte, dass Freddie Daniels erwischt hatte. Sie wusste, dass der junge Officer ihr folgte, doch ihre ganze Konzentration galt ihrer Atmung, mit deren Hilfe sie die nach wie vor schnell und heftig kommenden Wellen des Schmerzes zu beherrschen versuchte.

Natürlich kannte sie den Grund für diese Schmerzen genau, schließlich hatte sie das schon dreimal durchgemacht. Aber dieses Mal ... dieses Mal ... Wenn sie sich eingestand, was passierte, würde sie ihren Job im Namen Reginas, Marias und Jeannies nicht zu Ende bringen können. Also atmete sie weiter, lief weiter, funktionierte weiter, während ihr Herz brach.

Vor dem DNC-Gebäude kam Freddie angelaufen. „Hast du ihn erwischt?"

„Ja. Und du?"

„Verhaftet und auf dem Weg zum Hauptquartier."

„Dann lass uns zurückfahren und Bartholomew verhaften."

„Ist alles in Ordnung mit dir?", erkundigte er sich und folgte ihr zum Wagen.

„Mir geht's gut."

„Warum bist du dann weiß wie ein Geist, schwitzt und atmest komisch?"

„Hab einen Ellbogen in den Bauch bekommen. Tut weh."

„Vielleicht sollten wir einen Abstecher zur Unfallstation machen."

Sie zog ihr Handy aus der Tasche, um Malone auf den neuesten Stand zu bringen. „Der einzige Ort, an den wir uns jetzt begeben, ist das Büro des Vizepräsidenten und anschließend das Hauptquartier, um diese Dreckskerle festzunageln."

„Klar, Boss."

Sam und Freddie mussten ihre Feuerwaffen abgeben, um die Sicherheitskontrolle des Eisenhower Executive Office Building direkt neben dem Weißen Haus passieren zu dürfen. Ohne ihre Waffe fühlte Sam sich jedes Mal unruhig. Aber wenn dazu noch stetig stärker werdende Unterleibsbeschwerden kamen, löste das echte Besorgnis in ihr aus.

Sie wurden zur Bürosuite des Vizepräsidenten geführt, wo man ihnen eröffnete, Mr. Bartholomew befinde sich in einer Sitzung.

Sam und Freddie tauschten einen Blick.

Sam lehnte sich an den Empfangstresen, um ihr Gesicht nah an das des nervös aussehenden Mannes dahinter bringen zu können. „Los, holen Sie ihn", forderte sie ihn in finsterem Ton auf.

Der junge Mann wich zurück und verschwand in den Büroräumen.

Ein weiterer scharfer Schmerz nahm Sam den Atem.

„Sam ..."

„Es ist nichts."

„Es ist nicht nichts."

„Ähm", sagte der Rezeptionist, als er zurückgekehrt war. „Hier entlang."

Sam und Freddie folgten ihm in ein großes Büro, das voller Bilder und politischer Erinnerungsstücke war – ein weiterer Schrein einer langen, erfolgreichen Karriere.

Bartholomew erhob sich hinter seinem Schreibtisch, als sie eintraten. Er war groß, schwer und kahl. Sam stellte sich vor, wie die arme Selina Rameriz versuchte, sich gegen ihn zu wehren. Sie hatte nicht den Hauch einer Chance gehabt.

„Was kann ich für Sie tun?"

„Jack Bartholomew?", fragte Freddie.

„Ja."

Freddie hielt seine Dienstmarke hoch. „Wir möchten, dass Sie uns zum MPD-Hauptquartier begleiten, damit wir uns mit Ihnen über Selina Rameriz unterhalten können."

„Über *wen*?"

„Das Callgirl, das Sie anal vergewaltigt haben", antwortete Sam. „Erinnern Sie sich an sie?"

Bartholomew erbleichte. „Etwas Derartiges habe ich nicht getan! Ich weiß nicht, wovon Sie sprechen!"

„Sie wissen sehr genau, wovon ich spreche."

„Sie haben den Falschen!"

Sam musste darüber lachen, weil das alle behaupteten. „Wenn das stimmt, dann werden Sie sicher nichts dagegen haben, uns für die Entnahme einer DNA-Probe zu begleiten. Das wird die ganze Sache aufklären."

An diesem Punkt erschien eine Schweißperle auf seiner Stirn.

Sam gab ihrem Partner ein Zeichen.

Freddie trat auf den Mann zu und erklärte ihm seine Rechte.

„Das ist empörend!", rief Bartholomew und wehrte sich gegen Freddies Versuch, ihm Handschellen anzulegen.

„Was geht hier vor?", meldete sich eine Stimme von der Tür.

Sam drehte sich um und entdeckte den Vizepräsidenten persönlich, der das Geschehen verfolgte.

„Mr. Bartholomew ist ein Verdächtiger in einem Fall übelster sexueller Gewalt", erklärte Sam.

Gooding stand für einen Moment mit offenem Mund da, ehe er seine Fassung wiedergewann.

„Mr. Vizepräsident", wandte Bartholomew sich an ihn, „Sie müssen mir glauben. Ich schwöre bei Gott, dass ich das nicht getan habe."

„Sie sollten lieber nicht bei Gott schwören", riet Freddie ihm. „Dafür kommen Sie in die Hölle."

Gooding musterte seinen Stabschef, doch seine Miene verriet nichts. Er war attraktiv mit seinen schneeweißen Haaren und durchdringenden blauen Augen, und größer, als er im Fernsehen wirkte.

„Joe", flehte Bartholomew, während Freddie ihn abführte. „Helfen Sie mir, bitte!"

Sam blieb noch. „Wenn ich mir die Bemerkung erlauben darf, Sir – Sie wirken nicht so geschockt, wie ich es erwartet hätte bei der Verhaftung Ihres Stabschefs wegen sexueller Gewalt."

Endlich blinzelte Gooding. „Selbstverständlich bin ich geschockt. Ich kenne Jack Bartholomew seit fünfundzwanzig Jahren."

„Und Sie hatten nie einen Grund, zu glauben, er könne fähig sein, Frauen zu überfallen?"

„Absolut nicht", antwortete er, doch Sam bemerkte sehr wohl, dass seinen Worten jene Überzeugung fehlte, die sie bei jemandem erwartet hätte, der eben Zeuge der Verhaftung seines Mitarbeiters geworden war. „Wird das in den Nachrichten gemeldet?"

„Dass der Stabschef des Vizepräsidenten der Vergewaltigung verdächtigt wird? Dass er und andere hochrangige Regierungsmitglieder einen Callgirl-Ring unterhielten, der zu den am schlechtesten gehüteten Geheimnissen Washingtons gehörte? Ja, ich denke, diese Meldung wird es höchstwahrscheinlich in die Nachrichten schaffen."

Jetzt machte Gooding doch ein besorgtes Gesicht. „Tja, ich habe noch ... einiges zu erledigen ..."

Sam bedeutete ihm, zu gehen. Sobald sie allein war, musste sie sich an einer Sessellehne festhalten, weil erneut der Schmerz aufflammte. Als sie in der Lage war, Bartholomews Büro zu verlassen, eilte sie auf die nächstgelegene Toilette, die sie in diesem riesigen Bürogebäude finden konnte.

Mit zitternden Händen zog sie in der Kabine den Reißverschluss ihrer Jeans herunter. „Um Himmels willen", flüsterte sie beim Anblick von Blut – viel Blut. „Nein, nein, *nein* ..." Sie nahm sich genug zusammen, um Binden aus dem Automaten an der Wand zu ziehen. Das Zittern ihrer

Hände erschwerte ihre Bemühungen, sich zu reinigen und die Binden zu platzieren.

Ihr war übel und sie schwitzte, deshalb schloss sie die Augen für einen Moment, um mit dem Schock und den Schmerzen fertig zu werden. Ihr klingelndes Telefon beendete diesen Augenblick. Sie klappte es auf und ließ es prompt zu Boden fallen. Natürlich schlitterte es weg und blieb außerhalb ihrer Reichweite liegen. Es gelang ihr, die Jeans zuzuknöpfen und die Kabine zu verlassen, um ihr Handy aufzuheben.

„Ja?", meldete sie sich, schwer atmend wegen der Krämpfe.

„Sam?" Das war Freddie. „Ich warte schon seit zwanzig Minuten hier unten. Warum brauchst du so lange?"

Zwanzig Minuten? „Tut mir leid."

„Hat Gooding dir Schwierigkeiten gemacht?"

„Was? Nein."

„Was hat dich dann aufgehalten?"

„Nichts. Ich bin unterwegs."

„Ist alles in Ordnung mit dir?"

„Ja." Sam beendete das Gespräch und scrollte durch ihre Kontakte, auf der Suche nach der Nummer, die Harry in ihr Adressbuch eingegeben hatte. Sie wollte Nick anrufen. Sie *musste* Nick anrufen. Aber sie musste auch unbedingt den Fall abschließen, vorher durfte sie nicht zusammenbrechen. Und wenn sie seine Stimme hörte, *würde* sie zusammenbrechen.

„Hier spricht Sam Holland", sagte sie, als Harry sich meldete.

„Hey, Sam. Was gibt's?"

„Tut mir leid, Sie an Ihrem freien Tag zu stören, aber ich … ich fürchte, ich habe wieder eine Fehlgeburt."

„O nein. Was ist passiert?"

„Ich habe einen harten Schlag in den Bauch bekommen, und unmittelbar darauf setzten die Krämpfe ein. Und jetzt blute ich auch noch."

„Ist es mehr als bei einer normalen Periode?"

Sam schluckte, weil sie einen Kloß im Hals hatte, und antwortete: „Ja."

„Können Sie eine Notaufnahme erreichen? Ich könnte Sie dort treffen."

„Ich bin ungefähr zwei Stunden vom Abschluss eines wichtigen Falls entfernt, deshalb frage ich mich ..." Tränen brannten in ihren Augen. „Wenn ich jetzt zur Notaufnahme fahre, würde man dort nichts ändern oder mir irgendwie helfen können, oder?"

„In welchen Abständen kommen die Krämpfe?"

„Etwa jede Minute."

Harry seufzte. „Das zusammen mit der Blutung ... Ich bezweifle, dass man etwas machen kann. Es tut mir leid, Sam."

„Schon okay. Ist ja nicht so, als hätte ich das nicht alles bereits durchgemacht."

„Mir ist klar, dass Sie das momentan bestimmt anders sehen, aber im Grunde sind das gute Nachrichten."

„Wie um alles in der Welt sollen das gute Nachrichten sein?"

„Es beweist, dass Sie schwanger werden können."

„Das ist keine gute Nachricht, wenn es jedes Mal auf diese Weise endet."

„Das muss es nicht unbedingt. Sie haben einen harten Schlag abbekommen. Der Follikel hatte sich vermutlich noch nicht in der Gebärmutterwand eingenistet, deshalb brauchte es nicht viel, um ihn herauszulösen."

„Dieser Mist passiert aber nun mal in meinem Job. Ich kriege harte Schläge ab. Sie können mich schlecht für neun

Monate in Schaumstoff wickeln und erwarten, dass ich meine Arbeit tue."

„Wollen wir wetten?"

„Hören Sie ..."

„Rufen Sie mich an, sobald Sie zu Hause sind, dann komme ich mit Maggie vorbei, damit sie sich das mal anschaut."

„Ist das Ihre Freundin?"

„Ja. Sie schiebt mir gerade einen Zettel zu, auf dem steht, dass Sie sich sofort in eine Notaufnahme begeben sollen, wenn Ihnen schwummrig wird oder übel, die Schmerzen stärker werden und beziehungsweise oder konstant bleiben und die Blutung zunimmt. Andernfalls müsste es wie eine etwas heftigere Periode mit Krämpfen und Blutungen verlaufen. Okay?"

„Ja."

„Tut mir leid, dass Ihnen das schon wieder passiert."

„Mir auch. Danke für die Hilfe."

„Jederzeit."

Sie klappte ihr Handy zu und verstaute es in ihrer Manteltasche, entschlossen, diesen Fall zu lösen, bevor sie ihre vierte Fehlgeburt erlitt.

31

Sam gab Freddie den Autoschlüssel.

„Ist wirklich alles in Ordnung, Boss?"

„Fahr einfach."

„Ich habe Bartholomew mit dem Streifenwagen losgeschickt. Der erwartet uns im Verhörraum. Außerdem habe ich Faith Miller angerufen und sie gebeten, sich dort mit uns zu treffen."

„Gut. Danke."

„Was hat der Vizepräsident gesagt?"

Sam lehnte sich in den Sitz zurück und kämpfte gegen den emotionalen Tumult in ihrem Inneren. Es gab so viel zu verarbeiten und so wenig Zeit dafür. „Er war besorgt, dass die Medien Wind von der Verhaftung seines Stabschefs bekommen würden."

„Ein Politiker durch und durch." Freddie steuerte den Wagen durch den Feierabendverkehr. „Wie lautet der Plan, wenn wir da sind?"

„Wir werden sie eine Weile schmoren lassen und dann jedem Einzelnen erzählen, dass die anderen ihn belastet haben."

Freddie war einverstanden. „Gefällt mir. Keiner von denen wird alleine untergehen wollen.“

„Das ist der Gedanke dahinter.“

Nach längerem Schweigen richtete er den Blick von der Straße auf sie. „Ich hab schon begriffen, dass du mir nicht verraten willst, was mit dir los ist. Aber ich sehe, dass du aufgewühlt bist. Wahrscheinlich denkst du an Peter ...“

„Ja.“ Mit tränenfeuchten Augen nahm sie die vorbeiziehenden Lichter und Gebäude nur verschwommen wahr. Sie senkte die Lider, um gegen die Tränen anzukämpfen. Wenn sie erst einmal anfing, würde sie so schnell nicht wieder aufhören. „Kaum zu glauben, dass der jetzt irgendwo dort draußen ist.“

„Das wird er nicht lange sein.“

„Ich hoffe, du hast recht.“ Als sie das Hauptquartier erreichten, ging Sam direkt in ihr Büro, wo sie drei der Schmerztabletten schluckte, die sie für Notfälle in der Schreibtischschublade aufbewahrte. Und dies war definitiv ein Notfall. „Na los, machen wir den Sack zu“, sagte sie zu Freddie, als sie im Kommissariat zu ihm stieß. „Du hast schließlich noch was vor.“

„Ich bleibe hier, bis wir fertig sind. Meine Pläne laufen mir nicht weg.“

Captain Malone und Chief Farnsworth gesellten sich zu ihnen.

„Lieutenant“, sagte der Chief. „Sie haben einige hochrangige Gäste in meinen Verhörräumen untergebracht.“

„Ja, Sir.“

Farnsworth legte den Kopf schief und musterte sie. „Was ist los mit Ihnen?“

„Nichts.“ Sam wandte sich an Malone: „Haben Sie die DNA-Proben?“

„Sind schon unterwegs zum Labor."

„Gut."

Die stellvertretende Staatsanwältin Faith Miller betrat das Kommissariat. „Lassen Sie mal hören", forderte sie Sam auf. Die Miller-Drillinge waren drei der beeindruckendsten Frauen, denen sie je begegnet war. Sie hatten weiches braunes Haar, das jede anders frisiert trug, grüne Augen und eine Figur, die man eher von Topmodels gewohnt war als von Anwältinnen.

„Sanborn ist der Haupttäter", erklärte Sam. „McBride hat ihn als ihren Angreifer identifiziert. Ich glaube, die DNA wird zeigen, dass er außerdem für die Morde an Regina Argueta de Castro sowie an Maria Espanosa verantwortlich ist. Daniels und Bartholomew will ich dazu benutzen, Sanborn zu belasten. Straffreiheit für die beiden wegen des Callgirl-Rings, aber wenn die DNA auf Selina Rameriz' Kleidung mit der von Bartholomew übereinstimmt, klage ich ihn wegen Vergewaltigung an. Selina hat zusammen mit Jackson ein Phantombild erstellt, das zu Bartholomew passt. Ihre Arbeitgeberin wird bestätigen, dass sie nach der Vergewaltigung mehrere Tage krank war, obwohl sie nie vorher gefehlt hat. Die Kolleginnen werden zudem aussagen, dass ihnen die Hämatome an Gesicht und Armen aufgefallen sind."

„Wir haben außerdem mehrere Leute, die auf der Gala im Reagan Building waren und Bartholomew an diesem Abend zusammen mit Selina gesehen haben", ergänzte Freddie. „Und wir haben ein Videoband, auf dem die beiden zusammen zu sehen sind."

Faith nickte. „Zusätzlich zur DNA reicht das, um Anklage zu erheben."

„Das Labor arbeitet schnellstmöglich", meinte Farnsworth.

„Freut mich, dass es etwas gibt, was die auf Touren bringt", bemerkte Sam.

„Was haben Sie bei Daniels?", wollte Faith wissen.

„Beteiligung am Callgirl-Ring, Kundenanwerbung, Prostitution. Wenn ich ihm Straffreiheit anbieten kann, bringe ich ihn vermutlich dazu, uns alles zu sagen, was er weiß. Soweit ich das beurteilen kann, wird das Ende seiner politischen Karriere schon eine harte Strafe sein."

Faith schien der gleichen Ansicht zu sein. „Tun Sie es." Dann nahm sie Sam genauer in Augenschein. „Fühlen Sie sich nicht gut?"

„Krämpfe", flüsterte Sam ihr zu, sodass die Männer es nicht hören konnten.

„Autsch."

Sam winkte Freddie heran und begab sich zu den Verhörräumen. „Reden wir zuerst mit Daniels." Unterwegs stoppte sie an ihren Schautafeln und nahm einige Fotos ab.

Als sie den Raum betraten, sprang der Sprecher des Repräsentantenhauses auf. „Ich weiß nicht, warum ich hier bin. Was habe ich getan?"

„Mr. Daniels, ich muss Sie daran erinnern, dass Sie das Recht auf Aussageverweigerung haben." Sam erläuterte ihm noch einmal seine Rechte und erhielt von ihm die Erlaubnis, das Gespräch aufzuzeichnen. Freddie blieb an der Tür stehen. „Haben Sie Ihre Rechte in dieser Angelegenheit verstanden?"

„Ich habe nichts getan! Ich weiß überhaupt nicht, von welcher ‚Angelegenheit' Sie sprechen!"

„Wenn Sie nichts getan haben, warum sind Sie dann vor uns geflohen?", konterte Sam.

„Weil Sanborn das auch gemacht hat. Ich hatte keine Ahnung, was los ist."

„Verzeihen Sie mir, wenn ich das nur schwer glauben kann." Sam legte Selina Rameriz' Foto auf den Tisch.

Daniels, ein kleiner, gedrungener Mann mit dunklen Haaren und beginnenden Hängebacken, saß völlig regungslos da und starrte auf das Bild.

„Kennen Sie sie, Mr. Daniels?"

„Die habe ich in meinem ganzen Leben noch nicht gesehen."

„Wären Sie bereit, sich einem Lügendetektortest zu unterziehen, um das zu bestätigen?"

Daniels fing an, auf und ab zu gehen. „Sie verstehen nicht ..."

Sam nahm sich einen Stuhl und setzte sich vorsichtig. „Was verstehe ich nicht?"

„Es war ein einziges Mal."

Sam lachte. „Na klar. Wenn ich Miss Rameriz frage, wird sie das dann bestätigen?"

„Vielleicht auch zweimal, aber der Punkt ist, dass es keine große Sache war."

„Es verstößt gegen das Gesetz", erinnerte Sam ihn. „Ganz besonders dann, wenn man anfängt, Frauen zu töten, um sie zum Schweigen zu bringen."

Daniels blieb unvermittelt stehen und drehte sich zu ihr um. „Töten? Ich habe niemanden getötet! Führen Sie meinetwegen einen Lügendetektortest durch!"

Sam zuckte die Schultern. „Merkwürdig, Sanborn sagt etwas anderes aus. Er behauptet, die ganze Sache sei Ihre Idee gewesen."

Daniel lief dunkelrot an. „Dieser Mistkerl. Er lügt! Wenn einer die Fäden gezogen hat, dann er!"

Sam beugte sich vor und stützte die Ellbogen auf den Tisch. „Ich will wissen, was Sie mir über den Callgirl-Ring erzählen können. Und zwar jetzt. Wenn Ihre Informationen glaubwürdig sind, könnte ich bei der stellvertretenden Staatsanwältin eventuell Straffreiheit für Sie aushandeln."

„Ich muss gegen die anderen aussagen?"

„Ja." Sam beobachtete ihn. Vermutlich begriff er gerade, dass seine politische Karriere höchstwahrscheinlich vorbei war.

Er verzog das Gesicht und stieß ein hässliches Knurren aus. „Wie können Sie das Leuten aus der Partei Ihres zukünftigen Mannes antun?"

Sam lachte. „Sie glauben, das interessiert mich? Und glauben Sie vielleicht, *ihn* interessiert das? Wir wollen beide Gerechtigkeit für die Frauen, die einer von Ihnen umgebracht hat. Das ist es, was uns interessiert."

„Er wird keine große Karriere mehr machen, wenn er nicht lernt, seine Frau unter Kontrolle zu bringen", sagte Daniels.

Sam bedachte ihn mit ihrem einschüchterndsten Cop-Blick. „Machen Sie weiter mit diesem Scheiß, dann ist der Deal vom Tisch." Sie schaute auf ihre Uhr. „Sie haben eine Minute. Also, wie sieht's aus?"

„Ich will meinen Anwalt sprechen."

Die Krämpfe in ihrem Unterleib ignorierend, stand Sam auf. „Dann gibt's keinen Deal. Ich brauche die Informationen, und zwar jetzt. Sie haben die Wahl."

Während er dastand, die Hände auf den Hüften, und seine Möglichkeiten abwägte, konnte sie an seiner sich ändernden Körperhaltung ablesen, wie sein Widerstand bröckelte. „Es war alles Sanborns Idee."

„Was genau?"

„Ein Service ... für uns, von uns. Unsere Jobs sind stressig, und wir brauchten ein Ventil, um Dampf abzulassen und uns zu entspannen. Wir dachten uns, wenn wir die Kontrolle haben, können wir über die Kundschaft entscheiden und es geheim halten. Wir könnten die Frauen auswählen …"

„Einwanderinnen, die die meisten von Ihnen nicht kennen würden."

Daniels seufzte und ließ sich auf einen Stuhl fallen. „Ja."

„Wie lange war die Organisation im Geschäft?"

„Zwölf Jahre."

Sam konnte es nicht fassen, dass sie während der ganzen Zeit keinen Wind von der Sache bekommen hatte. „Warum mussten Regina und Maria sterben?"

„Das weiß ich wirklich nicht. Damit hatte ich nichts zu tun. Ich schwöre bei Gott."

„Aber Sie wissen, wer es getan hat."

„Ich habe einen Verdacht."

„War es das, worüber Sie sich mit Sanborn gestritten haben?"

„Ich wollte, dass er mir verrät, was er über die Sache weiß und warum die Cops im Regierungsviertel herumschnüffeln. Ich wollte außerdem wissen, was er über den weiblichen Police Officer weiß, der gekidnappt wurde."

„Und was hat er gesagt?"

„Er meinte, das ginge mich nichts an und dass ich unbedingt den Mund halten und mich aus der Angelegenheit heraushalten müsse."

„Wie funktionierte das? Der Service?"

„Wir haben eine Frau engagiert. Die arbeitet von zu Hause aus und kümmert sich um alles Organisatorische."

„Wer außer Ihnen und Sanborn steckt hinter der Organisation?"

„Bartholomew und Cook." Sam konnte es kaum erwarten, diesen Dreckskerl Cook zu verhaften. „Wir säßen gar nicht hier, wäre Cook nicht gierig geworden und hätte uns nicht gedrängt, den Service für jeden Anrufer zugänglich zu machen. Wir haben ihn gewarnt, das sei ein Fehler. Je mehr Leute davon wissen ...“

„Wie ist Gooding in die Sache verstrickt?“, fragte sie, auf den Vizepräsidenten anspielend.

„Gar nicht, soweit ich weiß. Aber er und Bartholomew sind eng befreundet. Es würde mich nicht wundern, wenn er von der Existenz des Ringes gewusst hätte. Ich glaube jedoch nicht, dass er jemals Kunde war.“

„Aber mit Sicherheit wissen Sie es nicht.“

„Nein. Die einzige Person, die alles weiß über das Wer, Was, Wann, Wo und Wie ist die Frau, die die Organisation leitet.“

Sam schob ihm Stift und Schreibblock zu. „Den Namen und die Adresse der Frau.“

„Sie ist unschuldig – eine Ehefrau und Mutter, die nur ihren Lebensunterhalt zu verdienen versucht.“

„Indem sie einen Callgirl-Ring für verwöhnte Politiker leitet? Das nennt man wohl kaum unschuldig.“

Daniels ließ den Stift sinken. „Versprechen Sie mir, dass Sie sie schützen, sonst werde ich Ihnen nicht den Namen nennen.“

„Geben Sie mir den Namen, sonst gibt es keinen Deal.“

„Ich habe Ihnen doch gegeben, was Sie verlangt haben!“

„Ich habe Ihnen gesagt, es gibt nur dann einen Deal, wenn Sie absolut kooperativ sind.“

Daniels starrte sie wütend an.

Sam hielt seinem Blick stand.

Wütend schrieb er Namen und Adresse auf und schob den Block wieder zu ihr.

„Das war doch gar nicht so schwer, oder?“ Sam stand vorsichtig auf. „Bleiben Sie sitzen, ich bin gleich wieder da.“

„Wann? Ich muss hier raus, bevor meine Frau davon erfährt.“

„Sie dürfen wohl getrost davon ausgehen, dass sie es mittlerweile erfahren hat", erwiderte Sam.

Stöhnend ließ Daniels den Kopf auf die verschränkten Arme sinken.

Malone erwartete sie und Freddie vor dem Verhörraum.

„Gibt es schon etwas vom Labor?", erkundigte Sam sich.

„Nein. Die meinen, frühestens morgen."

„Verdammter Mist."

„Lieutenant", mahnte Freddie wegen ihrer Ausdrucksweise.

„Mir fällt gerade ein, dass Ihre Verdächtigen vermutlich nicht wissen, wie lange so eine DNA-Analyse dauert", sagte Malone und übergab ihr zwei offiziell aussehende Papiere.

Sam studierte sie und grinste. „Vom Verkehrsgericht?"

„Stecken Sie sie hier rein." Er gab ihr einen Umschlag. „Dadurch sieht es sehr offiziell aus. Die wissen, dass es ihre DNA ist, warum also auf die Bestätigung durch das Labor warten, wenn sie uns die selbst geben können?"

„Mir gefällt Ihre Art zu denken, Captain."

„Ich verfüge noch über ein paar funktionierende Gehirnzellen, trotz der vielen Jahre am Schreibtisch."

„Das ist genau das, was ich brauche, um diese Mistkerle zu überführen."

„Wie lautet der Plan?"

„Bartholomew zuerst, dann Sanborn. Je nachdem, wie es mit Bartholomew läuft, könnte es sein, dass Sie jemanden losschicken müssen, um Selina für eine Gegenüberstellung dicker, kahl werdender Männer mittleren Alters zu holen. Ihre Identifizierung wird die Anklage wegen brutaler Vergewaltigung untermauern. Können Sie das arrangieren, falls ich es nicht schaffe, ihn zum Reden zu bringen?"

„Absolut. Na los, packen wir's, Leute."

Wenn sie sich nicht so elend gefühlt hätte, wäre Sam

begeistert gewesen, diese beiden mächtigen Verbrecher von ihren hohen Podesten zu stoßen.

„Sind Sie sicher, dass mit Ihnen alles in Ordnung ist, Holland?", wollte Malone wissen.

„Frauenprobleme", antwortete sie nur, da sie wusste, dass er das Thema dann sofort fallen lassen würde.

Er räusperte sich. „Aha, nun denn. Machen Sie weiter."

„Ich weiß, dass Sie seit zwölf Jahren einen Callgirl-Ring in Washington leiten", eröffnete Sam dem Verdächtigen ohne Umschweife. Da Freddie Bartholomew schon vorher seine Rechte vorgelesen hatte, verzichtete sie jetzt darauf.

Bartholomew versuchte aufzuspringen, doch wegen seines Leibesumfangs sah das sehr träge aus. „Wer zur Hölle hat Ihnen das erzählt?"

„Das spielt keine Rolle. Stimmt es?"

„Selbstverständlich nicht. Ich hatte nichts zu tun mit irgendwelchen Callgirls. Ich arbeite für den Vizepräsidenten der Vereinigten Staaten von Amerika. Warum sollte ich meine Position gefährden, meine Karriere, meinen Ruf, nur um mich mit Callgirls zu vergnügen?"

„Tja, das ist eine sehr gute Frage. Nicht wahr, Detective Cruz?"

„Allerdings", pflichtete Freddie ihr bei. „Ich persönlich glaube ja, es ging ausschließlich ums Geld – und natürlich um den Sex."

„Ich hatte nie Sex mit einem Callgirl", schäumte Bartholomew. „Ich muss nicht für Sex bezahlen."

Sam musterte den unattraktiven Mann demonstrativ. „Wenn Sie das sagen." Dann holte sie den Umschlag vor, den sie bisher hinter ihrem Rücken verborgen gehalten hatte. „Sind Sie sicher, dass Sie Selina Rameriz nie begegnet sind?"

Er schaute misstrauisch auf den Umschlag. „Absolut."

„Wie erklären Sie sich dann, dass man Sie zusammen mit ihr auf einer Gala am achtzehnten Januar im Ronald Reagan Building gesehen hat?" Sie wandte sich an Freddie. „Detective Cruz, haben Sie nicht mehrere Zeugen, die auszusagen bereit sind, Mr. Bartholomew in Begleitung von Miss Rameriz auf der Gala gesehen zu haben?"

„Ja, die habe ich", bestätigte Freddie. „Wir haben uns außerdem das Überwachungsvideo aus dem Reagan Building besorgt, auf dem Sie ebenfalls mit ihr zu sehen sind."

Sam richtete den Blick wieder auf Bartholomew. „Sind Sie immer noch sicher, dass Sie die Frau nicht kennen?"

„Na schön, ich habe sie engagiert, um mich zu dieser Gala zu begleiten. Das macht mich noch nicht zu einem Vergewaltiger."

Sam zog eines der Formulare vom Verkehrsgericht aus dem Umschlag. „Nein, aber Ihr Sperma auf Selinas Kleidung schon."

Zu sehen, wie sämtliche Farbe aus seinem Gesicht wich, gehörte zu den befriedigendsten Momenten in Sams Karriere.

„Das kann nicht stimmen", stammelte er.

„Das Schöne an einer DNA-Analyse ist, dass sie im Gegensatz zu Menschen nie lügt."

Sein rundes Gesicht glänzte plötzlich vor Schweiß. „Na schön, vielleicht hatte ich Sex mit ihr. Aber auch das macht mich noch nicht zum Vergewaltiger."

„Detective Cruz, als wir uns mit Miss Rameriz unterhielten, hinterließ sie da bei Ihnen den Eindruck, der

Sex mit Mr. Bartholomew sei in irgendeiner Weise einvernehmlich gewesen?"

„Nein, Ma'am."

„Und ist die Besitzerin von Capitol Cleaning Services bereit auszusagen, dass Miss Rameriz in über zwei Jahren nie gefehlt hat, bis auf den neunzehnten, zwanzigsten und einundzwanzigsten Januar?"

„Ja, Ma'am."

„Und werden Miss Rameriz' Kolleginnen aussagen, dass sie, als sie am zweiundzwanzigsten wieder arbeitete, Hämatome im Gesicht und an den Armen hatte, die ganz offensichtlich durch Gewaltanwendung verursacht worden waren?"

„Das werden sie."

Sam richtete ihre Aufmerksamkeit wieder auf Bartholomew. „Das und die baldige Identifizierung durch Miss Rameriz sowie ihre äußerst glaubhafte Geschichte bedeutet, dass Sie, Mr. Bartholomew, ein ziemliches Problem haben."

„Ich möchte meinen Anwalt sehen."

„Das können wir für Sie arrangieren. Sobald Ihr Anwalt hier ist, werde ich Ihnen allerdings keinen Deal mehr anbieten können, was die Anklagen im Zusammenhang mit Prostitution anbelangt – Geldwäsche, organisierte Kriminalität, Förderung der Prostitution." Sie würde die Bundespolizisten die Spur des Geldes untersuchen lassen, sobald sie diese Männer wegen der ernsteren Vergehen festgenagelt hatte. „Ergänzt man diese Anklagen um die wegen sexueller Gewalt, werden Sie wohl den Rest Ihres Lebens hinter Gittern verbringen."

„Was für ein Deal?"

„Bekennen Sie sich schuldig im Sinne der Anklage wegen sexueller Gewalt. Damit ersparen Sie Miss Rameriz, vor Gericht gegen Sie aussagen zu müssen. Und dann erzählen Sie mir alles, was Sie über Sanborns Beteiligung am Callgirl-Ring wissen."

„Im Gegenzug wofür?"

„Straffreiheit in allen mit Prostitution im Zusammenhang stehenden Anklagen."

„Und mildernde Umstände bei der Anklage wegen sexueller Gewalt?"

„Keine Chance. Dafür kriegen Sie die volle Strafe aufgebrummt."

„Wie viel Zeit habe ich, um es mir zu überlegen?"

Sie schaute auf ihre Uhr. „Zwei Minuten."

Ihm sprangen beinahe die Augen aus dem Kopf. „Nur zwei Minuten?"

„Noch eine Minute und fünfundvierzig Sekunden ..."

Bartholomew wischte sich mit der Hand über den Mund und begann, in dem kleinen Raum auf und ab zu gehen.

„Eine Minute und fünfzehn Sekunden ..." Sam beobachtete ihn und versuchte, sich auf die Zeit zu konzentrieren, um sich von den nach wie vor anhaltenden Krämpfen im Unterbauch nicht aus dem Konzept bringen zu lassen. War es wirklich so warm hier drin oder empfand nur sie das so? „Wofür entscheiden Sie sich, Mr. Bartholomew? Haben wir einen Deal?"

Er blieb stehen und drehte sich zu ihr um, mit grimmiger Miene, als sei ihm gerade klar geworden, dass sein bisheriges verwöhntes, privilegiertes, erfolgreiches Leben vorbei war. „Ja", sagte er, „wir haben einen Deal."

„Verraten Sie mir eines – warum hat Sanborn Regina und Maria umgebracht?"

„Ich habe keine Ahnung."

„Absolut keine?"

„Ich hatte nichts damit zu tun, was diesen beiden Mädchen passiert ist", erklärte er mitfühlend.

Die Hände auf den Hüften wartete Sam darauf, dass er noch mehr sagte.

Er rieb sich den Nacken. „Die hätten verhüten müssen. Die sollten nicht schwanger werden. Das war vertraglich festgehalten."

„Jetzt kennen wir wenigstens den Grund", sagte Sam auf dem Weg hinaus.

Freddie folgte ihr. „Das war fantastisch", sagte er. „Einfach brillant."

„Schleimer."

„Wie du ihn dazu gebracht hast, die Vergewaltigung zu gestehen *und* Sanborn zu belasten. So gut möchte ich das auch mal hinbekommen."

„Na, danke. Obwohl du dich einschleimst, weiß ich dein Kompliment doch zu schätzen."

Er rieb sich den Bauch. „All dieses Überführen von Übeltätern macht mich hungrig."

„Was macht dich nicht hungrig?", erwiderte sie über die Schulter und stieß die Tür zu dem Raum auf, in dem Sanborn schmorte.

„Na endlich", murrte er. „Ich verlange zu erfahren, um was es hier eigentlich geht. Ich bin ein vielbeschäftigter Mann, von dem wichtige Leute abhängen, einschließlich des Präsidenten der Vereinigten Staaten."

„Sie sind vielbeschäftigt, und wir sind es auch", erklärte Sam und bemerkte die verheilenden Kratzer an seinem Hals. „Kommen wir also gleich zur Sache. Ihre Freunde Daniels und Bartholomew behaupten, Sie stecken hinter dem Prostituiertenring."

Seine Kinnlade klappte herunter. „Das würden die nicht wagen."

„Die Drohung einer langen Gefängnisstrafe bewegt die Leute immer zu komischen Sachen, Mr. Sanborn. Erschreckenderweise waren Ihre Freunde eher daran interessiert, ihre eigene Haut zu retten statt Ihre." Sam machte eine Pause, um die Worte wirken zu lassen. „Das spielt ohnehin keine Rolle mehr." Sie präsentierte den Umschlag. „Die DNA-Analyse beweist, dass Sie die Vergewaltigungen und Morde an Regina Argueta de Castro und Maria Espanosa begangen haben. Das Gleiche gilt für die Entführung und Vergewaltigung von Detective Jeannie McBride."

Sein Gesicht bekam einen störrischen Ausdruck. „Ich will meinen Anwalt."

Als Sam daran dachte, was dieser Mann getan hatte, musste sie sich sehr zusammennehmen, um ihm nicht mit der Faust in sein scheinheiliges Gesicht zu schlagen. „Gut. Sagen Sie mir, wen ich anrufen soll."

„Das ist alles?"

„Ja", bestätigte Sam. „Das ist alles."

„Haben Sie keine Fragen an mich?"

„Nein. Bartholomew und Daniels haben mir alle offenen Fragen beantwortet."

Ihm schien plötzlich zu dämmern, dass sie ihm keinen Deal anbieten würde. „Moment, warten Sie – ich muss hier raus. Morgen Abend veranstalten wir eine große Wohltätigkeitsgala. Ich muss dort sein!"

Das ist für Jeannie, dachte Sam, als sie sich mit beiden Händen auf den Tisch stützte. „Mr. Sanborn, ich bin nur ungern der Überbringer schlechter Nachrichten, aber Sie werden für lange, lange Zeit nirgendwo mehr hingehen."

Sam ließ ihn über sein Schicksal grübeln und gab Freddie ein Zeichen, ihr hinauszufolgen.

„Du bist nicht immer ungern der Überbringer schlechter Nachrichten“, meinte Freddie grinsend.

„Einige schlechte Nachrichten sind in Wirklichkeit gute Nachrichten.“

Faith Miller trat aus dem Beobachtungsraum. „Kontaktieren Sie seinen Anwalt und nehmen Sie ihn in Untersuchungshaft. Das Gleiche gilt für Bartholomew und Daniels.“

„Ich werde mich darum kümmern“, meldete Malone sich zu Wort. „Und ich werde dafür sorgen, dass alles seinen korrekten Gang geht.“

„Ich werde sehen, was ich tun kann, damit die Klage gegen Daniels fallengelassen wird und er freikommt“, meinte Faith. „Die anderen beiden werden eine Weile im Gefängnis bleiben.“

„Ich muss noch zwei weitere verhaften“, erklärte Sam.

„Los, holen Sie sie“, sagte Malone.

32

„Du kannst nach Hause fahren“, sagte Sam zu Freddie, während sie unterwegs war, um ihren Mantel zu holen. „Ich werde den Rest allein zu Ende bringen.“

„Ich will dabei sein, wenn du Cook verhaftest.“

„Ich werde dir morgen alles erzählen.“

„Aber ...“

„Freddie, du hast Pläne. Wichtige Pläne. Geh also.“

„Was ist mit den Berichten?“

Normalerweise kümmerte er sich darum, wegen ihrer Lese-Rechtschreibschwäche. „Diesmal schreibe ich sie. Du musst lediglich Reginas und Marias Eltern anrufen, um ihnen mitzuteilen, dass wir den Kerl geschnappt haben, der ihre Töchter umgebracht hat. Dann bist du fertig.“

„Aber ...“

„Kein Aber mehr. Ich habe dir einen freien Abend versprochen, also nimm ihn dir.“

„Es kommt mir nicht richtig vor, zu gehen, bevor wir alles erledigt haben.“

„Der Fall ist gelöst. Ich werde Cook und Cheri verhaften, die Geschäftsführerin des Callgirl-Rings. Ich werde sie mit einem Streifenwagen in Untersuchungshaft bringen lassen und dann selbst nach Hause fahren. Den Papierkram erledige ich morgen."

„Na schön", gab Freddie nach, immer noch skeptisch. „Wenn du darauf bestehst."

„Ich bestehe darauf." Sie legte ihre Hand auf seinen Arm. „Ich hoffe, es läuft heute Abend alles in deinem Sinn. Das hoffe ich wirklich."

„Danke, ich auch. Ich helfe dir morgen früh bei den Berichten."

„Schlaf dich aus. Wir sehen uns um zehn." Sie verließ sein Büroabteil und ging hinaus auf den Parkplatz, im Schlepptau ihre Beschützer. „Ihr müsst für mich zwei Leute zum Hauptquartier bringen. Danach seid ihr von euren Babysitteraufgaben befreit. Der Fall ist abgeschlossen."

„Ja, Ma'am, Lieutenant."

Sam betrachtete die Gesichter der beiden jungen, engagierten Polizisten. „Danke", sagte sie widerstrebend. „Dafür, dass ihr in den letzten Tagen ein Auge auf mich hattet."

„War uns ein Vergnügen", erwiderte der andere mit frechem Grinsen. Sam lächelte. Anscheinend gelang es ihr nach wie vor, dem ein oder anderen den Kopf zu verdrehen. Das war ein kleiner Trost inmitten des körperlichen und emotionalen Schmerzes über den Verlust eines weiteren Babys.

Auf dem Weg nach Capitol Hill rief Nick an. Sam erkannte seine Nummer auf dem Display und beschloss, mit ihm zu telefonieren, sobald sie Cook verhaftet hatte. Es war besser, wenn er alles erst erfuhr, nachdem es vorbei war. Sie wollte nicht, dass irgendwer ihn später dazu befragte, was er wann gewusst hatte. Der Signalton ihres Handys verriet, dass er eine Nachricht auf ihre Voicemail gesprochen hatte. Die würde sie sich später anhören. Im Augenblick musste sie sich ganz auf die vor ihr liegende Aufgabe konzentrieren und gleichzeitig die in regelmäßigen Abständen wiederkehrenden Unterleibsschmerzen aushalten.

Der Streifenwagen, der ihr folgte, parkte auf dem an das Hart Office Building angrenzenden Parkplatz. Sam sah, dass der für Nick reservierte Stellplatz leer war. Sam war nervös angesichts der schlimmen Nachrichten, die sie ihm nachher beibringen musste und fragte sich, ob er an diesem Abend eine Wahlkampfveranstaltung hatte. Sie hoffte nicht. Sie wollte nach Hause und seine starken Arme um sich fühlen.

Ein schwarzer Cadillac Coup de Ville stand auf dem Platz neben Nicks, der für den Senior Senator von Virginia reserviert war.

Sam ging zu Cooks Büro, das doppelt so groß war wie das des Junior Senators. Da sie schon einmal hier gewesen war, kannte sie die Lage der Räumlichkeiten und ging an der verblüfften Empfangsdame vorbei in Cooks riesiges Eckbüro. Sie passierte weitere Mitarbeiter, ehe sie ins Allerheiligste gelangte. Der Senator befand sich in einem Meeting mit drei anderen Männern und zwei Frauen.

„Was hat das zu bedeuten?", wollte er aufgebracht wissen, als er sah, wer ihn da aufsuchte.

„Senator Robert Cook, Sie sind verhaftet wegen der Förderung der Prostitution, der Beteiligung an einem Callgirl-Ring sowie organisiertem Verbrechen. Ich bin sicher, wir werden der Liste noch Geldwäsche und andere Dinge hinzufügen können, wenn wir ein bisschen graben."

„Sie können nicht einfach hier hereinmarschieren und ungeheuerliche Anschuldigungen vorbringen, noch dazu ohne die geringsten Beweise."

„Oh, wir haben Beweise." Sie ging um seinen massiven

Schreibtisch herum, um ihm Handschellen anzulegen. „Sie haben das Recht zu schweigen." Er wehrte sich gegen die Handschellen, während Sam ihm seine Rechte erklärte. Die anderen im Raum verfolgten das Geschehen in beklommener Stille.

„Welche Beweise haben Sie denn?"

„Ihre guten Freunde Daniels und Bartholomew sind bereit, gegen Sie auszusagen, ebenso eine der Frauen, die Sie für Sex bezahlt haben."

„Und was ist mit denen?", brüllte er. „Daniels und Bartholomew – und Sanborn? Die stecken bis zum Hals da mit drin!"

„Daniels und Bartholomew sind bereit, gegen Sie und Sanborn auszusagen."

„Im Ausgleich für was?"

„Straffreiheit bei Anschuldigungen im Zusammenhang mit Prostitution."

„Und mir erweist man diese Gefälligkeit nicht?"

Sam musste daran denken, wie er Nick während der Ermittlungen im Fall Sinclair behandelt hatte, daher bereitete es ihr enorme Genugtuung, zu antworten: „Tut mir leid, aber ich brauche Sie nicht. Ich habe schon genug, um Sanborn für den Rest seines Lebens ins Gefängnis zu bringen."

„Sie elendes Miststück!", schäumte er. „Sie verdammte Hure!"

„Na, Sie haben vielleicht Nerven, mich eine Hure zu nennen, Senator. Oder sollte ich Sie jetzt lieber Mr. Cook nennen? Verurteilte Verbrecher können nicht im Senat dienen, oder?" Sie wandte sich an das Publikum aus geschockten Mitarbeitern. „Kennt jemand die Antwort darauf? Es ist schon eine Weile her, seit ich auf der Highschool Sozialkunde hatte."

„Ihnen macht das auch noch Spaß", knurrte Cook mit zusammengebissenen Zähnen.

Sam näherte sich seinem Gesicht. „Darauf können Sie Ihren Arsch verwetten." Sie führte ihn aus dem Hart Building, vorbei an erschrockenen Kongressmitarbeitern und einem entzückten Fotografen, um ihn endlich auf den Rücksitz eines Streifenwagens zu verfrachten. „Folgen Sie mir", wies sie die beiden Officer an, die genauso perplex wirkten wie die Mitarbeiter, als sie ihren Passagier erkannten. „Sobald wir in der Seventh Street sind, bleibt einer bei ihm, der andere kommt mit mir."

„Ja, Ma'am."

Zurück in ihrem Wagen, bekam sie einen besonders schmerzhaften Krampf, bevor sie den Motor starten und sich auf den Weg zu Cheri Andersons Haus machen konnte. Es lag nicht weit von Nicks Haus entfernt und für ihren Geschmack viel zu nah an dem Apartment, das Peter Gibson nach der Scheidung gemietet hatte. Die Vorstellung, ihm zu begegnen, verstärkte ihr Unwohlsein zusätzlich.

Sam spürte, dass Cook sie vom Wagen aus beobachtete, als sie die Vorderstufen hinaufstieg und klingelte. Der Officer war unten stehen geblieben.

Die Tür schwang auf, und eine attraktive Frau Anfang vierzig musterte Sams Dienstausweis sowie den Officer am Fuß der Treppe. Sie stieß einen tiefen Seufzer aus. „Kommen Sie herein. Ich habe Sie erwartet."

Sam signalisierte dem anderen Polizisten, er solle draußen warten, und folgte der Frau in das komfortable Haus. In ihren Khakihosen und dem T-Shirt mit dem Schriftzug der Catholic University sah Cheri Anderson aus wie die typische Vorstadt-Mom. Dass die Absolventin einer katholischen Universität von zu Hause einen Prostituiertenring leitete, hätte Sam amüsant gefunden, wäre da nicht das gewesen, was Regina, Maria und Jeannie als Ergebnis der kriminellen Aktivitäten widerfahren war.

„Als ich in den Nachrichten gehört habe, Daniels, Bartholomew und Sanborn seien verhaftet worden, dachte ich mir schon, dass es nur eine Frage der Zeit ist, bis sie mir die ganze Schuld in die Schuhe schieben und Sie hierherschicken.“

„Nebenbei bemerkt, Daniels hat Ihren Namen nicht so einfach preisgegeben. Ich habe es an den Deal Aussage gegen Straffreiheit geknüpft.“

In ihren blauen Augen flackerte Zorn auf. „Er bekommt also Straffreiheit, und ich muss für die ganze Sache ins Gefängnis?“

„Ich will Sanborn. Er ist derjenige, der zwei Frauen ermordet und einen weiblichen Police Officer gekidnappt und vergewaltigt hat.“

„Er ist ein übler Mistkerl. Das habe ich schon immer gewusst. Als ich hörte, Regina und Maria seien ermordet worden, da wusste ich gleich, dass er es war. Er ist dermaßen wütend gewesen, als ich ihm erzählte, die beiden seien schwanger. Sie waren nutzlos geworden für ihn. Außerdem fürchtete er, von ihnen erpresst zu werden, weil ihr Einwandererstatus auf der Kippe stand. Als ich gehört habe, dass sie tot sind ...“

„... wussten Sie, dass er es war.“

„Ja.“ In Cheris Augen schimmerten Tränen. „Um ehrlich zu sein, habe ich um meine Sicherheit gefürchtet. Vor zwei Tagen habe ich mir eine Schusswaffe gekauft.“ Sie zeigte auf die Kunstwerke am Kühlschrank. „Eine Schusswaffe in einem Haus mit Kindern zu haben widerstrebt mir, aber ich wollte nicht die Nächste sein.“

„Wie hat man Sie angeworben?“

„Ich habe einige Jahre für Sanborn beim Democratic

National Committee gearbeitet, bevor ich meinen Sohn bekam. Mein Mann und ich hatten einen Plan – er sollte arbeiten und ich daheim bei den Kindern bleiben. Dann wurde er kurz vor der Geburt meines Sohnes entlassen, und ich hatte beim DNC schon gekündigt. Plötzlich standen wir finanziell sehr schlecht da. Sanborn muss durch meine ehemaligen Kollegen davon erfahren haben. Er rief mich an und erkundigte sich, ob ich an einer Geschäftschance interessiert sei, und natürlich griff ich zu, obwohl ich mich geschämt habe, als ich erfuhr, was ich zu tun hätte." Sie zuckte die Schultern. „Aber wir brauchten Geld."

„Was haben Sie Ihrem Mann erzählt?"

„Dass der DNC mich gebeten hat, für sie von zu Hause aus zu arbeiten."

„Und das hat er nie infrage gestellt?"

Sie schüttelte den Kopf. „Ich verwalte unser Geld. Er hat keine Ahnung ..."

„Dies könnte ein guter Zeitpunkt sein, um es ihm zu erzählen."

Cheri nickte, wischte sich die Tränen ab und nahm eine CD von der Ablage. „Kunden, Angestellte, Finanzen, Unterlagen – das gesamte Unternehmen. Ich habe eine sehr strenge Vertraulichkeitsvereinbarung unterschrieben, als ich dort anfing. Aber da nun alle im Gefängnis sind, dürfte die null und nichtig sein."

Sam nahm die CD. „Wie viele Karrieren und Ehen wird das hier zerstören?"

„Eine Menge." Cheri verschränkte die Arme, als wollte sie sich schützen. „Was geschieht jetzt mit mir?"

„Sind Sie bereit, gegen die vier Chefs auszusagen?"

„Um nicht ins Gefängnis zu müssen? Auf jeden Fall."

„Ich werde mit der Staatsanwältin reden und sehen, was ich tun kann."

„Werden Sie mich verhaften?"

Sam steckte die CD, die ihren Fall untermauern würde, in die Manteltasche. „Im Augenblick nicht. Möglicherweise komme ich aber wieder."

Cheri schaute zu dem Foto, auf dem ihre Kinder zu sehen waren. „Ich werde hier sein."

Sam schickte ihre Bewacher zum Hauptquartier und rief Captain Malone an, um ihn darüber zu informieren, dass und weshalb sie vorerst auf die Verhaftung von Cheri Anderson verzichtete.

„Gute Entscheidung. Übrigens liegt die DNA-Analyse von Marias Baby vor – sie passt zu der von Tillinghast."

„Das können Sie ihm sagen, wenn Sie ihn freilassen und seine Familie aus der Schutzhaft entlassen."

„Mach ich. Was kann ich sonst noch tun, um die Details zu klären? Ich weiß, dass Sie sich nicht gut fühlen und wahrscheinlich nach Hause wollen."

„Sie können Selina Rameriz durch ihre Bewacher ausrichten lassen, dass wir die vier Bosse des Callgirl-Rings verhaftet haben. Sie soll erfahren, dass die Informationen, die sie mir gegeben hat, entscheidend zur Lösung des Falls beigetragen haben."

„Ich kümmere mich darum."

„Lassen Sie sie wissen, dass ich in den nächsten Tagen vorbeikommen werde, um die weiteren Schritte mit ihr zu besprechen."

„Verstanden. Gute Arbeit, Lieutenant – wie immer."

„Ich bin froh, diesen Fall hinter mir zu haben. Ich werde morgen da sein, um die CD durchzusehen, die Anderson mir gegeben hat. Dann können wir uns daranmachen, die

Existenzen weiterer hochrangiger Dreckskerle zu ruinieren."

Sein Lachen steckte sie an. „Oft genug ist dieser Job echt mies, aber manchmal auch so gar nicht."

„Schön formuliert, Captain."

„Fahren Sie nach Hause und legen Sie die Füße hoch. Wir sehen uns morgen früh."

„Danke, dass Sie sich um Cook kümmern."

„Ist mir ein Vergnügen."

Sam legte auf und wählte Jeannie McBrides Handynummer. Michael meldete sich.

„Hier spricht Lieutenant Holland. Wie geht es Jeannie?"

„Ist bei mir zu Hause und schläft. Die Heimfahrt scheint sie erschöpft zu haben."

„Tun Sie mir einen Gefallen und richten Sie ihr bitte aus, wenn sie aufwacht, dass wir den Dreckskerl erwischt haben."

„O wow, das ist wirklich gut zu wissen." Er klang fast triumphierend. „Sie wird sehr froh sein, das zu hören."

„Sagen Sie ihr, ich komme in den nächsten ein bis zwei Tagen mal vorbei, um nach ihr zu schauen."

„Mach ich. Danke für alles, was Sie für uns getan haben."

„Kein Problem." Bevor sie ihr Telefon wieder einsteckte, schickte sie Shelby und ihren Schwestern Nachrichten, um die Kleideranprobe zu verschieben. Das schaffte sie heute Abend unmöglich auch noch. Sie lehnte sich an ihren Wagen und nahm sich einen Moment im schwindenden Tageslicht, um die kalte Februarluft einzuatmen und die Zufriedenheit über den erfolgreichen Abschluss eines weiteren Falles zu spüren.

„Ist ja ein Ding, dich hier zu treffen."

Erschrocken drehte sie sich um und entdeckte Peter,

der sie sofort von oben bis unten musterte. Bevor er Bomben an ihrem und Nicks Wagen befestigt hatte, war ihr nie in den Sinn gekommen, Angst vor ihrem Exmann zu haben. Waren sie sich feindlich gesonnen? Allerdings. Aber deswegen Angst haben? Niemals. Doch bei der Erinnerung an das Material zum Bau einer Bombe, die Fotos, die sie bei der Arbeit zeigten sowie die Zeitungsausschnitte, die sie in seiner Wohnung gefunden hatten ... Und ihn jetzt zu sehen, frisch aus dem Gefängnis entlassen wegen eines Fehlers der Polizei, löste zum ersten Mal seit ihrer Entführung durch Clarence Reese wieder Entsetzen bei ihr aus.

„Was willst du?", fragte sie und versuchte nicht daran zu denken, wie sie ihm im Verhörraum zugesetzt und ihn mit ihrem befriedigenden Sexleben mit Nick gepiesackt hatte.

„Von dir? Gar nichts. Du hast mir alles gegeben, was ich brauchte, als du deine Leute meine Tür ohne Durchsuchungsbeschluss hast eintreten lassen. Ich kann dir gar nicht sagen, wie dankbar ich dir dafür bin."

„Du musst dich laut richterlichem Beschluss mindestens dreißig Meter von mir und jedem aus meiner Familie fernhalten", erinnerte Sam ihn. Seit ihrer erbitterten Scheidung hatte sie sich immer wieder fragen müssen, was sie jemals an ihm gefunden hatte. Sein sandfarbenes Haar war jetzt überwiegend grau, und das Gesicht, das sie einst attraktiv gefunden hatte, war nun von Bitterkeit gezeichnet.

„Das hier ist meine Gegend", meinte er. „Vielleicht brauche ich eine gerichtliche Anordnung, damit *du* dich von mir fernhältst."

„Genieß deine Freiheit. Ich prophezeie dir, dass du sie nicht lange haben wirst. Im Hauptquartier laufen Wetten, wie lange es wohl dauert, bis du wieder Mist baust."

Mit gespieltem Entsetzen erwiderte er: „Wer hat auf

heute gesetzt? Ich hoffe, das warst nicht du. Wäre mir gar nicht recht, dir einen leichten Sieg zu servieren."

„Was soll das heißen?", fragte sie mit pochendem Herzen.

„Finde es heraus. War schön, dich zu sehen, Sam. Hoffentlich kümmerst du dich gut um den Senator. Der sah nicht allzu gut aus, als ich ihn das letzte Mal gesehen habe. Noch einen angenehmen Abend."

Nick. O nein, Nick! Sie ließ ihren Wagen stehen und rannte los, weil sie auf die Weise schneller war, als um diese Uhrzeit mit dem Wagen zu fahren. Hinter sich hörte sie Peter lachen. Wenn er Nick etwas angetan hatte, würde sie ihn mit ihren eigenen Händen umbringen. Im Rennen zog sie ihr Handy aus der Tasche und drückte mit zitternden Fingern die Eins ihrer Schnellwahltasten. Der Anruf wurde gleich auf die Voicemail umgeleitet. „Um Himmels willen. *Bitte ...*"

Die heftigen, stärker werdenden Schmerzen in ihrem Unterleib ignorierend, rannte sie, so schnell sie konnte. Komische Lichtpunkte tanzten vor ihren Augen, genau in dem Moment, als das Straßenschild der Ninth Street in der Ferne auftauchte. „Bitte, bitte, *bitte.*"

Beim Anblick der zertrümmerten Stufen vor dem Haus kam sie ins Stolpern. „Oh", flüsterte sie. Die gesamte Vorderseite des Hauses war ramponiert. „Nein ..." Instinktiv griff sie nach ihrem Funkgerät, um Verstärkung zu rufen. Zu ihrer Erleichterung war nirgendwo Nicks Auto zu sehen. Sie richtete den Blick wieder auf die völlig beschädigte Front ihres Hauses, dem sie sich nun langsam und vorsichtig näherte. Das konnte nicht sein, oder? War Peter denn wirklich so dumm gewesen, erneut eine Bombe zu platzieren – noch dazu am Tag seiner Entlassung aus dem Gefängnis?

Beim genaueren Hinsehen stellte sie fest, dass es kein zersplittertes Glas gab, wie nach den Bombenexplosionen beim letzten Mal. Was war hier los? Und vor allem – wo steckte Nick?

Nick kämpfte sich durch den Berufsverkehr und lauschte aufmerksam den Radionachrichten, in denen die Verhaftung von Senator Cook, dem Sprecher des Repräsentantenhauses, Daniels, Mitch Sanborn sowie Jack Bartholomew bekanntgegeben wurde. Die politischen Kreise Washingtons waren in hellem Aufruhr, und Nick genoss es. Obwohl das ein herber Schlag für seine Partei war, hatte er kein Verständnis für Menschen, die ihre Machtpositionen und das Vertrauen der Wähler ausnutzten.

Er hatte sein Handy ausschalten müssen, das seit Stunden unablässig klingelte, während sich die Neuigkeit in der ganzen Stadt verbreitete. Er musste unbedingt mit Sam reden, bevor er die Situation mit anderen Parteimitgliedern oder der Presse besprach, die auf ein Statement des Senators wartete, dessen Verlobte einige der einflussreichsten Persönlichkeiten dieser Stadt verhaftet hatte.

Wenn Cook gezwungen war, sein Amt niederzulegen – und Nick konnte sich nicht vorstellen, wie der ältere Mann in der Lage sein sollte, sein Amt zu behalten, nachdem er zwölf Jahre lang an der Führung eines Prostitutionsrings beteiligt gewesen war –, dann würde Nick nur fünfzig Tage nach seinem Amtsantritt Senior Senator von Virginia werden. Dieser Gedanke war schwindelerregend, so wie alle Ereignisse seit dem Tag, an dem er John O'Connor tot in dessen Wohnung aufgefunden hatte.

Als er in die Ninth Street einbog, erschrak er beim

neuerlichen Anblick der Blaulichter und Streifenwagen vor seinem Haus. Sam … Peter … „Nein", flüsterte er und sprang aus dem Wagen. „Samantha!" Er hatte die halbe Strecke zum Haus zurückgelegt, als er sie mit einem Cop reden sah, gestikulierend auf die zerstörte Vordertreppe zeigend. In diesem Moment begriff er, dass sie seine Nachricht nicht erhalten hatte, in der er sie gebeten hatte, den Hintereingang zu benutzen. Offenbar hatte sie geglaubt, Peter habe erneut zugeschlagen.

Wahrscheinlich würden sie darüber lachen. Eines Tages …

„Samantha!"

Sie schaute in seine Richtung, und der erleichterte Ausdruck auf ihrem Gesicht rief ihm wieder einmal ins Gedächtnis, dass sie ihn mehr liebte als jemals irgendwer zuvor. Da sie wie angewurzelt dastand, rannte er zu ihr und schloss sie in die Arme. Und im Beisein von nicht weniger als zehn weiteren Cops küsste die wunderschöne Polizistin, die öffentliche Zuneigungsbekundungen hasste, ihn auf die Lippen.

„Da bist du ja", hauchte sie und klammerte sich an ihn.

„Ja, da bin ich."

„Ich hatte solche Angst. Peter … er sagte …"

Geschockt fragte Nick: „Du hast ihn gesehen?"

„Ja, und es klang, als hätte er dir etwas angetan. Er … ich hatte solche Angst. Ich konnte dich nirgends finden."

Nick drückte sie an sich und fühlte zu seiner Überraschung die Feuchtigkeit auf ihren Wangen. „Mir geht's gut, Liebes. Ich habe einen Bauunternehmer gebeten, eine Rampe vor dem Haus zu bauen, damit dein Dad vorbeikommen kann. Das sollte eine Überraschung sein. Tut mir leid, dass du einen Schreck bekommen hast."

Verblüfft meinte sie: „Du lässt eine Rampe bauen?"

„Na ja, ich dachte, er würde auch gern mal unser Haus sehen."

Sie drückte ihn wieder an sich. „Hab dich so lieb."

„Ich dich auch, Schatz."

„Ich fühle mich allerdings nicht besonders gut", gestand sie und schloss die Augen. „Muss mit dir reden."

Nick hob sie auf die Arme und trug sie in ihr Haus.

EPILOGUE

Nick stand mit Graham O'Connor am weißen Weidenzaun und schaute zu, wie Grahams Tochter Lizbeth Scotty auf einer gutmütigen Stute um den Trainingsplatz führte. Der Junge strahlte übers ganze hübsche Gesicht.

„Der ist ein Naturtalent", bemerkte Graham. „Was für ein liebenswerter Junge."

„Ja, er hat uns den ganzen Weg von Richmond hierher zum Lachen gebracht." Und das Lachen brauchten sie nach dem Verlust, mit dem sie nach wie vor fertig werden mussten. „Ich bin ganz hingerissen von ihm."

„Was wirst du in dieser Hinsicht tun?", wollte Graham wissen.

Nick erwiderte Scottys Winken. „Hab mich noch nicht entschieden."

„Doch, hast du längst", meinte Graham. „Du hast jedenfalls beschlossen, dass du etwas tun wirst."

„Ja, das werde ich wohl – wenn die Zeit gekommen ist." Er ließ den lachenden Jungen nicht aus den Augen. „Ich kannte mal einen Jungen, der einsam und verlassen war, bis eine lebhafte Familie ihn aufnahm und ins Herz schloss und sein Leben für immer veränderte."

Graham räusperte sich, legte Nick die Hand auf die Schulter und drückte sie leicht. „Und jetzt möchtest du einem anderen einsamen und verlorenen Jungen das Gleiche schenken."

Dass er und Sam doch noch Kinder würden haben können, beruhigte ihn. Doch während er den Jungen beobachtete, der mit einer solch ansteckenden Begeisterung auf dem Pferd saß, dachte er wieder an die vielen Möglichkeiten, wie er Scottys Leben verbessern konnte. „Ja, er hat schon etwas Besonderes an sich."

„Das Gefühl kenne ich", sagte Graham. „Da gab es mal einen einsamen, verlorenen Achtzehnjährigen, der das Wochenende in meinem Haus verbrachte und mich auf genau die gleiche Weise rührte."

Nick sah den Mann an, der ihm in jeder Hinsicht, bis auf die biologische, ein Vater gewesen war. „Ich habe mich gefragt, ob ich dich wohl um einen Gefallen bitten könnte."

„Jederzeit, das weißt du."

„Würdest du mein Trauzeuge sein?"

Grahams Augen füllten sich mit Tränen, und er schien für einen Moment zu überwältigt, um sprechen zu können. „Es wäre mir eine Ehre", antwortete er schließlich mit rauer Stimme, „anstelle meines verstorbenen Sohnes neben dem Mann zu stehen, den ich wie einen Sohn liebe."

Nick umarmte ihn, froh, dass Graham genau verstand, warum Nick ihn gefragt hatte. „Danke."

Sam gesellte sich zu ihnen. „Ich will nicht stören."

„Hey, Liebes." Nick streckte die Hand nach ihr aus, froh, dass ihre Wangen wieder ein wenig Farbe angenommen hatten.

„Da ist die Frau, die im Alleingang im Weißen Haus

aufgeräumt hat", meinte Graham amüsiert. „Wie sieht die Bilanz jetzt aus? Der Sprecher des Repräsentantenhauses, ein Senator, der Stabschef des Vizepräsidenten, der Vorsitzende des Democratic National Committee, der Leiter der Umweltschutzbehörde, der stellvertretende Außenminister, zahllose Lobbyisten ..."

„Die Scheidungsanwälte schicken mir Dankeskarten", erwiderte Sam grinsend.

Graham lachte schallend.

„Es ist ein harter Job, aber irgendwer muss ihn machen", fügte sie hinzu. „Ich kann immer noch nicht fassen, wie viele Frauen sich schließlich gemeldet haben, denen von Bartholomew und Sanborn Gewalt angetan wurde. Ich bezweifle, dass einer der beiden jemals wieder auf freiem Fuß sein wird."

„Da glaubt man, jemanden zu kennen", sagte Graham, jetzt wieder ernst. „Es ist schockierend."

„Kann ich mir vorstellen. Ach, ich wurde übrigens hergeschickt, um dir auszurichten, dass deine Anwesenheit in der Küche erwünscht ist, um den Truthahn zu tranchieren."

„Ah, die Pflicht ruft. Gebt mir etwa fünfzehn Minuten, dann kommt alle zu Tisch."

„Machen wir", versprach Nick. Als Graham davonging, richtete er seine Aufmerksamkeit wieder auf Scotty. „Der hat seinen Spaß."

„Er ist ein so lieber Kerl."

„Freut mich, dass du so denkst." Er küsste Sam auf die Stirn. „Wie fühlst du dich?"

„Noch immer erschöpft, und Schmerzen habe ich auch noch ein wenig, aber es ist schon besser als gestern." Den überwiegenden Teil des gestrigen Tages hatten sie aneinandergeschmiegt verbracht, um den Verlust zu betrauern und den Kummer zu teilen. Es war nicht ganz der freie Tag geworden, den sie sich erträumt hatten.

„Hast du schon mit Freddie gesprochen?"

„Heute Morgen zuletzt. Er hat mich angerufen, um mir mitzuteilen, dass alle Berichte fertig sind."

„Es war nett von ihm, dass er sich gestern darum gekümmert hat."

„Nachdem Elin am Freitagabend nicht aufgetaucht ist, hat er förmlich um Arbeit gebettelt."

„Armer Kerl."

„Der wird schon drüber hinwegkommen, irgendwann."

Nick umfasste ihr Gesicht mit beiden Händen und küsste sie auf die Lippen. „Und du?"

„Irgendwann."

Nick hielt sie einige Minuten lang im Arm, dann winkte er Lizbeth und Scotty, damit sie wussten, dass das Abendessen fertig war.

Nachdem Lizbeth ihm vom Pferd geholfen hatte, rannte Scotty aus dem eingezäunten Platz zu Sam und Nick, der nach wie vor einen Arm um die Liebe seines Lebens gelegt hatte.

„Das war das Coolste, was ich je gemacht habe", rief Scotty aufgeregt und mit von der Kälte rosigen Wangen. „Darf ich nach dem Essen noch mal reiten?"

„Ich wüsste keinen Grund, warum nicht." Nick hielt dem Jungen die freie Hand hin.

„Das sah schon ganz gut aus, Kumpel", meinte Sam.

„Danke", sagte Scotty. „Zeigst du mir nach dem Abendessen deine Waffe und die Handschellen?"

Sie lachte, und Nick wurde sofort leichter ums Herz. Sie würde sich erholen, und sie beide würden darüber hinwegkommen.

„Abgemacht", versprach sie.

FATAL DESTINY – DIE LIEBE IN UNS (FATAL SERIE 3.5)

1

Sam Holland
und
Nick Cappuano
bitten um die Ehre Ihrer Anwesenheit
wenn sie sich das Jawort geben und ihr
gemeinsames Leben beginnen.

Samstag, den sechsundzwanzigsten März 2011
um 16 Uhr

St. John's Church
1525 H Street NW
Washington, D.C.

mit anschließender Hochzeitsfeier im
The Hay-Adams
16ᵗʰ & H Streets

Nick stand am Fenster und schaute hinaus auf die Ninth Street, wo sich der Regen mit Schnee zu einem matschigen

Brei auf dem Asphalt vermischte. In der Stadt war den ganzen Tag vom verspäteten Wintereinbruch die Rede gewesen und welche Auswirkungen dieser wohl auf Washingtons berühmte Kirschblüten haben würde, mit deren Aufbrechen jeden Tag gerechnet wurde.

Die Hände in den Taschen, sah Nick in das orange Licht der Straßenlaternen, doch weder Sam noch ihr Wagen kamen in Sicht. Jede Minute, dachte er. Sie wird jede Minute zu Hause sein.

Hinter ihm in dem Stadthaus in Doppelgröße, das er mit Sam bewohnte, waren Stimmen zu hören, Lachen und leises Klirren von Eis, das auf Kristallglas traf. Die Jack-and-Jill-Party war Shelbys Idee gewesen. Die Hochzeitsplanerin, von Sam Tinkerbell genannt, hatte eine Zusammenkunft von Familienmitgliedern, engen Freunden und Kollegen vorgeschlagen. Shelby hatte zu Recht angenommen, dass Sam dies lieber war als die traditionelle Party nur mit Frauen. Nick war einverstanden, weil Sam die Idee gefiel. Was immer sie glücklich machte, machte auch ihn glücklich.

Doch jetzt kam sie zu spät, und er sorgte sich. Nicht dass ihre Unpünktlichkeit ungewöhnlich wäre – ihr Job als Lieutenant und Leiterin der Mordkommission war nicht selten der Grund für Verspätungen. Da sie im Augenblick aber in keinem heiklen Fall ermittelte, hatte Nick sie bereits vor einer Stunde zu Hause erwartet. Jetzt war die Party seit einer Viertelstunde im Gange, und von Sam war weit und breit nichts zu sehen. All seine Anrufe waren direkt auf die Mailbox umgeleitet worden.

Unbehagen breitete sich in ihm aus. Seit ihr Exmann wegen eines Verfahrensfehlers aus dem Gefängnis entlassen worden war, machte er sich noch mehr Gedanken um ihre Sicherheit als ohnehin schon. Peter Gibson hatte Ende

Dezember selbst gebastelte Bomben an ihren beiden Autos befestigt, von denen eine explodiert war und sowohl Nick als auch Sam verletzt hatte. Ein Fehler bei der Beweissicherung war zu Peters Freifahrtschein aus dem Gefängnis geworden. Seitdem wartete Nick nervös wie noch nie darauf, dass Peter erneut zuschlug.

Sam wäre wütend, wenn sie wüsste, dass er einen Privatdetektiv engagiert hatte, der Peter im Auge behalten sollte. Zumindest nahm er an, dass es sie wütend machen würde. Tatsache war, dass sie nicht mehr ganz sie selbst war, seit sie kurz nach dem Valentinstag eine Fehlgeburt erlitten hatte. Obwohl das über einen Monat her war, hatte Nick nagende Zweifel, ob sie ihn wirklich in einer Woche heiraten würde.

Die Anzeichen dafür, dass etwas fehlte, waren schwerlich zu ignorieren – statt Zeit miteinander zu verbringen, räumte sie ihr Büro auf und arbeitete freiwillig länger. Das waren Stunden, in denen sie eigentlich mit ihm den begehbaren Schrank einräumen wollte, den er für sie in ihrem neuen Haus gebaut hatte. Die Sam, die er kannte und liebte – *seine* Sam – würde sich lieber an den Zehen aufhängen lassen, als irgendetwas aufzuräumen oder gar zu putzen. Doch das war nur ein Anzeichen für Probleme. Dass sie seit der Fehlgeburt nicht mehr miteinander geschlafen hatten, war ein weiteres untrügliches Zeichen.

Es war seine Schuld. Er war so in seiner eigenen Arbeit gefangen gewesen kurz vor der Osterpause des Senats, mit hitzigen Haushaltsdebatten, hastiger Gesetzgebung und dem hohen Tempo seines Wahlkampfes. Als er die vier arbeitsintensivsten Wochen seines Lebens schließlich hinter sich gebracht hatte, war Sam schon so weit von ihm weggedriftet, dass er keine Ahnung hatte, wie er sie zurückholen sollte.

Er sog scharf die Luft ein, als er sich seine größte Angst eingestand – Gedanken, die er bisher gar nicht zugelassen hatte. Bis jetzt, wo Sam nicht zu ihrer gemeinsamen Braut- und Bräutigamparty auftauchte. Wollte sie ihn überhaupt noch heiraten? Hatte er einen großen Fehler begangen, indem er auf eine kurze Verlobungszeit gedrängt hatte? Und was würde er tun, falls sie beschlossen hatte, ihn doch nicht zu heiraten? Wie sollte er ohne sie leben nach dieser wundervollen Zeit mit ihr in den vergangenen Monaten?

Sein Unbehagen und seine Unsicherheit verstärkten sich mit jeder dieser quälenden Fragen. Etwas stimmte nicht. Irgendetwas stimmte ganz und gar nicht.

„Nicky?" Sein Vater legte ihm die Hand auf die Schulter, und das beendete vorerst diesen angespannten Zustand, in den er sich hineingesteigert hatte. Seine mit jeder Minute, in der Sam nicht auftauchte, stärker werdende Furcht linderte es nicht. „Ist alles in Ordnung mit dir?"

Er drehte sich zu seinem Vater um. „Ich kann mir nicht vorstellen, wo Sam geblieben ist."

„Wahrscheinlich hängt sie bei der Arbeit fest", meinte Leo.

Nick sah über die Schulter seines Vaters zu Freddie Cruz, der sich mit seinem Kollegen Tommy „Gonzo" Gonzales sowie dessen Verlobter und Nicks Stabschefin Christina Billings unterhielt. Wenn bei der Arbeit etwas los wäre, würden dann nicht auch Freddie und Gonzo ins Hauptquartier müssen?

„Ja, wahrscheinlich hast du recht", sagte Nick zu seinem Vater. „Entschuldige mich für eine Minute, Dad."

„Natürlich", erwiderte Leo. Lediglich fünfzehn Jahre älter als sein Sohn, sah Leo eher wie sein älterer Bruder aus als wie sein Vater. Aber Nick war dankbar, den Vater, den er den Großteil seiner Jugend hatte entbehren müssen, in dieser für ihn wohl wichtigsten Woche seines Lebens an seiner Seite zu haben – falls die Braut ihre Meinung nicht geändert hatte.

Auf seinem Weg zu Freddie versuchten ihn Sams ältere Schwestern Tracy und Angela aufzuhalten.

„Wo steckt sie?“, zischte Tracy leise mit zusammengebissenen Zähnen.

„Keine Ahnung.“ Nick winkte Freddie, damit er ihm in die Küche folgte.

„Was ist los?“, fragte Sams Kollege.

Nick bemerkte, dass Freddie müde aussah. Die kürzliche Trennung von seiner Freundin Elin nahm ihn sehr mit. „Hast du etwas von Sam gehört?“

Freddie stibitzte sich ein Kanapee von einem Tablett und schob es sich in den Mund. „Nein, schon eine Weile nicht. Warum? Wo ist sie denn?“

„Ich hatte gehofft, du könntest es mir verraten.“

Freddie stutzte und hörte auf zu kauen. „Du weißt nicht, wo sie ist?“

„Ich habe nicht die leiseste Ahnung“, bestätigte Nick.

„Als ich zuletzt mit ihr gesprochen habe, erwähnte sie noch einmal, dass wir uns heute Abend sehen würden. Das war gegen vier.“

„Da habe ich auch zum letzten Mal mit ihr gesprochen.“

Freddie schaute sich um, um sicherzugehen, dass niemand sie belauschen konnte. „Du glaubst doch nicht ...“

Da Nick genau wusste, was Freddie dachte, stieg neue Angst in ihm auf. Er zog sein Handy aus der Tasche und drückte die Schnellwahltaste, die er dem Mann zugewiesen hatte, der Peter Gibson observierte. Mit jeder weiteren verstreichenden Minute wünschte er, er hätte auch jemanden engagiert, der Sam im Auge behielt. Doch das hatte er unterlassen, da er wusste, was sie davon halten würde, wenn – nicht falls – sie es herausfand. Indem er jemanden auf Gibson angesetzt hatte, wusste Nick wenigstens, wo sich dieser Verbrecher aufhielt.

„Senator."

Nick begab sich ins Arbeitszimmer, fort vom Partyrummel. „Wo ist Gibson?"

„Der ist schon den ganzen Tag zu Hause. Hab ihn nicht gesehen."

„Sind Sie sich da sicher?"

„Absolut. Warum? Was ist denn los?"

„Sam verspätet sich, und wir können sie nicht erreichen."

„Ich wünschte, ich könnte Ihnen da weiterhelfen, aber hier in der Gegend war sie nicht. Zumindest heute nicht."

Das ließ Nick aufhorchen. „Was bedeutet das?"

„Sie kam vorgestern hier vorbei und hat vielleicht eine halbe Stunde die Wohnung beobachtet. Blieb im Wagen sitzen."

„Warum haben Sie mir das nicht erzählt?", wollte Nick wissen und musste sich zusammennehmen, um nicht zu aufgebracht zu klingen.

„Weil Sie mich nicht dafür bezahlen, sie zu beobachten. Sie bezahlen mich, um *ihn* zu beobachten."

Nick legte die Hand auf den Kopf und rang um Beherrschung. „Falls Sie sie noch einmal dort sehen, will ich das wissen. Habe ich mich klar ausgedrückt?"

„Ja, Sir. Ich entschuldige mich dafür, dass ich Sie nicht darüber informiert habe."

„Lassen Sie Gibson nicht aus den Augen."

„Ich und meine Leute sind an ihm dran. Machen Sie sich keine Sorgen."

Nick beendete das Gespräch und stopfte das Handy

wütend in die Tasche. „Keine Sorgen machen", murmelte er. „Warum sollte ich mir Sorgen machen?"

„Ist alles in Ordnung?"

Nick drehte sich um und entdeckte Skip Holland in seinem Rollstuhl im Türrahmen zum Arbeitszimmer. „Ich bin mir nicht sicher." Er hatte gelernt, Sams Vater gegenüber ehrlich zu sein, da der diese Eigenschaft mehr als alles andere schätzte – besonders bei dem Mann, mit dem seine kostbare Tochter schlief.

„Wo ist Sam?"

„Ich wünschte, ich wüsste es." Die Hände auf den Hüften, hielt Nick Skips stahlhartem Blick stand.

„Du glaubst doch nicht ... Gibson ..."

Nick sah die Angst in Skips Gesicht. „Ich habe jemanden auf ihn angesetzt."

Die nicht gelähmte Gesichtshälfte des älteren Mannes verzog sich zu einem Lächeln. „Natürlich hast du das. Weiß sie es?"

„Was glaubst du?"

Skip kicherte in sich hinein. „Hoffentlich bin ich dabei, wenn sie an die Decke geht, nachdem sie es herausgefunden hat."

Nick hatte keinen Zweifel daran, dass Sam an die Decke gehen würde, nur wollte er jetzt lieber nicht darüber reden. „Irgendetwas stimmt mit ihr nicht."

„Ja, seit dem Valentinstag."

„Dann bin ich also nicht der Einzige, dem das aufgefallen ist?"

„Wohl kaum."

„Ich glaube nicht, dass sie heiraten will ..."

„Das ist es nicht."

„Was dann?"

„Das Baby."

„Aber darüber haben wir gesprochen. Sie hat gesagt, sie komme damit klar, und es sei alles in Ordnung mit ihr."

Skip benutzte den einen noch funktionierenden Finger seiner rechten Hand, um mit seinem Rollstuhl weiter ins Arbeitszimmer hineinzurollen. „Es macht sie fertig. Jedes Mal, wenn es passiert, zerbricht es sie ein bisschen mehr. Sie scheint es nicht überwinden zu können."

„Aber sie hat gesagt …"

„Sie will uns nie beunruhigen, deshalb sagt sie, es sei alles in Ordnung, es gehe ihr besser, sie fühle sich wieder stärker. Doch tief im Inneren leidet sie furchtbar."

Nick hätte am liebsten frustriert aufgeschrien. „Wie ist es nur möglich, dass ich das nicht gesehen habe?"

„Weil sie inzwischen eine Meisterin darin ist, es vor anderen zu verbergen."

„Selbst vor mir?"

„Gerade vor dir. Sie würde nicht wollen, dass du weißt, wie sehr sie leidet."

Nick ließ den Kopf hängen. „Warum redet sie nicht mit mir? Ist ihr denn nicht klar, dass ich auch leide? Dass ich mit ihr leide und fühle?"

„Ich nehme an, sie würde sich noch elender fühlen, wenn sie deinen Schmerz an sich heranließe. Sie weiß, wie sehr du dir eine Familie wünschst."

„Nicht um diesen Preis."

„Sag das lieber nicht vorschnell. Ihr hattet einen Rückschlag, aber bedenke, dass sie gedacht hat, sie könnte überhaupt nicht mehr schwanger werden. Es gibt also Hoffnung."

„Ja, vermutlich. Allerdings kann ich daran nicht denken, ehe ich nicht weiß, dass ihr nichts passiert ist."

„Ich habe eine Idee, wo sie sein könnte."

Nick war sofort hellwach. „Wo?"

„Du weißt es."

„O nein. Lincoln." Er fragte sich, warum er nicht gleich daran gedacht hatte. Schließlich hatte er sie dort schon einmal bei einer früheren Krise gefunden. „Bleibt sie absichtlich der Party fern?"

„Ich bezweifle, dass sie die momentan auf dem Radar hat."

„Müssen wir die Hochzeit verschieben?"

„Das musst du abwarten."

Nick lachte bitter. „Die soll in sieben Tagen stattfinden."

„Wenn sie nicht bereit ist, ist sie nicht bereit."

Nick kämpfte gegen die erneut aufsteigende Panik an. Irgendwie wusste er, dass sie, wenn sie nächsten Samstag nicht heirateten, es niemals tun würden. „Ich werde sie finden. Hältst du hier die Stellung?"

„Auf jeden Fall."

„Danke, dass du mir erklärt hast, was mit ihr los ist."

„Du wärst irgendwann selbst drauf gekommen."

„Ich wünschte, ich wäre mir da so sicher." Gerade wenn er dachte, er würde Sam nun wirklich kennen, stellte er fest, dass er keine Ahnung von ihr hatte. Dieser Gedanke trug nicht dazu bei, seine Nerven zu beruhigen. „Ich werde so schnell ich kann wieder zurück sein. Falls es aus irgendwelchen Gründen heute Abend nichts mehr wird ..."

„Ruf einfach an. Kümmere dich um Sam. Wir kümmern uns um alles hier."

Auf dem Weg zur Tür blieb Nick noch einmal kurz stehen, um Skips Hand zu drücken, in die nach über zwei Jahren, seit den Schüssen und der daraus resultierenden Querschnittslähmung, wieder das Gefühl zurückgekehrt war.

„Sie liebt dich", sagte Skip. „Da bin ich mir sicher."

„Ich hoffe, du hast recht." Nick nahm seinen Mantel und

ging in die Küche, um das Haus durch den Hintereingang zu verlassen. Es war besser, nicht gleich alle wissen zu lassen, dass er ging. Was immer mit Sam los sein mochte, war ihre Angelegenheit – und seine.

Im Taxi, in dem er zum Lincoln Memorial fuhr, gingen ihm Skips Worte durch den Kopf. *Sie liebt dich. Da bin ich mir sicher.* Nick war sich ebenfalls sicher gewesen. Doch etwas hatte sich in diesen letzten Wochen geändert, etwas Fundamentales und Essenzielles. Und es war völlig unsicher, ob sie beide zu dem zurückfinden konnten, was sie einst gehabt hatten.

Ausgerechnet in der Woche, in der er die Liebe seines Lebens heiraten sollte, musste er sich fragen, ob Sam ihn noch genug liebte, um ihn zu heiraten, oder ob der Verlust des Babys sie für immer verändert hatte.

Während er die Stufen zum Lincoln Memorial hinaufstieg, erinnerte er sich an das letzte Mal, als er sie hier gefunden hatte. Das war, nachdem sie seinen Freund Julian Sinclair kennengelernt hatte, einen Anwärter für den Obersten Gerichtshof. Sie und Julian hatten über das Recht auf Leben gestritten, was ihr die schmerzliche Erinnerung an ihre erste Fehlgeburt Jahre zuvor zurückbrachte. Da hatte Nick erfahren, dass Sam zum Lincoln Memorial kam, wenn etwas sie sehr bedrückte.

Wo sollte er als Nächstes suchen, wenn sie nicht hier war? Er hatte keine Ahnung.

Er umrundete das Monument auf dem Weg zur Gettysburg-Rede, und dort saß sie, die Knie ans Kinn gezogen, in Gedanken versunken. Sie hatte noch nicht bemerkt, dass er sie beobachtete. Zutiefst erleichtert darüber, dass ihr nichts fehlte, fragte er sich, ob er sie nicht lieber in Ruhe lassen sollte. Oder war es angebracht, sie daran zu erinnern, dass es noch einen anderen Ort gab, an dem sie jetzt sein sollte?

Der Senator der Vereinigten Staaten Nick Cappuano, der höchst selten ratlos war, wusste es einfach nicht.

In diesem Moment richtete sie den Blick auf ihn, und ein überraschter Ausdruck erschien auf ihrem schönen Gesicht.

Er machte einen Schritt auf sie zu.

„Was machst du denn hier?", fragte sie.

„Das könnte ich dich auch fragen."

„Ich hatte etwas zu erledigen, und das hier lag auf dem Weg. Da dachte ich, schau ich mal bei Mr. Lincoln vorbei."

„Du hast offenbar jedes Zeitgefühl verloren."

„Ja, vermutlich." Sie schaute auf ihre Uhr. „Wow, es ist schon spät."

„Sam, die Party ...“

„O Shit! Verdammter Mist!" Sie sprang auf. „Gehen wir."

Er stoppte sie auf dem Weg zu den Stufen.

Sie sah ihn verblüfft an. „Wir kommen zu spät. Wir müssen los."

„Sam ...“

„Was?"

„Ist alles in Ordnung?" Er hasste diesen komischen, leidenden Unterton in seiner Stimme. Aber noch unangenehmer war ihm, was er sie fragen musste.

„Es ist alles in Ordnung. Tut mir leid, dass ich mich verspätet habe. Ich habe tatsächlich nicht gemerkt, wie die Zeit vergangen ist. Also, gehen wir endlich oder bleiben wir die ganze Nacht hier stehen und stellen Fragen?"

„Es geht nicht nur um diesen Abend." Er streichelte ihr kaltes Gesicht. „Du warst in letzter Zeit nicht du selbst. Ich mache mir Sorgen."

„Worüber machst du dir Sorgen?"

Sie sah aus wie seine Sam. Sie klang auch wie seine Sam. Doch ihre Augen ... diese klaren blauen Augen, die ihre innersten Emotionen verrieten, waren nun leer. Wagte er, ihr das zu sagen? Wollte er die Tür zu ihren Gefühlen aufstoßen? Aber wie konnte er das nicht?

„Hat es mit der Hochzeit zu tun? Ist das das Problem?"

Sie sah ihn fassungslos an. „Was ist mit der Hochzeit?"

Nick bekam feuchte Hände, und sein Herz raste. „Willst du noch immer ..."

„Heiraten?", beendete sie die Frage völlig entgeistert.

Er nickte nur.

„Du etwa nicht?"

„Doch! Du weißt, dass ich es will! Ich bin mir nur nicht mehr sicher, was du willst. Du sprichst ja nicht mit mir! Ich wünschte, du würdest es mir sagen, falls du deine Meinung geändert hast oder irgendetwas passiert ist. Erzähl es mir einfach. Alles wäre besser, als ständig darüber zu grübeln, was mit dir los ist."

„Ich weiß nicht, wovon du redest. Bin ich nicht zu den Kleideranproben gegangen und habe mich mit Tinkerbell getroffen und auch sonst alles gemacht, was ich machen sollte?"

Er stupste mit seiner Schuhspitze gegen den Marmor. „Ja."

„Warum hätte ich das tun sollen, wenn ich nicht heiraten wollte?"

Nick fand keine geeignete Antwort darauf.

„Ich komme zu spät zur Party. Das tut mir leid. Aber daraus sollten wir keine große Sache machen, ja?"

Nick unterdrückte das Bedürfnis, sie zu schütteln, bis sie ihm die Wahrheit sagte.

Sie ging an ihm vorbei und er folgte ihr, noch immer froh, sie gefunden zu haben, allerdings auch nach wie vor besorgt. Sie hatte exakt das gesagt, was er ihrer Meinung nach hören wollte. Doch da gab es eine unsichtbare Mauer zwischen ihnen, und allmählich fragte er sich, ob die jemals wieder fallen würde.

Die Geschenke waren ausgepackt und angemessen bestaunt worden. Sam hatte mit ihren Schwestern und Kollegen gegessen und gelacht und sogar mit Nicks Stabschef Terry gescherzt, einem Mann, mit dem sie sich in der Vergangenheit nicht gut verstanden hatte. Sie hatte ihn wegen seines Flirtens mit der leitenden Gerichtsmedizinerin Lindsey McNamara aufgezogen.

Die Gäste gingen mit dem Eindruck einer glücklichen Braut, die sehnlichst ihren großen Tag erwartet. Kaum war der letzte Gast jedoch fort, erklärte Sam, sie habe Kopfschmerzen, und ging nach oben ins Bett. Vor der Fehlgeburt waren sie stets zusammen ins Bett gegangen. Immer. Jetzt schien sie Nick um jeden Preis aus dem Weg gehen zu wollen.

Ihrem leisen Atmen lauschend, erinnerte er sich daran, wie sie ihm einmal anvertraut hatte, dass sie sich mit ihrem Exmann einsam gefühlt hatte. Sie hatte gesagt, selbst wenn Peter neben ihr auf dem Sofa gesessen oder im Bett gelegen habe, habe sie sich in dieser Beziehung einsam gefühlt. Daraufhin hatten Nick und Sam einander geschworen, es niemals so weit zwischen ihnen kommen zu lassen. Doch hier in der Dunkelheit der Nacht, neben der schlafenden Frau, auf die er so lange gewartet hatte, fühlte Nick sich einsam wie noch nie zuvor in seinem Leben.

2

———

Sam saß ungeduldig im Untersuchungszimmer. Harry ließ sie warten, aber das würde sie ihm verzeihen, da er sie an einem vollen Montag noch dazwischengequetscht hatte. Wenigstens würde er diesmal seine Hände nicht überall an ihren sensiblen weiblichen Körperteilen haben.

Ein Klopfen an der Tür ging seinem Eintreten voran. „Tut mir wirklich leid, dass du warten musstest, Sam." Auf der Party hatten sie einander das Du angeboten. „Ich hatte einen Notfall, der meinen ganzen Terminplan umgeworfen hat."

„Kein Problem." Wie stets, wenn sie Nicks engen Freund sah, bewunderte sie sein dunkles Haar, sein attraktives Gesicht und die hinreißenden Grübchen.

„Nette Brautparty neulich."

„Ja, fand ich auch. Meine Schwestern haben sich richtig ins Zeug gelegt."

„Ich muss sagen, dass es mich überrascht, dich in dieser Woche zu sehen", meinte er. „Ich hätte gedacht, dass du wichtigere Dinge um die Ohren hast, als bei mir hereinzuschauen."

„Du musst mir einen Gefallen tun."

Sein Lächeln wich einer besorgten Miene. „Ist alles in Ordnung zwischen dir und Nick?"

„Ja, sicher. Alles bestens. Es ist nur ... na ja ..."

„Sam", sagte er, wieder lächelnd. „Raus damit. Was es auch sein mag, wir finden eine Lösung."

„Ich möchte etwas zur Schwangerschaftsverhütung", platzte sie heraus. „Etwas, das sofort wirkt."

„Ich bin erstaunt, das zu hören. Eigentlich hatte ich den Eindruck, du könntest es kaum erwarten, eine Familie zu gründen."

„Ich brauche doch noch mehr Zeit. So lange sind Nick und ich ja noch nicht zusammen. Wir könnten auch gut eine Weile noch zu zweit bleiben, bevor wir den nächsten Schritt wagen."

„Hmm."

Sam musterte ihn. „Was bedeutet das – *hmm*?"

„Na ja, du hast erst vor wenigen Wochen eine Fehlgeburt erlitten, und nun änderst du deine Meinung über die Möglichkeit, ein Baby zu bekommen, völlig. Ich würde meine Arbeit nicht gründlich machen, wenn ich mich nicht genauestens erkundigen würde, wie es dir da oben geht." Er tippte sich an den Kopf.

„Mir geht's gut", antwortete Sam leicht verärgert. Sie wollte eine Spritze, und sie wollte gehen. Was war daran so kompliziert? „Hör mal, Harry, ich weiß die Besorgter-Freund-Nummer echt zu schätzen. Ich will mich auch nicht sterilisieren lassen. Ich möchte etwas vorübergehend Wirksames, das mir ein wenig Zeit verschafft, um mich an die Ehe zu gewöhnen, bevor ich diese Geschichte um ein Baby erweitere. Um mehr geht es nicht."

„Ich fühle mich geehrt, dass du mich als Freund betrachtest, nur sehe ich diese Angelegenheit doch eher aus ärztlicher Sicht. Ich weiß, wie sehr du dir ein Baby gewünscht hast, Sam."

Verdammter Kerl. Und seine verdammten sanften Worte, bei denen sich ihre Kehle zuschnürte. „Ja, ich wollte das Baby. Das bestreite ich nicht. Und ich gebe zu, dass ich nicht bereit bin, es erneut zu versuchen."

„Warum benutzt du dann keine Kondome, bis du für einen neuen Versuch bereit bist?"

Der gute alte Harry war einfach viel zu einfühlsam. „Du wirst es wahrscheinlich nicht hören wollen, aber wenn *ich* mich darum kümmere, können wir spontaner sein und erleben bessere Flitterwochen." Sam schaute demonstrativ auf ihre Uhr. „Wirst du mir helfen oder muss ich mich anderswo umsehen?"

Harry betrachtete sie sehr lange schweigend. Sam hatte Mühe, unter seinem Blick stillzusitzen.

„Bleib hier", sagte er schließlich. „Ich bin gleich wieder da."

Er verließ den Raum, und Sam atmete auf. Sie verhielt sich Nicks Freund gegenüber nur ungern ausweichend, doch sie musste etwas tun. Sie konnte sich schließlich nicht ewig vor dem Sex drücken, aber unter keinen Umständen wollte sie sich einer weiteren Schwangerschaft aussetzen. Um dieses bestimmt äußerst emotionale Gespräch mit Nick nicht unmittelbar vor ihrer Hochzeit führen zu müssen, hatte sie beschlossen, sich etwas Zeit zu verschaffen, bis sie sich dem Thema gewachsen fühlte.

Wenn sie ihrer Recherche glauben konnte, würde die Spritze zur Schwangerschaftsverhütung zwölf Wochen vorhalten. Bis dahin war sie hoffentlich in der Lage, mit Nick darüber zu reden. Hoffentlich.

Harry kam einige Minuten später mit seiner Freundin Dr. Maggie Tyndall, Geburtshelferin und Gynäkologin, ins

Behandlungszimmer zurück. Sam hatte sie bereits nach der Fehlgeburt kennengelernt, als Harry und Maggie sie zu Hause untersucht hatten.

„Du meine Güte", sagte Sam. „Habt ihr euch jetzt gegen mich verschworen oder was?"

Maggie, eine große, schlanke Frau mit langen dunklen Haaren und hellblauen Augen, lachte. „Keine Verschwörung. Du hast einfach nur Harrys Fachbereich verlassen, deshalb hat er mich hinzugezogen. Er hat mir erzählt, du möchtest eine vorübergehende, kurzfristige Schwangerschaftsverhütung."

„Ja", bestätigte Sam. „Ich habe von einer Spritze gelesen, die zwölf Wochen vorhalten soll. Das wäre genau das Richtige für mich."

„Wann war der erste Tag deiner letzten Periode?"

„Gestern."

„Dann wäre die Spritze innerhalb von vierundzwanzig Stunden wirksam."

Sam war erleichtert. „Gut. Das ist gut." Der Gedanke an die bevorstehende Hochzeitsnacht hatte sie schon sehr nervös gemacht. Man konnte in vielen Nächten Sex vermeiden, aber nicht in dieser.

„Aber die Spritze ist nicht die einzige Option."

„Das weiß ich. Nachdem ich auf dem College schwanger wurde, habe ich fast alles ausprobiert. Die Pille bewirkte, dass ich dauernd futtern musste, bis ich fünfundzwanzig Pfund Übergewicht hatte. Vom Pflaster bekam ich Ausschlag, die Spirale löste eine seltsame – und beängstigende – Infektion aus, und das Diaphragma hatte ich nie dabei, wenn ich es brauchte." Sie erinnerte sich an die Nacht vor sechs Jahren, als sie Nick kennengelernt hatte und sie beide auf der Suche nach einem Laden waren, in dem sie um Mitternacht Kondome kaufen konnten, während ihr Diaphragma in einem anderen Stadtteil in Sams Nachttischschublade lag. „Schon komisch, dass ich alles getan habe, um eine Schwangerschaft zu vermeiden. Aber man sehe sich nur an, was passiert, wenn ich dann doch schwanger werde."

Maggie zog sich einen Stuhl heran. „Ich mache mir Sorgen wegen einer möglichen Depression."

„Warum?", fragte Sam bestürzt.

„Du hast kürzlich ein traumatisches Erlebnis gehabt. Da wäre es völlig normal, vor allem nach drei vorherigen Fehlgeburten, ein klein wenig depressiv zu werden."

„Ich bin nicht depressiv." Sam sah zu Harry, der sie genau beobachtete, und kämpfte gegen aufsteigende Panik an. Sie hatte keine Ahnung, was sie tun sollte, falls die beiden sich weigerten, ihr etwas zur Schwangerschaftsverhütung zu geben. Na ja, das stimmte nicht ganz, denn sie wusste genau, was sie tun würde – sie würde sich einfach an jemand anderen wenden, der sie nicht kannte, und demjenigen Lügen auftischen, damit sie bekam, was sie brauchte.

„Solltest du an Depressionen leiden, kann die Spritze diesen Zustand verschlimmern", erläuterte Maggie.

„Tja, ich leide aber nicht an Depressionen, also besteht kein Anlass zur Sorge. Noch was?"

„Es kann nach dem Ende der Wirksamkeit der Spritze eine Weile dauern, bis eine Frau schwanger wird, etwa neun bis zwölf Monate."

„Das passt mir gut. Wir haben es nicht eilig."

„Da hast du deine Einstellung aber ziemlich geändert", meldete Harry sich wieder zu Wort und musterte sie erneut eingehend mit diesen intensiven Augen, unter deren Blick Sam sich wie eine Sechsjährige im Büro des Schuldirektors fühlte.

„Das ist das Vorrecht einer Frau." Sam hoffte, dass ihr Lächeln überzeugend wirkte. „Kommt schon, Leute. Mir geht's gut, ehrlich. Ich werde einen Mann heiraten, mit dem ich seit drei Monaten zusammen bin. Ich liebe ihn über alles, aber haben wir nicht ein wenig Zeit für uns verdient, ehe wir Kinder bekommen? Jetzt, wo ich weiß, dass es funktioniert, will ich sicher sein, dass ich bereit bin, bevor wir diesen Schritt wagen. Um mehr geht es nicht, wirklich."

Maggie und Harry tauschten einen Blick, dann zog Maggie eine Spritze aus der Tasche ihres Arztkittels und reichte sie Harry. „Ich überlasse sie dir. Wir sehen uns dann beim Probedinner vor der Hochzeit, Sam." Harry war einer von Nicks Trauzeugen.

„Danke, Maggie."

Nachdem die Ärztin den Raum verlassen hatte, meinte Harry: „Zieh deinen Pullover aus und kremple den Ärmel hoch."

Bei der Vorstellung, eine Spritze verabreicht zu bekommen, verspürte sie ein flaues Gefühl im Magen. Trotzdem befolgte sie seine Anweisung.

„Warum zitterst du plötzlich wie Espenlaub?"

„Ich habe Angst vor Spritzen."

Er rieb ihren Arm mit Desinfektionsmittel ein. „Bist du sicher, dass du das willst?"

Sie war sich einer Sache noch nie so sicher gewesen. „Absolut. Bringen wir es hinter uns." Der Einstich und das Brennen der Injektion ließen sie scharf einatmen, aber dann war es auch schon vorbei – und sie hatte eine Last weniger in den nächsten zwölf Wochen. „Du wirst Nick nichts davon sagen, oder?"

Harry schien verblüfft zu sein von dieser Frage. „Selbstverständlich nicht. Über so etwas brauchst du dir bei mir keine Sorgen zu machen."

„Dann sehe ich dich am Freitag. Danke für deine Hilfe." Seine enttäuschte Miene ignorierend, verschwand Sam, ehe sie sich seinetwegen schlechter fühlen konnte als ohnehin schon.

Als Sam in ihrem Büro ankam, war sie entschlossen, die Episode mit Harry hinter sich zu lassen. Was getan ist, ist getan, dachte sie, hängte ihren Mantel auf und nahm ihr ungewöhnlich aufgeräumtes Büro in Augenschein. Sie war sich nicht sicher, was in letzter Zeit in sie gefahren war, aber allmählich machte sie sich Sorgen, dass Nicks Pingeligkeit auf sie abfärbte. Es war ganz untypisch für sie, ihr Büro, ihren Kleiderschrank oder irgendetwas anderes aufzuräumen.

Als sie erkannte, dass es weder etwas aufzuräumen noch zu organisieren gab, stieg leise Panik in ihr auf. Was war nur los mit ihr? In den vergangenen Wochen spielten ihre Emotionen derart verrückt. Es musste an der bevorstehenden Hochzeit und den damit verbundenen Turbulenzen liegen. Sobald das nächste Wochenende überstanden war, würde sich alles wieder beruhigen. Zumindest hoffte sie das.

Was sie wirklich brauchte, war ein grausiger Mord, damit alles wieder in den gewohnten Bahnen lief. Seit sie den Fall um die ermordeten Callgirls gelöst hatte, schleppte sich alles enervierend dahin. Das musste an ihrem inneren Ungleichgewicht liegen. Sam ging es wesentlich besser, wenn sie mitten in einem schwierigen Fall steckte. All diese Untätigkeit ließ ihr zu viel Zeit zum Grübeln.

Sie setzte sich in ihren Bürosessel und nahm sich einen Moment, um sich auszumalen, was hätte sein können ... Oh, wie sehr hatte sie sich dieses Baby gewünscht! So lange war sie davon überzeugt gewesen, nicht mehr schwanger werden zu können, und sie hatte sich bereits langsam damit abgefunden. Nach drei Fehlgeburten, eine infolge einer Eileiterschwangerschaft, die sie fast das Leben gekostet hatte, war Sam gesagt worden, die Wahrscheinlichkeit einer weiteren Schwangerschaft tendiere gegen Null. Überzeugt, unfruchtbar zu sein, hatte sie mit Nick keinen Gedanken mehr an Empfängnisverhütung verschwendet.

Natürlich musste Nick den Ärzten beweisen, dass sie sich irrten, dachte sie amüsiert. Doch sofort meldete sich die Wehmut bei der Erinnerung an die paar Tage im letzten Monat, als sie herausgefunden hatte, dass sie sein Kind unter dem Herzen trug. Und dann dachte sie an seine Reaktion, als er erfahren hatte, weshalb sie so emotional war ... Er hatte sich so gefreut. Sie hatten kaum die Gelegenheit gehabt, den Sieg über die Wahrscheinlichkeit zu feiern, als die gewalttätige Auseinandersetzung mit einem Verbrecher eine erneute Fehlgeburt eingeleitet hatte.

„Hat keinen Sinn, immer wieder daran zu denken", murmelte Sam. Im Lauf des vergangenen Monats hatte sie das immer wieder zu vergessen und darüber hinwegzukommen versucht, indem sie ihr Leben wie gewohnt weiterführte, nachdem ihr erneut das genommen worden war, wonach sie sich am meisten sehnte.

Ein Klopfen an der Bürotür riss sie aus ihren trüben Grübeleien. Sam war froh über diese Störung.

Ihr Partner, Detective Freddie Cruz, sowie Detective Tommy „Gonzo" Gonzales standen im Türrahmen.

„Hast du einen Augenblick Zeit, Lieutenant?", erkundigte Cruz sich.

„Klar, kommt rein." Die beiden Männer tauschten einen Blick, der Sam sofort wachsam machte. „Was ist denn los?"

„Wir haben an einer Sache gearbeitet – in unserer Freizeit", erklärte Gonzo.

„Ach ja? An was?"

„Es geht um den Mann, dem Reese' Haus gehört", sagte Cruz.

Sams Herzschlag verlangsamte sich. Eigentlich hatte sie sich darum kümmern wollen, doch sie war dermaßen beschäftigt gewesen, dass sie sich kaum auf etwas anderes hatte konzentrieren können. Vor einer Weile hatten sie in dem von Clarence Reese gemieteten Haus Dinge gefunden, die im Zusammenhang standen mit den ungeklärten Schüssen auf Sams Vater. Clarence Reese war ein Mann, der seine gesamte Familie umgebracht und später Sam mitsamt ihrem Wagen gekidnappt hatte, bevor er sich dann selbst getötet hatte. Es waren lauter vergebliche Versuche gefolgt, den Besitzer des Hauses ausfindig zu machen.

„Was habt ihr herausbekommen?", wollte Sam wissen.

„Gerald Price", sagte Cruz und legte eine Mappe aufgeschlagen auf Sams Schreibtisch.

Sam stürzte sich auf die Informationen über Price, einschließlich des langen Vorstrafenregisters, das von kleineren Vergehen bis zu Einbruch und Drogendelikten reichte, die ihn ins Gefängnis gebracht hatten. Sie griff nach ihrem Funkgerät. „Ich muss nach Jessup und mit diesem Mann reden", erklärte sie. Jessup war das Staatsgefängnis in Maryland.

„Schon geschehen", meinte Gonzo.

„Ihr wart bei ihm? Und habt mir nichts davon gesagt?"

„Wir wussten doch, dass du mit der Hochzeit und all dem viel um die Ohren hast", rechtfertigte Cruz sich. „Wir dachten, dass wir dir damit, na ja, ein bisschen Zeit sparen."

„Außerdem", fügte Gonzo hinzu, „waren wir dir was schuldig."

Sam war gerührt. „Ihr wart mir was schuldig? Wovon redest du?"

„Wenn wir damals auf den Durchsuchungsbeschluss gewartet hätten, säße Gibson jetzt noch im Gefängnis." Gonzos Gesicht verriet Anspannung und Müdigkeit. Er hatte ein Baby zu Hause, einen Sohn, der ihn die halbe Nacht wachhielt. Sam hatte sich Mühe gegeben, um auf den Freund und Kollegen nicht neidisch zu sein, der vor Kurzem erfahren hatte, dass eine Exfreundin ein Kind von ihm hatte. Aber leicht war das nicht.

„Das ist nicht eure Schuld", erwiderte Sam. „Das habe ich euch schon hundertmal gesagt. Ich wusste, was ihr in seiner Wohnung macht. Mein Dad wusste es, und Malone wusste es auch. Wir alle haben es vermasselt, indem wir nicht auf den Durchsuchungsbeschluss gewartet haben. Ihr müsst langsam darüber hinwegkommen."

Diese Aufforderung prallte an ihnen ab, wie ständig in diesen Wochen, seit Sams Exmann wegen eines Verfahrensfehlers aus der Haft entlassen worden war. Die Beweise, die sie überall in Peters Wohnung gefunden hatten, erhärteten den Verdacht, dass er Sams Wagen in die Luft gesprengt hatte. Gonzo, Cruz sowie ihr Kollege Detective Arnold machten sich Vorwürfe, dass sie nicht auf den Durchsuchungsbeschluss gewartet hatten, bevor sie in die Wohnung eingedrungen waren.

Sam wusste, dass sich dort bombenfähiges Material befand, mit dem man einen ganzen Straßenzug hätte sprengen können, deshalb hätte sie genauso gehandelt. Nur ließen sich die Kollegen davon nicht überzeugen. Wahrscheinlich würden sie nie über ihren Fehler hinwegkommen.

„Und was hatte Price zu sagen?", erkundigte sie sich.

„Vor zwei Jahren hat er das Haus an einen Kerl namens

Trace Simmons vermietet." Gonzo gab ihr Simmons Strafregister, und sie überflog die lange Vorstrafenliste, zu der auch erhebliche Bandenkriminalität gehörte. „Price meinte, im Haus habe Kommen und Gehen geherrscht wie in einem Motel. Mit Simmons wohnten lauter verschiedene Leute dort, Brüder, Cousins und Bandenmitglieder."

„Alle in diesem kleinen Haus?", staunte Sam.

„Genau", bestätigte Cruz. „Price hatte die Nase voll von den Beschwerden der Nachbarn und beantragte die Zwangsräumung. Um die Zeit herum, etwa drei Wochen vor den Schüssen auf deinen Vater, wurde einem der Cousins, Darius Gardner, vorgeworfen, in dem Haus eine Frau vergewaltigt zu haben."

„Warum ist man bei den Ermittlungen zu Reese nicht darauf gestoßen?", wollte Sam wissen.

„Sehr gute Frage", meinte Gonzo. „Wir haben nachgeforscht und dabei festgestellt, dass die Anzeige gegen Gardner keine Konsequenzen hatte. Sie landete zwar beim Staatsanwalt, verschwand dann aber auf mysteriöse Weise."

„Keine Idee, wieso?", fragte Sam.

Die beiden Detectives tauschten einen Blick. „Wir fanden, dieser Frage solltest du nachgehen", erklärte Cruz. „Wir sind bis an diesen Punkt gelangt und sind der Meinung, dass du jetzt ins Spiel kommen solltest. Es ist schließlich dein Fall, da wollen wir dir nicht auf die Füße treten. Wir wollten dir bloß einen von diesen Fäden in die Hand geben, an denen du dann so gerne ziehst."

Überwältigt von dem, was die beiden für sie getan hatten – und für ihren Dad –, stand Sam hinter ihrem Schreibtisch auf und ging zu den Männern, die zu ihren engsten Freunden zählten – was sie ihnen natürlich nie sagen würde. Musste sie auch nicht, denn sie wussten es. „Ihr habt mir viel mehr gegeben als nur einen Faden. Ich kann euch gar nicht genug danken. Ihr habt keine Ahnung, wie dringend ich das jetzt gebraucht habe."

„Ach, na ja, gern geschehen." Cruz war sichtlich verlegen von ihrem Dank.

„Das bedeutet mir sehr viel", fügte sie hinzu. „Das werde ich euch nicht vergessen."

„Hoffen wir mal, dass die Spur diesmal irgendwo hinführt", meinte Gonzo und gab ihr ein Blatt Papier, auf dem die letzten bekannten Adressen von Simmons und Gardner standen. Außerdem gab er ihr die eingetüteten Zeitungsausschnitte über die Schüsse auf ihren Vater, die sie in Reese' Haus sichergestellt hatten.

„Ja", sagte Sam. „Hoffen wir das." Sie war nicht sicher, ob sie momentan eine weitere Enttäuschung ertragen konnte.

3

───────────

Ich will zuerst Roberto sehen", entschied Sam.

„Ist schon eine Weile her", erwiderte Freddie.

Sam dachte nur ungern an die sechs Monate, die sie undercover in der Familie Johnson verbracht hatte. Die Ermittlungen in einem weitreichenden Drogenring in der Stadt, ein Spezialauftrag, für den sie ausgewählt worden war, hatten dermaßen grässlich geendet, dass sie heute noch Albträume von dem Kugelhagel hatte, in dem der junge Quentin Johnson sein Leben verloren hatte.

Vom Verstand her war Sam klar, dass es nicht ihre Schuld war. Ja, sie hatte den Kollegen das Signal zum Erwidern des Feuers gegeben. Doch woher hätte sie wissen sollen, dass Marquis Johnson dumm genug war, seinen kleinen Sohn mit in das Crackhaus zu bringen? Während all der Monate undercover bei den Johnsons hatte sie Quentin kein einziges Mal in dem Haus gesehen. Auch neun Monate nach diesem Ereignis haderte sie noch mit dem Ausgang der Geschichte.

„Lass das lieber", riet Freddie ihr, da er wusste, wie sehr

sie unter den Folgen jener katastrophalen Nacht gelitten hatte.

„Ist schwer." Noch Monate nach dem Vorfall war sie schweißgebadet aufgewacht, nachdem sie Marquis' gequälte Schreie im Traum gehört hatte. Sam erschauerte. Nur um die rätselhaften Schüsse auf ihren Vater aufzuklären, würde sie zurückkehren in die Vergangenheit, an den Tiefpunkt ihrer Karriere.

„Was, glaubst du, weiß Roberto?"

„Alles, was in den Washington Highlands los ist. Ich hätte schon früher daran denken sollen, ihn wegen Reese' Haus zu befragen."

„Du musst dich deswegen nicht schlecht fühlen, schließlich habe ich auch nicht daran gedacht."

Sie erreichten einen öffentlichen Gebäudekomplex in der Southern Avenue. Als Sam und Freddie vom Parkplatz zu einer Wohnung im Erdgeschoss gingen, wurden ein paar vor dem Haus versammelte Leute auf sie aufmerksam. Die Bewohner dieser ziemlich kriminellen Gegend erkannten Polizisten sofort. Noch ehe Sam und Freddie an Robertos Tür klopfen konnten, öffnete eine attraktive junge Frau. Sie musterte Sam misstrauisch.

„Was wollen Sie? Wir haben hier keinen Ärger."

„Deswegen sind wir auch nicht hier", sagte Sam. „Ist Roberto da?"

Sie betrachtete Sam von oben bis unten. „Wer will das wissen?"

Sam zeigte ihr die Dienstmarke. „Lieutenant Holland, MPD."

„Lass sie rein, Angel", kam eine Stimme aus dem Inneren der Wohnung.

Die junge Frau bedachte Sam mit einem bösen Blick, trat aber zurück, um sie hereinzulassen. Als Freddie ihr folgen wollte, stoppte die Frau ihn mit erhobener Hand. „Er sagte *sie*.“

„Sie geht nicht ohne mich da rein“, stellte Freddie klar.

Sam drehte sich zu den beiden um, die sich feindselig gegenüberstanden. Gerade als sie ihm sagen wollte, er solle auf dem Gang warten, gab Angel nach und ließ ihn eintreten. Er sah mit einem zufriedenen Grinsen zu Sam.

„Lange nicht gesehen“, begrüßte Roberto sie und hielt Sam die Faust hin.

Sam boxte ihre freundschaftlich dagegen und schaute auf den gutaussehenden Mann im Rollstuhl herunter, mit dem sie sich während der Johnson-Ermittlungen angefreundet hatte. Da er in der Hierarchie der Johnson-Organisation weit unten rangierte, hatte Marquis Johnson ihn nicht sehr auf dem Radar gehabt, weshalb es Sam gelungen war, an Roberto heranzukommen. Er hatte kurze dunkle Haare und einen abgeklärten Blick. Er hatte schon viel zu früh im Leben zu viel gesehen. „Wie geht es dir, Roberto?“

Er zuckte die Schultern. „Es gibt gute Tage, es gibt schlechte Tage. Heute war ein guter Tag. Du wirst das hoffentlich nicht ändern, oder?“

„Nein. Ich habe mich nur gefragt, was du wohl über Trace Simmons und Darius Gardner weißt.“

Roberto stieß einen leisen Pfiff aus. „Warum erkundigt sich ein nettes Mädchen wie du nach solch üblen Typen?“

Sam lächelte ihn an. Die Schießerei in dem Crackhaus hatte auch sein Leben verändert – in gewisser Hinsicht zum Besseren. Zwar hatte die Schusswunde ihn der Fähigkeit zu gehen beraubt, gleichzeitig jedoch einen Weg aus einem Leben gezeigt, das bis dahin rasant ins Verderben geführt hatte. Sam hatte ihm geholfen, einen Job als Angestellter bei der Stadt zu bekommen.

Sam berichtete ihm, was in Reese' Haus passiert war und was es mit den möglichen Verbindungen zu Simmons und Gardner auf sich hatte.

„Ich hab von dem Kerl gelesen, der dich als Geisel genommen hat. Du magst es authentisch, was?"

Sam verdrehte die Augen. „In letzter Zeit ein bisschen zu authentisch."

„Tja, was immer auch davon zu halten ist, aber ich habe keinen von den beiden je damit prahlen hören, dass sie auf einen Cop geschossen hätten. Und Mann, die zwei hätten es mit Sicherheit jedem erzählt."

Sam ließ sich ihre Enttäuschung nicht anmerken. Inzwischen hätte sie daran gewöhnt sein müssen, nachdem schon so viele Spuren ins Nichts geführt hatten. Trotzdem nahm sie es stets aufs Neue schwer.

„Muss aber nicht heißen, dass sie's nicht doch getan haben", fügte er hinzu. „Die haben beide schon ganz schön was auf'm Kerbholz. Auf einen Cop zu schießen würde sie lange hinter Gitter bringen. Deswegen haben die es vielleicht nicht rumerzählt."

„Was weißt du über sie?"

„Simmons ist als Kind eine Million mal aus'm Heim abgehauen, bis sie's endlich aufgegeben und ihn gehen gelassen haben. Lebt seitdem auf der Straße. Fieser kleiner Bastard. Er denkt immer zuerst an sich. Gardner dagegen ist ein Lahmarsch. Das Mädchen, das behauptet hat, er hätte sie vergewaltigt?"

Sam nickte.

„Die ist meine Cousine zweiten Grades. Ich hab sie gesehen, unmittelbar nachdem es passiert war. Kein Zweifel, dass er es gewesen ist."

„Wieso ging die Anzeige unter?"

„Ich hab keine verdammte Ahnung. Der Staatsanwalt

schmetterte sie ab, und das war's. Hat uns nie den Grund dafür gesagt."

Hier stinkt etwas ganz gewaltig zum Himmel, dachte Sam und nahm sich vor, es herauszufinden.

„Du kannst aber nicht von mir direkt zu den beiden gehen", warnte er Sam und sah dabei aus wie ein ängstliches Kind. „Damit würdest du mich ins Kühlfach bringen."

„Du steckst doch hoffentlich nicht in irgendwelchen krummen Sachen drin, oder?"

„Nee, keine Sorge. Aber das heißt für die zwei nichts. Wenn die hören, dass ich mit einem Cop geredet hab, ist mein Leben keinen Cent mehr wert. Das weißt du."

„Sei unbesorgt, ich werde vorsichtig sein."

Roberto betrachtete sie eingehend. „Du träumst immer noch davon, oder? Von jener Nacht?"

„Nicht mehr so oft wie früher, aber wenn, dann ..."

„Ist es schlimm", beendete er den Satz für sie und klang dabei verständnisvoll. „Ich höre Quentin ..."

„Ich auch. Das ist der Teil, den ich nicht vergessen kann."

„Solch ein süßer Junge mit zwei beschissenen Eltern. War das Übelste, was ich je gemacht hab, mich mit Marquis Johnson einzulassen."

„Immerhin hast du das eingesehen, ehe du dein Leben lassen musstest oder im Gefängnis gelandet bist."

„War dem Tod verdammt nah", erklärte er, und seine Hände ruhten auf den nutzlosen Beinen.

„Wie bist du zurechtgekommen?"

„Wie man halt so zurechtkommt." Er sah zu Angel. „Ich danke Gott für meine Freundin. Sie ist meine Stütze."

„Ich würde dich gern irgendwann mit meinem Dad zusammenbringen."

„Der sitzt auch im Rollstuhl, stimmt's?"

„Ja. C3-C4."

Roberto verzog das Gesicht. „Wow, das ist hart."

„Ziemlich."

„Wenn du willst, dass ich ihn kennenlerne, dann okay."

„Wir werden etwas vereinbaren. Nach der Hochzeit."

Das unschuldige Lächeln veränderte sein Gesicht. Vor noch nicht allzu langer Zeit hatte er ein kriminelles Leben geführt, deshalb war Sam entsprechend stolz darauf, wie sehr er alles zum Besseren gewandelt hatte. „Ich habe alles über dich und deinen Senator gelesen." Er pfiff anerkennend. „Heiße Sache."

Sam winkte verlegen ab. „Ach, na ja, so heiß nun auch wieder nicht."

„Wenn du meinst, Lady-Cop. Ich schaue Nachrichten und hab gesehen, wie der Typ dich ansieht. Der steht voll auf dich."

Robertos neckende Worte weckten Unbehagen in Sam. Sie musste aufhören, Nick auf Distanz zu halten und vor der Hochzeit einen Weg finden, wie sie wieder zueinanderkommen konnten. Jetzt, wo das Risiko einer Schwangerschaft vom Tisch war, würde es vielleicht nicht mehr so schwer sein, in diese erstaunlichen Augen zu schauen und den Schmerz darin zu erkennen, den er vor ihr zu verbergen versuchte.

Das Baby zu verlieren, hatte auch ihn tief getroffen. Er war ohne leibliche Familie aufgewachsen. Sam hatte ihn dafür mit einem Zuhause voller Kinder entschädigen wollen. Doch jetzt ... sie konnte es einfach nicht mehr versuchen, nicht einmal für ihn.

„Yo, Mann", meinte Roberto. „Wo bist du mit deinen Gedanken?"

„Sorry."

„Wollte dich nicht aus der Fassung bringen."

„Hast du nicht. Danke für die Informationen." Sie hielt ihm die Faust hin. „War schön, dich zu sehen."

Statt mit seiner Faust gegen ihre zu boxen, schloss er seine Hand auf rührende Weise um ihre. „Lass von dir hören."

„Mach ich."

Er ließ ihre Hand los. „Ich wünsche dir eine schöne Hochzeit, Sam. Du verdienst es, glücklich zu sein."

„Du auch."

„Ich arbeite dran."

„Bleib weiter auf dem richtigen Weg. Mach mich stolz." Sam folgte Freddie aus der Wohnung und ignorierte dabei den wütenden Blick von Angel. Draußen atmete sie tief die für die Jahreszeit ungewöhnlich kalte Luft ein.

„Er scheint ganz gut klarzukommen", meinte Freddie. Er hatte Sam hinter den Kulissen unterstützt, während sie undercover gearbeitet hatte, und wusste besser als jeder andere, was sie bei diesem schwierigen Auftrag durchgemacht hatte.

„Besser als bei unserer letzten Begegnung, so viel ist mal klar." Roberto zu sehen, hatte Sam in die schrecklichen Tage zurückversetzt, die auf die Schießerei in dem Crackhaus gefolgt waren. Im Schutz der Dunkelheit hatte sie sich damals ins Krankenhaus geschlichen, um nach dem jungen Mann zu sehen, der zu ihrem einzigen Freund in der Johnson-Bande geworden war.

Zuerst war Roberto natürlich wütend gewesen, als er von ihrer wahren Identität erfahren hatte. Doch als Sam ihm anbot, für ihn einen Weg hinaus aus seinem kriminellen Leben zu finden, war er umgänglicher geworden und hatte sich von ihr helfen lassen. Sam wusste, dass er nur ein Junge war, der sich in eine Sache hatte hineinziehen lassen, die ein paar Nummern zu groß für ihn war. Aus diesem Grund hatte sie sich beim Staatsanwalt für ihn eingesetzt, mit dem Ergebnis, ihn nur wegen seiner Tätigkeit als einer von Marquis Johnsons Drogenkurieren zu belangen.

Sam fand, die Lähmung seiner Beine war Strafe genug für die kleineren Vergehen, derer Roberto sich schuldig gemacht hatte, um in Marquis' Gunst zu steigen.

„Du hast etwas Gutes für ihn getan, Sam", sagte Freddie, als sie im Wagen saßen. „Er hat sein Leben wieder auf die Reihe bekommen."

„Scheint so." Wer, fragte sie sich, würde ihr helfen, ihres wieder auf die Reihe zu bekommen?

„Was kommt als Nächstes?", wollte Freddie wissen.

„Besuchen wir Faith Miller. Ich will wissen, warum es nicht zur Anklage wegen Vergewaltigung kam."

„Ich auch."

Sam und Freddie warteten zwanzig Minuten im Vorzimmer der Staatsanwältin darauf, dass Faith vom Gericht zurückkam.

„Ah", begrüßte sie die Wartenden mit freundlicher Miene. „Da kommt die Braut!"

„Sehr witzig", erwiderte Sam. „Zum Glück ist es bald soweit, dann habe ich die Brautwitze hinter mir."

„Nur zu deiner Information", meinte Freddie, „ich hatte eigentlich vor, noch sechs bis acht Monate lang Witze zu reißen."

Sam schenkte ihm ihr süßlichstes Lächeln. „Nicht, wenn du weiterhin deine Dienstmarke tragen willst."

Faith lachte über ihr Geplänkel und bat die beiden in ihr Büro. Die Staatsanwältin war eine von eineiigen

Drillingen, die in der Hauptstadt als stellvertretende Staatsanwältinnen tätig waren. Sam hatte auch schon mit Hope und Charity zusammengearbeitet, doch mit Faith verband sie das freundlichste Verhältnis.

„Was kann ich für Sie tun?", erkundigte Faith sich.

„Darius Gardner", sagte Sam.

Aus Faiths Gesicht wich alle Farbe, und sie saß vollkommen regungslos hinter ihrem mit Akten beladenen Schreibtisch. „Was ist mit ihm?"

Sam beobachtete sie genau. „Sie erinnern sich an den Fall?"

Die Staatsanwältin zuckte die Schultern. „Vorwurf der Vergewaltigung vor ein paar Jahren. Verlief im Sande." Sie hatte einen beiläufigen Ton angenommen, aber Sam registrierte das leichte Zittern ihrer Hand. Ein Blick zu Freddie verriet ihr, dass auch er es bemerkt hatte.

„Was zur Hölle geht hier vor?", wollte Sam wissen.

„Ich weiß nicht, was Sie meinen. Sie haben nach einem Fall gefragt, und ich habe Ihnen geantwortet. Was wollen Sie noch?"

„Ich will die Wahrheit!"

„Was kümmert Sie ein alter Fall einer Vergewaltigung, der nie vor Gericht verhandelt wurde?"

„Und warum erinnern Sie sich an einen alten Fall einer Vergewaltigung, der nie vor Gericht verhandelt wurde?"

Die beiden Frauen sahen einander unverwandt an.

„Ich habe zuerst gefragt", sagte Faith.

„Na schön. Bei dem Ort, an dem er ‚angeblich' das Mädchen vergewaltigt hat, handelt es sich um das Haus, in dem Clarence Reese gewohnt hat."

„Der Kerl, der seine Familie umgebracht und Sie samt Ihrem Wagen entführt hat."

„Ganz genau. Cruz, die Ausschnitte?"

Freddie reichte ihr die Plastiktüte mit den Zeitungsausschnitten über die Schüsse auf Sams Vater.

Sam legte die Tüte vor Faith auf deren Schreibtisch. „Das wurde in Reese' Haus gefunden. Bevor er sich an dem Tag, an dem er mich mitsamt meinem Wagen entführt hat, umbrachte, erzählte er mir, diese Sachen gehörten einem früheren Mieter, der sie zurückgelassen habe und nie wieder aufgetaucht sei."

„Und Sie glauben, dieser frühere Mieter sein Gardner gewesen?"

„Ich weiß nicht. Er war einer von mehreren Leuten, die dort wohnten, bevor Reese einzog."

„Wer sind die anderen?"

„Trace Simmons ist einer von ihnen."

„Ich kenne den Namen. Gangmitglied."

Sam bestätigte es. „Verraten Sie mir, weshalb es Sie so aus der Fassung gebracht hat, Gardners Namen zu hören?"

Faith sah zu Freddie, dann wieder zu Sam.

„Lässt du uns für einen Moment allein?", bat Sam ihn.

„Na klar." Er stand auf, verließ den Raum und schloss die Tür hinter sich.

Sam wartete geduldig und gab der Staatsanwältin Zeit, sich zu sammeln. „Was ist passiert, Faith?", fragte sie schließlich.

„Das bleibt unter uns."

„Erst mal muss ich wissen, was unter uns bleibt, bevor ich zustimme."

Faith umfasste ihren Stift mit beiden Händen.

Sam hatte die stets kühle, unerschütterliche Staatsanwältin noch nie so aufgewühlt erlebt.

„Ich möchte Ihnen bei der Suche nach der Person, die auf Ihren Vater geschossen hat, gern helfen, Sam. Aber ich rede nicht über Gardner."

„Dann werde ich mich an Forrester wenden“, erklärte Sam, auf den übergeordneten Staatsanwalt anspielend. „Ich werde ihn fragen, weshalb ein klarer Vergewaltigungsfall von einer seiner stellvertretenden Staatsanwältinnen fallengelassen worden ist.“

„Tun Sie's nicht.“

„Sagen Sie mir, warum ich es nicht tun sollte.“

„Um Himmels willen, Sam! Lassen Sie einfach die Finger von der Sache! Sie begeben sich da in etwas hinein, das Sie nicht einmal annähernd verstehen können.“

„Das sagen Sie allen Ernstes ausgerechnet zu mir? Was soll der Mist, Faith? Was glauben Sie, wird mich nach zwölf Jahren in diesem Job noch umhauen?“ Die Hände der anderen zitterten jetzt stärker. „Was immer es ist, Sie können es mir anvertrauen. Das wissen Sie.“

Faiths Miene hatte nichts mehr von der harten Staatsanwältin, die Sam kannte und respektierte. Jetzt sah Sam in die Augen einer verängstigten Frau. Mit leiser Stimme sagte Faith: „Er hat gedroht, meine kleine Nichte Molly zu töten, wenn ich den Fall vor Gericht bringe.“

Sam verarbeitete diese Information. „Und Sie haben ihm geglaubt? Sie sind doch bestimmt schon vorher bedroht worden.“

„Nicht auf diese Weise. Dieser Typ hat etwas echt Böses an sich. Und ob ich ihm geglaubt habe.“

„Wer weiß davon?“

„Sie und ich. Hope hatte Molly gerade bekommen. Ich konnte das weder ihr noch Charity anvertrauen. Falls Forrester es jemals herausgefunden hätte, wäre es das Ende meiner Karriere gewesen – und der meiner Schwestern auch, wenn sie Mitwisser gewesen wären. Ich habe niemandem davon erzählt, warum wir von einer Strafverfolgung abgesehen haben.“

„Was haben Sie Forrester denn gesagt?"

„Dass ich nicht glaube, wir könnten den Fall gewinnen. Er ist Politiker. Er will gewinnen. Es brauchte nicht viel, um ihn davon zu überzeugen, das Verfahren einzustellen."

„Was ist mit den zuständigen Detectives von der Sondereinheit für Sexualdelikte?" Sam konnte sich denken, wie die Kollegen es fanden, dass ein offenbar klarer Fall nicht vor Gericht landete.

„Gardner behauptete, der Sex sein einvernehmlich gewesen. Ich habe den zuständigen Detectives gesagt, vor Gericht stünde Aussage gegen Aussage."

„Aber Sie wussten, dass das nicht stimmte."

„Die Fotos des Opfers nach der Untersuchung durch die Spurensicherung verfolgen mich noch heute", gestand sie mit einem niedergeschlagenen Seufzer. „Nichts an diesem Sex war einvernehmlich. Mit Sicherheit hätte es für eine Verurteilung gereicht."

„Warum sind Sie nicht zu mir gekommen?"

In Faiths grünen Augen sammelten sich Tränen. „Die haben gesagt, sie würden das Baby zerhacken und es uns stückweise zuschicken."

Heiße Wut packte Sam. „Fangen Sie ganz von vorn an. Erzählen Sie alles und lassen Sie nichts aus."

„Sam, bitte. Ich bitte Sie als Kollegin und Freundin – lassen Sie die Sache ruhen."

Sam stützte die Ellbogen auf Faiths Schreibtisch und beugte sich vor. „Ich werde dieses Schwein kriegen, und Sie helfen mir dabei."

Faith schüttelte den Kopf und wischte sich die Tränen aus dem Gesicht. „Molly ist jetzt fast drei. Wie können Sie von mir verlangen, dass ich das Leben dieses wundervollen Kindes aufs Spiel setze? Des Kindes meiner Schwester!"

„Wie können Sie ruhig schlafen in dem Wissen, dass Sie einen brutalen Vergewaltiger haben laufen lassen?"

„Ich habe seit Jahren nicht mehr richtig geschlafen."

„Faith, kommen Sie schon! Sie haben einen Eid geschworen!"

„Wagen Sie bloß nicht, mich an meinen Eid zu erinnern! Sie ist meine Nichte! Verraten Sie mir mal, wie ich auch nur eine ruhige Minute schlafen soll, wenn ich dieses Schwein vor Gericht bringe und ihr anschließend etwas zustößt."

„Sie müssen mit Hope darüber sprechen. Die wird Ihnen dasselbe sagen wie ich."

Faith schnaubte verächtlich. „Sie wird *mir* zustimmen. Wir reden hier über ihr Kind. Haben Sie denn keine Nichten und Neffen, Sam?"

„Vier", antwortete Sam schon stiller. „Das Fünfte ist unterwegs."

„Dann versetzen Sie sich mal in meine Lage – was würden Sie tun, wenn jemand Ihnen droht, eines dieser Kinder zu zerhacken und Ihnen stückchenweise per Post zuzuschicken?"

Sam konnte sich das nicht einmal vorstellen, also versuchte sie es gar nicht erst. „Wie kam der Kontakt zwischen Ihnen und ihm denn eigentlich zustande?"

„Einer seiner Kumpel überbrachte die Botschaft zusammen mit einigen Nahaufnahmen des Babys, auf denen ihm der Lauf einer Pistole an den Kopf gehalten wird. Ich habe keine Ahnung, wie sie an das Baby herangekommen sind, aber da hatten sie definitiv meine Aufmerksamkeit. Am nächsten Tag standen Gardner und ich uns im Gericht gegenüber. Er grinste ..." Ihre gertenschlanke Gestalt erschauerte, und ihr Gesicht verlor jede Farbe. „Das Böse ... das absolut Böse. In diesem

Moment wusste ich, er würde Molly töten lassen, wenn ich Anklage gegen ihn erhebe."

„Ich muss Sie das fragen ... Ist etwas Derartiges schon früher vorgekommen?"

„Wenn Sie wissen wollen, ob ich schon früher bedroht worden bin, lautet die Antwort: Ja. Nahezu wöchentlich. Aber weder vorher noch nachher habe ich jemals wegen einer Drohung von einer Strafverfolgung abgesehen. Dieser Fall war etwas anderes."

Sam lehnte sich frustriert und zornig in ihrem Sessel zurück. „Ich wünschte, Sie wären damit zu mir gekommen."

„Ich wünschte, ich hätte das Gefühl gehabt, dass das eine Option ist."

„Sie müssen Hope davon erzählen."

Faith schüttelte den Kopf. „Niemals."

„Ich werde den Kerl schnappen. Ich werde suchen und suchen, bis ich etwas finde, mit dem ich ihn drankriege. Wenn er nicht auf meinen Dad geschossen hat, dann werde ich etwas anderes finden. Und dann präsentiere ich den Fall Forrester persönlich, damit Gardner gar keinen Grund hat, Sie oder Ihre Familie zu bedrohen."

„Und was ist mit Ihrer Familie?"

„Um die kümmere ich mich."

„Unterschätzen Sie ihn nicht, Sam. Ich habe viel Böses gesehen in meinem Amt, aber eine solche Aura wie bei ihm habe ich noch nie gespürt. Ich kann es nicht einmal richtig beschreiben."

„Überlassen Sie ihn mir. Ich werde ihn mir vornehmen. Und wenn ich mit ihm fertig bin, wird der niemanden mehr bedrohen, schon gar nicht eine Staatsanwältin."

„Seien Sie vorsichtig. Sehr, sehr vorsichtig."

Sam grinste frech. „Bin ich immer."

„Halten Sie mich auf dem Laufenden."

„Diesmal nicht. Wenn ich Sie ganz heraushalte, kann er Sie nicht wieder bedrohen.“

„Danke, Sam.“

„Sie können mir danken, sobald wir den Kerl hinter Gitter gebracht haben.“

„Glauben Sie mir, das werde ich auch.“

„Sehen wir uns bei der Hochzeit?“

„Ich werde da sein.“

Sam verließ Faiths Büro und fand Freddie im Vorzimmer, wo er in einer Zeitschrift blätterte. „Na los, Cruz, fahren wir.“

Überrascht von ihrem plötzlichen Erscheinen, sprang er auf und ließ die Zeitschrift fallen. Er hob sie auf, warf sie auf den Tisch und lief Sam hinterher. „Wohin fahren wir, Boss?“

„Einen Drecksack schnappen.“

„Eine meiner Lieblingsbeschäftigungen.“

4
____

Erzählst du mir, was da drin passiert ist?", fragte Freddie auf
der Fahrt zurück zum Hauptquartier.

Sam überlegte einen Moment. „Ich werde es dir und
Captain Malone erzählen, aber sonst niemandem."

„Okay."

Sie berichtete ihm, was Faith ihm anvertraut hatte.

„Ach du Scheiße", murmelte er. Dieser seltene Fluch
verriet ihr, wie entsetzt er von dieser Geschichte war. „Wie
sieht unser Plan aus?"

„Wir werden uns den Kerl schnappen – wegen Faith und
der Frau, die er vergewaltigt hat." Sam musste unwillkürlich
an ihre Kollegin Jeannie McBride denken, die vor Kurzem
im Lauf einer Ermittlung entführt und vergewaltigt worden
war. Jeannie hatte ihre Absicht bekundet, zur Hochzeit zu
erscheinen, doch das würde Sam erst glauben, wenn sie es
sah. Seit sie aus dem Krankenhaus entlassen worden war,
hatte sie das Haus ihres Freundes Michael kaum verlassen.

„Was ist der erste Schritt?"

„Ich werde Ramsey von der Special Victims Unit
aufsuchen, den Detective der Spezialeinheit für

Sexualdelikte, der damals den Fall bearbeitet hat. Du suchst inzwischen alles über Gardner zusammen, was du finden kannst. Kein Detail ist zu unwichtig."

„Verstanden."

„Und sprich mit niemandem über diese Sache. Im Ernst. Faith würde ihren Job verlieren, wenn das jemals ans Licht kommt, ganz zu schweigen davon, was die Rechtsanwaltskammer dazu sagen würde."

„Ich habe schon begriffen, dass sehr viel auf dem Spiel steht."

„Ich weiß, dass ich dir vertrauen kann, andernfalls hätte ich es dir nicht erzählt."

Sams Handy begann, die Melodie von „When You Wish Upon a Star" zu spielen. Sie zog es aus der Manteltasche, klappte es auf und stöhnte. „Gottverdammt."

Freddie warf ihr einen bösen Blick zu. Es war ihm zuwider, wenn sie den Namen des Herrn missbräuchlich verwendete. „Was ist denn?"

„Die verrückte Tinkerbell erinnert mich daran, dass ich um sechs meine letzte Kleideranprobe habe." Sie sah auf ihre Uhr. Schon kurz nach fünf. Wo war bloß die Zeit geblieben? „Ich schaue schnell bei der Special Victims Unit rein, bevor ich verschwinde. Kümmerst du dich um den Rest?"

„Klar."

„Schick mir einen Bericht nach Hause. Ich genehmige Überstunden."

„Wofür?", fragte eine Stimme hinter ihr.

Sam drehte sich um und entdeckte ihren Captain und Mentor. Er stand da, die Hände auf den Hüften, die silbrigen Brauen zusammengezogen.

„Gab es einen Mord, von dem ich nichts weiß?"

Da sie unter Zeitdruck war, wandte Sam sich an Freddie. „Erklärst du ihm bitte alles?"

„Mach ich."

„Kleideranprobe", sagte Sam verlegen.

Malone grinste. „Machen Sie ein Video davon, damit wir uns später darüber schlapp lachen können?"

Die Phrase „Leck mich" lag ihr auf der Zunge.

„Ich glaube, sie würde jetzt gern dringend eine Bemerkung loswerden", meinte Freddie, worauf die beiden Männer lachten.

Sam konnte es wirklich nicht mehr erwarten, die Hochzeit endlich hinter sich zu bringen. „Mach dich an die Arbeit, Cruz."

Er grinste. „Jawohl, Ma'am."

Mit einem gekünstelten Lächeln verabschiedete sie sich von ihrem Vorgesetzten. „Captain."

„Lieutenant." Er tippte auf seine Uhr. „Kommen Sie nicht zu spät."

„Leckt mich", murmelte sie und fühlte sich gleich besser, obwohl sie das Lachen immer noch hinter sich hörte. Mit dem Fahrstuhl fuhr sie in den zweiten Stock, wo sich die Special Victims Unit befand. Sam erkundigte sich bei der Sachbearbeiterin der Abteilung nach Detective Ramsey.

„Einen Moment, Lieutenant. Ich sehe mal nach, ob er da ist."

Während Sam wartete, rief sie schnell ihre Schwester Tracy an, um Bescheid zu sagen, dass sie die Anprobe nicht vergessen hatte und in Kürze eintreffen würde. Ihr war bewusst, dass sie als Braut nicht sonderlich bei der Sache war. Genau aus diesem Grund hatte die Hochzeitsplanerin, von ihr Tinkerbell genannt, auch diese Erinnerungsmeldungen in Sams Handy programmiert. Ohne die wäre das alles noch ein größeres Chaos gewesen.

Sam hegte keinerlei Zweifel daran, dass die Hochzeit ein denkwürdiger, wunderschöner Tag werden würde. Trotzdem hätte sie es allmählich gern hinter sich, um endlich wieder zur Normalität zurückkehren zu können.

Über diesen Gedanken musste sie lachen. Seit sie wieder mit Nick zusammengekommen war, sechs Jahre nach einem erinnerungswürdigen One-Night-Stand, war ihr Leben alles andere als normal verlaufen. Aber anders wollte sie es auch gar nicht haben. Plötzlich sehnte sie sich danach, ihn zu sehen, mit ihm zusammen zu sein und jenes Gefühl zu empfinden, das nur er ihr geben konnte. Sie vermisste ihn, und es wurde Zeit, die Dinge zwischen ihnen wieder ins Lot zu bringen.

„Lieutenant?", sagte die Sachbearbeiterin. „Detective Ramsey erwartet Sie im Konferenzraum. Hier entlang, bitte."

Sam folgte der jungen Frau durch ein Labyrinth aus Büroabteilen, die vor so kurzer Zeit renoviert worden waren, dass der Geruch des neuen Teppichbodens stechend war. Wann bekam endlich ihr arg mitgenommenes Kommissariat ein dringend benötigtes Facelifting? Sie nahm sich vor, das demnächst bei Chief Farnsworth zur Sprache zu bringen. Nachdem sie drei Mordfälle hintereinander innerhalb kurzer Zeit aufgeklärt hatte, schuldete er ihr etwas.

Detective Ramsey war Mitte fünfzig, hatte braungraue kurze Haare und strahlte Geradlinigkeit aus. „Was kann ich für Sie tun, Lieutenant?"

„Ich interessiere mich für einen Ihrer älteren Fälle, es ging um Vergewaltigung. Darius Gardner wurde die Tat vorgeworfen, doch er entging einer Verurteilung."

Im Nu verschwand die sachliche Miene, und er wirkte aufgewühlt. „Weil die stellvertretende Staatsanwältin Faith

Miller mich verarscht hat. Und dann weigerte sich das Opfer auch noch, eine Aussage zu machen. Ich habe immer vermutet, dass Miller sie beeinflusst hat."

Dieser Teil war Sam neu. Faith hatte ihr gegenüber nicht erwähnt, dass sie dem Opfer geraten hatte, keine Aussage zu machen. Im Licht dessen, was Faith ihr erzählt hatte, war Sam eher davon ausgegangen, dass Gardner sein Opfer bedroht hatte. „Wäre es möglich, Ihre Akten und Notizen des Falles zu bekommen?"

„Wofür?"

„Ich bearbeite einen alten ungeklärten Fall, und dabei tauchte sein Name auf."

Er ließ es sich offenbar durch den Kopf gehen. „Warten Sie einen Moment."

„Viel länger geht auch nicht. Soll ich lieber morgen wiederkommen?"

„Ich habe sie griffbereit. Bin gleich wieder da." Tatsächlich kam er kurz darauf mit der Akte zurück. „Bringen Sie mir die zurück?"

„Ganz bestimmt. Ich bedanke mich für Ihre Unterstützung."

„Wenn es Ihnen nichts ausmacht, halten Sie mich auf dem Laufenden. Was mit dieser Frau passiert ist ... das vergisst man nicht. Verstehen Sie?"

Sam dachte an Quentin Johnson. „Ja, das verstehe ich. Ich halte Sie gern auf dem Laufenden."

„Sie sind ja ein ziemlicher Star hier."

Verblüfft von seinem Ton, wählte sie ihre Worte sorgfältig. „Wenn Sie das sagen."

„Muss ganz angenehm sein."

Aha, diesmal war der höhnische Unterton nicht zu leugnen. „Wollen Sie damit etwas Bestimmtes andeuten, Detective?"

„Nein, Ma'am."

Sam nahm sich vor, einen Blick in Ramseys Personalakte zu werfen, um seine Karriere – oder das Ausbleiben derselben – unter die Lupe zu nehmen. Sie war bestimmt zwanzig Jahre jünger, stand jedoch zwei Dienstgrade über ihm, was vermutlich ein Grund für seinen Spott war.

„Meinen Glückwunsch." Er schien sich um einen versöhnlicheren Ton zu bemühen. „Zur Hochzeit."

„Danke. Da wir gerade davon sprechen – ich komme zu spät. Noch mal danke für die Information."

Er nickte, und sie spürte seinen Blick – sowie den jedes Einzelnen aus der Abteilung – auf sich, als sie sich durch das Labyrinth der Büroabteile auf den Ausgang zubewegte.

Na, das war ja reizend. Wenn es eines an ihrem neuen Leben mit Nick gab, was Sam nur schwer ertrug, dann die ständige Beobachtung ihres Privatlebens und ihrer Beziehung durch die Presse. Als Cop konnte sie so viel Aufmerksamkeit überhaupt nicht gebrauchen. Sie ertrug es, weil es für Nicks Wahlkampagne gut war und für seine Karriere. Aber im Grunde hielt sie nichts davon.

Auf dem Weg zu Tinkerbells modischem kleinen Laden in Georgetown versuchte Sam, den bis dahin beunruhigenden Tag abzuschütteln und in den Brautmodus umzuschalten. Obwohl sie schon eine Hochzeit in Weiß erlebt hatte und diesmal lieber schnell in Las Vegas geheiratet hätte, war es doch Nicks erste Heirat. In den sechs Wochen, seit sie eine Wette gegen ihn verloren hatte und er das Datum für die Trauung hatte festlegen dürfen, hatte sie sich oft sagen müssen, dass sie das alles für ihn tat.

Um zehn nach hastete Sam in den Laden, wo bereits ihre Schwestern Tracy und die zum zweiten Mal schwangere Angela auf sie warteten, außerdem Tracys Töchter, die fünfzehnjährige Brooke und die siebenjährige

Abby, die Sams Junior-Brautjungfern sein sollten. Wie üblich in letzter Zeit sah Brooke genervt von der ganzen Sache aus, während Abby vor Aufregung strahlte. Als sie Sam erblickte, kam sie angerannt.

„Sam! Da bist du ja!"

„Hey, Püppchen." Sam hob das kleine Mädchen auf die Arme und wirbelte es herum. Ihr Herz zog sich zusammen bei der Erinnerung an die Unterhaltung mit Faith. Sie war überzeugt gewesen, genau zu wissen, wie sie sich in der Situation verhalten hätte. Doch als Abby die kleinen Ärmchen um ihren Hals schlang und Sam in ihren blonden Locken den Duft des Erdbeershampoos roch, dachte sie plötzlich anders darüber. Würde sie nicht auch alles tun, um dieses Kind zu schützen? Jedes der vier Kinder, die sie von ganzem Herzen liebte?

Doch, genau das würde sie. Während Abby sich an sie klammerte, verstand Sam, warum Faith das getan hatte.

„Oh, da bist du ja, Liebes." Sams Stiefmutter Celia kam aus dem Hinterzimmer, in dem lavendelfarbenen Brautmutterkleid, das sie vor Wochen ausgesucht hatten.

„Das sieht fantastisch aus, Celia." Sam stellte Abby auf die Füße und betrachtete eingehend die Frau, die ihren Vater am Valentinstag geheiratet hatte. Celia hatte kastanienbraunes Haar, grüne Augen und ein herzförmiges Gesicht, dem die Begeisterung anzusehen war.

„Ich liebe es auch."

Shelby Faircloth kam herein, in einem ihrer pinkfarbenen Kostüme, die aus einem schier unerschöpflichen Vorrat zu stammen schienen. Dazu trug sie wie immer endlos hohe Absätze. Doch selbst damit reichte sie Sam nur knapp bis zur Schulter. „O yeah", rief sie und klatschte in die Hände. „Jetzt sind alle da. Fangen wir an."

„O yeah", äffte Brooke sie nach.

Da sie das Schlusslicht bildete, entging Sam der kleine Klaps nicht, den Tracy ihrer ältesten Tochter auf den Kopf gab. „Reiß dich zusammen", ermahnte Tracy sie leise. „Auch wenn du es kaum glauben kannst, aber in dieser Woche dreht sich mal nicht alles um dich."

„Du kannst mich", erwiderte Brooke.

Sam staunte nicht schlecht. Wann hatte ihre süße, nette Nichte sich in eine solche Rotzgöre verwandelt?

Tracy ließ sich zurückfallen und wandte sich an Sam. „Tut mir leid."

„Wow, was ist denn mit der los?"

„Sie ist ganz schön anstrengend geworden."

„Du lässt sie in diesem Ton mit dir reden?"

Tracy gab einen verächtlichen Laut von sich. „Wie, bitte schön, soll ich das verhindern?"

„Nimm ihr das Handy weg. Nimm ihr alles weg."

„Hab ich alles schon gemacht. Hundertmal. Es interessiert sie nicht."

Angela kam zu ihnen. „Was ist mit euch? Kommt ihr?"

„Ja", antwortete Tracy.

Sam nickte Angela zu, die wieder zu den anderen ging. Zu Tracy sagte sie: „Falls ich irgendetwas tun kann …"

„Mach dir unseretwegen keine Sorgen. Dies ist deine Woche."

„Trotzdem …"

„Sehen wir zu, dass wir die Braut in dieses Kleid kriegen", meinte Tracy und zog Sam hinter sich her. „Ich weiß nicht, wie ihr darüber denkt, Leute, aber ich kann es kaum erwarten, sie in dem Kleid zu sehen."

· · ·

Sam fuhr nach Hause und dachte über die hässliche Szene mit Brooke nach, die die Freude über die gelungene Anprobe ihres gesamten Hochzeitsensembles getrübt hatte. Nachdem Sam ein Vera-Wang-Kleid zu einem Staatsbankett im Weißen Haus getragen hatte, hatte die Designerin persönlich Kontakt zu Shelby aufgenommen, um für die Braut ein Kleid zu entwerfen. Nun war das trägerlose Kleid aus elfenbeinfarbener Seide fertig. Oben saß es körperbetont, unten bauschte es sich, und es hatte keine Schleppe. Sam liebte es tatsächlich und glaubte, dass es Nick auch gefallen würde.

Sam musste daran denken, wie Shelby sich über den blauen Fleck aufgeregt hatte, den die Verhütungsspritze an ihrem Arm hinterlassen hatte. Sam hatte nicht damit gerechnet, dass das eine solch große Stelle zur Folge haben könnte. Nachdem Shelby sich beruhigt hatte, schlug sie vor, den blauen Fleck am Samstag mit Make-up zu überdecken. Sam machte sich eher Sorgen darüber, wie sie Nick die Stelle erklären sollte, da er praktisch Buch führte über ihre Verletzungen.

Nur äußerst ungern verheimlichte sie etwas vor ihm, und sie war ohnehin schon sehr emotional in dieser besonderen Woche. Das würde durch ihr Geständnis, dass sie beim Arzt gewesen war, bestimmt nicht besser werden. Sie würde es ihm in den Flitterwochen erzählen, wenn sie ganz entspannt wären, ohne Stress durch Arbeit und Hochzeitsplanung.

Das war am besten. Hoffentlich würde er verstehen, weshalb sie sich die Spritze hatte geben lassen und warum sie es ihm zunächst nicht erzählt hatte. Sie parkte vor ihrem Stadthaus in der Ninth Street und überlegte, ob sie noch rasch bei ihrem Vater hereinschauen sollte. Seit sie bei Nick eingezogen war, hatte sie versucht, ihren Vater jeden Tag zu besuchen. Aber jetzt wollte sie zu Nick. Sie beschloss, morgen vor der Arbeit bei ihrem Dad vorbeizuschauen.

Sie nahm die Gardner-Akte und blieb einen Moment vor dem Haus stehen, um die Rampe zu betrachten, die Nick als Überraschung hatte bauen lassen, damit ihr Dad zu Besuch kommen konnte. Als sie die zerstörte Vordertreppe zu Beginn der Bauarbeiten gesehen hatte, war ihr fälschlicherweise der Verdacht gekommen, ihr frisch aus dem Gefängnis entlassener Exmann hätte erneut eine Bombe platziert. Der Anblick hatte verstörende Minuten zur Folge gehabt, bis Nick auftauchte und ihr alles erklärte. Es bedeutete ihr unendlich viel, dass er ihr gemeinsames Haus für ihren gelähmten Vater zugänglich gemacht hatte. Ihr Verlobter war unbestreitbar einzigartig.

Sie sehnte sich danach, ihn endlich zu sehen, und lief eilig die Rampe hinauf. Drinnen empfing sie ein köstlicher Duft sowie flackernder Kerzenschein aus dem Esszimmer. Nick tauchte aus der Küche auf und wischte sich die Hände an einem Handtuch ab. Das Handy klemmte zwischen Wange und Schulter.

„Du hast wirklich kein Problem damit, am Samstag bei Sams Schwester Angela und ihrer Familie zu übernachten?" Er lauschte der Antwort am anderen Ende der Leitung. „Genau, Jacks Eltern. Du hast sie bei dem Abendessen bei Sams Dad kennengelernt. Die bringen dich Sonntag nach Hause." Nick lachte und zwinkerte Sam zu. „Ich werde Freitagmittag da sein. Bis dann also, Kumpel. Okay. Bye."

„Wie geht es Scotty?", erkundigte Sam sich.

„Er ist schon ganz aufgeregt, weil ich ihn Freitag aus der Schule abhole." Nick hatte den zwölfjährigen Jungen in einem Kinderheim in Richmond kennengelernt und rasch Freundschaft mit ihm geschlossen, weil sie beide die Boston Red Sox liebten. Der Junge hatte vor Kurzem ein

Wochenende mit Nick und Sam verbracht und anscheinend nichts dagegen gehabt, Nick auf seiner Wahlkampftour zu begleiten. Sam nahm an, dass der Junge ihm überallhin folgen würde, solange es bedeutete, dass er irgendwie Zeit mit ihm verbringen konnte. Und das konnte sie durchaus verstehen.

„Hast du daran gedacht, seinen Smoking zu bestellen?", fragte sie.

„Alles erledigt."

„Natürlich, was sonst. Vermasselst du auch mal was? Vergisst etwas? Verhältst du dich überhaupt mal wie ein normaler Mensch, der einen der siebenundzwanzigtausend Bälle, die er gleichzeitig jongliert, fallen lässt?"

Lächelnd erwiderte er: „Gelegentlich."

„Sagst du mir Bescheid, wenn es das nächste Mal passiert? Ich würde den Moment gern auskosten."

„Klar doch, mach ich." Er gab ihr einen Kuss auf die Stirn, nahm ihr den Mantel ab und hängte ihn wie immer in den Flurschrank. Sam hätte ihn einfach aufs Sofa geworfen. Warum aufhängen, wenn sie ihn morgen früh doch wieder brauchte?

„Wie war die Kleideranprobe?", wollte er wissen.

„Toll, und weißt du, was das Beste daran war? Dass es sich um die definitiv letzte Anprobe gehandelt hat."

Amüsiert entgegnete er: „Wie sieht das Kleid aus?"

Sam verzog das Gesicht und zuckte die Schultern. „Hm, na ja, du weißt schon. Wie ein Kleid halt aussieht."

„Versuchst du gerade, meine Erwartungen herunterzuschrauben?"

„Ich würde dich nur äußerst ungern enttäuschen."

Er legte ihr den Zeigefinger unters Kinn, damit sie ihn ansah. „Du könntest einen Leinensack tragen, und ich wäre nicht enttäuscht – solange du drinsteckst und solange ich ihn dir ausziehen darf." Er unterstrich seine Worte mit einem sinnlichen Kuss.

Wann immer er sie auf diese Weise ansah, schmolz sie förmlich dahin. „Und das sagst du mir jetzt! Wenn du mir das vor sechs Wochen gesagt hättest, hätte ich mir all diese Anproben sparen können!"

Dieses Lächeln von ihm ... wow, was für eine Wirkung es auf sie hatte ...

„Bist du hungrig?", erkundigte er sich.

„Und wie. Was gibt es zum Abendessen?"

„Brathähnchen, Kartoffelbrei und Gemüse."

„Wann hattest du denn Zeit, ein Hähnchen zu braten?"

„Das hat der Supermarkt übernommen. Ich habe es bloß gekauft und nach Hause mitgenommen."

„Und das ist das Wichtigste an der ganzen Sache. Duftet köstlich."

Er führte sie ins Esszimmer, hielt ihr den Stuhl bereit und schenkte ihr ein Glas Wein ein.

Sam konnte sich nicht daran erinnern, wann das letzte Mal einer von beiden zu Hause gekocht hatte. In letzter Zeit hatten sie ständig hier und dort eilig gegessen, von Mußestunden keine Spur mehr.

Das Essen, das Nick zubereitet hatte, war lecker und sättigend, und anschließend blieben sie noch beim Weißwein sitzen.

„Hast du heute Abend gar keine Wahlkampfveranstaltung?"

„Die habe ich verschoben. Ich habe gesagt, bei mir sei eine Erkältung im Anflug."

„Warum?"

„Weil ich heute Abend wichtigere Dinge zu tun habe."

„Welche denn?"

„Mit dir zu Abend essen, zum Beispiel."

„Nick", sagte sie gerührt. „Du befindest dich mitten im Wahlkampf. Da kannst du nicht einfach wichtige Veranstaltungen ausfallen lassen."

„Wenn eine verpasste Cocktailparty meine Wahl verhindert, dann kann ich es ohnehin vergessen." Er nahm ihre Hand und hob sie an die Lippen, eine Geste, die ihr Herz schneller schlagen ließ. „Du hast mir gefehlt. Es war alles so hektisch in letzter Zeit, dass wir uns kaum gesehen haben. Ich hasse das."

„Du hast mir auch gefehlt." Sie verschränkte ihre Finger mit seinen. „Es ist meine Schuld." Sie musste sich wegen der aufsteigenden Emotionen zusammennehmen und zwang sich, Nick ins Gesicht zu sehen. „Na ja, ich neige dazu, mich in mich selbst zurückzuziehen nach ... du weißt schon."

„Es ist nicht allein deine Schuld, Liebes. Ich habe mich in die Arbeit gestürzt, um nicht darüber nachdenken zu müssen."

„Es tut mir unendlich leid, dass ich dich traurig gemacht habe. Und dass ich dir nicht geben konnte ...“

„Nicht. Bitte sag das nicht." Er zog sie auf seinen Schoß und legte die Arme um sie. „Du hast mir so viel gegeben, Samantha." Er löste ihre Haarklammer, die sie während der Arbeit trug, und die Haare fielen wie ein Regenschauer auf ihre Schultern hinab. „So unendlich viel. Mehr, als ich mir je erträumt hätte."

Sie legte den Kopf auf seine Schulter und atmete seinen frischen, würzigen Duft ein. „Ich weiß, wie sehr du dir eine Familie wünschst."

„Du bist die Familie, die ich nie hatte. Das ist mehr als genug, und das habe ich dir auch schon gesagt."

„Trotzdem ...“

„Ich mache mir Sorgen um dich, Liebes. Ich weiß, wie sehr es dich mitgenommen hat, und ich hätte für dich da sein sollen, statt mich in meiner eigenen Niedergeschlagenheit zu verlieren. Es tut mir leid, dass ich nicht so für dich da war, wie ich es hätte sein sollen."

Tränen füllten ihre Augen. Womit hatte sie diesen einfühlsamen, wundervollen Mann verdient? Dass er eine wichtige Wahlkampfveranstaltung abgesagt hatte, um den Abend mit ihr zu verbringen, verstärkte Sams Schuldgefühle zusätzlich zu dem, was sie ihm verheimlichte. Sie musste ihm die Wahrheit sagen.

„Ich habe heute etwas getan. Etwas, worüber ich vorher mit dir hätte reden müssen." Die Worte waren heraus, bevor sie sie hätte aufhalten können – so viel zu ihrem Plan, mit diesem Thema bis zu den Flitterwochen zu warten.

Sie spürte seine Anspannung körperlich, da sie nach wie vor auf seinem Schoß saß. „Was denn?"

„Ich war bei Harry."

„Weswegen?"

Sie hob den Kopf von seiner Schulter, damit sie sein Gesicht sehen konnte. „Empfängnisverhütung."

Seine Miene war völlig ausdruckslos, deshalb vermochte Sam seine Gedanken nicht einmal zu ahnen. „Und weiter?"

„Er hat mir eine Spritze gegeben, die drei Monate vorhält."

Nick schwieg eine ganze Weile. „Oh", sagte er schließlich. „Ich dachte, du willst ... ich meine, ich dachte, *wir* wollen ..."

„Will ich auch. Wollen wir beide. Aber ich muss stärker werden, bevor wir das erneut probieren. Ich war verzweifelt und bin zu ihm gegangen, ohne vorher mit dir zu sprechen. Das war falsch, und das ist mir jetzt klar. Ich ... ich brauche einfach ein bisschen Zeit."

„Hast du gedacht, ich würde das nicht verstehen?"

„Ich habe befürchtet, du würdest enttäuscht sein, und das konnte ich nicht ertragen. Nicht schon wieder."

„Sam, Liebling, wann wirst du je lernen, dass du mich gar nicht enttäuschen kannst? Nicht einmal, wenn du etwas vor mir geheim hältst. Obwohl, da bist du schon nahe dran, besonders wenn es um wichtige Dinge geht, die wir gemeinsam entscheiden sollten." Den letzten Teil sagte er in einem ernsten Ton, der sie aufhorchen ließ. Doch aus seinem Gesicht sprachen nur Liebe und Besorgnis.

„Ich arbeite dran, versprochen. Ehrlich."

Er seufzte, drückte sie an sich und gab ihr einen Kuss auf die Stirn. „Ich kann nicht einmal ahnen, was du bei vier Fehlgeburten durchgemacht hast. Die eine hat mich schon völlig aus der Bahn geworfen."

Es tat weh, das zu hören und den Schmerz in seinen Augen zu sehen. „Manchmal frage ich mich, ob es vielleicht einfach nicht sein soll."

„Wenn das der Fall ist, gibt es noch andere Möglichkeiten. Ich habe dir schon erklärt, dass ich mit einer Adoption oder Leihmutter kein Problem hätte. Was immer du möchtest. Wir werden eine Lösung finden, sobald du bereit bist."

„Ich bin mir nicht sicher, ob ich für einen weiteren Versuch die Kraft habe."

„Wir müssen es nicht heute entscheiden."

Sam brauchte einen Moment und wählte ihre Worte mit Sorgfalt, wobei sie sich bemühte, ihre Gefühle aus dem Spiel zu lassen. „Bevor wir uns am Samstag das Jawort geben, will ich, dass dir eines klar ist: Es besteht durchaus die Möglichkeit, dass ich keinen weiteren Versuch, ein Baby zu bekommen, unternehmen will."

„Das siehst du vielleicht anders ..."

Sie legte ihm den Zeigefinger auf die Lippen. „Vielleicht

aber auch nicht. Ich muss wissen, ob das für dich in Ordnung ist. Festzustellen, dass es noch funktioniert, ändert ja tatsächlich alles."

„Nein, tut es nicht. Ich habe dir gesagt, dass wir es genau so machen werden, wie du es willst."

„Du musst dir sicher sein."

„Ich bin mir sehr sicher, dass ich dich liebe und nicht ohne dich leben kann. Ich nehme dich so, wie du bist, auch wenn wir nie auf die altmodische Weise ein Baby haben werden."

„Du bist nicht wütend wegen der Spritze?"

„Ich wünschte, du hättest vorher mit mir darüber gesprochen, aber ich verstehe, warum du es getan hast. Vergiss nicht – egal, was kommt, wir finden einen Weg. Überleg nur, was wir schon alles gemeinsam durchgestanden haben."

„Unser Leben kann aber nicht ewig derartig turbulent bleiben wie in letzter Zeit, oder?"

„Mann, ich hoffe nicht."

Sam lachte und fühlte sich viel unbeschwerter, seit sie ihm die Wahrheit gesagt hatte. Sie hätte wissen müssen, dass er es verstehen würde. War er nicht stets verständnisvoll? „Ich liebe dich", sagte sie. „Ich liebe dich mehr als alles auf dieser Welt."

„Ich liebe dich auch, und ich kann es kaum erwarten, bis du meine Frau bist."

„Nur noch vier Tage – noch ist Zeit, deine Meinung zu ändern", sagte sie mit neckendem Grinsen.

„Das wird nicht passieren." Er küsste sie mit all der in den vergangenen Wochen angestauten Leidenschaft. „Lass uns noch einen weiteren Deal machen", schlug er vor, nachdem sie wieder in die Realität zurückgekehrt waren.

„Was für einen Deal?"

„Wenn das nächste Mal etwas passiert – etwas Übles oder Aufwühlendes –, dann stehen wir es gemeinsam durch. Nicht jeder für sich allein, wie wir es diesmal gemacht haben."

Sie nickte. „Abgemacht."

„Wie wär's, wenn wir in den Jacuzzi steigen?"

„O ja." Sam seufzte vor Wonne bei der Vorstellung. „Bitte."

5

Obwohl sie vorgehabt hatte, den Abend mit der Gardner-Akte zu verbringen, brachte Sam einfach nicht mehr die Energie auf, sich aus dem Whirlpool zu erheben. Die Kombination aus warmem Wasser, Wein, angenehmer Gesellschaft sowie dem klärenden Gespräch mit Nick hatte zur Folge, dass sie entspannt war wie seit Wochen nicht.

Nick ließ den Finger auf ihrem Arm kreisen und holte sie damit aus ihrem angenehmen Dämmerzustand. „Was ist denn da passiert?" Er meinte den blauen Fleck.

„Das kommt von der Spritze."

„Autsch." Er küsste die Stelle zärtlich.

„Schon viel besser."

„Du musst ja echt verzweifelt gewesen sein, wenn du dir freiwillig eine Spritze hast geben lassen."

Bei der Erinnerung an die Nadel schüttelte Sam sich. „Stimmt."

Er küsste weiter ihren Arm, wovon sie eine Gänsehaut bekam. „Es tut mir leid, dass ich es bis zu diesem Punkt habe kommen lassen. Ich wünschte, du hättest mit mir gesprochen."

Sie fuhr ihm durch die Haare. „Ich weiß, das hätte ich tun sollen. Ehrlich gesagt habe ich befürchtet, du würdest es mir ausreden."

„Ich hätte es vielleicht versucht."

„Ich möchte dir schrecklich gern eine Familie schenken, Nick."

„Eine Familie bedeutet nicht notwendigerweise ein Baby."

„Wie meinst du das?"

Er sah ihr in die Augen, und die Verletzlichkeit, die sie darin las, rührte sie zutiefst. „Na ja, ich habe an Scotty gedacht."

„Ich auch."

„Wirklich?"

Sie nickte. „Du verbringst viel Zeit mit Fahrten nach Richmond."

Nick winkte ab. „Das macht mir nichts aus. Ich bin gern mit ihm zusammen."

„Ich auch. Er ist ein wundervoller Junge."

„Ich mag es, wie dankbar er schon für die kleinste Freundlichkeit ist. Er erinnert mich an ..."

„Er erinnert dich an dich selbst, nicht wahr?"

„Ja. Ich weiß, wie es ist, ganz allein zu sein. Ich hatte zwar meine Großmutter, aber die wollte mich nicht. Das war mir die ganze Zeit bewusst."

Sam stellte ihn sich als einsamen kleinen Jungen vor und fühlte mit ihm. „Wir könnten viel für ihn tun."

Nick nahm ihre Hand und verschränkte seine Finger mit ihren. „Daran denke ich auch dauernd. Ich kann es nicht erklären, aber als wir uns zum ersten Mal begegnet sind, hatte ich das Gefühl, ihn zu kennen."

„Was machen wir nun?"

„Ich habe keine Ahnung. Wir beide finden ja kaum Zeit

füreinander. Auch wenn ich mich gern einmischen und sein Leben verändern möchte, müssen wir realistisch bleiben. Am Ende könnte er mit uns einsamer dastehen, als er ohnehin schon ist."

„Nein, das würde nicht passieren."

„Woher nimmst du die Gewissheit?"

„Er hätte ja nicht nur uns. Da wären noch mein Dad und Celia und Ang und Spence und Jack und Tracy und Mike und deren Kinder. Und dann noch die O'Connors, dein Dad, dessen Familie. Er hätte unsere ganze Sippe."

Nick wirkte plötzlich hellwach. „Willst du damit andeuten, was ich glaube?"

„Ich will damit sagen, dass wir durchaus darüber sprechen sollten, um sicher zu sein, dass wir für uns alle das Richtige tun."

„Du erstaunst mich wieder einmal, Samantha."

Sie lachte. „Weil ich das Gleiche denke wie du? Warum ist das so erstaunlich?"

„Ich war mir ziemlich sicher, dass du nicht allzu viel von der Idee halten würdest."

„Vom ersten Moment an, als ich euch zusammen gesehen habe, wusste ich, dass er zu uns gehören würde. Ich wusste weder wie noch wann, aber ich konnte sehen, dass du sehr an ihm hängst."

Nick streichelte liebevoll ihr Gesicht und küsste sie. „Danke für dein Verständnis."

„Wir werden etwas unternehmen in dieser Sache." Sie schmiegte sich in seine Umarmung. „Nach der Hochzeit werden wir uns etwas einfallen lassen."

„Wollen wir raus?"

„Wenn es sein muss."

„Es wird spät." Er stieg als Erster aus dem Whirlpool und holte Handtücher. Eines wickelte er sich um die

Hüften, das andere hielt er für Sam bereit. Als er es ihr umlegte, zog er sie an sich und hielt sie eine ganze Weile.

„Danke, dass du heute Abend zu Hause geblieben bist", sagte sie.

„War mir ein Vergnügen."

Sam sah ihn lächelnd an und fuhr mit den Händen über seine muskulöse Brust. „Apropos Vergnügen …"

Im Schlafzimmer klingelte sein Handy. Nick stöhnte gequält. „Das ist Christina."

„Woher weißt du das?"

„Sie hat einen speziellen Klingelton installiert, damit ich weiß, dass sie es ist."

Lachend sagte Sam: „Das ist ziemlich clever von ihr. Sollte ich auch machen."

„Du brauchst das nicht." Er küsste sie auf die Nase, dann ihre Lippen. „Deine Anrufe nehme ich immer entgegen. Bleib, wo du bist. Ich bin gleich wieder zurück."

„Ich werde hier sein." Sam trocknete sich ab, bürstete ihre Haare und putzte sich die Zähne. Im Schlafzimmer nahm sie sich eines von Nicks T-Shirts. Dann legte sie sich mit ihrem Handy ins Bett, während Nick auf und ab lief und dabei mit Christina die Wahlkampftermine für den nächsten Tag besprach.

Sam nutzte die Gelegenheit, dass er beschäftigt war, um Harry eine Textnachricht zu schicken: *Ich habe es ihm gesagt, also hör auf, mich so anzuschauen.* Amüsiert schickte sie die Nachricht ab und wartete auf seine Antwort.

Wie vorherzusehen, kam die prompt. *Wie schaue ich dich denn an?*

So, dass ich Schuldgefühle bekomme.

Mach mich nicht für deine Schuldgefühle verantwortlich. Wie hat er reagiert?

Sehr gut. Wie immer.

Gut.

Sam war froh, dass Nick Freunde wie Harry hatte, um die schreckliche Lücke zu schließen, die John O'Connors Tod hinterlassen hatte.

Hat die Spritze irgendwelche Nebenwirkungen?

Nur ein blauer Fleck, über den die Hochzeitsplanerin sich aufgeregt hat. Danke, dass du mir geholfen hast.

Jederzeit. Schlaf ein bisschen. Gibt nichts Schlimmeres als eine Braut mit Tränensäcken.

Sehr witzig. Wir sehen uns Freitag.

Kann es kaum erwarten.

„Warum grinst du so?", wollte Nick wissen, als er sich zu ihr ins Bett legte.

„Das war dein Freund Harry. Der ist ein Witzbold."

„Wirst du mir jetzt schon untreu? Wir sind ja noch nicht mal verheiratet."

„Ich mag ihn. Er ist eine Nervensäge, aber ich mag ihn trotzdem."

„Jeder mag ihn. Er ist ein guter Kerl."

„Woher kennst du ihn?"

„Aus der Notaufnahme."

„Echt?"

„Vor ungefähr sieben Jahren habe ich mir beim Hockey das Handgelenk gebrochen. Er hatte Schicht in der Unfallstation, und wir verstanden uns auf Anhieb. Durch ihn habe ich auch Andy kennengelernt." Das war sein Freund, der Anwalt, der ebenfalls zur Hochzeitsfeier kommen würde.

„Das schaffst nur du, dir einen Knochen zu brechen und dabei einen Freund zu finden."

„Zwei Freunde."

„Welches Handgelenk war es denn?"

Er hielt den linken Arm hoch. „Zum Glück das hier.

Während der vier Monate, in denen es eingegipst war, konnte ich also weiter schreiben und fahren."

„Vier Monate?"

„Ja. Jahrelang hatte ich auf der Highschool und auf dem College Hockey gespielt und höchstens Prellungen abbekommen. Dann spiele ich hier nur aus Spaß in einer Liga und stelle fest, dass es die härtesten Burschen sind, die ich je erlebt habe. Das mit dem Handgelenk ist gleich im zweiten Spiel passiert."

Sam nahm seine linke Hand und betrachtete den Arm. „Stammt die hier von damals?" Sie strich mit dem Finger über eine blasse Narbe.

„Ja. Das musste geklammert werden. Tat höllisch weh."

Sam küsste die Narbe mehrmals. „Spielst du noch Hockey?"

„Ab und zu, aber nicht mehr in der Liga. Mit denen habe ich nie wieder gespielt."

„Ich würde dich gern mal spielen sehen."

Er grinste. „Wirklich?"

„Ich wette, du siehst sexy aus auf dem Spielfeld."

Er zog sie näher an sich. „So, so, das denkst du?"

„Ich weiß es." Sam legte den Kopf an seine Brust und atmete seinen Duft ein. „Du hast mir wirklich gefehlt."

„Du mir auch. Du bist mir unentbehrlich." Mit der Fingerspitze hob er ihr Kinn und küsste sie auf die Lippen. „Absolut."

Sam schlang ihm die Arme um den Nacken und erwiderte den Kuss. Augenblicklich verschwanden alle Sorgen. Während er sie in den Armen hielt, fanden sich ihre Zungen und neckten einander, bis Sam es vor Verlangen nicht mehr aushielt.

„Nick", hauchte sie atemlos. „Ich will dich."

„Ich dachte", flüsterte er, ihren Hals küssend, „wir

sollten vielleicht lieber bis zur Hochzeitsnacht warten, weil es doch schon eine Weile her ist ..."

Ihre Hand, die von seiner Brust abwärts gewandert war, hielt auf seinem Bauch inne. „Das ist nicht dein Ernst."

„Es ist lange her, was sind da ein paar zusätzliche Tage?"

Sie presste sich an seine Erektion. „Eine Ewigkeit?"

Er gab ein abgehacktes Lachen von sich, das ihr verriet, wie viel Selbstbeherrschung ihn dies kostete.

Sam schob die Hand auf seinem Bauch tiefer, schloss die Finger um ihn und begann ihn zu streicheln.

Sein Kopf sank aufs Kissen, und er schloss die Augen.

„Bist du dir sicher, dass du warten willst?" Sie küsste seine Brust.

„Stell dir nur vor, wie gut unsere Hochzeitsnacht werden würde."

„Die wird ohnehin gut." Sie beugte sich weiter herunter und nahm ihn in den Mund.

„O Sam. Wow!"

„Hm." Sie nahm ihn tief in den Mund, und es gefiel ihr, wie er durch das Spiel ihrer Zunge noch härter wurde.

„Schatz", sagte er und klang verzweifelt, während er die Finger in ihre Haare wühlte. „Sam ..."

„Entspann dich", flüsterte sie. „Lass es einfach geschehen."

Er atmete lang und vollständig aus, als verließe der gesamte Sauerstoff seinen Körper. Lächelnd widmete sie sich wieder dem, was sie getan hatte. Das leichte Beben, das ihn durchlief, zeigte ihr, wie nah er dem Höhepunkt war. Das spornte sie zusätzlich an, und sie massierte und saugte fester.

Nick sog scharf die Luft ein, und der Schweiß brach ihm aus. Als sie merkte, dass er es nicht mehr aushalten würde, zog sie sich kurz zurück, bevor sie ihn erneut mit dem Mund verwöhnte.

„Na warte, das gibt Rache“, stieß er mit zusammengebissenen Zähnen hervor.

Sam lachte nur und fand, sie habe ihn genug gequält. Diesmal nahm sie ihn ganz tief auf und genoss seinen heiseren Schrei, der direkt aus seiner Seele zu kommen schien.

„Verdammt“, flüsterte er, während seine Brust sich mit jedem Atemzug hob und senkte und Sam auf ihn kroch. Er schlang die Arme um sie und küsste sie auf die Stirn. „Gib mir eine Minute, um mich zu erholen. Und dann werde ich mich so was von revanchieren.“

„Nichts als leere Versprechungen.“

„Du und dein freches Mundwerk ...“

„Du liebst mein freches Mundwerk.“

Er fuhr ihr mit den Fingern durchs Haar. „Und wie.“

„Das habe ich noch nie für jemand anderen getan.“

„Was denn?“

„Das alles.“

„Samantha“, sagte er mit einem Seufzer, während er mit ihr herumrollte, sodass er anschließend oben war. Mit seinen erstaunlichen braunen Augen schaute er auf sie herunter, und nie hatte Sam sich geliebter und angenommener gefühlt. „Wir können uns so glücklich schätzen, einander gefunden zu haben – gleich zweimal.“

Sie schlang ihm die Arme um den Nacken. „Und wie glücklich. Ich will immer bei dir bleiben, verstanden?“

„Auf jeden Fall.“

„Versprochen?“

„Ja. Und du?“

„Ja, ich will“, versicherte sie ihm.

Er grinste über ihre Wortwahl. „Heißt das, wir sind jetzt verheiratet?"

„In allen Bereichen, die von Bedeutung sind." Sie presste sich an seine wiedererwachende Erektion. „Dann ist dies unsere Hochzeitsnacht."

„Netter Versuch", erwiderte er, zog ihr das T-Shirt aus und küsste ihre Brüste.

„Nick ..."

„Entspann dich, Liebes", flüsterte er amüsiert. „Lass es einfach geschehen."

Obwohl sie jedes Mal wusste, dass es sich nur um den ständig wiederkehrenden Albtraum handelte, schaffte sie es nicht, daraus aufzuwachen, bevor sie die Schreie hörte oder das Blut sah. Wie immer, wenn ihr Unterbewusstsein sie erneut zwang, die schlimmste Nacht ihres Lebens durchzumachen, versuchte Sam, das Ergebnis zu ändern.

Wenn ich an Quentin herankomme, bevor er getroffen wird, dann kann ich ihn vielleicht hier herausbringen, dachte sie, während sie durch das baufällige Haus rannte, in dem Marquis Johnson seinen Crackvorrat aufbewahrte. Sam rannte, so schnell sie konnte, und rief nach Quentin. Der Rest ihres Teams befand sich hinter ihr, und sie hörte die Kollegen schreien, sie solle auf sie warten.

„Nicht schießen!", schrie sie. „Nicht feuern!" Sie wusste ja, wie das enden würde. Diesmal konnte sie alles ändern, indem sie ihren Kollegen den Befehl gab, das Feuer nicht zu erwidern. Jetzt konnte sie das Geschehen ändern, damit alles ablief, wie es hätte ablaufen sollen.

„Marquis!", rief Sam. „Lass Quentin raus!" Ihre Aufforderung wurde mit Schweigen beantwortet. Sam schlich Zentimeter für Zentimeter den Flur entlang

Richtung Schlafzimmer, in dem in jener verhängnisvollen Nacht die Hölle losgebrochen war. „Marquis, bitte. Lass ihn gehen, bevor ihm etwas passiert."

Ein erstickter Schrei ließ ihr Herz stocken. O nein, es geschah wieder. Sie konnte es nicht ertragen, den leblosen, blutüberströmten Körper dieses wundervollen kleinen Jungen in den Armen seines vor Trauer schreienden Vaters zu sehen.

Sam hielt ihre Waffe mit ausgestreckten Händen vor sich fest umklammert, ehe sie um die letzte Ecke vor dem hintersten Schlafzimmer und somit aus der Deckung trat. Sie sollte auf Freddie und die anderen warten, doch ein zweiter erstickter Schrei drängte sie zur Eile. Als sie ins Zimmer stürmte, hatte Darius Gardner Nick im Würgegriff und drückte ihm den Lauf einer Pistole an die Schläfe. Nicks Mund war mit Klebeband zugeklebt, Arme und Beine gefesselt.

Nick sah sie an, und Sam zögerte. Sie konnte seine Angst sehen und riechen. Seitlich an seinem Gesicht lief Blut herunter, und er musste blinzeln, damit es ihm nicht ins Auge lief. „Darius", sagte sie, und ihre Stimme war kaum mehr als ein Flüstern. „Bitte. Lass ihn gehen."

„Faith hat dir doch gesagt, du sollst dich nicht in mein Leben einmischen." Er drückte den Lauf der Waffe fester an Nicks Schläfe, und Nick gab ein Stöhnen von sich, das Sam kaum ertragen konnte. „Du hättest auf sie hören sollen."

„Tu ihm nichts", bat Sam. „Ich bin diejenige, die du willst. Lass ihn gehen und nimm mich."

Nick gab ein tiefes Knurren von sich und kämpfte gegen die Fesseln und Darius' Griff.

Dann ging alles sehr schnell. In der einen Minute noch flehte Sam den Verbrecher an, in der nächsten ging die Waffe los und Nick sank zusammen. Sam stürzte zu ihm, seinen Namen schreiend. Doch irgendetwas hielt sie zurück. Sie erreichte ihn nicht und wehrte sich verzweifelt gegen die Arme, die sie festhielten.

„Liebes, wach auf. Du träumst." Nick bedeckte ihr Gesicht mit zärtlichen Küssen, während sie von Schluchzern geschüttelt wurde.

Unendlich erleichtert darüber, dass es doch nur ein grässlicher Traum gewesen war, klammerte sie sich an ihn.

„Schsch", flüsterte er. „Es ist okay. Ich bin ja da."

Sie atmete seinen Duft ein und fand Trost darin, seinen gleichmäßigen Herzschlag zu spüren.

„Möchtest du darüber reden?"

Sie schüttelte den Kopf und holte tief Luft, während ihr einiges klar wurde. In all den Monaten seit der Schießerei in dem Crackhaus hatte sich der Traum nie geändert. Bis jetzt. Was bedeutete das?

Im Lauf ihrer Karriere war sie oft genug bedroht worden. Doch nie hatte eine dieser Drohungen dazu geführt, sich aus einer Ermittlung zurückzuziehen. Allerdings hatte sie auch nie vorher so viel zu verlieren gehabt. Was, wenn irgendwer ernsthaft Nicks Leben bedrohte? Was würde sie dann tun?

Nick fuhr ihr durch die Haare.

Sie schmiegte das Gesicht an seine Brust und küsste seinen Hals. Die Bilder aus dem Traum waren noch in ihrem Kopf und ließen sie erschauern.

Nick schlang die Arme fester um sie und sie musste sich eingestehen, dass es nichts gab, was sie nicht tun würde, um für seine Sicherheit zu sorgen – einschließlich der Einstellung einer Ermittlung, wenn es sein musste.

„Nur ein Traum, Liebes", sagte er und massierte ihre Schultern.

„Ja." Nur, dachte sie, dass es nicht bloß irgendein Traum war. Es war ihr schlimmster Albtraum.

„Wirst du wieder schlafen können?"

„Ja", antwortete sie, damit er beruhigt war und selbst wieder einschlafen konnte. Seine Schlaflosigkeit war durch den Wahlkampf und die bevorstehende Hochzeit ohnehin schlimmer geworden.

„Willst du mir wirklich nicht davon erzählen?"

„Ist immer der gleiche Traum. Du weißt schon, welcher."

„Den hattest du aber eine ganze Weile nicht mehr. Was hat ihn jetzt wieder ausgelöst?"

„Wir haben heute über den Johnson-Fall gesprochen. Das hat vermutlich die Erinnerung wieder wachgerufen."

„Es tut mir leid, dass du diese schreckliche Erinnerung mit dir herumtragen musst."

Sam zuckte die Schultern. „Bringt der Job mit sich." Um das Thema zu wechseln, küsste sie ihn. „Verzeih mir, dass ich dich geweckt habe."

„Ich habe gar nicht geschlafen."

„Nick ... nimmst du eine Tablette? Bitte. Du kannst keine weitere Nacht auf Schlaf verzichten."

„Mir geht's gut."

Sie strich mit den Fingern von seiner Brust hinunter zu seinem Bauch. „Ich brauche dich *sehr* ausgeruht an diesem Wochenende."

Lachend stoppte er ihre Hand, ehe sie noch weiter nach unten wandern konnte. „Und ich brauche *dich* sehr ausgeruht." Er verschränkte seine Finger mit ihren.

„Ich werde ausgeruht sein, wenn du es bist."

Er drehte sich auf die Seite und zog Sam an sich. „Na schön."

Sam atmete tief ein und schloss die Augen, trotz dieses Bildes von Gardner, der Nick den Lauf einer Waffe an den Kopf hielt. Ein Zittern durchlief sie. Sie kämpfte gegen die Tränen, denn wenn sie erst einmal anfangen würde zu weinen, gäbe es keine Chance mehr auf den dringend benötigten Schlaf.

„Es geht mir nahe, wie sehr du unter dem Job leidest."

„Ist schon gut, Nick. Ich komme klar. Ehrlich. Ich will, dass du jetzt schläfst."

„Ich liebe deine fürsorgliche Art, meine Bedürfnisse über deine zu stellen."

Sam drückte seine Hand. „Das wird immer so sein." Im Dunkeln liegend schwor Sam sich, diesen Darius Gardner hinter Gitter zu bringen. Sie würde ihn erwischen, bevor er noch jemandem etwas antun würde. Und wenn sie ihn hatte, würde sie dafür sorgen, dass er nie wieder das Tageslicht sah.

6

———

Sam schlief nicht wieder ein. Sie wartete, bis sie sicher war, dass Nick nicht wieder aufwachen würde, bevor sie sich aus seiner Umarmung löste und aufstand. Ein Blick auf die Uhr verriet ihr, dass es kurz nach drei war. *Na klasse,* dachte sie. *Genau das, was ich in dieser Woche brauche – eine schlaflose Nacht.* Sie ging durch den Flur zu ihrem Kleiderschrank und holte eine Jogginghose sowie warme Socken heraus.

Dann hob sie den Deckel eines kleinen Kartons in der hintersten Ecke des Kleiderschranks und entnahm ihm eine von sechs Dosen Cola light, die sie dort für Notfälle deponiert hatte. Eine schlaflose Nacht in der Woche vor ihrer Hochzeit war definitiv ein Koffein-Notfall.

Sie ging nach unten, holte sich ein Glas mit Eis und Gardners Akte. Damit begab sie sich anschließend in Nicks Arbeitszimmer, wo sie den Computer startete. Während sie darauf wartete, dass das Gerät hochfuhr, gönnte sie sich das Vergnügen, die penible Ordnung auf seinem Schreibtisch ein bisschen durcheinanderzubringen. Sie musste lächeln bei dem Gedanken an sein Gesicht, wenn er sich das nächste Mal hier hinsetzte.

Sam nahm ein gerahmtes Foto, das sie vorher dort nicht gesehen hatte – es war das Foto von ihnen beiden, das zusammen mit dem Interview im *Washington Star* erschienen war. Wann hatte er das bekommen? Auf dem Bild saß Nick hinter ihr und hatte die Arme um sie gelegt. Sam strich mit dem Finger über das Foto und wünschte sich, sie hätte auch eines für ihren Schreibtisch. Sie würde Nick fragen müssen, woher er es hatte.

Sam öffnete die Cola-light-Dose und goss den Inhalt über das Eis. Ihr lief praktisch das Wasser im Mund zusammen. Eine Dose konnte doch wirklich nicht schaden, entschied sie und trank den ersten Schluck. Das Prickeln der Kohlensäure gab ihr den dringend benötigten Kick.

„Ah, hallo, alter Freund", sagte sie und trank einen zweiten Schluck. „Wie sehr ich dich vermisst habe."

Um nicht gleich alles auf einmal gierig hinunterzustürzen, stellte sie das Glas zur Seite und nahm sich die Akte vor. Darin fand sie die Bilder, die Faith bis heute verfolgten. „Sadistischer Dreckskerl", murmelte Sam beim Betrachten der Aufnahmen. Die Frau, der Gardner Gewalt angetan hatte, war zu der Zeit fast noch ein Teenager gewesen. Ihr geschundenes Gesicht erzählte von bösartiger Brutalität.

Sam versuchte die Aussage des Opfers zu lesen, doch die Worte verschwammen vor ihren Augen. „Verdammt", flüsterte sie, frustriert von ihrer Dyslexie, die sich immer bei Stress oder Erschöpfung besonders stark bemerkbar machte. Sie schloss die Augen, atmete tief ein und probierte es erneut. Es half nichts.

Dann fiel ihr ein, wie Nick ihr einmal gezeigt hatte, dass der Computer für sie lesen konnte. Sie scannte das Dokument und lauschte der Computerstimme.

Der Bericht des traumatisierten Opfers wurde durch die

emotionslose technische Stimme des Gerätes einigermaßen erträglich. Wieder einmal musste Sam an ihre Kollegin und Freundin Jeannie McBride denken, die selbst vor Kurzem eine grässliche Vergewaltigung überlebt hatte.

Als Officer, dessen Aufgabe darin bestand, für die Sicherheit der Menschen im District of Columbia zu sorgen, machte es Sam unendlich wütend, was Gardners Opfer und Jeannie angetan worden war. Wenigstens hatten sie den Verbrecher gefasst, der Jeannie überfallen hatte.

Bei der Erinnerung an den Ellbogenstoß in den Unterleib während der Festnahme dieses Mannes legte sie die Hand auf den Bauch. Seinetwegen hatte sie das Baby verloren, das sie und Nick sich so sehr gewünscht hatten. Sie würde diesem Menschen niemals verzeihen, was er ihnen genommen hatte – und was er Jeannie und anderen Opfern angetan hatte. Jetzt befand er sich hinter Schloss und Riegel, wohin er gehörte, und nachdem Sam den Bericht von Gardners Opfer gelesen hatte, war sie fest entschlossen, auch diesen Gewalttäter ins Gefängnis zu bringen.

Sie erschrak, als Nick ihr von hinten seine Hände auf die Schultern legte. „Warum bist du auf?", fragte er. „Und wieso musst du jedes Mal meinen Schreibtisch in Unordnung bringen?"

„Damit du weißt, dass ich hier war." Grinsend schaute sie auf zu ihm und bemerkte die Müdigkeit, die ihm während intensiver Phasen von Schlaflosigkeit zu schaffen machte.

„Als könnte ich jemals vergessen, dass du hier bist." Seine Miene verfinsterte sich, als er das Glas auf seinem Schreibtisch entdeckte. „Ich dachte, damit hättest du aufgehört."

„Nur eine. Ich brauchte einen Kick. Warum bist du eigentlich auf?"

„Konnte ohne dich nicht schlafen."

„Das tut mir leid." Sam sammelte ihre Unterlagen ein. „Na komm, gehen wir wieder ins Bett." Die Papiere rutschten ihr aus der Hand und landeten auf dem Fußboden.

Nick bückte sich, um sie aufzuheben, und betrachtete entsetzt die Fotos von Gardners Opfer. „Was ist mit ihr passiert?"

„Geschlagen und vergewaltigt."

„Hat das mit einem neuen Fall zu tun, an dem du arbeitest?"

Sam schüttelte den Kopf. „Es geht um eine mögliche neue Spur im Fall meines Vaters. Aber das kann bis morgen warten. Du brauchst Schlaf."

„Du etwa nicht?"

„Ich konnte nicht einschlafen, deshalb hab ich beschlossen, ein bisschen zu arbeiten."

Er zog sich einen zweiten Sessel heran und ließ sich hineinsinken. Sam genoss den Anblick seiner breiten Schultern, der definierten Brustmuskeln und des Waschbrettbauches. Er hatte genau die richtige Menge dunkler Brusthaare, die auf dem Bauch zusammenliefen und in der Jogginghose verschwanden, die er angezogen hatte.

Er wedelte mit der Hand vor ihrem Gesicht, um ihre Aufmerksamkeit zu bekommen. „Hallo?"

Sam bemerkte, dass sie ihn anstarrte. „Sorry, ich hab mich nur gerade an dem Anblick erfreut."

Amüsiert entgegnete er: „An dem kannst du dich nächste Woche erfreuen, so viel du willst."

„Kann es kaum erwarten. Darauf freue ich mich nämlich am meisten."

„Ich mich auch." Er deutete mit fragender Miene auf die Fotos.

Sam berichtete ihm, auf was Gonzo und Freddie gestoßen waren bei ihrer Recherche über die früheren Mieter des Hauses, in dem Clarence Reese seine Familie ermordet hatte.

„Wie passt sie ins Bild?", fragte Nick und zeigte auf das Foto der geschundenen Frau.

„Gardner wurde vorgeworfen, sie in dem Haus vergewaltigt zu haben, kurz vor den Schüssen auf meinen Vater."

„Dann sitzt er jetzt im Gefängnis?"

„Schön wär's. Es kam nicht zur Anklage."

„Wieso nicht?"

„Verfahrenstechnische Sache. Na ja, wahrscheinlich ist es eine weitere Sackgasse."

„Was verschweigst du mir?"

„Was meinst du?"

„Ach komm schon, Samantha. Tu nicht so, spuck's aus."

Er durchschaute sie wirklich zu leicht. Sie betrachtete sein attraktives Gesicht eine Weile, dann sagte sie: „Du darfst es niemandem erzählen. Nie."

„Verstanden."

„Faith Miller könnte ihren Job verlieren."

„Die stellvertretende Staatsanwältin?"

Sam bestätigte es. „Gardner hat sie bedroht. Einer seiner Komplizen kündigte an, ihre kleine Nichte zu zerhacken und sie ihren Eltern stückchenweise zurückzuschicken."

Nick wurde blass. „Und das hat sie geglaubt?"

„Sie traf Gardner am nächsten Tag im Gericht. Die Art,

wie er sie ansah, ließ keinen Zweifel daran, dass er es tun würde."

Nick nahm das Foto des Opfers und schaute es sich genau an. „Und jetzt hast du sie zu deinem Fall gemacht und wirst dir den Kerl schnappen."

„Ich kann ihn damit doch nicht durchkommen lassen! Außerdem hat er eine Staatsanwältin bedroht."

„Die sich daraufhin aus dem Fall zurückgezogen hat. Das war ihre Entscheidung."

„Soll ich vielleicht tatenlos zusehen, wie ein Krimineller frei herumläuft? Wenn Faith sich nicht zurückgehalten hätte, wäre möglicherweise niemals auf meinen Dad geschossen worden."

„Das kannst du nicht wissen."

„Ich kann es herausfinden."

Er legte das Foto aus der Hand, stützte die Arme auf die Knie und sah Sam an. „Ich möchte, dass du etwas für mich tust."

Diesen Ausdruck auf seinem Gesicht hatte sie noch nie gesehen, und er überraschte sie. „Was?"

„Lass die Finger von diesem Fall. Es ist nicht dein Kampf."

„Wie kannst du so etwas sagen? Vielleicht war er derjenige, der auf meinen Vater geschossen hat!"

Auf die Frau auf dem Foto deutend, meinte er: „Ihr Kampf ist nicht deiner. Nicht in dieser Woche. *Nicht in dieser Woche.*"

„Wegen der Hochzeit."

Er nahm ihre Hand in seine und verschränkte die Finger mit ihren. „Wir sind so nah dran, alles zu haben, Samantha. Ich habe mir noch nie etwas so sehr gewünscht, wie dich zur Frau zu haben. Bitte mach nicht weiter bei diesem Fall. Nicht in dieser Woche."

„Du bist nicht fair. Das hier ist schließlich mein Job."

„Diesmal ist es etwas Persönliches, und das weißt du auch."

„Wegen Jeannie."

„Deswegen und wegen deines Dads und einer Menge anderer Dinge."

„Du kannst das nicht zur Gewohnheit machen."

„Werde ich auch nicht."

Als Cop wollte sie sich ereifern, aber als Verlobte verstand sie ihn gut genug, um zu wissen, dass diese Bitte eine Ausnahme bleiben würde. „Na schön."

„Na schön was?"

„Na schön, ich werde Gardner wegen der Vergewaltigung nicht verfolgen. Nicht in dieser Woche."

„Danke."

„Können wir jetzt zu Bett gehen?"

Er stand auf, half ihr hoch und zog sie an sich. „So nah, Samantha."

Sie legte den Kopf an seine Brust und schloss die Augen. Die Vorstellung, wie Gardner Nick den Lauf einer Pistole an den Kopf hielt, ließ sie erschauern. Sie würde den Kerl schnappen. Vielleicht nicht ganz so, wie sie es geplant hatte. Aber schnappen würde sie ihn.

Sam legte gerade ihr Schulterhalfter an und erschnupperte den Duft der Haferflocken, die Nick zum Frühstück zubereitet hatte, als ihr Handy klingelte. Sie nahm den Anruf ihrer Stiefmutter entgegen. „Hey, Celia, was gibt's?"

„Kommst du auf deinem Weg zur Arbeit heute Morgen vorbei?"

„Das hatte ich eigentlich vor. Warum?"

„Ich will dich nicht beunruhigen, aber dein Dad schien diese Woche ein wenig seltsam zu sein."

Sam war sofort alarmiert. „Inwiefern?"

„Still und irgendwie mürrisch. Anscheinend gelingt es mir nicht, ihn aus dieser Stimmung herauszuholen. Er war erst gestern beim Arzt, deshalb weiß ich, dass es nichts Körperliches ist."

Celia klang niedergeschlagen, was ganz untypisch war für sie.

„Ich hatte gehofft, du könntest vielleicht mal mit ihm reden", fügte sie hinzu.

„Ich bin gleich da."

„Danke, Sam. Ich weiß, du hast viel um die Ohren in dieser Woche …"

„Für ihn habe ich immer Zeit. Oder für dich."

„Das ist lieb von dir. Bis gleich."

„Was ist denn los?", wollte Nick wissen, nachdem sie das Gespräch beendet hatte.

„Ich weiß es nicht genau. Celia meint, mein Dad sei in einer komischen, düsteren Stimmung."

„Na ja, wenn man es sich genau überlegt, ist es ein Wunder, dass er nicht öfter in düsterer Stimmung ist."

„Auch wieder wahr." Sam trank den Rest ihres Orangensaftes aus und wünschte, es wäre Cola light. „Ich gehe hinüber und schaue mal, was los ist."

„Soll ich mitkommen?"

Sie gab ihm einen Kuss. „Nicht nötig, aber danke für das Angebot."

Nick berührte ihr Gesicht und küsste sie intensiver. „Noch vier Tage."

Sie legte ihre Stirn gegen seine. „Hm, noch fünf Tage bis zu Strand und Sonne."

„Kann es kaum erwarten. Erzähl mir nachher, was mit deinem Dad los ist."

„Mach ich."

„Und sei vorsichtig heute, Samantha."

„Bin ich immer."

Sam ging mit zunehmend ungutem Gefühl zum Haus ihres Vaters. Seit man vor über zwei Jahren auf ihn geschossen hatte, war Skip bewundernswert zuversichtlich geblieben. Und mit dieser Haltung hatte er denen, die ihm nahestanden, geholfen, seine neue Situation zu akzeptieren.

Schon länger fürchtete sie sich vor dem Tag, an dem er diese positive Einstellung verlieren würde. Wie Nick gesagt hatte, es war ohnehin erstaunlich, dass es nicht bereits früher passiert war. „Nicht in dieser Woche, Skippy", murmelte sie, als sie die Rampe vor der Haustür ihres Vaters hinaufging. „Bitte nicht in dieser Woche."

Drinnen fand sie Celia im Wohnzimmer auf sie wartend und umarmte ihre Stiefmutter kurz.

„Sieh selbst", flüsterte Celia und zeigte zur Küche, wo Skip in seinem Rollstuhl saß, mit der *Washington Post* in seinem elektronischen Lesegerät – genau wie jeden Morgen. Doch statt zu lesen, schaute er aus dem Fenster. „So ist er jetzt schon seit ein paar Tagen. Er interessiert sich für nichts mehr."

„Ich werde mit ihm reden."

„Danke, Sam. Wenn jemand ihn aus dieser Stimmung herausholen kann, dann du."

Sam schluckte. Das war ja überhaupt kein Druck. „Ich werde mein Bestes versuchen." Sie tätschelte Celias Arm und ging in die Küche.

„Hey, Skippy." Sie gab ihm einen Kuss auf die frisch rasierte Wange. „Wie läuft's?"

„Oh, hey. Woher kommst du?"

„Von nebenan."

Das entlockte ihm immerhin ein schwaches Lächeln. „Wie sieht's an der Hochzeitsfront aus?"

„Ganz gut." Sam nahm sich eine Flasche Wasser aus dem Kühlschrank und schraubte sie auf. „Shelby kriegt das sehr gut hin, den Irrsinn weit, weit von uns fernzuhalten."

„Damit verdient sie ihren Lebensunterhalt."

Sam setzte sich an den Tisch. „Und für das, was Nick ihr bezahlt, ist es auch das Mindeste, was man erwarten kann." Sie betrachtete ihn einen Moment. Er sah müde und blass aus. Unerwartet beschlich sie Angst. Einerseits hatte sie immer gedacht, dass es in vielerlei Hinsicht besser gewesen wäre, wenn die Kugeln ihn getötet hätten. Andererseits war sie unendlich froh gewesen, dass das nicht passiert war. „Wie geht es dir?"

„Gut."

„Gibt es irgendetwas Neues oder Aufregendes?"

Er warf ihr einen misstrauischen Blick zu. „Was hat der Small Talk zu bedeuten?"

„Nichts. Ich schaue bloß mal nach meinem lieben alten Dad. Passt dir das vielleicht nicht?"

„Wenn du etwas auf dem Herzen hast, dann raus damit."

„Gonzo und Cruz haben den Typen aufgespürt, dem Reese' Haus gehört. Wir verfolgen da ein paar Spuren. Könnte etwas sein. Oder auch nicht." In den zwei Jahren, in denen sie den Schützen suchte, der auf ihren Vater geschossen hatte, hatte Sam gelernt, sich nicht allzu große Hoffnungen zu machen – oder ihrem Dad.

„Du wirst mich auf dem Laufenden halten."

„Ganz bestimmt." Sie fand es merkwürdig, dass er keine Einzelheiten hinsichtlich der Spuren wissen wollte. „Hast du irgendwas, Skippy?"

„Warum fragst du?"

„Du wirkst ein bisschen, ich weiß auch nicht ... neben der Spur."

Er wandte den Blick ab. „Mir geht's gut. Du hast in dieser Woche schon genug um die Ohren, also mach dir um mich keine Gedanken."

Sam drückte seine rechte Hand, in der noch Gefühl war. „Ich mache mir immer Gedanken um dich, das weißt du. Verrate mir, was in dir vorgeht, und behaupte bloß nicht, es sei nichts. Das kannst du jedem anderen vorgaukeln, aber nicht mir."

Er stieß ein raues Lachen aus. „Ganz meine Tochter."

„Und ob."

„Ich habe in dieser Woche viel über dich nachgedacht."

Sam war nicht sicher, ob sie auf die Richtung, in die diese Unterhaltung lief, vorbereitet war. Sie hielt weiterhin seine Hand. „Warum denn?"

„Ich weiß nicht, ob ich es oft genug gesagt habe oder ob überhaupt, aber du weißt hoffentlich, wie stolz ich auf dich bin."

O nein, darauf war sie nicht vorbereitet. Sie räusperte sich. „Natürlich weiß ich das."

„Und dass du den perfekten Mann für dich gefunden hast. Ich hätte für mein kleines Mädchen keinen besseren aussuchen können."

„Ich bin sehr froh, dass du ihn magst. Das bedeutet mir sehr viel."

„Ich bedaure nur, dass ich nicht ... du weißt schon ..."

Nein, wusste sie nicht. „Was denn?"

In seinen klaren blauen Augen lag eine Verzweiflung, die ihr das Herz brach. „Ich habe dir nie gesagt, wie ungern ich dich an Peter gegeben habe. Ich konnte ihn nicht leiden. Aber Nick ... ich wünschte, ich könnte dich zum Altar führen."

„Wovon redest du da? Selbstverständlich wirst du mich zum Altar führen. Wer sollte das sonst machen?"

„Aber ich kann doch nicht ..."

„Natürlich kannst du. Ich habe längst einen Plan gemacht." Und nun dämmerte ihr auch, dass sie ihm den besser beizeiten hätte erklären sollen. „Ich habe mir überlegt, dass ich meine Hand auf deine Schulter lege und wir auf diese Weise durch die Kirche gehen. Falls das okay für dich ist."

„Wenn du es so möchtest."

„Dad ... komm schon, ich kann das nicht ohne dich. Es ist ganz genau das, was ich will."

Seine Miene hellte sich auf, ja, er schien geradezu zu strahlen. „Na gut, einverstanden."

„Ich wünschte, du hättest mit mir darüber gesprochen, statt still vor dich hinzubrüten."

„Ich wollte dich nicht belasten."

Sam stand auf und legte ihm die Hand auf die Schulter. „Auch wenn es den Anschein hat, als würden einige Dinge sich ändern, gibt es doch andere, die sich nie ändern werden. Hast du verstanden?"

„Ja", brummte er. „Verstanden. Hab dich lieb, Sam Holland."

„Ich dich auch."

„Kann ich dich noch etwas anderes fragen?"

Sie legte ihm auch die andere Hand auf die Schulter. „Alles."

„Kommt deine Mutter?"

„Diesmal nicht."

„Hast du sie eingeladen?"

Sam schüttelte den Kopf. „Ich wollte, dass du die Feier genießen kannst."

„Und nach der Szene, die ich bei deiner ersten Heirat gemacht habe ..."

„Das hat nichts damit zu tun, weshalb ich sie nicht eingeladen habe. Ich will sie einfach nicht dabeihaben."

„Es tut mir leid, dass ihr Mädchen sie nie seht."

„Das war ihre Entscheidung, nicht unsere. Sie hätte an uns denken sollen, bevor sie dich betrogen hat." Sie küsste ihn auf die Stirn. „Wir sehen uns spätestens morgen."

„Ich werde da sein."

„Solltest du auch lieber." Sie verließ ihn mit einem Lächeln und ging ins Wohnzimmer zurück, wo Celia sich die Tränen abwischte.

„Ich hätte wissen müssen, dass es etwas mit der Hochzeit zu tun hat", flüsterte sie.

Sam nahm sie in den Arm. „Es ist mir überhaupt nicht in den Sinn gekommen, dass er sich darüber Gedanken macht, wie er mich zum Altar führen soll. Ich hätte schon eher mit ihm reden sollen."

„Dein Plan ist perfekt, Liebes."

„Freut mich, dass du so denkst. Nick bringt Dads Smoking am Freitag vorbei."

„Klingt gut. Danke, dass du gekommen bist."

„Wie ich ihm bereits erklärt habe – nichts ändert sich. Ich wohne gleich nebenan, wann immer ihr mich braucht. Dafür hat mein zukünftiger Ehemann gesorgt."

„Was einer von vielen Gründen dafür ist, dass wir ihn lieben."

7

____

Erschöpft von der Unterhaltung mit ihrem Vater und sich grämend, weil sie nicht schon früher mit ihm über die Hochzeit geredet hatte, erreichte Sam das Hauptquartier, wo Shelby Faircloth sie in ihrem Büro erwartete. „Haben wir einen Termin, Tinkerbell?"

„Nein, es gibt nur noch ein paar kleinere letzte Punkte, die ich mit Ihnen klären muss. Tja, und wenn ich den Propheten nicht dazu bringen kann, zum Berg zu kommen …"

Sam grinste. Sie war darauf gefasst gewesen, jeden Hochzeitsplaner zu hassen, den sie engagieren würden, aber Shelby zu hassen, war verdammt schwer. „Der Prophet steht Ihnen zu Diensten. Schießen Sie los."

Shelby nahm eine pinkfarbene Mappe aus ihrer pinkfarbenen Aktentasche.

„Haben Sie all das viele Pink nicht mal über?", bemerkte Sam.

Shelby wich entsetzt zurück. „Niemals! Pink ist mein Markenzeichen."

„Was Sie nicht sagen."

Shelby grinste über Sams Sarkasmus und klappte eine dreifach gefaltete Broschüre über Brautsträuße auf, die sie Sam zur Auswahl gegeben hatte. „Darum geht's. Sie müssen sich jetzt entscheiden. Was nehmen Sie? Orchideen, Lilien oder Tulpen?"

Sam stöhnte und ließ den Kopf auf den Schreibtisch sinken. „Ich kann mich nicht entscheiden! Mir gefallen alle!"

„Mir sitzen die Floristin und die Kuchendame dermaßen im Nacken. Sie können die Entscheidung nicht länger aufschieben."

„Für welche würden Sie sich denn entscheiden?"

„Es ist nicht meine Hochzeit."

„Shelby!"

„Die meisten Bräute hätten diese Entscheidung schon vor Wochen getroffen. Nur weil all diese Leute entzückt sind, an Ihrer Hochzeit beteiligt zu sein, lassen die Ihnen so lange Zeit."

„Eene, meene, muh ..."

Shelby musste lachen. „Ich hätte Nick fragen sollen."

„Warum haben Sie es nicht getan?"

„Na ja, ich dachte, wenigstens irgendetwas sollte Ihre Entscheidung sein."

Sam sah sie finster an. „Also gut. Ich nehme die Orchideen. Da haben Sie's. Eine Entscheidung. Sind Sie jetzt glücklich?"

„Ich bin begeistert!" Prompt schickte Shelby eine Textnachricht von ihrem iPhone los. „Und jetzt lassen Sie uns über Ihre Haare reden."

„Was ist damit?"

„Elegant hochgesteckt, offen und glatt, hochgebunden und zerzaust." Shelby legte Sam Fotos von jeder Frisur vor.

„Womit kann ich am besten das hier verbergen?" Sam

zeigte auf die noch immer abheilende Narbe am Haaransatz, die von dem Autounfall stammte, in den sie mit Nick verwickelt gewesen war.

„Machen Sie sich deswegen keine Sorgen. Meine Visagistin wird die verschwinden lassen."

„Was für eine Visagistin?"

„Na die, die ich für Ihr Make-up engagiert habe."

„Das mache ich selbst."

„Können Sie diese Narbe verschwinden lassen? Und was ist mit den Tränensäcken?"

„Jetzt sind Sie gemein."

„Ich bin nur realistisch, Mädchen. Sie brauchen sie."

„Ich will, dass Nick mich noch erkennt, wenn ich zu ihm an den Altar trete."

Shelby verdrehte die Augen. „Ach kommen Sie. Würde ich jemanden engagieren, der Sie freakig aussehen lässt?"

„Um mir heimzuzahlen, dass ich anstrengend bin? Ja."

Prustend vor Lachen erwiderte Shelby: „Dann hören Sie doch einfach auf, anstrengend zu sein, und treffen Sie eine Entscheidung!" Sie tippte auf die Fotos, damit Sam sich wieder darauf konzentrierte. Sogar die Fingernägel der Hochzeitsplanerin waren pink.

„Die da." Sam zeigte auf die elegante Hochsteckfrisur mit der Blume. „Nick mag es lieber offen, aber er kann mir das Haar ja hinterher öffnen."

„Das ist die richtige Einstellung. Und nun zu den Überraschungstäschchen für die Hochzeitsgäste. Welche wollen Sie?"

„Statt der Überraschungstütchen spenden wir im Namen eines jeden Gastes einen Betrag an die ‚Christopher and Dana Reeve Foundation für Rückenmarksforschung'."

„Das gefällt mir."

„Freut mich, dass es Ihre Zustimmung findet."

„Wir werden Karten drucken lassen und auf die Tische stellen." Shelby nahm ein Samtsäckchen aus ihrer Tasche. „Eines noch." Sie öffnete das Säckchen und ließ drei Platinringe auf den Tisch kullern.

„Haben Sie nicht genug zu tun, Lieutenant?"

Die Stimme kam vom Türrahmen, und bei ihrem Klang drehte sich Sam der Magen um. „Verschwinden Sie", sagte sie und weigerte sich, ihren Erzfeind Lieutenant Stahl auch nur anzusehen.

„Ich werde wohl mit Ihrem Captain darüber sprechen müssen, wie Sie Ihre Arbeitszeit verbringen."

Sam sah ihn immer noch nicht an, als sie aufstand und ihm die Tür vor der Nase zuschlug. Dann wandte sie sich an Shelby: „Wo waren wir stehengeblieben?"

Shelby räusperte sich. „Wir können das gern nach Feierabend besprechen, wenn Ihnen das lieber ist."

„Jetzt passt es gut." Sam betrachtete die Ringe für Nick und bekam plötzlich Herzklopfen, denn sie realisierte in diesem Moment, dass sie und er tatsächlich heiraten würden. Und zwar schon am Samstag. „O Mann", sagte sie, die Auswahl betrachtend. „Die sind alle schön." Sam nahm jeden einzelnen in die Hand und besah sie sich ganz genau. Der erste war aus gebürstetem Platin mit gravierten Kanten. Der zweite hatte zwei eingravierte Kreise in der Mitte, während der dritte der Hellste von allen war, ebenfalls mit gravierten Seiten. „Welcher passt am besten zu dem, den er für mich ausgesucht hat?"

„Netter Versuch, aber das werden Sie aus mir nicht herausbekommen. Die passen alle drei zu Ihrem Ring."

„Na schön, dann frage ich eben: Welcher gefällt Ihnen am besten für ihn?"

„Mir gefallen sie alle, sonst hätte ich sie gar nicht mitgebracht."

„Nur damit das klar ist – eine große Hilfe sind Sie mir nicht."

Shelby kicherte. „Das sehe ich ein bisschen anders."

Sam betrachtete die Ringe von Neuem und kam immer wieder auf den ersten zurück – klassisch und elegant, aber nicht zu protzig. Genau wie Nick. „Dieser hier." Sie hielt ihn Shelby hin.

„Ausgezeichnet. Was möchten Sie auf der Innenseite eingraviert haben?"

Sam wurde blass. „Eingraviert? Da muss etwas eingraviert werden?"

„Nun, das ist üblich."

„Was hat er denn in meinen eingravieren lassen?"

Shelby verdrehte die Augen. „Hören Sie auf, mich solche Sachen zu fragen."

Sam legte die Hand auf ihre Waffe. „Ich könnte Sie zum Reden bringen."

„Nein, könnten Sie nicht."

„Sie sind ganz schön mutig, Tinkerbell, das muss ich Ihnen lassen."

„Das muss ich wohl sein, um es mit Ihnen aufzunehmen."

Ein Klopfen an der Tür unterbrach die beiden. „Herein, solange es nicht Stahl ist."

Freddie trat ein. „Ganz bestimmt nicht."

„Was gibt's, Cruz?"

„Ich kann wiederkommen, wenn du nicht beschäftigt bist."

„Hilf mir mal lieber – was soll ich in Nicks Ring eingravieren lassen?"

„Das weißt du noch nicht?"

„Vielen Dank", meldete Shelby sich zu Wort. „Ein Mann nach meinem Geschmack."

„Sie sind zu alt für ihn", bemerkte Sam, was ihr einen tödlichen Blick von Shelby einbrachte. Dann gab sie Freddie den Ring, für den sie sich entschieden hatte. „Wie findest du den?"

Er nahm ihn, betrachtete ihn von allen Seiten und hielt ihn gegen das Licht. „Ja, der ist gut."

„Und was lasse ich hineinschreiben?"

Shelby zog ein weiteres Stück Papier aus der Handtasche. „Hier sind ein paar Vorschläge."

Sam überflog die Liste und reichte sie an Freddie weiter. „Gefällt mir alles nicht so."

„Mir gefällt ‚Jemand, der auf mich aufpasst' ganz gut, denn das brauchst du definitiv." Für diese Bemerkung erntete er einen finsteren Blick von seiner Chefin und ein Prusten von Shelby.

„Wenn du keinen produktiven Beitrag mehr leisten möchtest, mach dich vom Acker", sagte Sam zu ihrem Partner.

„Ich muss mit dir über Gardner reden, sobald du Zeit hast."

„Gib mir noch fünf Minuten."

„Gute Ring-Wahl", bemerkte Freddie auf dem Weg hinaus. „Der wird Nick gefallen."

Shelby lehnte sich zu Sam herüber und flüsterte: „Er hat sein Kommen für die Hochzeit noch nicht zugesagt."

„Wie bitte?"

Shelby zuckte die Schultern.

Sam konnte sich nicht vorstellen, weshalb Freddie noch nicht zugesagt hatte. „Ich werde mit ihm sprechen."

„Was die Inschrift anbelangt ..."

„Ich glaube, ich weiß, was ich will", unterbrach Sam sie und wurde ein wenig verlegen. „Es ist etwas kitschig, aber zu uns passt es."

Shelby zückte einen Stift. „Ich bin bereit.“

„Wie wäre es mit: ‚Du bist mein Zuhause. Für immer, Samantha.‘“

Shelby machte ein verblüfftes Gesicht.

„Was? Das ist blöd, oder?“

„Überhaupt nicht.“ Shelby schrieb es auf. „Ich finde, es passt genau. Ich werde den Ring gleich zum Graveur bringen.“ Sie suchte ihre Sachen zusammen. „Jetzt müssten wir alles geklärt haben.“

„Was ist mit Scottys Geschenk für Nick? Der Fenway-Park-Kuchen? Das ist doch auch geklärt, oder?“

„Ich bin dort gewesen, um zu sehen, wie weit sie damit sind. Er wird spektakulär.“

„Scotty ist ganz aufgeregt deswegen.“

„Mit gutem Grund. Nick wird begeistert sein.“

Bei dem Gedanken an das Geschenk, das sie für Nick und Scotty besorgt hatte, musste Sam lächeln. Sie konnte es kaum erwarten, es ihnen am Freitag zu überreichen. „Shelby?“

„Ja, Ma’am?“

„Sie haben großartige Arbeit geleistet und sich um alles gekümmert. Dafür bin ich Ihnen sehr dankbar, und es tut mir leid, wenn ich zu anstrengend war.“

„Ich habe schon viele Bräute und Bräutigame kennengelernt. Aber nur selten bekomme ich es mit einem Brautpaar zu tun, bei dem es mir ein Vergnügen ist, wirklich alles daranzusetzen, dass ihr Hochzeitstag so perfekt wird, wie die zwei zusammenpassen.“ Sie drückte Sams Hand. „Wir sehen uns am Freitag. Und machen Sie sich keine Gedanken mehr.“

„Werde ich nicht“, versprach Sam, ein wenig perplex durch Shelbys Kompliment.

„Schreiben Sie Ihr Eheversprechen", rief Shelby im Gehen über die Schulter, eine Wolke aus Pink.

„Ach du Schande." Sam stöhnte und ließ den Kopf erneut auf die Schreibtischplatte sinken. „Das Eheversprechen!"

„Was hast du herausbekommen über Gardner?", erkundigte Sam sich bei Freddie.

„Ich habe mir seine Vorstrafen mal genauer angesehen. Es scheint nichts an ihm hängenzubleiben. Er hat Bewährungsstrafen bekommen für Taten, die ihn eigentlich auf Jahre hinter Gitter hätten bringen müssen."

„Du glaubst, er hat schon vorher jemanden eingeschüchtert?"

„Scheint mir denkbar zu sein."

„Nur können wir schlecht frühere Staatsanwälte befragen zu einer Sache, wegen der sie aus der Anwaltskammer ausgeschlossen werden könnten."

„Stimmt. Wie lautet also der Plan?"

„Finden wir heraus, wo er und sein Kumpel Simmons sich am achtundzwanzigsten Dezember vor zwei Jahren aufgehalten haben."

„Einverstanden, Boss."

Als sie im Wagen saßen, versuchte Sam, auf taktvolle Weise das Thema Hochzeit zur Sprache zu bringen. Es hatte sie sehr überrascht zu erfahren, dass Freddie noch nicht zugesagt hatte. „Sag mal, du kommst doch am Samstag, oder?"

„Selbstverständlich. Wieso fragst du?"

„Du hast keine schriftliche Antwort geschickt. Shelby kriegt schon Zustände deswegen."

„Oh, entschuldige. Ich habe noch gewartet ... ich gebe sie dir später.“

„Mach dir keine Umstände wegen der Karte. Ich werde ihr sagen, dass du kommst. Es sei denn ... bringst du jemanden mit?“

Er senkte den Blick und wischte sich etwas von der Jeans, was Donutpuderzucker gewesen sein könnte. „Ich habe Elin gefragt.“

Um ein Haar wäre Sam von der Straße abgekommen. „Im Ernst? Wann?“

„Vor einer Woche.“

„Und?“

„Sie hat Nein gesagt.“

Sam wusste nicht, was sie dazu sagen sollte.

„Es war blöd von mir. Ich hätte sie nicht fragen sollen. Es hat sich nichts geändert. Meine Mutter kann sie immer noch nicht ausstehen, und ich bin nicht an einer reinen Sexbeziehung interessiert. Was soll’s also?“

„Tja, es muss einen Grund gehabt haben, dass du sie einladen wolltest.“

„Es ist saudumm.“

„Was denn?“

„Ich bin bloß einen Monat mit ihr zusammen gewesen, aber ich kann trotzdem nicht aufhören, an sie zu denken. Sie fehlt mir.“

„Hast du ihr das gesagt?“

„Nicht so richtig. Ich habe ihr gesagt, dass ich sie wiedersehen möchte und sie gefragt, ob sie mit zur Hochzeit kommen will. Sie meinte, das sei keine gute Idee. Und damit war das Thema erledigt.“

Er war so niedergeschlagen, dass er Sam leidtat, obwohl Elin auch ihrer Meinung nach nicht die Richtige für ihn gewesen war. „Könnte es sein“, begann Sam und räusperte sich. „Könnte es sein, dass du in sie verliebt bist?"

„Woher soll ich das wissen? Ich war noch nie verliebt."

„Ich sage es nur ungern, aber ich halte es durchaus für möglich. Denn du kannst nicht aufhören, an sie zu denken, und du vermisst sie sehr."

„Was soll ich tun?"

„Das kommt ganz auf dich an. Bist du in der Lage, dich über die Missbilligung deiner Mutter hinwegzusetzen und die Beziehung mit Elin weiterzuführen oder ..."

„Oder was?"

„Oder nicht", beendete Sam mit einem Schulterzucken den Satz.

Stöhnend warf Freddie den Kopf gegen die Nackenstütze. „Ich kann das nicht. Ernsthaft, ich kann es nicht."

Sam fuhr auf einen Parkplatz in Washington Heights und stellte den Motor ab. „Du bist fast dreißig. Irgendwann musst du dich mal von deiner Mutter lösen und dein eigenes Leben führen."

Er sah sie an. „Ich dachte, du bist froh, dass ich nicht mehr mit Elin zusammen bin."

„Ich bin aber nicht froh darüber, dass du unglücklich bist."

„Ich wäre gern jemand, der auf die Meinung seiner Mutter pfeift und tut, was er will. Aber das entspricht überhaupt nicht meinem Charakter."

„Mein Gott, du fluchst ja nicht mal anständig."

Das entlockte ihm immerhin ein kurzes Auflachen. „Habe ich dich nicht darum gebeten, den Namen des Herrn nicht unnütz auszusprechen?"

„Ja, ja. Ich werde dir mal was sagen, aber du musst versprechen, deiner Mutter gegenüber niemals zu erwähnen, dass ich dich dazu ermutigt habe, es weiter mit Elin zu probieren."

Er grinste. „Versprochen."

„Ich bin Nick vor sechs Jahren zum ersten Mal begegnet. Wir haben eine unglaubliche Nacht zusammen verbracht, und es funkte zwischen uns in jeder Hinsicht. Aber danach hat er nie angerufen."

„Das klingt gar nicht nach ihm."

„Wie sich herausstellte, hatte er sehr wohl angerufen, mehrmals, doch der Mistkerl Peter, damals noch mein Mitbewohner, hat Nicks Nachrichten nie an mich weitergegeben."

„Dieses Arschloch!"

„Na bitte, geht doch!" Sam lachte.

„Ist ja nicht zu fassen, was er getan hat."

„Peter hat meine Enttäuschung zu seinem Vorteil ausgenutzt und sich an mich herangemacht, indem er so getan hat, als wäre er mein Freund. Irgendwann hat Nick es aufgegeben." Als sie Freddie ansah, stellte sie fest, dass er ihr gebannt zuhörte. „Du kannst dir nicht vorstellen, wie sehr ich mir später gewünscht habe, ich hätte ihn angerufen, statt einfach hinzunehmen, dass er sich nicht meldete. Überleg nur, wie anders die vergangenen sechs Jahre für mich verlaufen wären – und für ihn."

„Keine Bomben, keine richterliche Verfügung ..."

„Genau. Während meiner Ehe habe ich mir gedankliche Auszeiten genommen, in denen ich mich an diese vollkommene Nacht mit Nick erinnert habe. Das hat mir geholfen. Ich war so traurig, dass er nie angerufen hat."

„Wow, üble Geschichte."

„Begreifst du, warum ich dir das erzähle?"

„Hm, weil dich all das Gerede von Hochzeiten weich gemacht hat?"

Sie boxte ihn sanft gegen den Arm. „Vergeude nicht Jahre mit Liebeskummer, wenn du bloß zum Hörer greifen musst."

„Ich hab's verstanden, und ich weiß es zu schätzen, dass du mir diese Geschichte anvertraut hast. Ich hatte keine Ahnung. Ich wusste, dass du Nick vor längerer Zeit kennengelernt hast, aber das mit Peter habe ich nicht gewusst. Der Kerl ist wirklich ein Drecksack."

„Da werde ich dir sicher nicht widersprechen. Wirst du über meine Worte nachdenken?"

Freddie nickte. „Danke."

„Pass auf, ich werde Shelby sagen, dass du in Begleitung kommst – für alle Fälle."

„Aber was ist, wenn ..."

Sam legte ihm die Hand auf den Arm. „Kein Problem. Es ist okay, ob sie nun mitkommt oder nicht. Es liegt jetzt ganz bei dir." Sie sah zu den verfallenen Reihenhäusern. „Los, reden wir mit Gardner."

Als sie sich dem Haus näherten, registrierte Sam, dass es das gepflegteste in der heruntergekommenen Nachbarschaft war. Es war frisch mit weißer Farbe gestrichen, und vorn standen Büsche statt des herumliegenden Mülls wie vor den anderen Häusern.

„Hübsches Haus", bemerkte Freddie. „Für diese Gegend."

„Was wollen Sie?"

Sam schaute hoch zum Fenster im ersten Stock, aus dem Gardner mit einer Schusswaffe auf sie zielte. „Shit", murmelte sie. Hinter dem Fenster, das nur einen Spaltbreit geöffnet war, hörte Sam die einsetzenden Schreie eines Babys. Ein kalter Schauer überlief sie, während sie nach ihrer Waffe griff.

„Was wollen Sie?"

Sam hielt ihre Polizeimarke hoch. „Wir würden Sie gern wegen eines Vorfalls vor zwei Jahren sprechen." Sam bemühte sich um eine ruhige Stimme. „Ende Dezember."

„Was für ein Vorfall?"

„Eine Schießerei in der G Street. Ein Cop wurde angeschossen."

„Darüber weiß ich nichts."

„Sie haben mal in einem Haus gewohnt, das Gerald Price gehörte?" Sam nannte ihm die Adresse.

„Na und?"

Die Schreie des Babys wurden lauter, was Sams Nervosität verstärkte. „Wir haben Dinge in dem Haus gefunden, die im Zusammenhang mit dieser Schießerei stehen. Zeitungsausschnitte, Berichte, Fotos."

„Was hat das mit mir zu tun?"

„Wo waren Sie am achtundzwanzigsten Dezember vor zwei Jahren?"

Er gab ein harsches Lachen von sich. „Sie erwarten von mir, dass ich das noch weiß? Ihr verdammten Cops. Verschwindet von hier. Ich hab euch nichts zu sagen."

Sam schluckte und versuchte die Drohungen dieses Mannes gegen Faith Miller ebenso zu vergessen wie die Bilder seines geschundenen Vergewaltigungsopfers. „Ich muss wissen, wo Sie an diesem Tag waren."

„Sie müssen gar nichts, außer sich von meinem Grundstück verpissen, bevor ich sauer werde."

„Wir können diese Unterhaltung gern in der Stadt fortführen ..."

„Sam ..."

Sie signalisierte Freddie, er sollte sich heraushalten. „Wie hätten Sie es denn gern, Mr. Gardner? Hier oder im Verhörraum?"

Ein Schuss fiel. Bevor Sam so richtig klar wurde, dass er

tatsächlich auf sie schoss, flog sie schon durch die Luft. Sie landete unter Freddie im Nachbargarten. In der Sekunde, in der ihr Kopf auf einen großen Stein prallte, dachte sie noch, dass Nick von dieser Sache alles andere als begeistert sein würde.

Dann wurde alles um sie herum schwarz.

8

Sam kämpfte gegen die Schmerzen und Benommenheit an. Offenbar lag sie in einem Krankenwagen. „Freddie", sagte sie, als ihr die Szene vor Gardners Haus wieder einfiel. „Wo ist Cruz?"

Der Sanitäter hielt sie an den Schultern fest, da Sam sich aufsetzen wollte. „Detective Cruz ist am Tatort geblieben und kümmert sich um den Schützen."

Sams Zunge fühlte sich zu groß an für ihren Mund. „Sagen Sie mir, dass er nicht allein dort ist."

„Da wimmelt es inzwischen von Cops. Keine Sorge."

„Wir haben Gardner erwischt?"

„Ihr Partner war ein ziemlicher Held. Er hat Sie in Sicherheit gebracht und Verstärkung gerufen. Das Spezialeinsatzkommando hat Gardner geschnappt."

„Wow. Wie lange war ich denn bewusstlos?"

„Fünfundzwanzig Minuten."

„Mist." Plötzlich spürte sie den Kopfschmerz sehr deutlich. „In dem Haus befand sich ein Baby. Ich habe es schreien gehört."

„Das Jugendamt hat es in seine Obhut genommen."

„Ich brauche mein Handy." Sie wand sich auf der Bahre und versuchte, an ihr Mobiltelefon in der Manteltasche zu gelangen. In ihrem Kopf hämmerte es, und ihr war übel. „Verdammt, habe ich es etwa verloren?"

„Lieutenant, Sie müssen still liegen. Möglicherweise haben Sie eine Gehirnerschütterung."

Da Sam erst vor wenigen Wochen bei dem Autounfall eine Gehirnerschütterung davongetragen hatte, hätte sie diese Diagnose auch selbst stellen können. Nick würde ernsthaft sauer sein. „Ich brauche dringend ein Telefon. Ich schwöre, ich werde mich nicht mehr rühren, wenn Sie mir Ihres leihen." Sie hatte Nick irgendwann versprochen, ihn so schnell wie möglich anzurufen, falls etwas im Dienst passiert war. Unglücklicherweise musste sie sich viel öfter an dieses Versprechen halten, als ihnen beiden lieb war.

Seufzend gab der Sanitäter ihr sein Smartphone.

„Ich habe keine Ahnung, wie das funktioniert. Können Sie für mich die Nummer wählen?"

„Und anschließend könnte ich Ihnen noch die Nägel feilen."

„Ich bräuchte tatsächlich für meine Hochzeit noch eine Maniküre."

Er lachte. „Wie lautet die Nummer?"

Sam nannte ihm Nicks Handynummer und hoffte inständig, er würde einen Anruf von einer unbekannten Nummer entgegennehmen. „Na komm schon, melde dich." Als nur die Sprachbox zu hören war, gab sie dem Sanitäter sein Handy zurück. „Bitte versuchen Sie es noch einmal."

Mit skeptischer Miene gehorchte der Sanitäter und wählte.

„Komm schon, Nick. Nimm ab."

. . .

Nick hatte den Vormittag mit seinem Wahlkampfteam in Meetings verbracht, konnte sich jedoch nicht auf die Arbeit konzentrieren, weil er an den vergangenen Abend denken musste. Wovon auch immer Sam geträumt haben mochte, es hatte sie zutiefst verängstigt, und das wiederum hatte ihn erschüttert.

Und wenn er an diesen Irren Gardner dachte und was er mit dem armen Mädchen angestellt hatte ... Bei der Erinnerung an diese Fotos erschauerte er. Es war ihm nicht leichtgefallen, Sam darum zu bitten, sich aus diesem Fall zurückzuziehen. Ihm war auch klar, dass er das so bald nicht wieder machen konnte.

Schon den ganzen Vormittag plagte ihn ein ungutes Gefühl. Sie hatte versprochen, sie würde Gardner wegen der Vergewaltigung dieses Mädchens nicht weiter verfolgen. Auf dem Weg zum Büro dämmerte ihm jedoch, dass er ganz vergessen hatte, sie auch darum zu bitten, auf weitere Ermittlungen in der Frage zu verzichten, welche Rolle er bei den Schüssen auf ihren Vater gespielt hatte.

„Senator?"

Erschrocken sah er zu Christina auf, seiner Stabschefin. „Tut mir leid. Was hast du gerade gesagt?"

„Wir sprachen über deine jüngsten Umfrageergebnisse in Südvirginia. Wir müssen nach deinem Urlaub mehr Zeit in Norfolk, Newport News und Virginia Beach verbringen."

Nicks Handy summte in seiner Tasche. „Entschuldige mich." Er schaute aufs Display, erkannte die Nummer nicht und steckte das Telefon wieder ein. „Was ist denn das Thema in dieser Gegend?"

„Schwerpunkt Militär", erklärte der Leiter der Meinungsforscher. „Weil du nie gedient hast ..."

Das Telefon summte erneut. „Tut mir leid", murmelte Nick. „Verrückte Woche." Normalerweise würde er während eines Meetings nicht ans Telefon gehen, aber da war nun einmal dieses ungute Gefühl, das er nicht loswurde. Wieder las er die Nummer auf dem Display. Es war dieselbe wie vorhin, deshalb nahm er den Anruf entgegen.

„Nick Cappuano."

„Dem Himmel sei Dank, dass du drangehst."

„Samantha?"

„Es gab einen Zwischenfall, aber ich bin in Ordnung."

Nick setzte sich aufrecht hin. „Was ist passiert?"

„Auf Freddie und mich wurde geschossen, und ich habe mir den Kopf gestoßen. Die bringen mich ins Krankenhaus, um ihn untersuchen zu lassen." Er hörte, wie sie sich bei jemandem erkundigte, in welches Krankenhaus sie gefahren wurde.

„Wir sind unterwegs ins George Washington", informierte sie Nick. „Es ist keine große Sache. Ein paar Stiche vielleicht. Wird man am Samstag nicht sehen."

„Wer hat auf dich geschossen?", fragte Nick und bemerkte die verblüfften Gesichter seiner Mitarbeiter. Warum hatte er sich nicht in eine Buchhalterin verlieben können?

„Wir sind zu Gardner gefahren, um ihn wegen der Schüsse auf meinen Vater zu befragen. Tja, und er war nicht besonders erfreut, uns zu sehen. Die gute Nachricht ist, dass wir ihn dafür ganz sicher vor Gericht bringen können. Mit Schüssen auf Polizisten kommt selbst der nicht durch."

Nick beobachtete, wie Christina den anderen signalisierte, das Büro zu verlassen. Als sich die Tür hinter ihnen geschlossen hatte, sagte er: „Ich dachte, du wolltest dich von ihm fernhalten."

„Ich habe die Vergewaltigung ihm gegenüber nicht erwähnt."

„Gut für dich. Du hast dich exakt an unsere Abmachung gehalten. Da bin ich froh."

„Nein, du bist sauer."

„Du wusstest, dass ich sauer sein würde."

Er hörte sie tief seufzen. „Ich musste ihn nach den Schüssen auf meinen Vater fragen."

„Und sieh dir nur an, was es dir eingebracht hat – eine weitere Fahrt in die Unfallstation. In der Woche, in der wir heiraten wollen. Aber was soll's."

„Das letzte Mal war nicht meine Schuld. Du wirst dich erinnern, dass diese Gangmitglieder auf uns beide geschossen haben."

„Ich finde das nicht sehr witzig, Samantha."

„Ich scherze doch auch gar nicht. Ich muss jetzt Schluss machen. Wir sind fast da. Wir sehen uns zu Hause."

„Ich hole dich ab. Bleib ja in dem Krankenhaus, bis ich dort bin." Er beendete das Gespräch, ehe sie protestieren konnte.

Nick saß eine ganze Weile da, überwältigt von Wut und Ohnmacht. Es gab absolut nichts, was er tun konnte, um ihre Sicherheit zu garantieren. Er hatte geglaubt, diese neue Tatsache in seinem Leben akzeptiert zu haben, aber offenbar stimmte das nicht. Zumindest deutete seine momentane Wut nicht unbedingt darauf hin. Andererseits brauchten sie in der Woche vor ihrer Hochzeit keinen heftigen Streit. Dummerweise hatte er das Gefühl, als er das Capitol verließ und sich auf dem Weg zum Krankenhaus machte, dass sie beide genau den bekommen würden.

Freddie betrachtete die Wunde an Sams Kopf eingehend und verzog das Gesicht. „Ich fühle mich mies. Auf den Stein habe ich überhaupt nicht geachtet."

„Da du uns beiden wahrscheinlich das Leben gerettet hast, brauchst du dich deswegen nicht zu grämen."

„Ich habe die Bewegung der Waffe gesehen und einfach reagiert."

„Das hast du gut gemacht. Ich hab gehört, du hast dich da draußen wie ein Superheld verhalten."

„Ach was", tat er das Kompliment ab. „Nick wird stocksauer sein, dass du in dieser Woche meinetwegen verletzt worden bist."

„Ich kann mir vorstellen, dass er genauso froh ist wie ich, weil du dafür gesorgt hast, dass ich nicht getötet worden bin." Sie sah auf zu ihrem Partner mit dem aschfahlen Gesicht. „Und jetzt sag mir, dass du Gardner verhaftet hast."

„Er ist auf dem Weg ins Hauptquartier, während wir hier miteinander reden."

„Ist Captain Malone hier?", wollte Sam wissen.

„Im Wartezimmer."

„Hol ihn bitte, ja?"

„Mach ich." Freddie griff in seine Manteltasche und holte Sams Handy hervor. „Das habe ich gefunden, nachdem die Sanitäter dich abgeholt hatten."

„Oh, gut. Ich habe es schon vermisst."

„Ich schicke Malone zu dir rein."

Sam schloss die Augen und konzentrierte sich darauf, ganz still zu liegen, um das Hämmern in ihrem Kopf zu besänftigen. Der Arzt hatte ein CT angeordnet, um die Gehirnerschütterung zu bestätigen, und Sam hatte ihm erklärt, das sei Zeitverschwendung. Er hatte außerdem angedeutet, zum Schließen der Wunde würden fünf oder sechs Klammern notwendig sein. Na klasse. Sie fragte sich, ob Tinkerbell schon jemals eine Braut mit geklammerter Platzwunde am Kopf gehabt hatte. Bei der Vorstellung, sie danach zu fragen, hätte Sam gelacht, wenn die hämmernden Kopfschmerzen nicht gewesen wären.

Captain Malone betrat das Zimmer. „Das wird allmählich beunruhigend, Lieutenant. Die werden Ihnen noch Bonusmeilen gutschreiben."

„Sehr witzig. Ha. Ha."

Er grinste und beugte sich vor, um die Wunde genauer zu betrachten. „Immerhin wird man die auf den Fotos nicht sehen."

„Worüber ich auch sehr froh bin. Ich möchte, dass Sie etwas für mich tun."

„Stets zu Diensten, Lieutenant."

„Ich will Ihnen etwas erzählen, was mit der allergrößten Diskretion behandelt werden muss. Die Karriere einer Kollegin und Freundin steht auf dem Spiel."

Seine Miene wurde ernst. „Verstehe."

Sie berichtete ihm von Gardners Drohung gegen Faith Miller und der Vergewaltigung, die nie eine strafrechtliche Verfolgung nach sich gezogen hatte. „Das Opfer war neunzehn damals und hat die Aussage verweigert. Inzwischen ist sie älter und Gardner hinter Gittern. Irgendwer muss mit ihr reden und sie zur Aussage bewegen."

„Ich werde mich darum kümmern."

„Schalten Sie Forrester wegen der neuen Taten ein", sagte sie und meinte damit den Staatsanwalt. „Ich will nicht, dass Gardner uns erneut durch die Maschen schlüpft."

„Er hat auf zwei Polizisten geschossen und beide nur knapp verfehlt", erinnerte Malone sie. „Damit kommt er nicht durch."

„Sie schalten Forrester ein?"

Malone versprach es.

„Bringen wir ihn diesmal mit dem ganzen Paket hinter

Gitter." Als Sams kurzer Energieschub wieder nachließ, meldeten sich die Kopfschmerzen zurück, sodass sie für einen Moment die Augen schließen musste. „Ich will außerdem wissen, wo er am achtundzwanzigsten Dezember 2008 war."

„Das werden wir in Erfahrung bringen", versicherte Malone ihr.

„Das gilt auch für seinen Kumpel Simmons. Irgendwer hat diese Sachen über die Schüsse auf meinen Vater in Reese' Haus zurückgelassen. Ich will wissen, wer das war."

„Sie erholen sich. Wir kümmern uns darum."

„Da stimmt was nicht mit diesem Gardner. Mein Instinkt hat sich seit den Schüssen auf meinen Vater bei keinem Verdächtigen so bemerkbar gemacht wie bei ihm."

„Wenn er es getan hat, kriegen wir ihn dafür dran."

Sam war dankbar für seinen entschlossenen Ton. Sie war nicht die Einzige, die unbedingt den Schützen fassen wollte, der die Schüsse auf ihren Vater abgegeben hatte. Der hatte ein ganzes Police Department voller Freunde, die liebend gern fünf Minuten mit der Person allein verbringen würden, die ihn zu einem Leben im Rollstuhl verdammt hatte. „Danke."

„Ruhen Sie sich aus", sagte Malone. „Ich schaue später noch mal rein."

Sam hörte den Captain auf dem Gang Nick grüßen und wappnete sich für die Auseinandersetzung mit ihrem wütenden Verlobten.

Nick kam herein und blieb unvermittelt stehen, als er sie sah und ihren blutgetränkten Mantel auf dem Stuhl.

Sam streckte die Hand nach ihm aus. „Es ist nicht so schlimm, wie es aussieht."

Er trat zu ihr und schloss seine Finger um ihre. „Ich habe gehört, es war ziemlich knapp."

„Unsinn, der hat mich meilenweit verfehlt."

„Ich finde das nicht witzig."

Sam hob seine Hand an ihre Lippen. „Ich weiß, Liebster. Tut mir leid."

„Wenn es etwas Gutes an der Sache gibt, dann, dass du für den Rest der Woche nicht mehr arbeiten wirst."

„Aber ich habe noch Dinge zu erledigen, bevor ..."

„Auf dem Weg hierher habe ich mir vorgenommen, in der Woche unserer Hochzeit auf einen dicken, fetten Streit mit dir zu verzichten. Solltest du jedoch auch nur daran denken, wieder zur Arbeit zu gehen, kracht es richtig. Hast du mich verstanden?"

„Ich habe es schon mal gesagt, und ich werde es bestimmt noch öfter sagen – du bist sehr sexy, wenn du wütend bist."

Er holte tief Luft und richtete den Blick zur Zimmerdecke, um die Beherrschung nicht zu verlieren.

Sam musste grinsen. „Ich bin auch nicht gleich ausgeflippt, als Andys Ellbogen dir ein blaues Auge verpasst hat", neckte sie ihn, in der Hoffnung, ihm ein Lächeln zu entlocken.

Doch diese Bemerkung brachte ihr nur einen weiteren düsteren Blick ein. „Das bringst auch nur du fertig, eine Basketballverletzung mit einer Schießerei zu vergleichen."

„Ich liebe dich", erwiderte sie mit einem breiten Grinsen.

Er verdrehte die Augen und gab ihr einen Kuss. „Wenn ich dich in Luftpolsterfolie wickeln muss, um dich heil in diese Kirche zu bekommen, dann werde ich das tun."

Sam fuhr ihm durch die Haare. „Die Hochzeit werde ich schon nicht verpassen, keine Sorge."

„Von wegen keine Sorge."

Sie nötigte ihn zu einem weiteren Kuss. „Wirklich nicht. Versprochen."

„Gardner hat sich einen Anwalt genommen", informierte Detective Tommy „Gonzo" Gonzales seinen Kollegen Freddie, als er im Hauptquartier ankam. „Verweigert die Aussage."

„War klar. Die Schuldigen nehmen sich immer sofort einen Anwalt. Wo ist er?"

„Zurück in der Zelle bis zur Vernehmung morgen früh."

„Was ist mit Simmons?"

„Er hat Wind davon bekommen, worüber wir mit ihm reden wollten, und Reisedokumente vorgelegt, die belegen, dass er über Weihnachten seine Familie in New Orleans besucht hat und sich auch dort aufgehalten hat, als die Schüsse auf Skip fielen."

„Mist."

„Wie bekommen wir heraus, wo Gardner war?"

„Wir überprüfen gerade seine Kreditkarten, um möglicherweise etwas über seine Aktivitäten in der fraglichen Woche zu erfahren."

„Sam will, dass wir uns mit der Frau unterhalten, die er vergewaltigt hat. Damals wollte sie nicht aussagen, aber Sam glaubt, sie könnte inzwischen ihre Meinung geändert haben. Sie ist älter jetzt und ..." Freddie zuckte die Schultern. „Es ist einen Versuch wert."

„Na los, gehen wir."

Sie fanden Leticia Nixon in einer Kindertagesstätte in Washington Heights, wo sie arbeitete. Sie hatte die Anwesenheit der beiden Polizisten noch nicht bemerkt und sang lebhaft gestikulierend mit einer Schar Dreijähriger. Lachend schaute sie in ihre Richtung und bemerkte, dass sie beobachtet wurde. Ihr Lachen erstarb, und die fröhliche junge Frau verwandelte sich in ein verängstigtes Kind.

Freddie winkte und bat sie um ein kurzes Gespräch.

Sie übergab die Gruppe der zweiten Erzieherin und ging in einen hinteren Raum. „Was wollen Sie?"

„Ich bin Detective Cruz. Das ist Detective Gonzales. Wir würden Sie gern draußen sprechen."

Sie stieß die Doppeltür auf und führte die beiden durch ein Foyer hinaus auf den Parkplatz. „Geht es um Gardner?"

„Woher wissen Sie das?", fragte Gonzo.

Leticia zuckte die Schultern. „Gibt keinen anderen Grund, weshalb Cops mit mir sprechen wollen. Was hat er diesmal getan?"

„Er hat heute Morgen auf mich und meine Partnerin geschossen", erklärte Freddie.

„Überrascht mich nicht."

„Wir wissen, dass er Sie bedroht hat, damit Sie nicht aussagen", meinte Gonzo.

In ihren Augen flackerte erst Zorn, dann Resignation auf. „Sie haben keine Ahnung, was er mit mir gemacht hat."

„Wir haben ihn, Leticia", informierte Freddie sie. „Er wird lange ins Gefängnis müssen für die Schüsse auf Polizisten."

„Was wollen Sie dann von mir?"

„Dies ist Ihre Chance auf Gerechtigkeit. Ihre Chance, ihn bezahlen zu lassen für das, was er Ihnen angetan hat."

Sie biss sich auf die Lippe und schüttelte den Kopf. „Ich habe nichts zu sagen."

„Sie wollen ihn damit durchkommen lassen?", meinte Freddie.

Sie betrachtete ihn mit Verachtung im Blick. „Er ist über zwei Jahre lang damit durchgekommen. Er kommt davon, während ich Angst habe, den Fuß vor die Tür zu setzen, und mit keinem Mann mehr zusammen sein kann. Er hat in dem Moment gewonnen, als er mir meine Jungfräulichkeit genommen und meinen Geist mit gewalttätigen Bildern gefüllt hat, die mich jede Sekunde des Tages verfolgen."

„Lassen Sie sich von uns helfen", bot Gonzo an.

„Danke, aber mir genügt es zu wissen, dass er hinter Gittern ist."

„Haben Sie ihn je über Schüsse auf einen Polizisten prahlen hören?", fragte Freddie.

„Nicht, dass ich wüsste."

„Sind Sie sich sicher?"

„Ich versuche, nicht an diese Zeit in meinem Leben zu denken."

Freddie gab ihr seine Karte. „Der Vater unseres Lieutenants wurde durch die Schüsse querschnittsgelähmt. Falls Ihnen noch etwas einfällt, was uns bei unseren Ermittlungen weiterhelfen könnte, rufen Sie mich bitte an."

Sie nahm die Karte. „Ich muss wieder an die Arbeit." Sie ging davon und verschwand in dem fröhlich aussehenden Gebäude.

„Tja, das war unergiebig", stellte Gonzo fest.

„Kann man nie wissen. Vielleicht ändert sie ihre Meinung noch." Freddie schaute auf die Uhr. „Ich habe noch etwas zu erledigen. Wir sehen uns im Hauptquartier."

„Soll ich dich irgendwo absetzen?"

„Nee, ich nehme die Metro."

„Also bis dann."

Noch lange, nachdem Gonzo losgefahren war, stand Freddie da und dachte darüber nach, was Sam heute Morgen gesagt hatte. Dass man – wieder einmal – auf ihn geschossen hatte, ließ ihn die Dinge in einem neuen Licht betrachten. Das Leben war zu kurz, um es mit der Sehnsucht nach etwas zu vergeuden, das er mit einigen wenigen Kompromissen haben konnte. Die Vorstellung, Elin zu sehen, sie in den Armen zu halten und mit ihr zu schlafen, veranlasste ihn, zur nächsten Metrostation zu joggen. Wenn er Glück hatte, würde er sie gerade noch vor der Mittagspause erwischen, wenn sie das Fitnessstudio verließ, in dem sie arbeitete. Sie machte immer um zwei Pause.

In der U-Bahn überlegte er, was er zu ihr sagen könnte und malte sich ihre mögliche Reaktion aus. Er musste cool bleiben, so viel war ihm klar. Sollte er ihr seine Liebe gestehen, würde er sie damit nur in die Flucht schlagen. Nein, er würde mit ihr ganz von vorne anfangen müssen und hoffen, dass es diesmal besser klappte.

Er lief die 16th Street entlang, als sie in ihrer schwarzen Yogahose, die er an ihr am liebsten mochte, weil sie ihren fantastischen Po besonders gut zur Geltung brachte, aus dem Fitnessstudio kam. Dazu trug sie eine hellblaue Daunenweste, die ihre erstaunlichen blauen Augen hervorhob. Der Wind fuhr in ihre weißblonden Haare, und sie blieb stehen, um sie zu einem Pferdeschwanz zusammenzubinden. In diesem Moment sah sie Freddie auf sich zukommen.

„Was machst du hier?", rief sie überrascht.

Er legte ihr den Arm um die Taille und zog sie an sich.

„Das mache ich hier." Er gab ihr einen sinnlichen Kuss, der prompt seine Lust entfachte. Als sie ihm die Arme um den Nacken schlang und mit den Fingern durch seine Haare fuhr, bekam er weiche Knie vor Erleichterung. Sie wieder in den Armen zu halten, war die Antwort auf all seine Gebete.

Er küsste sie wie ein Ausgehungerter, und ihre Zungen fanden sich zu einem wilden Spiel. „Hab dich vermisst", flüsterte er, als er den Kuss unterbrechen musste, um Luft zu schöpfen. Er umfasste ihr Gesicht mit beiden Händen und küsste sie erneut, zärtlich diesmal. „Komm mit mir zu Sams Hochzeit. Alles Weitere klären wir später. Versprochen."

Sie schob ihre Hände unter dem Mantel zu seiner Brust hinauf. Nie hatte er Elin mehr begehrt. Freddie musste sich ins Gedächtnis rufen, dass sie sich in der Öffentlichkeit befanden und schon Blicke auf sich zogen.

„Bist du dir sicher, dass es das ist, was du willst?" Er wusste, dass sie damit eine Beziehung meinte, die seine fromme Mutter nicht gutheißen würde.

Er legte seine Stirn an ihre. „Ich weiß überhaupt nichts sicher, nur, dass ich nicht aufhören kann, an dich zu denken."

Sie ließ die Hand von seiner Brust hinunter zu seinem Bauch gleiten, und Freddie sog scharf die Luft ein. Sie lächelte. „Um wie viel Uhr findet die Hochzeit denn statt?"

„Um vier."

Elin stellte sich auf Zehenspitzen und küsste ihn. „Hol mich um halb vier ab." Sie tätschelte seine Wange und ließ ihn stehen. In seinem Kopf drehte sich alles, und sein Herz pochte. Sie hatte Ja gesagt. Am liebsten hätte er einen Freudentanz aufgeführt. Sie hatte Ja gesagt!

9

———

Bis zum Freitag war Sam an dem Punkt, dass sie sich zu Tode langweilte. Sie war dem Rat des Arztes gefolgt und hatte sich in den vergangenen Tagen ausgiebig ausgeruht. Abgesehen von einem quälenden Pochen der verheilenden Platzwunde fühlte sie sich schon viel besser.

Nick kam federnden Schrittes die Treppe herunter und sah schrecklich munter aus für einen Mann, der bis zwei Uhr morgens mit seinen Freunden einen Junggesellenabschied gefeiert hatte, bei dem angeblich keine Stripperinnen aufgetreten waren.

„Wohin willst du?", erkundigte er sich.

Sam zog ihren Mantel an. „Ich muss vor unserer Reise noch mal ins Büro, um ein paar Dinge zu klären."

„Lass das jemand anderes machen."

„Es gibt keinen."

„Du fährst nicht ins Büro. Das habe ich dir bereits erklärt."

„Du kannst mir nicht vorschreiben, was ich zu tun habe."

Er nahm sein Handy und scrollte durch seine Kontakte, bis er den gesuchten fand.

„Wen rufst du an?"

Statt zu antworten, setzte er seine ernste Miene auf, die sie in den letzten Tagen zu oft gesehen hatte.

„Hier spricht Nick Cappuano. Sam hat mir erzählt, sie müsse heute ins Büro, um noch ein paar Sachen vor ihrem Urlaub zu erledigen." Er lauschte der Stimme am anderen Ende der Leitung. „Das dachte ich mir. Sehr gut, danke. Wir sehen uns bei der Hochzeit." Er legte auf und grinste zufrieden. „Es ist nicht nötig, dass du heute ins Büro fährst."

„Was soll das? Mit wem hast du gesprochen?"

„Mit Captain Malone. Er lässt dir ausrichten, dass sie alles im Griff haben und du deine freien Tage genießen sollst."

„Du hast seine Nummer gespeichert?"

„Ich muss bald los, um Scotty abzuholen, und unterwegs wollte ich noch etwas erledigen. Du kannst mitkommen."

Sam verschränkte die Arme und machte sich bereit für den Streit, der schon die ganze Woche in der Luft lag. Den konnten sie jetzt ebenso gut vor ihrem Probedinner hinter sich bringen. „Ich will aber nicht mit." Was sie wirklich wollte, war, Darius Gardner zu verhören, um zu erfahren, was er über die Schüsse auf ihren Vater wusste. Gonzo und Cruz waren bei ihm nicht weitergekommen. Sam wollte ihre Chance bekommen.

Nick schloss sie in die Arme.

Als hätten sie einen eigenen Willen, fanden ihre Hände einen Weg unter seinen Pullover. Obwohl er sie mit seiner ständigen Nähe und Fürsorge in dieser Woche wahnsinnig gemacht hatte, konnte sie die Hochzeitsnacht nicht erwarten. „Ich mag diese selbstherrliche Alpha-Männchen-Seite von dir nicht."

„Ich mag sie auch nicht besonders."

Sie piekste ihn in die Rippen. „Ich hasse es, wenn ich mich schon auf einen heftigen Streit mit dir eingestellt habe und du dann etwas sagst, was mir komplett den Wind aus den Segeln nimmt."

Lachend küsste er sie. „Ich weiß, ich bin eine Nervensäge. Und ich weiß auch, dass ich damit nicht weitermachen kann, wenn wir verheiratet sind. Es sei denn, es geht um etwas so Wichtiges wie deine Sicherheit oder Gesundheit. Nur ist morgen unsere Hochzeit, und statt mir heute die ganze Zeit Sorgen zu machen, etwas könnte noch passieren, habe ich dich lieber an meiner Seite."

„Du bist abergläubisch. Darauf wäre ich nie gekommen."

„Wie bitte? Das bin ich nicht."

„Doch, bist du."

„Nein, bestimmt nicht."

Sam lachte und freute sich, dass sie ihn ein bisschen verunsichert hatte. „Ein klein wenig vielleicht?"

„Meinetwegen. Wie du meinst. Kommst du also mit?"

„Unter einer Bedingung."

„Welcher?"

„Sag mir die Wahrheit – hat Harry gestern Abend Stripperinnen besorgt?"

Nick lachte. „Kein Kommentar."

„Ich bringe ihn um."

„Wie lautet denn wirklich deine Bedingung?"

„Sobald wir verheiratet sind, kehren wir zur Normalität zurück. Schluss mit diesem Alphatiergetue."

„Und wenn das für mich normal ist?"

Sam wich zurück. „Dann haben wir ein Problem."

Nick legte die Hände auf ihre Hüften, damit sie nicht von ihm weg konnte. „Ich werde mir immer Sorgen um dich machen. Ich werde mir immer wünschen, ich könnte besser für deine Sicherheit sorgen." Er strich ihr die Haare aus dem Gesicht. „Aber ich verstehe, was du meinst."

„Also nach dem morgigen Tag wieder zurück zur Normalität?"

Er nickte. „Wenn es sein muss."

„In dem Fall", meinte sie, stellte sich auf die Zehenspitzen und küsste ihn, „begleite ich dich nach Richmond."

Nick überraschte sie, als er die Ausfahrt zum Arlington National Cemetery nahm.

„Ich wollte zu John", erklärte er. „Ich hoffe, das ist in Ordnung."

Sie legte ihre Hand auf sein Bein. „Natürlich."

Sie fuhren eine gewundene Straße entlang, die zu einem Parkplatz führte. Vor drei Monaten waren sie zu Johns Beerdigung hier gewesen, doch es schien bereits viel länger her zu sein. Nick nahm ihre Hand und ging mit Sam den Hügel hinauf zum Familiengrab der O'Connors, auf dem nun ein Grabstein mit Johns Namen stand. Graham und Laine würden eines Tages zusammen mit ihrem Sohn beerdigt sein.

Nick ging in die Hocke und strich über den weißen Stein. „Sieht gut aus."

„Ja."

„Manchmal kann ich es immer noch nicht glauben. Verstehst du?"

Sam kniete sich neben ihn und lehnte den Kopf gegen seine Schulter.

„Wie kann ich morgen ohne ihn heiraten?"

Der Schmerz in seiner Stimme ließ sie mitleiden. „Er ist immer bei dir."

„Das ist nicht dasselbe."

„Nein, ist es nicht."

„Manchmal frage ich mich, wie ich den Rest meines Lebens ohne ihn verbringen soll. Ich habe das Gefühl, er könnte eines Tages einfach wieder in mein Büro schneien, als käme er gerade aus dem Urlaub, und dort weitermachen, wo er aufgehört hat. Vielleicht war das alles nur ein böser Traum."

Sam legte den Arm um ihn. „Nicht alles war schlecht."

„Meinst du, wir hätten uns jemals wiedergefunden, wenn er nicht getötet worden wäre?"

„Ich möchte es gern glauben."

„Ja, ich auch."

„Es hätte nur vielleicht ein bisschen länger gedauert."

„Was würdest du sagen, wenn ich dir gestehe, dass ich daran gedacht habe, Thomas zu treffen?"

Sam starrte ihn an, als hätte sie nicht richtig verstanden.

„Ich weiß, es ist schwer nachvollziehbar, dass ich die Person sehen will, die meinen besten Freund umgebracht hat. Aber ich muss dauernd daran denken, dass er Johns Sohn ist und was ich wohl wollen würde, wenn es andersherum wäre."

„Du würdest wollen, dass er deinen Sohn besucht. Um zu erfahren, ob er irgendetwas braucht. Und um vielleicht zu verstehen, warum er es getan hat."

Nicks Augen füllten sich mit Tränen, als er nickte.

Sam drückte seine Hand.

„Vielleicht, wenn wir wieder da sind." Er nahm ihre Hand und richtete sich auf. „Danke, dass du mitgekommen bist."

„Kein Problem."

„Holen wir Scotty ab." Nick warf einen langen letzten Blick auf das Grab seines besten Freundes, dann ging er mit Sam zurück zum Wagen.

Mit Scotty zusammen zu sein, half ihnen beiden, in eine festliche Stimmung zu kommen. Der Junge war so aufgeregt, bei der Hochzeit mit dabei sein zu können, dass er Sam mit seiner Begeisterung ansteckte.

Freddie erwartete sie vor dem Haus, als sie aus Richmond zurückkamen. Sam machte Scotty mit ihm bekannt und sagte Nick, sie würde gleich nachkommen.

„Was ist los?", fragte sie ihren Partner.

„Wir haben Gardners Kreditkarten gründlich geprüft, seine Kontoauszüge und sonstige Belege. Sie beweisen, dass er am achtundzwanzigsten Dezember 2008 in der Stadt war."

Erwartungsvolle Anspannung erfasste sie. „Tatsächlich?"

„Natürlich redet er nicht. Hat sich einen Anwalt genommen. Und was für einen." Freddie nannte den Namen eines bekannten Anwalts aus der Stadt. „Wie sollen wir weiter vorgehen?"

Sam schaute zu dem warmen Lichtschein, der aus dem Wohnzimmer kam. „Anscheinend muss ich mich in den nächsten Tagen um andere Dinge kümmern, deshalb lassen wir die Sache erst einmal ruhen. Da Gardner nirgendwohin verschwindet, kann ich mich nach meiner Rückkehr darum kümmern. Bis dahin wäre es vielleicht hilfreich, wenn du und Gonzo seine Bekannten unter die Lupe nehmt."

„Machen wir, Boss." Er sah den Gehsteig entlang, dann sah er Sam wieder an und wirkte verdrossen. „Ich habe übrigens mit Elin gesprochen. Sie kommt morgen mit."

„Freut mich für dich.“

„Danke, dass du mir den nötigen Anstoß gegeben hast.“

„Gern geschehen. Dann sehen wir uns morgen?“

„Ja, Ma'am.“

Sam ging die Rampe hinauf zu ihrer Haustür.

„Hey, Sam.“

Sie drehte sich noch einmal zu ihm um. „Ja?“

„Genieß jede Minute. Du verdienst es, glücklich zu sein.“

Lächelnd erwiderte sie: „Das werde ich. Danke.“ Drinnen folgte sie den Stimmen ins Arbeitszimmer, wo Scotty um ein verpacktes Geschenk herumtanzte.

„Da bist du ja“, sagte er. „Nick meinte, ich darf es erst aufmachen, wenn du dabei bist.“

Sam sah zu ihrem Verlobten. „Ach ja?“

„Na ja, das Geschenk ist von uns beiden, als Dankeschön, dass er zu unserer Hochzeit kommt.“

Das hörte sie zum ersten Mal.

Nick grinste. „Na los, mach's auf, Kumpel.“

Scotty riss das Papier ab und stieß einen Schrei aus angesichts der Spielekonsole, die sich darunter befand. „O wow! Das ist der Hammer!“

„Es sind auch ein paar Spiele dabei. Ich wusste nicht, welche du magst. Wir können sie umtauschen, wenn du lieber andere möchtest.“

Scotty kramte Baseball- und Hockeyspiele aus dem Karton, und Sam las an der Miene des Jungen ab, dass Nick richtig gelegen hatte – wie immer.

„Das ist so cool“, meinte der Junge und umarmte Nick. „Danke, Nick.“

„Gern geschehen. Ich dachte, es wäre ganz lustig, so etwas hier zu haben, wenn du zu Besuch kommst.“

„Warte mal“, sagte Sam. „Ich habe auch etwas für dich.“

Ihr Herz klopfte vor Aufregung, als sie nach oben ging, um das Geschenk zu holen, für dessen Beschaffung sie Himmel und Hölle in Bewegung gesetzt hatte. Kurz darauf kehrte sie ins Arbeitszimmer zurück, wo die beiden die neue Spielekonsole anschlossen. Sam nahm sich einen Moment, um Nick und Scotty zu beobachten. Die zwei hatten ihre Köpfe zusammengesteckt und plapperten ununterbrochen miteinander. „Bist du bereit für ein weiteres Geschenk?"

Scotty sprang auf, schon ganz gespannt. „Das ist ja besser als Weihnachten!"

Sam überreichte ihm den Umschlag.

Nick stand auf und schaute Scotty über die Schulter, während er den Umschlag öffnete.

Der Junge schnappte nach Luft und machte ein verblüfftes Gesicht. „Nein! O Mann! O Mannomann!" Er warf sich in Sams Arme, und sie wurde von plötzlich aufwallender Liebe für diesen Jungen überrascht, der vielleicht eines Tages zu ihnen gehören würde.

„Was hast du bekommen?", fragte Nick.

Als er sich zu Nick umdrehte, bemerkte Sam Tränen auf dem Gesicht des Jungen.

„Red-Sox-Tickets!", antwortete Scotty. „*Fenway Park.*"

„Eröffnungstag", fügte Sam hinzu. „Gegen die Yankees – und Green-Monster-Plätze."

„Wow." Nick schaute sich die Tickets genauer an. „Wie hast du das denn geschafft?"

„Das werde ich dir niemals verraten", erwiderte sie, glücklich über die Reaktion der beiden.

„Das ist der beste Tag meines Lebens", verkündete Scotty und drückte Sam noch einmal an sich. „Vielen, vielen Dank." Dann sah er zu Nick auf und fragte: „Aber wie kommen wir dahin?"

Nick wuschelte ihm durch die Haare. „Ich nehme an, wir fliegen."

„Ich bin noch nie geflogen."

„Es gibt für alles ein erstes Mal", meinte Nick und lehnte sich über Scotty, um Sam einen Kuss zu geben. „Danke."

„Ich habe mir das Hirn zermartert, was ich dir zur Hochzeit schenken könnte."

„Ich hätte mir nichts Besseres wünschen können."

„Das dachte ich mir."

„Apropos Geschenke", meinte Nick. „Bleib, wo du bist." Er ging zu seinem Schreibtisch, nahm eine kleine blaue Schachtel aus der obersten Schublade und brachte sie ihr.

Sam staunte beim Anblick der unverkennbaren Tiffany-Box.

„Ich habe deine Schwestern um Tipps gebeten", gestand Nick.

„Mach es auf, Sam", drängelte Scotty.

Ihre Hände zitterten vor Aufregung, als sie die kleine Schachtel öffnete und einen mit Diamanten besetzten Schlüssel an einer Platinkette darin fand. „Oh, der ist wunderschön! Ich liebe ihn."

Nick nahm ihr die Schachtel aus der Hand und die Halskette heraus. Er hob Sams Haare an, um ihr die Kette anlegen zu können, und küsste ihren Nacken. „Lass dich ansehen."

Sam drehte sich zu ihm um.

„Perfekt." In seinen Augen las sie Liebe und Begehren.

„Du weißt, dass das der Schlüssel zu seinem Herzen ist", meinte Scotty ernst.

Sam berührte den Schlüssel. „Ich verspreche, sehr gut darauf achtzugeben."

Nick gab ihr noch schnell einen Kuss, dann verschwand er, um mit seinem Kumpel Baseball zu spielen.

· · ·

Nicks Vater Leo hatte darauf bestanden, das Probedinner in der Trattoria Alberto auszurichten, ein italienisches Restaurant in Capitol Hill. Nach der Probe in der Kirche, die Shelby mit dem Versuch, „eine Herde Katzen zu hüten" verglichen hatte, wegen des Blödsinns, den Sams kleine Neffen und Nicks vierjährige Halbbrüder ständig anstellten, brauchte Sam dringend ein Glas Wein. Es war ihre Idee gewesen, alle Kinder mit einzubeziehen, und sie bereute es auch nicht. Dennoch hoffte sie, dass die vier Jungen sich morgen in der Kirche einigermaßen benahmen.

„Dem Himmel sei Dank für Scotty", meinte Nick und winkte dem Kellner, als könne er ihre Gedanken lesen.

„Ehrlich", stimmte Sam ihm zu. „Der war der Ober-Katzenhirte."

Nick gab ihr einen Kuss auf die Stirn. „Von jetzt an lassen wir einfach alles auf uns zukommen."

Sam stieß mit ihm an. „Abgemacht." Was kümmerte es sie schließlich, wenn die Kinder über die Stränge schlugen? Sie würde trotzdem um diese Zeit morgen mit Nick verheiratet sein, und es war ihr herzlich egal, ob die ganze Veranstaltung ein verrücktes Spektakel wurde. Ihr Handy vibrierte und riss sie aus ihren Überlegungen. Sam zog es aus der Tasche und überflog eine Textnachricht von Freddie: *Dachte, du möchtest vielleicht wissen, dass Leticia Nixon eine Aussage gemacht hat. Diesmal haben wir ihn richtig.*

„Ja!", sagte Sam erleichtert, weil Gardner auf Jahre hinter Gittern verschwinden würde.

Nick nahm ihr das Handy weg und schaltete es aus.

„Hey!"

Er verstaute ihr Telefon in ihrer Handtasche, nahm ihre Hände in seine und hob sie an die Lippen. „Ich will zehn

Tage, Samantha. Zehn Tage, in denen ich dich nicht mit deinem Job teilen muss. Ist das zu viel verlangt?"

„Nein", antwortete sie mit leiser Stimme.

Er schlang die Arme um sie.

Sam schmiegte sich an ihn und atmete seinen Duft ein. In diesem Moment beschloss sie, die Suche nach dem Schützen, der die Schüsse auf ihren Vater abgegeben hatte, für die nächsten zehn Tage zu vergessen. Sie nahm sich fest vor, jede Minute der Zeit mit ihm allein zu genießen, nach der sie sich schon seit Monaten gesehnt hatte.

Als spüre er ihr Nachgeben, drückte Nick sie an sich.

Ein Räuspern hinter ihnen beendete diesen Moment.

Sam löste sich von Nick und entdeckte ihre Schwester Tracy.

„Fertig fürs Essen?", wollte sie wissen.

Nach einem Blick zu Sam antwortete Nick: „Wir sind bereit." Er legte Sam die Hand auf den Rücken, und gemeinsam begaben sie sich zum Dinner.

10

Nicks Dad Leo stand auf und bat die lebhaften Gäste um Ruhe. Zu ihnen gehörten Sams Schwestern und deren Familien, ihr Dad und Celia, Leos junge Frau Stacy, Nicks Ersatzeltern Graham und Laine O'Connor, Dr. Harry und dessen Freundin Maggie, Nicks Freund und Anwalt Andy sowie seine Frau, außerdem die Kinder an einem Extratisch. Selbst Sams mürrische Nichte Brooke schien sich zu amüsieren.

„Ich möchte euch allen danken, dass ihr heute Abend hier seid", erklärte Leo. Sein schüchternes Lächeln rührte Sam, die wusste, wie sehr er und Nick in den vergangenen Jahren um ein gutes Verhältnis gerungen hatten. „Ich möchte außerdem Nick und Sam dafür danken, dass die Jungs an der Hochzeit teilnehmen dürfen. Falls es euch entgangen sein sollte, die sind ein bisschen aufgeregt."

Sam sah zu Nick. Seine Miene verriet Belustigung und Zuneigung, während er den Worten seines Vaters lauschte. Sie hatten beide komplizierte Verhältnisse zu ihren Müttern, deshalb war sie froh, dass ihre Väter an diesem Wochenende da sein konnten.

„Nicky, ich war dir kein besonders guter Vater. Aber ich könnte nicht stolzer auf den Mann sein, zu dem du geworden bist. Ein Senator der Vereinigten Staaten!"

Nicks Freunde applaudierten, was Nick sichtlich verlegen machte.

„Und in Sam", fuhr Leo fort, „hast du die perfekte Gefährtin und Partnerin gefunden. Ich habe nicht die geringsten Zweifel daran, dass ihr beide glücklich werdet." Er hob sein Glas. „Auf Sam und Nick."

Während die anderen anstießen, nutzte Nick die Gelegenheit, um Sam rasch einen Kuss zu geben.

„Skip", sagte Leo und deutete auf Sams Vater. „Du bist an der Reihe."

„Danke, Leo – und Stacy –, dass ihr heute Abend unsere Gastgeber seid." Skip wandte sich an Sam. „Nachdem ich angeschossen worden bin, habe ich ein paar finstere Tage durchlebt, denn ich erfuhr, dass ich für den Rest meines Lebens im Rollstuhl sitzen würde. Eine Weile fragte ich mich, ob es nicht besser sei für mich und alle anderen, einfach aufzugeben."

Sam starrte ihn entsetzt an. In den zwei Jahren seit den Schüssen hatte sie ihn nie etwas Derartiges äußern hören.

Nick ergriff unter dem Tisch ihre Hand.

„Meine Mädchen Tracy und Angela sind seit einiger Zeit glücklich verheiratet, aber Sam ... Sie war vorher so unglücklich. Das hat mich durchhalten lassen – ich wollte erleben, wie auch sie das Glück findet. Als ich Nick kennenlernte, wusste ich sofort, dass er der Richtige für mein Mädchen ist. Zu sehen, wie ihr zwei euch schwer ineinander verliebt, war es wert, durchzuhalten. Ich wünsche euch viele Jahre Eheglück."

Sams Schwestern und Stiefmutter wischten sich Tränen

aus den Gesichtern, als Sam ihrem Vater zuprostete. „Danke", flüsterte sie, selbst gegen die Tränen ankämpfend.

Er zwinkerte ihr zu, und die nicht gelähmte Gesichtshälfte verzog sich zu einem Lächeln.

Als kurze Zeit später alle aufbrachen, entführten Angela und Tracy ihre Schwester Sam.

„Sag gute Nacht", meinte Tracy und versuchte, Sam von Nick wegzuziehen.

Sie klammerte sich an ihn. „Lass nicht zu, dass sie mich mitnehmen."

Nick lachte und gab ihr einen Kuss. „Einen Abend ohne mich wirst du schon überstehen."

Sie wollte nicht von ihm getrennt sein, nicht einmal für Stunden. „Da bin ich mir nicht so sicher."

Er drückte sie an sich und küsste sie leidenschaftlich vor ihren Schwestern. Diesmal störte Sam die öffentliche Zuneigungsbekundung nicht. „Eine Nacht noch", flüsterte er, „und dann haben wir uns für immer."

Sam grub die Finger in seine Haare und gab ihm einen Kuss, der sicherstellen sollte, dass er bis zum Wiedersehen an niemand anderen dachte als an sie.

„Spart euch das auf für die Flitterwochen", sagte Tracy, fasste Sam am Arm und führte sie weg von Nick.

„Wir sehen uns in der Kirche", rief Sam.

„Kommt bloß nicht zu spät."

„Diesmal nicht."

Sam ließ sich von Angela und Tracy zu Tracys Wagen führen. Sie würden die Nacht bei Skip und Celia verbringen, wo sie sich morgen auch für die Hochzeit anziehen würden.

Harry, Andy und Scotty waren dafür zuständig, Nick nach Hause zu fahren und ihn morgen zur Kirche zu bringen. Graham, Nicks Trauzeuge, würde mit seiner Frau im Hay-Adams übernachten.

„Das wird vielleicht eine Hochzeitsnacht", neckte Tracy, als sie im Wagen saßen.

Sam konnte es nicht erwarten.

Nach einer Maniküre und Pediküre sowie einer kosmetischen Gesichtsbehandlung und einer Massage, die ihre Schwestern in weiser Voraussicht organisiert hatten, vibrierte Sam regelrecht vor Energie, obwohl sie eigentlich schlafen sollte. Der Digitalwecker zeigte kurz nach zwei an. Sie seufzte. Das war genau das, was sie in der Nacht vor ihrer Hochzeit gebrauchen konnte.

Sie fragte sich, ob es Nick besser erging. Vielleicht sollte sie sich zu ihm hinüberschleichen und mal nach ihm schauen.

Sam setzte sich langsam auf, um Angela nicht zu wecken, die schwanger war. Oder Tracy, die auf einer Luftmatratze schlief. Sie nahm ihr Sweatshirt mit Reißverschluss, das sie am Fußende ihres Bettes abgelegt hatte, und zog es an. Dann schlüpfte sie in Tracys Plüsch-Hausschuhe.

„Wohin willst du?", flüsterte Tracy.

Erschrocken antwortete Sam: „Nach unten, Wasser trinken."

„Lügnerin."

„Was meinst du damit?"

„Du willst zu ihm."

„Will ich nicht!"

„Lügnerin."

„Sei leise, sonst weckst du Ang noch auf."

„Zu spät", murmelte Angela.

„Sie will zu Nick", erklärte Tracy empört.

„Stimmt doch gar nicht! Ich wollte nur etwas trinken. Mensch, Tracy, wann bist du zu einer solchen Nervensäge geworden?"

„Um die Zeit herum, als Brooke ein Teenager wurde."

Angela kicherte. „Lass sie doch, Tracy. Wenn sie unbedingt zu ihm will, soll sie gehen."

„Es bringt Unglück, den Bräutigam vor der Hochzeit zu sehen", erinnerte Tracy sie.

„Seit wir zusammen sind, wurden wir beinahe in die Luft gesprengt, beschossen, haben ein paar Gehirnerschütterungen bekommen, einen Überschlag in einem Fahrzeug überlebt, uns Knochen gebrochen, wurden genäht und geklammert." Sie berührte die aktuelle verheilende Wunde an ihrem Kopf. „Wir haben unser Pech langsam aufgebraucht."

„Na ja, wenn man es von der Seite betrachtet", meinte Tracy und deutete zur Tür.

„Danke, Mom. Schlaft noch ein bisschen, Ladys."

„Komm bloß nicht zu spät zum Frisörtermin", ermahnte Tracy sie. „Sie wird um elf hier sein."

„Verstanden. Schlaft gut."

„Tu nichts, was wir nicht auch tun würden", fügte Angela noch hinzu.

Sam lachte und schloss die Schlafzimmertür hinter sich. Sie kam sich vor wie ein Teenager, der sich mitten in der Nacht aus dem Elternhaus schleicht, als sie leise die Treppe hinunterstieg, ihren Schlüssel suchte und zur Tür hinausschlüpfte. Sie war auf halbem Weg zu ihrem und Nicks Haus, als sich ein Schatten aus der Dunkelheit löste. Plötzlich wusste Sam wieder, warum sie nie ohne ihre Waffe einen Fuß vor die Tür setzte. Und das eine Mal, wo sie keine dabei hatte ...

„Na, unterwegs?“

Mist! „Was machst du hier, Peter?“ Beim Anblick ihres Exmannes beschleunigte sich ihr Herzschlag. Ihr Atem bildete kleine weiße Dampfwölkchen in der Kälte. Sie begann zu frösteln.

„Ich will mit dir reden.“

„Ich habe dir nichts zu sagen.“

„Aber ich dir, und es wird höchste Zeit, dass du mich anhörst.“

„Verschwinde von hier, bevor ich dich ins Gefängnis zurückbringe wegen Missachtung einer gerichtlichen Anordnung, jeglichen Kontakt zu unterlassen.“

Sie wollte an ihm vorbei, doch er packte ihren Oberarm und zog sie an sich.

„Lass mich los oder ich schwöre dir, ich mach dich zum Krüppel.“

Er drückte etwas Hartes gegen ihre Rippen. „Keine schnellen Bewegungen, Schätzchen, sonst wird deine Familie statt einer Hochzeit eine Beerdigung besuchen.“

Sam ärgerte sich über sich selbst, dass sie unbewaffnet hinausgegangen war. Sie schaute hoch zum ersten Stock ihres Hauses, wo Nick hoffentlich schlief, ohne zu ahnen, dass sie sich in der Nacht vor ihrer Hochzeit in Todesgefahr befand. „Was willst du?“, zischte sie mit zusammengebissenen Zähnen.

„Das hört sich schon besser an.“ Seine Lippen berührten ihre Haare. Sam hatte Mühe, einen Schauder zu unterdrücken. „Du begehst einen großen Fehler, wenn du diesen Mann heiratest.“

„Tatsächlich?“

„Er liebt dich nicht so, wie du es verdienst – wie ich dich liebe.“

Sam schluckte. „Peter, bitte. Lass mich gehen und

verschwinde von hier, bevor jemand dich sieht und du wieder im Gefängnis landest."

„Das Gefängnis ist nicht schlimmer, als ohne dich zu leben."

Sam beherrschte sich weiter. „Tut mir leid, dass du so empfindest."

„Ach wirklich?"

„Natürlich. Ich wollte nie, dass du unglücklich bist."

„Warum hast du mich dann verlassen?"

Sam wollte ihm am liebsten den Ellbogen in den Bauch rammen, doch der Druck des harten Metalls an ihren Rippen veranlasste sie, sich zurückzuhalten. „Ich will, dass du mich jetzt gehen lässt. Du musst jemanden finden, der dich so liebt, wie du es verdienst ..."

„Ich will aber keine andere", knurrte er ihr ins Ohr und drückte sie schmerzhaft an sich. „Was davon verstehst du nicht?"

Das Klicken einer Waffe, deren Hahn gespannt wurde, war neben ihnen zu hören.

„Lassen Sie sie gehen und treten Sie zurück."

„Wer zur Hölle sind Sie?", fragte Peter.

„Spielt keine Rolle, wer ich bin. Wenn Sie nicht wollen, dass ich Ihnen eine Kugel verpasse, dann lassen Sie sie jetzt sofort los."

Aus dem Augenwinkel sah Sam die Lichter in ihrem Haus angehen, während sie gleichzeitig versuchte, die Stimme ihres Retters einzuordnen.

„Das zwischen uns ist noch nicht vorbei", flüsterte Peter ihr ins Ohr. „Es wird nie vorbei sein."

Er ließ sie so unvermittelt los, dass Sam kurz ins Stolpern geriet, ehe sie ihr Gleichgewicht wiederfand.

Sie drehte sich um und sah, dass ihr Retter Peter mit einer Waffe in Schach hielt. Ein Polizeiwagen mit Blaulicht bog um die Ecke. „Wer sind Sie?", wollte sie von dem dunkelhaarigen Mann wissen, dessen Muskeln sich sogar unter dem Mantel erahnen ließen.

Nick kam aus ihrem Haus und rannte die Rampe hinunter zu ihr. „Dem Himmel sei Dank, dir ist nichts passiert."

„Möchtest du mir vielleicht mal erklären, woher du weißt, was hier passiert ist und wer der Kerl ist, der meinen Exmann ins Gefängnis verfrachtet?"

Nick beobachtete, wie Peter den Polizisten übergeben wurde. „Ich habe ihn engagiert, damit er Gibson im Auge behält."

„Du hast jemanden engagiert, der ihn beschattet?"

„Und ob. Was dachtest du denn?" Nick wirkte wütend und aufgebracht. „Ich wusste, er würde wieder hinter dir her sein. Es war nur eine Frage der Zeit, und ich wollte auf keinen Fall tatenlos zusehen."

„Nick …"

Er legte ihr den Zeigefinger auf die Lippen. „Wir streiten jetzt nicht darüber – nicht in der Nacht vor unserer Hochzeit. Das machen wir später, nicht jetzt."

„Ich wollte mich eigentlich nur bei dir bedanken."

„Wirklich?"

Er sah so überrascht aus und hinreißend, dass sie lachen musste. „Ich denke immer, ich kann gut auf mich selbst aufpassen. Aber ich glaube, das hier wäre nicht gut ausgegangen."

Er nahm sie fest in die Arme, und Sam spürte sein Erschauern. „Was, um Himmels willen, hast du überhaupt hier draußen gemacht?"

„Ich wollte zu dir."

Er betrachtete ihr Gesicht. „Ach ja?"

„Ja."

„Äh, Entschuldigung, Lieutenant Holland", sagte einer der Officer. „Meines Wissens liegt eine einstweilige Verfügung gegen Mr. Gibson vor."

Ohne den Blick von Nick abzuwenden, antwortete Sam: „Das ist richtig. Er muss mindestens dreihundert Meter Abstand halten von mir und jedem Mitglied meiner Familie." Erst jetzt sah sie den Polizisten an. „War er bewaffnet?"

Der Officer nickte. „Neun Millimeter."

Sam atmete tief durch. „Bringen Sie ihn ins Hauptquartier und sorgen Sie dafür, dass die Anklageerhebung um achtundvierzig Stunden hinausgezögert wird, dann bin ich Ihnen was schuldig." Zweifellos würde Peter eine Kaution hinterlegen, aber bis dahin wären sie und Nick längst weg.

„Ich werde tun, was ich kann."

„Schalten Sie Captain Malone ein. Er wird sich um die Angelegenheit kümmern."

„Verstanden. Äh, herzlichen Glückwunsch Ihnen beiden."

„Danke", erwiderte Sam.

Der von Nick angeheuerte Mann kam zu ihnen. „Tut mir leid, dass er Ihnen zu nahe kommen konnte, Ma'am. Ich dachte, Sie wollen vielleicht warten, bis er etwas tut, was ihn ins Gefängnis bringt. Ich hatte es gerade gemeldet, als Sie herauskamen, und dann ging alles ziemlich schnell."

„Danke für die Hilfe", meinte Sam.

Nick schüttelte den Kopf. „Nehmen Sie sich die Woche frei. Wir sind nächsten Sonntag wieder zurück."

„Ja, Sir, Senator. Genießen Sie Ihre Hochzeit."

„Das werden wir. Danke." Nick legte den Arm um Sam und führte sie die Rampe hinauf in ihr gemeinsames Haus. Kaum waren sie drinnen, schloss er sie fest in die Arme.

„Das kann auch nur uns passieren", sagte er nach einem langen Moment des Schweigens. „Nur uns kann diese Art von Drama in der Nacht vor unserer Hochzeit widerfahren."

„Es wird zumindest nie langweilig."

Er stieß ein kurzes, raues Lachen aus und küsste sie auf die Stirn. „Na wenigstens das. Was hat er denn zu dir gesagt?"

Sam wollte den ganzen Vorfall vergessen und diesen Fiesling nie wiedersehen. Seine letzten Worte verfolgten sie noch immer. *Es wird nie vorbei sein.* Sie erschauerte. „Ist doch egal."

„Mir nicht."

Widerstrebend sah sie ihm ins Gesicht. „Er hat gesagt, ich beginge einen Fehler, wenn ich dich heirate. Dass du mich nie so lieben wirst wie er."

„Dem Himmel sei Dank."

Nick schaffte es sogar in dieser Situation, sie zum Lachen zu bringen.

„Gehen wir ins Bett", schlug er vor. Oben an der Treppe erklärte er leise, sie solle warten, er wolle noch schnell nach Scotty sehen. „Schläft noch tief und fest", berichtete er, sobald er wieder bei ihr war.

„Schließ die Tür ab", sagte Sam. „Vorsichtshalber."

„Gute Idee." Nick drehte den Schlüssel um, ehe er den Reißverschluss von Sams Sweatshirt öffnete und ihr aus dem Pyjama half, den sie bei ihren Schwestern getragen hatte. Nachdem er sein T-Shirt und die Sportshorts ausgezogen hatte, die er vermutlich schnell übergezogen hatte, nachdem der Privatdetektiv die Auseinandersetzung draußen gemeldet hatte, folgte er ihr ins Bett.

Sam kuschelte sich an ihn und gab einen langen Seufzer von sich. *Nichts* war besser als das.

Er legte die Hand an ihr Gesicht und küsste sie.

Sie schlang ihm die Arme um den Nacken und gab der Begierde nach, die prompt in ihr erwachte.

Sein Kuss war drängend und leidenschaftlich. Nach einer Weile löste er seine Lippen von ihren und presste sie stattdessen zärtlich auf ihren Hals. „Warum versuchen die Leute ständig, dich mir wegzunehmen?"

Seine sanft gesprochenen Worte drangen direkt in ihr Herz ein. „Es braucht schon sehr viel mehr als einen Irren mit einer 9-Millimeter-Pistole, um mich dir wegzunehmen."

Er schloss seine Hand um eine ihrer Brüste und neckte die Brustwarze mit der Zunge. „Ich hatte damit gerechnet, dass du sauer sein würdest, weil ich jemanden engagiert habe, der Peter beschattet."

„Das sollte ich wohl, aber da mich das heute Nacht gerettet hat, lasse ich es dir diesmal durchgehen."

Nick saugte an ihrer Brustwarze, und Sam stieß einen kleinen Schrei aus.

„Schsch", flüsterte er. „Vergiss nicht, dass wir Besuch haben."

„Wenn ich still sein soll, dann tu so etwas nicht."

Er lachte leise und ließ der anderen Brust die gleiche Aufmerksamkeit zuteilwerden.

Sam biss sich auf die Lippe, um nicht zu schreien. Er wusste genau, was sie am liebsten mochte und schaffte es stets, es ihr zu geben. Sie fuhr ihm durch die seidigen dunklen Haare, bog sich ihm entgegen und flehte um mehr. „Ich dachte, wir wollten warten", hauchte sie, atemlos vor Verlangen.

„Na ja, es ist unser Hochzeits*tag*", erinnerte er sie, zum Wecker auf dem Nachttisch deutend.

„Wir werden völlig erledigt sein bei der Hochzeit."

„Nein, werden wir nicht", widersprach er und küsste sie erneut auf die Lippen. „Wir sind jung und abgehärtet, und wir haben schon vorher schlaflose Nächte überstanden."

„Stimmt auch wieder." Sam legte die Beine um seine Hüften und drängte ihn zu einem weiteren sinnlichen Kuss. „Das hat mir gefehlt."

„Mir auch. Und wie."

„Wir heiraten heute."

Er lächelte. „Habe ich auch schon gehört. Bist du bereit?"

„Ich war nie für irgendetwas so bereit."

„Geht mir genauso." Er küsste sie wieder und drang langsam und geschmeidig in sie ein. „Falls ich später vergessen sollte, es dir zu sagen", meinte er, seine Worte mit Küssen unterstreichend, „du bist das Beste, was mir je passiert ist. Ich begreife überhaupt nicht mehr, wie ich all die Jahre nach unserer ersten Begegnung ohne dich überstehen konnte."

Sam ließ ihre Hände an seinem Rücken hinuntergleiten. „Dito." Sie schloss die Augen und überließ sich ganz der Liebe und Leidenschaft, die auf diese intensive Weise nur er zu wecken vermochte.

„Verdammt", murmelte er. „Das wird schnell gehen."

Sam lachte und spornte ihn an. „Für langsam haben wir noch die ganze Woche Zeit."

Er küsste ihre Halsbeuge und legte die Arme fest um sie. „Ich liebe dich, Babe. Ich liebe dich so sehr."

„Ich liebe dich auch." Während er sie beide zu einem explosiven Finale trieb, zweifelte Sam nicht im Geringsten daran, dass sie den perfekten Mann heiratete.

11

Die Vorbereitungen am Hochzeitstag nahm Sam wie ein verschwommenes Durcheinander aus Frisur, Make-up, Blumen und Kindern wahr. Den ganzen Tag wartete sie auf die völlige Erschöpfung, die sich nach einer schlaflosen Nacht einstellen sollte, aber die kam nicht. Vermutlich lag es an der zusätzlichen Dosis Hochzeits-Adrenalin, zusammen mit dem durch den Sex der vergangenen Nacht erzeugten Hoch.

In dem extra für sie angefertigten Kleid vor dem großen Spiegel stehend, musste Sam Tinkerbell Anerkennung zollen. Mit ziemlicher Sicherheit würde sie in ihrem ganzen Leben nie mehr besser aussehen. Sie hob den langen Rock, warf einen weiteren bewundernden Blick auf ihre traumhaften Jimmy Choos mit der funkelnden Schnalle und stieß einen kleinen, albernen Begeisterungsschrei aus.

Wie versprochen war das Make-up dezent, aber wirkungsvoll. Die Narbe am Haaransatz war jedenfalls nicht mehr zu sehen. Die Haare waren auf elegante und kultivierte Weise hochgesteckt und mit einer Orchidee über dem rechten Ohr geschmückt.

Ihre ganze Familie war in hellem Aufruhr wegen der Auseinandersetzung mit Peter. Sam war froh, dass er nun eingesperrt war und ihren Hochzeitstag nicht stören konnte. Der Vorfall mit ihm war ein geringer Preis für dieses beruhigende Wissen.

Bei der Erinnerung an die leidenschaftliche Nacht mit Nick berührte sie den mit Diamanten besetzten Schlüssel, den er ihr geschenkt hatte. Nach allem, was sie mit Peter erlebt hatte, einschließlich der bitteren Scheidung, hatte sie sich eine zweite Ehe nie vorstellen können. Bis sie Nick nach dem Mord an John O'Connor wiederbegegnet war. Als sie wieder zusammen waren, kam ihr die Vorstellung, erneut zu heiraten, auf einmal gar nicht mehr vollkommen abwegig vor. Jetzt konnte sie es nicht mehr erwarten, seine Frau zu werden und sich mit ihm, wie er es ausgedrückt hatte, auf die gemeinsame Lebensreise zu begeben.

Sie zog den funkelnden Verlobungsring vom Finger und steckte ihn – vorübergehend – an die rechte Hand, um Platz zu machen für den Ehering, den Nick ihr gleich auf den Finger schieben würde.

Tracy und Angela kamen in ihren dunkelvioletten, knapp bis zur Wade reichenden Brautjungfernkleidern herein.

„Wow, Sam", meinte Tracy seufzend. „Du siehst umwerfend aus."

„Ernsthaft", fügte Angela hinzu.

„Danke, Leute. Ihr seht auch toll aus. Sind alle bereit?"

„Dad und Celia sind mit den Kindern schon los", erklärte Angela. „Aber wir brauchten noch einen kleinen Moment allein mit der Braut."

Tracy gab Sam eine Juwelierschachtel. „Da Nick für etwas Neues zuständig ist, bekommst du von mir etwas Altes."

„Grandmas Diamantohrringe! Aber sie hat sie dir geschenkt."

„Genau aus dem Grund sind sie außerdem auch noch das traditionell vorgesehene Geborgte", erklärte Tracy.

Lachend legte Sam sie an. „Aha."

Angela gab Sam ein schickes blaues Strumpfband aus Seide. „Und etwas Blaues."

„War das deins?", erkundigte Sam sich bei Angela.

„Ursprünglich hat es Mom gehört", meinte Tracy. „Angela und ich haben es bei unseren Hochzeiten getragen."

„Aber bei meiner ersten Hochzeit habt ihr es mir nicht gegeben", stellte Sam fest, die Seide befühlend.

„Wir hatten das Gefühl, das sei noch nicht deine ultimative Heirat." Tracy legte ihr die Hände auf die nackten Schultern und stellte sich auf Zehenspitzen, um ihrer Schwester einen Kuss auf die Wange zu geben. „Diesmal ist es für immer."

„Ja, ganz bestimmt", erwiderte Sam, während sich ihre Augen mit Tränen füllten. Hektisch blinzelte sie dagegen an. „Hört auf mit diesem rührseligen Zeug, sonst verläuft noch meine Mascara!"

Tracy trat lächelnd zurück.

Angela gab Sam einen Kuss auf die andere Wange. „Wir lieben dich. Wir lieben ihn. Und wir freuen uns so, so sehr für euch beide."

„Okay, jetzt müsst ihr wirklich aufhören", meinte Sam und wedelte mit der Hand vor ihrem Gesicht.

Angela reichte Sam ein Taschentuch.

„Die Limo wartet unten", informierte Tracy sie. „Das Strumpfband können wir dir auch im Wagen anlegen."

„Wo wir schon mal rührselig sind", sagte Sam, immer noch gegen die Tränen ankämpfend, „möchte ich euch beiden dafür danken, dass ihr in schwierigen Zeiten zu mir gestanden habt. Ich würde wohl kaum hier stehen, wenn ihr zwei nicht gewesen wärt. Ich habe euch schrecklich lieb."

„Ach, Sam." Angela tupfte sich die Augen. „Jetzt fange ich auch noch an. Dazu gehört allerdings in letzter Zeit auch nicht viel."

„Auf zur Kirche, bevor wir alle drei völlig gefühlsduselig werden", meinte Tracy, deren Augen ebenfalls verdächtig glänzten.

Sam trat aus dem Haus ihres Vaters in den warmen Frühlingstag. In der Ninth Street hatte sich eine neugierige Menschenmenge versammelt. Vor und hinter der schwarzen Limousine standen Streifenwagen mit eingeschaltetem Blaulicht.

„Was sollen die Cops hier?", wandte Sam sich an Shelby.

„Offenbar hat Chief Farnsworth eine Eskorte für Sie abgestellt."

Sam grinste. „Wie süß von ihm." Ein Kamerablitz beendete diesen Moment. Sam entdeckte einige der Fotografen, die in den letzten Monaten auf ihren und Nicks Fersen geblieben waren, um jeden ihrer Schritte zu dokumentieren. Ihr erster Impuls war, finster dreinzublicken, wie sie es normalerweise tat. Doch diesmal strahlte sie stattdessen, denn sie wollte sich nicht die Stimmung verderben lassen.

Shelby scheuchte Sam und ihre Schwestern behutsam in die Limousine. Auf der Fahrt durch die Stadt zur Kirche Ecke 16th und H-Street staunte Sam über die vielen Leute, die anscheinend einen Blick auf sie zu erhaschen versuchten. Mehr als alles andere, was sich in den vergangenen Monaten ereignet hatte, zeigte ihr das, wie populär Nick und sie in der Stadt geworden waren. Das war ziemlich beunruhigend, da sie es vorzog, ein unauffälliges Leben zu führen.

Je näher sie der Kirche kamen, desto größer wurde die Menschenmenge.

„Mensch", rief Tracy, „seht euch nur mal die vielen Leute an!"

„William und Kate hatten weniger Schaulustige bei ihrer königlichen Hochzeit", stellte Angela fest.

„Ach, halt den Mund", murmelte Sam. „Ich bin keine Prinzessin, und das hier ist bloß irgendeine Hochzeit."

„Ganz wie Sie meinen, Eure Hoheit", scherzte Angela.

Auf dem Beifahrersitz drehte Shelby sich zu ihnen um. „Keine Sorge, Sam. Wir haben rund um die Kirche Security postiert."

„Was ist, wenn Nick und mein Dad nicht hineinkommen?"

„Die sind schon da", versicherte Shelby ihr mit einem beruhigenden Lächeln.

Wieder einmal war Sam dankbar für die Anwesenheit dieser Frau. Zuerst hatte sie sich an den Kosten für eine Hochzeitsplanerin gestört, doch inzwischen konnte sie sich nicht mehr vorstellen, wie sie das jemals alles alleine hätten bewältigen sollen.

Sam verspürte ein flaues Gefühl im Magen, der ihr in letzter Zeit keine Beschwerden mehr gemacht hatte.

Tracy tätschelte ihren Arm. „Es ist alles gut. Es sind nur du und Nick und ein paar Tausend eurer engsten Freunde."

Sam lachte, was gegen die Nervosität ein wenig half.

Es gelang ihnen, relativ problemlos in die St. Johns zu gelangen, wofür Sam dankbar war. Man führte sie zu einem Warteraum im hinteren Teil der Kirche, wo ihr Vater sie empfing.

„Da bist du ja", sagte er. „Ganz schöner Auflauf da draußen, was?"

Sam beugte sich herunter und gab ihm einen Kuss auf die Wange. „Mein zukünftiger ist einfach zu bekannt."

„Na, ich glaube, seine zukünftige Ehefrau ist auch ziemlich populär. Jedenfalls sieht sie heute wunderschön aus."

Sie drückte seine rechte Hand. „Danke."

Tracy und Angela kamen eine Minute später herein und sahen verstört aus.

„Was ist los?", erkundigte sich Sam.

„Wir haben da ein kleines Problem", erklärte Angela. „Leo hat uns gerade darüber informiert, dass Nicks Mutter da ist."

Sam erschrak. „Nein! Das kann sie nicht machen! Sie war gar nicht eingeladen!"

„Das scheint sie nicht aufgehalten zu haben", bemerkte Tracy.

Sams überlegte fieberhaft und schätzte die Konsequenzen ein. Dann wandte sie sich an Shelby. „Bitte holen Sie Graham und Harry. Und Leo Cappuano. Beeilen Sie sich."

„Was soll ich denen denn sagen?"

„Denken Sie sich einfach etwas aus. Erzählen Sie ihnen von irgendeiner Aufgabe bei der Hochzeit, die sie übernehmen sollen. Aber lassen Sie Nick bloß nicht merken, dass es ein Problem gibt."

„Schon unterwegs." Shelby eilte hinaus.

„Tut mir leid, Sam", meinte Angela. „Es wäre schrecklich, wenn irgendetwas dir diesen Tag ruiniert."

„Nichts wird diesen Tag ruinieren. Nicht, wenn es nach mir geht." Sie konnte nur noch daran denken, wie sehr Nick sich diesen perfekten Tag gewünscht hatte, um ihre Liebe und den Beginn ihres gemeinsamen Lebens zu feiern. Unter gar keinen Umständen würde sie zulassen, dass diese Hexe von einer Mutter ihm das kaputtmachte.

„So gern ich mir das auch ansehen würde, die Kinder werden unruhig", meinte Tracy. „Wir warten draußen auf dich."

Während ihre Schwestern hinausgingen, kamen die Männer mit Shelby herein.

„Sam", sagte Graham. „Du siehst absolut fantastisch aus."

„Strahlend schön", fügte Harry hinzu.

„Wundervoll", schloss Leo sich an.

„Danke", sagte Sam, verlegen durch die Komplimente. „Wir haben ein Problem." Sie berichtete von Nicks Mutter, die ohne Einladung erschienen war. Das Lächeln auf den Gesichtern ihrer Zuhörer erstarb. Leo meinte: „Wir müssen sie von Nick fernhalten, egal wie, und wenn wir grob werden müssen."

„Mach dir keine Sorgen", beruhigte Graham Sam. „Wir werden uns darum kümmern."

Sam wandte sich an Harry. „Es ist wichtig, dass sie nicht in Nicks Nähe gelangt. Du weißt, warum."

Harry nickte ernst. „Das wird nicht passieren. Dafür werde ich persönlich sorgen."

Sam richtete ihre nächsten Worte an Shelby: „Haben Sie noch eine Einladung?"

„Selbstverständlich." Effizient wie eh und je ging Shelby zu ihrem pinkfarbenen Aktenkoffer und nahm die auf grünlavendelfarbenem Papier gedruckte Einladung heraus, die Sam auf Anhieb gefallen hatte. „Bitte sehr."

„Danke. Würden Sie bitte Nicks Mutter holen? Ich würde mich gern mit ihr unterhalten."

„Sam", meinte Skip. „Bist du dir da sicher?"

Sie ignorierte die Besorgnis der anwesenden Männer und blieb bei ihrem Entschluss. „Gehen Sie, Shelby.“

„Ich werde sie Ihnen zeigen“, bot Leo an und folgte Shelby.

Sam wartete angespannt und ungeduldig. Es war ihr zutiefst zuwider, dass Nicks Mutter an seinem und ihrem besonderen Tag einfach uneingeladen aufkreuzte. Aber sie würde sich der Sache annehmen und mit der Hochzeit weitermachen wie gehabt.

Kurz darauf kehrten Shelby und Leo mit einer elegant gekleideten Frau zurück, die, wie Nick es einmal beschrieben hatte, Ähnlichkeit mit Sophia Loren hatte. Beim Näherkommen jedoch registrierte Sam die harten Konturen unter dem glatten Äußeren. Diese Frau hatte überhaupt nichts von einer Sophia Loren. Nicks Eltern waren gerade mal fünfzehn Jahre älter als er, doch während Leo sein jugendliches Äußeres bewahrt hatte, wirkte Nicoletta verbraucht. Sie sandte Leo einen hasserfüllten Blick, der wegsah, als könnte er ihren Anblick nicht ertragen. Das konnte Sam gut verstehen.

„Wie schön, Sie endlich kennenzulernen“, rief Nicoletta und wollte Sam die Hand schütteln.

Sam ignorierte die ihr dargebotene Hand und hielt die Einladung hoch. „Haben Sie so eine bekommen?“

„Nein, habe ich nicht, aber ich dachte, das sei ein Versehen. Denn wie könnte ich zur Hochzeit meines eigenen Sohnes nicht eingeladen sein?“

„Sie sind tatsächlich nicht eingeladen“, stellte Sam klar. „Und zwar deshalb, weil keiner von uns Sie dabeihaben wollte.“

Nicolettas Gesicht lief knallrot an. „Wie können Sie es wagen, in diesem Ton mit mir zu reden, noch dazu unmittelbar vor der Hochzeit mit meinem Sohn!“

„Sein ganzes Leben lang haben Sie ihn nur verletzt und enttäuscht. Das werden Sie heute nicht tun. Ich werde es nicht zulassen. Sie dürfen still in der Kirche der Trauung beiwohnen und hinterher verschwinden – unauffällig. Andernfalls lasse ich Sie vom Sicherheitsdienst entfernen. Von jetzt an werden Sie sich von Nick fernhalten, oder Sie bekommen es mit mir zu tun. Habe ich mich klar und verständlich genug ausgedrückt?"

Nicoletta starrte sie wütend an. „Mein Sohn heiratet ein Miststück!"

„He, mal langsam", meldete Skip sich bedrohlich zu Wort. „Passen Sie auf, was Sie sagen, sonst werden Sie die Trauung auch nicht sehen."

Nicoletta wandte sich an Leo. „Und du rückgratloser Kerl hast nichts dazu zu sagen?"

Leo antwortete: „Ich will dich ebenso wenig hier haben."

„Gleich ändere ich meine Meinung und lasse Sie noch vor der Trauung entfernen", drohte Sam. „Also, wie hätten Sie's denn gern?"

„Ich möchte meinen Sohn sehen."

„Das können Sie vergessen."

„Das können Sie doch nicht einfach für ihn entscheiden!"

Sam grinste überlegen. Nach dem, was diese Frau Nick angetan hatte, genoss sie das hier. „Ach, glauben Sie?"

Mit Harry, Graham, Leo und ihrem Vater hinter sich starrte Sam auf die ältere Frau hinab. „Sie haben eine Minute, um sich zu entscheiden. Ich habe nämlich nicht die Absicht, meinen Verlobten warten zu lassen. Er hat schon lange genug auf eine eigene Familie gewartet."

„Na schön." Nicoletta schnaubte. „Sie glauben vielleicht, Sie haben diese Runde gewonnen. Aber Sie haben mich nicht zum letzten Mal gesehen."

„Doch, habe ich. Und glauben Sie mir, Sie wollen es lieber nicht darauf ankommen lassen.“

„Gott stehe meinem armen Sohn bei“, meinte Nicoletta, dann machte sie auf dem Absatz kehrt und marschierte hinaus. „Der wird alle Hilfe brauchen, die er finden kann, wenn er mit einer solchen Ziege verheiratet ist.“

Sam ließ ihr diese letzte Bemerkung durchgehen. Sie hatte ihren Standpunkt deutlich genug klargemacht.

„Es tut mir unendlich leid, dass Sie sich ausgerechnet heute mit so etwas auseinandersetzen müssen“, meinte Shelby, sichtlich aufgewühlt von der ganzen Szene.

„Mir tut es nicht leid, also braucht es Ihnen auch nicht leid zu tun. Früher oder später wäre es ohnehin zu einer solchen Begegnung gekommen.“ Sam wandte sich an Harry. „Geh zurück zu Nick und halte diese Frau um Himmels willen fern von ihm.“

„Das werde ich, versprochen.“

„Graham“, meinte Sam, als er Harry folgen wollte. „Was ich über Nick und eine eigene Familie gesagt habe ...“

„Ich habe es richtig verstanden, Liebes. Wir haben unser Bestes getan, um diese Lücke zu schließen. Aber für eine echte eigene Familie gibt es keinen Ersatz.“

„Er liebt euch alle sehr.“

„Und das wissen wir auch. Wir lieben ihn genauso.“

Sam nickte, und Graham ging, um bei Nick zu sein.

„Ich sollte wohl auch nicht hier sein“, stellte Leo fest. „Ich habe Nick nicht viel besser behandelt als seine Mutter.“

„Du hast ihn nie um Geld angebettelt oder dich geweigert, ihn als deinen Sohn vorzustellen“, erwiderte Sam.

Leo wirkte perplex. „Das hat sie nicht getan.“

„Sie hat ihn vor ungefähr einem Monat angerufen. Sie war eine Treppe hinuntergestürzt und lag im Krankenhaus.

Nick flog zu ihr und kam um fünfundzwanzigtausend Dollar ärmer nach Hause. Und bei ihrer letzten Hochzeit wollte sie ihn nicht als ihren Sohn vorstellen, damit ihr Bräutigam nicht merkt, dass sie ihn über ihr Alter belogen hatte."

„So eine verfluchte ...", setzte Leo an, und Sam war erstaunt über seinen Ton, da sie ihn nie zuvor wütend erlebt hatte.

Sam hielt ihm die Hand hin.

Er nahm sie zögernd.

„Du hast dir wenigstens Mühe gegeben, etwas wiedergutzumachen. Du und Stacy, ihr habt ihn zu einem Teil eurer Familie gemacht. Ihr habt ihn nie um etwas gebeten, außer um Verzeihung und seine Zeit. Du hast jedes Recht, hier zu sein."

„Danke, Sam." Vorsichtig umarmte er sie. „Mein Sohn kann sich glücklich schätzen, wenn du mich fragst."

„Es bedeutet mir sehr viel, dass du das sagst."

„Wir sehen uns gleich dort draußen."

„Ich komme nach." Als sie mit ihrem Vater allein war, sagte sie: „Es geht doch nichts über ein bisschen Drama, damit es interessant bleibt."

„Ich bin so stolz auf dich, mein Mädchen. Ich wünschte, Nick hätte dich gerade erleben können."

„Ich habe für ihn nur das getan, was er auch für mich getan hätte."

„Was war das eigentlich, worauf du Harry gegenüber angespielt hast?"

„Als Kind hat Nicks Mutter ihm immer wieder versprochen, ihn zu besuchen, tauchte aber nie auf. Er hat den ganzen Tag auf sie gewartet und wurde am Ende doch enttäuscht. Kam sie dann doch einmal, konnte er hinterher noch tagelang ihr Parfüm auf seiner Haut riechen. Er weigerte sich, zu baden, bis seine Großmutter ihn zwang. Bis heute wirft ihn der Duft ihres Parfüms aus der Bahn. Genau das ist passiert bei ihrer letzten Begegnung. Er hat eine Weile gebraucht, um darüber hinwegzukommen, und das ist das Letzte, was wir beide heute gebrauchen können.“

„Und Harry weiß das?“

Sam bestätigte es. „Nick hat ihm das einmal in einem schwachen Moment gestanden. Harry hat es mir erzählt, nachdem Nick seine Mutter in Cleveland besucht hatte. Harry wird nicht zulassen, dass sie ihm zu nahe kommt.“

„Es ist erstaunlich, dass Nick sich trotz allem so gut entwickelt hat.“

„Ja, nicht wahr?“ Sam schaute zur Uhr an der Wand. Fünf vor vier. Sie fühlte sich euphorisch, siegreich und bereit, die Liebe ihres Lebens zu heiraten. „Na komm“, sagte sie zu ihrem Vater. „Wir zwei müssen jetzt auf eine Hochzeit.“

„Nach dir, meine Liebe.“

12

––––––––––

Als der Solist, den Shelby engagiert hatte, „At Last"
anstimmte, stand Sam neben dem Rollstuhl ihres Vaters im
hinteren Teil der Kirche und sah, wie Nicks Brüder, ihre
Neffen, Nichten und Schwestern vor ihr in den Mittelgang
einzogen. Noch hatte sie nicht gewagt, Nick anzusehen, aus
Angst, ihre Fassung zu verlieren.

„Mir gefällt der Song", bemerkte ihr Dad. „Passt gut."

„Fand ich auch. Freut mich, dass du ihn magst." Sam
beugte sich herunter, um ihm ins Gesicht zu schauen. „Und
ich bin froh, dass du geblieben bist, um mich heute zum
Altar zu führen. Aber komm bloß nicht auf die Idee, jetzt
auszusteigen, wo deine Töchter alle glücklich verheiratet
sind."

Auf der rechten Gesichtshälfte ihres Vaters erschien ein
Lächeln. „Ich bin auch froh, dass mir das Lied gefällt." Seine
Hochzeit am Valentinstag, mit seiner hingebungsvollen
Pflegerin Celia, hatte ihnen allen einen Grund zu feiern
gegeben. „Mach dir meinetwegen keine Sorgen. Ich habe
noch reichlich Gründe, am Leben zu bleiben, und das ist
mir auch klar."

Shelby kam zu ihnen. „Bereit?" Sie gab Sam den Brautstrauß aus dunkelvioletten Orchideen.

„Danke, Shelby. Für alles. Ohne Sie hätte ich das nicht durchgestanden."

„War mir ein Vergnügen. Ihr äußerst attraktiver Senator wartet schon ungeduldig auf Sie." Shelby deutete zur Tür. „Sobald Sie bereit sind."

Sam legte ihrem Dad die Hand auf die Schulter. „Ich bin bei dir, Skippy."

„Dann los."

Sam holte tief Luft, als sie den hinteren Raum verließen, und wagte es endlich, Nick anzusehen. Sofort war ihre Kehle wie zugeschnürt. Groß und gutaussehend stand er da, sexy in seinem schwarzen Smoking, der seine breiten Schultern betonte und seine muskulöse Figur. Die Orchidee an seinem Revers passte zu Sams Brautstrauß. Trotz der schlaflosen Nacht sah er glücklich und entspannt aus und höchstens ein bisschen nervös. Seiner unbekümmerten Miene nach zu urteilen, wie er da neben Graham, Harry, Andy und Scotty stand, hatte er keine Ahnung von der Anwesenheit seiner Mutter.

Und davon würde er jetzt auch nichts mehr mitbekommen, denn er konnte den Blick nicht mehr von Sam abwenden, als sie mit ihrem Vater zusammen den Mittelgang entlangkam.

Nick vergaß beinahe das Atmen. *Ist doch nur ein Kleid.* Von wegen. Nie hatte er Sam schöner gesehen. Das war keine auch nur annähernd treffende Beschreibung. Atemberaubend schon eher. Und glücklich. Ihre hellblauen Augen strahlten vor Aufregung und ein Glanz umgab sie, während sie und Skip auf ihn zukamen. Alle anderen Gäste verschwammen, und Nick nahm nur noch Sam wahr.

Als die beiden vorn ankamen, trat Nick vor und drückte Skips rechte Hand.

„Pass gut auf sie auf", sagte Skip so leise, dass nur Nick es hören konnte.

„Immer", versprach Nick.

Sam beugte sich herunter, um ihrem Vater einen Kuss auf die Wange zu geben. „Hab dich lieb."

„Ich dich auch, mein Mädchen. Geh und sei glücklich."

Celia stand auf, um Skip dabei zu helfen, den Rollstuhl neben der ersten Reihe zu parken. Auf der anderen Seite des Ganges saßen die Kinder mit Nicks Vater, Nicks Stiefmutter Stacy sowie Laine O'Connor.

Nick bot Sam die Hand und betrachtete ausgiebig seine wunderschöne Braut. „Ist das alles, was du draufhattest?"

Sie warf den Kopf in den Nacken und lachte. Nick musste sich beherrschen, um nicht spontan jene Stelle an ihrem Hals zu küssen, die ihn wild machte. Stattdessen legte er ihre Hand in seine Armbeuge und führte Sam zum Altar.

Nick versuchte der Zeremonie zu folgen, doch eigentlich wünschte er nur, es wäre endlich vorbei. Bei dem Gedanken an die turbulente Zeit, die sie bis zu diesem Tag gehabt hatten, wollte er nur noch die Worte „Mann und Frau" hören. Doch er konzentrierte sich wieder, denn Celia las gerade die Passage aus dem Buch Ruth, die er ausgesucht hatte. „Wo du hingehst, da will ich auch hingehen; wo du bleibst, da bleibe ich auch. Dein Volk ist mein Volk, und dein Gott ist mein Gott."

Angela las aus dem ersten Brief von Paulus an die Korinther: „Die Liebe erträgt alles, sie glaubt alles, sie hofft alles, sie erduldet alles. Die Liebe hört niemals auf."

Nick und Sam zündeten Kerzen an, und der Pastor

sprach zu ihnen über Liebe und Treue und wie wichtig es sei, jeden Tag daran zu arbeiten, die Ehe zu einem Erfolg zu machen. Dann sprach der Pastor ihnen das traditionelle Ehegelöbnis vor – einander zu lieben und zu ehren, wie sie es sich für die feierliche Zeremonie gewünscht hatten.

Endlich forderte er die beiden auf, sich einander zuzuwenden und sich die Hände zu reichen.

Sam gab ihren Brautstrauß an Tracy weiter und legte ihre Hände in Nicks.

Er drückte sie sanft und versuchte zu vergessen, dass gut hundert Leute ihnen zusahen. „Dieser Tag hat sechs Jahre Vorbereitung gebraucht." Nick hoffte nur, dass er sich nicht blamierte. „Seit ich dich zum ersten Mal gesehen habe, Samantha, wusste ich, dass du die Richtige für mich bist. Es hat viel länger gedauert, als es hätte sollen, um bis hierher zu kommen, aber letztlich zählt, dass wir es geschafft haben. Da ich die wichtigsten Dinge schon versprochen habe, will ich nur noch ein paar Punkte hinzufügen, von denen ich weiß, dass sie dir wichtig sind."

Sams Lächeln wärmte sein Herz und gab ihm den Mut fortzufahren: „Also verspreche ich, etwas weniger pingelig zu sein in Ordnungsfragen ..."

Die Braut lachte.

„ ... und weniger besessen von deiner Sicherheit." Das brachte ihm ein weiteres Lachen von ihr ein. „Du sollst das nicht alles nur lustig finden."

Sam versuchte nicht zu grinsen – vergeblich.

„Ich verspreche, mein Telefon nicht öfter als zweimal klingeln zu lassen, nicht ständig hinter dir aufzuräumen und dich du selbst sein zu lassen – selbst wenn du mich wahnsinnig machst." Er trat näher und legte seine Stirn an ihre. „Ich verspreche, dich immer zu lieben, und dass du und unsere Familie stets an erster Stelle stehen. Denn nirgendwo auf der Welt bin ich lieber als bei dir."

Sam sah ihn zutiefst gerührt und mit Tränen in den Augen an.

„Das passt ganz gut", erwiderte sie. „Denn ich bin auch nirgendwo lieber als bei dir. Ich hatte denselben Plan – ich wollte dir ein paar Dinge anbieten, für die du mir vermutlich dankbar sein wirst."

Nick hob den Kopf, um ihr ein wenig Freiraum zu geben.

„Ich verspreche, dass ich zumindest versuche, meine Schuhe nicht überall herumliegen zu lassen, und meinen Mantel brav aufzuhängen, statt ihn einfach aufs Sofa zu werfen, wo er hingehört. Und ich verspreche, ab und zu das Bett zu machen und nichts mehr auf deinem Schreibtisch durcheinanderzubringen, wenn ich daran arbeite."

„Das glaube ich erst, wenn ich es sehe."

Lächelnd hob Sam seine Hände an die Lippen. „Ich verspreche außerdem, dich nicht schützen zu wollen, indem ich dir irgendetwas vorenthalte. Auch wenn es manchmal den Anschein hat, mein Job und mein aktueller Fall seien mir wichtiger, kann ich dir versichern, dass das nicht stimmt. Ich liebe dich genauso lange wie du mich, und das werde ich auch immer."

Überwältigt atmete Nick tief ein und nahm die Ringe von Graham entgegen. Nachdem die Ringe an die Finger gesteckt waren, sprach der Pastor die Worte: „Hiermit erkläre ich euch zu Mann und Frau. Sie dürfen die Braut küssen."

Nick hatte sich oft gefragt, ob er diese Worte jemals hören würde. „Endlich", flüsterte er und zog Sam an sich.

Sie schlang ihm die Arme um den Nacken und ließ die

Zunge in seinen Mund gleiten, was prompt seinen Puls beschleunigte.

„Frechdachs“, sagte er leise.

Sie lachte nur über das Gesicht, das er machte, und forderte ihren Brautstrauß von Tracy zurück.

„Ladys and Gentlemen“, verkündete der Pastor. „Es ist mir ein Vergnügen, Ihnen Senator und Mrs. Nicholas Cappuano vorzustellen.“

Nick machte eine leicht gequälte Miene, denn Sam war niemandes Mrs. ... Aber was soll's, dachte er. Was auch immer geschehen mochte, sie war jetzt sein.

Endlich und für immer sein.

Hand in Hand gingen sie durch den Mittelgang der Kirche. Hinter Sams Familie saß ihre Metropolitan-Police-Familie einschließlich Chief Farnsworth, Deputy Chief Conklin sowie Captain Malone samt ihren Frauen. Außerdem Freddie und Elin und Gonzo und dessen Verlobte, Nicks Stabschefin Christina Billings. Sam war froh und erleichtert, ihre Freundin und Kollegin Detective Jeannie McBride mit ihrem Freund Michael zu sehen.

Nicks Seite der Kirche war ebenfalls bis auf den letzten Platz gefüllt. Den Mangel an Familienmitgliedern glich er mit Freunden mehr als aus. John O'Connors Schwester Lizbeth, deren Mann Royce und Johns Bruder Terry – Nicks neuer Stabschef – waren ebenso anwesend wie die meisten anderen seiner Mitarbeiter. Sam erkannte die Führungsriege der Demokratischen Partei Virginias, den Gouverneur Zorn von Virginia und seine Frau Judy. Hinter ihnen saßen einige von Nicks Kollegen aus dem Senat und weitere enge Freunde, der stellvertretende Stabschef des Weißen Hauses und dessen Frau Victoria.

Als Nick plötzlich zusammenfuhr, wusste Sam, dass er seine Mutter in der letzten Reihe entdeckt hatte, die ihm zuwinkte. Die Frau verhielt sich allerdings, wie von ihr verlangt, ruhig. Aber natürlich musste sie dafür sorgen, dass Nick ihre Anwesenheit bemerkte. Sam wünschte, sie könnte mit einem Zauberstab wedeln und die Frau verschwinden lassen.

„Geh einfach weiter, Schatz", sagte sie zu Nick. „Immer schön weitergehen."

„Aber ... das ist ..."

Sam zog ihn weiter. „Ich weiß, wer das ist."

Sie traten aus der Kirche und fanden sich einer großen Menschenmenge gegenüber, die sich im Lauf der eine Stunde dauernden Zeremonie vor dem Gebäude versammelt hatte. Shelbys Security-Leute schleusten das Brautpaar durch die Menge auf die andere Straßenseite zum Luxushotel Hay-Adams. Der Hochzeitsfotograf hatte ihnen vorher mitgeteilt, dass er sie beim Überqueren der H Street fotografieren wollte, mit dem Weißen Haus im Hintergrund. Shelbys Leute hatten die Straße entsprechend frei gemacht, damit dieses Foto möglich wurde.

Sam spürte zwar Nicks anhaltende Anspannung, doch er spielte seine Rolle perfekt, indem er ein kleines Stückchen vor ihr blieb, damit der Fotograf ein seiner Meinung nach symbolträchtiges Bild der Hochzeit schießen konnte. Doch Sam wünschte sich lediglich einen Moment mit ihrem Bräutigam allein, um ihn zu beruhigen und ihm zu versichern, dass seine Mutter ihn heute nicht behelligen würde.

Nachdem das Foto gemacht war, erreichten sie das Hotel, wo Shelby sie empfing.

„Wir brauchen einen Augenblick für uns", wandte sich Sam an sie.

„Hier entlang."

Sie folgten Shelby zum Fahrstuhl, der sie zum Dach des Hotels transportierte, wo die Feier stattfinden sollte. Die Hochzeitsplanerin führte sie in einen kleinen Salon. „Ich erwarte Sie draußen, sobald Sie bereit sind für die Fotos."

„Danke." Sam schloss die Tür und sagte zu Nick: „Ist alles in Ordnung mit dir?"

Er wirkte verwirrt und aufgewühlt, was Sam zutiefst verärgerte. „Was macht sie hier?"

„Ist einfach uneingeladen aufgetaucht. Ich habe ihr gesagt, sie kann während der Trauung bleiben, habe aber klargestellt, dass sie hier auf der Feier keinesfalls willkommen ist."

Er sah betroffen aus. „Tut mir leid, dass du dich damit auseinandersetzen musstest."

„Sieh mich an", meinte Sam.

Sie entdeckte Unglauben und Resignation.

„Wir werden unsere ersten Minuten als Mann und Frau sicher nicht damit zubringen, über jemanden zu diskutieren, der es gar nicht wert ist." Sie konnte sehen, dass es ihn große Mühe kostete, die Sache abzuschütteln. Sie hob die Hände an sein Gesicht und küsste ihn zärtlich. „Sie ist es nicht wert."

Er legte die Arme um ihre Taille. „Hast du's ihr gezeigt?"

Sam grinste. „Darauf kannst du Gift nehmen."

„Ich wünschte, ich wäre dabei gewesen."

„Irgendwann erzähle ich dir alles darüber, aber nicht heute."

„Darauf freue ich mich schon."

Sam küsste ihn erneut. „Geht es wieder?"

„Ja. Danke für deine Rückendeckung."

„Immer doch."

Er nahm ihre rechte Hand, zog den Verlobungsring ab

und steckte ihn auf den Finger der linken Hand, wo sich schon der schlichte, aber elegante Diamantring befand. Mit dem Daumen über die beiden Ringe fahrend, meinte er: „Gefällt dir dein Ring?"

„Er ist wunderschön und vollkommen. Außerdem wird er mir bei der Arbeit nicht im Weg sein."

„Ich wusste, dass du das sagen würdest."

Sie hielt seine linke Hand fest. „Und wie findest du deinen?"

„Ich liebe ihn. Sehr stilvoll."

„Genau wie du." Sam küsste seinen Ring. „Ich fand schon immer, ein Ehering am Finger eines Mannes sieht sehr sexy aus. Es zeigt dem Rest der Welt, dass er sich an jemanden gebunden hat und keine Scheu hat, es auch zu zeigen. Jeder wird wissen, dass du vergeben bist. Das gefällt mir."

„Dann werde ich ihn nie abnehmen."

„Du wirst ihn mindestens einmal abnehmen müssen, um die Gravur lesen zu können."

„Na schön, aber nur dieses eine Mal." Er zog den Ring von seinem Finger und hielt ihn ins Licht, damit er die Inschrift lesen konnte. Mit seinem Lachen hatte sie nicht gerechnet. „Jetzt sieh dir deinen an."

Sam zog beide Ringe vom Finger und hielt ihren Ehering ebenfalls hoch. *Du bist mein Zuhause. Für immer, Nick.* „Nicht möglich! Kein Wunder, dass Shelby über meinen Spruch verblüfft war."

Nick lachte erneut, und das wärmte Sams Herz. Glücklicherweise schien er sich von dem Schock, seiner Mutter begegnet zu sein, erholt zu haben. „Wir sind vielleicht ein Paar, was?"

„Ein echtes Traumpaar." Seufzend küsste Sam ihn.

Lange standen sie nur da und schauten einander liebestrunken an.

„Ich kann nicht glauben, dass du endlich meine Frau bist", sagte er schließlich.

„Und du bist endlich mein Mann."

Er umfasste ihr Gesicht und küsste sie ausgiebig, ehe er sich daran zu erinnern schien, dass draußen Gäste warteten. „Wir sollten wohl besser wieder hinausgehen, bevor Shelby denkt, wir würden hier drin schon die Ehe vollziehen."

Kichernd sah Sam sich in dem kleinen, aber eleganten Raum um, in dem eine Chaiselongue stand. „Das ist gar keine schlechte Idee ...“

„Behalte diesen Gedanken mal für ein paar Stunden im Hinterkopf."

Sie wischte ihm den Lippenstift vom Mund. „So lange?"

„Ich werde schon dafür sorgen, dass sich das Warten gelohnt hat", versprach er mit lüsternem Grinsen, das ihr einen sinnlichen Schauer den Rücken hinunterlaufen ließ, während er sie hinaus zu Shelby führte.

Der Raum war in sanften Kerzenschein und das schwindende Glühen der Abenddämmerung getaucht. Auf den Tischen standen bemalte Glasvasen mit bunten Blumen. Sam hatte Skizzen von Shelbys Vorschlägen gesehen, doch die Wirklichkeit übertraf alles bei Weitem. Hinter den Fensterfronten lag die Stadt – das Weiße Haus, das Washington Monument ebenso wie das Lincoln Memorial oder das Jefferson Memorial, und jenseits davon der Potomac River.

In der Stadt hatte sich herumgesprochen, dass die japanischen Zierkirschen, die das Bassin vor dem Jefferson Memorial säumten, über Nacht erblüht waren.

Während der Fotograf Bilder von ihnen auf der Terrasse machte, mit den Monumenten im Hintergrund, machte Sam Nick auf das Meer aus pinkfarbenen Blüten aufmerksam.

„Die Stadt gibt uns ihren Segen", bemerkte er.

Sie küsste ihn und hörte das Klicken der Kamera, die jede ihrer Bewegungen aufnahm. „Kommt einem tatsächlich so vor, nicht wahr?"

Nick wich nicht von ihrer Seite beim Empfang der Gäste und beim Essen. Der Fotograf schoss gefühlt tausend Fotos, für die Nick und Sam sich auf Kommando küssen mussten. Freddie, Gonzo und die anderen Kollegen vom MPD schienen sich verschworen zu haben, dauernd mit ihrem Besteck gegen Kristallgläser zu schlagen, um mehr der öffentlichen Zärtlichkeiten einzufordern, die Sam so unangenehm waren. Spätestens bei deren Hochzeiten würde sie sich dafür rächen.

Freddie war offenbar begeistert, dass Elin ihn begleitet hatte, und Sam war froh, ihn zu einem erneuten Versuch mit ihr ermutigt zu haben. Allerdings würde sie sich einiges anhören müssen, falls Mrs. Cruz je dahinterkäme, was Sam getan hatte. In ihrer Abneigung gegen Elin waren sie sich einig gewesen, aber Freddie hatte natürlich recht. Es war sein Leben, und er musste tun, was er für richtig hielt. Und dazu gehörte auch, dass er eine Frau liebte, die seine Mutter missbilligte.

„Ich habe eine kleine Überraschung für dich", flüsterte Nick, seit zwei Stunden ihr Ehemann, ihr ins Ohr. Er sah glücklich und hinreißend aus. Nie hatte sie ihn glücklicher gesehen, und sie schwor sich in diesem Moment, ihn für den Rest ihres gemeinsamen Lebens jeden Tag so glücklich machen zu wollen. „Was denn?"

„Warte ab, bis du sie siehst", meldete sich Scotty zu

Wort, aufgeregt und vor Stolz platzend von einem Bein auf das andere tretend.

„Du behältst alle Geheimnisse für dich, was?", fragte sie den Jungen.

„Ja!", erwiderte er mit einem breiten Grinsen.

„Also, was ist es?", wollte Sam wissen.

„Sieh dorthin." Nick zeigte zu einer kleinen Bühne, wo der DJ sein Equipment aufgebaut hatte. Sie hatten sich für einen Discjockey statt einer Liveband entschieden, damit mehr Gäste im Saal auf dem Hoteldach Platz fanden.

Sam sah in die Richtung, in die Nick zeigte, und stutzte. Das konnte nicht sein! War das etwa ... nein, unmöglich! *Nie und nimmer!* Sie stieß einen kurzen Schrei aus – von Cop-Coolness keine Spur – und fürchtete schon, hyperventilieren zu müssen. *Jon Bon Jovi auf ihrer Hochzeit?*

Sie sah Nick an, der ihre Verblüffung sichtlich genoss. „Und das nennst du eine *kleine* Überraschung?", krächzte sie.

Nick verbeugte sich vor ihr und bot ihr die Hand. „Darf ich um diesen Tanz mit meiner Frau bitten?"

Sams Herz hatte nie schneller geschlagen, selbst bei der Verfolgung bewaffneter Irrer nicht, als in diesem Moment, in dem sie Nicks Hand nahm und ihm auf die Tanzfläche folgte.

„Ich habe gehört, die Braut ist einer unserer größten Fans", verkündete Bon Jovi mit charmantem Lächeln, das Sam ganz benommen machte. „Daher freue ich mich ganz besonders, zu Sams und Nicks erstem Tanz als Mrs. und Mr. hier sein zu können."

Jon Bon Jovi sang die wunderschönste akustische Version von „Thank You for Loving Me", die Sam je gehört hatte. Sie musste sich immer wieder ermahnen, sich auf ihren Ehemann zu konzentrieren und nicht auf den Rockstar, den sie seit vielen Jahren bewunderte.

„Wie um alles in der Welt hast du denn das geschafft?", wollte sie von Nick wissen.

„Der Junior Senator aus New Jersey ist ein Freund von mir."

„Na klar ist er das. Wer ist nicht dein Freund?"

Sein einnehmendes Lächeln erschien, bei dem sie jedes Mal weiche Knie bekam. „Und der kennt jemanden, der jemanden kennt." Nick zuckte die Schultern, als sei es keine große Sache, dass einer der größten Stars der Musikwelt zu ihrer Hochzeit kam. „Ich hatte bloß Angst davor, du könntest mich vergessen und mit ihm durchbrennen."

Sam drückte ihn so fest an sich, dass er nach Luft schnappte. „Keine Chance. Aber ist es okay, wenn ich ihn ein wenig anhimmle? Meine Liebesaffäre mit ihm hat Jahre gedauert, und dich hab ich ja noch nicht so lange."

Nick lachte. „Himmle ihn ruhig an. Vergiss nur nicht, wer dich heute Nacht nach Hause bringt."

„Als könnte ich das vergessen." Sie küsste ihn sinnlich, was ihnen anerkennende Pfiffe von den Gästen einbrachte. „Und ich werde niemals vergessen, dass du das für mich getan hast."

„War mir ein Vergnügen, Süße."

Das liebte sie an ihm – dass ihm ihre Zufriedenheit stets über die eigene ging.

Die Gäste gesellten sich zu „Make a Memory" zu ihnen auf die Tanzfläche. Sam konnte immer noch nicht ganz fassen, dass Bon Jovi, *der* Bon Jovi, auf *ihrer* Hochzeit war, als der sie bat, sich neben ihren Dad zu setzen. Benommen durchquerte Sam den Saal, setzte sich zu ihrem Dad und nahm seine rechte Hand.

„Ich halt's nicht aus", bemerkte sie mit quietschiger Stimme.

Celia und Skip lachten.

Bon Jovi sang „I'll Be There for You", was die ganze Familie zu Tränen rührte. Er sang noch vier weitere Songs, ehe der DJ übernahm. Als Sam und Nick zu ihm gingen, um sich bei ihm zu bedanken, umarmte der Rockstar sie und ließ sich mit ihnen fotografieren, bevor er sich verabschiedete.

„Unglaublich", sagte Sam, die sich nach wie vor kneifen wollte, um sicherzugehen, dass sie nicht alles geträumt hatte. „Ernsthaft."

„Ich bin froh, dass dir meine Überraschung gefallen hat", meinte Nick.

„*Gefallen?* Von dieser Umarmung werde ich für den Rest meines Lebens zehren!"

Er blickte skeptisch, um ihr zu signalisieren, dass sie es gerade ein wenig übertrieb. „Ach ja?"

„Na ja, vielleicht nicht für den Rest meines Lebens, aber eine Weile ganz bestimmt."

„Schon besser", erwiderte Nick mit einer gewissen Nachsicht.

„Sam", meldete Scotty sich zu Wort und zupfte sie am Arm. „Was ist mit der anderen Überraschung?"

„Ach ja", sagte sie. „Ist es schon an der Zeit dafür?"

Scotty nickte aufgeregt.

„Na, dann geh und sag Shelby Bescheid. Die wird es für dich holen."

Scotty lief davon, und Sam wandte sich wieder ihrem Mann zu.

„Was hast du denn vor, Samantha?"

„Warte, bis du es siehst. Das war Scottys Idee, also bedank dich bei ihm."

Nick gab ihr einen Kuss.

„Womit habe ich das verdient?"

„Du hast einen Jungen ins Herz geschlossen, der mir viel bedeutet. Und dafür bin ich dankbar."

„Mir bedeutet er auch sehr viel."

Sie tauschten einen bedeutungsschweren Blick und erinnerten sich beide an die Unterhaltung im Jacuzzi darüber, Scotty zu einem Teil ihrer Familie zu machen.

„Wenn wir zurück sind", sagte Sam.

Nick lächelte und drückte ihre Hand.

Der Moment endete, als Scotty mit einem Team aus Kellnerinnen zurückkehrte, die einen Tisch in die Mitte der Tanzfläche stellten.

„Wow." Nicks Augen weiteten sich vor Überraschung beim Anblick der originalgetreuen Version des Baseballstadions Fenway Park aus Kuchen und Glasur. „Das ist das Coolste, was ich je gesehen habe!"

Froh über Nicks Reaktion, klatschte Scotty sich mit Sam ab.

„Du hast die gemacht?", wandte Nick sich an den Jungen.

„Mit ein bisschen Hilfe von Sam", räumte er bescheiden ein.

„Vielen, vielen Dank." Er umarmte Scotty.

„Ich danke *dir*", erwiderte der Junge. „Weil du ein so guter Freund bist."

Nicks Augen füllten sich mit Tränen. „Das Kompliment gebe ich zurück, Kumpel."

Der Anblick der beiden rührte wiederum Sam zu Tränen. Sie fragte sich, ob ihnen klar war, dass sie auf dem Weg waren, Vater und Sohn zu werden. Das zu beobachten gehörte mit zu den großartigsten Dingen in ihrem Leben.

„Da wir gerade beim Thema sind", machte Shelby sich

bemerkbar, als ihr Team die mit Orchideen geschmückte Hochzeitstorte hereintrug. „Was haltet ihr davon, wenn wir die auch noch anschneiden?"

„Jetzt sag nicht, ich muss Fenway Park zerschneiden", meinte Nick entsetzt.

„Wir haben ganz viele Fotos gemacht", versicherte Shelby ihm und reichte ihm ein Messer. „Na los."

„Ich kann nicht! Das ist, als würde ich den Red Sox einen weiteren sechsundachtzigjährigen Fluch aufbürden!"

Sam verdrehte die Augen und nahm ihm das Messer ab. „Wenn du gestattest."

„Ich kann nicht hinsehen", jammerte er.

„Ich auch nicht", stimmte Scotty ein und hielt sich die Augen zu.

13

Sam und Nick genossen es gerade, einmal fünf Minuten zu sitzen und ein Stück Kuchen zu essen, als der DJ Nicks Trauzeugen und Ersatzvater, Senator a.D. Graham O'Connor, das Mikrofon übergab.

Im Saal wurde es still, und Nick nahm Sams Hand, die beide Hände um seine legte.

„Ich weiß, dass ich für alle spreche, wenn ich sage, wie wunderbar es war, an dieser Feier der Liebe und Freude teilnehmen zu dürfen – zwei Dinge, von denen man nie genug haben kann im Leben", fügte Graham hinzu. „Ich habe Nick kennengelernt, als mein Sohn John ihn an einem Wochenende während ihres ersten Semesters in Harvard mit nach Hause gebracht hat. Ich war auf Anhieb fasziniert von seinem Ehrgeiz und der Entschlossenheit, etwas aus seinem Leben zu machen. Ich erinnere mich daran, dass ich John ermutigt habe, mit diesem ernsten Nick Cappuano mehr Zeit zu verbringen, denn John war damals etwas weniger ... entschlossen."

Ein leises Lachen ging durch den Saal.

„Das erwies sich als gute Idee. Ich mag mir gar nicht

ausmalen, wie viel Nick dazu beigetragen hat, dass John das Studium erfolgreich absolviert hat."

Dafür erntete er ein kurzes Lachen von Nick.

„Als John später Senator wurde, bestand er darauf, dass Nick sein Team leitete. Er hat stets betont, Nick sei das Gehirn der ganzen Truppe. Ich weiß nicht, ob das alles so stimmt, aber ich weiß, dass sie ein verdammt gutes Team ergaben."

Nick schaute zu Boden, da die Emotionen bei der Erinnerung an seinen Freund John in ihm aufwallten.

„Seit jenem ersten Wochenende auf unserer Farm gehört Nick zur Familie. Natürlich wissen wir alle, dass John eigentlich diese Rede hätte halten müssen, da sie seit ihrem achtzehnten Lebensjahr die besten Freunde waren. Sie hielten zusammen, und als John uns so plötzlich genommen wurde, stand Nick mir und meiner Frau in den dunkelsten Tagen unseres Lebens tröstend zur Seite."

Sam lehnte sich gegen Nick und verstärkte den Druck ihrer Hände.

„Als Nick mich bat, sein Trauzeuge zu sein, überlegte ich, was John wohl an diesem Tag gesagt hätte. Wahrscheinlich hätte er ein paar unanständige Witze gemacht und Geschichten erzählt, die wir alle lieber nicht hören sollten."

Nick sah zu seinen Mitarbeitern, die an drei Tischen saßen. Christina tupfte sich die Augen, musste aber auch lachen. Jahrelang war sie heimlich in John verliebt gewesen.

„Vor allem aber hätte John gesagt, dass er dich wie einen Bruder liebt, Nick. Wir alle lieben dich, und die O'Connors sind glücklich, Sam in ihren Herzen und ihrer Familie willkommen zu heißen. Ich hege nicht den geringsten Zweifel daran, dass sie sich gut um unseren Nick kümmern wird. Wir wünschen euch zweien ein Leben lang die Liebe und Freude, die wir alle heute hier erlebt haben." Er hob sein Champagnerglas. „Auf Nick und Sam."

Nick hob sein Glas auf den Mann, den er wie einen Vater liebte, und dann auf seine Braut. „Darauf trinke ich", sagte er und küsste sie.

„Hört, hört", erwiderte sie. „Und jetzt lass uns tanzen bis zum Umfallen!"

Freddie hielt Elin so nah an sich gedrückt, wie er es in einem Saal voller Kollegen und Vorgesetzter wagte. Während sie sich im Einklang auf der vollen Tanzfläche bewegten, konnte er nur noch daran denken, endlich hier herauszukommen, um allein mit ihr zu sein. Es war viele Wochen her, seit sie zuletzt eine Nacht miteinander verbracht hatten, und er hoffte inständig, dass es nicht zu voreilig war, diese Nacht mit ihr verbringen zu wollen. Immerhin hatte sie nichts davon erwähnt, dass sie auch mit ihm schlafen würde, als sie zugesagt hatte, ihn zur Hochzeit zu begleiten.

Sie hatte die Arme um ihn gelegt, unter dem Jackett, und ihre Hände lagen warm auf seinem Rücken. Trotz seiner Bemühungen, seine Lust im Zaum zu halten, reichten allein ihre Lippen an der sensiblen Haut seines Halses, damit er steinhart wurde.

Freddie ließ eine Hand zu ihrem Po hinuntergleiten, um sie fester gegen seine Erektion zu drücken.

„Überflüssig, dich zu fragen, woran du gerade denkst", meinte sie in neckendem Ton.

Er lachte nervös. „Momentan denke ich nicht allzu viel."

„Das stimmt nicht. Du denkst immer."

„Was zum Teil unser Problem war, oder?"

„Das hast du gesagt, nicht ich."

Er sah ihr ins Gesicht, wie eh und je fasziniert von den hellblauen Augen dieser kühlen blonden Schönheit. Sie raubte ihm den Atem, wenn sie ihn so ansah wie jetzt. „Ich will mit dir zusammen sein.“

Sie presste das Becken an ihn, was ihn prompt zum Stöhnen brachte. „Das habe ich schon bemerkt.“

„Nicht nur im Bett. *Du* hast mir gefehlt.“

„Du mir auch.“

„Nur im Bett?“

„Überall.“

Die aufkeimende Hoffnung hob seine Stimmung noch mehr.

„Was ist mit deiner Mutter?“, fragte Elin, und ihr Lächeln verschwand. „Ich nehme an, dass sich an dieser Front nichts geändert hat.“

„Ich habe beschlossen, dass ich mein Leben nicht nach ihren Vorstellungen führen kann. Ich muss mein eigenes Leben führen.“ *Sam wäre stolz auf mich*, dachte Freddie und hielt Ausschau nach seiner Partnerin. Sie tanzte lachend mit ihrem Mann. Sam so glücklich zu sehen, nach allem, was sie durchgemacht hatte, bestärkte ihn in seiner Entschlossenheit. Er konzentrierte sich wieder auf Elin. „Und mehr als alles andere will ich dich.“

Elin grinste frech. „Wie sehr willst du mich denn?“

„*Sehr.*“ Freddie küsste sie – hier, vor seinen Kollegen. Es kümmerte ihn nicht im Geringsten, ob jemand sah, wie er die Frau küsste, die er liebte. „Und noch mehr.“

„Wann können wir unauffällig von hier verschwinden?“

„Bald“, antwortete Freddie. „Ziemlich bald.“

„Ich würde gern meine Frau ins Bett bringen“, flüsterte Nick seiner Braut ins Ohr.

Sie erschauerte angesichts des Verlangens, das sie in seiner Stimme hörte. „Deine Frau würde dich ermutigen, unbedingt das zu tun, was du tun möchtest."

„Hm." Er biss sie zärtlich ins Ohrläppchen. „Das höre ich gern." Er löste sich von ihr und bot ihr den Arm. „Wollen wir?"

„Ich bin dabei, Senator."

„Sorgen wir erst mal dafür, dass Scotty bereit ist, mit Angela zu gehen."

Sie fanden den Jungen, der gerade Sams Nichten und Neffen unterhielt.

„Geht ihr beiden jetzt?", wollte er wissen.

Sam merkte ihm eine gewisse Ängstlichkeit an und war gerührt.

Nick beugte sich zu ihm herunter und sah ihm ins Gesicht. „Wir werden nur eine Woche fort sein, und sobald wir wieder hier sind, rufe ich dich an. Okay?"

Scotty nickte. „Danke, dass ich dabei sein durfte. Die Hochzeit war echt klasse."

„Ach, Kumpel." Nick umarmte ihn. „Ich danke *dir* für deine Hilfe bei den Kids."

„Gern geschehen." Scotty ließ Nick los und umarmte Sam.

Sie drückte ihn und gab ihm einen Kuss auf den Kopf. „Angela und Spence werden sich heute Abend gut um dich kümmern und dich morgen zurück nach Richmond bringen. Und hau sie morgen früh unbedingt um Pfannkuchen an."

Scotty lachte. „Werd ich. Macht euch keine Sorgen um mich. Ich komm schon klar."

„Bis bald", sagte Nick. „Versprochen."

Tracy und Angela tauchten aus der Menge auf und

umarmten Braut und Bräutigam. Angela legte freundlich den Arm um Scottys Schultern.

Sam nahm Nicks Hand, die er ihr hinhielt. Sie waren schon fast an der Tür, als Sam ihn stoppte. „Warte! Ich habe vergessen, meinen Brautstrauß zu werfen."

Nick stöhnte. „Fast wären wir unauffällig entkommen!"

„Nur noch eine Minute."

„Beeil dich!"

Sam winkte Shelby, die alles in weniger als einer Minute organisiert hatte. „Eins, zwei, drei!" Sam warf den Strauß über die Schulter und drehte sich genau in dem Moment um, in dem Freddies Freundin Elin ihn auffing. Völlig erschrocken warf Elin ihn wieder in die Luft, und Gonzos Verlobte Christina Billings fing ihn zum zweiten Mal.

Sie stieß einen Begeisterungsschrei aus und warf sich in Gonzos Arme.

Sam warf ihren Schwestern und Freunden einen Luftkuss zu und nahm die Hand ihres Verlobten. Nach einem letzten Blick in den wunderschönen Saal verschwand Sam mit Nick, damit sie ihr neues gemeinsames Leben miteinander beginnen konnten.

„Ich muss gestehen, dass du in einem Punkt recht hattest", meinte Sam, als sie in ihrer Suite ankamen und ihr Flitterwochengepäck ordentlich in der Ecke abgestellt vorfanden. Jemand hatte Kerzen angezündet, Champagner in einem Eiskübel bereitgestellt und weitere Vasen mit Orchideen im Wohnzimmer verteilt. Die Suite war behaglich und elegant, doch nachdem Sam den ganzen Tag darauf gewartet hatte, endlich mit ihrem Mann allein zu sein, achtete sie nicht sehr darauf.

„Ich liebe es, wie du das sagst. Als wäre es wirklich etwas

Besonderes, wenn ich mal recht habe. Ich erwarte, dass das regelmäßig der Fall sein wird, vielleicht sogar täglich in unserer Ehe."

Sam verdrehte nur die Augen. „Wie du meinst, Liebster."

Nick nahm seine Fliege ab und öffnete den obersten Hemdknopf. „Und womit hatte ich diesmal recht?"

„Shelby. Sie war jeden einzelnen der tausenden von Dollars wert, die du ihr bezahlt hast. Die kann wirklich und wahrhaftig Wunder vollbringen."

„Was du nicht sagst. Gab es irgendetwas, woran sie nicht gedacht hat?"

„Mir ist nichts aufgefallen."

Sam schlang ihm die Arme um den Nacken. „Ich könnte ein bisschen Hilfe beim Ausziehen dieses Kleides gebrauchen. Machst du's?"

„Na ja, könnte ich wohl."

Lächelnd legte sie den Kopf schief. „Fang oben an und arbeite dich nach unten vor."

Nick zupfte ihr die Orchidee aus dem Haar und hielt sie vor seine Nase. „Dieser Duft wird mich immer an den besten Tag meines Lebens erinnern." Er strich mit der zarten Blüte über Sams Wange. „Ich weiß, dir wäre eine weniger pompöse Party lieber gewesen ..."

„Nein, auch was die Hochzeit angeht, hattest du recht."

„Langsam zeichnet sich da ein Muster ab, findest du nicht?"

„Gewöhn dich lieber nicht ans Rechthaben. Bestimmt sind wir im Nu wieder bei der Normalität." Sie streichelte sein Gesicht. „Die Hochzeit war wundervoll, genau so, wie ich es mir für dich erhofft hatte. Und wie ich sie mir erhofft hatte, obwohl mir das gar nicht klar war."

„Freut mich, dich das sagen zu hören." Er legte die Orchidee auf den Tisch und zog Sam die Klammern aus dem Haar. „Soll das ein Witz sein?", meinte er, als ihr schönes Haar auf ihre Schultern herabfiel. „Nur drei Klammern haben die ganze Frisur zusammengehalten?"

„Offenbar braucht man nicht mehr, wenn man sie an den richtigen Stellen platziert. Wer hätte das gedacht?"

Nick grub die Finger in ihre Haare und neigte den Kopf, um Sam zu küssen. „Du warst heute unglaublich schön, Samantha. Das bist du jeden Tag, aber heute ... atemberaubend."

„Ich habe dich auch noch nie so attraktiv gesehen wie heute in der Kirche." Sie ließ ihre Hände über seine Hemdbrust gleiten und löste die Onyx-Manschetten, die ihm als Knöpfe gedient hatten. „Ich habe viele Herzen in der Hauptstadt gebrochen, indem ich dich heute vom Markt genommen habe."

„Klar, genau wie mein Mitarbeiter Terry und dein Mädchen Lindsey, was?"

Sam stöhnte. Auch ihr war nicht entgangen, dass sein stellvertretender Stabschef den ganzen Abend mit der Leiterin der Gerichtsmedizin getanzt hatte. Die beiden hatten sehr verliebt ausgesehen. „Warum müssen unsere beiden Welten ständig kollidieren?"

Er gab ihr einen Kuss auf die Nase. „Weil all unsere Freunde genauso glücklich sein wollen wie wir."

„Das wird es sein." Sie legte die Manschetten auf den Tisch und drehte sich wieder zu ihm um. „Hilfst du mir beim Reißverschluss?"

„Wenn es sein muss." Sein dramatisches Seufzen brachte sie zum Kichern. „Ist da was drunter, bei dessen Anblick mein Herz stehen bleibt?"

„Vielleicht", erwiderte sie mit einem kecken Lächeln über die Schulter.

Er küsste ihren Nacken und zog langsam den

Reißverschluss des Kleides herunter.

„Meine Schwestern haben mir so ein Rüschending gegeben, das ich heute Nacht tragen soll."

„Ach ja?"

Sie legte den Kopf schief, damit er besser an ihren Nacken herankam. „Ja."

„Ist es sexyer als das, was ich unter diesem Kleid finden werde?"

Sam biss sich auf die Lippe und grinste. „Es ist nicht ganz so sündig wie das unter meinem Kleid."

Er legte die Arme von hinten um sie und zog sie fest an sich. „Ich bin ein großer Fan sündiger Sachen."

Lachend meinte Sam: „Da wäre ich nie drauf gekommen."

Seine Hände glitten vorn an ihr hoch und schoben ihr Kleid herunter. Zum Vorschein kam ein Bustier. „Ich habe das ganze Ding noch nicht gesehen und liebe es jetzt schon."

Sams Lachen wandelte sich zu einem Stöhnen, als er ihre Brüste durch den Stoff hindurch mit seinen Händen umschloss und die Brustwarzen rieb, bis sie sich aufrichteten. „Nick ..."

„Was denn, Liebes?"

„Ich will dich." Sie legte den Kopf nach hinten, an seine Schulter, während er mit seinen aufregenden Liebkosungen fortfuhr.

„Du hast mich. Ich gehöre dir für den Rest unseres Lebens." Er veränderte ganz leicht seine Position, sodass ihr Kleid vollständig herunterrutschte und sich seidig um ihre Füße bauschte. Nick half ihr, herauszusteigen, achtete jedoch darauf, dass sie ihm weiterhin den Rücken zukehrte, und drückte seine Erektion gegen ihren Po. „O wow, sind das etwa Strapse?"

Sam genoss die Erregung in seiner Stimme. Sie hob den Arm und legte ihn um seinen Nacken. „Ja."

„Habe ich je erwähnt, dass es meiner Ansicht nach nichts Aufregenderes gibt als Strapse?" Er nutzte die Gelegenheit, zwei Finger in ihr Bustier zu schieben, um mit einem ihrer Nippel zu spielen.

„Nein, hast du, glaube ich, nicht", brachte sie mühsam hervor und bekam weiche Knie.

Er hielt sie mit dem anderen Arm fester um die Taille. „Ich hab dich", flüsterte er.

Sam schloss die Augen und schwebte in einem Meer aus sinnlichen Empfindungen dahin, während seine Lippen und Finger ein Feuer in ihr entfachten. Sie hatte nicht erwartet, dass die Ehe großartig etwas zwischen ihnen ändern würde. Sie hatte nicht damit gerechnet, dass der Sex aufregender werden würde als bisher. Doch angesichts seiner Küsse und Liebkosungen musste sie sich eingestehen, dass sie sich geirrt hatte. Alles hatte sich geändert.

Als hätte er ihre Gedanken gelesen, hob er sie auf die Arme und trug sie über die Schwelle in das Schlafzimmer, wo weitere Kerzen brannten. Behutsam legte er sie aufs Bett und richtete sich auf, um sein Hemd auszuziehen. Sein Unterhemd folgte, während er den Blick genüsslich über Sam wandern ließ, von ihren Füßen bis zu ihren Brüsten.

Auf den Ellbogen gestützt beobachtete sie ihrerseits das Spiel seiner Arm- und Brustmuskeln.

„Siehst du etwas, das dir gefällt?", fragte er mit jenem sexy Lächeln, das sie verlässlich dahinschmelzen ließ.

„Mir gefällt alles an dir."

Er blickte skeptisch. „Alles?"

Sie streckte die Hand nach ihm aus. „Alles. Manche Dinge mehr als andere."

„Was denn, zum Beispiel?" Er nahm ihre Hand und legte

sich neben Sam.

Sie streichelte seine Brust, die genau im richtigen Maß mit weichen dunklen Härchen bedeckt war. Mit dem Zeigefinger folgte sie dem Pfad, der in seiner Hose verschwand. „Ich liebe deine Brust."

Er atmete tief aus und drehte sich auf den Rücken.

Sam beugte sich über ihn und folgte mit ihren Lippen dem Weg, den ihr Finger zuvor zurückgelegt hatte. „Und deinen Bauch." Dieser vibrierte unter ihren Lippen. Ermutigt knöpfte sie seine Hose auf und zog den Reißverschluss herunter.

„Sam ..."

Sie schaute auf und stellte fest, dass er die Augen geschlossen hatte. Sein Gesicht spiegelte die Anspannung wider, die sie ihm zu nehmen gedachte, auf die Weise, die er besonders liebte. Sie schob die Kleidung aus dem Weg, legte die Finger um sein hartes, aufgerichtetes Glied und berührte die Spitze mit der Zunge.

Nick grub die Finger in ihre Haare und hielt ihren Kopf genau dort, wo er sie haben wollte. „Liebes", stöhnte er.

„Hm", murmelte sie, ihn mit der Zunge und den Zähnen reizend, was ihn ganz wild zu machen schien. Sie setzte dieses erotische Spiel fort, bis ihm der Schweiß ausbrach und er sie wegzog.

„Das erste Mal gemeinsam", erklärte er mit zusammengebissenen Zähnen, hakte ihr Bustier auf und warf es quer durch den Raum. Dann ließ er seine Hände von ihren Füßen über ihre Knie hinauf zu ihren Schenkeln gleiten, bis er den kleinen Fetzen Seide erreichte, den er ihr rasch auszog, um sie anschließend mit seiner Zunge zu verwöhnen.

Sam bog sich ihm entgegen. Sie wollte mehr, viel mehr.

Er fand ihre kleine Knospe und saugte daran, während

er gleichzeitig mit zwei Fingern in sie eindrang. Nachdem er sie fast bis zum Höhepunkt gebracht hatte, bewegte er sich küssend aufwärts und verharrte einen Moment bei ihren Brüsten, um ihre Nippel mit der Zunge und den Zähnen zu necken, bis Sam vor Lust aufschrie.

„Jetzt, Nick", drängte sie und zog ihn an sich, seinen wundervollen Duft einatmend.

Seine Lippen fanden ihre zu einem leidenschaftlichen Kuss, der Sam benommen machte. Die schiere Intensität ihrer Gefühle in diesem Augenblick war etwas, was sie nie zuvor erlebt hatte, nicht einmal mit ihm. Seine Zunge schien überall gleichzeitig zu sein, als habe er seit Ewigkeiten auf diese Chance gewartet, ihr zu zeigen, wie sehr er sie begehrte.

Ihre Augen füllten sich mit Tränen, als sie ihr Becken anhob, eine stumme Bitte um das, was sie sich mehr als alles andere ersehnte. Entschlossen, sexy und wunderschön im Kerzenschein liebte Nick sie mit allem, was er hatte, als hätte er bis zu diesem Moment gewartet, bis sie ganz ihm gehörte, um ihr seine Liebe und Verehrung zu beweisen.

Er schob die Hände unter sie und hielt Sam fest, während er tief in sie eindrang.

Sam gelangte zum ersten Orgasmus, schneller als jemals zuvor, und er war intensiver, als sie je für möglich gehalten hätte. Sie klammerte sich an Nick, ein wortloses Flehen, sie niemals mehr loszulassen.

Seine Stirn war schweißbedeckt, als er sie erneut wild und stürmisch küsste.

Sam krallte die Finger in seine Haare, damit er nicht aufhörte mit diesen Küssen, während er sie ein weiteres Mal an den Rand des Höhepunktes brachte. Sie fühlte sich, als stünde sie vor etwas Großem und Mächtigem, das völlig jenseits ihrer Kontrolle lag.

Er löste seine Lippen von ihren und stöhnte, vergrub das Gesicht in ihren Haaren und schrie auf dem Gipfel der Lust. Sam folgte ihm in ein überwältigendes Feuerwerk aus Licht und Glut und Liebe.

Hinterher lag er noch lange schwer atmend auf ihr. Als er schließlich den Kopf hob, sah er genauso erstaunt aus wie sie.

„Ich dachte eigentlich, wir wären schon ziemlich gut zusammen", meinte er. „Aber das war ... das war ..."

„Unbeschreiblich."

„Ja." Er küsste sie zärtlich. „Wenn das der Sex in der Ehe ist, kann ich verstehen, dass Shelby immer reichlich zu tun hat."

Noch immer mit ihm vereint, lachte Sam und schlang die Beine um seine Hüften. „Bereit für die zweite Runde?", fragte sie in neckendem Ton.

„Ich werde die Flitterwochen nicht überleben." Er stützte das Kinn auf ihre Brust und sah ihr in die Augen. „Apropos. Wann verrätst du mir, wohin du mich entführst?"

Sie hatte sich damit einverstanden erklärt, dass er den Urlaub bezahlte, jedoch nur unter der Bedingung, dass sie die Reise organisierte. Sie hatte ihm lediglich gesagt, er sollte sommerliche Kleidung einpacken. Jetzt fuhr sie ihm mit den Fingern durch die seidigen Haare. „Wie klingt Bora Bora?"

Er staunte. „Im Ernst? Du wirst wirklich vierundzwanzig Stunden in einem Flugzeug verbringen? Ausgerechnet du, wo du doch fliegen hasst? Ich dachte, wir fliegen nach Bermuda oder an sonst einen Ort, der nicht so weit weg liegt."

In ihr hatte sich alles gegen den langen Flug gesträubt, doch als sie die Fotos der fernen, zu Tahiti gehörenden Insel gesehen hatte, hatte sie sich kein anderes Ziel für sie beide vorstellen können. Sam schluckte. „Es sind nur dreizehn Stunden.“

Lachend zog er sich aus ihr zurück und rollte auf den Rücken. Sam legte den Kopf auf seine Brust. „Habe ich dir in letzter Zeit mal gesagt, dass ich dich liebe, Samantha Holland?“

„Für Sie Samantha Holland Cappuano, Sir.“

Er sog scharf die Luft ein und hielt mit dem Liebkosen ihres Rückens inne. „Was hast du gesagt?“

Mit plötzlicher Schüchternheit, die einfach albern war nach dem, was sie gerade getan hatten, sah sie ihn an. „Bei der Arbeit heiße ich weiterhin Holland, aber zu Hause, bei dir, bin ich Samantha Cappuano.“

Er umfasste ihr Gesicht und küsste sie sanft. „Ich dachte, ich könnte dich nicht noch mehr lieben als ohnehin schon. Aber du hast mich heute glücklicher gemacht, als es je ein Mann verdient hat.“

„Niemand verdient es mehr als du, glücklich zu sein.“

„Als wir beide“, verbesserte er sie.

„Ich lasse dich recht haben heute Nacht, weil es gerade so toll läuft zwischen uns.“

Ein Lächeln erschien auf seinem Gesicht, so sexy, dass sie ihn sofort von Neuem begehrte.

„Willst du herausfinden, ob das mit dem Sex in der Ehe eine einmalige Sache war?“, neckte sie ihn.

„Gib mir noch eine Minute, um mich zu erholen, dann werden wir es herausfinden.“

Sie schmiegte sich an ihn und war in diesem Augenblick glücklich wie nie zuvor. „Wir haben alle Zeit der Welt.“

ENDE

WEITERE TITEL VON MARIE FORCE

First Family

State of Affairs – Liebe in Gefahr, Band 1

State of Grace – Für alle Ewigkeit, Band 2

State of the Union – Du und ich gemeinsam, Band 3

State of Shock - Meine Liebe, mein Leben, Band 4

State of Denial – Riskantes Spiel mit dir, Band 5

Die Fatal Serie

One Night With You – Wie alles begann (Fatal Serie Novelle)

Fatal Affair – Nur mit dir (Fatal Serie 1)

Fatal Justice – Wenn du mich liebst (Fatal Serie 2)

Fatal Consequences – Halt mich fest (Fatal Serie 3)

Fatal Destiny – Die Liebe in uns (Fatal Serie 3.5)

Fatal Flaw – Für immer die Deine (Fatal Serie 4)

Fatal Deception – Verlasse mich nicht (Fatal Serie 5)

Fatal Mistake – Dein und mein Herz (Fatal Serie 6)

Fatal Jeopardy – Lass mich nicht los (Fatal Serie 7)

Fatal Scandal – Du an meiner Seite (Fatal Serie 8)

Fatal Frenzy – Liebe mich jetzt (Fatal Serie 9)

Fatal Identity – Nichts kann uns trennen (Fatal Serie 10)

Fatal Threat – Ich glaub an dich (Fatal Serie 11)

Fatal Chaos – Allein unsere Liebe (Fatal Series 12)

Fatal Invasion – Wir gehören zusammen (Fatal Serie 13)

Fatal Reckoning – Solange wir uns lieben (Fatal Serie 14)

Fatal Accusation – Mein Glück bist du (Fatal Serie 15)

Fatal Fraud – Nur in deinen Armen (Fatal Serie 16)

Fatal Serie Bände 1-6

Fatal Serie Bände 7-11

Wild Widows

Someone like you – Neues Glück mit dir

Someone to hold – Nur mit deiner Liebe

Miami Nights

Bis du mich küsst

Bis du mich berührst

Bis du mich liebst

Bis du mich verzauberst

Bis du mit mir träumst

Die McCarthys

Liebe auf Gansett Island (Die McCarthys 1)

Mac & Maddie

Sehnsucht auf Gansett Island (Die McCarthys 2)

Joe & Janey

Hoffnung auf Gansett Island (Die McCarthys 3)

Luke & Sydney

Glück auf Gansett Island (Die McCarthys 4)

Grant & Stephanie

Träume auf Gansett Island (Die McCarthys 5)

Evan & Grace

Blütenzauber auf Gansett Island (Die McCarthys 19)

Riley & Nikki

Sommernächte auf Gansett Island (Die McCarthys 20)

Finn & Chloe

Verführung auf Gansett Island (Die McCarthys 21)

Deacon & Julia

Magie auf Gansett Island (Die McCarthys 22)

Jordan & Mason

Sonnige Tage auf Gansett Island (Die McCarthys 23)

Versuchung auf Gansett Island (Die McCarthys 24)

Cooper & Gigi

Neubeginn auf Gansett Island (Die McCarthys 25)

Jace & Cindy

Sturmwolken über Gansett Island (Die McCarthys 26)

Die Green Mountain Serie

Alles was du suchst (Green Mountain Serie 1)

Endlich zu dir (Green Mountain Serie 1/Story *1*)

Kein Tag ohne dich (Green Mountain Serie 2)

Ein Picknick zu zweit (Green-Mountain-Serie/Story 2)

Mein Herz gehört dir (Green Mountain Serie 3)

Ein Ausflug ins Glück (Green-Mountain-Serie/Story 3)

Schenk mir deine Träume (Green-Mountain Serie 4)

Der Takt unserer Herzen (Green-Mountain-Serie/Story 4)

Sehnsucht nach dir (Green-Mountain Serie 5)

Ein Fest für alle (Green-Mountain-Serie 5/Story 5)

Öffne mir dein Herz (Green-Mountain-Serie 6/Story 6)

Jede Minute mit dir (Green-Mountain-Serie 7)

Ein Traum für uns (Green-Mountain-Serie 8)

Meine Hand in deiner (Green-Mountain-Serie 9)

Mein Glück mit dir (Green-Mountain-Serie 10)

Nur Augen für dich (Green-Mountain-Serie 11)

Jeder Schritt zu dir (Green-Mountain-Serie 12)

Ganz nah bei dir (Green-Mountain-Serie 13)

Meine Liebe für dich (Green-Mountain-Serie 14)

Eine Ewigkeit für uns (Green-Mountain-Serie 15)

Die Neuengland-Reihe

Vergiss die Liebe nicht (Neuengland-Reihe 1)

Wohin das Herz mich führt (Neuengland-Reihe 2)

Wenn das Glück uns findet (Neuengland-Reihe 3)

Und wenn es Liebe ist (Neuengland-Reihe 4)

Für immer und ewig du (Neuengland-Reihe 5)

Die Quantum Serie

Tugendhaft (Quantum-Serie 1)

Furchtlos (Quantum-Serie 2)

Vereint (Quantum-Serie 3)

Befreit (Quantum-Serie 4)

Verlockend (Quantum-Serie 5)

Überwältigend (Quantum-Serie 6)

Unfassbar (Quantum-Serie 7)

Berühmt (Quantum-Serie 8)

Andere Bücher

Sex Machine – Blake und Honey

Sex God – Garrett und Lauren

Five Years Gone – Ein Traum von Liebe

One Year Home – Ein Traum von Glück

Mein Herz für dich

Nicht nur für eine Nacht

Take-off ins Glück

The Fall – Du und keine andere

Dieses Mal für immer

Helden küsst man nicht

Küsse für den Quarterback

Gilded Serie

Die getäuschte Herzogin

Eine betörende Braut

ÜBER DIE AUTORIN

Marie Force ist New-York-Times-Bestseller-Autorin von zeitgenössischen Liebesromanen und Romantic Suspense. Zu ihren Büchern gehören unter anderem die beliebten Reihen „Fatal", „First Family", „Gansett Island", „Butler Vermont", „Neuengland", „Miami Nights" und „Wild Widows" sowie die erotische „Quantum"-Serie. Ihre Bücher haben sich weltweit bislang mehr als zehn Millionen Mal verkauft, wurden in ein Dutzend Sprachen übersetzt und standen über dreißigmal auf der New-York-Times-Bestseller-Liste. Außerdem ist sie USA-Today- und #1-Wall-Street-Journal-Bestseller-Autorin und in Deutschland Spiegel-Bestseller-Autorin.

Ihre Ziele im Leben sind einfach: Bücher zu schreiben, solange sie kann, ihre beiden Kinder weiter dabei zu unterstützen, glückliche, gesunde und produktive junge Erwachsene zu werden, und niemals in einem Flugzeug zu sitzen, das Schlagzeilen macht.

Tragen Sie sich in Maries Mailingliste ein, um alles Wichtige über neue Bücher und Veranstaltungen zu erfahren. Folgen Sie ihr auf Facebook und auf Instagram.

www.ingramcontent.com/pod-product-compliance
Lightning Source LLC
Chambersburg PA
CBHW060740210726
48292CB00012B/33